JN261343

古詩唐詩講義

小尾郊一

溪水社

まえがき

この講義に選んだ漢詩は、長野県カルチャーセンター、ＮＨＫ松本文化センターの聴講生のために、一般教養として、この程度の漢詩を習得しておけば、古き中国を知るために、また漢語の知識をより豊かにすることができるであろうと思って選んだものである。約十年間にわたる講義をまとめたものであって、解説、翻訳、注釈などは、自ら精粗入り交じり、必ずしも統一してはいない。これらを整理するにあたっては、富永一登教授が中心に、その他の方々が協力して、読みやすいものにしてくださった。

その際に、かつて豊福健二教授が、多大の力を費やして、共に編んだ『古詩と唐詩』の注をも参照した。専門的注釈はなるべく避けて、平易を心がけたつもりである。

この書物が、かくもみごとに出来上がるについては、多くの人々が進んで協力してくださったお蔭である。心から厚くお礼申し上げる。

平成十三年一月十五日

小尾郊一

古詩唐詩講義　目次

一　漢代

二　三国六朝時代

魏

晋

三　唐代

古詩唐詩講義

中国の詩の流れ

中国の文学を代表するものは何か。それは詩であるといっても過言ではない。中国の永い詩の歴史の上で、いつの時代が最も盛んであったかといえば、それはまぎれもなく唐代であるといえよう。唐代は花に喩えるならば、爛漫と咲き誇る開花の時期である。その詩人の数は『全唐詩』（清・康熙四六年〈一七〇七〉彭定求等奉勅撰）によれば、二千三百余家であり、その詩の数は、四万八千九百余首である。その詩の内容も実に多彩を極めている。

ところでこの多彩な詩が、この一時代で終わりを告げたのであれば、これらは単に唐代の特殊な詩としてのみ考えられるのであるが、実はそうではなく、これらの詩が後々にまで読まれ、詩の規範として仰がれていることに唐代の詩の大きな価値がある。宋以後近世に至るまで、唐詩が広く愛読され、それを基礎としつつ新しい内容の詩を生んできた。そして詩が沈滞ぎみになると絶えず唐代の詩が想起されて、それに復帰しようと試みられる。律詩・絶句という唐詩によって確立された形式上の制約は、その後破られることなく今日なお続いていることは、考えてみるとふしぎなことでもある。

唐詩が千年後の近世まで愛読され、文学に深い影響を与え、また絶えず回想されていたということは、中国の文学の「息のながさ」という一つの特色を示すものであるが、これは唐詩だけのことではなく、更に遡《さかのぼ》れば『詩経』の詩というものがある。

中国文学の作品で現存する最古のものは『詩経』の詩である。『詩経』を語るとき、我々は、その詩の古さに驚嘆するものである。世界の文学を見るに、『詩経』より古いものもあるにはあるが、『詩経』のごとく後世の知識人の必読書ともなり、多大の影響を与え、読み続けられていったものはない。『詩経』は中国最古の詩集であって、その中には、紀元前千百年頃のものがあり、新しいものでも紀元前六百年頃のものである。この詩集は古いということだけでなく、以後の詩の世界の大きな目標となり、また人倫の書ともなり、知識人の教養の書ともなって、後世に連綿として読み継がれていく。これは世界の文学の中で極めて特異な現象といわなければならない。『詩経』の頃、ヨーロッパで発達した文学は、『詩経』と同じく韻文であり、紀元前七百五十年頃、ギリシャに現われたホメロスの「イーリアス」と「オデュッセイアー」などである。これも後世に長く愛読されたとはいえ、連綿としてその精神が伝えられ、また絶えず回想されていたとはいえない。その点、『詩経』は、中国の人々の精神の糧《かて》ともなって近世にまで伝えられていったものである。

こうした『詩経』を源流として、中国の詩はその流れの勢いを広く深く強くしていくのである。もっとも中国の詩はこの『詩経』の詩の形がそのまま継承されていくのではない。『詩経』の詩はおおむね黄河の中流に発達した文学であり、その句づくりは、二字を基盤とした四字を一句とする形が多く、これを四言詩と名づけることができるが、そのほとんどは自然と人事を巧みに配合した抒情詩であり、その自然の比喩的な配合のしかたは、以後の詩に影響を与えている。

ところで紀元前三百年頃になると、『詩経』とは異質な長篇の朗読調の詩が、長江の中流、楚の地方に発達した。その代表作家は屈原《くつげん》であるが、これらの文学を「楚辞《そじ》」といい、後にまとめられて『楚辞』なる書物になった。これは一句の数はまちまちで、楚の方言を交じえつつ、六言であったり七言であったりするものが多い。その句づくりの基盤になるのは『詩経』とちがって三字である。「楚辞」の文学は、これまた長篇の抒情詩で、代表作「離騒」のごときは、一篇の憂愁文学であるといってもよい。後の漢代に七言詩が見受けられるが、それらは多分に『楚辞』の影響を受けているといえよう。

後漢（二五～二二〇）の末頃になると、「古詩」十九首のような五言詩が発生する。それは後世の五言詩と変わりのない形である。五言の詩形の発生は、『詩経』の詩形と関係して発生したかどうかは疑問があり、むしろ同時代に民間で歌われた歌謡、これらを「楽府《がふ》」と呼ぶが、それらと関係するように思われる。この時代の「古詩」も「楽府」も、むろん抒情詩であるが、民間歌謡である「楽府」の中に、「焦仲卿妻」のような長篇叙事詩が見えることは、叙事詩の少ない中国の詩の中では目立った存在である。

後漢に発生した五言詩は、三国の魏（二二〇～二六五）ににわかに発展し、六朝末、梁代（五〇二～五五七）においては、五言詩全盛の時代を迎えることになる。なお後漢末に多く作られた民間歌謡は、作者はわからないが、その後文人の手が加わって歌われたりした。これらを「古楽府《こがふ》」とよぶ。この「古楽府」の調子、あるいは内容に合わせて、それをまねた楽府が作られたり、また全く新しい楽府が作られたりしていたが、これらもやはり五言の詩形である。六朝に発達した五言詩の作者には様々の人々がいる。あげてみれば、五言詩の位置を確固としてすえた功績者であり、建安の風力の担い手で、転蓬のごときわが人生を嘆く曹植《そうしょく》、混乱の世に身を置く不安を嘆きたくも十分に嘆くことができず、筆の端にそれとなく匂わせる阮籍《げんせき》、天空を駆ける神仙の気持ちを歌う郭璞《かくはく》、生活の苦しさをじっと見つめる陶淵明《とうえんめい》、不遇をかこちつつ山水の美を歌う謝霊運《しゃれいうん》、望郷の念を山水に託する謝朓《しゃちょう》等、その他種々の人々があるが、その内容もいってみれば、人生の短さを嘆いたり、社会の不安を恐れたり、神仙の世界に憧れたり、隠遁をたたえたりすることが主であって、これらが当時の人々の心をゆさぶるものであった。なお六朝の中頃から山水の美を歌う詩が現われてきたのは、以後の詩人に影響を与えたものとして、注目に値することである。

また、東晋（三一七～四二〇）の頃、民間歌謡の「子夜歌」なるものが現われ、その模倣作が作られ、男女の愛情を歌っている。また斉（四七九～五〇二）・梁（五〇二～五五七）では享楽生活を背景にして、女性を主題にして歌う「宮体の詩」というものが流行した。なお、こうした詩を集めた『玉台新詠《ぎょくだいしんえい》』が編纂されたり、一方では文のリズムを貴ぶ時代を背景に、『文選《もんぜん》』が編纂されたことは忘れてはならない。

六朝の斉・梁の頃、五言詩を作るのに音韻を考慮して、あるリズムをつけるようなことが行われていたが、これが唐代（六一八〜九〇七）に入ると更に強く意識され、ことに初唐では七言の詩にそれが試みられて、ここに七言律詩といわれる八句の詩形が生まれてきた。そしてやがて五言律詩も生まれ、また四句の絶句の形も確立されてきた。こうした律詩・絶句の形が定着して、以後不動のものになったことは唐代の詩の最大の功績である。かかる律詩・絶句を「近（今）体の詩」と呼ぶのに対して、音律をさして考慮せず自由に歌った以前の詩を「古体の詩」または「古詩」と呼ぶが、古詩はむろん唐以後も作られている。

唐代の詩は、普通、初唐・盛唐・中唐・晩唐の四つの時代に分けて述べられるが、この分け方は明代に定着し、以後今日までなお踏襲している。それは唐詩を語るに便利であるからである。ただその四つの区分は広く一般に用いるものの、その境界については人々の考え方はまちまちで一定しない。境界線にある人物は、がんらいどちらに入れても大したことはない。しかし、おおむねこの四つの時代の詩風の特色はあげることができる。今しばらく初唐は、唐初より玄宗の即位の前年まで（六一八〜七一一）、盛唐は、玄宗の先天元年から代宗の永泰元年まで（七一二〜七六六）、中唐は、代宗の大暦元年から敬宗の宝暦二年まで（七六七〜八二六）、晩唐は、文宗の太和元年から唐末まで（八二七〜九〇七）ということにしておく。

六朝時代の門閥社会が崩壊して、唐代では科挙の制度が確立して新しい政治形態になったこともあって、上流社会の専有物となっていた詩が一般にも広まり、多くの人々が各人各様の詩を作るようになった。つまり六朝時代では詩を作る場が、王公、貴族を中心に一つの集団をなしていることが多かったが、唐代では各人が自由に作れるようになり、また各人の詩の技倆にも注目するようになった。いってみれば集団の文学から個人の文学へと詩は発展したとみることができよう。初、盛、中、晩の四時期に様々の詩人が輩出し、その歌う内容も様々である。大まかな言い方をすれば、人間の現実の姿を歌う詩に発展したといえよう。つまり生活や社会の現実を歌う詩が多く現われてきた。杜甫《とほ》は、その代表的作家といえるであろう。また杜甫はその詩を生命として、それに徹した詩人ともいえよう。また現実の社会を歌い、それを批判する詩も現われてきた。その代表作家は白楽天《はくらくてん》である。更に現実を歌うことの現われとして、戦争や辺塞を歌う詩が多く出たことは注目すべきことである。むろんそれは当時の情勢がしからしめたことではあるが、この代表作家としては岑参《しんじん》があげられよう。一方、こうした現実に背を向けて、つとめて田園や山水の美を歌い、隠遁生活を歌う詩人たちもあった。その代表作家は王維《おうい》である。また一方、各地を放浪し自由を求め奔放豁達《ほんぽうかったつ》に歌いあげる情熱の詩人、李白《りはく》も出ている。また六朝の梁代に見られたような艶情を歌うことに打ちこむ作家、李商隠《りしょういん》のような作家もいる。

以上あげたのは特に傑出した詩人の一部であり、その他の詩人たちも、それぞれの特色を持っており、まことに多彩である。これは詩人たちが、上は天子、王公、貴族、官僚、文人より、下は庶民、妓女に至るまで多様であり、あらゆる階層の人々が詩歌を作ったためで、六朝のごとく詩が一部の上層階級の人々の専有物でなかったからである。またその詩の形式も古体詩あり近体詩あり、四言、五言、六言、七言あり、長短句あり、様々の形式で歌っている。つまり個人の感情を伸び伸びと歌う個人の文学であったといえる。

唐詩を受けた宋代（九六〇～一二七九）の詩は、唐詩の影響を強くこうむったことはいうまでもない。詩の形式が確立し、多彩な詩が作られ、傑出した詩人が多く現われた。唐詩を学び範としつつ、宋代の詩人たちは、中でも唐代の杜甫、李白等の詩人を高く評価した。そして、唐詩を学びつつ、その中に自らの境地を出そうと努力した。唐代の詩人たちが、感情を自然に伸び伸びと歌いあげたのに対して、宋代の詩人たちは、つとめて感情を抑え、冷静に人生、社会を考えようとしているようである。したがって歌われた詩は、時には理屈めいたといわれるものができ上がることになる。しかしそれだけにさわやかな詩にもなる。蘇東坡《そとうば》のごときはそれである。もっとも宋の文人たちは、なまの感情はむしろ「詞」の方に歌っているのかも知れない。

明代（一三六八～一六四四）でも専ら唐詩を学び、それを受け継ぎつつ盛唐の詩に返ろうとする運動があった。前後七子の主張はそれである。また洪武二六年（一三九三）には、高棅《こうへい》の『唐詩品彙』九十巻が刊行された。これによって、初、盛、中、晩の四つの分類は定まったといえよう。

清代（一六四四～一九一一）になると、明代とは異なり、唐詩のそれぞれの好みの詩を模範として、詩境を開拓しようとする詩人たちが現われ、唐詩が改めて広く読まれることになった。こうした中で康熙四六年（一七〇七）勅令によって編纂された『全唐詩』九百巻の刊行は、注目すべき一大事業であった。唐詩の全作品（二、三〇〇余家。四八、九〇〇余首）を収載しようとしたものである。今日からみれば、なお漏れたものもある。それにしても唐詩を概観するには今なお必要とすべき書物である。

わが国において、今日なお読まれている『唐詩選』に一言触れておこう。この書物は、明の李攀龍《りはんりょう》（一五一四～一五七〇）の撰と伝えられており、詩の体別に編纂されている。盛唐の詩が多く選ばれていて中・晩唐の詩は少なく、白楽天、杜牧《とぼく》の詩は選ばれていない。この書物は、明末には大いに読まれて作詩の規範とされていたが、清朝になってはあまり読まれていない。編者についても異論があり、後人が『古今詩刪』の編者として名高い李攀龍の名を冠して編纂したものだといわれているし、その詩は実際は『唐詩品彙』から選んだものである。わが国では、この書物が紹介されたのは江戸時代の中期頃、荻生徂徠《おぎゅうそらい》の弟子、服部南郭《はっとりなんかく》によってであり、その塾の教科書としての『唐詩選国字解』によって広まり、これまで多く読まれていた『三体詩』（宋・周弼撰）が退けられ、たちまち『唐詩選』の名が天下にとどろくようになった。今日に至るまで多少の盛衰はあるにせよ、なお多くの『唐詩選』の訳が出ており、中国文学の教材としてとる場合も、一応『唐詩選』を参考にするのが普通である。

古体詩と近体詩のちがい

この両者は一見、形だけでは見分けにくいが、見分けられる場合もある。簡単にいえば、次のごとくいえよう。

一　四言および長短句の交じった雑言詩は古体詩である。

二　四句およびその倍数でない詩および奇数句は古詩である。

近体詩といわれる絶句・律詩の形は、絶句は五言、七言ともに四句からなり、律詩は四句の倍の八句からなる。なお排律といって、律詩の八句に二句を何回もつけ加えていく形がある。唐詩では、五言、七言が普通であるが、六言が全くないことはない。

次に押韻であるが、近体詩は一韻を最後まで通して押韻する一韻到底格という方法である。それに対して古体詩は、一つの詩の途中で何回も韻が換えられる換韻格もある。また近体詩は仄韻《そくいん》はほとんど用いない。つまり、

一　換韻格は古体詩に見られる。

二　仄韻の押韻はほとんど古体詩である。

ここで韻のことに簡単に触れておく。押韻とは、母音の響きを同じくする字を一定の句末に置くことで、中国の音で詩を読む時に句切りごとに調和音の快感を与える。むろん訓読したのでは何ら意味はない。その同じような母音の響きを集めて、いくつかに分類したのが韻書であり、唐人の用いた韻書は、隋の陸法言《りくほうげん》の編纂した『切韻《せついん》』であろうが今は全貌はわからない。ただそれを修訂した『広韻《こういん》』があり、これは宋に作られたものである。これによると二百六の韻に分類してある。この分類が多すぎるので南宋の頃それを修正して百七韻にし、元代に百六韻とした。これを

「平水韻」といい、以後、この韻によって詩を作り、日本もむろん今これによっている。
一つの類、例えば東、凍、同、童、銅、中、忠等が同韻の字であり、その代表文字「東」をとって、これらは東の韻であるという。現代の中国の音を知っていると理解に便利であるが、知らなくても、いわゆる漢音で「トウ」「チュウ」と読めば、大体同韻の字であることがわかる。仄韻の中で、入声《にっしょう》は、現代の中国音では見分けられないが、日本の漢字音のフ、ツ、ク、チ、キの韻尾を持っているものが入声の韻である。すなわち月《ゲツ》、合《ガフ》などがそれである。なお、厳密にいえば、唐詩を「平水韻」で理解するのは不適当であるが、一応のリズムは理解できるといえよう。

漢字は一字が一音節のリズムを持つ単音節語であり、一字のリズムは一定のアクセントを持っている。その同じアクセントを持つ字ばかりを集めて整理してみると四つに分けられる。それを平声《ひょうしょう》、上声《じょうしょう》、去声《きょしょう》、入声《にっしょう》という。古く斉・梁の頃に四声《しせい》に分類されたものであり、その後、そのアクセントが踏襲されたが、元の頃には入声がなくなり、平声、上声、去声の中に組み入れられ、平声は更に二つに分かれ、陰平、陽平と呼び、またこれらを、一声（陰平）、二声（陽平）、三声（上声）、四声（去声）と呼ぶ。これが今の中国音である。

平・上・去・入を、平《ひょう》声と仄《そく》声に二大別する。近体詩では、平声と仄声の適当の配合によって調和のあるリズムの詩を作った。そしてその平仄の連なり方の一つの型が定着した。それが絶句・律詩である。そのリズムは中国音を理解しておれば知ることができるが、訓読しては全く知ることはできない。平仄を表すのに平を○、仄を●に示すのが普通行われているので、今、李白の「春夜、洛城に笛を聞く」詩を例にとってみよう。

誰	○	shuí
家	○	jiā
玉	●	yù
笛	●	dí
暗	●	àn
飛	○	fēi
声	◎	shēng
（起）		

散●sàn 入●rù 春○chūn 風○fēng 満●mǎn 洛●luò 城◎chéng　（承）

此●cǐ 夜●yè 曲●qǔ 中○zhōng 聞○wén 折●zhé 柳●liǔ　（転）

何○hé 人○rén 不●bù 起●qǐ 故●gù 園○yuán 情◎qíng　（結）

これは七言絶句の詩である。押韻からいえば第一句（起句）、第二句（承句）、第四句（結句）の句末に、「声、城、情」の同韻の字をおいている。つまり「庚」の韻を踏んでいるという。第三句（転句）は踏まない。七言の句づくりは、二字二字三字のかたまりで連なっているが、二字目のアクセントがまず大切で、この場合、第一句の二字目を平声とするとこれが中心となり、この詩のリズムがほぼきまる。つまり第一句二字目が平声であると四字目を反対に仄声にしなければならないし、六字目は同じ平声にしなければならない。これを二四不同、二六同とよんでいる。第二句の二字目は第一句の二字目と反対に仄声にしなければならない。あとは二四不同、二六同の原則に従う。第三句は第二句と同じやり方であり、第四句は第一句と同じやり方である。七言絶句は、大体この原則によってできている。なお、平仄を見分けるには、今の中国音の第一声、第二声が平声であり、第三声、第四声が仄声であるが、昔の入声が、他の声に入っているから、その時は、フ、ツ、ク、チ、キで見分ける。この場合、笛は第二声で平声のごとく思われるが、漢音「テキ」で入声である。

古体の詩は、自由に感情の出るままに歌うもので、こうした平仄の制約は厳しくない。なお古体の詩は同じ字を何回も使用するが、近体の詩は、畳字以外は原則として同じ字を使わない。

以上が古体の詩と近体の詩の大体の区別である。

一　漢代

垓下歌　　項羽

漢代の初期には、文学として見るべきものはなく、わずかに、項羽と劉邦の二人の歌が残っている。いずれも中間に「兮」字を入れた楚辞調である。南方の出身であるから、楚辞の影響を受けたものと思われる。

項羽《こうう》（前二三二～前二〇二）、名は籍《せき》で、羽は字《あざな》である。秦末、楚の国の貴族から出た英雄で、秦を滅ぼすのに功績があり、西楚覇王となったが、垓下の戦いで劉邦に敗れ自殺した。項羽が、漢王なる劉邦の大軍に垓下《がいか》（安徽省霊璧県の東南、淮水の北）に囲まれたのが、『史記』項羽本紀に記される、有名な「四面楚歌《しめんそか》」の場面である。

項王の軍垓下に壁《へき》す（たてこもる）。兵《へい》少なく食《しょく》尽《つ》く。漢軍及び諸侯の兵、之を囲むこと数重《すうちょう》なり。夜、漢軍の四面皆な楚歌するを聞き、項王乃《すなわ》ち大いに驚きて曰わく、「漢皆な已《すで》に楚を得たるか。是《こ》れ何《なん》ぞ楚人《そひと》の多きや」と。項王則《すなわ》ち夜《よる》起《た》ちて帳中に飲む。美人有り、名は虞《ぐ》。常に幸《こう》せられて従う。駿馬《しゅんめ》あり、名は騅《すい》。常に之に騎《の》る。是《ここ》に於《お》いて項王乃《すなわ》ち悲歌《ひか》忼慨《こうがい》し、自ら詩を為《つく》りて曰わく、「垓下歌」と。歌うこと数闋《すうけつ》、美人之《こ》れに和《わ》す。項王、泣数行下《なみだすうこうくだ》る。左右皆な泣き、能《よ》く仰ぎ視るもの莫《な》し。

垓下歌　　垓下《がいか》の歌

力抜山兮気蓋世　　力　山を抜き　気は世を蓋《おお》う

時不利兮騅不逝　　時　利あらず　騅逝《すいゆ》かず
騅不逝兮可奈何　　騅逝かず　奈何《いか》にす可《べ》き
虞兮虞兮奈若何　　虞《ぐ》や虞や若《なんじ》を奈何《いか》んせん

〔垓下歌〕この歌は、日本に伝わる古い『史記』のテキスト（五山の僧、桃源禅師の『史記抄』）では「力抜山兮気蓋世、時不利兮威勢廃、威勢廃兮騅不逝、騅不逝兮可奈何、虞兮虞兮奈若何」となっている。〔騅〕項羽の愛馬の名。〔虞〕項羽の愛妃、虞美人。

わしの力は山を引き抜くほどだし、わしの意気は、この世界をおおい包むほどなのに。項羽本紀の始めに「籍は長《た》け八尺余、力は能く鼎を扛《あ》げ、才気は人に過《す》ぐ」と伏線をおく。「扛鼎」が「抜山」、「過人」が「蓋世」と呼応する。肉体的にも精神的にも超人能力であった。そういう幸福な時があった。

しかるに現在は、自分に不利な不幸な時間が到来する。時は我が身に不利である。それは天のしわざである。後に項羽の最期の頃、亭長が烏江（安徽省和県の東）の渡し場で舟を用意しているのに、その厚意を断わり、項羽は笑いながら、『天の我を亡ぼすに、我何ぞ渡ることを為さん。且つ籍江東の子弟八千人と、江を渡りて西し、今一人の還るもの無し。縦《たと》い江東の父兄憐《あわれ》みて我を王とすとも、我何の面目ありてか之に見《まみ》えん。縦《たと》い彼《かれ》言わずとも、籍独《ひと》り心に愧《は》じざらんや』と言っている。愛馬騅もかつては勇んで自分をのせてくれたのに、今は進もうとしない。これも天の恣意である。

「騅は進まない、もうはやどうしようもない。」は、絶望の辞である。愛馬から更に身辺に思いが行き、愛姫の虞よ、お前にも不幸が訪れるが、どうしようもない。これまた絶望の辞である。

唐・張守節《ちょうしゅせつ》の「史記正義」には、『楚漢春秋』にあるとして、虞美人の項羽に和した詩、

漢兵已略地　　漢兵　已《すで》に地を略《りゃく》し

四方楚歌声　　四方　楚歌の声
大王意気尽　　大王　意気　尽《つ》き
賤妾何聊生　　賤妾《せんしょう》　何《なん》ぞ生《せい》に聊《やす》んぜん

を載せるが、このように整った五言詩はこのころまだ発生しておらず、後人の偽作であろう。

大風歌　　劉　邦（漢高祖）

劉邦《りゅうほう》（前二四七〜前一九五）、漢の高祖、字《あざな》は季《き》で、秦末、庶民から身を起こし、項羽を破って天下を統一し、漢帝国をうち立てた。項羽が失意の歌を歌うに比し、劉邦は、天下を取った英雄として得意の歌を歌う。『史記』高祖本紀によると、「大風歌」は、漢の一二年（前一九五）項羽を倒して、天子の位に即《つ》いてから七年後、六十三歳の作である。淮南《わいなん》王黥布《げいふ》の反乱を収めて故郷の沛《はい》（江蘇省沛県、徐州市の北）に帰り、宴会をする。知人父老子弟を召して、大盤ぶるまいをする。また、沛中の男児百二十人を召しだして、歌を教えた。そして、

酒酣《たけなわ》にして、高祖筑《ちく》（琴の一種）を撃《う》ち、自ら歌詩を為《つく》りて曰わく、「大風歌」と。児をして皆之を和して習わせしむ。高祖乃《すなわ》ち起《た》ちて舞う。慷慨傷懐《こうがいしょうかい》して、泣数行下《なみだすうこうお》つ。

と、「大風歌」を作り、舞を舞い、かつての項羽との戦争を思い、天下を取った感慨にふける。死ぬ半年前のことである。

大風歌　　大風《たいふう》の歌

大風起兮雲飛揚　　大風　起《お》こり　雲　飛揚《ひよう》す

威加海内兮帰故郷　威《い》海内《かいだい》に加わり　故郷に帰る
安得猛士兮守四方　安《いず》くにか猛士《もうし》を得《え》て四方を守らしめん

〔安〕なんとかして、あるいは、どこからか。
〔韻字〕揚・郷・方。

大風が吹き起こって雲は飛び上がって舞うように、群雄競い起こって天下は乱れた。この歌は、『文選』巻二八にも収録されており、唐・李善《りぜん》は、「風起雲飛とは、群兇の競い逐い、而して天下の乱れしに喩《たと》うるなり。威加四海とは、已《すで》に静まれるを言うなり。夫《そ》れ安きものは危うきを忘れず、故に猛士もて以って之を鎮《しず》めとせんことを思う。」と注する。この説が妥当であろう。

群雄起こり天下乱れたのを平定して、その威力は天下を抑えつけ、故郷に帰ってきた。英雄の得意さを示す。しかし、それが続くかどうか不安がある。

これからは、天下を永く安定することが必要だ。そのためには、勇猛の男たちが必要だ。「四方」は天下四方のことであるが、高祖の頭には、北方の匈奴、南越の国境の守備が念頭にあったのかもしれない。

秋風辞　　劉徹（漢武帝）

劉徹《りゅうてつ》（前一五七～前八七）は、漢の五代目の天子武帝の名。前代に蓄えられた財力によって四方に遠征軍を出し、中国の領土を拡大し、儒学を尊重し、文学を愛好、文化的な方面に於いても画期的な進歩をもたらし、そのもとには多くの文人が集った。武帝は漢帝国の最盛期を築き上げた天子で、その五十四年間の治世は、浪費によって国力を衰えさせた失政も指摘されるが、きわめて威勢のよいものであり、中国史の最も輝かしい時代であった。
天子は、天の子であるから、天を祀《まつ》るのは当然で、武帝は泰山で封禅の儀を行っている。また、武帝は神仙道を信仰し、神になることを念願する。武帝が独裁者として絶頂の時期を迎えた、元鼎四年（前一一三）、四十五歳の時、黄河の東、汾陰《ふんいん》（山西省河津市の南）で、后土の神（土地神）を祭る。先年この地から古銅の鼎が出土し、「元鼎」と改元されている。「秋風辞」は、この后土の祭りの時、群臣と宴を催し、汾河《ふんが》を渡ることを歌った詩である。「辞」とは『楚辞』を祖とした抒情的作品をいう。漢の国威が最高に達したときの天子の歌であり、その満ち足りた思いとともに、迫りくる老いを悲しむ。永遠を願いつつもかなえられぬ、武帝の胸にわく憂いを詠じたものである。『文選』巻四五にも収録される。

秋風辞　　秋風《しゅうふう》の辞《じ》

劉　徹

秋風起兮白雲飛　　秋風　起こって　白雲　飛ぶ
草木黄落兮雁南帰　　草木　黄落《こうらく》して　雁　南に帰る
蘭有秀兮菊有芳　　蘭に秀《はな》さく有り　菊に芳《かんば》しき有り
懐佳人兮不能忘　　佳人を懐《おも》いて　忘るる能《あた》わず
泛楼船兮済汾河　　楼船を泛《うか》べて　汾河《ふんが》を済《わた》る
横中流兮揚素波　　中流に横たわりて　素波《そは》を揚《あ》ぐ
簫鼓鳴兮発棹歌　　簫鼓《しょうこ》　鳴りて　棹歌《とうか》　発《おこ》る
歓楽極兮哀情多　　歓楽　極まりて　哀情　多し
少壮幾時兮奈老何　　少壮　幾時《いくとき》ぞ　老《おい》を奈何《いかん》せん

〔佳人〕仙女。一説に、後宮の美人。あるいはりっぱな臣下を指すともいう。〔楼〕高いやぐらのある船。やかた船。〔汾河〕山西省を流れ黄河に注ぐ川。〔中流〕流中の意味で、川の流れの真ん中。〔棹歌〕舟うた。

〔韻字〕飛・帰」芳・忘」河・波・歌・多・何。

秋風が起こり、白雲が空に飛ぶ。草木の葉は黄ばみ散り、雁は南に帰って行く。秋の景物を歌う。『礼記《らいき》』月令《がつりょう》に「季秋の月、鴻雁　来賓《とどま》る。……是《こ》の月や、草木　黄ばみ落つ」という。宋玉《そうぎょく》「九弁《きゅうべん》」(『楚辞』)の冒頭にも、「悲しいかな　秋の気たるや、蕭瑟《しょうしつ》として草木揺落す」とある。

蘭にはよい花が咲き、菊にはよい香りがする。この蘭と菊と同じような佳人を思い忘れることができない。秋の景物を見て思いをいたす。佳人は後宮の美人、あるいは神仙、臣下ともいわれる。

さて、后土の神の祭りに屋形船を浮かべて汾河を渡り、流れの中を横切って白い波をあげて進むと、簫《ふえ》や鼓《つづみ》が鳴り、舟歌が歌われる。

喜び楽しみが頂点にくると、この歓楽がいつまで続くことであろうか、人の命に対する不安から、悲しみの情がわいてくる。淮南王《わいなんおう》劉安《りゅうあん》の『淮南子《えなんじ》』説林訓《ぜいりんくん》に「栄華有る者は、必ず憔悴す」とある考えが背後にあり、帝王として権力の頂点に立つものは必ず没落すると考える。若い時はいつまで続くか、この老いていくことはどうしようもない。人生幾ばくぞの感慨がある。これは人間誰しも持つものであるが、最盛期にある天子として感慨はひとしお深い。

詩　　蘇　武

蘇武《そぶ》(前一四三〜前六〇)、字《あざな》は子卿《しけい》。漢の武帝の時、匈奴に使いして捕らえられ、バイカル湖のほとりに十九年間抑留されたのち漢に帰った（『史記』「李将軍列伝」、『漢書』「李広《りこう》・蘇建《そけん》伝」、『史記』『漢書』の「匈奴伝」）。その詩は李陵《りりょう》の詩とともに五言詩の最古のものとされているが、六朝風であり、恐らくは後人の仮託であろう。『史記』『漢書』には載らず、『文選』巻二九に四首収録されている。第一首は、匈奴に使いする時、兄弟に別れる詩、第二首は、匈奴に残る李陵に贈る詩、或いは単に遠方に行く人を送る詩、第三首は、匈奴に出征の時、妻との別れの詩、第四首は、匈奴に征かんとする時、友に別れる詩である。

ここでは第三首を取りあげる。この詩については、『文選』五臣の呂向《りょきょう》注に、「武、将に匈奴に使いせんとするの時、妻に留別《りゅうべつ》するなり」とあり、『玉台新詠』巻一に、蘇武「留別妻一首」として収められている。ただ宋本の『玉台新詠』にはないので、後人が追加したのかもしれない。

詩

結髪為夫妻　　結髪《けっぱつ》して夫妻と為《な》り
恩愛両不疑　　恩愛　両《ふたつ》ながら疑わず
歓娯在今夕　　歓娯《かんご》　今夕《こんせき》に在《あ》り
嬿婉及良時　　嬿婉《えんえん》　良時《りょうじ》に及ばん
征夫懐往路　　征夫《せいふ》は往路を懐《おも》い
起視夜何其　　起《た》ちて夜何其《よるいかん》を視る
参辰皆已没　　参辰《しんしん》　皆な已《すで》に没《ぼっ》す
去去従此辞　　去《さ》り去りて　此《こ》れ従《よ》り辞《じ》せん
行役在戦場　　行役《こうえき》は戦場に在り

相見未有期相《あ》い見《まみゆ》ること未《いま》だ期《き》有らず
握手一長歎手を握りて一《ひと》たび長歎《ちょうたん》すれば
涙為生別滋涙　生別《せいべつ》の為《ため》に滋《しげ》し
努力愛春華努力して春華を愛《お》しみ
莫忘歓楽時歓楽の時を忘るる莫《な》かれ
生当復来帰生きては当《まさ》に復《ま》た来《き》たり帰るべし
死当長相思死しては当《まさ》に長く相《あ》い思うべし

〔結髪〕成人のしるしとして、男は二十歳、女は十五歳で髪を結いあげ、男は冠をつけ、女は笄《こうがい》をさす。〔両〕二人ともの意。特殊な使い方。〔嬿婉〕仲むつまじいこと。〔及良時〕このよいときを無駄にしないようにしよう。〔征夫〕行く人、旅に出る人。〔往路〕『玉台新詠』は「遠路」に作る。〔何其〕何如。どういう状態かの意。其は意味のない助字。〔参辰〕星の名。よあけ近くに没する。〔行役〕命を受けて旅に出ること。〔春華〕春の花のごとき若々しい年齢、または容貌。はなやかな若々しさ。〔相思〕夫が妻のことを思う。「相」は相手を予想して使う字。互いにという強い意味はない。

〔韻字〕疑・時・其・辞・期・滋・時・思。

成人してお前と夫婦となり、恩愛《いつくしみ》の情こまやかで、二人とも疑うこともなかった。後世は年少の時に夫婦約束をした許嫁《いいなずけ》を「結髪夫婦」という。また、初めての正妻を「結髪の婦」という。

さて明日は旅立ち、二人の楽しさも今宵限りである。その喜びもこのよき時のうちに尽くさん。「歓娯」は、『孟子』尽心上にあり、「楽しさ」をいうことば。『毛詩』邶風《はいふう》・新台「燕婉之求」（燕婉を之《こ》れ求む）の毛伝に「燕は、安なり。婉は、順なり」とあり、おだやかでおとなしい人をいうが、ここでは容貌ではなく、楽しみ、喜びである。

旅人はこれから旅立つ路が気にかかり、夜は何時頃かと立ち上がってじっと様子を見る。夜眠れぬうちに、夜明けとなる。

参辰の星は、みな山に没してしまった。夜は明けようとしている。いざ、早く出かけて、これからおいとまごいしよう。「参辰」は、参商と同じで、朝に消える星である。参星は西方に、商（辰）星は東方に、二星出没して相い見えず、人の相い会わざるに喩えることもある。「去去」は、早く出かける意で、「いざ」と訳す。「従此」は、ここから（所）、これから（時間）の意がある。

さて使いを奉じて旅に出るが、それは戦場である。お前といつ会えることやら。「行役」は、『毛詩』魏風・陟岵《ちょくこ》に見える。

さらばと手を握って長歎息すれば、涙はこの生きながらの別れのためにしとどと流れる。「生別」は、『楚辞』九歌・少司命に、「悲莫悲兮生別離、楽莫楽兮新相知」（悲しみは生別離《せいべつり》よりも悲しきは莫《な》く、楽しみは新相知《しんそうち》よりも楽しきは莫し）とある。

ではお前、つとめて春の花のような若い年をおしみ、二人で楽しんだ時のことを忘れないでほしい。最後の一段で相手に対する愛情を歌う。

生きて命があれば、お前のもとに帰って来るであろうし、もし死んでも、とこしえにお前のことを忘れないであろう。それにしても悲しい別れである。妻を思う切々たる情がよく表されている。あまりにうますぎるため、前漢時代にはこんな作品はできないとされ、後人の偽作といわれる。

与蘇武詩　　李陵

李《り》陵《りょう》（?～前七四）、字《あざな》は少卿《しょうけい》。漢の武帝の時、匈奴と戦い、敗れて降伏し、単于《ぜんう》の娘を娶り、右校《うこう》王となった。このため武帝の怒りを買い、一族が殺された。中島敦《なかじまあつし》の小説「李陵」は有名である。蘇武との別れに際して作ったという詩三首が、『文選』巻二九に収められていて、李陵の詩は五言詩の祖といわれる。しかし、『史記』『漢書』には記載されず、また調子が派手すぎ、六朝風であり、五言詩は前漢には発達していなかったことも併せて、後世の偽作であろうという。昭明太子は何か別に基づくところがあって採録したのであろうが、真意は不明である。ここでは、その第一首と第三首を取りあげた。

与蘇武詩（其一）　蘇武《そぶ》に与《あた》うる詩

良時不再至　良時《りょうじ》は再《ふたた》びは至らず
離別在須臾　離別は須臾《しゅゆ》に在《あ》り
屏営衢路側　衢路《くろ》の側《かたわら》に屏営《へいえい》し
執手野踟躕　手を執《と》りて野《の》に踟躕《ちちゅう》す
仰視浮雲馳　仰ぎて浮雲の馳《は》するを視る
奄忽互相踰　奄忽《えんこつ》として互《たが》いに相《あ》い踰《こ》ゆ
風波一失所　風波に一《ひと》たび所を失えば
各在天一隅　各《おの》おの天の一隅に在り

長当従此別
且復立斯須
欲因晨風発
送子以賤軀

長《とこしえ》に当《まさ》に此《こ》れ従《よ》り別《わか》るべし
且《しばら》く復《ま》た立ちて斯須《ししゅ》す
晨風《しんぷう》の発《お》こるに因《よ》って
子《し》を送るに賤軀《せんく》を以《も》ってせんと欲《ほっ》す

〔屛営〕さまようさま。畳韻の語。〔衢路〕別れ道。〔互相踰〕先になり後になりして過ぎる。〔且復〕「復」は添え字で、意味はない。「且」は、まずは、まあひとつ。〔斯須〕しばらくの間。わずかの時間。双声の語。〔晨風〕朝風。一説に、はやぶさ。〔以賤軀〕「賤軀」は自分の身。風に乗って送ることをいう。

〔韻字〕臾・蹰・踰・隅・須・軀。

二人で会っているこのよき時間は、別れたならば二度とはやってこない。二人の別れは、目前に迫っている。君を送って別れ道のそばでさまよい歩き、君の手を取って野道で別れをためらう。別れの場面である。ふと空を見ると、浮雲が飛んで行く。それを見つめていると互いに先になり後になりして行き過ぎる。別れたら浮雲のごとく君は行ってしまう。浮雲が別れを象徴している。

その浮雲は、風に吹かれて安定を失えば、それぞれ天の一方に吹かれてしまう。君と僕との別れのようなものだ。別れた後、遠く離れることをいう。「風波」は、ここでは風のこと、「波」はつけたし。

さて永久に今からこの場所から別れてしまうであろう。まあひとつ、ここに立ち止まってしばらくの間をすごし、別れの情を尽くそうではないか。つきぬ別れの情。

私は朝風が吹くのに鳥のように乗って、このつまらぬ身をもって君を送りたい気持ちでいっぱいである。どこまでも送って行きたい、別れがたい友情。

蘇武が匈奴から漢に帰る時に、李陵が見送って作った詩とすると、自分も漢に帰りたい気持ちをいうことになる。

五臣の李周翰《りしゅうかん》注は、蘇武が匈奴に使いするときに贈った詩とする。いずれにせよ、別れの情を述べてなかなか巧みであるが、ややくどいところは六朝風である。

与蘇武詩（其三）　　蘇武に与うる詩

携手上河梁　　手を携《たずさえ》て河梁《かりょう》に上《の》ぼる
遊子暮何之　　遊子《ゆうし》　暮《くれ》に何《いず》くにか之《ゆ》く
徘徊蹊路側　　蹊路《けいろ》の側《かたわら》を徘徊《はいかい》し
悢悢不能辞　　悢悢《りょうりょう》として辞《じ》する能《あた》わず
行人難久留　　行人《こうじん》　久しくは留まり難《がた》く
各言長相思　　各《おの》おの長《とこしえ》に相《あ》い思うと言う
安知非日月　　安《いず》くんぞ日月《じつげつ》に非《あら》ざるを知らんや
弦望自有時　　弦望《げんぼう》　自《おのずか》ら時有り
努力崇明徳　　努力して明徳を崇《たか》くし
皓首以為期　　皓首《こうしゅ》以《も》って期《き》と為《な》さん

〔携手〕手をとりあって。〔河梁〕川の橋。〔遊子〕旅人。〔蹊路〕こみち。〔悢悢〕なげき悲しむさま。しくしくと。〔行人〕道行く人。旅人。〔安知非日月〕どうして日月と同じでないことがわかろう、日月と同じことである。〔弦望〕「弦」は半月、「望」は満月。満月のときには日と月とが相い望むという。なお、これには諸説がある。〔崇〕たかくする。また、とうとぶ。

〔韻字〕之・辞・思・時・期。

この第三首が一番有名な詩で、李陵が漢にいた時に、蘇武が匈奴に使いするのを送ったものという。手を携えて河の橋を渡る。旅人はこの夕暮れにどこに行こうとするのか。これから遥か遠く旅立つのだ。この二句、情景描写引き立っていて、なかなかよい。

こみちのほとりを行きつ戻りつして、しくしくと悲しくなって、別れることができない。別れがたい情。さて旅立つ人は、長くは留まっていることはできない。別れに際して、いつまでも忘れないと言って別れる。別れに際してのあいさつ。

二人の間は、日月ではないということがありましょうか、日月と同じでしょう。会えるときもあるとお互いなぐさめる。「弦」は月の弦の小さな時、「望」は満月の時。小さな弦の月も満月になるときがあるだろう。その時は、月は西にあり、日は東に出て、互いに遥かに望みあう。これと同じく二人はまた会うときがあるかもしれない。李善《りぜん》の注はこのように解する。また、「弦」と「望」はしかるべき時があり、「望」の時がくる。つまり、会える時がくるであろうとも解される。この場合は、「日」は意味がない字とする。

別れてからはお互いつとめてよき徳をたかく保って大切にして、白髪頭の頃に会えるかもしれぬ、それを期待しよう。お互い会える日を待とうという。

蘇武と李陵は二十年来の友人で、ともに侍中の職にあったこともある。李陵の祖父、李広《りこう》は飛将軍といわれ、匈奴を恐れさせたが、最後は遠征途中、軍の混乱の責任をとり自殺する。蘇武の父、蘇建《そけん》は武将で匈奴に出撃し、右将軍ともなるが、失敗して代郡太守で終わる。

天漢元年（前一〇〇）、蘇武が捕虜交換のために平和使節として匈奴に使いし、それを見送った李陵は、一年後に北征し、捕虜となる。蘇武は匈奴に留めおかれ降伏をすすめられる。穴蔵に幽閉され飲食ももらえなかったが、雪と旃《せん》毛を噛んで飲み、数日たっても死ななかった。匈奴は神だと思って、北海のほとりの人なき所に移し、羝《てい》（牡羊）を飼わせ、それに乳が出たら漢に帰すという。蘇武はその地で野鼠をほり、草の実を食べ、漢の節をまっとうする。この間、匈奴に降った李陵が降伏をすすめるも聞かず。やがて武帝が死んで、昭帝が即位して数年、匈奴と漢が和親する。漢が蘇武の帰還を求めるも、匈奴は偽って死んだという。ついで、天子の上林苑で、帛書を足に結んだ雁が見つかり、それには「某《それがし》沢中に在り」と書かれていた。これを「雁書」「雁札」「雁使」（雁の使い）「雁便」（雁の便り）などといい、わが国の『万葉集』にも詠まれている。

泉川《いつみがは》の辺《へ》にして作る歌一首（巻九、柿本人麻呂歌集）

春草《はるくさ》を馬咋山《うまくひやま》ゆ越《こ》え来《く》なる雁《かり》の使《つか》ひは宿《やど》り過《す》ぐなり

遠江守桜井王《とほたふみのかみさくらゐのおほきみ》、天皇《てんわう》（聖武）に奉《たてまつ》る歌一首（巻八）

九月《ながつき》のその初雁《はつかり》の便《たよ》りにも思《おも》ふ心《こころ》は聞《き》こえ来《こ》ぬかも

かくて、匈奴の単于《ぜんう》は謝り、蘇武を帰すことにする。始元六年（前八一）春、蘇武は李陵に見送られて漢に帰る。匈奴にあることあしかけ二十年であった。匈奴に降伏した李陵は、単于の娘を娶り、右校王となり、武帝の怒りをかって、故国の一族は殺された。彼は二十余年を匈奴の地で過ごして卒《しゅっ》す。

『漢書』蘇武伝には、漢に帰る蘇武のために李陵が酒宴を設け、歌った詩が記載されている。李陵は蘇武の帰還を慶賀して、

今足下は帰り給う。匈奴に名をあげ、漢室にては功顕わる。史上に名をとどむるは足下を以って第一とする。小生おろかなりと雖も、しばらく漢をして小生の罪を許し、老母を全《まっと》うせしめば、再び志をふるいたたしめん。これ小生の宿志なり。しかるに小生の家を没収し母弟妻子を誅戮す。小生何をかいわんや。ああままよ。せめて足下にわが心をしらしめん。かく異域にいる人、ひとたび離るれば、永別となるであろう。

と言い、起って舞い歌った。

径万里兮度沙漠　　万里を径《わた》りて沙漠を度《わた》り
為君将兮奮匈奴　　君が将と為《な》りて匈奴に奮《ふる》う
路窮絶兮矢刃摧　　路窮《みちきわ》まり絶えて矢刃摧《しじんくだ》け
士衆滅兮名已隤　　士衆《ししゅう》滅《ほろ》びて名已《すで》に隤《お》つ
老母已死　　　　　老母已《すで》に死せり
雖欲報恩将安帰　　恩に報《むく》いんと欲《ほっ》すと雖《いえど》も、将《は》た安《いず》くにか帰《き》せん

万里を渡り砂漠を渡り、漢帝の大将となりて匈奴に奮戦す。路は窮まって通ぜず、矢刃はくだけ、わが兵卒は亡び、わが名はもはやすたれてしまった。そのうえ、老母はは死に、その恩を報ぜんとしようと思うが、いったいどこに恩を報ずることができましょうか。

かく歌って、涙さんぜんとして下り、蘇武と別れた。

李陵は匈奴に兵法を教えた嫌疑により、母弟妻子を誅戮《ちゅうりく》されたが、実は兵法を教えたのは彼ではなく、李緒《りしょ》だった。李陵はこれを痛み漢に帰らなかった。蘇武の帰る時、その母弟妻子に思いをはせ、心中むせぶ思いであったろう。自分の匈奴に奮戦した心の漢に知られざるを嘆き、終身匈奴に留まることとなった彼の心中また憐れむべしである。

この歌は、『漢書』に載せられ、その形式も前漢時代によく見られる楚歌の調子であり、前出の五言詩とは違い、李陵の作と見てよかろう。

また、この間、二人の間に交わされたという往復書簡があり、その事情と心情が縷々つづられている。李陵「蘇武に与うる書」（『芸文類聚』巻三〇）、蘇武「李陵に答うる書」（『芸文類聚』巻三〇）、李陵「蘇武に答うる書」（『文選』巻四一）がそれであり、『文選』李善注にも各所に引くが、宋・蘇東坡《そとうば》は、六朝の斉・梁人の偽作だという（『容斎随

筆』引)。

『平家物語』(巻二)の、鹿谷《ししがたに》の一件が発覚して、一族の成親《なりちか》が加担した罪で、清盛の拷問を受ける場面に、

蕭樊《せうはん》とらはれとらはれて、韓彭にらきすされたり。鼂錯戮《てうそりく》をうけて、周魏つみせらる。たとへば、蕭何《せうか》・樊噲《はんくわい》・韓信・彭越《はうゑつ》、是等《これら》は高祖の忠臣なりしか共《ども》、小人の讒によて過敗の恥をうく共《とも》、かやうの事をや申《まうす》べき。

とあるのは、『文選』巻四一の「蘇武に答うる書」の一節、

昔蕭樊囚縶、韓彭葅醢。鼂錯受戮、周魏見辜。(昔蕭樊は囚縶《しゅうちゅう》せられ、韓彭は葅醢《そかい》にせられ、鼂錯は戮を受け、周魏は辜《つみ》せらる)

を使ったものである。「囚縶」を「とらはれとらはれて」とし、「葅」を「にらき」、「醢」を「す」とするのは、『文選』の古訓を受けてのものであろう。

古詩十九首

『文選』では漢代の作者不明の五言詩を十九首まとめて「古詩十九首」としてある。昭明太子は慎重に作者不明としているが、同時代の徐陵《じょりょう》の『玉台新詠』には、このうち八首を前漢の枚乗《ばいじょう》(?~前一四〇)の作とするし、同時期の劉勰《りゅうきょう》の『文心雕龍《ぶんしんちょうりょう》』明詩《めいし》篇にも「枚乗の作あり」とし、また、「冉冉孤生竹」を後漢の傅毅《ふき》の作(前一世紀)とする。

古詩十九首は、全部が同じ年代に作られたものではなく、前漢に作られた可能性のあるものもあり、明らかに後漢の作と見られるものもある。作者も諸説あったが、昭明太子《しょうめいたいし》は明らかに定めがたいので、作者を著わさなかったの

であろう。

ここには、第一・二・七・八・十・十四・十五・十七首を取り上げた。

行行重行行（古詩十九首　其二）

『玉台新詠』は前漢の枚乗の作とする。この詩については、妻が旅先の夫を思って作ったという説、旅先の夫が故郷の妻を思って作ったという説、前半が夫の立場から作り、後半が妻の立場から作ったという説のほかに、追放された臣下が主君を慕って作ったとする説などがある。ここでは、妻が旅先の夫を思う気持ちをうたう、とする。

行行重行行　　行《ゆ》き行《ゆ》きて重《かさ》ねて行《ゆ》き行《ゆ》く
与君生別離　　君と生きながら別離《べつり》す
相去万余里　　相《あ》い去ること万余里《ばんより》
各在天一涯　　各《おの》おの天の一涯《いちがい》に在り
道路阻且長　　道路阻《へだ》てられて且《か》つ長《なが》し
会面安可知　　会面《かいめん》安《いず》くんぞ知る可《べ》けん
胡馬依北風　　胡馬《こば》は北風《ほくふう》に依《よ》り
越鳥巣南枝　　越鳥《えっちょう》は南枝《なんし》に巣《す》くう
相去日已遠　　相《あ》い去ること日《ひ》に已《ひ》に遠く
衣帯日已緩　　衣帯《いたい》は日《ひ》に已《ひ》に緩《ゆるや》かなり

浮雲蔽白日
遊子不顧反
思君令人老
歳月忽已晩
棄捐勿復道
努力加餐飯

浮雲《ふうん》は白日を蔽《おお》い
遊子《ゆうし》は顧反《かえりみ》せず
君を思えば人をして老《お》い令《し》む
歳月忽《たちま》ち已《すで》に晩《く》る
棄捐《きえん》して復《ま》た道《い》うこと勿《な》かれ
努力して餐飯《さんはん》を加えん

〔行行〕進み方の様子。〔依〕身をよせる。懐かしがる。『玉台新詠』では「依」を「嘶」（いななく）に作る。〔浮雲蔽白日〕旅先の夫の地方の実景。また、邪佞の臣が賢人または主君を妨害するのに喩えるという説がある。〔棄捐勿復道〕「棄捐」は棄置とも言われ、ままよの意。一説に、自分が捨てられてしまったことなどもう言うまい、の意。〔努力加餐飯〕どうかご飯をたくさん食べて元気でいてください、の意。

〔韻字〕離・涯・知・枝」緩・反・晩・飯。

あなたはとぼとぼとまたとぼとぼと別れて行った。あなたと生きながら別れた。それは、「悲」しい別れであった。『楚辞』九歌・少司命に「悲しみは生別離《せいべつり》よりも悲しきは莫《な》く、楽しみは新相知《しんそうち》よりも楽しきは莫し」とあり、この句は『楚辞』の「悲」を背後に持つ。

一万余里も二人は隔たっておのおの天の一方にいる。「涯」は、方《はて》と同じ。

二人の間の道路は、山や川にはばまれた上、遥か遠い。会うことはいつのことやら。「道路阻てられて且つ長し」は『詩経』秦風・蒹葭《けんか》「遡洄《そかい》して之《こ》れに従《したが》わんとすれば、道は阻《へだ》てられて且《か》つ長し」による。「会面」は会うこと。今の面会。中国語では「会面」という。

古えより北の胡から連れてこられた馬は古里懐かしく、北風が吹いてくると、それに身をよせる。南の越から連れてきた鳥は、古里懐かしく、南の枝に巣を作る。故郷は忘れにくいものだという。それと同じように、私もかつての夫とのくらしが忘れることができません。夫も私を忘れないでありましょう。「巣」は動詞に読ませる。『韓詩外伝《かんしがいでん》』に「代馬　北風に依り、飛鳥　故巣に棲《す》む」とある。漢代では韓詩に基づいて、よく利用される。その他、『塩鉄論』未通《みつう》篇に「代馬　北風に依り、飛鳥　故巣に翔《か》く」、『呉越《ごえつ》春秋』巻四に「胡馬　北風を望みて立ち、越鷰《えつえん》　日に向かいて熙《おこ》る」とほぼ同じ句がある。こうした比喩が何を喩えるかは、①一人は北に、一人は南に別れている。②夫が故郷を忘れない。③私が夫を思う。④夫も私も、それぞれを思う。などの諸説がある。

二人の間の隔たりは日ごとに遠くなり、あなたに思いこがれて身は細り、着物や帯はゆるくなってしまった。古楽府の「古歌」に、「家を離れて日に遠く趨《な》り、衣帯は日に緩《ゆる》く趨《な》る」とある。「日已」は、日に日にそうなる。「遠」は時間的、距離的どちらでもよい。

恐らく夫のいる所では、白日を浮雲が蔽《おお》って暗々としており、旅人なる夫は故郷に帰ろうと思わないのであろう。妻が旅先の夫の地方の実景を想像する。古来諸説がある。李善は、邪佞《じゃねい》のものが忠良のものを排する喩えとする。だから遊子（夫）が外に出て帰れないという。「浮雲」の用例をみると、確かに邪臣讒邪《じゃしんざんじゃ》に喩えている。また、二人の間に険阻な山河があるとする説もある。「顧反」は、かえりみる。

あなたのことを思えば、私は年老いるばかり。歳月ははや年の暮れとなった。「君を思えば人をして老いしむ」は『詩経』小雅・小弁《はん》の「維《こ》れ憂いて用《も》って老ゆ」からくる、よく用いられる表現である。「晩」は歳晩。「忽已」は、はや。

ままよ、打ちすててもういうまい、せめてつとめてご飯でも食べよう。一説に、どうかご飯をたくさん食べて元気でいてください、の意ととる。『古詩賞析』は、夫に捨てられても、それを恨まず、夫の自愛を願うのみ、と解釈する。

この夫は、何かの事情で再び会わぬつもりで出ていった。もし朝廷に仕えて邪佞の臣に妨げられて、再び帰らざる決意で出たとすれば、「浮雲」は李善の如くであろう。『詩経』『楚辞』などの句をふまえている所をみると、学ある人の作であろう。また、二首とみる説もある。一首とみると後半は反復して感情を高める素朴の詩とみられる。

青青河畔草（古詩十九首　其二）

この詩は、『玉台新詠』では枚乗の作とされている。夫を思う妻の気持ち、独り寝のわびしさを、前半（～纖纖出素手）は第三者の立場で歌い、後半四句は、婦になった気持ちでうたう。

青青河畔草　　青青たり河畔《かはん》の草
鬱鬱園中柳　　鬱鬱《うつうつ》たり園中の柳
盈盈楼上女　　盈盈《えいえい》たる楼上《ろうじょう》の女
皓皓当牕牖　　皓皓《こうこう》として牕牖《そうゆう》に当《あ》たる
娥娥紅粉糚　　娥娥《がが》たり紅粉《こうふん》の糚《よそおい》
纖纖出素手　　纖纖《せんせん》として素手《そしゅ》を出《い》だす
昔為倡家女　　昔は倡家《しょうか》の女為《た》り
今為蕩子婦　　今は蕩子《とうし》の婦為《た》り
蕩子行不帰　　蕩子は行《ゆ》きて帰《かえ》らず
空牀難独守　　空牀《くうしょう》独《ひと》り守り難《がた》し

〔盈盈〕ふくよかに美しいさま。〔皓皓〕真っ白なさま。〔娥娥〕顔の美しいさま。〔蕩子〕遠くへ旅立って帰って来ない夫。一説に、放浪者。

〔韻字〕柳・牖・手・婦・守。

遥かかなた黄河のほとりに草が青々と生えており、わが思う夫（蕩子）のところまで続いているかもしれない。眼の前では、園中の柳がこんもり茂っている。古楽府「飲《いん》馬《ば》長《ちょう》城《じょう》窟《くつ》行《こう》」に「青青たり河辺《かへん》の草、綿綿《めんめん》として遠道《えんどう》を思う」とあり、これはよく使われた表現であろう。楼上で娘が外を眺めている。眼に入るのは柳、その柳を見るにつけ、蕩子のことが思われる、時は春、その思いはなおさらである。漢代の頃から、遠く旅立つ人を灞《は》橋まで送り、柳を折って送別することが行われた。柳を輪（環）にして、還と通じさせるとも、柳は留に通ずるからともいう。

みずみずしい二階にいる娘、皮膚は白々として窓辺によりかかる。「当」はそのそばで。「牕牖」は窓。

べにおしろいのよそおいは美しく、細々《ほそぼそ》の白い手を出して窓によりそっている。「繊繊」は『詩経』魏風・葛屨《かっく》に「摻摻《さんさん》たる女手《じょしゅ》、以って裳《しょう》を縫《ぬ》うべし」とあるによる。

昔はうたいめ（妓女）であったが、今は旅に出て帰ってこない男（遊子）の嫁である。

旅人は出たまま帰ってこない、ひとりねのベッドは堪えがたい。

畳字《じょうじ》が多いのが特色である。「青青」「鬱鬱」「盈盈」「皓皓」「娥娥」「繊繊」は、沈徳潜《しんとくせん》『古詩源《こしげん》』によると、『詩経』衛風・碩人《せきじん》の「河水《かすい》洋洋《ようよう》として、北に流れて活活《かつかつ》たり」より出たという。畳字と対句（一・二句と七・八句）を用いるのは感情を盛り上げる手法である。唐の王昌齢《おうしょうれい》の「閨怨《けいえん》」に、

閨中少婦不知愁　　閨中《けいちゅう》の少婦《しょうふ》　愁《うれ》いを知らず
春日凝妝上翠楼　　春日　妝《よそお》いを凝《こ》らし翠楼《すいろう》に上《のぼ》る
忽見陌頭楊柳色　　忽《たちま》ち陌頭楊柳《はくとうようりゅう》の色を見て

悔教夫婿覓封侯　　悔《く》ゆらくは夫婿《ふせい》をして封侯《ほうこう》を覓《もと》めしめしを

とある。

明月皓夜光（古詩十九首 其七）

友人が高位高官になって出世したが、昔の自分のことを忘れてしまったのを怨む。自分を助けてくれないのを刺《そし》る。前段の前半は、秋の夜の風景を即興的に歌う。また、前段では時節が移り易《か》わることをいい、それによって人情も移り易《か》わることを思い出す。後段（昔我同門友～）は友人のこと。

明月皓夜光　　明月　夜光《やこう》皓《こう》たり
促織鳴東壁　　促織《そくしょく》　東壁《とうへき》に鳴く
玉衡指孟冬　　玉衡《ぎょくこう》　孟冬《もうとう》を指《さ》し
衆星何歴歴　　衆星《しゅうせい》　何《なん》ぞ歴歴《れきれき》たる
白露沾野草　　白露《はくろ》　野草《やそう》を沾《うるお》し
時節忽復易　　時節《じせつ》忽《たちま》ち復《ま》た易《か》わる
秋蟬鳴樹間　　秋蟬《しゅうぜん》は樹間《じゅかん》に鳴き
玄鳥逝安適　　玄鳥《げんちょう》は逝《は》た安《いず》くにか適《ゆ》く
昔我同門友　　昔《むかし》我が同門の友
高挙振六翮　　高く挙《あ》がりて六翮《りくかく》を振《ふる》う

不念携手好　手を携《たずさ》えし好《よし》みを念《おも》わず
棄我如遺跡　我を棄《す》つること遺跡《いせき》の如《ごと》し
南箕北有斗　南に箕《き》あり北に斗《と》有り
牽牛不負軛　牽牛《けんぎゅう》　軛《くびき》を負《お》わず
良無盤石固　良《まこと》に盤石《ばんじゃく》の固《かた》きこと無《な》くんば
虚名復何益　虚名《きょめい》　復《ま》た何の益《えき》かあらん

〔促織〕こおろぎ。〔玉衡〕北斗七星の柄の部分。〔孟冬〕初冬。〔玄鳥〕つばめ。〔六翮〕「翮」は鳥の羽の茎。大きな鳥の翼には六本の茎が有る。〔遺跡〕あとに残した足あと。〔軛〕くびき。車の轅《ながえ》の端につけて、牛や馬をつなぐもの。〔虚名〕ここでは朋友という虚しい名を指す。

〔韻字〕壁・歴・易・適・翮・跡・軛・益。

明月、その照らす夜の光が輝いている。こおろぎが秋の冬支度のはた織りをせきたてる。この句は、『詩経』陳風・月出《げっしゅつ》の、「月出でて皓《こう》たり」を意識する。「皓」はひかる。「夜光」は、夜の光。また、「夜光皓たり」で、夜光珠のように白く輝いている、ともとれる。「促織」は、秋になると冬支度のはた織りを急がなければならないので、それを促すためにこおろぎが鳴くことからいう。立秋の頃を指す。「東壁」には意味はないが、『古詩十九首解』では、「東壁は陽に向いている。天気涼しくなると、草虫は皓に就《つ》く」という。

北斗の柄が孟冬の方向（北東）を指しており、多くの星につらなり、星々なんと輝くことか。「玉衡」は、がんらい玉で飾った天文観測器具をいうが、ここでは北斗七星の柄の部分を喩えている。一説には、北斗七星の第五星という。漢の孟冬が今の七月（一〇月を歳首とする）だとすると、この詩は前漢の詩となるが、いまは孟冬は孟秋の誤りとる。夏暦では、孟秋となる。

白露は野草をぬらし、時節は忙しく易《か》わる。

秋蟬は樹間に鳴き、つばめはどこかに帰っていく。「秋蟬は樹間に鳴き」は、『礼記《らいき》』月令《がつりょう》「(孟秋の月) 涼風《りょうふう》至り、白露《はくろ》降《くだ》り、寒蟬鳴く」による。「玄鳥は逝た安くにか適く」は、『礼記』月令に「(仲秋の月) 鴻雁《こうがん》来《き》たり、玄鳥《げんちょう》帰る」とあるによる。また、その鄭玄《じょうげん》注に、「玄鳥は燕なり、帰は去り蟄《かく》るるを謂うなり」とある。「逝」は助字。一説に「ゆきて」の意。白露から秋の蟬(寒蟬ともいう。ひぐらし)が鳴き、玄鳥(つばめ)が帰っていく。移り変わりがはげしいことをいう。

昔は私と同門の友人であったのが、大空高く舞い上がり十分にはばたくように、今や出世して存分にふるまっている。「同門」は、先生を同じくすること。むかし同門の友人であったのか。「高く挙がりて六翮を振う」は、『韓詩外伝』巻六に、晋の平公の問いに船人盍胥《こうしょ》が答えて、「夫れ鴻鵠《こうこく》一挙にして千里、恃《たの》む所の者は六翮のみ」とあるによる。鳥を比喩に用いている。

今は手をとりあって親しんだよしみを思わず、私をあとに残すあしあとのように棄ててしまった。「遺跡」は、『国語』楚語下に「霊王 民を顧みず、一国のこれを棄つること、遺跡の如し」とある。

南には箕の星、北には北斗があるがいずれも名のとおりの働きなどしていない、牽牛星は実際にくびきを牽いているわけではない。「箕」「斗」はともに星の名。「み」「ひしゃく」という名ばかりを持っていて何もしないことをいう。『詩経』小雅・大東に「維れ南に箕《み》有り、以って簸揚《はよう》すべからず、維れ北に斗《と》有り、以って酒漿《しゅしょう》を挹《く》むべからず」「睆《かん》たる彼《か》の牽牛、以って服箱《ふくそう》せず」とあるによる。

友だちの交わりも大石の固さがなければ、旧友という名だけでは何の役にも立たない。

中国の友情は官僚社会で成り立つ。隣組とか単なるグループの友情など考えていない。

冉冉孤生竹（古詩十九首 其八）

この作、『文心雕龍《ぶんしんちょうりょう》』では後漢の傅毅《ふき》（?〜八九）の作としている。後漢の作者と指定しているのは珍しい。女性が結婚の遅れているのを怨む詩。

冉冉孤生竹　　冉冉《ぜんぜん》たり孤生《こせい》の竹《たけ》
結根泰山阿　　根を泰山《たいざん》の阿《くま》に結ぶ
与君為新婚　　君と新婚を為《な》す
兎絲附女蘿　　兎絲《とし》　女蘿《じょら》に附《つ》く
兎絲生有時　　兎絲　生ずるに時有り
夫婦会有宜　　夫婦　会《かい》するに宜《よろ》しき有り
千里遠結婚　　千里　遠く婚を結ぶ
悠悠隔山陂　　悠悠《ゆうゆう》として山陂《さんぱ》を隔《へだ》つ
思君令人老　　君を思えば人をして老《お》い令《し》む
軒車来何遅　　軒車《けんしゃ》　来《き》たること何《なん》ぞ遅き
傷彼蕙蘭花　　傷《いた》む　彼《か》の蕙蘭《けいらん》の花
含英揚光輝　　英《はな》を含んで光輝《こうき》を揚《あ》げ
過時而不采　　時を過ぎて采《と》られず

将随秋草萎　将《まさ》に秋草に随《したが》って萎《しぼ》まんとするを
君亮執高節　君　亮《まこと》に高節を執《と》らば
賤妾亦何為　賤妾《せんしょう》　亦《ま》た何《なに》をか為《な》さん

〔冉冉〕なよなよとしたさま。〔阿〕山の入り込んだところ。ほとり。くま。〔兎絲〕ねなしかずら。〔女蘿〕ひかげのかずら。〔有宜〕宜しい時がある。〔山陂〕山の坂。〔軒車〕身分のある大夫が乗る手すりのある車。ここでは単に夫の迎えにくる車を指す。〔蕙蘭〕ともに香草の名。〔英〕花。〔高節〕かわらぬみさお。

〔韻字〕阿・蘿・宜・陂・遅・輝・萎・為。

ぽっつりと生えている竹は、なよなよとしている。あの高くそびえしっかりしている泰山《たいざん》のもとに根をはびこらせている。女の身を竹に喩える。「孤」という表現は、両親がいないことをあらわすのであろう。「泰山」は、大きい山の意もあるが、ここでは山東の泰山（五岳の一つ）である。この句は、弱き女性が、強き男性に身を託していることを喩えている。

あなたと婚約をしたが、それは兎絲（女）が女蘿（男・夫）に附いてはえているようなもの。女が男につき従っていることを喩える。李白《りはく》の「古意《こい》」詩に「君は女蘿の草と為り、妾《しょう》は兎絲の花と作《な》る」というのは、ここから発想したものである。

兎絲《とし》はしかるべき時に花が咲く、と同じく夫婦はふさわしき時に出会うものだ。「兎絲」は花が咲く、だから再び出会うのである。「女蘿」は、花が咲かない。

千里も隔たり婚約した二人の間には遥かな山の坂がある。婚約したまま遠地に任官したのか、千里隔てている事情はわからない。

あなたのことを思うと心配のあまり年をとってしまいます。迎えの車の何と遅いことよ。「君を思えば人をして老い令《し》む」は、後世よく使われる。「古詩十九首」其一にも「遊子は顧反《かえりみ》せず、君を思えば人をして老いしむ」とある。悲しいことだ、あの蕙・蘭の花が、花をつけ美しく咲きながら、その時を過ぎてもたおられず、秋の草と共にしぼんでしまうことは。「蕙」は、一年に花がいくつも咲くが香りが少ない。「蘭」は一年に一つの花をつけよく香るもの。この香りのあるよい花の盛りを女性の美しい盛りの年に喩える。その時に婚約したまま結婚もせずに別れ別れになってしまった、その嘆きをいう。

あなたがほんとうに高い節を守り、心を移さなかったならば、私の方もなんで悲しみましょう。ここには、あるいは騙されたかも知れぬという女性の不安がある。来ることが遅くても、心変わりがなければ悲しむまいと歌う背後には、自慰の心がある。

迢迢牽牛星（古詩十九首　其十）

前漢の枚乗《ばいじょう》の作とされる（『玉台新詠』）。天の川の牽牛織女の詩であるが、女性が夫（男性）にいつまでも会えぬ悲しみを歌う。

迢迢牽牛星　　迢迢《ちょうちょう》たり牽牛の星
皎皎河漢女　　皎皎《こうこう》たり河漢《かかん》の女《じょ》
纖纖擢素手　　纖纖《せんせん》として素手《そしゅ》を擢《ぬき》んじ
札札弄機杼　　札札《さっさつ》として機杼《きちょ》を弄《もてあそ》ぶ
終日不成章　　終日　章《あや》を成《な》さず

泣涕零如雨　泣涕《きゅうてい》零《お》つること雨の如《ごと》し
河漢清且浅　河漢《かかん》清《きよ》く且《か》つ浅《あさ》し
相去復幾許　相《あ》い去ること復《ま》た幾許《いくばく》ぞ
盈盈一水間　盈盈《えいえい》たり一水《いっすい》の間《かん》
脉脉不得語　脉脉《ばくばく》として語ることを得《え》ず

〔迢迢〕遥かなさま。〔牽牛星〕牽牛の星《ひこぼし》（鷲座のアルタイル）〔河漢女〕天の川の織女の星《たなばたつめ》（琴座のヴェガ）〔擢〕袖口から抜き出す。〔札札〕はたを織る音。〔杼〕はたのひ。〔章〕織物のあや模様。〔盈盈〕水がいっぱいに満ちているさま。『広雅』に「嬴は容なり」（美好也）とある。
〔韻字〕女・杼・雨・許・語。

牽牛の星《ひこぼし》（鷲座のアルタイル）は遥かに輝いており、天の川の織女の星（たなばたつめ・琴座のヴェガ）はきらきら輝いている。

ほそぼその白い手を袖口から出して、からからとはたのひを動かしている。一日仕事をして、あや模様が作れず反物《たんもの》にならない。悲しく涙は雨のようにおちる。この句は、牽牛星を思い会えぬ悲しみをいう。衛の荘姜《そうきょう》が帰妾を送った詩である『詩経』邶風《はいふう》・燕燕《えんえん》の、「瞻望《せんぼう》すれども及ばず、泣涕《きゅうてい》雨の如《ごと》し」を背後に持つ。また、ここは『詩経』小雅・大東の、「維《こ》れ天に漢《かん》有《あ》り、監《み》れば亦《ま》た光有り、跂《き》たる彼《か》の織女、終日七襄《しちじょう》す、則《すなわ》ち七襄すと雖《いえど》も、報章《ほうしょう》を成さず」をもとにする。

天の川は清く浅く底がすき透っている。どの位二人は隔てられているのか、どれほどでもない。それでも会えないのだ。「清く且つ浅し」という表現は、六朝の山水描写によく用いられる。

一本の川に美しく水がたたえられているが、みつめながら語りあうことができない。「盈盈たり一水の間」という表現は、第二首の「盈盈たる楼上《ろうじょう》の女《じょ》」と同様の表現。ここは第七句の「清く且つ浅し」を言い換えたもの。「脉脉」は、互いに見つめあうさま。がんらい「眽眽」と書くべきものである。『爾雅《じが》』釈詁《しゃっこ》下に「覛《ばく》は相《あ》い視るを謂《い》うなり」とあり、眽と覛は同字である。吉川幸次郎氏は「不幸の時間の継続」という。

去者日以疎（古詩十九首　其十四）

故郷を離れた旅人が、墓地の風物に感じて、かつ故郷に帰りたくなるが帰れない。なぜ帰れないか事情はわからない。旅路にある孤独のさびしさを歌う。

去者日以疎　　去《さ》る者は日《ひ》に以《も》って疎《うと》く
生者日以親　　生《い》くる者は日に以って親《した》し
出郭門直視　　郭門《かくもん》を出《い》でて直視すれば
但見丘与墳　　但《た》だ丘《きゅう》と墳《ふん》とを見るのみ
古墓犂為田　　古墓《こぼ》は犂《す》かれて田と為《な》り
松柏摧為薪　　松柏《しょうはく》は摧《くだ》かれて薪《まき》と為《な》る
白楊多悲風　　白楊《はくよう》　悲風《ひふう》多く
蕭蕭愁殺人　　蕭蕭《しょうしょう》として人を愁殺《しゅうさい》せしむ
思還故里閭　　故《もと》の里閭《りりょ》に還《かえ》らんと思う

欲帰道無因　帰らんと欲《ほっ》するも道因《よ》る無し

〔去者〕死んでこの世を去った人。一説に、単に去っていった人。〔日以〕「以」を「已」に作るテキストもある。意味は同じ。日ごとに。〔郭門〕城門。〔白楊〕はこやなぎ。墓標として植える。〔思還〕旅人が故郷に帰りたいと思うことをいう。〔里閭〕里中の門。〔道無因〕帰りようもない。たよりにする道がない。

〔韻字〕親・墳・薪・人・因。

死んでいったものは日ごとに遠ざかり、生きているものは日ましに親しくなるものである。「生者」を「来者」に作るテキストもある。「去」と対するにふさわしいとみて、「来」のテキストが後世よく読まれる。とすると、故郷を去っていくものは日ごとに疎遠となり、故郷に住んでいる者は日ごとに親しくなる、という意になる。旅人であるから、自分から去るではなく、故郷を去るとする方がよい。ただ、自分から去るものはうとくなり、自分に近づくものは親しくなるととってもよい。しかし、以下と意味がはなれる。

城門をでてじっと見れば、丘と墳とが眼に入るだけ。「郭」は町のまわりを囲んだ塁壁をいう。「丘」「墳」はいずれも墓のこと。古代、墓地は城郭の外に作った。作者に悲しみの心があれば、自然に墓に眼が行く。見れば、墓の中、古き墓は耕されて田となり、まわりに植えた松柏は切られて薪とされてしまった。その墓の主さえわからない。自分もやがてこんなことになるであろう。人間は死んでしまい、時間がたてばこんなことになり空しいものだ。

吹く風も悲しく感じ、めじるしに植えた白楊には、悲風がはためき、さわさわとして私をひどく愁えさせる。「殺」は強調する添え字。「人」は自分をいう。

旅の孤独のさびしさに堪えかねて、望郷の念しきりで、故郷に帰りたいと思うのだが、帰りたくても帰りようもない。なぜ帰りようもないのかは、わからない。遥かなる旅路だからであろうか、それとも帰れない原因が何かあるのだろうか。

この詩は、旅路にある孤独のさびしさを歌う。また、二つのものが会えぬ不幸と、時間の推移の悲しさを歌う。そして、死をいい、人生の無常をいう。これが「古詩十九首」の中に強くみられる一つの思想である。

鎌倉末期の作といわれる兼好法師の『徒然草』第三十段に、人の死後のことを言って、

人の亡《な》き跡ばかり悲しきはなし。中陰《ちゅういん》のほど、山里などにうつろひて、便《(びん)》あしく狭《せば》き所にあまたあひゐて、後のわざども営《いとな》みあへる、心あはたゝし。日《(ひ)》かずの早く過（ぐ）るほどぞ、物に似《に》ぬ。はての日は、いと情なう、たがひに言《い》ふこともなく、（我《われ》）賢《かしこ》げに物ひきしたゝめ、ちりぢりに行（き）あかれぬ。もとのすみかに帰《かへ》りてぞ、更に悲《かな》しきことは多《おほ》かるべき。「しかしかのことは、あなかしこ、跡のため忌《い》むなる事ぞ」など言《い》へるこそ、かばかりの中に何かはと、人の心はなほうたておぼゆれ。年月経《へ》ても、露《(つゆ)》忘《わす》るゝにはあらねど、去（る）者は日々に疎しといへることなれば、さはいへど、そのきはばかりは覚えぬにや、よしなしごと言《い》ひてうちも笑《わら》ひぬ。（・・・中略・・・そしてだんだんと忘れられ、墓を訪れる人もなく、）はては、嵐にむせびし松も、千年をまたで　薪《(たきぎ)》にくだかれ、古（き）墳《(つか)》はすかれて田となりぬ。その形《かた》だになくなりぬるぞ悲《かな》しき。

とある。これは、この詩に基づく。また、

幾山河《いくやまかわ》越え去り行《ゆ》かばさびしさのはてなむ国ぞ今日も旅ゆく　若山牧水

さびしさの極《きわ》みに堪えて天地《あめつち》に寄《よ》する命《いのち》をつくづくと思《おも》う　伊藤左千夫

なども、同様にこの詩に影響を受けている。

生年不満百（古詩十九首 其十五）

人生は短い、せめて生きている間遊ぶという、快楽主義が歌われる。後漢の時代に時世の混乱のためか、快楽主義をたたえる歌が出る。

生年不満百
常懐千歳憂
昼短苦夜長
何不秉燭遊
為楽当及時
何能待来茲
愚者愛惜費
但為後世嗤
仙人王子喬
難可与等期

生年　百に満《み》たず
常に千歳の憂《うれ》いを懐《いだ》く
昼は短かく夜の長きに苦しむ
何《なん》ぞ燭《しょく》を秉《と》りて遊ばざる
楽しみを為《な》すは当《まさ》に時《とき》に及《およ》ぶべし
何《なん》ぞ能《よ》く来茲《らいじ》を待たん
愚者は費《つい》やすことを愛惜《あいせき》し
但《た》だ後世の嗤《わら》うところと為《な》る
仙人　王子喬《おうしきょう》
与《とも》に期《き》を等《ひと》しくす可《べ》きこと難《かた》し

〔燭〕燈火。〔遊〕遊楽。〔及時〕時を失わないようにする。〔来茲〕来年。〔費〕ものを使うこと。〔王子喬〕周の霊王の太子晋。仙人になって長寿を得たという。〔期〕期間、すなわちここでは寿命。

〔韻字〕憂・遊」時・茲・嗤・期。

生きている年は百にもならぬのに、いつも千年先の死後のことまで心配する。当時の生年は百を限界とする。「百」

「千」を冒頭に出して、人生の短さを明言する。以下、屈折して歌う、曲折ある詩である。

昼は短い、夜が長いと苦にする。それならともしびを手にして明るくして、遊ばないのか。「秉燭」という表現は、後によく用いられ、李白「春夜　従弟の桃花園に宴するの序」にもみえる。また伊藤東涯《とうがい》に『秉燭譚《へいしょくたん》』（文字熟語の典拠、雑事を記したもの）がある。

楽しみはしかるべき時のうちにこそしなければならない。来年を待てましょうか。「玆」には「年」の意味はない。この時だけ来年の意になる。

おろかなものは銭をおしみ、後生の人に笑われるだけ。「嗤」は『説文』「欰《き》」に「戯笑の皃《ぼう》なり」とあり、「欰」が転写して誤って「嗤」となる。

仙人王子喬と寿命を同じくすることは難しい。

屈折ある詩である。「古詩十九首」第十三首「車を上東門《じょうとうもん》に駆《か》る」もこの詩と同様に享楽的である。また、李白「春夜　従弟の桃花園に宴するの序」に、

夫《そ》れ天地は万物の逆旅《げきりょ》にして、光陰《こういん》は百代《ひゃくだい》の過客《かかく》なり、而《しか》して浮生《ふせい》は夢の若し、歓《よろこ》びを為《な》すこと幾何《いくばく》ぞ、古人燭《しょく》を秉《と》りて夜遊ぶ、良《まこと》に以《ゆえ》有るなり。

とある。

孟冬寒気至（古詩十九首　其十七）

留守居を守る妻の悩みを歌う。女性なるが故の悩みである。作者はもちろん男で、女の気持ちになって歌う。

孟冬寒気至
北風何惨慄
愁多知夜長
仰観衆星列
三五明月満
四五詹兎欠
客従遠方来
遺我一書札
上言長相思
下言久離別
置書懐袖中
三歳字不滅
一心抱区区
懼君不識察

孟冬《もうとう》　寒気《かんき》至《いた》り
北風《ほくふう》　何《なん》ぞ惨慄《さんりつ》たる
愁《うれ》い多くして夜の長きを知る
仰《あお》ぎて衆星《しゅうせい》の列《つら》なるを観《み》る
三五《さんご》　明月《めいげつ》満《み》ち
四五《しご》　詹兎《せんと》欠《か》く
客　遠方従《よ》り来《き》たり
我に一書札《しょさつ》を遺《おく》る
上《かみ》には長《とこしえ》に相《あ》い思うと言い
下《しも》には久しく離別すと言う
書を懐袖《かいしゅう》の中に置けども
三歳　字滅《ほろ》びず
一心　区区《くく》を抱《いだ》くも
君の識察《しきさつ》せざらんことを懼《おそ》る

〔三五・四五〕十五日・二十日をいう。
〔韻字〕慄・列・欠・札・別・滅・察。

孟冬（初冬）に寒気がやって来た。北風は厳しく吹きつける。「孟冬」は漢暦で初冬、一〇月をいう。夏暦では孟秋。「惨慄」は、ひどく寒いさま。『毛詩』豳風《ひんぷう》・七月に「二の日栗烈《りつれつ》たり」とあり、毛伝に「栗烈は寒気なり」とあるによる。

愁いはつのり、いたずらに長き夜のみが感ぜられる。仰いで見ればあまたの星がつらなってみえる。見れば見るほど愁いがましてくる。「愁い多くして夜の長きを知る」は、晋の張華《ちょうか》の「雑詩」や陶淵明《とうえんめい》も利用する句である。

十五日には明月が満ち、二十日には月が欠けてくる。月が満ちたり欠けたり、何回もくり返し月日がたつ。「詹」は一本に「占」に作る。がまがえるのこと。月の中にはひきがえると兎がすんでいるといわれたので、「詹兎」で月のことをいう。

あの人の所にいた旅人が遠方からやって来て、一通の手紙を渡してくれた。待ちに待った懐かしい手紙である。その手紙には次のようにあった。

始めにはいつまでも忘れないと、終わりには永く別れていた、などと書いてある。始めと終わりの間には、恐らく何か書いてあったのだろうが、始めと終わりのことばが女にとっては最も大切なことばである。だから、それを出したのである。

手紙をふところの中にしまっておいたが、三年間字が消えなかった。こんなにも大切にしまっているのです。「三歳　字滅びず」は、巧みな表現である。ただ、夫が三年間も不在である理由はわからない。

わが心につまらない愛情を抱きしめてはいるが、あなたが気がつかないことが心配です。「区区」は、つまらない心のことに用い、ここではつまらぬ取るに足りぬ自分の愛情をいう。よい意味には用いない。

古詩十九首のまとめ

一　作者は一人ではない。その名はわからぬ。前漢の枚乗《ばいじょう》、後漢の傅毅《ふき》の作とする説もあるが、明らかではない。知識階級の作で、一部民間歌謡から出たものもある。

二　時代は凡そ後漢末、順帝から献帝（一四〇～一九〇）の間。

三　内容

①仕官にあこがれるもの

②遊子が故郷を思う。後漢末の政治社会の混乱から、時位を得ない失意の遊子、蕩子が多くあった。自分を知ってくれるもののないのを悲しむ。はては、人生の無常を感じ、はては享楽的になる。

③男女が相い思う。

④人生の無常。

⑤朋友の薄情。

共通するものは、人生は推移し、時間は経過しやすい、ということである。

四　表現

①五言詩の早い時期のもので、しかもすぐれている。作者は、民間歌謡から学んだり、『詩経』『楚辞』から表現を学ぶ。以後の五言詩の発達を促す先駆けである。

②抒情詩としてすぐれ、景と情を融合させる。

③抒情中、叙事も含める。

④比喩をよく用いる。

⑤その表現は技巧的ではなく、素朴で自然である。

悲愁歌　烏孫公主

漢代の匈奴《きょうど》、烏孫《うそん》との関係で、悲劇的女性の歌が残っている。漢の武帝の元封年間（前一一〇～前一〇五）、江都王の女《むすめ》の細君（烏孫公主の名。また、東方朔の妻の名も細君。一説に、小さな人のこと。後世、妻の別称となる）を公主として烏孫王昆彌《こんび》に嫁せしむ。その国に至り、宮殿を作る。一年に一、二回しか会わず、言語が通じない。公主は悲愁して歌を作る。『玉台新詠』巻九に「烏孫公主歌一首」として収められている。後人の偽作であろう。「烏孫」は国名。新疆《しんきょう》ウイグル自治区伊犁《いり》河の流域にあった。「公主」は天子の娘。

悲愁歌

吾家嫁我兮天一方
遠託異国兮烏孫王
穹廬為室兮氈為牆
以肉為食兮酪為漿
居常土思兮心内傷
願為黄鵠兮帰故郷

吾《わ》が家《いえ》　我を天の一方に嫁《か》せしむ
遠く異国の烏孫王《うそんおう》に託す
穹廬《きゅうろ》を室と為《な》し氈《せん》を牆《しょう》と為《な》す
肉を以って食と為《な》し酪《らく》を漿《しょう》と為《な》す
居常《きょじょう》　土《ど》を思い心《こころ》　内《うち》に傷《かな》しむ
願《ねが》わくは黄鵠《こうこく》と為《な》りて故郷に帰らんことを

〔穹廬〕まるい天幕。〔酪〕牛や羊の乳で作った飲料。〔居常〕つねに。〔土思〕ふるさとを思うこと。
〔韻字〕方・王・牆・漿・傷・郷。

わが家である漢王室は私を天の一方の果てに嫁がせ、遠く異国の烏孫王に託された。まるい天幕を家とし毛氈《もうせん》を囲いとし、肉を主食とし乳を飲み物とする。

いつも故郷を思い心の中で悲しむ、願わくは黄鵠となって故郷に帰りたいものだ。

漢の武帝前後の雑事を記した『西京雑記《せいけいざっき》』（後人の偽作とされる）に王昭君《おうしょうくん》をめぐる次のような話が収められている。

漢の元帝の後宮は多く、常に天子に見《まみ》ゆることなし。画工にその形を描かしめ、図によって召す。宮人、画工に賄賂をやる。昭君（名嬙）はその容貌をたのみ、与えず、よって醜く画く。後、匈奴が入朝、美人を選ぶ。昭君を選んで遣《や》る。その行くに及んで、光彩人を射る。左右を動揺さす。天子悔恨しても及ばず、とりしらべたら画工毛延寿《もうえんじゅ》のしわざ、彼を棄市する。昭君、胡にあって怨思を歌う。これを「怨詩」という。

また、晋の石崇《せきすう》（?～三〇〇）に「王明君詞《おうめいくん》」があり、その序文にいう。「王明君は本《もと》是《こ》れ王昭君。文帝の諱《いみな》に触《ふ》るるを以って改む。匈奴盛んにして、婚を漢に請う。元帝　後宮の良家の子、明君を以って配す。昔　公主の烏孫に嫁ぎしとき、琵琶をして馬上に楽《がく》を作《な》し、以って其の道路の思いを慰めしむ。其れ明君を送りしときも、亦《ま》た必ず爾《しか》りしならん。其の新曲を造《つく》るに、哀怨の声多し。故に之《こ》れを紙に叙すと云う。」

『後漢書《ごかんじょ》』巻八四に蔡邕《さいよう》の娘を載す。博学才弁、結婚するも子なし。興平《こうへい》中、天下喪乱、胡《えびす》に捉《とら》えられ、南匈奴《きょうど》の左賢王《さけんおう》の所に行く。胡中にあること十二年、二子を生む。曹操《そうそう》、邕の子のなきを以って、金を贈り贖《あがな》う。帰って董杞《とうき》に嫁す。追憶して「悲憤詩二首」を作る。

戦城南

「戦城南《せんじょうなん》」は、戦場の兵士がいくさを憎み、乱世にめぐり合わせたことを傷んだ歌である。軍楽、鼓吹《こすい》曲、漢の鐃歌《どうか》十八首の一。短い簫《ふえ》と鐃《かね》の合奏で歌われる西漢の兵士たちの作品である。

戦城南、死郭北
野死不葬烏可食
為我謂烏
且為客豪
野死諒不葬
腐肉安能去子逃
水深激激
蒲葦冥冥
梟騎戦闘死
駑馬徘徊鳴
梁築室
何以南、梁何北
禾黍不穫君何食

城の南に戦い、郭《とりで》の北に死す
野に死して葬《ほうむ》られず烏《からす》食《く》らうべし
我が為《ため》に烏《からす》に謂《い》え
且《しばら》くは客《かく》の為《ため》に豪《ごう》せよ
野に死して諒《まこと》に葬られず
腐肉《ふにく》　安《いず》くんぞ能く子《し》を去って逃げんや
水は深くして激激《げきげき》たり
蒲葦《ほい》は冥冥《めいめい》たり
梟騎《きょうき》は戦闘して死し
駑馬《どば》は徘徊《はいかい》して鳴く
梁《りょう》　室を築くもの
何を以って南し、梁　何をもって北するや
禾黍《かしょ》　穫《か》られずんば　君は何をか食《く》らわん

願為忠臣安可得　　忠臣為《た》らんことを願うとも安《いず》くんぞ得《う》べけんや
思子良臣　　子《し》の良臣たらんことを思う
良臣誠可思　　良臣　誠に思う可《べ》し
朝行出攻　　朝《あした》に行《ゆ》きて出《い》でて攻め
暮不夜帰　　暮《く》れに　夜帰らず

〔豪〕嚎に同じ。弔鳴すること。〔激激〕水の清らかなこと。〔冥冥〕暗くさびしい。〔梁何北〕一本「何以北」に作る。〔禾黍不穫〕「不」、一本「而」に作る。〔忠臣〕戦争で手柄を立てるけらい。〔良臣〕よい指揮者。〔思子……可思〕上に立つのがよき大臣ならば、それがいると戦死者が少ないことを意味する。

城の南に出て戦い、郭《とりで》の北で戦死をとげた。野たれ死にのままで、葬る者もなく、からすのえじきになっている。死者に対して招魂の礼を行うとき、哭《こく》したり語ったりする。ここでは、からすにむかって、まず死者のために招魂の礼をして、その後で食うように、というのであろう。

私のために、からすに言ってもらいたい。「(食うまえに)まあ死者のために礼をつくしてくれ。野たれ死にしたままで、葬るものもないのだから。その腐肉がなんでおまえから逃げていきましょう。」

戦場は、深い水が澄みとおり、がまやあしが暗く生い茂っている。

勇士は戦って戦死をとげ、のろまな馬がさまよいつつ鳴いている。「梟騎」は、強い騎兵。前に「客」といった死者を指す。

築城の人夫までが、どうしてこう南に北に徴発されていくのか。「梁」の字はよくわからない。一応はやし言葉ととる。一説に、橋の上に家を建てることともいう。

穀物が取れなかったら、君主は何を食べられるのだろう。戦死者がいくら忠臣たらんと願っても、このように野たれ死にしてしまえば得られない。

だから君よ、立派な将軍であることが望まれる。立派な将軍こそわれらにほしいもの。われら兵卒は朝出征して、暮れにはそのまま帰っては来れないのだから。上に立つのがよき大臣ならば、戦死者が少ないという。

王先謙の『漢鐃歌釈文箋正』に「漢の高祖は戦って徐州彭城に敗れたとき、甬《よう》道を築いて、之《こ》れを河に属《つ》け、敖倉の穀物を取り、関中の大饑飢にあてようとした。ところが楚軍がしばしば甬道を侵奪したので、漢軍は食糧に窮乏した。兵士は歌を作ってその意中を述べた。睢水《すいすい》は彭城の城南にある。楚軍は漢軍を霊璧の東、泗水《しすい》のほとりまで追撃してきた、すなわち『戦城南（城南に戦う）』である。泗水は彭城の城北を流れる。漢軍は多く穀水・泗水で戦死した。それが『郭北に死す』である」という。

上邪

「上邪《じょうや》」は、恋愛詩である。「有所思《ゆうしょし》」と同じく女の立場で歌われている。恋人同士が契《ちぎ》りをかわすときの誓いのことばである。鐃歌《どうか》十八首の一で、西域輸入の音楽である。

上邪　　　　　上よ
我欲与君相知　　我れ君と相《あ》い知り
長命無絶衰　　長《とこし》えに絶《た》え衰《おとろ》うること無《な》から命《し》めんと欲《ほっ》す
山無陵　　　　山には陵《おか》無く

江水為竭　江水は為《ため》に竭《かわ》き
冬雷震震　冬には雷《らい》　震震《とどろ》き
夏雨雪　夏には雪を雨《ふら》し
天地合　天地合うとき
乃敢与君絶　乃《はじ》めて敢《あ》えて君と絶《た》たん

〔上邪〕邪は音ヤ。ここは女が天を指して誓いをするときのことば。

天に誓います。私はあなたと愛し合って、とこしえに絶えないようにと願っています。「相知」は、愛しあうこと。『楚辞』九歌、小司命に「悲しみは生別離《せいべつり》よりも悲しきは莫《な》く、楽しみは新相知《しんそうち》よりも楽しきは莫し」とあるによる。「命」は、「令」・「使」と同じく使役の意味である。「命」を寿命の意にとる説もある。山は平地となり、そのため江の水がかれはて、冬には雷が鳴りひびき、夏には雪が降り、天と地が一つになるような大変化がおこったとき、はじめてあなたと別れるようになりましょう。それ以外のことでは二人の仲は断たれません。

江南

揚子江の下流地方、ことにその南の地方は、河や湖水が多い。「江南《こうなん》」は、そこに生えている蓮《はす》の実を取るときの歌。単純で素朴な古い恋歌である。相和歌で、管弦楽シンフォニー。中国古来の民謡である。

江南可採蓮　江の南に蓮《れん》を採《と》る可《べ》し
蓮葉何田田　蓮の葉は何《なん》ぞ田田《でんでん》たる
魚戯蓮葉間　魚は戯《たわむ》る蓮の葉の間
魚戯蓮葉東　魚は戯る蓮の葉の東
魚戯蓮葉西　魚は戯る蓮の葉の西
魚戯蓮葉南　魚は戯る蓮の葉の南
魚戯蓮葉北　魚は戯る蓮の葉の北

〔田田〕蓮《はす》の葉が水面に広がっているさま。

江南では蓮《れん》（恋）の実が取れる。蓮《はす》の葉のきれいに茂っていること。「蓮」は、はす、隠語である。同音の憐《れん》・恋《れん》（恋人）に通ずる。「採蓮」は恋人を尋ね求める意。

魚（恋人）は蓮の葉のあいだに戯《たわむ》れる。魚は蓮の葉の東に戯れ、蓮の葉の西に戯れ、蓮の葉の南に戯れ、蓮の葉の北に戯れる。「魚」も隠語である。古今の民歌で魚はいつも愛情の象徴として用いられ、配偶者や恋人にみたてられる。古楽府「白頭吟《はくとうぎん》」に「竹竿は何《なん》ぞ嫋嫋《じょうじょう》たる、魚尾は何《なん》ぞ簁簁《しし》たる」とあり、これもまた男女の出会いをいう。ここに「魚は戯る蓮の葉の間……」とあるのは、恋人を追うて東に西に追っかけっこをしていることをいうのであろう。

吉川幸次郎氏著『人間詩話』にいう、魚《ギョ》ngüという字は、吾nguと、音が近い。「ギョはレンの葉の東に戯れ、西に戯れ、南に戯れ、北に戯れる」という言葉は、私は恋人に四方八方からふざけかかる、ということにも、なるからである、と。

薤露

「薤露《かいろ》」は、次の「蒿里《こうり》」と共に挽歌《ばんか》である。挽歌とは葬送のとき、柩《ひつぎ》を挽《ひ》きながら歌う歌。送葬曲。崔豹《さいひょう》の『古今注《こきんちゅう》』によると、漢の高祖《こうそ》の招きに応ぜず、自殺をとげた斉《せい》の田横《でんおう》を傷《いた》んで、その門人が作ったものともいう。

薤上露　　薤《かい》の上の露《つゆ》
何易晞　　何《なん》ぞ晞《かわ》き易《やす》き
露晞明朝更復落　　露《つゆ》は晞《かわ》けども明朝更《さら》に復《ま》た落つ
人死一去何時帰　　人は死して一たび去《さ》らば何《いず》れの時にか帰らん

〔晞〕かわく、乾燥する。

薤《にら》の葉の上におりた露の、何と乾きやすいこと。「薤」は、おおにら、らっきょう。ゆり科の多年草。球状の茎を食用とする。『本草綱目』に「薤、においは葱の如く、根は小蒜《にんにく》の如く、葉は韮《にら》の如し。ただ韮《にら》の葉は肉質にして扁《ひらた》く、薤の葉は中空にして細く、葱《ねぎ》の葉に似てとがる」とある。

霧はかわいても、明朝になれば、もういちどおりてくる。

人は死んであの世へいってしまうと、もう二度と帰ってはこない。

蒿里

「古今注」によると、挽歌はもと一つであったのを、漢の武帝のときに至って、李延年《りえんねん》が分けて二曲となし、「薤露《かいろ》」は王侯貴人の葬送に、「蒿里《こうり》」は士大夫庶人の葬送に歌わせた、とある。また『文選』巻四五にある宋玉《そうぎょく》の「楚王《そおう》の問いに対《こた》う」によると、「蒿里」を歌えば、国中ついて和する者数千人、「薤露」を歌えば、国中ついて和する者数百人であった、とある。蒿里の方がいっそう大衆的な歌であったらしい。

蒿里誰家地
聚斂魂魄無賢愚
鬼伯一何相催促
人命不得少踟躕

蒿里《こうり》は誰《た》が家の地ぞ
魂魄《こんぱく》を聚斂《あつ》めて賢愚無し
鬼伯《きはく》一《ひとえ》に何《なん》ぞ相《あ》い催促《うなが》すや
人命　少《しばら》くも踟躕《ちちゅう》するを得ず

〔蒿里〕死者を葬る墓地。泰山の南にある。「蒿」は薨（墓地、または、枯れる意）。槁（死んで、肉体がひからびる意）に通ずる。〔鬼伯〕人のたましいを取りに来るあの世の使い、死神。「伯」はかしら。

蒿里はいったいどういう人の土地であろう。賢人愚人の区別なく魂魄を集めている。あらゆる人々がみな一様に葬られていることをいう。「魂魄」は、死後のたましい。魂は天に帰り、魄は地に帰すると考えられていた。

死神はひどくせき立てている。人の命はそのために、ちょっとの間でもこの世にとどまることができない。

宋玉の「楚王《そおう》の問いに対《こた》う」（『文選』巻四五）によると、薤露蒿里は漢の田横《でんおう》よりももっとまえ、紀元前二五〇年頃から歌われていたことになる。この二つの挽歌を比べると、薤露には文学的な無常観がうたわれており、蒿里には、庶民の信仰が背景となっている。この挽歌は晋の時代（二六五～四一九）とくに流行し、多くの文人がこれに擬して挽歌を作った。

陌上桑

「陌上桑《はくじょうそう》」は、楽府の中では最も著名な作品の一つである。崔豹《さいひょう》の『古今注《ここんちゅう》』の解題によると、秦氏は邯鄲《かんたん》の人で羅敷《らふ》という娘があり、邑人《むらびと》で千乗（金もち）の王仁の妻となった。王仁《おうじん》は後に戦国趙《ちょう》王の家令となる。羅敷が陌上《みちのほとり》に桑を採《つ》んでいるのを、趙王が台上より見て悦び、酒にかこつけて奪わんと欲した。羅敷はそこで、筝を弾じて陌上の歌を作って自らを明らかにした――これが「陌上桑」の由来であるとする。

しかし、今みる古辞の内容は、この伝承と少しくくいちがう。歌い継がれているうちに改変されたのであろうか。この古辞の題名についても、三通りの名前がある。すなわち「陌上桑」（『楽府詩集』）、「日出東南隅行《にっしゅっとうなんぐうこう》」（『玉台新詠』）、「艶歌羅敷行《えんからふこう》」（『宋書《そうじょ》』楽志《がくし》）―である。「行」は、歌・曲・詞・篇・引・吟などと同じく、楽府《がふ》の題につける曲名。特に古き資料たる『宋書』楽志によると、この歌辞が演奏されるときには、前奏曲としての「艶《えん》」が付き、終わりにもまた後奏曲としての「趨《すう》」が付いていたことが注記されている。

日出東南隅　　日は東南の隅《ほとり》より出《い》でて
照我秦氏楼　　我が秦氏《しんし》の楼《ろう》を照らす
秦氏有好女　　秦氏には好き女《むすめ》有り
自名為羅敷　　自《みずか》ら名づけて羅敷《らふ》と為《な》す
羅敷喜蚕桑　　羅敷は蚕桑《さんそう》を喜び

採桑城南隅
青糸為籠縄
桂枝為籠鉤
頭上倭堕髻
耳中明月珠
緑綺為下裾
紫綺為上襦
行者見羅敷
下擔捋髭鬚
少年見羅敷
脱帽著帩頭
耕者忘其犂
鋤者忘其鋤
来帰相怒怨
但坐観羅敷

桑を採《つ》む　城南の隅《すみ》に
青き糸を籠《かご》の縄《ひも》と為《な》し
桂《かつら》の枝を籠の鉤《とって》と為す
頭上には倭堕《わだ》たる髻《たぶさ》
耳中《じちゅう》には明月の珠《たま》
緑の綺《あや》を下裾《かきょ》と為《な》し
紫の綺を上襦《じょうじゅ》と為《な》す
行く者　羅敷を見れば
擔《に》を下《おろ》して髭鬚《ひげ》を捋《と》る
少年　羅敷を見れば
帽《ぼう》を脱《ぬ》いで帩頭《しょうとう》を著《あら》わす
耕す者は其の犂《からすき》を忘れ
鋤《す》く者は其の鋤《すき》を忘る
来《き》たり帰って相《あ》い怒怨《どえん》するは
但《た》だ羅敷を観《み》しに坐《よ》る

〔陌上桑〕道ばたの桑。〔東南〕一本「東海」に作る。〔自名為〕「自名」は、本名を～という意。一本「自言名」に作る。〔喜〕一本「善」に作る。〔籠縄〕かごのひも。一本「籠係」に作る。〔籠鉤〕かごにひもをつけるためのとって。〔倭〕一本「矮」に作る。〔緑綺〕緑色のあや絹。一本「緗」に作る。〔下裾〕一本「帬」に作る。〔上襦〕短い上衣。〔擔〕肩にかついだ荷物。一本「儋」に作る。〔捋〕なでる。〔帽〕一本「巾」に作る。〔犂〕一本「耕」に作る。〔怒〕一本「喜」

に作る。〔但坐〕ただ〜が原因となる。

日は東の方から出て、我が秦氏の楼を照らしている。「東南の隅」は、東の方。東南ではない。「南」の字は東の字にくっついて用いられたのみで意味はもたない。この「東南」は二字から成る複合語で、その中の一字のみが意味をもつ例である。漢魏の楽府詩にはこういう用例は多く見られる。「我」は作詩者の自称。「秦氏」は古代の美女に常に用いられた姓。「焦仲卿の妻」に「東家に賢女有り、自ら秦の羅敷と名づく」、魏の左延年の「秦の女休行」に「秦氏に好女有り、自ら名づけて女休と為す」等にも見られる。「好女」は美女のこと。このはじめの二句は、次に好女を出すためのものである。

秦氏には好い娘がおり、羅敷と名のっている。前の二句を受けて、朝日の光のような美しい娘であるということになる。

羅敷は養蚕がすきで、桑を城の南の方に採《つ》む。桑つみ、かいこ（養蚕）は、農民の女性の仕事であり、畑は南にあった。

青い糸をかごのひもとし、桂の枝をかごのとってとし、「桂」は丈夫であり上等なもの。ここでは女を身分ある娘としている。

頭にはみごとな髪のたぶさ、耳には明月の珠《たま》、「倭堕たる髻」は堕馬髻《だばけい》と同じ。髻《もとどり》が一方にかたよったもの。ふさふさしている形容である。一説に、「倭堕」は婀娜《あだ》に通じ、あだっぽいことだという。「明月珠」は、大粒の真珠。西域の大秦国より産出される。

緑もようのスカートに、紫もようの上衣。

道ゆく者はこの美しい羅敷を見ると、荷物をおろして（見とれたままで）ひげをなでる。

少年は羅敷を見ると、うっとりして帽子を脱いで帩頭をあらわしたりする。「帩頭」は、かしらつつみ。まげを包む巾《きん》。古人は糸あるいは麻織物で髪を束ねて、その上に冠をかむる。「帽を脱いで帩頭を著わす」とは、帽子を脱いだり、かむったりする無意識な動作。羅敷を見てあっけにとられた様子を表わす。なお、「行者」「少年」の行為を自分を誇示するものという説もある。

牛馬で耕す者はそのからすきを忘れ、ひとりで耕す者もそのすきを忘れる。

家に帰ってきて、（自分の妻にむかって）怒ったり怨《うら》んだりするのは、ただ道で美しい羅敷を見たためである。清の陳祚明《ちんそめい》は「羅敷を観《み》るに縁《よ》って、故《ことさ》らに妻妾の陋を怨み怒る」（『采菽堂《さいしゅくどう》古詩選』）という。

使君従南来　　使君《しくん》は南従《よ》り来《き》たる
五馬立踟躕　　五馬は立ちて踟躕《ちちゅう》す
使君遣吏往　　使者は吏《り》をして往《ゆ》か遣《し》む
問是誰家姝　　問う、「是れ誰《た》が家の姝《みめよ》きものなるぞ」
秦氏有好女　　「秦氏に好き女《むすめ》有り
自名為羅敷　　自《みずか》ら名づけて羅敷と為《な》す」
羅敷年幾何　　「羅敷は年幾何《いくばく》ぞ」
二十尚不足　　「二十には尚《な》お足《た》らず
十五頗有余　　十五には頗《や》や余《あま》り有り」
使君謝羅敷　　使君　羅敷に謝《つ》ぐるには

寧可共載不　「寧《むし》ろ共《とも》に載《の》る可《べ》きや不《いな》や」
羅敷前置辞　羅敷は前《すす》みて辞《じ》を置《いだ》す
使君一何愚　「使君は一《いっ》に何《なん》ぞ愚なる
使君自有婦　使君には自《おのずか》ら婦有り
羅敷自有夫　羅敷には自《おのずか》ら夫有り」

〔五馬〕四頭立ての馬にさらに一頭の馬をそえたもの。漢の太守（郡の長官）もまた五頭立ての車であった。『宋書』の礼志に引く『逸礼王度記《いつれいおうどき》』に「天子　六を駕し、諸侯　五を駕し、卿　四を駕し、大夫　三」とある。〔踟躕〕ためらうこと、躊躇に同じ。一本、「峙檣」に作る。〔吏〕一本「使」に作る。〔姝〕美しい女。〔足〕一本「満」に作る。

殿様が南よりやって来て、その五頭立ての車が止まった。「使君」は、郡の長官、または州の長官をいう。清の呉兆宜《ごちょうぎ》の『玉台新詠』注に「漢の世、太守　刺史を、或いは君と称し、或いは将と称し、或いは明府と称す。使君の称の若《ごと》きは、則《すなわ》ち後漢の郭伋《かくしゅう》伝に見ゆ。此《こ》の詩　使君と称す、其れ後漢の人の作為《た》ること、疑い無し」とある。また、宋の朱熹《しゅき》は羅敷の夫がすなわち使君であるという。

殿様はともの小役人を使って聞きにやられた。

（役人）「どこの娘さんですか。」

（家人）「わが秦氏には美しい娘がいます。その名を羅敷と申します。」

（役人）「羅敷は年はいくつになるか。」

（家人）「二十にはまだたりませんが、十五にはちと過ぎています。」このような年齢表現は珍しい。

（この報告を受けると）殿様みずから羅敷に、「どうですか、いっしょに乗って行ってはくださらぬか。」と問う。

「謝」は問う、告げる。『漢書《かんじょ》』李陵《りりょう》伝の顔師古《がんしこ》注に「辞を以って相《あ》い問うなり」とあり、『漢書』周亜夫《しゅうあふ》伝の顔師古注に「謝は告ぐるなり」とある。「寧《むし》ろ」は、「豈《あ》に」、「其《そ》れ」に近い。「寧可」(むしろ〜すべきや)は、「其可」(それ〜すべきや)と同じく、共に〜してはどうか、という問いかけ。ここでは車に誘っているが、これは珍しい表現である。

羅敷がすすんであいさつする。「置辞」は、おこたえする、「致辞」と同じ。

「殿様、なんて愚かなことをおっしゃいますか。殿様にはちゃんと奥様がいらっしゃるし、私にも、ちゃんと夫がおります。」ここで羅敷は貞節を示している。

東方千余騎　　東方に千余騎
夫婿居上頭　　夫婿《ふせい》は上頭に居《お》る
何用識夫婿　　何を用《も》って夫婿を識《し》る
白馬従驪駒　　白馬に驪駒《くろこま》を従え
青糸繫馬尾　　青糸もて馬尾に繫《つな》ぎ
黄金絡馬頭　　黄金もて馬頭に絡《まと》う
腰中鹿盧剣　　腰中に鹿盧《ろくろ》の剣
可直千万余　　千万余に直《あたい》す可《べ》し
十五府小史　　十五にして府の小史
二十朝大夫　　二十にして朝《ちょう》の大夫《たいふ》

三十侍中郎　　三十にして侍中郎《じちゅうろう》
四十専城居　　四十にして城を専《もっぱ》らにして居《お》る
為人潔白皙　　人と為《な》りは潔《きよ》くして白皙《はくせき》
鬑鬑頗有鬚　　鬑鬑《れんれん》として頗《や》や鬚《ひげ》有り
盈盈公府歩　　盈盈《えいえい》として公府に歩み
冉冉府中趨　　冉冉《ぜんぜん》として府中に趨《はし》る
坐中数千人　　坐中の数千人
皆言夫婿殊　　皆な言う「夫婿は殊《こと》なれり」と。
　前有艶　　前に艶《えん》歌有り
　曲後有　　曲の後に趨《すう》有り

〔驪駒〕まっ黒い若馬。「驪」は『説文』に「馬の深黒色」とあり、「駒」は、呉兆宜注に引く何承天《かしょうてん》の『纂文《さんぶん》』に「馬二歳を駒となす」とある。〔用〕一本に「以」に作る。〔小史〕一本に「小吏」に作る。〔盈盈〕ゆったりとしたさま。〔冉冉〕ゆっくりと進むさま。聞一多《ぶんいった》は「古礼として、尊貴者は、行くこと遅く、卑賤者は、行くこと速し」という。〔公府〕官府、太守の官舎を府という。

「東軍がたの千余騎のうちで、わが夫はその先頭におります。「東方」は夫の官職についている所を指す。「上頭に居る」は前列にいる、先頭に立っていること。上頭・下頭は俗語的の用法である。『詩経』邶風《はいふう》・簡兮《かんけい》の鄭箋《ていせん》に「前の上処に在るとは、前列の上頭に在るなり」という。この二句で、夫を宣伝している。

どうして夫をみわけるかといえば、白馬に乗ってつれに黒馬をしたがえ、

青い糸のひもをしりがいとし、黄金の飾りをおもがいにつけて、

その腰には千万余金にも当たる鹿盧《ろくろ》の剣を帯びています。「鹿盧」は、柄頭《つかがしら》にロクロ（滑車）の飾りがついた剣。『漢書』雋不疑《しゅんふぎ》伝の唐の顔師古注に引く晋の晋灼《しんしゃく》の説に、「古の長剣の首に玉を以って井の鹿盧形を作り、上に木を刻んで山形を作し、蓮花初めて生え未だ敷《ひら》かざる時の如《ごと》し。今の大剣の木首は、其の状 此《こ》れに似たり」とある。

十五歳で郡の役人、二十歳で朝廷の大夫、「府小史」は、郡役所の小書記。一説には、地位の低い門番の類という。『漢書』翟方進《てきほうしん》伝に「方進、年十二三、父を失い、孤学す。太守の府に給事し、小史と為る」とある。「朝大夫」は、朝廷に仕える上大夫の官職。大夫には太中大夫・中大夫・諫大夫等、種々ある（『漢書』百官公卿表《ひゃっかんこうけいひょう》）。ここではその特定なものを指してはいない。

三十歳で侍中郎、四十歳では一城の主《あるじ》となりました。「侍中郎」は、帝のそばに在って、乗輿・服物を掌《つかさど》る。みな博学高徳の士が当てられた。『漢書』百官公卿表注に引く応劭《おうしょう》の注に「侍中は、入りて天子に侍る、故に侍中と曰《い》う」とある。「城を専らにして居る」は、州の長官、太守の官となったことを指す。「専城」は、『文選』の五臣注に「専は擅《ほしいまま》にするなり、一城を擅にするを謂うなり。守宰の属を謂う」とある。羅敷の夫は、出世の前半期は文官として累進しながら、現在では武将となっている。

その容貌は、すがすがしく色白で、ふさふさとした鬑《ひげ》をたくわえています。ここの「人と為りは」は、容貌についていうのであろう。したがって容貌が清らかで、顔の皮膚が白いことをいう。「鬑鬑」は、鬑《ひげ》の長いさま。白面長髯というのが当時の男性美を代表するものであった。『漢書』の霍光《かくこう》伝に「光は人となり沈静詳審なり。長財《たけわずか》に七尺三寸、白皙にして眉目疏《わか》れ、須髯《しゅぜん》美し」とある。「頗」は、わずかに。聞一多《ぶんいった》は「頗有鬚は、猶《な》お微《や》や鬚有りと言うがごとし」という。

その夫が、堂々として役所を歩み、ゆるやかに役所の中をゆくと

同座の数千人は、みな私の夫を「すばらしい」とたたえてくれます。」「坐中の数千人」は、官吏の集会を指す。数千人は誇張した数である。「殊」は、他よりも秀れていることをいう。

この「陌上桑」とよく似たものに「秋胡行《しゅうここう》」の故事がある。秋胡の妻が桑をつんでいると、「桑つみに精だすより、金を持っているわしの妻にならぬか」と誘いかけられる。彼女はそれを拒絶してわが家へ帰るが、帰ってみると、道ばたで誘惑した男は何と自分が五年も待っていたわが夫であった。その汚れた夫の行為を怨んで、彼女は河に身を投じて死ぬ(『列女伝』、『西京雑記』)。これにあわせて、『詩経』の「七月」や「氓《ぼう》」などを想《おも》いおこすならば、これらの歌はみな桑つみの場面を背景に展開されている。古来、桑つみ畠は民歌のうまれる温床のような場所であったと想像される。

この陌上桑に歌われている羅敷の容貌や服飾には、たいへんな誇張があり、夫たる人物の出世コースにも一貫しない矛盾を含んでいるが、登場人物をこういうふうに美化し、典型化しているところに、民謡の素朴な味わいが出ている。羅敷は労働に従事しているが、美人で貞淑で、権力に屈しない高貴な性格に仕立てられている。とくに夫の身分を誇らかに語るところは、使君を拒絶するために考案された芝居のセリフのようなものだと考えてよかろう。

長歌行

「長歌行《ちょうかこう》」は、平調曲。楽器は、笙《しょう》・笛・筑《ちく》・瑟《しつ》・琴・箏《そう》・琵琶《びわ》の七種。「短歌行」もあり、その区別はよくわからない。「短歌行」が四言詩であるのに対し、これは五言であるから長と呼ばれる、という説もある。この題名で三篇の古辞が伝わっている。其一は、万物の栄枯盛衰を詠じ、人間も若い時に努力しなければならぬことをいましめた歌。其二は、仙人が来て仙薬を飲ましてくれる。この薬を飲むと、身体が日に日に健康になり、白い髪が黒くなり寿命が長くなることをいう長寿を祝う宴会の歌。其三は、旅人が故郷を思い、洛陽城のほとりに出てみると、南風が吹き、黄鳥が飛ぶ。父母のことが思われ、涙が流れるという父母を恋うる望郷の歌。

これら三篇は、同じく長歌行と題せられているが、内容上の関連はない。長短については、崔豹《さいひょう》の『古今注《ここんちゅう》』には、「長歌・短歌は、人の寿命、各《おの》おの定分ありて妄《みだ》りに求むべからざるを言う」とあるが、李善《りぜん》がこれを駁《ばく》していう「古詩に曰わく、『長歌正《まさ》に激烈す』と。魏の武帝の「燕歌行《えんかこう》」に曰わく、『短歌微吟し長くする能《あた》わず』と。傅玄《ふげん》の「艶歌行《えんかこう》」に曰わく、『咄来《ああ》長歌して短歌に続《つ》ぐ』と。然《しか》らば行《うた》の声に長短あるのみ、寿命を言うに非ざるなり」と。ここでは其一を取り上げた。

長歌行

青青園中葵　　青青《せいせい》たり園中の葵《あおい》
朝露待日晞　　朝露《ちょうろ》は日を待って晞《かわ》く
陽春布徳沢　　陽春は徳沢《とくたく》を布《し》き
万物生光輝　　万物は光輝《こうき》を生《しょう》ず
常恐秋節至　　常に恐る秋節《しゅうせつ》の至り
焜黄華葉衰　　焜黄《こんこう》として華葉《かよう》の衰《おとろ》えんことを
百川東到海　　百川《ひゃくせん》　東のかた海に到《いた》れば
何時復西帰　　何《いず》れの時か復《ま》た西に帰らん
少壮不努力　　少壮にして努力せずんば
老大乃傷悲　　老大にして乃《すなわ》ち傷悲《しょうひ》せん

〔葵〕ひまわり（向日葵）の一種。

園《その》の中の葵《あおい》が青々と茂っている。あさの露も日が上ってくると乾いてゆく。うららかな春が日光と水分をたくさんに恵んでくれたので、生き物はみな光りかがやいている。あたたかい春がめぐみ（徳沢）を施してくれたことをいう。このめぐみは具体的には日光や水分をいうのであろう。

いつも心配なのは、秋の季節がやってきて、花も葉も黄ばみ枯れていくことだ。「焜黄」は、花や葉の色が衰えること。焜の音はコンで、熉（ウン）の仮借《かしゃ》。『漢書』の礼楽志《れいがくし》の顔師古《がんしこ》注に引く如淳《じょじゅん》注に「熉は黄ばむ貌《さま》なり」とある。

百の川の水は、どれもみな東に流れて海に下って行くが、それらはいつまた西に帰ってくるであろうか。この両句は、流水に喩えて時間が一たび去って返ってこないことをいう。

人もまた同じことで、若い時にはげんでおかないと、年老いてから悲しむことになる。

唐の呉兢は「栄華は久しからず、当に努力して楽しみをなすべし。老大に至って、乃《すなわ》ち傷《いた》み悲しむことなかれ」（『楽府古題要解』）という。『文選』五臣の注には「当《まさ》に早く事業を崇《たか》く樹《た》つべし、時に後《おく》るるの歎きを貽《のこ》すことなかれ」という。この二説では五臣注の方を是《ぜ》とする。なぜならば、この詩は積極的であり、「古詩十九首」にみられるような頽廃思想は含んでいないようだからである。

東門行

「東門行《とうもんこう》」は生活に困窮した男が、東門を出て何か非行をしようと決心するときの様子を描く。一度は出かけてまた帰ってきたけれども、家の中には着物も食べ物もないの見ると、また憤然として出かける。妻は天上のさばきと子供の将来のために、思いとどまってくれと訴えるけれども、彼は、遅れてはならぬと振り切って出かける。後世の文人に擬作をゆるさぬほどの迫力がある。

東門行

出東門
不顧帰
来入門
悵欲悲
盎中無斗米儲
還視架上無懸衣
抜剣東門去
舎中児母牽衣啼
他家但願富貴
賤妾与君共餔糜
上用倉浪天故
下当用此黄口児
今非
咄行
吾去為遅

東門を出《い》でて
帰るを顧《おも》わず
来《き》たりて門に入《い》り
悵《うれ》いつ悲しまんと欲《ほっ》す
盎中《おうちゅう》には斗米の儲《たくわ》え無く
還《かえ》って架上《かじょう》を視《み》れば懸《か》けたる衣《ころも》無し
剣を抜きて東門より去らんとす
舎中《しゃちゅう》の児《じ》の母は衣《ころも》を牽《ひ》いて啼《な》く
「他家《たけ》は但《た》だ富貴を願うも
賤妾《せんしょう》は君と共《とも》に糜《かゆ》を餔《くら》わん
上《かみ》は倉浪《そうろう》たる天を用《も》っての故《ゆえ》に
下《しも》は当《まさ》に此《こ》の黄口児《こうこうじ》を用《も》ってすべし
今は非なり」
「咄《とつ》、行かん
吾が去《ゆ》くこと遅しと為《な》す

白髪時下難久居　白髪　時に下《お》つ　久しく居《お》ること難《かた》し」

〔顧〕一本「願」に作る。〔悵〕がっかりする、失意のさま。〔盎〕腹が大きく口が小さいかわらの小鉢《こはち》。〔児母〕妻を指す。今の語では「孩児媽」。〔餔〕哺に同じ、食う。〔糜〕粥《かゆ》。〔倉浪〕空の青い色。〔黄口児〕おさな子、幼児。〔咄〕ちえッ。叱《しか》るとき舌うちする音。〔下〕落ちる。

東門を出たときは、帰ろうなどとは思わなかったが、いま帰ってきて門をはいると、がっかりしてきて悲しくなる。「東門」は、主人公が住んでいたまちの東門。「東」には次の二通りの解釈がある。①意味がない。②非行をする方向。余冠英《よかんえい》は「東門外は、彼が出かけて非法を行わんとした所であろう」という。

かめの中には一斗の米のたくわえさえなく、ふりかえって棚《たな》の上を見れば、かかっている着物もない。「還」は、ふりかえっての意。あちこちみまわす意にもとれる。

剣を抜いて再び東門を出ようとすると、家の中の妻がわが着物をひっぱって泣く。

「よその人はただ富貴な生活を願うでしょうが、私はあなたと共にかゆを食べても暮らします。上はあの青い天にそむかぬために、下はこの幼児たちの将来のために考えるべきでしょう。今はいけませぬ。」「今は非なり」は、いま（このようなことをしては）いけないの意。余冠英は、「晋楽《しんがく》所奏を参照すると、この二字の中間には脱字があるようである」という。『楽府古題要解』の引用によると、この句は「今時清、不可為非」とあり、中間に五字が脱落している。後に掲げる晋楽所奏の歌辞を参照してもらいたい。

「ちえッ、行くんだ。おれの行くのが遅れるではないか。しらが今や落ちるようになっては、もうぐずぐずしてはおれぬわい。」

東門行（晋楽の奏する所）

出東門
不顧帰
来入門
悵欲悲
盎中無斗儲
還視桁上無懸衣　一解
抜剣出門去
児女牽衣啼
他家但願富貴
賤妾与君共餔糜　二解
共餔糜
上用倉浪天故
下為黄口小児
今時清廉
難犯教言
君復自愛莫為非　三解
今時清廉

東門を出《い》でて
帰るを顧《おも》わず
来《き》たりて門に入り
悵《うれ》いつ悲しまんと欲《ほっ》す
盎中《おうちゅう》に斗の儲《たくは》え無く
還《かえ》って桁上《こうじょう》を視《み》れば懸《か》けたる衣《ころも》無し』
剣を抜きて門を出《い》でて去《さ》らんとす
児女《じじょ》　衣《ころも》を牽《ひ》いて啼《な》く
「他家《たけ》は但《た》だ富貴を願うも」
賤妾《せんしょう》は君と共《とも》に糜《かゆ》を餔《くら》わん』
共に糜《かゆ》を餔《くら》わん
上《かみ》は倉浪《そうろう》たる天を用《も》っての故《ゆえ》に
下《しも》は黄口《こうこう》の小児の為《ため》に
今の時は清廉なり
教言《きょうげん》を犯《おか》し難《がた》し
君　復《ま》た自愛して非を為《な》す莫《な》かれ』
今の時は清廉なり

難犯教言　　教言を犯し難し
君復自愛莫為非　　君　復《ま》た自愛して非を為《な》す莫《な》かれ」
行吾去為遅　　「行《ゆ》かん。吾が去《ゆ》くこと遅しと為《な》す」
平慎行　　「平《たい》らかに慎《つつし》みて行け
望君帰　　君の帰るを望む」』

〔桁〕けた（柱の上にかけた横木）。〔児女〕「女」字は本辞に従って「母」に作るべきか。〔黄〕一本に「哉」に作る。〔清廉〕時の政治は不正の行われていないこと。〔教言〕法令をいう。〔君〕一本に「吾」に作る。


東門を出たとき、帰ろうとは思わなかったが、
いま帰ってきて門をはいると、がっかりしてきて悲しくなる。

かめの中には一斗の米のたくわえさえなく、ふりかえって衣こうの上を見れば、かかっている着物もない。

剣を抜いて再び東門を出ようとすると、家の中の妻がわが着物をひっぱって泣く、

「よその人たちはただ富貴な生活を願うでしょうが、私はあなたと共にかゆを食べて暮らします。

共にかゆを食べてゆきましょう、上はあの青い天にそむかぬために、
下はこのおさな子たちの将来のために、考えてください。今の時勢は正しい世の中で法を犯すことは難しい、あなたは自重なさって非行をなさらぬように。

今の時勢は正しい世の中で、法を犯すことは難かしい、あなたは自重なさって非行をなさらぬように。」

「行くんだ。おれの行くのが遅れるではないか。」

「無事に気をつけてお行きなさいませ。お帰りを待っていますから。」この最後の句には、夫の考えが変わるよう

にという妻の願いがこめられている。

朱秬堂《しゅきょどう》の説に「陟岵《ちょくこ》の詩に『上において旃《こ》れを慎《つつし》めや、猶《な》お来《き》たれ止まること無《な》かれ』というは、すなわち『平慎行、望君帰』に同じ」（黄節『漢魏楽府風箋』巻四に引く）という。どちらも別れに臨んでとりかわされていた常套語であろう。しかしこういう一般的な表現で結ばれると、本辞の持っていた劇的な迫力が、ややうすらぐのではあるまいか。晋楽に奏する所の歌辞は、このようにことばを増加して、かえって意味を平凡にする場合がある。

飲馬長城窟行

長城は秦の時代に北方民族の侵入に備えて築かれたもの。その下に泉窟があって、塞北に出征する将兵は馬にその水を飲ませた。そのときこの曲が作られたものであると言う。しかし、古辞の内容をみると、夫が遊蕩して帰らないのを、その妻が嘆いている歌である。『玉台新詠』巻一にはこれを蔡邕《さいよう》の作とする。蔡邕、あざなは伯喈《はくかい》。若い頃から博学で、数学・天文に通じ、音楽の才もあった。後漢の霊帝に仕え郎中となり、のち董卓に召されたが、卓が誅殺されると捕らえられ、獄中で死んだ。（一三二〜一九二）「飲馬《いんば》長城窟行《ちょうじょうくっこう》」が蔡邕の作であるとすることには、疑問の点もある。

青青河辺草　　青青《せいせい》たり河辺《かへん》の草
綿綿思遠道　　綿綿《めんめん》として遠き道を思う
遠道不可思　　遠き道は思う可《べ》からず

夙昔夢見之　夙昔《しゅくせき》に夢に之《こ》れを見る
夢見在我傍　夢に見れば我が傍《かたわ》らに在り
忽覚在他郷　忽《たちま》ち覚むれば他郷《たきょう》に在り
他郷各異県　他郷にありて各《おの》おの県を異《こと》にし
展転不可見　展転すれども見る可《べ》からず
枯桑知天風　枯桑は天の風を知り
海水知天寒　海水は天の寒さを知る
入門各自媚　門に入れば各《おの》おの自《みずか》ら媚《こ》ぶ
誰肯相為言　誰《たれ》か肯《あ》えて相《あ》い為《ため》に言わんや
客従遠方来　客 遠方従《よ》り来《き》たり
遺我双鯉魚　我に遺《おく》る双鯉魚《そうりぎょ》を
呼児烹鯉魚　児《じ》を呼びて鯉魚を烹《に》れば
中有尺素書　中に尺《せき》の素《そ》書《しょ》有り
長跪読素書　長跪《ちょうき》して素書を読む
書上竟何如　書上 竟《つい》に何如《いかん》
上有加餐食　上には餐食《さんしょく》を加えよと有り
下有長相憶　下には 長《とこしえ》に相《あ》い憶《おも》うと有り

〔河辺〕一本「河畔」に作る。〔綿綿〕どこまでも続くさま。〔夙昔〕「夙」は宿、「昔」は夕に通ずる。昨夜のこと。〔夢見之〕遠道にいる人を夢で見た。〔各自媚〕めいめい自分を可愛がる。「媚」は愛する。〔相為〕一本「相与」に作る。〔尺素〕手紙という意。素はきぎぬ。古の人は絹の上に字を書いていた。〔書上〕一本「書中」に作る。〔上有加餐食〕古詩十九首其一にも「努力して餐飯を加えん」とある。「有」字、一本「言」に作る。〔下有長相憶〕「古詩十九首」其一七にも「上《かみ》には長《とこし》えに相《あ》い思うと言い、下《しも》には久しく離別すと言う」とある。「有」字、一本「言」に作る。

かわべの草が青々ともえてくると、私は遠い道のはてにいる人のことを思い続ける。「古詩十九首」其二にも「青青《せいせい》たり河畔《かはん》の草」と見える。「綿綿《めんめん》として思う」は、春草がどこまでも続いているのを見て思いがわくことをいう。

遠い道のかなたであるから、思うこともできないが、昨夜は夢の中であの人に会えた。

夢の中で会えば、私のそばにいたのに、ふっと覚めてみれば、あの人は他郷であった。

他郷であるからそれぞれ県が違っているため、いくらあちこち場所をかえながら慕っても、見ることはできない。「展転」は、あちこちと場所をかえること。一説に、寝返りをうつこと。『説文』に「展は転なり」とある。

葉を落とした桑が、かえって空ゆく風のけはいを感じ、海の水がかえって遠い天の寒さを感じとる。この二句の意味については諸説がある。その境遇にいるものでなくては、ほんとうの気持ちはわかるものではない、ということを喩えたとするのも一説である。

(そのように、夫と離れている私のような者こそ、最もせつなく夫を慕わずにはおれないのに)他の人たちは家に帰って来ても、めいめい自分をいとおしむだけ、誰が他人のことづてなどを伝えてくれようか。遠人より書信がないのは、他人が代わって問いたずねてくれないからだ、と言って、書信を届けてくれる客をひたすら待ちわびているのである。

ある日、旅人が、あの人のいる遠い地方からたずねてきてくれて、私に二匹の鯉をくれた。

わらべを呼んで鯉を煮させてみると、鯉の腹から一尺の白絹に書いた手紙が出てきた。「双鯉魚」は、書信をおさめた箱。二枚の板で、一つはふた、一つは底で、書信をその中にはさむ。この二枚の板は魚の形に刻んであった。一説には、漢代には手紙は絹のきれをむすんで魚の形にして、それを「緘《かん》」と言った。『詩経』桧風《かいふう》・匪風《ひふう》に「誰《たれ》か能く魚を亨《に》るや、之《こ》れを漑《あら》い斧鬵《ふじん》をあたえん、誰《たれ》か将《まさ》に西に帰らんとするや、之《こ》れに懐《した》しむに好音《こういん》をもってす」とあるによる。

立て膝のままそれを読んだが、手紙の中には、つまりどんなことが書いてあったろうか。「長跪」は、腰をのばしてひざまずく（立て膝）こと。古の人は座《すわ》るときは両膝を地につけ、しりは脚のかかとを圧している。ひざまずくときは、腰をまっすぐ立てて、上身は長く垂直にしていた。この「長跪」は、手紙を受けとって、早くその内容を見たいという切迫した気持ちを表わしている。ふだんなら座って見るはず。だから下句に、「手紙の中には、つまりどんなことが書いてあったろうか」というのである。

初めには「ご飯を食べるように」とあり、終わりには「いつまでも思い続けている」と書いてあった。

最後の二句は、夫の愛情をよく示すともとれるし、また、ひざまずいたままで読んでいるのは、期待するところが深かったからであろう。ところが、「書中竟《つひ》に何如」は、大きな失望である。書中には全く面会の期を言わず、「体を大切にせよ、いつまでも思い続けている」と言うことのみで終わっていた、というみかたもある。

この「飲馬長城窟行」の中の詩句は、同類のものを、「古詩十九首」の中に散見することができる。両者の間には、深い関係があった証拠といえよう。「古詩十九首」はもとみな楽府《がふ》として歌われていたのだということを主張する人もある（朱秬堂・余冠英）。

孤児行

父母を失った孤児が、兄と嫂《あによめ》のために遠くまで行商に出かけ、家事にも農事にもこき使われる。前半ではその悲惨なありさまを客観的に描写し、後半では作者が孤児に代わって窮状を訴える。いじわるい村童たちに収穫の瓜《うり》を奪われて、「どうぞ、私に蔕《へた》だけでも還《かえ》してくれ」と叫ぶ。「孤児行《こじこう》」は、社会の最底辺から取り上げられた題材である。

孤児生　　孤児　生まれ
孤子遇生　　孤子《こし》として遇《たま》たま生まる
命独当苦　　命《めい》独《た》だ当《まさ》に苦しむべし
父母在時　　父母の在《いま》しし時は
乗堅車駕駟馬　　堅車に乗り駟《し》馬に駕《が》せり
父母已去　　父母は已《すで》に去りぬ
兄嫂令我行賈　　兄と嫂《あによめ》は我をして行賈《あきない》せ令《し》む
南到九江　　南のかた九江《きゅうこう》に到《いた》り
東到斉与魯　　東のかた斉《せい》と魯《ろ》とに到る
臘月来帰　　臘月《ろうげつ》に来帰《かえ》れども
不敢自言苦　　敢《あ》えて自《みずか》ら苦しと言わず
頭多蟣虱　　頭には蟣《き》虱《しつ》多く
面目多塵　　面目《かお》には塵《ちり》多し

大兄言辦飯
大嫂言視馬
上高堂
行取殿下堂
孤児涙下如雨
使我朝行汲
暮得水来帰
手為錯
足下無菲
愴愴履霜
中多蒺藜
抜断蒺藜
腸肉中愴欲悲
涙下渫渫
清涕累累
冬無複襦
夏無単衣
居生不楽

大兄《たいけい》は飯を辦《しつら》えよと言い
大嫂《たいそう》は馬を視《み》よと言う
高堂《こうどう》に上り
行《ま》た殿下の堂に取《はし》る
孤児は涙下《お》つること雨の如《ごと》し
我をして朝に行きて汲《みずく》ま使《し》め
暮に水を得《え》て来帰《かえ》る
手は為《ため》に錯《ひび》きれ
足下《そっか》には菲《くつ》無し
愴愴《そうそう》として霜を履《ふ》めば
中には蒺藜《しつれい》多し
蒺藜《しつれい》を抜き断《た》つに
腸肉《ちょうにく》の中　愴《かな》しみて悲しまんと欲《ほっ》す
涙下《お》ちて渫渫《ちょうちょう》たり
清き涕《なみだ》は累累《るいるい》たり
冬には複襦《ふくじゅ》無く
夏には単衣《たんい》無し
生《せい》に居《お》るは楽しからず

孤児行

不如早去
下従地下黄泉
春気動草萌芽
三月蚕桑
六月収瓜
将是瓜車
来到還家
瓜車反覆
助我者少
啗瓜者多
願還我蔕
独且急帰
兄与嫂厳
当興校計
乱曰
里中一何譊譊
願欲寄尺書
将与地下父母

如《し》かず　早く去って
下《しも》　地下の黄泉《こうせん》に従《した》がわんには
春気　動けば草も萌芽《も》ゆ
三月には蚕桑《さんそう》し
六月には瓜《うり》を収《おさ》む
是《こ》の瓜車《かしゃ》を将《ひ》いて
来到《きた》りて家に還《かえ》らんとす
瓜車《かしゃ》　反覆《くつが》えるに
我を助くる者は少なく
瓜を啗《くら》う者は多し
「願《ねが》わくは我に蔕《へた》を還《かえ》せ
独《た》だ且《しばら》く急ぎ帰らん
兄と嫂《あによめ》と厳《きび》しきなり
当《まさ》に校計《めんどう》を興《おこ》すならん」
乱《らん》に曰《い》わく
里中　一《ひと》えに何《なん》ぞ譊譊《どうどう》たる
願《ねが》わくは尺書《せきしょ》を寄せて
将《まさ》に地下の父母に与《あた》えんと欲《ほっ》す

兄嫂難与久居　兄と嫂《あによめ》とは与《とも》に久しく居《お》り難《がた》し

〔遇〕「偶」と同じ。偶然。〔命〕運命。〔駟馬〕四頭立ての馬。〔己去〕すでに死去した。〔行賈〕行商。〔九江〕九江郡。郡庁は西漢では今の安徽省の寿県。東漢では安徽省定遠県の西北。〔斉・魯〕中国の東部、山東地方にあたる地。〔臘月〕陰暦十二月。〔蟣虱〕しらみ。蟣はしらみの卵。〔・飯〕炊事をして食事の準備をする。〔行〕また、今の「還」に同じ。〔取〕「趣」に通ずる。おもむくこと。〔錯〕「皵」に通ずる。ひび、あかぎれ。〔菲〕「扉」に通ずる、わらぐつ。〔愴愴〕悲しむさま。〔蒺藜〕はまびし。実には三角錐状のとげがある。〔腸肉〕足の裏の肉。〔渫渫〕涙が流れるさま。〔累累〕たえないさま。〔早去〕はや死する。〔下従〕下なる地下の父母の後を追うこと。〔将是瓜車〕「将車」は車を引くこと。〔啗〕啖と同じ。食べること。〔独且〕ともかく。〔乱〕終章。「乱」は理の意で、全篇の大意をまとめる部分。〔譊譊〕怒り罵《のの》しる声。〔将〕「以」の意。


この孤児が生まれてきた。孤児として、思いがけなく生まれてきたが、彼の運命だけが苦しむことになっている。

父母が生きておられたときは、いつも立派な車に乗り、四頭立ての馬を駆っていた。

その父母が死んでしまってからは、兄と兄よめが私に行商をさせるようになった。漢代の社会では、行商人の地位が低く、たいていは金持ちの奴僕であった。兄と兄よめたちが孤児に行商をさせるのは、彼を奴僕として使っていた（余冠英の説による）。

南は九江方面へ出むき、東は斉《せい》や魯《ろ》までも出かけて行った。

暮れの十二月になってやっと帰ってくるけれども、苦しいといおうとはしない。

頭にはしらみがわき、顔中はたくさんほこりをかむっている。「面目《かお》には塵多し」は、顔中にちりが多いことをいう。この句末には恐らく「土」字が脱落している。ここは脚韻をふむ所であり、また前後と比べると、ここもやはり五言句となるべきところである（余冠英の説による）。

そういう状態であるのに、長兄は私にご飯の用意を言いつけ、兄よめは馬の世話を言いつける。

そのために、座敷の上へあがって飯を用意したり、座敷を走りおりて馬の世話をしたりする。そのあいだ孤児の涙はとめどもなく雨のように流れ落ちる。「殿下の堂に取《はし》る」は、殿下の堂におもむくこと。飯の用意をするには高堂に上らねばならず、馬を視るには高堂を下らねばならず、上下に奔走することをいう。

私を朝から水くみに行かせ、日暮れにも水をくんで帰ってくる。

手にはあかぎれができても、足にわらぐつもはいていない。

とぼとぼと霜をふんで行くと、霜の中にはまびしのとげがたくさんまじっていた。

刺さったとげを引き抜くと、足の裏が痛くて悲しくなる。

涙がはらはらと流れて、玉の涙はとめどもなく出る。

冬が来ても複襦《あわせ》がなく、夏が来ても単衣《ひとえ》がない。「複襦」は、その短いあわせのきもの。「複」はうらのある着物で、次の「単衣」と対す。「襦」はその短いはだぎ。

生きていても何の楽しみもないから、早くこの世を去って、いっそのこと父母のいる地下のあの世へ行きたい。

春のきざしがすると草が芽を出す。そうなると、三月からは桑つみで、六月には瓜《うり》のとり入れになる。

この瓜の車を引いて、家に帰ろうとすると、途中で車がひっくり返ってしまった。

私を助けてくれる者はいなくて、みんな寄ってきて私の瓜を取っては食う。

「どうかせめて、瓜のへただけでも返してくれ。ともかく急いで家に帰ろう。兄も嫂も厳しい人ゆえ、面倒なことになるはずだから。」「蔕」は、うりとつるが連なっているところ、へた。孤児がこれを返してくれというのは、後で収穫の証拠とするためであろう。「興校計」は、もめごとを起こす。面倒なことになる。処理の方法を考える、という説もある。

終わりの歌に「村中にひびく何という怒鳴り声だろう。手紙を書いて地下の父母に渡してやりたい。あんな兄や嫂たちとは、とても永くは暮らせないですよ—と。」「尺書」は、手紙。古代は帝王の詔書も庶民の書信も、すべて一尺一寸の木板、あるいは絹帛を用いた。そのために手紙のことを「尺書」「尺牘《せきとく》」と呼んでいた。

この「孤児行」や前の「婦病行」については、後世文人が擬楽府を作っていない。古辞のこのテーマが、空想による机上の制作をゆるさないほどに強烈な現実性を持っているためであろう。

白頭吟

「白頭吟《はくとうぎん》」は、相和歌辞、瑟調曲。男に二心があったことを知らされた女が、夫との訣別にあたって作った歌。語気は甚だきついけれども、まだ捨てきってはいない。怨慕しながらいくらか望みをかけているようである。

『玉台新詠』巻一には「皚如山上雪」と題して、その呉兆宜《ごちょうぎ》注本の按語にこの作者を卓文君《たくぶんくん》と疑っている。司馬相如《しばしょうじょ》が茂陵《もりょう》の女を妾《しょう》にしようとしたところ、妻の卓文君がこの歌を作ってみずから訣別しようとしたので、相如は思いとどまった、という伝説があるためであるが、本来卓文君とは何の関係もないであろう。『宋書』楽志《がくし》および『楽府《がふ》詩集』はこれを漢代の「街陌謡謳《まちのうた》」とみて、作者不明とする。いま後者の方が通説となっている。男女の仲の破綻を歌ったものとして有名である。

皚如山上雪　　皚《がい》たること山上の雪の如《ごと》く
皎若雲間月　　皎《こう》たること雲間の月の若《ごと》し
聞君有両意　　聞くならく「君に両意有り」と
故来相決絶　　故《ことさ》らに来《き》たりて相《あ》い決絶す

今日斗酒会
明旦溝水頭
躞蹀御溝上
溝水東西流
淒淒復淒淒
嫁娶不須啼
願得一心人
白頭不相離
竹竿何嫋嫋
魚尾何簁簁
男児重意気
何用銭刀為

今日《こんにち》は斗酒の会
明旦《みょうたん》は溝水の頭《ほとり》
躞蹀《しょうちょう》す御溝《おほり》の上《ほとり》に
溝《ほり》の水は東西に流る
淒淒《せいせい》復《ま》た淒淒
嫁娶《かしゅ》には啼《な》くを須《もち》いず
願《ねが》わくは一心《いっしん》の人を得《え》て
白頭まで相《あ》い離れざらんことを
竹竿《ちくかん》は何《なん》ぞ嫋嫋《じょうじょう》たる
魚尾《ぎょび》は何《なん》ぞ簁簁《しし》たる
男児は意気を重《おも》んず
何《なん》ぞ銭刀《せんとう》を用《もち》いんや

〔皚・皎〕ともに白いさま。心の潔白なことをいう。〔躞蹀〕歩くさま。とぼとぼと。〔御溝〕御苑や御殿をめぐって流れる水。〔東西流〕東に向かって流れる。東の字だけに意がある（偏義複辞）。〔淒淒〕悽悽と同じ。悲しみいたむさま。〔嫁娶〕嫁の字だけに意義がある。とつぐとき、または人。〔竹竿〕釣りする竹ざお。〔嫋嫋〕長くしなやかなこと。〔簁簁〕羽毛のぬれた様子、ここでは魚がぴちぴちはねること。〔銭刀〕戦国時代に鋳造した銅貨幣。形が青龍刀に似ている、刀布。〔為〕疑問の助辞「乎」と同じ。

私の心は、白さでは山の上の雪のごとく、白く光ることでは雲間の月のごとく、潔白であったのに、聞くところによると、「あなたはふた心ができ、別の女を作られたとのこと」、私はわざわざお別れのためにやって来ました。

今日は一斗の酒をくみかわしての懐かしい会合。けれども明日の朝はお溝《ほり》のはたでの悲しい別れ。

とぼとぼとお溝のはたを歩いて行けば、おほりの水は東に流れて永遠にもとへは帰らない。お溝の水が東流して返らないのは、人の過去が再び返って来ないことを想起させる。

嫁《とつ》ぐときには、しくしくとお泣きなさるな。「女が嫁に行くときは、しくしくしくしくと泣くものだ」ととる説もある。

どうか心の変わらぬお方を見つけて、しらが頭になるまで共に添い遂げたいもの。

竹ざおの何としなやかにふるえることよ。釣り上げられた魚の何とぴちぴちはねまわることよ。男女の出会いはいつもそんなでありたいもの。この二句は男女が相手を求めることを象徴している。『詩経』召南・何彼襛矣《かひじょうい》に「其《そ》れ釣り維《こ》れ何《なん》ぞ、維《こ》れ糸伊《いとこ》れ緡《びん》、斉侯の子、平王の孫」とある。また、陳風・衡門《こうもん》に「豈《あ》に其《そ》れ魚を食《く》らうに、必ず河《か》の魴《ほう》ならんや、豈《あ》に其《そ》れ妻を娶《めと》るに、必ず斉の姜《きょう》ならんや」とある。

男は万事に気持ちが大切。どうしてお金などを必要としましょう。

『西京雑記』には、この歌辞は司馬相如（前一七九？～前一一七？）が茂陵の女を迎えて妾としようとしたとき、妻の卓文君が作ったとあるが、古書に載っているこの歌辞には、みな作者の姓名が記されていない。男にふた心あるので女は離別を決心している。離別を決めながらも、なお怨みと望みを抱いている。「竹竿何嫋嫋」以下の四句は、人によっていろんな解釈がしてある。

怨歌行

この「怨歌行《えんかこう》」を班・妤《はんしょうよ》の作とすることについては、疑問が多い。班・妤がみずからの境遇を傷んで書いた「自《みずか》ら悼《いた》むの賦《ふ》」は『漢書』に載せられているが、「怨歌行」は載せられていない。班・妤は、漢の武帝に仕えた女官。生没年は未詳。・妤は女官の官名。才智にすぐれ、帝に寵愛されたが、趙飛燕《ちょうひえん》姉妹のために寵を奪われ、みずから退いて長信宮《ちょうしんきゅう》で皇太后に仕えた。その不幸な境遇を題材とした詩が、後世の詩人たちによって数多く作られている。

新裂斉紈素
皎潔如霜雪
裁為合歓扇
団団似明月
出入君懐袖
動揺微風発
常恐秋節至
涼風奪炎熱
棄捐篋笥中
恩情中道絶

新たに斉《せい》の紈素《がんそ》を裂《さ》く
皎潔《こうけつ》　霜雪の如《ごと》し
裁《た》ちて合歓《ごうかん》の扇《うちわ》と為《な》す
団団《だんだん》として明月に似たり
君の懐袖《かいしゅう》に出入し
動揺して微風発《おこ》る
常に恐る　秋節至《いた》り
涼風　炎熱を奪い
篋笥《きょうし》の中に棄捐《きえん》せられ
恩情　中道《ちゅうどう》に絶《た》たれんことを

〔斉紈素〕斉は白絹の産地　〔篋笥〕衣装箱。

斉の白絹を裂いて扇を作ろうとする。その白絹は真白で霜雪のよう。合歓《ごうかん》の扇に裁ち切って作ったら、まんまるで明月のようだ。仲よく二人が円満であるように祈ったものである。「合歓《ごうかん》の扇《うちわ》」は、あはせうちわのことで、おしどりの模様がついていて夫婦和合を象徴するものともいう。「古詩十九首」其一八にも、「裁《た》ちて合歓《ごうかん》の被《ふすま》と為《な》す」とある。

あなたのふところに出入りして、扇ぐときは微風がおこる。あなたのそばにいつもくっついていたいものだ。秋の季節がやって来て、寒風が暑さを奪いとる。すると箱の中に捨てられて使われなくなり扇のことなど途中で忘れられてしまう、それと同じく天子の私に対する恩情が中途でとだえてしまいはせぬかといつも心配です

唐代の人にとって、班・妤は悲劇の女主人公として、詩題によく取りあげられる。なかでも王昌齢は巧みに歌っている。

西宮春怨

西宮夜静百花香　西宮《せいきゅう》　夜静かにして百花香《かお》る
欲捲珠簾春恨長　珠簾《しゅれん》を捲《ま》かんと欲《ほっ》すれば春の恨《うらみ》長し
斜抱雲和深見月　斜《なな》めに雲和《うんわ》を抱いて深く月を見る
朦朧樹色隠昭陽　朦朧《もうろう》たる樹色　昭陽を隠す

〔春恨長〕春は女怨み、秋は男悲しむ。独り春のさびしさをいう。〔斜〕女のさびしさ〔雲和〕琵琶の一種。〔深〕女の思い。〔朦朧〕月の光をあびておぼろなさま。〔昭陽〕趙飛燕姉妹の住んでいる宮殿。

〔韻字〕香・長・陽。

西宮なる長信宮は夜は静まりかえりいろいろの花が香りをはなって咲いている。それを見ようと玉（真珠）のすだ

れを捲きあげようとすれば春の女の怨みはいつまでも続く。

雲和の琵琶を斜めにかかえてしみじみと月を見れば、月の光でおぼろな木の影が趙飛燕姉妹の住む昭陽殿をかくしている。今宵も天子を迎え楽しくうたげをしていることであろう。

この詩は、班・好の立場で歌っている。「西宮」は長信宮のこと。班・好が身を引いてから仕えた皇太后の御所である。全体に女のさびしさを直接歌わぬが、その背後ににじみ出させている。

長信秋詞

真成薄命久尋思　　真成《まこと》に薄命なるかと久しく尋思《じんし》す
夢見君王覚後疑　　夢に君王を見て覚めて後《のち》疑う
火照西宮知夜飲　　火は西宮を照らし夜飲《いん》を知る
分明複道奉恩時　　分明《ぶんめい》なり複道《ふくどう》に恩を奉ずるの時

〔真成〕「成」は語助。当時の俗語であろう。ほんとに。ほんに。〔尋思〕思いめぐらす。しあんする。〔火〕昭陽殿のあかりである。〔分明〕ありありと。〔複道〕上下二層になった宮殿の廊下。上が天子、下が臣下の通路となっている。

〔韻字〕思・疑・時。


ほんとうに薄命なのかといつまでも思いめぐらす。君王を夢みて楽しんでいたが覚めてから真実でなかったと疑う。昭陽殿のあかりは西宮の長信宮まで照らしてくる、今宵は夜の宴会があることがわかる、それを思うとさびしい。それにつけてもありありと思い出す、あの宮殿の廊下で天子の寵愛を賜った時のことを。天子のおそばにあって寵愛を受けたときを思い出す。過去の回想である。

上山采蘼蕪

古詩である。作者不明。女性のうたである。

上山采蘼蕪　　山に上《のぼ》って蘼蕪《びぶ》を采《と》る
下山逢故夫　　山を下《くだ》って故夫《こふ》に逢《あ》う
長跪問故夫　　長跪《ちょうき》して故夫に問ふ
新人復何如　　「新人　復《ま》た何如《いかん》」と
新人雖言好　　「新人は好《よ》しと言うと雖《いえど》も
未若故人姝　　未《いま》だ故人の姝《みめよ》きに若《し》かず
顔色類相似　　顔色　類《おおむ》ね相《あ》い似たれども
手爪不相如　　手爪《しゅそう》は相《あ》い如《し》かず
新人従門入　　『新人は門従《よ》り入《い》り
故人従閤去　　故人は閤《こう》従《よ》り去る』
新人工織縑　　新人は縑《けん》を織《お》るに工《たく》みに
故人工織素　　故人は素を織るに工みなり
織縑日一匹　　縑を織ること日に一匹《いちひき》
織素五丈余　　素を織ること五丈余《よ》

将縑来比素　縑を将《も》って来《き》たりて素に比《くら》ぶれば
新人不如故　新人は故《こ》に如《し》かず」と。

〔蘼蕪〕おんなかずら。薬草で芳香がある。〔長跪〕両膝を地につけてひざまずく礼。〔縑・素〕「縑」はかとりぎぬ。「素」はしらぎぬ。素の方が上等である。〔工〕巧の意〔匹〕二尺二寸幅で四丈を一匹という。一段はその半分の長さ。当時の一尺は約二十三センチ。〔将〕「以」の意。


山に上っておんなかずら（薬草）を取りに行った。山を下ってくるともとの夫に出逢った。

ひざまずいてもとの夫に尋ねる、「新しい嫁さんはどうですか」と。

「新しい嫁はよいといわれているが、古い嫁のすばらしいのにはかなわぬ。「姝」は、好の意。ここでは単に容貌のみについて言うのではない。

顔の美しさは大体似てはいるが、手の美しさはかなわない。

あの時は新人が門より入ってきたのに、私はくぐり戸から出ていったではないですか。「新人」は新しい嫁、後妻。「故人」はふるなじみ、友だち。この詩では、前妻の意で用いられる。「閤《こう》」はくぐり戸。この二句は女が前夫に対して言った言葉であろう。考えてみるとあの時、新しい嫁は表門からはいってきたのに、私はくぐり戸から出ていったではないですか、と自分がひどいあつかいを受けたことを訴える。一方、ひどいしうちを受けたことをおまえは怒っていた、と夫がその時をただ回想したのみととる説もある。

新人はかとりぎぬを織るが上手、故人は上等の素を織るが上手。

日に一匹（四丈）の縑《けん》を新人は織るが、故人は日に五丈の素を織る。

縑《けん》と素とを比較してみると、質といい腕前といい、新人は故人にはかなわない」と。「来」は軽い助字である。

前妻、後妻の比較を労働能力ではかる。生産を重んずる商業の発達した後漢時代の作品か。

焦仲卿妻

「為焦仲卿妻作（焦仲卿《しょうちゅうけい》の妻の為《ため》の作《さく》）」あるいは「孔雀東南飛《くじゃくとうなんひ》」とも呼ばれる。全体は千七百五十字に及ぶ空前の大長篇叙事詩である。焦仲卿夫婦の心中に至るまでの経過と、当時の家族制度の悲劇をこまごまと描き出している。

成立時期についての確かなことはよくわからないが、後漢末魏初には一応のものが成り、その後徐々に詩人たちの手を経て、『玉台新詠』に収められる頃には、最終的には完成していたものと見られる。この詩には最初に序文がついていて、それには次のようにある。

漢末の建安中、廬江府《ろこうふ》の小吏、焦仲卿の妻劉《りゅう》氏は仲卿の母の遣《や》る所と為り、自《みずか》ら誓って嫁せず。其の家之《こ》れに逼《せま》るや、乃《すなわ》ち水に没して死す。仲卿之《こ》れを聞き、亦《ま》た自ら庭樹に縊《くびく》る。時人之《こ》れを傷み、詩を為《つく》ると云う。

「建安」は後漢の献帝《けんてい》の年号（一九六〜二二〇）。「廬江府」は地名。今の安徽省廬江県《あんきしょうろこうけん》の西にあった。なお、焦仲卿の妻の名は蘭芝《らんし》という。

孔雀東南飛　　孔雀《くじゃく》は東南に飛び
五里一徘徊　　五里に一たび徘徊《はいかい》す
十三能織素　　十三にして能《よ》く素《きぬ》を織《お》り
十四学裁衣　　十四にして衣を裁《た》つを学ぶ
十五弾箜篌　　十五にして箜篌《くご》を弾《ひ》き
十六誦詩書　　十六にして詩書を誦《そらん》ず

十七為君婦
心中常苦悲
君既為府吏
守節情不移
鶏鳴入機織
夜夜不得息
三日断五疋
大人故嫌遅
非為織作遅
君家婦難為
妾不堪駆使
徒留無所施
便可白公姥
及時相遣帰

十七にして君の婦と為《な》り
心中　常《つね》に苦悲《くひ》す
君は既《すで》に府吏《ふり》と為《な》り
節《せつ》を守って情は移らず
鶏《とり》鳴いて機《き》に入りて織り
夜夜《やや》　息《いこ》うことを得《え》ず
三日に五疋《ひき》を断《た》てども
大人《たいじん》は故《ことさ》らに遅しと嫌《うたが》う
織《お》作《る》ことの遅きが為《ため》に非《あら》ず
君の家の婦とは為《な》り難《がた》し
妾《しょう》は駆使《くし》に堪《た》えず
徒《いたず》らに留《とど》まるも施《ほどこ》す所なし
便《すなわ》ち公姥《こうぼ》に白《もう》し
時に及んで相《あ》い遣《や》り帰す可《べ》しと

〔箜篌〕くだらごと。西方から伝わってきた楽器、ハープに似ていて二十三絃。〔守節情不移〕職務に忠実で、妻のために情を移してくれることがなかった、の意。〔大人〕目上の人をいうことば。ここでは姑を指す。

孔雀が東南に向かって飛んでいるが、五里いっては一たびさまようている。そのとり残された一羽にも似ている私。

古代の詩歌には夫婦の離別を言うのに、鳥でもって歌い起こすものがよく見られる。「艶歌何嘗行《えんかかしょうこう》」の「飛来す　双白《そうはく》鵠《こく》、乃《すなわ》ち西北より来《き》たる、十十と五五と、羅列して行を成す、妻は卒《にわ》かに病に被《かか》り、行《ゆ》くゆく相《あ》い随《したが》うこと能《あた》わず、五里に一たび返顧し、六里に一たび徘徊す」が出典であるという。「東南」という方向は特に意味がない。

十三の歳に白絹を織ることができ、十四の歳に衣を裁《た》つことをならい、十五の歳に箜篌《くご》をひくことができ、十六の歳に詩経や書経が暗誦できました。ここまで女の教養を身につけたことをいう。

このように女の諸芸をひととおり身につけたのち、十七の歳にあなたの妻となりましたが、心の中はいつも妻として悲しい苦労が絶えませんでした。

あなたはもう府の役人となっていらっしゃって、もっぱら勤めにはげまれて、私に情をかけてはくだされなかった。この句の下に「賤妾《せんしょう》　空房《くうぼう》に留《とど》まり、相《あ》い見ること常日稀《じょうじつまれ》なり」の二句があるテキストもあるが、これは後人がみだりにつけ加えたものであろう。

朝は鶏《にわとり》の鳴く頃にはたについて布を織りはじめ、くる夜もくる夜も休息もできずに、三日で五疋の布を織り上げたが、母上は遅いといってわざといやみをいわれた。二尺二寸幅で四尺を一疋とする。前詩「山に上りて蘼蕪《びぶ》を采《と》る」では、「日に一匹」であった。

はたを織るのが遅いためではない、あなたの家の嫁はつとまりにくいのはそのためです。

私はこき使われるのに耐えられないし、ただとどまっていてもどうしようもありません。

そこで、お舅姑《しゅうと》さまに申し上げましょう、しかるべきときに里の方へ帰してくださいませと。「公姥」は、しゅうと（舅）としゅうとめ（姑）、ここでは「姥」のみに意味があり、「公」は添えられたにすぎない。仲卿の父親はすでに死んでいる。

府吏得聞之　　府吏《ふり》　之《こ》れを聞くを得《え》て

堂上啓阿母
児已薄禄相
幸復得此婦
結髪同枕席
黄泉共為友
共事二三年
始爾未為久
女行無偏斜
何意致不厚
阿母謂府吏
何乃太区区
此婦無礼節
挙動自専由
吾意久懐忿
汝豈得自由
東家有賢女
自名秦羅敷
可憐体無比

堂上に阿《あ》母《ぼ》に啓《もう》す
「児《じ》已《すで》に薄《はく》禄《ろく》の相《そう》なれど
幸《さいわ》いに復《ま》た此《こ》の婦を得《え》たり
結《けっ》髪《ぱつ》より枕《ちん》席《せき》を同じくし
黄《こう》泉《せん》まで共《とも》に友《ゆう》為《た》らんとす
共《とも》に事《つか》うること二三年
始《はじ》爾めてより未《いま》だ久しと為《な》さず
女の行いに偏《へん》斜《しゃ》無し
何《なん》ぞ意《おも》わん厚からざるを致す」と
阿《あ》母《ぼ》は府吏に謂《い》う
「何《なん》ぞ乃《すなわ》ち太《はなは》だ区《く》区《く》たる
此《こ》の婦は礼節無し
挙動　自《みずか》ら専《せん》由《ゆう》なり
吾が意《こころ》は久しく忿《いか》りを懐《いだ》く
汝は豈《あ》に自由なるを得《え》んや
東《とう》家《か》には賢《かしこ》き女《むすめ》有り
自《みずか》ら秦《しん》の羅《ら》敷《ふ》と名づく
可《か》憐《れん》にして体《たい》は比《くら》ぶるもの無し

阿母為汝求　阿母《あぼ》　汝《なんじ》が為《ため》に求めん

便可速遣之　便《すなわ》ち速《すみ》やかに之《こ》れを遣《や》るべし

遣去慎莫留　遣《や》り去れ　慎《つつし》んで留《とど》むる莫《な》かれ」と

府吏長跪告　府吏は長跪《ちょうき》して告《つ》ぐ

伏惟啓阿母　「伏《ふ》して惟《おも》い阿母《あぼ》に啓《もう》す

今若遣此婦　今若《も》し此《こ》の婦を遣《や》らば

終老不復取　老《お》いを終わるまで復《ま》た取《めと》らず」と

阿母得聞之　阿母《あぼ》　之《こ》れを聞くを得《え》て

槌牀便大怒　牀《しょう》を槌《う》ちて便《すなわ》ち大《おお》いに怒る

小子無所畏　「小子《しょうし》　畏《おそ》るる所無し

何敢助婦語　何《なん》ぞ敢《あ》えて婦の語を助くるや

吾已失恩義　吾《わ》れ已《すで》に恩義を失えり

会不相従許　会《かなら》ず相《あ》い従《よ》って許さず」と

〔堂上〕上堂（堂に上る）と書くのが正しいという。「堂」は母のいる座敷。〔啓〕もうす。〔薄禄相〕福運にめぐまれない人相。〔結髪〕男女とも（男二十、女十五）成年に達すると髪を結いあげる。〔始爾〕「爾」は意味のない助字。「始爾」で一語になっている。〔何意〕～だとは思いもよらなかった。〔何乃太区区〕「何乃」は、なんと。「太」は、程度をすぎること。「区区」は、小さなことにこだわること。〔自由〕勝手、わがまま。〔東家〕隣。〔便〕かるくうける。〔去〕一本「之」に作る。〔告〕一本「答」に作る。〔取〕娶（めとる）に同じ。〔小子〕「小」は目下の若い者につける。〔会〕かならず。

府吏（仲卿）はこのことばを開くと、座敷へ上って母親に申し上げた。「私はもともと幸の薄い人相でしたが、ありがたくもこの妻をめとることができました。成人の年頃から夫婦となり、すえは黄泉までも一緒に連れだって行こうと思っています。共に暮らすようになってから二、三年、一緒になった頃から、まだ久しくもありません。「共に事《つか》うる」は、夫婦が共同生活をすること。母に仕えることとする説もある。

この女の行いには、曲《まが》ったところもないのに、厚く情をかけぬとは意外です」と。「厚」は、愛の意。嫁が一生懸命心をこめているのに母が劉氏のことを気に入らないようになることをいう。

母が府吏にいう「おまえは考え方がせますぎる。この嫁には礼儀がなく、動作はわがままだ。わしは心では永いこと怒りをがまんしてきた。おまえは勝手にはできません。「忿《いか》りを懐《いだ》く」は、がまんするの意。いかる、とする解釈もある。

隣には賢い娘がいる。「秦の羅敷」と名のっているそうな。「賢女」は、女の教養を前の表現よりもっと身につけた女を意味する。「秦の羅敷」は「陌上桑」（本書、「陌上桑」の項参照）にうたわれている女性と同名。当時民間に伝承されていた美人と思われる。もちろんここでは秦羅敷という名前の女性をいうのではない。

何とその姿は世に比べるものもない。この母がおまえのためにもらってやるから、さあ、すぐに今の嫁を返すがよい。返してしまえ、決して止めてはならぬぞ」と。

府吏はひざまずいて答える。「謹んで母上に申し上げます。今もしこの嫁を追い出すなら、私は終身嫁は迎えませんし」と。

母はこれを聞くと、寝台をたたいて大いに怒った。「槌」はうつこと。「牀」には、①寝台、ベッド、②ゆか、室内の坂を張った所、の意味があるが、ここでは①の意でとる。ひどく怒る様子をいう。

「おまえは勝手なやつだ、どうしてそんなに嫁のことばに肩をもつのじゃ。わしはもうあの嫁には恩も義理もない。どうしてもそのまま許すわけにはいきません」と。

府吏黙無声　府吏は黙《もく》して声《こえ》無く
再拝還入戸　再拝《さいはい》して還《かえ》って戸に入る
挙言謂新婦　言《こと》を挙げて新婦に謂《い》うに
哽咽不能語　哽咽《こうえつ》して語る能《あた》わず
我自不駆卿　「我自《みずか》らは卿《きみ》を駆《か》らざれども
逼迫有阿母　逼迫《せま》らるるに阿母《あぼ》有り
卿但暫還家　卿《けい》は但《た》だ暫《しばら》く家に還《かえ》れ
吾今且報府　吾《われ》は今且《まさ》に府に報《ほう》ぜんとす
不久当帰還　久しからずして当《まさ》に帰還《かえ》るべし
還必相迎取　還《かえ》らば必ず相《あ》い迎え取《めと》らん
以此下心意　此《こ》れを以《も》って心意を下《くだ》し
慎勿違吾語　慎《つつ》しみて吾が語に違《たが》うこと勿《な》かれ
新婦謂府吏　新婦は府吏に謂《い》う
勿復重紛紜　復《ま》た重ねて紛紜《ふんうん》すること勿《な》かれ
往昔初陽歳　往昔《むかし》　初陽の歳《とし》

謝家来貴門
奉事循公姥
進止敢自専
昼夜勤作息
伶俜縈苦辛
謂言無罪過
供養卒大恩
仍更被駆遣
何言復来還
妾有繡腰襦
葳蕤自生光
紅羅複斗帳
四角垂香嚢
箱簾六七十
緑碧青糸縄
物物各自異
種種在其中
人賤物亦鄙

家を謝して貴門に来《き》たる
事《こと》を奉《ほう》じて公姥《こうぼ》に循《したが》い
進止は敢《あ》えて自《みずか》ら専《もっぱ》らにせんや
昼夜ごとに作息《さくそく》に勤め
伶俜《れいへい》として苦辛に縈《まつわ》る
謂言《おもえ》らく罪過《ざいか》無く
供養して大恩を卒《お》えんと
仍更《なおさら》に駆遣《お》わる
何《なん》ぞ復《ま》た来《き》たり還《かえ》ると言わんや
妾《しょう》に繡《ぬいとり》の腰襦《ようじゅ》有り
葳蕤《いすい》として自《おのずか》ら光を生ず
紅羅《こうら》の複斗帳《ふくとちょう》
四角に香嚢《こうのう》を垂《た》る
箱簾《そうれん》　六七十
緑碧《りょくへき》　青糸《せいし》の縄《じょう》
物物《ぶつぶつ》　各自　異なり
種種《しゅじゅ》　其の中に在り
人賤《いや》しければ物も亦《ま》た鄙《いや》しく

不足迎後人　後人を迎うるに足《た》らざるも
留待作遣施　留待《とど》めて遣施《おくりもの》と作《な》さん
於今無会因　今に於《お》いて会う因《よし》無し
時時為安慰　時時《じじ》安慰《あんい》を為《な》して
久久莫相忘　久久《きゅうきゅう》相《あ》い忘るること莫《なか》れ」と

〔謂〕一本「為」に作る。〔哽咽〕悲しみのために泣いて声がむせぶこと。〔取〕「娶」（めとる）に同じ。〔下心意〕安心する。「下」はおさえて。〔循〕したがう。〔綦〕まつわる、からみつく。〔謂言〕おもえらく。「言」は、意味のない助字。〔罪過〕おちど。〔大恩〕父母の恩。〔仍更〕そのようにしてさえなお。〔腰襦〕そでなしの一種。〔葳蕤〕盛んに輝くさま。〔複斗帳〕うらおもて二重にしたとばり。「斗」はますで、斗を伏せた形に似ているからこのようにいう。〔箱簾〕「簾」は奩、衣装ばこや香りばこをいう。〔緑碧青糸縄〕「緑碧」は緑色の碧玉。「糸縄」はひも。〔留待〕留めのこす。〔遺施〕贈り物。〔会因〕会う機会。


府吏は黙《だま》ったまま返すことばもなく、ていねいにお辞儀をして自分のへやに帰った。

もどかしく妻にむかって言おうとするけれども、声がむせんで語ることができない。「言《こと》を挙げて」は、母の言葉を伝えること。もどかしい気持ちでいう。「新婦」は、嫁という意味で、「新」の字に意味はない。

「私自身があなたを出そうとするのではないが、母がひどく責めたてている。「卿」は、第二人称、あなたの意。君が臣下を呼ぶとき、また、地位の平等な人同士が呼びあうときに用いる。

だからあなたはしばらく実家に帰っていなさい、私は今から役所へ報告することがある。

しかし、ながいことはなく帰ってくるはず、帰ればきっとあなたをお迎えしましょう。

だからじっとこらえて、決して私のことばにそむいてはなりません。」

新妻が府吏に言うには、「(別れた後でまた迎えに来るなどと) 面倒なことをなさいますな。「紛紜」は、面倒なことをすること。一度別れてまた迎え娶《めと》るということを指す。

むかし初春の頃、わが家を辞してあなたの家にまいりました。「初陽」は、冬至から立春までの間のある時期をいうらしい。

ただ姑《しゅうとめ》さまの心にそうようにとお仕えしてきたつもり、私の振舞いに少しでも勝手があったでしょうか。

昼も夜も仕事にはげみ、いつも苦労にとりつかれておりました。「作息」は、仕事をすること。「息」の意味は軽くなっている。「伶俜《れいへい》」は、続いて絶えないさまを言う。孤独のさま、やつれおちぶれたさま、とする説もある。

私としては何のとがもなく、このまま姑《しゅうとめ》さまにお仕えして、父母の恩をまっとうしたいと存じていました。

それなのに、追い出されることになったのですから、どうしてまた還るなどと申せましょう。

私には刺繍をした袖なしがあり、はなやかな光沢を持っています。

そのほか、紅のうすぎぬで作った二重のます形の斗帳、その四隅には香り袋がとりつけてあります。

それに衣裳箱が六七十、それぞれ緑色の碧玉や青色の飾りひもがついていて、

それぞれ品物が違い、中身もいろいろあります。

人物が賤しければ、持ち物も下品だと諺《ことわざ》どおり(私の持ち物は)後から来られるお方をお迎えするには粗末なものですが、「後人」は、府吏がのちぞえとして迎える婦人を指す。

とどめておいて贈り物といたしましょう。今となってはあなたと再び会うてだてもなくなりました。

これらの品々を心の慰めとしてくださいますよう。いつまでも、いつまでも私を忘れないでくださいませ。」この最後の二句は、上文の種々の品物について言う。「安慰《あんい》」とは、焦仲卿に対して、心の慰めにしてくれるように、との意。「安慰《あんい》を為《な》す」で、慰安をする、保養をすること、ととる説もある。

鶏鳴外欲曙
新婦起厳妝
著我繍裌裙
事事四五通
足下躡糸履
頭上玳瑁光
腰若流紈素
耳著明月璫
指如削葱根
口如含朱丹
纖纖作細歩
精妙世無双
上堂謝阿母
母聴去不止
昔作女児時
生小出野里
本自無教訓

鶏《とり》鳴いて外は曙《あ》けんと欲《す》
新婦は起《た》ちて厳妝《げんしょう》す
我が繍《ぬいとり》の裌裙《きょうくん》を著《つ》く
事事《じじ》 四五通《しごつう》
足下《そっか》に糸履《しり》を躡《ふ》み
頭上に玳瑁《たいまい》 光る
腰は流るる紈素《がんそ》の若《ごと》く
耳には明月の璫《たま》を著《つ》く
指は葱根《そうこん》を削《けず》るが如《ごと》く
口は朱丹《しゅたん》を含むが如《ごと》し
纖纖《せんせん》として細歩《さいほ》を作《な》せば
精妙《せいみょう》にして世に双《なら》ぶもの無し
堂に上って阿母《あぼ》に謝す
母は去って止《とど》まらざるに聴《まか》す
「昔 女児《じょじ》作《た》りし時
生小《そだ》ちしは野里《やり》に出《い》ず
本《もと》自《よ》り教訓無く

兼愧貴家子　兼《か》ねて貴家の子たるに愧《は》ず
受母銭帛多　母に受くるの銭帛《せんぱく》は多けれども
不堪母駆使　母の駆使《くし》に堪《た》えず
今日還家去　今日　家に還《かえ》り去れば
念母労家裏　母の家裏《かり》に労《ろう》せんことを念《おも》う」
却与小姑別　却《かえ》って小姑《しょうこ》と別《わか》るるに
涙落連珠子　涙は落ちて珠子《しゅし》を連《つら》ぬ
新婦初来時　「新婦　初めて来《き》たりし時
小姑始扶牀　小姑《しょうこ》始めて牀《しょう》に扶《たす》けられ
今日被駆遣　今日　駆遣《くけん》せらる
小姑如我長　小姑《しょうこ》は我が如《ごと》く長ぜり
勤心養公姥　心を勤《つと》めて公姥《こうぼ》を養《やしな》い
好自相扶将　好《よ》く自《みずか》ら相《あ》い扶将《たす》けよ
初七及下九　初七《しょしち》及《およ》び下九《かきゅう》
嬉戯莫相忘　嬉戯《きぎ》せしを相《あ》い忘《わす》るる莫かれ」
出門登車去　門を出《い》でて車に登《の》りて去る
涕落百余行　涕《なみだ》　落つること百余行《ひゃくよこう》

〔厳妝〕きちんと化粧する。また十分に化粧する。〔繡裌裙〕ぬいとり模様のあるあわせのスカート。〔糸履〕糸で織った布のくつ。一説に、刺繡のしてあるくつ。〔玳瑁〕亀の一種。ここではその甲のべっこうのこと。〔明月璫〕明月のような真珠の耳飾り、「璫」は耳玉。〔謝〕一本「拜」に作る。〔扶牀〕ベッドにつかまり立ちをする。

にわとりが鳴いて外はそろそろ明けはじめ、嫁は起きてきちんと身じたくをする。

刺繡のはいった裏付きのスカートを着《つ》ける、それぞれあって四五回もくり返した。「事事《じじ》 四五通《しごつう》」は、種々の解釈があるが、ここでは着物をていねいに着飾る意味にとる。「事事」はスカートをはいてからお化粧をするまでのいろいろの動作。「四五通」は四五回。うえの「事事」を数でかぞえたもの。余冠英は、「事事四五通」について、一つ事を四五回もくり返すのは、心が乱れて一、二回では落ち着かないのか、あるいは、装束をねんごろにするため一、二回では満足できないのである、と説明している。わが国での従来の解釈は「事事四五通」を、「いろいろの服飾品を四五種ずつ身におびる」と訳している（鈴木虎雄氏、内田泉之助氏）。

足に絹糸のくつをはき、頭にはべっこうのかんざしが光る。

腰はほそ織りの白絹が流れるよう。耳には真珠の耳飾りをつける。「紈素」は、白いねりぎぬのこと。「腰は流るる紈素の若く」は、歩行につれて紈素のひだのゆれが、水の流れのように見えることを意味する。（「若」は「著」の誤りという説もある）。

指はねぎの根を削ったように白く、口は朱か丹を含んだように赤い。「指は葱根《そうこん》を削るが如《ごと》く」は、指がねぎの根を削ったように、白くやわらかで細いことを言う。

なよなよとして小刻みに歩くと、世に比べる者もないほどの美しさ。

座敷に上って母に別れの礼をすると、母は嫁の去るにまかせたままである。

「昔むすめであったとき、生まれはかた田舎の出です。

もとより教育もありませんし、なおさらあなたの息子さんの嫁になるのははずかしいことでした。母上からは多くの銭や絹をいただきましたが、言いつけを果すことができませんでした。「母に受くるの銭帛《せんぱく》」は、結納金を指す。

今日実家へ帰りましたのち、母上が家事に苦労なさるであろうと、気がかりでなりませぬ」と。

さて小姑と別れる際になると、涙が数珠《じゅじゅ》だまのようにとめどなく落ちる。

「新婦としてまいりました時、あなたははじめはベッドにつかまり立ちするほどであられましたのに、

私がおいやられる今日となっては、私と同じぐらいまで大きくなられました。

これから心をこめて御両親にお仕え申し、またよく御自分をも大切になさいますよう。「扶将」は、面倒を見る、世話をする。ただし、上に「自」があるので、小姑自身について言う。

初七や下九の日には、かつて一緒に遊んでいたことをお忘れなさるな」と。「初七及び下九」は、七夕の日と毎月の十九日をいう。この日を陽会といい、婦女が集まって宴を行った。一説に、月の七日と二十九日のこと。

門を出て車に乗って去るときになると、はらはらと落ちる涙は百余行—。

府吏馬在前　　府吏の馬は前に在り
新婦車在後　　新婦の車は後《うしろ》に在り
隠隠何甸甸　　隠隠《いんいん》として何《なん》ぞ甸甸《でんでん》たる
倶会大道口　　倶《とも》に大道《だいどう》の口《ほとり》に会《あ》う
下馬入車中　　馬より下《お》りて車中に入《い》り

低頭共耳語
誓不相隔卿
且暫還家去
吾今且赴府
不久当還帰
誓天不相負
新婦謂府吏
感君区区懐
君既若見録
不久望君来
君当作磐石
妾当作蒲葦
蒲葦紉如糸
磐石無転移
我有親父兄
性行暴如雷
恐不任我意
逆以煎我懐

頭《こうべ》を低《た》れて共《とも》に耳語《じご》す
「誓《ちか》って卿《けい》を相《あ》い隔《へだ》てず
且暫《しばら》く家に還《かえ》り去れ
吾《わ》れ今且《まさ》に府に赴《おもむ》かんとす
久しからずして当《まさ》に還帰《かえ》るべし
天に誓って相《あ》い負《そむ》かず」と
新婦　府吏に謂《い》う
「君が区区《こまやか》なる懐《おも》いに感ず
君既《すで》に若《も》し録《おも》わるるならば
久しからずして君が来《き》たるを望《のぞ》まん
君は当《まさ》に磐石《ばんじゃく》と作《な》るべし
妾《しょう》は当《まさ》に蒲葦《ほい》と作《な》るべし
蒲葦《ほい》は紉《しなや》かなること糸の如《ごと》く
磐石《ばんじゃく》は転移《うつ》ること無し
我に親《しん》父《ふ》兄《けい》有り
性《せい》行《こう》　暴《ぼう》なること雷《らい》の如《ごと》く
恐《おそ》らくは我《わ》が意《い》に任《まか》せざらん
逆《あらかじ》め以って我が懐《おも》いを煎《に》る」と

挙手長労労　手を挙げて長く労労《ろうろう》と
二情同依依　二情《にじょう》は同じく依依《いい》たり

〔隠隠・甸甸〕ともに車が動くときの音。〔見録〕「見」は被の意。「録」は記の意。憶えていてくれる、の意。〔逆〕あらかじめ、まえもって。〔煎我懐〕心中の苦しみのために煮られる思いがする。いらいらさせる。〔労労〕いたわりなぐさめる。〔依依〕別れがたいさま。

府吏の馬は前にあり、嫁の車は後にあって、
しとしとごろごろと音をさせて行くと、二人はともに大道のほとりに出た。
府吏は馬から下りて車の中にはいり、頭をたれて耳もとでささやきあった。
「私は天に誓ってあなたと離れはせぬ、だが、まあしばらく実家に帰っていなさい。
私は今から役所に行こうとしているけれど、じきに帰ってくるはずだ。この約束は天に誓って違いません。」　嫁
が府吏に言う、「あなたの深い愛情に感謝します。「区区《こまやか》なる懐《おも》い」は、愛する心を言う。「区区」は、深い愛情を形
容する語である。
あなたがちゃんと心にとめていてくださるなら、私はしばらくの間お迎えに来てくださるのを待っておりましょう。
あなたは、堅い石となるでありましょうし、私は蒲《がま》や葦《あし》となるでありましょう。
蒲や葦は絹糸のようにしなやかで強うございますし、堅い石はどっしりとして移動しませぬから。「紉」は、韌に
作るべき字である。「韌《じん》」はしなやかで強い。「紉」をいと・なわととり、「紉《なわ》となりて糸の如し」とする訳もある。
私には父兄弟があり、性質は雷のように乱暴です。「親父兄」は、父親を同じくする兄。「上留田行《じょうりゅうでんこう》」に「親父子」
という例もある。劉氏には兄だけで父はいない。
恐らくわたしの思いどおりにはなりますまい。それを思うと、今から私の胸はしめつけられるおもいがします」と。

語り終わっても、手をあげていつまでもしおしおといたわりなぐさめあい、二人の気持ちは同じようにしみじみと別れがたかった。

入門上家堂　門に入《い》りて家堂《かどう》に上《のぼ》るに
進退無顔儀　進退《しんたい》には顔儀《がんぎ》無《な》し
阿母大拊掌　阿母《あぼ》は大《おお》いに掌《たなごころ》を拊《う》ち
不図子自帰　「図《はか》らざりき　子《し》自《みずか》ら帰らんとは
十三教汝織　十三にして汝《なんじ》に織《お》ることを教え
十四能裁衣　十四にして能《よ》く衣《い》を裁《た》ち
十五弾箜篌　十五にして箜篌《くご》を弾《ひ》き
十六知礼儀　十六にして礼儀を知る
十七遣汝嫁　十七をして汝《なんじ》をして嫁《か》せ遣《し》む
謂言無誓違　謂《お》言《も》うに誓《ちかい》に違《たが》うこと無からんと
汝今無罪過　汝《なんじ》は今　罪過《ざいか》無きに
不迎而自帰　迎《むか》えざるに自《みずか》ら帰《かえ》りしか」
蘭芝慚阿母　「蘭芝《らんし》は阿母《あぼ》に慚《は》ず
児実無罪過　児《じ》は実《じつ》に罪過《ざいか》無し」
阿母大悲摧　阿母《あぼ》は大《おお》いに悲摧《かなし》む

〔無顔儀〕顔色がさえない、ふさぎこんでいること。〔拊掌〕手のひらを打つ。〔謂言〕「言」は意味のない助字。〔悲摧〕「摧」は慛（いたむ）で、悲しみいたむこと。


蘭芝は実家の門をはいり部屋へあがったが、その動作はふさぎこんでいる。

母親は（その様子を見て驚き）大きく手のひらを打った。「掌《たなごころ》を拊《う》つ」は、驚きの様子をあらわす。

「おまえがすすんで帰ってこようなどとは、思いもかけなかったぞ。

私は、そなたが十三のときはた織りを教え、十四では着物を裁《た》つことができるようにした。

十五では箜篌《くご》がひけ、十六では礼儀もわかるようにさせた。

十七でそなたを仲卿の嫁にやったが、よもや夫婦の誓いに違うことはあるまいと思っていたのに。ここまで、前の「十三にして能く素《きぬ》を織り……十七にして君が婦と為る」と同様の表現。「十六にして礼儀を知る」は、「十六にして詩書を誦ず」と同様の意で、礼儀は読書によって身につくとされていた。書物は道徳を知る資料であった。

「誓違」は、違誓と同じ。一説に、愆違（過失の意）の誤りという。

おまえはいま過ちもなく、迎えにも行かないのにすすんで帰ってきたのか」と。

「この蘭芝には母上にあわす顔がございません。でも私にはほんとに過ちはないのです」と「蘭芝」は、よめ劉氏の名である。ここで名前がはじめて出る。

母はそこでひどく悲しみいたんだ。「悲摧」は、一説に、悲しみ気がくじけること。

還家十余日　　家に還《かえ》りて十余日《じゅうよにち》
県令遣媒来　　県令は媒《ばい》を遣《つか》わし来《き》たる

云有第三郎
窈窕世無双
年始十八九
便言多令才
阿母謂阿女
汝可去応之
阿女銜涙答
蘭芝初還時
府吏見丁寧
結誓不別離
今日違情義
恐此事非奇
自可断来信
徐徐更謂之
阿母白媒人
貧賤有此女
始適還家門
不堪吏人婦

云《い》う「第《だい》三《さん》郎《ろう》有り
窈窕《しとや》かにして世に双《なら》ぶもの無し
年《とし》始《はじ》めて十八九《じゅうはっく》
便言《べんげん》にして令才《れいさい》多し」と
阿《あ》母《ぼ》は阿《あ》女《じょ》に謂《い》う
「汝《なんじ》は去りて之《こ》れに応《おう》ず可《べ》し」と
阿女は涙を銜《ふく》みて答う
「蘭《らん》芝《し》　初《はじ》めて還《かえ》りし時
府吏に丁寧《ていねい》にせらる
誓《ちかい》を結《むす》んで別離《べつり》せずと
今日　情義《じょうぎ》に違《たが》わば
恐《おそ》らくは此《こ》の事《こと》　奇《き》に非《あら》ず
自《おのずか》ら来信に断《こと》わる可《べ》し
徐徐《じょじょ》に更《さら》に之《こ》れを謂《おも》わん」と
阿《あ》母《ぼ》は媒人《ばいじん》に白《もう》す
「貧賤《ひんせん》に此《こ》の女《じょ》有り
始めて適《ゆ》きて家門《かもん》に還《かえ》る
吏人《りじん》の婦《ふ》すら堪《た》えず

豈合令郎君　豈《あ》に令郎君《れいろうくん》に合《あ》わんや
幸可広問訊　幸《さいわ》いに広く問訊《もんじん》せらる可《べ》し
不得便相許　便《すなわ》ち相《あ》い許すを得《え》ず」と。

〔媒〕仲人。〔第三郎〕第三男。〔令才〕「令」は「美」、立派な才能。〔可〕当と同じ。〔適〕嫁にゆく。〔令郎君〕貴公子。
〔幸可〕ねがわくは〜したがよい。〔便〕そのまま。

蘭芝が実家に帰って十日あまりすると、県の長官が仲人をよこして、言うには、「長官どのに第三男がおられます、なかなかの美男子で世間に二人とない人物、「窈窕」は、美男子であること。がんらい『詩経』周南・関雎《かんしょ》では、「窈窕《ようちょう》たる淑女、君子の好逑《こうきゅう》」とあり、女性のしとやかで美しいことをいう。

年はやっと十八九になったばかり、ことばが上手で頭が良い」と。「便」は弁、弁舌の立つことをいう。

母は娘にいう、「おまえ、行ってお受けするがよい」と。「去」は方向を示す。

娘は涙ぐんで答えるには、「私は帰ってきたあの時、府吏からねんごろにされて、お別れしないと誓いを立てました。「見」は被と同じ。「丁寧」は、よく言いふくめる、ねんごろに頼むの意である。

今日その恩義を欠くのは、よくない事と思われます。「奇」は佳の意。「奇《き》に非《あら》ず」で、よくないことである、ということである。

ちゃんとお使者に断わってください。その事は、またゆるゆると考えてみますから」と。「信」は使者、「来信に断わる」でやってきた使者に断わること。「可」は当と同じ。「之」に意味はない。ここまでの四句、一説としては、今日情義に違って還されたが、これは世間にはよくあることで、特に奇異なことではありませぬ。（府吏からまた呼び返されることになっておりますゆえ）自分で使者には断わりますが、おもむろに改めてその事を言いましょう、とも考えられる。

そこで、母は仲人に申すには、

「貧乏な私どもにこの娘がいて、始めて嫁に入ったところ、わが家の門に帰ってきました。小役人の妻となるにさえたえられぬものが、どうしてよき君にむきましょう。どうか広くほかの方をおたずねください。そのままお許しするわけにはまいりませぬ」と。

媒人去数日　媒人《ばいじん》　去りて数日

尋遣丞請還　尋《つ》いで丞《じょう》を遣《つか》わして請《こ》い還《かえ》る

説有蘭家女　説く「蘭《らん》家《か》の女《じょ》有り

承籍有宦官　籍《せき》を承《う》けて宦官《かんがん》あり」と

云有第五郎　云《い》う「第五郎《だいごろう》あり

嬌逸未有婚　嬌逸《うつく》しくして未《いま》だ婚《こん》すること有らず

遣丞為媒人　丞《じょう》を遣《つか》わして媒人《ばいじん》と為《な》さんと

主簿通語言　主簿《しゅぼ》をして語言《ごげん》を通《つう》ぜしむ」と

直説太守家　直説《ただと》く「太守の家に

有此令郎君　此《こ》の令郎君《れいろうくん》有り

既欲結大義
故遣来貴門
阿母謝媒人
女子先有誓
老姥豈敢言
阿兄得聞之
悵然心中煩
挙言謂阿妹
作計何不量
先嫁得府吏
後嫁得郎君
否泰如天地
足以栄汝身
不嫁義郎体
其往欲何云
蘭芝仰頭答
理実如兄言
謝家事夫婿

既《すで》に大義《たいぎ》を結ばんと欲《ほっ》し
故《ことさ》らに遣《つか》わして貴門《きもん》に来《き》たらしむ」と
阿母《あぼ》は媒人《ばいじん》に謝《しゃ》す
「女子《じょし》には先に誓《ちかい》有り
老姥《ろうぼ》は豈《あ》に敢《あ》えて言わんや」と
阿兄《あけい》は之《こ》れを聞くを得《え》て
悵然《ちょうぜん》として心中《しんちゅう》に煩《わずら》い
言《こと》を挙《あ》げて阿妹《あまい》に謂《い》う
「計《けい》を作《な》すこと何《なん》ぞ量《はか》らざる
先《さき》に嫁《か》して府吏を得《え》
後《のち》に嫁《か》して郎君《ろうくん》を得《う》るは
否泰《ひたい》　天地の如《ごと》く
以って汝《なんじ》が身を栄《さか》えしむるに足《た》る
義郎《ぎろう》の体《たい》に嫁《か》せずんば
其《そ》の往《さき》　何云《いかん》せんと欲《ほっ》する」と
蘭芝《らんし》は頭《こうべ》を仰《あ》げて答《こた》う
「理《り》は実《じつ》に兄《けい》の言《げん》の如《ごと》し
家《いえ》を謝《しゃ》して夫婿《ふせい》に事《つか》え

中道還兄門　中道《ちゅうどう》にして兄《けい》の門《もん》に還《かえ》る
処分適兄意　処分は兄《けい》が意に適《まか》す
那得自任専　那《なん》ぞ自《みずか》ら専《もっぱ》らなるに任《まか》するを得《え》ん
雖与府吏要　府吏と要《ちぎ》ると雖《いえど》も
渠会永無縁　渠《かれ》は会《かなら》ず永く縁《えん》無《な》からん
登即相許和　登即《ただち》に相《あ》い許和《きょわ》し
便可作婚姻　便《すなわ》ち婚姻《こんいん》を作《な》す可《べ》し」と

〔媒人去数日　尋遣丞請還〕「媒人去数日」は県令に復命して辞去したこと。「丞」は県丞すなわち県の次官。「遣丞」は県令が丞を遣わしたこと。「請」は、太守に何かを頼んだこと。「還」は丞が県に還ること。〔宦官〕役人。〔主簿〕書記官。〔挙言〕声を高くして言う。〔謂〕一本「爵」に作る。〔否泰〕不運と幸運。〔郎〕『楽府詩集』、『玉台新詠』には「即」に作る、余冠英の『楽府詩選』に依って改む。〔往〕『楽府詩集』、『玉台新詠』には、誤って「住」に作る。いま余冠英に従う。〔欲何云〕どうしようとするのか。〔仰頭〕頭をあげる。〔謝家〕家にいとまごいをする。〔適〕したがう。〔便可〕～します。

仲人が辞去してから、数日たつと、こんどは県令が県丞を郡の太守のところに遣わし、県丞が帰って来て、「蘭家に娘がいます、官籍を受け継ぎ仕官の家柄です。さきの劉家とは比較になりませぬ」といって、新しい相手を持ってきた。「承籍」は、官籍を代々受け継ぐこと。この二句は、県丞（次官）が県令（長官）に別の蘭家に求婚することをすすめて、蘭家は劉家とは違って、代々仕官の家柄であるという。

さらにいう、「太守の家には第五男がいらっしゃいまして、美男であって未婚のお方、この丞に仲人を勧めるようにと、書記官を通して指図《さしず》がありました」と。「云う」以下四句は、県丞が県令に告げて、太守から頼まれて、第五男のために劉家に求婚することになり、その依頼は府の書記官から伝えられたということを言う。

丞はすぐ劉家に行って言う、「太守の家に、あの若様がおいでで、婚礼の大義を結ぼうと思って、わざわざ私どもをお宅へ遣わしになったのです」と。「直説く」以下四句は、劉家に行って媒酌の話をするところである。「云う」以下ここまでの八句は、余冠英に依る。ここは従来から問題のある個所で、わが国では、鈴木虎雄博士の注解が行われてきた。それによると、「請還」の「還」は、旋または回の義で、拒婚の意をひるがえすをいう。「蘭家女」は、家が芝の誤りではないかとして次のように通釈している。「県令の仲うどが去ってから二三日たつと、やがて（廬江の太守が）丞をつかわして、婚姻拒絶の意をひるがへすやうにとたのんできた。丞がいふ、『お宅は代代仕宦をされた家で蘭乏といふおむすめがあるとのはなしだ』またいふ、『太守には第五男があって、きゃしゃな方だがまだ結婚しておられぬ。それで丞の私を仲うどとして主簿をも添へて話を申しこませるのである』と。なお、博士はこの本文の前後に誤脱ありとする。こうすれば蘭氏と劉氏との二家の比較もなく、話の筋は簡単になる。いまは参考までに両説を揚げておく。

母親は仲人にあいさつしていう、「娘は先に前の夫と誓いを立てておりますので、この私は言葉をさしはさめませぬ」と。

蘭芝の兄はこれを聞くと、心配して心をいため、もどかしく妹に言う、「考え方がどうしてそんなに浅いのか。
先に府吏のところに嫁入りし、こんど若様のところに嫁入りすることになる。
善悪は天と地ほどの違いだ、これでおまえの身が栄えるのに十分だ。
よき君のところへ行かぬというなら、行く先どうするつもりか」と。「義郎」は、太守の息子に対する美称。若様。『玉台新詠』・『楽府詩集』では「義即」となっているが、「即」は「郎」の誤りであろう。兄が蘭芝に嫁に行くようにすすめるため、太守の子をほめて「義郎」と呼んだのであろう。「其往」は、これからさき。『玉台新詠』・『楽府詩集』ともに「其住」に作る。従来の注解者は、みな「其往（そのさき）」の誤りとみている。

蘭芝が兄を見つめて答えるには、「道としてはまこと兄さんのおっしゃるとおり。

実家にいとまごいして夫に仕え、中途で兄さんの家に帰ってきたのです。

私の処置は兄さんの心におまかせします、どうして私が自分勝手にいたしましょう。「処分」は処置。俗語であり、この詩がはじめての用例である。『南史《なんし》』・『北史《ほくし》』にも見える。

先夫の府吏と約束はしましたが、あの人は永久に私との縁はないに違いありません。「要」は、約束する。「渠」は、かれ。「会」は、かならず。すべて俗語である。

すぐさま承諾して、このまま結婚いたしましょう」と。「登即」は、即時、さっそくの意。これも俗語である。この四句には俗語が多く用いられる。「許和」は、譲って、和解して、承諾して。「和」も許の意である。

媒人下牀去　　媒人《ばいじん》は牀《しょう》を下《くだ》りて去り
諾諾復爾爾　　諾諾《だくだく》として復《ま》た爾爾《じじ》たり
還部白府君　　部《ぶ》に還《かえ》りて府君に白《もう》す
下官奉使命　　「下官　使命《しめい》を奉《ほう》じ
言談大有縁　　言談《げんだん》は大《おお》いに縁《えん》有り」と
府君得聞之　　府君は之《こ》れを聞くを得《え》て
心中大歓喜　　心中《しんちゅう》は大《おお》いに歓喜す
視暦復開書　　暦《こよみ》を視《み》て復《ま》た書を開き

便利此月内
六合正相応
良吉三十日
今已二十七
卿可去成婚
交語速装束
絡繹如浮雲
青雀白鵠舫
四角龍子幡
婀娜随風転
金車玉作輪
躑躅青驄馬
流蘇金鏤鞍
齎銭三百万
皆用青糸穿
雑綵三百疋
交広市鮭珍
従人四五百

便《すなわ》ち此《こ》の月の内《うち》を利《よ》とし
六合《りくごう》は正《まさ》に相《あ》い応《おう》ず
「良吉《りょうきち》は三十日なり
今は已《すで》に二十七
卿《きみ》は去って婚を成す可《べ》し」と
語《ご》を交《か》わして装束《しょうぞく》を速《すみ》やかにす
絡繹《らくえき》として浮雲《ふうん》の如《ごと》し
青雀《せいじゃく》　白鵠《はくこく》の舫《ふね》
四角《しかく》に龍子《りょうし》の幡《はた》
婀娜《あだ》として風に随《したが》って転じ
金車《きんしゃ》は玉《ぎょく》もて輪と作《な》す
躑躅《てきちょく》たり青驄《せいそう》の馬
流蘇《りゅうそ》　金鏤《きんる》の鞍《くら》
銭《ぜに》を齎《もたら》す三百万
皆な青糸《せいし》を用《も》って穿《うが》つ
雑綵《ざっさい》　三百疋《びき》
広く鮭珍《けいちん》を市《か》わしむ
従人《じゅうにん》は四五百

鬱鬱発郡門　鬱鬱《うつうつ》として郡門を発す

〔牀〕ベッド。椅子となる。〔諾諾・爾爾〕はいはい、そうですそうです。〔部〕役所。〔府君〕太守のことをいう。〔装束〕婚礼の身じたくをする。〔青雀白鵠舫〕船首に青雀・白鵠を彫刻した船。舫は船。〔龍子幡〕龍のぬいとりをしたのぼり。〔婀娜〕あでやかでなまめかしい。〔青驄馬〕青と白のまじった馬。〔流蘇〕五色の糸をまじえて作ったふさ、旗や幕のふち飾りに用いる。〔金鏤鞍〕金で模様を彫りこんだ鞍。〔雑綵〕色とりどりの織物。〔市〕買う。〔鮭珍〕広く山海の珍味をいう。〔発〕『楽府詩集』、『玉台新詠』では「登」に作る、『玉台新詠考異』に依って改む。

仲人は椅子《いす》からおりて「はいはい、そうですそうです」と言って立ち去った。役所に帰って殿様に申し上げる、「私はお使いを承わってまいりましたが、話しは見込みがございます」と。殿様は之を聞いて、内心おおいに喜んだ。

こよみを見たりまた書物を開いたりして、今月のうちがちょうどいいとし、星のめぐりあわせもまさしくよく合う。「暦を視て復た書を開き」は、暦書を開いて吉日を見ること。「利」は、易の卦辞によく用いられる。適当であることをいう。「六合」は、六つのめぐりあわせ。日・月・星の運行のめぐりあわせを見て吉凶を判断することをいう。陰陽家の説によるものである。「正」は、まさしくの意である。

「大安は三十日、今日はもう二十七日だから、おまえはすぐ行って、結婚の支度をせよ」と。「卿」は、きみ。ここでは息子を指す。

両家では話をつけて、結婚の衣装を速かに整えた。舟や車が、後から後から続いてまるで浮雲のよう。「交語」は、両家の間で話をつけること。俗語的である。「絡繹《らくえき》」は、続いて絶えないさま。ここでは舟や車の続くさまを言う。

青雀や白鵠の形をした船、龍を描いたのぼりが船の四すみに立ち、あでやかに風のまにまにひるがえる。金の車体は玉を車輪とし、あしげの馬はゆったりと歩み、金覆輪《きんぷくりん》の鞍《くら》には五色の飾りふさが垂れている。「躑躅《てきちょく》」は、馬が進まないさま、歩みの遅いさまを言う。

持参の金は三百万、それがみな青糸をとおしてつないである。

色とりどりの反物《たんもの》が三百匹。方々から買い集められた山海の珍味。「交」は教と同じ意味で、広く珍味を買わせるという意味。「交広」を交州と広州、今の広東・広西・ヴェトナムのあたりの地ととる説もある。このあたりは、海産物の豊富なところであった。しかし、廬江との距離が離れすぎており、また、当時は交州・広州を並称することはなかったことから、こちらの説はいまとらない。

お件のものが四五百人、それらが郡の館《やかた》の門を堂々と出発した。「鬱鬱」は盛んなこと。一説には、人のたくさんいるさま。「発」は原文では「登」であるが、誤りであると考えられるので訂正した。「登」のままで、郡の役所に皆が集まって挨拶にくることとする説もある。

阿母謂阿女　　阿母《あぼ》は阿女《あじょ》に謂《い》う
適得府君書　　「適《たま》たま府君の書を得たり
明日来迎汝　　明日　来《き》たりて汝《なんじ》を迎《むか》う
何不作衣裳　　何《なん》ぞ衣裳を作らざる
莫令事不挙　　事をして挙げざら令《し》むる莫《な》かれ」と
阿女黙無声　　阿女は黙《もく》して声無く
手巾掩口啼　　手巾《しゅきん》にて口を掩《おお》いて啼《な》き

涙落便如瀉
移我琉璃榻
出置前窓下
左手持刀尺
右手執綾羅
朝成繡裌裙
晩成単羅衫
晻晻日欲暝
愁思出門啼
府吏聞此変
因求仮暫帰
未至二三里
摧蔵馬悲哀
新婦識馬声
躡履相逢迎
悵然遥相望
知是故人来
挙手拍馬鞍

涙落《なみだお》つること便《すなわ》ち瀉《そそ》ぐが如《ごと》し
我が琉璃《るり》の榻《とう》を移し
出《い》だして前の窓の下に置く
左手に刀尺《とうしゃく》を持ち
右手に綾羅《りょうら》を執《と》る
朝に繡《ぬいとり》の裌裙《きょうくん》を成し
晩に単《ひとえ》の羅衫《らさん》を成す
晻晻《えんえん》として日暝《く》れんと欲《す》
愁思《しゅうし》して門を出《い》でて啼《な》く
府吏は此《こ》の変を聞き
因《よ》りて仮《か》を求めて暫《しばら》く帰る
未《いま》だ至《いた》らざること二三里
摧蔵《つか》れて馬は悲哀《ひあい》す
新婦は馬の声を識《し》り
履《くつ》を躡《ふ》んで相《あ》い逢迎《むか》う
悵然《ちょうぜん》として遥《はる》かに相《あ》い望《のぞ》み
知る是《こ》れ故人《こじん》の来《き》たるを
手を挙げて馬の鞍《くら》を拍《う》ち

嗟嘆使心傷
自君別我後
人事不可量
果不如先願
又非君所詳
我有親父母
逼迫兼弟兄
以我応他人
君還何所望
府吏謂新婦
賀卿得高遷
磐石方且厚
可以卒千年
蒲葦一時紉
便作旦夕間
卿当日勝貴
吾独向黄泉
新婦謂府吏

嗟《な》嘆《げ》きて心を傷《いた》ましむ
「君の我に別れし自《よ》り後《のち》
人事《じんじ》は量《はか》る可《べ》からず
果《は》たして先に願《ねが》いし如《ごと》くならず
又《ま》た君の詳《つまびら》かにする所に非ず
我に親父母《しんぷぼ》有り
逼《せ》迫《ま》るに弟兄《ていけい》を兼《か》ぬ
我を以《も》って他人に応ぜしむ
君還《ま》た何の望む所かあらん」
府吏は新婦に謂《い》う
「卿《きみ》が高く遷《すす》むを得《え》たるを賀《が》す
磐石《ばんじゃく》は方《ほう》にして且《か》つ厚《あつ》かるべし
以《も》って千年を卒《お》うべし
蒲葦《ほい》は一時の紉《つよさ》のみ
便《すなわ》ち旦夕《たんせき》の間《かん》作《た》り
卿《きみ》は当《まさ》に日に勝《すぐ》れ貴《とうと》かるべし
吾は独《ひと》り黄泉《こうせん》に向《む》かわん」と
新婦は府吏に謂《い》う

何意出此言
同是被逼迫
君爾妾亦然
黄泉不相見
勿違今日言
執手分道去
各各還家門
生人作死別
恨恨那可論
念与世間辞
千万不復全

「何《なん》ぞ意《おも》わん此《こ》の言《げん》を出《い》だすとは
同じく是《こ》れ逼迫《せま》らる
君も爾《しか》り　妾《しょう》も亦《ま》た然《しか》り
黄泉《こうせん》にも相《あ》い見《まみ》えざらん
今日《こんにち》の言《げん》に違《たが》うこと勿《な》かれ」と
手を執《と》って道を分《わ》かって去り
各《おの》おの　家門《かもん》に還《かえ》る
生人《せいじん》は死別《しべつ》を作《な》す
恨恨《こんこん》は那《なん》ぞ論ず可《べ》けんや
念《おも》う世間と辞《じ》し
千万　復《ま》た全《まった》からず

〔琉璃榻〕るりをちりばめた腰かけ。〔繡裌裙〕刺繡をした裏付きのスカート。〔単羅衫〕ひとえの薄絹《うすぎぬ》の上衣。〔晻晻〕暗くなっていくさま。〔躡履〕履をつっかけること。〔悵然〕ぼんやりと眺めるさま。〔不可量〕予測することができない。〔還〕また、まだ、の意。〔逼迫〕せめたてる。〔方且厚〕〔日勝貴〕日一日と生活が向上し、地位が高くなっていくこと。〔何意〕～だとは思いもよらなかった。〔千万不復全〕千万に一つも、どんなことがあろうとも、生きられない。

母親が娘にいう、「今や殿様のお手紙をもらったところだ。明日おまえを迎えにくるとおっしゃる、どうして婚礼の衣裳を作らないか。婚儀が行われないようなことをしてくれるなよ」と。娘は声もなく黙っている。

ハンカチで口をおさえて泣き、落ちる涙はそそぐようにおちる。

娘は琉璃《るり》で飾った腰かけを移して、前の窓に出して置く。「琉璃」は紺色《こんいろ》の宝石、「榻」は長い腰かけのこと。腰かけを明るい方へ置くのである。

そこに座って、左の手にははさみともの指しを持ち、右の手には綾羅《あやぎぬ》をとる。

朝のうちに刺繍のあわせのスカートを作り、日暮れにはひとえのうすぎぬの上着を作りあげた。

くらぐらと日暮れになってくると、娘は愁《うれ》いにしずみ門を出て泣いた。

さて、府吏は（女が嫁入りするという）この変わったでき事を耳にして、そこで役所から暇をもらってしばし帰ってきた。

まだ帰りつかぬ二三里まえから、馬は疲れたのであわれな声で鳴いた。「摧蔵」、「蔵」は臓と通じ、内蔵をいためて疲れることをいう。一説に「摧蔵」は悽愴《せいそう》が転化したもので、いたみ悲しむことだという。

嫁はその馬の声を聞きおぼえていて、履《くつ》をはいて迎えに出た。

かなしみつつ遥かに眺めると、なじみの夫《おっと》が来るのがわかった。

手をあげて馬の鞍を打ちながら、嘆きに心は痛むのであった。

「あなたが、私とお別れになってより、世間の事は予測ができません。

前に期待したとおりにはなりませんでしたが、また、あなたにはこのいきさつは、おわりにはなりますまい。

私には生みの父母があり、そのうえ兄にまで責めたてられます。「親父母」は、生みの父母をいう。実際には父はいないので母のみを指す。「弟兄」も兄のみを指し、「弟」の字に意味はない。

私を他人の申し込みに承諾させてしまったのです。（こういう事情になりましたのに）あたたはいまさら何を期待できましょうか」と。

府吏が嫁にいう、「出世おめでとう。この堅い石（私）は四角で厚いから、そのまま千年も全《まっと》うできますが、「方」は四角いこと。前の「君は当《まさ》に盤石《ばんじゃく》と作《な》るべし」をふまえた句である。

蒲《がま》や葦《あし》など（あなた）は一時の強さだけで、朝から晩までもつだけ。でもあなたはますます尊い身分におなりになるが、私だけはあの世へ向かうばかり。」

嫁が府吏にいう、「なんでそんなことをおっしゃいますか。ともに他から強いられたのは、あたたもわたしも同じこと。このままではあの世でもお目にかかれません。今日の言葉にそむきませんように」と。「今日の言」とは、具体的には前の府吏の言葉「吾は独り黄泉《こうせん》に向かわん」を指す。

二人は手をとりあってから別々の道へと分れ、おのおの自分の家へ帰った。生きている人間が死に別れをするとなると、その恨みの情は言いようもあるまい。考えてみると、彼ら二人はこの世と別れ、千に万に一つどんなことがあろうとも、それでも生きながらえないのである。この四句は作者の感慨である。

府吏還家去　　府吏は家に還《かえ》り去り
上堂拝阿母　　堂《どう》に上《のぼ》り阿母《あぼ》を拝《はい》す
今日大風寒　　「今日は大《おお》いに風ふき寒し
寒風摧樹木　　寒風は樹木を摧《くだ》き

厳霜結庭蘭
児今日冥冥
令母在後単
故作不良計
勿復怨鬼神
命如南山石
四体康且直
阿母得聞之
零涙応声落
汝是大家子
仕宦於台閣
慎勿為婦死
貴賤情何薄
東家有賢女
窈窕艶城郭
阿母為汝求
便復在旦夕
府吏再拝還

厳霜《げんそう》は庭蘭《ていらん》に結《むす》ぶ
児《じ》は今日《こんにち》　冥冥《めいめい》たらんとす
母をして後《のち》に在《あ》りて単《ひとり》ならしむ
故《ことさ》らに不良《ふりょう》の計《けい》を作《な》す
復《ま》た鬼神《きじん》を怨《うら》むこと勿《な》かれ
命《いのち》は南山《なんざん》の石の如《ごと》く
四体《したい》は康《やす》けらく且《か》つ直《なお》くあれ」と
阿母《あぼ》は之《こ》れを聞くを得《え》て
零《お》つる涙は声に応じて落つ
「汝《なんじ》は是《こ》れ大家《たいか》の子《し》なり
台閣《たいかく》に仕宦《しかん》せり
慎《つつし》んで婦《ふ》の為《ため》に死すること勿《な》かれ
貴賤《きせん》あり情は何《なん》ぞ薄《うす》からん
東家《とうか》に賢《かしこ》き女《じょ》あり
窈窕《しとや》かにして城郭《じょうかく》のうちに艶《うつく》し
阿母《あぼ》　汝《なんじ》の為《ため》に求めん
便《すなは》ち復《ま》た旦夕《たんせき》に在《あ》り」
府吏は再拝《さいはい》して還《かえ》り

長嘆空房中　　長嘆《ちょうたん》す空房《くうぼう》の中《うち》に
作計乃爾立　　計《けい》を作《な》し乃《すなわ》ち爾《しか》く立つ
転頭向戸裏　　頭《こうべ》を転じて戸裏《こり》に向《む》かい
漸見愁煎迫　　漸《ようや》く愁《うれ》いの煎迫《せま》るを見る

〔在後単〕一人だけこの世に残す。〔故〕故意に。〔直〕のびやかに。〔艶城郭〕城内でいちばん美人である。〔転頭向戸裏〕心配そうに母親の方をふりかえって見る。


府吏は家へ帰ってゆき、座敷にあがって母親にあいさつをした。

「今日はたいへん風が吹いて寒く、つめたい風は樹木をくだき、ひどい霜が庭の蘭におりています。私は今から、日が沈むようにあの世へまいるので、おかあさんをひとりあとに残していきます。「日冥冥」は日が暮れることで、府吏の生命が日が沈むようにあの世に行くことをいう。わざとこんなよくないことを考えていますが、（それもあなたのしうちの悪いため）どうか神さまを怨んでくださるな。あなたのためにこんなことになったということを意味する。「不良計」は、浅はかな考え、早まった考えということ。府吏の自殺計画をいう。

母上の命は南山の石のように堅固であって、体はすこやかで腰も曲りませぬように」と。「命《いのち》は南山《なんざん》の石の如《ごと》し」とは、南山の石のように長生きをすること。『詩経』小雅・天保《てんぽう》の詩に「南山の寿《じゅ》の如《ごと》く、騫《か》けず崩《くず》れず」とあるによる。

母はそれを聞くと、涙が泣く声とともに流れ落ちた。

「おまえは立派な家の子である。おまえの先祖は大臣であったのだ。「大家」には、①世族の家、身分の高い家②

天子③著名な人、の意味があるが、ここでは①の意。「台閣に仕宦せり」は、焦仲卿の先祖が大臣であったことをいう。上の句「大家子」を説明する。「台閣」は、内閣のこと。尚書省を後漢では尚書台といった。一説には、やがて尚書台に進んで役人となるのだから、女のために生命を軽んじてはならぬ、ととる。

嫁のために死んではいけません。あの嫁とは身分の違いもあり、(追い出したからとて) 何の薄情なものか。「貴賤《きせん》あり情は何《なん》ぞ薄《うす》からん」は、おまえ(貴)と嫁(賤)とは身分が隔たっているので、嫁を捨てたところで不当な待遇ということにはならない、の意である。一説には、賤《いや》しい府吏のもとを去って、貴い太守のもとに嫁したことを、何と情の薄い女だろうと責めたとみる。いずれにしても、本文にややことば足らずの感がある。

隣に賢い娘がいる。たいへんしとやかで、城内いちばんの美人。

わしがおまえのためにもらってやる。すぐさまにでもな」と。

府吏は再拝して、妻のいない部屋に帰って、長い留《た》め息をついたが、死ぬ計画はかくてこのように決まった。「計を作《な》し乃《すなわ》ち爾《しか》く立つ」は、自殺の計画(不良計)が定まったことをいう。「乃爾」は、このように。「立」は定の意である。

入り口の方をふり向いて母親の方を心配そうに見たが、その顔にはしだいに愁いの色がさしせまってくるのがわかる。「煎迫」は、いりつけるように迫ってくることをいう。

其日牛馬嘶　　其《そ》の日に牛馬は嘶《いなな》き
新婦入青廬　　新婦は青廬《せいろ》に入《い》る
菴菴黄昏後　　菴菴《えんえん》たる黄昏《こうこん》の後《あと》

寂寂人定初
我命絶今日
魂去尸長留
攬裙脱糸履
挙身赴清池
府吏聞此事
心知長別離
徘徊庭樹下
自掛東南枝

寂寂《せきせき》として人定《ひとさだ》まるの初《はじ》め
「我《わ》が命《いのち》は今日《こんにち》に絶《た》え
魂《たましい》は去《さ》りて尸《しかばね》は長く留《とど》まらん」
裙《くん》を攬《と》りて糸履《しり》を脱《ぬ》ぎ
身を挙げて清池《せいち》に赴《おもむ》く
府吏は此《こ》の事《こと》を聞き
心に知る長《とこしえ》の別離《べつり》なるを
庭樹《ていじゅ》の下《もと》を徘徊《はいかい》し
自《みずか》ら東南の枝《し》に掛《か》く

その日には、馬や牛がかなしくいなないた。新婦は婚礼の部屋にはいったが、「青廬」は、青い布で作った小屋のことで、婚礼のための仮屋である。『酉陽雑俎《ゆうようざっそ》』（唐の段成式《だんせいしき》編、荒唐無稽な話、小説が収められている）礼異《れいい》によると、青廬は、北朝の婚礼の風であるという。したがって、この詩は北朝系のものであるという説があるという。

くらぐらとたそがれてから、ひっそりと人々が寝静まると、「菴菴」は、暗いさま。前出の「腌腌」に同じである。

「人定まるの初」は、深夜、人の寝静まった頃をいう。夜がふけひっそりと静かになると、人が落ち着くのである。

また、「人定」は時刻を表わす語で、夜の八時（一説に、十時）のことである。

「我が命は今日限り絶えてしまって、魂はあの世へ去って尸《しかばね》だけがいつまでもこの世に残るでしょう」と言いつつ、

スカートをかかげて、絹の履《くつ》を脱ぎ、身をおどらせてきれいな池の中へ飛びこんだ。

府吏はこれを聞くと、もう長《とこしえ》の別れとなったと心にさとり、庭の樹の下をさまよい、自分で東南の枝に首をくくって果てた。「庭樹《ていじゅ》の下《もと》を徘徊《はいかい》し」には、しばし躊躇する気持ちがある。

両家求合葬　　両家は合葬《がっそう》を求め
合葬華山傍　　華山《かざん》の傍《かたわら》に合葬《がっそう》す
東西植松柏　　東西に松柏《しょうはく》を植《う》え
左右種梧桐　　左右に梧桐《ごどう》を種《う》う
枝枝相覆蓋　　枝枝《しし》　相《あ》い覆蓋《おお》い
葉葉相交通　　葉葉《ようよう》　相《あ》い交通《まじわ》る
中有双飛鳥　　中《うち》に双《なら》び飛ぶ鳥有り
自名為鴛鴦　　自《みずか》ら名《な》づけて鴛鴦《えんおう》と為《な》す
仰頭相向鳴　　頭《こうべ》を仰《あ》げて相《あ》い向《む》かって鳴き
夜夜達五更　　夜夜《やや》　五更《ごこう》に達《たっ》す
行人駐足聴　　行人《こうじん》は足を駐《とど》めて聴き
寡婦起彷徨　　寡婦は起《た》ちて彷徨《さまよ》う
多謝後世人　　多謝《たしゃ》す　後世《こうせい》の人
戒之慎勿忘　　之《こ》れを戒《いまし》めて慎《つつし》みて忘《わす》るること勿《な》かれ

〔五更〕午前四時。「更」は一夜を五分する時間の単位。初更が午後八時、二更が午後十時、三更が午前零時、四更が午前二時である。

焦家と劉家では二人の合葬を願って、華山のかたわらにいっしょに葬った。「華山」は、廬江郡の小さな山の名である。今はっきりわからないらしいが、六朝宋代（四二〇〜四七八）の清商曲に「華山畿《かざんき》」というのがある。多くの民謡が生まれた土地であろう。

墓の東西に松と柏を植え、左右に梧《あおぎり》と桐を植えた。

すると枝と枝が互いにおおいかぶさり、葉と葉がまじわり合った。

その中にひとつがいの翼を連ねて飛ぶ鳥がいる。名を鴛鴦という。

仰いで向かいあって鳴き、夜ごと夜ごとに四時頃まで鳴きつづける。

旅人は足を止めてその鳴き声に耳をかたむけ、やもめはその声に、誘われてさまよい歩く。

さて、後の世の人によくよくお伝えしておきます。この話をいましめとして、大切に心にとどめておいて、お忘れにならぬよう。「謝」は告の意味である。

二　三国六朝時代

魏

魏の時代

魏は、正確に言えば曹操《そうそう》の死後、その子の曹丕《そうひ》が後漢の献帝の禅譲を受けて帝位について（二二〇、建安二五年、魏・黄初元年）から、司馬炎《しばえん》（晋の武帝）が魏帝の禅譲を受けて帝位につくまで（二六五、魏・景元六年、晋・泰始元年）の四十五年間、短命の王朝である。

魏に先立つ後漢の末年は、宦官が専横を極め、人民を虐げ、収斂をほしいままにした。ここで農民が暴動を起こし、黄巾《こうきん》の乱が起こる。乱は間もなく平定されたが、その後も政治の混乱は続く。時に将軍董卓《とうたく》は献帝を擁し、凶逆をほしいままにし、洛陽から長安に都を遷した（一九〇）。董卓討伐の名で群雄が各地に兵を挙げ、やがて董卓は殺される。

魏の曹操は献帝を許（河南省許昌市）に迎え、やがて鄴（河北省臨漳県）に拠って河北を平定する。前漢の景帝の遠孫劉備は諸葛亮《しょかつりょう》（孔明《こうめい》）を用いて、漢室を復興せんとして、江東の呉の孫権《そんけん》と結んで、曹操の水軍を赤壁《せきへき》に敗る（二〇八）。この後、天下は三分され、江北は曹操、江南は孫権、江の上流は劉備に帰し、三国鼎立の形となる。

曹操は鄴に拠り魏王となる（二一六）。操の死後、丕は献帝の禅譲を受けて、帝位につき、洛陽に都する。これが魏の文帝である（二二〇）。その翌年、劉備は蜀で帝位につく。これが蜀の昭烈帝である。この後八年、孫権は建業で呉帝と称した（二二九）。これがいわゆる三国時代である。三国は勢力の拡張に専念し、戦争を事とし、社会は不安に駆られた。蜀は諸葛孔明の策によって天下を平定し、漢室を復興しようとしたが、先主（劉備）は崩じ、諸葛孔明も「出師の表」を奉り、後主（劉禅《りゅうぜん》）を助け、魏と戦ったが、五丈原で病死する。

魏は文帝、明帝以後、政治の実権は司馬懿《しばい》の手に移る。その子の師《し》、昭《しょう》は相ついで政権を独占し、昭は蜀を滅ぼし（二六三）晋王となる。その子の炎は魏帝の禅譲を受け、帝位につく（二六五）。これが晋の武帝である。後十五年、呉を滅ぼして天下を統一する（二八〇）。

魏の文学

漢代は儒教をもって国教としたが、後漢以来、社会秩序が崩壊してからは、もはや礼教では政治を維持することはできなくなった。したがって文学の内容も変わらざるをえない機運にあった。ここにロマンチシズムにも等しい文学思想が形成されるようになった。

魏の文学といえば、建安文学と言われる。建安は後漢の献帝の年号（一九六～二二〇）である。文学は魏に栄え、呉・蜀の文学は語るべきものはない。魏の文学は政治情勢の不安定とそれに伴う人々の生活の不安の下に生まれてきた。人々の苦悶の叫びである。その叫びを訴えるには、もはや、古き『詩経』の四言の形式、また、漢代の辞賦の長うたでは表現できない。もっと自由に歌うことが要求された。それが新しい詩形、五言詩である。この軽快な詩形は、以後数百年の中国の詩壇を支え、陶淵明《とうえんめい》も歌い、杜甫《とほ》・李白《りはく》も歌った。その先鞭をつけたのは、魏の曹氏父子である。

ここで活躍した文人は曹氏父子を中心とする集団作家たちである。曹操、丕、植父子の文学愛好により、建安七子《けんあんしちし》（孔融《こうゆう》・陳琳《ちんりん》・王粲《おうさん》・徐幹《じょかん》・阮瑀《げんう》・応瑒《おうとう》・劉楨《りゅうてい》）といわれる人々が集まり、その他の詩人も含めて、建安詩壇が形成される。建安詩は後世高く評価され、詩が行きづまるといつも回想され、建安の精神に返れ、といわれる。その特色は五言詩全盛の始まりを作ったこと、古き歌謡、漢代の楽府《がふ》の形式を借りて新しい内容をもりこんだこと、詩の集団（サークル）を作ったことである。

短歌行　曹操

曹操《そうそう》（一五五～二二〇）は『三国志』魏書・武帝紀によれば、字《あざな》は孟徳《もうとく》、沛国譙県《はいこくしょうけん》の出身。祖父は後漢に仕えた宦官曹騰《そうとう》であり、その養子となったのが父の曹嵩《そうすう》である。嵩は金によって太尉の位を得た人物で、必ずしも人柄はよくなく、家柄もよくない。操の対立者、袁紹《えんしょう》に仕えた陳琳が紹のために檄文を書いた中に、操の祖父、父の悪口を言った後、操に仕えるようになって、操は琳に「自分を悪くいうのはよいが、祖父、父の悪口をいっては困る」とたしなめたという。

曹操が後世名を高くしたのは、武人であるとともに詩人であったからである。彼の半生は戎馬の間にあり、これが彼の詩に影響し、悲憤慷慨の気を持たせる。

『三国志』によると、彼の人となりは「少《わか》きより機警にして権数有り、任侠放蕩、行業を治めず」と記載されており、要するに、町のごろつきあんちゃんである。体は小さく風采はあがらない。汝南の人物批評家、許劭《きょしょう》が人相を見て「治世の能臣にして乱世の英雄なり」といったが、その行動はまことに乱世の英雄であった。

彼は袁紹を破り劉表《りゅうひょう》を滅ぼし、天下の実権を握ったが、遂に天下を奪わず、漢の恩顧を感じていた。彼の儒教的教養がそうさせていた。袁紹の墓に詣で涙を流し、死人をいたわる人情に厚いことが知られている。後漢の学者盧植《ろしょく》の墓の手入れをし、同じく後漢の学者、蔡邕《さいよう》の娘、琰《えん》を匈奴から呼びもどしたりする、学問を愛する一面もある。法治主義で武を尊ぶ半面、情の厚い学を尊ぶ文人でもある。

彼の文学の功績は、民間歌謡たる楽府の制作に自らのり出し、知識人が軽くみていた庶民の文学形式を重要視したことであり、以後の建安文学に影響を与える。

曹操の楽府詩は、漢末の動乱の社会を反映し、天下統一の理想を歌い上げたものが多いが、中には人生の無常を嘆くものもある。この「短歌行《たんかこう》」は、人生の短かさを歌う楽府の四言詩である。古楽府の「長歌行《ちょうかこう》」が五言詩であるのに対して、四言を「短」という説もあるが、その区別はよくわからない。

短歌行

対酒当歌　　酒に対《たい》して当《まさ》に歌うべし
人生幾何　　人生幾何《いくばく》ぞ
譬如朝露　　譬《たと》えば朝露《ちょうろ》の如《ごと》し
去日苦多　　去る日　苦《はなは》だ多し
慨当以慷　　慨《がい》して当《まさ》に以《も》って慷《こう》すべし
憂思難忘　　憂思《ゆうし》　忘れ難《がた》し
何以解憂　　何を以《も》って憂《うれ》いを解《と》かん

曹　操

唯有杜康
青青子衿
悠悠我心
但為君故
沈吟至今
呦呦鹿鳴
食野之苹
我有嘉賓
鼓瑟吹笙
明明如月
何時可掇
憂従中来
不可断絶
越陌度阡
枉用相存
契闊談讌
心念旧恩
月明星稀

唯《た》だ杜《と》康《こう》有るのみ
青青《せいせい》たる子《し》が衿《えり》
悠悠《ゆうゆう》たる我《わ》が心
但《た》だ君の為《ため》の故《ゆえ》に
沈吟《ちんぎん》して今に至る
呦呦《ゆうゆう》として鹿鳴き
野の苹《へい》を食う
我に嘉《か》賓《ひん》有らば
瑟《しつ》を鼓《こ》し笙《しょう》を吹かん
明明《めいめい》たること月の如《ごと》し
何《いず》れの時か掇《ひろ》う可《べ》き
憂い中《うち》従《よ》り来《き》たり
断絶す可《べ》からず
陌《はく》を越え阡《せん》を度《わた》り
枉《ま》げて用《も》って相《あ》い存《たず》ねん
契闊《けいかつ》には談讌《だんえん》し
心に旧恩《きゅうおん》を念《おも》う
月明《あき》らかに星稀《ま》れに

烏鵲南飛
繞樹三匝
何枝可依
山不厭高
海不厭深
周公吐哺
天下帰心

烏鵲《うじゃく》南に飛ぶ
樹《き》を繞《めぐ》ること三匝《みめぐ》り
何《いず》れの枝にか依《よ》る可《べ》き
山は高きを厭《いと》わず
海は深きを厭わず
周公《しゅうこう》は哺《ほ》を吐き
天下　心を帰《き》す

〔苦〕いたく。はなはだしく。〔杜康〕初めて酒を作ったと言われている人。〔如月〕月のように明らかな賢才をさす。〔掇〕手ですくい取る。一説に、「輟」と同じで、とどめることとする。〔陌・阡〕「陌」は東西、「阡」は南北の道。〔契闊〕久しぶりの意。〔月明星稀〕英雄が出て、群雄が影をひそめたことのたとえというが、実景ともとれる。〔匝〕回る。〔周公吐哺〕周公は天下の士を募るのに熱心で、一度洗髪する間に三回も髪を握り、一度食事する間に三回も口の中のものを吐きだして、士と会見したという。

〔韻字〕何・多」忘・康」心・今」苹・笙」掇・絶」存・恩」飛・依」深・心」

酒を飲んだら歌いたくなるもの、思えば我が人生はどのくらい生きられるだろうか。『左伝』襄公八年に「人寿は幾何《いくばく》ぞ」とある。

あたかも朝の露のようなものだ。日が出るとすぐ消えてしまう、過ぎ行く日はなんとどんどん去ってゆくものだ。「譬《たと》えば朝露の如《ごと》し」は、『漢書』蘇《そ》武《ぶ》伝の李陵《りりょう》が蘇武に言った言葉の中に「人生は朝露の如《ごと》し」とあるのによる。

人生の短かさを思えば心はたかぶりさらにたかぶってくるもの、この心の憂いは忘れられない。どうすれば憂いがとけるだろう。それは酒に限る。

青々とした君たちの襟（青年たちよ）。はるかにいつまでも思い続ける我が心。短かい人生にやるべき事がある。それは天下統一だ。それには有為な人材が欲しい。『詩経』鄭風・子衿に「青青たる子が衿《えり》、悠悠たる我が心。縦《たと》い我往かずとも、子寧《なん》ぞ音《いん》を嗣がざる」とあるのをふまえる。もとは女が男を思う恋の歌。ここでは、自分はずっと思い続けている、という意をとる。「青衿」は周代学生の服装。

ただ君たちのことを思い続けるため、小声で歌い続けて今日になっている。

めそめそと鹿は鳴いて友を呼びつづけ、ともに野原の草を食べている。ここと次の二句は『詩経』小雅・鹿鳴にあるのをそのままふまえる。

そのように私によい賓客があれば、琴をならし、簫《ふえ》を吹いて音楽を奏で、大いに歓迎しよう。

月のように明らかな有能な人を、いつになったら用いることができよう。

それを思うと心の中より憂いが起こって、断ち切ることができない。

有能な人がいるならば東西南北の道をわたって、進んで尋ねて行きたい。

（旧友が）苦しんでおれば慰めてやり、心の中には旧恩を忘れない。

見れば月は明るく照り星は稀にしかみえぬ。烏鵲は南に飛んで行く。

樹木を三巡《みめぐ》りして、どの枝にとまったらよいか迷っている。このように頼る人がないので困っているから、その人の力になってやりたい。

山はいかなる土石でもいとわず載せて高くなるし、海はいかなる水をも受け入れて深くなる。天下統一のためには包容力をもって何でも受け入れる、という。『管子』形勢解に「海は水を辞せず、故に能《よ》く其の大を成す。山は土石を辞せず。故に能く其の高《こう》を成す」とある。

昔の周公は客が来ると口に入れた哺を吐いて会い、天下の人心は彼に集まったという。自分も天下の人心を集めたいものだ。『韓詩外伝《かんしがいでん》』巻三に「(周公) 一たび沐せば三たび髪を握り、一たび飯せば三たび哺を吐くは、猶《な》お天下の士を失うを恐るるがごとし」とある。なお、『史記』魯周公世家にも同様の話が見られる。

有能な人材を集めることは曹操の最も望んだところ。曹操はしばしば求賢令を出し、つまらぬものでも才があれば用いるし、欠点があっても退けるべきではない、という。臣下とした許褚《きょちょ》は山賊出身だし、典韋《てんい》は暴力団出身である。『詩経』の四言形式を借り、内容は民謡的平易な口語口調である。古楽府のリズムを用い、『詩経』や古語を多く用いているところからも、曹操に相当の学があったことがうかがえる。

苦寒行　曹操

「苦寒行《くかんこう》」は、建安一一年(二〇六)春五月、袁紹《えんしょう》の甥高幹《こうかん》(并州刺史《へいしゅうしし》)の反乱を征討するために鄴《ぎょう》都から北上するときのうたで、出征兵士の労苦を歌っている。その背後には、悲憤慷慨の気がある。

苦寒行

北上太行山　　北のかた太行山《たいこうざん》に上《のぼ》る
艱哉何巍巍　　艱《かた》きかな何《なん》ぞ巍《ぎ》巍《ぎ》たる
羊腸坂詰屈　　羊腸《ようちょう》の坂詰屈《きっくつ》し
車輪為之摧　　車輪之《こ》れが為《ため》に摧《くだ》かる
樹木何蕭瑟　　樹木何《なん》ぞ蕭瑟《しょうしつ》たる
北風声正悲　　北風 声正《まさ》に悲し

曹　操

熊羆対我蹲
虎豹夾路啼
谿谷少人民
雪落何霏霏
延頸長歎息
遠行多所懐
我心何怫鬱
思欲一東帰
水深橋梁絶
中路正徘徊
迷惑失故路
薄暮無宿棲
行行日以遠
人馬同時飢
担嚢行取薪
斧冰持作糜
悲彼東山詩
悠悠使我哀

熊羆《ゆうひ》　我に対《たい》して蹲《うずくま》り
虎豹《こひょう》　道を夾《はさ》んで啼《な》く
谿谷《けいこく》　人民少なく
雪《ゆき》落つること何《なん》ぞ霏霏《ひひ》たる
頸《くび》を延《の》ばし長く歎息《たんそく》し
遠行《えんこう》は懐《おも》う所多し
我《わ》が心何《なん》ぞ怫鬱《ふつうつ》たる
一《ひと》たび東に帰らんと思欲《おも》う
水《みず》深くして橋梁絶《た》え
中路《ちゅうろ》に正《まさ》に徘徊す
迷惑《まよ》いて故《もと》の路《みち》を失い
薄暮《はくぼ》に宿棲《やど》無し
行き行きて日に以《も》って遠く
人馬　同時に飢《う》う
嚢《ふくろ》を担《にな》いて行きて薪《たきぎ》を取り
冰《こおり》を斧《き》りて持《も》って糜《び》を作る
彼《か》の東山《とうざん》の詩を悲しみ
悠悠《ゆうゆう》として我を哀《かな》しま使《し》む

〔太行山〕山西省と河北省の境にある山脈。〔怫鬱〕気がむすぼれてふさぐこと。〔東山詩〕『詩経』豳風《ひんぷう》・東山の詩。

〔韻字〕巍・摧・悲・啼・霏・懐・帰・徊・棲・飢・糜・哀。

北のかた太行山脈（山西省と河北省の境）に登れば、道は険しく山は高々と聳《そび》えている。

羊腸の坂（山西省長治市の東南）は曲がりくねり、そのために車輪は壊されてしまう。「羊腸の坂」とは、羊の腸のように、曲がりくねった坂道が続くので、このように言われる。

山の木々はさびしくさわさわと、北風の声もなんと悲しく響いていることよ。

わが行く手には熊羆がうずくまっている。虎豹も山の両側で鳴いている。『楚辞』招隠士の「虎豹闘《たたか》い、熊羆咆《ほ》ゆ」にもとづく。杜甫《とほ》「石龕《せきかん》」の「熊羆咆我東、虎豹号我西」（熊羆我が東に咆《ほ》え、虎豹我が西に号《さけ》ぶ）という表現は、この詩を意識しているであろう。

谷間には住む人はなく、雪はぱらぱらと降ってくる。

首を伸ばして遠く望んでいつまでも嘆息し、遠《はる》かなる旅路には胸ふさがることが多い。

私の心は憂いに沈み、たえず東に帰りたいと考えている。

だが、川の水は深く橋もなく渡れない。旅の途中で今やとまどっている。

さまよって、もと来た道がわからなくなり、日も暮れて宿る所もない。

さらに進んで日に日に故郷から遠ざかり、人も馬も一緒に飢えてしまった。

袋を担ってあたりに出かけて薪をとり、氷をくだいてそれで粥を作った。

思えば、あの東山の詩（出征兵士が故郷に帰ると、故郷は荒れ果てている。その労苦を歌う）が悲しく思い出され、その、出征兵士の苦労を思うと私を悲しませる。

武人であり、文人でもあり、戦場にあって詩を作る。悲憤慷慨の気がみなぎる。日本では古くは源実朝《みなもとのさねとも》（頼朝《よりとも》の子。将軍）の『金塊和歌集』にも「ますらおぶり」がある。ただ彼は戦を経験していない。その歌に戦場を歌わない。

燕歌行　曹丕

曹丕《そうひ》（一八七～二二六）、字《あざな》は子桓《しかん》。曹操《そうそう》の長子。操の死後、後漢の献帝を廃して帝位に即き、洛陽に都して魏と称す。黄初《こうしょ》と改元する。七年にして卒《しゅっ》し、文帝と諡《おくりな》される。文学の才能のあった人で評論集『典論《てんろん》』があり、その中に文学評論「論文」が残っており、有名である。建安文壇の中心人物で、その下に多くの文人が集まった。弟の植《しょく》も文学的才能があり、よく比較される。『文心雕龍《ちょうりょう》』を著わした梁の劉勰《りゅうきょう》は文帝に同情的であるが、梁の鍾嶸《しょうこう》の『詩品《しひん》』は曹植を最高の人とする。

今日残る四十首余りの詩には男女の愛情や遊子の情を述べたものが多い。女性的抒情詩である。彼の特色を現わす代表的なものに「燕歌行《えんかこう》」がある。「燕」は地名（今の河北省・遼寧省一帯）で、がんらいは、その地方の調子で歌ったものである。後世はその調子が失われたので、その地方のことを歌う歌になった。これは妻が、北辺の地、燕に出征している夫のことを思って歌った感傷的作品である。最も古い七言詩である。こうした詩を作ることは文帝の最も得意とする所である。

曹　丕

燕歌行

秋風蕭瑟天気涼　　秋風蕭瑟《しょうしつ》として天気涼《すず》し

草木揺落露為霜
群燕辞帰雁南翔
念君客遊断思腸
慊慊思帰恋故郷
何為淹留寄他方
賤妾煢煢守空房
憂来思君不敢忘
不覚涙下沾衣裳
援琴鳴絃発清商
短歌微吟不能長
明月皎皎照我牀
星漢西流夜未央
牽牛織女遥相望
爾独何辜限河梁

草木揺落《ようらく》して露 霜と為《な》る
群燕辞《ぐんえんじ》し帰り雁 南に翔《か》く
君の客遊を念《おも》い思腸《しちょう》を断《た》つ
慊慊《けんけん》として帰らんことを思い故郷を恋《こ》う
何為《なんす》れぞ淹留《えんりゅう》して他方に寄す
賤妾《せんしょう》煢煢《けいけい》として空房を守り
憂《うれ》い来《き》たり君を思い敢《あ》えて忘れず
覚《おぼ》えず涙下《くだ》りて衣裳を沾《ぬ》らし
琴を援《と》りて絃《げん》を鳴らし清商《せいしょう》を発す
短歌微吟《びぎん》して長くする能《あた》わず
明月皎皎《こうこう》とし我が牀《しょう》を照らす
星漢《せいかん》西に流れ夜未《いま》だ央《つ》きず
牽牛織女《けんぎゅうしょくじょ》遥《はる》かに相《あ》い望む
爾独《なんじひと》り何の辜《つみ》あって河梁《かりょう》に限《かぎ》らる

〔蕭瑟〕は風がさびしく吹くさま。〔慊慊〕あきたらないさま。〔煢煢〕孤独のさま。〔皎皎〕白く光るさま。〔星漢〕天の川。〔河梁〕川の橋。

〔韻字〕涼・霜・翔・腸・郷・方・房・忘・裳・商・長・牀・央・望・梁。

秋風はさわさわと吹き天気は寒く、草木は揺《ゆ》らぎ葉は落ちて露は凍って霜となる。『楚辞』九弁に「悲しいかな、秋の気を為すや、蕭瑟たり。草木揺落して変衰す」とあるのをふまえる。

燕たちは立ち去って雁は北から南に翔けゆく、夫の旅を思うと断腸の思いである。『礼記《らいき》』月令《がつりょう》に「仲秋の月、……鴻雁来《き》たり、玄鳥帰る」とある。また、『楚辞』九弁に「燕は翩翩《へんぺん》として其れ辞し帰る」、「雁は廱廱《ようよう》として南遊す」とある。ここの風物、気候は『礼記』月令と同じで、季節の変化に夫を思い、燕・雁が南方に翔けるのに夫の客遊を重ね合わせる。

あの夫はいらいらとして故郷に帰りたく恋いしたっている。なんでいつまでも留まってよその土地に身を寄せているのであろう。早く帰ってほしい。

私は独りぼっちで空房を守り、心配していると、夫のことが思い出され忘れることができない。

覚えず涙が落ち衣装をぬらし、憂いを紛《まぎ》らわすために、琴をとって弦をならし、澄んで哀しい調子の清商曲を奏でる。「古詩十九首」に「涙下りて裳衣を沾《ぬ》らす」とある。また、同じく「古詩十九首」に「清商 風に随いて発す」とある。「清商」は曲調の名で、悲しみや恨みの感情を表現するのによく用いられる。

短かき歌をかすかに歌って、思いはたかぶり、長くすることはできない。見れば明月は皎々《こうこう》として私のベッドを照らしている。これも「古詩十九首」に「明月何《なん》ぞ皎皎たる、我が羅《うすもの》の牀幃《しょうい》を照らす」とあるのをふまえる。

天の川は西の方向に傾き夜はまだ終わらず、牽牛織女は遥かに望みあっている。「夜未央」は小雅・庭燎《ていりょう》に「夜如何《いか》ん、夜未《いま》だ央《つ》きず」とあるのをふまえる。

思えばこの牽牛織女は何の罪があって川の橋に隔てられているのか。それと同じく私と夫はなんでこんなに隔てられられているのか。「牽牛織女」、これも「古詩十九首」に見える。

このように、曹丕は多くの古典をふまえ、学者としての才がある。

雑詩　曹丕

題名がなく、後世、詩集の編集者がなづけようもないのでつけた題であろう。別離の悲哀をうたう男の詩であるが、女の感情である。秋の夜、旅愁にあって故郷を懐かしみ、帰ることのできない悲しみをのべる。

雑詩

漫漫秋夜長
烈烈北風涼
展転不能寐
披衣起彷徨
彷徨忽已久
白露沾我裳
俯視清水波
仰看明月光
天漢回西流
三五正従横
草虫鳴何悲
孤雁独南翔

漫漫《まんまん》として秋夜長し
烈烈《れつれつ》として北風涼《すず》し
展転《てんてん》として寐《い》ぬる能《あた》わず
衣《ころも》を披《き》て起《た》ちて彷徨《ほうこう》す
彷徨《ほうこう》して忽《たちま》ち已《すで》に久し
白露我《わ》が裳《もすそ》を沾《うるお》す
俯《ふ》して清水《せいすい》の波を視《み》
仰《あお》いで明月の光を看《み》る
天漢《てんかん》回《めぐ》りて西に流れ
三五《さんご》正《まさ》に従横《じゅうおう》す
草虫《そうちゅう》鳴くことを何《なん》ぞ悲しき
孤雁《こがん》独《ひと》り南に翔《か》く

鬱鬱多悲思　　鬱鬱《うつうつ》として悲思《ひし》多し
綿綿思故郷　　綿綿《めんめん》として故郷を思う
願飛安得翼　　飛ばんことと願えども安《いず》くんぞ翼を得《え》ん
欲済河無梁　　済《わた》らんと欲《ほっ》すれど河《かわ》に梁《はし》無し
向風長歎息　　風に向かって長く歎息《たんそく》すれば
断絶我中腸　　我が中腸《ちゅうちょう》を断絶す

〔漫漫〕長く続くさま。〔展転〕輾転反側。ごろごろと寝返りをうつこと。〔天漢〕天の川。夜のふけるとともに西の方に移動する。〔三五〕三心五噣のこと。さそり座の心星とうみへび座の噣《ちゅう》星。

〔韻字〕涼・徨・裳・光・横・翔・郷・梁・腸。


ながながと秋の夜はふけていく。ひりひりと北風は寒い。対句。

ねがえりつつ寝つくことはできない。着物をひっかけて起ち上りあちこち歩く。

歩きまわってはや永くなってしまった。白露は私のスカート（下着）を濡らす。

下をみれば清き流水の波がみえるし、仰げば明月の光がみえる。対句。

天の川は廻って西に流れ、三五の星は今や従横に輝いている。

草《くさ》虫は悲しく鳴いているし、一人ぼっちの雁は一羽だけ南に翔けていく。

みていると心痛み、悲しい思いに駆られていくる。そしていつまでも故郷のことが思われる。対句。

故郷に飛んで帰りたいと思うが、翼を持つことができない。川を渡って故郷に帰りたいと思っても川には橋がない。

対句。

曹　丕

吹く風に向かって長く歎息すると、私の心は断ち切られるようだ。

対句表現が素晴らしい。また、このような発想は「古詩十九首」、古楽府《こがふ》「傷歌行《しょうかこう》」にもある。


明月何皎皎、照我羅牀幃。　明月何《なん》ぞ皎皎《こうこう》たる、我が羅《うすもの》の牀幃《しょうい》を照らす。

憂愁不能寐、攬衣起徘徊。　憂愁して寐《い》ぬる能《あた》わず、衣を攬《と》り起ちて徘徊《はいかい》す。（「古詩十九首」其十九）

明月皎夜光、促織鳴東壁。　明月皎《こう》として夜に光《かがや》き、促織《そくしょく》東壁を鳴らす。

玉衡指孟冬、衆星何歴歴。　玉衡《ぎょくこう》孟冬を指し、衆星何《なん》ぞ歴歴たる。

白露沾野草、時節忽復易。　白露は野草を沾《うるお》し、時節は忽《たちま》ちに復《ま》た易《か》われり。（「古詩十九首」其七）

こうした憂愁のため彷徨するという発想は、他の建安の詩人に多くみられる。文帝は先輩の歌ったモチーフを借り、それを統合して感傷詩を作り上げた。文学青年ともいうべき文帝の好きなモチーフは男女の離別の哀愁である。曹操にみられた気宇壮大、悲憤慷慨は全くみられない。女性的繊細な感情を歌う詩人である。

七歩詩　　曹植

曹植《そうしょく》（一九二～二三二）、字《あざな》は、子建《しけん》、曹操《そうそう》の第三子。母は卞《べん》氏で文帝（曹丕《そうひ》）とは同母弟。文学においては、兄丕《ひ》と対比して語られるが、政治的にも対立競争者であった。陳寿《ちんじゅ》の『三国志』は少年の頃から文才があったと記している。それも天才的文才であったらしい。したがって父に兄よりも愛された。またその性格、強固で率直なところも父に愛された。このことが、後のち悲劇をもたらすことになる。

曹操は、実力主義者である。それがわが子の競争意識をかきたてた。兄丕としては、父の心が弟に傾いていたとあらば面白くない。操の後嗣の問題が起こり、父の心は植に傾いていたが、実際は丕の方が有利であり、結局、丕が太子となる。植の方に「性に任せて行い、飾らず、飲酒も節しない」という性格があり、それがもとで、丕に有利に働いたのである。

丕は太子に決定すると、植に老猾に圧迫を加えた。植の一生もこれ以後は全く変わり、その文学も変わってくる。後半生の文学は、兄丕への反発の文学である。丕の圧迫は、操が死して後、魏王、天子となり、ますますひどくなり、植の悲劇の人生が始まる。

「七歩詩」は、丕の圧迫に対する苦衷を訴えた詩として人口に膾炙されている。『世説新語』文学篇によると、兄丕が七歩あるく中に詩一首を作れ、できなかったら死刑に処するといわれ、即座に作ったという。ただこの詩は『曹子建集』には収められておらず、おそらく後の同情する人が偽作したものであろう。

七歩詩

煮豆持作羹
漉豉以為汁
萁在釜下然
豆在釜中泣
本自同根生
相煎何太急

七歩《しちほ》の詩

豆を煮て持《も》って羹《あつもの》を作り
豉《し》を漉《こ》して以《も》って汁と為《な》す
萁《まめがら》は釜《かま》の下に在りて然《も》え
豆は釜の中に在りて泣く
本《もと》もと同根《どうこん》自《よ》り生《しょう》ずるに
相《あ》い煎《に》ること何《なん》ぞ太《はなは》だ急なるや

〔豉〕豆に塩を加え、醱酵させたもの。みその類。〔萁〕豆がら
〔韻字〕汁・泣・急。

豆を煮てスープを作り、みそを漉《こ》して汁とする。
萁《まめがら》は釜の下で燃え、豆は釜の中で泣いている。
もともと同じ根から生まれたのに、どうしてそんなにひどく煎《に》るのか。

兄の圧迫の厳しいことに譬えたものであるが、よくできた詩である。

兄の最大の圧迫は諸侯としての国替えである。これは植のみならず、兄弟たちも同じであった。同じ地で勢力を増殖することを恐れたためである。

後漢・献帝建安一六年（二一一）、平原侯、一九年（二一四）、臨菑《りんし》侯。魏・文帝黄初二年（二二一）、安郷公、鄄城《けんじょう》侯、三年（二二二）、鄄城王、四年（二二三）、雍丘《ようきゅう》王。魏・明帝太和元年（二二七）、浚儀《しゅんぎ》王、二年（二二八）、雍丘王、三年（二二九）東阿王、六年（二三二）、陳王。十一年の中《うち》三たび都を徙《うつ》り、常に汲汲《きゅうきゅう》として歓《よろこ》ぶこと無く、遂《つい》に疾《やまい》を発して薨《こう》じた。時に年は四十一歳（二三二）。彼は、たえず政権に参画しようと願いつつも果たされず、絶望の中、疾《やまい》でなくなる。「思《し》」と諡《おくりな》され、陳思《ちんし》王とも呼ばれる。

箜篌引　曹植

「箜篌引《くごいん》」は楽府であり、相和歌、瑟調曲に属する。「野田黄雀行《やでんこうじゃくこう》」ともいう。もとは溺死した夫を悲しむ女の気持ちを歌ったもので、朝鮮のある渡し場を守る兵士の妻が作った古辞に始まると言われている。ただこの曹植の作品は、本辞とは関係ない。建安年間（一九六～二二〇）、平原侯か臨菑《りんし》侯の時のものである。「箜篌」は楽器の名。西域から渡来したハープのようなもの。くだらごと。

箜篌引

置酒高殿上
親友従我遊
中厨辦豊膳
烹羊宰肥牛
秦箏何慷慨
斉瑟和且柔
陽阿奏奇舞
京洛出名謳
楽飲過三爵
緩帯傾庶羞
主称千金寿
賓奉万年酬
久要不可忘
薄終義所尤
謙謙君子徳
磬折欲何求
驚風飄白日

置《ち》酒《しゅ》す　高殿《こうでん》の上《うえ》
親友　我に従って遊ぶ
中厨《ちゅうちゅう》に豊膳《ほうぜん》を辦《しつら》え
羊を烹《に》て肥牛《ひぎゅう》を宰《さい》す
秦箏《しんそう》　何《なん》ぞ慷慨《こうがい》する
斉瑟《せいしつ》　和《わ》にして且《か》つ柔《じゅう》なり
陽《よう》阿《あ》　奇《き》舞《ぶ》を奏し
京洛《けいらく》　名謳《めいおう》を出《い》だす
楽しみ飲んで三爵《さんしゃく》を過《す》ごし
帯を緩《ゆる》めて庶羞《しょしゅう》を傾《かたむ》く
主《しゅ》は千金の寿《じゅ》を称《しょう》し
賓《ひん》は万年の酬《しゅう》を奉《ほう》ず
久要《きゅうよう》　忘る可《べ》からず
終わりを薄《かろ》んずるは義の尤《とが》むるところ
謙謙《けんけん》たるは君子の徳
磬折《けいせつ》して何をか求めんと欲《ほっ》する
驚風《けいふう》　白日を飄《ひるがえ》し

光景馳西流
盛時不可再
百年忽我遒
生存華屋処
零落帰山丘
先民誰不死
知命復何憂

光景　馳《は》せて西に流る
盛時《せいじ》　再《ふたた》びす可《べ》からず
百年　忽《たちま》ち我に遒《せま》る
生存して華屋《かおく》に処《お》るも
零落《れいらく》して山丘《さんきゅう》に帰《き》す
先民《せんみん》誰《たれ》か死せざらん
命《めい》を知れば復《ま》た何をか憂《うれ》えん

〔中厨〕厨中と同じ。宮殿の台所で。〔陽阿〕地名。山西省晋城市の西北。また、いにしえの歌舞にすぐれた人の名。〔庶羞〕多くのごちそう。〔遒〕迫ってくる。

〔韻字〕遊・牛・柔・謳・羞・酬・尤・求・流・酒・丘・憂。

わが高殿で酒宴の準備をし、親友たちが私と一緒に遊び楽しんだ。

厨房では豊かな御膳をしつらえ、羊を煮たり脂ぎった牛を調理している。

秦の国の箏《こと》は大いにたかぶり、斉の国の瑟《おおごと》は、なごやかにやわらかく響いている。秦箏は、秦の蒙恬《もうてん》が作ったといわれる箏。古箏は五絃、唐は十三絃・十二絃。斉の民は瑟が巧みで臨菑の辺りではやる。瑟は五十絃、二十七、二十五、十九、十五絃と種類も多い。

陽阿の人は珍しい舞を舞い、京洛（洛陽）は名高き謳《うた》い手をだしている。

飲むことを楽しんで三杯を過ごし、もう十分と、帯をゆるめて解き、礼服をぬいで普段着に着替え、くつろぐ。もろもろの肴《さかな》を食べ尽くした。

主人は千金に値する長寿をことほぎ、賓客は万年の長寿を祈って返礼する。「千金寿」は、『史記』魯仲連伝に「(平原君)千金を以て魯仲連の寿を為す」とある。

旧《ふる》い昔の約束はつまらぬことでも忘れてはいけないし、永くたって仲がうすれるのは友だちの道にはずれる。「久要」は、ずっと前に結んだ約束。『論語』憲問篇に「久要 平生の言を忘れず」とある。

うやうやしくするのは君子の徳だが、謙遜してなにを追求しようとするのか。それは朋友の道である。「磬折」の「磬」は、「く」の字形の石をつるした打楽器のこと。その楽器のように身を折り曲げて礼をすること。

強い風は白日を吹きまくり、日は馳せて西に流れるように移ってゆく。

さかりの年は二度とはくりかえすことはできないし、百年の歳はにわかに私に迫ってくる。

生きているとき立派な屋敷に住んでいても、年を取って衰えて、はては丘の土となってしまう。「華屋処」は、「処華屋」(華屋に処《お》る)の意。

古人で死なない人があったろうか、それを思うと胸は痛むが、天命を知れば心配することはない、天命のままに生きていればよい。『易』繋辞伝《けいじでん》上に「天を楽しみ命《めい》を知る、故に憂えず」とあり、陶淵明《とうえんめい》も「帰去来《ききょらい》の辞」の終わりに、「天を楽しみ命を知る、復《ま》た奚《なん》ぞ疑わん」と詠う。

最後の十二句は、宴会には関係なく、植の人生観をのべる。後漢以来(古詩十九首)、しばしば当時の詩人が口にする人生の短かさ(悲観的人生観)、無常観、そして諦観がでている。

白馬篇　曹植

前期の曹植は、青年を歌う詩が目につく。「白馬篇《はくばへん》」は、ますらおの歌である。国境で侵入するものを防いで兵士として活躍する姿を描く。勇壮で積極的な勇士をたたえ、武帝の精神を伝える。李白《りはく》の「白馬篇」はこれにならったもの。雑曲歌辞。

白馬篇

白馬飾金羈　白馬に金の羈《おもがい》を飾り
連翩西北馳　連翩《れんぺん》として西北に馳《か》く
借問誰家子　借問《しゃもん》す誰《た》が家の子ぞと
幽并遊侠児　幽并《ゆうへい》の遊侠児《ゆうきょうじ》
少小去郷邑　少小《しょうしょう》より郷邑《きょうゆう》を去り
揚声沙漠垂　声を沙漠《さばく》の垂《ほとり》に揚《あ》ぐ
宿昔秉良弓　宿昔《しゅくせき》に良弓を秉《と》り
楛矢何参差　楛矢《こし》何《なん》ぞ参差《しんし》たる
控絃破左的　絃《つる》を控《ひ》きて左的《さてき》を破り
右発摧月支　右に発して月支《げっし》を摧《くだ》く
仰手接飛猱　手を仰ぎて飛猱《ひどう》を接《まじ》え
俯身散馬蹄　身を俯《ふ》して馬蹄《ばてい》を散らす

狡捷過猴猨
勇剽若豹螭
辺城多警急
胡虜数遷移
羽檄従北来
厲馬登高堤
長駆蹈匈奴
左顧凌鮮卑
棄身鋒刃端
性命安可懐
父母且不顧
何言子与妻
名編壮士籍
不得中顧私
捐軀赴国難
視死忽如帰

狡捷《こうしょう》は猴猨《こうえん》より過《す》ぎ
勇剽《ゆうひょう》は豹螭《ひょうち》の若《ごと》し
辺城《へんじょう》には警急《けいきゅう》多く
胡虜《こりょ》は数《しば》しば遷移《せんい》す
羽檄《うげき》北従《よ》り来《き》たり
馬を厲《はげ》まして高堤《こうてい》に登る
長駆《ちょうく》して匈奴《きょうど》を蹈《ふ》み
左顧《さこ》して鮮卑《せんぴ》を凌《しの》ぐ
身を鋒刃《ほうじん》の端《たん》に棄て
性命安《いず》くんぞ懐《おも》う可《べ》けん
父母すら且《か》つ顧みず
何《なん》ぞ子《こ》と妻とを言わん
名は壮士の籍に編《へん》せられ
中《こころ》に私《わたくしごと》を顧《おも》うを得《え》ず
軀《み》を捐《す》てて国難に赴《おもむ》き
死を視《み》ること忽《たちま》ち帰《き》するが如《ごと》し

〔金羈〕黄金で飾ったおもがい。〔連翩〕早く走るさま。〔幽并〕幽州と并州。河北省北部と山西省北部にあたる。〔垂〕辺境のほとり。〔宿昔〕朝な夕な。いつも。〔楛〕いばらに似た木。〔参差〕長短ふぞろいで数の多いさま。〔月支〕布に画いた的。素支ともいう。〔仰手〕手をあげる。〔接〕迎え射る。〔馬蹄〕的の名。〔狡捷〕すばやいこと。〔勇剽〕「剽」はすばやいこと。〔螭〕みずち、龍の一種で角のないもの。〔羽檄〕召兵のための文書。急を示すため鶏の羽をつける。急書。

〔鮮卑〕東北地方にいた遊牧のえびす。

〔韻字〕馳・児・垂・差・支・蹄・螭・移・堤・卑・懐・妻・私・帰。


白い毛並みの馬に金のおもがいを飾りつけ、すばやく西北に馳けてゆく。

誰の子かと問えば、幽州・并州の男だと。「借問」は、問いを発する時に使う常用語。

若い時から郷里をはなれ、砂漠のあたりで名声をあげる。「沙漠」は、内モンゴル、オルドス砂漠。

朝な夕な常に良き弓を手に持ち、楛《こ》で作った矢をふぞろいに何本もさしている。

弓つるを引いて左のまとを破り、また右の方に射て月支のまとをくだく。

手をあげて仰いで飛ぶ猿を迎えうち、また下をうかがい下のまとを蹴散らす。

その素早さは猿に勝り、勇ましさは豹や螭《みずち》のようである。

国境の城には緊急なことが多く、えびすどもはしばしば移動する。

北方から急を告げる知らせがあり、馬をはげまして高い土手に登って敵の方をみる。

かなたまで駆けて匈奴をふみつけ、また左の方を向いて鮮卑を抑えつける。

やいばの下に身を捨てて、生命のことなど考える時もない
父母すら顧みないのだ、子や妻のことなど問題にならない。

壮士の名籍に編入され、心中では一私を顧みるわけにはゆかぬ。

一身を捐てて国難に赴き、死をみることは、行くべき所に行ったようなものだとみる。

名都篇　曹植

「名都篇《めいとへん》」は、都会の少年たちが享楽にふけっているのを非難した歌だとするのが一般的であるが、逆に少年たちの生活に対する積極的な謳歌だとする説もある。

名都篇
名都多妖女
京洛出少年
宝剣直千金
被服光且鮮
闘鶏東郊道
走馬長楸間
馳馳未能半
双兎過我前
攬弓捷鳴鏑
長駆上南山
左挽因右発
一縦両禽連
余巧未及展

名都には妖女《ようじょ》多く
京洛《けいらく》には少年出《い》ず
宝剣　値《あたい》千金
被服　光り且《か》つ鮮《あざや》かなり
鶏《にわとり》を闘《たたか》わす東郊《とうこう》の道に
馬を走らす長楸《ちょうしゅう》の間《かん》に
馳《は》せ馳せて未《いま》だ半《なか》ばなる能《あた》わず
双兎《そうと》我が前に過《す》ぐ
弓を攬《と》り鳴鏑《めいてき》を捷《わきばさ》み
長駆《ちょうく》して南山に上《のぼ》る
左に挽《ひ》き因《よ》って右に発《はっ》す
一《ひと》たび縦《はな》てば両禽《りょうきん》連《つら》なる
余巧《よこう》　未《いま》だ展《の》ぶるに及ばず

仰手接飛鳶　手を仰ぎて飛鳶《ひえん》を接《むか》う
観者咸称善　観《み》る者咸《み》な善《よ》しと称《しょう》し
衆工帰我妍　衆工　我に妍《たくみ》を帰《き》す
帰来宴平楽　帰り来《き》たり平楽に宴《うたげ》し
美酒斗十千　美酒　斗《と》十千《じゅうせん》
膾鯉臇胎鰕　鯉《り》を膾《なます》にし胎鰕《たいか》を臇《いりもの》にし
寒鼈炙熊蹯　鼈《べっ》を寒《や》き熊蹯《ゆうはん》を炙《あぶ》る
鳴儔嘯匹侶　儔《とも》と鳴き匹侶《ひつりょ》と嘯《うそぶ》き
列坐竟長筵　列坐《れつざ》して長筵《ちょうえん》に竟《わた》る
連翩撃鞠壌　連翩《れんぺん》として鞠壌《きくじょう》を撃《う》ち
巧捷惟万端　巧捷《こうしょう》たること惟《こ》れ万端《ばんたん》
白日西南馳　白日　西南に馳《は》せ
光景不可攀　光景　攀《とど》む可《べ》からず
雲散還城邑　雲散《うんさん》して城邑《じょうゆう》に還《かえ》り
清晨復来還　清晨《せいしん》に復《ま》た来還《らいかん》す

〔妖女〕あでやかな女性。〔楸〕喬木の落葉樹。ひさぎ。〔捷鳴鏑〕「捷」はさしはさむ。一説に引く。「鳴鏑」はなりかぶら。矢の先にかぶら形の筒をつけて、射たときに響くようにしたもの。〔帰我妍〕他の弓の巧みな人たちも、みな私の射術がいちばん上手だと言う。〔膾〕汁の少ないあつもの。〔胎鰕〕子持ちのえび。〔寒〕あぶる。煮る。〔連翩〕ひらひらとひるがえるさま。

［韻字］年・鮮・間・前・山・連・鳶・妍・千・蹯・筵・端・攀・還。

名だたる都会にはあでやかな女性が多く、洛陽の都には若者が多い。

身には値千金（一金は十両）の宝剣を帯び、着る衣服は輝いてきらびやか。

東の郊外の道では闘鶏をやり、長い楸《ひさぎ》の路で馬を走らせる。『戦国策』斉策に闘鶏のことが記載されており、その当時から盛んであった。曹植にも「闘鶏篇」があり、劉楨《りゅうてい》、応瑒《おうとう》にもある。明帝は闘鶏台を築いた。

馬をかけて途中、二匹の兎が目の前を走り過ぎる。

弓をとり、鳴るかぶら矢をたばさんで、南の山をかけ登る。

左手で弓をしぼり右手で矢を放てば、二匹の兎が連なってしとめられた。

これではまだ十分な技が発揮されないので、仰いで飛ぶ鳶《とび》を迎え射《う》った。「仰手接飛鳶」、「白馬篇」にも同じような句が見える。

観衆はみな上手だとほめ、大勢の射方は私をうまいと認めてくれる。

帰ってから平楽観で宴会をする、その美酒は一斗一万銭ほど。「平楽観」は漢の明帝が作った宮殿。洛陽の西門の外にあった。

ごちそうは鯉をなますにし、子持ちえびをあつものにしたもの、すっぽんを焼き熊の掌《て》をあぶったもの。

宴会の友だちと声をかけて歌いあい、連なり座って長いむしろいっぱいとなる。

やがて身軽にひらりと蹴鞠《けまり》と撃壌《げきじょう》の遊びをする。なかなか上手で、さまざまに変化して秘術を尽くす。「鞠」はけまり。「壌」は撃壌の遊戯。木片二つを用い、一つを地上に立て、もう一つを三四十歩離れたところから投げて当てる。

やがて西南に日は落ち、日影はとどめられない。

人々は雲の散るごとく町中に帰って行くが、夜明けにはまたやってくる。

これは当時の貴族社会の生活を歌っているが、作者はこうした少年たちに必ずしも好感を持ってはいない。功名を立てずに時を徒らに過ごす少年たちを諷刺している。ほめているという説もある。

曹植の前期の作品は、豪俠を述べ快楽を歌ったものが多く、宴会とか贈答の詩として現われている。彼の憂いのない貴公子の生活を表わしたものである。ところが、後期の作品になると環境の激変で大きく変化する。兄の丕が即位してから植に対する圧迫が更にひどくなり、植は以後死ぬまで不遇な生活を強いられた。植の側の一党を排除したり、監国謁者を派遣して植の国を監視させたり、またしばしば国替えをさせたりした。それは植だけでなく、他の兄弟も同様であった。

丕が亡くなり、その子の叡《えい》(明帝)が即位しても、圧迫は加えられ、封地替えが行われた。彼の後半生は浮き草同様で定めなく、自由のない生活であった。この漂泊の生活を植はしばしば「転蓬《てんぽう》」に喩えている。太和三年(二二九)、三十八歳の時、東阿王に移封されてから作ったものに代表的な作品「吁嗟篇《くさ》」があるが、流転の生活の悲しみを「転蓬」に喩えて詠っている。当時は同胞同志も通じあうことは許されず、同胞が親しむことを願った上表文「親親《しんしん》を通ぜんことを求むる表」(太和五年、二三一)を上《たてまつ》り、同胞の離散を悲しみ、自由に交際できぬことを憤っている。

雑詩　　曹植

これは、鄄城王から雍丘王に国替えになった黄初四年(二二三)以後の作品であろう。後年この雍丘にいた時の生活を顧みて、「然《しか》るに桑田には業《なりわい》無く、左右は貧窮し、食は裁《わず》かに口に餬《のり》し、形は裸露《らろ》有り」（「東阿王に転封せらるるを謝する表」）といって生活の苦しさを訴えている。この「雑詩」もその生活の上で歌われたものであろう。転蓬に喩えられている従軍の人は、曹植自身である。『文選』に「雑詩」六首として収めるうちの第二首。

雑詩

転蓬離本根
飄颻随長風
何意迴飆挙
吹我入雲中
高高上無極
天路安可窮
類此遊客子
捐軀遠従戎
毛褐不掩形
薇藿常不充
去去莫復道
沈憂令人老

転蓬《てんぽう》は本根《ほんこん》を離れ
飄颻《ひょうよう》として長風に随《したが》う
何《なん》ぞ意《おも》わん迴飆《かいひょう》挙《あ》がり
我を吹いて雲中に入《い》れんとは
高高《こうこう》と上《あ》がりて極《きわ》まり無く
天路《てんろ》安《いず》くんぞ窮《きわ》む可《べ》けんや
此《こ》の遊客《ゆうかく》の子《し》の
軀《み》を捐《す》てて遠く戎《いくさ》に従うに類《に》たり
毛褐《もうかつ》　形を掩《おお》わず
薇藿《びかく》　常に充《み》たず
去《さ》り去りて復《ま》た道《い》うこと莫《な》かれ
沈憂《ちんゆう》して人をして老《お》い令《し》む

〔転蓬〕飛蓬ともいう。秋になると風に吹かれて、根本からちぎれ飛ぶ。北方の砂漠に見られる。〔飄颻〕風に吹かれてひるがえるさま。〔迴飆〕つむじ風。〔毛褐〕短かい皮ごろも。貧しい者が着る粗末な衣服。〔薇藿〕わらびや豆の葉。粗食の代表。〔去去〕あれこれと考えることをやめてしまおう、の意。一説に都をどんどん離れていくこと。

〔韻字〕風・中・窮・戎・充」道・老。

私なる転蓬は根本からはなれ、ひらひらといつまでも強く吹きつづける風のままに飛んでいく。つむじ風が起こり、雲の中に私を吹き入れようとは思いもよらなかった。飛んで高々と上ってどこまでも、天の路など窮めようもない、そんな所までどこまでも飛んでゆくが、それは、旅にある人が、身を犠牲にしてはるかに従軍するようなものだ。粗末な短かい皮ごろもも身にまとわず、わらびや豆の葉さえいつも十分でない。ままよもう言うまい。重苦しくなり、私を年とらせるばかり。

太和三年（二二九）、東阿王に移された後に作った「吁嗟篇《くさへん》」は更に沈痛な調子で歌っている。転蓬は日夜休むことなく、東西南北に飛んで行く。突然つむじ風が吹いて雲間に吹き入れられ、天路まで行ったかと思えば、今度は地下の泉まで行く。そうすると、また驚風に吹き上げられ、もとの所に吹かれて帰る。そしてまたあちこち吹かれ、四方八方をさまよう。このように流転を続け、定住の地をもたぬ。そのわたしの苦しさを誰がわかってくれよう。願わくは林の中の草と一緒に焼かれたい。身はなくなっても草の根と連なっている方がましだ、という。曹植にあっては、同胞が親しくすることが望みであり、離散して孤独になることが堪えられなかったのである。

七哀詩　曹植

孤独の悲しみを歌ったもの。『文選』に収める。「七哀《しちあい》」の「七」とは、①篇数をさし、もと七首連作であった、②

楽府題で音楽の関係上つけた（余冠英）という説がある。『玉台新詠』では「雑詩」、『楽府詩集』では相和歌辞楚調曲「怨詩行《えんしこう》」となっている。制作年代は不明、雍丘時代、文帝時代などの説がある。

七哀詩

明月照高楼　　明月　高楼《こうろう》を照らす
流光正徘徊　　流光　正《まさ》に徘徊《はいかい》す
上有愁思婦　　上《うえ》に愁思《しゅうし》の婦《ふ》有り
悲歎有余哀　　悲歎《ひたん》して余哀《よあい》有り
借問歎者誰　　借問《しゃもん》す　歎《なげ》く者は誰《た》ぞと
言是客子妻　　言う　是《こ》れ客子《かくし》の妻と
君行踰十年　　君の行《こう》　十年を踰《こ》え
孤妾常独棲　　孤妾《こしょう》常に独《ひと》り棲《す》む
君若清路塵　　君は清路《せいろ》の塵《ちり》の若《ごと》し
妾若濁水泥　　妾《しょう》は濁水《だくすい》の泥《どろ》の若《ごと》し
浮沈各異勢　　浮沈　各《おの》おの勢《いきお》いを異《こと》にす
会合何時諧　　会合　何《いず》れの時にか諧《かな》わん
願為西南風　　願《ねが》わくは西南の風と為《な》りて
長逝入君懐　　長《はる》かに逝《ゆ》きて君の懐《ふところ》に入らんことを
君懐良不開　　君の懐《ふところ》　良《まこと》に開かずんば

賤妾当何依　賤妾《せんしょう》当《はた》何《いず》れに依《よ》らん

〔流光〕動いている月の光。〔徘徊〕ここは差しこんでくること。〔余哀〕過度の悲しみ。

〔韻字〕徊・哀・妻・棲・泥・諧・懐・依。


明月が高殿を照らしており、照る光は今やここに差しこんでいる。

高殿の上に愁いに沈む婦人がおり、悲歎にくれつらい哀《かな》しみをかこつ。

尋ねるが、歎《なげ》いているのは誰であるか、それは旅人の妻であるという。

わが夫の旅は十年以上になるものの、ひとり身の私はいつもただ一人ぐらし。

夫は清き道にある塵のようなもの。清く浮いている、調子よくやっている。私は濁って水の下の泥のようなもの。濁って沈んでいる、おちこんでいる。

その浮き沈みはそれぞれ状態が違うが、もとは一つのものだ。夫婦も一緒のものなのに今別れている。二人の会合はいつかなえられるであろうか。

願わくは、西南から吹く風となって、いつまでも飛んで行って夫の懐《ふところ》に入りたいものだ。

しかし、夫の懐がもし開かなかったならば、私はいったいどこに身を寄せたらよいであろうか。

直接は、遠方にある夫を思う妻の情を述べたものである。既に文帝の「燕歌行《えんかこう》」に同じ趣旨が見られるし、漢の無名氏の「古詩」にも似た表現がある。「燕歌行」はただ夫を思う妻の情を述べたに過ぎないが、この詩は、夫に会っても、夫が理解してくれなかったらどうしよう、という不安の情を述べている。これは、兄と和解したい切ない気持ちを述べてはいるが、それはほとんど不可能であることを予想して歌っているのである。作者の絶望的気持が現われている。このような気持ちをうたった詩に「浮萍篇《ふひょうへん》」「種葛篇《しゅかつへん》」がある。また、兄丕《ひ》の圧迫にあう逆境にあって自由を希望するのは当然のことである。逆境から脱れようとする気持ちを歌ったものに「野田黄雀行《やでんこうじゃくこう》」がある。

野田黄雀行　曹植

少年が網にかかった雀を救ったことに喩えて、自分に友人の危難を救う能力がないことを歎《なげ》く歌と言われている。曹丕《そうひ》の即位前後に、曹植の側近であった楊修《ようしゅう》・丁儀《ていぎ》・丁廙《ていよく》らがつぎつぎに誅殺されたことと関係があろう。黄初元年（二二〇）、側近が誅された頃の作品か、あるいは、それ以前の建安末とする説もある。

野田黄雀行

高樹多悲風　　高樹《こうじゅ》に悲風《ひふう》多く
海水揚其波　　海水其《そ》の波を揚《あ》ぐ
利剣不在掌　　利剣《りけん》　掌《て》に在らざれば
結友何須多　　友を結ぶに何《なん》ぞ多きを須《もち》いん
不見籬間雀　　見ずや籬間《りかん》の雀《すずめ》
見鷂自投羅　　鷂《たか》を見て自《みずか》ら羅《あみ》に投《とう》ず
羅家得雀喜　　羅家《らか》　雀を得《え》て喜び
少年見雀悲　　少年　雀を見て悲しむ
抜剣捎羅網　　剣を抜いて羅網《らもう》を捎《はら》い
黄雀得飛飛　　黄雀《こうじゃく》飛び飛ぶを得《え》たり

飛飛摩蒼天　飛び飛びて蒼天《そうてん》を摩《ま》し
来下謝少年　来《き》たり下《お》りて少年に謝《しゃ》す

〔鷂〕たかの一種で、たかよりもやや小さい。はいたか。〔捎〕はらう。

〔韻字〕波・多・羅」悲・飛」天・年。


高い樹には悲しい風がよく吹き、大海は波がわき立つ。

切れ味のよい剣が手になければ、友だちを作ってもむだだ。危難を去ることはできない。丁儀、楊脩、丁廙は誅せられてしまった。

ごらん、まがきの雀を、はいたかを見て、網にわが身を投げた。

網もとは雀を手に入れて喜んだが、少年はこの雀をみて悲しんだ。

少年は剣を抜いて網を切りはらい、雀は飛び立つことができた。

飛び飛んで青天近くまで飛んでゆき、やがて降《お》りて来て少年に礼を言った。

この少年をたたえ、こうした少年にようになりたい、しかし、自分には少年のように友人を救う力がない、という心情を歌う。更に、網にかかった雀は、植自身に喩えている。それは、雀のように苦境から脱した自由を切望する彼の心情の現われである。

植の詩は感情の激しさを歌うのが特色である。また、対句を多く用いる等、表現に技巧をこらし、形式美にも注意を払っている。

三曹の中、植を最高とする評価は、今も変わらない。梁の鍾嶸《しょうこう》の『詩品』では、植を上品として、絶賛している。

中国の詩歌が、行きづまった時、いつも植に立返るよう目標としている。つまり、中国の理想の詩歌、文学とされているのである。ただ、当時の文学の主流は賦《ふ》であるが、植は賦の大家でもある。有名なものに「洛神《らくしん》の賦」がある。

魏の三曹の下に集まった文人たちは多くあるが、その中で七人がとりわけ優れていた。これを「建安の七子」という。孔融《こうゆう》・陳琳《ちんりん》・王粲《おうさん》・徐幹《じょかん》・阮瑀《げんう》・応瑒《おうとう》・劉楨《りゅうてい》らである。この七人をとりあげたのは、曹丕（文帝）であり、その『典論』の「論文」中に、この七人は実力伯仲である、王粲は、徐幹とともに、辞賦に長じ、漢代の作家でもかなわぬと言っている。この『論文』は、「文」を論じたもので詩は含まないが、当時は辞賦が重んぜられ、それを含む文が文学の主流で、五言詩は新興文学であった。

この『論文』中、指摘しておきたいのは、冒頭で「文人相《あ》い軽《かろ》んじ、古《いにしえ》自《よ》り然《しか》り」と、文人批評は古からあって相手を非難することは古くからあった、と言っていること、また、文中に「文章は経国の大業にして、不朽の盛事なり」という名言を吐いていることである。これを文学の独立宣言などというが、文帝の意は、人間の倫理を示した一家の言を述べた文章は、国家政治の役に立つ大切な仕事であり、それは、永久に後世に伝わる盛事であるという、儒家的文学観である。それにしても文章の価値を宣言したことは大いに意味がある。文章の不朽を述べたものには、先に後漢の王充《おうじゅう》がある。

七哀詩　　　王　粲

王粲《おうさん》（一七七〜二一七）、字《あざな》は仲宣《ちゅうせん》。軍閥、将軍董卓《とうたく》が後漢の献帝《けんてい》を連れて、洛陽《らくよう》より長安《ちょうあん》に遷都（一九〇）した時、長安に遷ったが、董卓は兇暴を極めたため暗殺され、献帝は洛陽《らくよう》に帰る。曹操《そうそう》は帝を許《きょ》（河南省許昌市）に迎え、やがて鄴《ぎょう》(河北省臨漳県)に拠《よ》り、華北一帯を平定し、また劉備《りゅうび》は蜀《しょく》に拠り、孫権《そんけん》は江南に拠り、三国時代となる。この操の死後、丕が献帝の譲りを受けて、洛陽で帝位につく。

王粲は、混乱した長安を避け、十七歳頃、劉表《りゅうひょう》（山陽郡高平の人・王粲と同郷）を頼って荊《けい》州に逃れ、十五年間そこにいた。この荊州が曹操に征服されたため、操に仕えることになる。曹操父子のもとに結成された文学集団である建安の七子の中でも最も重要な地位を占める。彼は辞賦にも長じ、「登楼《とうろう》の賦」は特に有名である。

『三国志』魏書巻二一「王粲伝」には、七子及びその他の文人伝が収められている。王粲は暗記力のよい人で、道ばたの碑文を読んでもすぐ覚えてしまう。また、碁を途中でくずしても再びもとの局にしたという。算数に優れており、文章も直《ただ》ちに書き、後から改める所がなかったという。建安二二年（二一七）、四十二歳の若さでなくなる。詩では「七哀《しちあい》の詩」（曹植《そうしょく》、阮瑀《げんう》、張載《ちょうさい》にもある）三首のうち二首が『文選』に収められている。

初平三年（一九二）董卓の将、李傕《りかく》、郭汜《かくし》らが長安で乱をなす。王粲は難を避けて荊州に行くが、この詩は、荊州に逃げる時の作で、つらい旅の模様をうたう。

七哀詩（其一）　　七哀《しちあい》の詩

西京乱無象　　西京《せいけい》乱れて象《みち》無く
豺虎方遘患　　豺虎《さいこ》方《まさ》に患《わざわい》を遘《な》す
復棄中国去　　復《ま》た中国を棄てて去り
遠身適荊蛮　　身を遠《とお》ざけて荊蛮《けいばん》に適《ゆ》く
親戚対我悲　　親戚　我に対《たい》して悲しみ
朋友相追攀　　朋友　相《あ》い追いて攀《すが》る
出門無所見　　門を出《い》ずるも見る所無く

白骨蔽平原
路有飢婦人
抱子棄草間
顧聞号泣声
揮涕独不還
未知身死処
何能両相完
駆馬棄之去
不忍聴此言
南登霸陵岸
廻首望長安
悟彼下泉人
喟然傷心肝

白骨　平原を蔽《おお》うのみ
路《みち》に飢《う》えたる婦人有り
子《こ》を抱《だ》きて草間《そうかん》に棄《す》つ
顧みて号泣の声を聞くも
涕《なみだ》を揮《ふる》って独《た》だ還《かえ》らず
未《いま》だ身の死する処《ところ》を知らず
何《なん》ぞ能《よ》く両《ふた》つながら相《あ》い完《まった》からん
馬を駆《か》りて之《こ》れを棄てて去り
此《こ》の言を聴くに忍《しの》びず
南のかた霸陵《はりょう》の岸に登り
首《こうべ》を廻《めぐ》らして長安を望む
彼《か》の下泉《かせん》の人を悟《さと》り
喟《き》然《ぜん》として心肝《しんかん》を傷《いた》ましむ

〔無象〕無道、無法と同じ。〔岸〕高台。〔下泉人〕「下泉」は『詩経』曹風の篇名。その序に「下泉は治を思うなり。曹人共公の下民を侵刻するを疾《にく》み、憂えて明王賢伯を思うなり」とある。「下泉人」とはその作者をいう。

〔韻字〕患・蛮・攀・原・間・還・完・言・安・肝。

西の都は混乱して無道、無法の状態である。虎のごとき郭汜・李傕が、今や反乱をおこしている。再び中原を棄て、吾が身を遠ざけて、南の荊州地方に行った。「中原」は、北方中原地区。古の王朝があったところ。黄河の中流地帯。「荊蛮」は、古の楚の地。楚は荊と呼ばれ、周代には南方の異民族を蛮と呼んだ。当時はこの地は未開の地であったのでこのように言った。その荊州にはまだ戦禍が及んでいない。荊州刺史劉表はここに居り、乱を避けるものが多かった。劉表は王粲の祖父に学んだ縁故がある。「遠」は、一本に「委」とある。そうすると、身を託し、身を寄せる、の意となる。

出かけるにあたり、親戚のものたちは私に向かって悲しみ、友は追いかけてきて車のながえにとりついて引きとどめる。

城壁を出てみると、戦乱のため荒れはてて、これといって眼に入るものはなく、ただ白骨が平原を蔽っているのが眼に入るばかり。当時、軍閥の殺戮と飢餓のため死亡する人々が多かった。曹操「蒿里行《こうり》」に「白骨野に露《あらわ》れ、千里鶏鳴《けいめい》無し」とあり、また、『後漢書』献帝紀に「是の時、穀一斛《こく》五十万、豆麦《とうばく》一斛二十万。人相《あ》い食《は》み啖《く》らひ、白骨委《す》て積《つ》まる」とある。

この平原の路を行くと、飢えきった婦人がいる。見ていると、わが子を抱いて草むらの中に棄ててしまった。この婦人は、ふり返って赤ん坊の泣き叫ぶを耳にしても、流れる涙をふりはらい、赤ん坊の所に帰らずにいる。あまりのことに、私は婦人に詰《なじ》るように聞いてみると、

「私の命も明日はわかりませんのに、なんで赤ん坊と二人生きながらえることがありましょう。このままでは二人とも共倒れです」という。なんともやり切れない気持ちだ、といって救う力もない。

この場にいたたまれず、馬を走らせて二人を棄てて立ち去る。もはや婦人の言葉は聞くに堪えられなかった。わが子供さえ捨てざるを得ない極限状態である。いかに混乱した世の中であったかがわかる。

やがて長安の東、覇陵についた。この高い所に登り、頭をめぐらして東方の長安を眺め感慨を懐《いだ》く。「覇陵」は、漢の文帝の墓である。文帝の時は、太平の続いた時代である。そこに登れば自ら太平の時代が偲ばれる。今の陝西省

西安市の東にあたる。

そして、あの『詩経』にある下泉の詩を歌った詩人の気持ちがよくわかった。かの詩は平和を願う詩である。曹人が下民をいためつける共公の政治を憎み、明天子賢達が出るように願った詩である。詩人の胸中がよくわかった私は、ため息をつき、胸を痛めるばかりである。

飢えた婦人が生きるために最愛のわが子を捨てる悲惨さを直視して歌う詩、これが建安の詩であり、曹操、曹植もそうである。現実を直視しつつ、内面の心の波立ちを歌うのは嵆康《けいこう》、阮籍《げんせき》、さらに陶淵明《とうえんめい》からである。

七哀詩（其二）　　七哀《しちあい》の詩《し》

王　粲

荊蛮非我郷　　荊蛮《けいばん》は我が郷《ふるさと》に非《あら》ず
何為久滞淫　　何為《なんす》れぞ久しく滞淫《たいいん》す
方舟溯大江　　舟を方《なら》べて大江を溯《さかのぼ》れば
日暮愁我心　　日暮れて我が心を愁《うれ》えしむ
山岡有余暎　　山岡《さんこう》には余暎《よえい》有り
巌阿増重陰　　巌阿《がんあ》には重陰《ちょういん》を増《ま》す
狐狸馳赴穴　　狐狸《こり》は馳《は》せて穴に赴《おもむ》き
飛鳥翔故林　　飛鳥は故林《こりん》に翔《か》く
流波激清響　　流波は清響《せいきょう》を激しくし
猴猿臨岸吟　　猴猿《こうえん》は岸に臨《のぞ》んで吟《な》く

迅風払裳袂
白露沾衣衿
独夜不能寐
摂衣起撫琴
絲桐感人情
為我発悲音
羈旅無終極
憂思壮難任

迅風《じんぷう》は裳袂《しょうべい》を払《はら》い
白露は衣衿《いきん》を沾《うる》おす
独夜《どくや》寐《い》ぬる能《あた》わず
衣を摂《と》りて起《た》ちて琴を撫《ぶ》す
絲桐《しとう》は人の情を感ぜしむ
我が為《ため》に悲しき音を発《はっ》す
羈旅《きりょ》には終極《しゅうきょく》無く
憂思《ゆうし》は壮《さか》んにして任《た》え難《がた》し

〔滞淫〕は長くとどまること。「淫」は度を過ぎることをいう。〔余暎〕余光と同じ。〔巌阿〕山の入りくんだところ。ほとり。〔糸桐〕上等の桐をもって琴とし、糸を弦とする。

〔韻字〕淫・心・陰・林・吟・衿・琴・音・任。

この荊州に身を寄せているがこの地は私の故郷ではない。なんで永く滞在しているのだろう。冒頭で「荊蛮非我郷」とはっきりいい切るのは、よほど居づらい所であったのだろう。また、「登楼の賦」でも「信《まこと》に美なりと雖《いえど》も吾が土《ど》に非《あら》ず、曽《すなわ》ち何《なん》ぞ以って少留するに足らん」という。

二そうの舟をならべて大江を遡《さかのぼ》って行けば、日は暮れてゆき、故郷のことを思い、私の心は悲しくなって来た。「方舟」は舟をならべること。なにか任務のために舟に乗ったのであろう。ただ、当時、劉表は襄陽《じょうよう》に本拠があったから、ここでいう「大江」とは、漢水《かんすい》のことかも知れない。

日は暮れようとして、山なみには余光（夕映え）が輝いており、巌《いわお》のほとりでは、日暮れのため、更なる暗さを増している。「重陰」は、山の入りくんだところはもともと陰《かげ》になっていて暗い上に、夕暮れどきにはさらに暗くなるのでこういう。

狐狸は走ってねぐらの穴に入り、飛ぶ鳥は古巣の林に翔けてゆく。故郷を思う情が一段と高まってくる。

流れる水は清らかな音をはげしくたて、猿たちは岸辺で鳴いている。「猴猿臨岸吟」、猿の声は悲しく、旅人の情をかきたてるといわれる。三峡の両岸の猿声は旅人を悲しませた。詩人はよく歌う。

吹きつける風は着物のそでを吹き払い、白露は着物のえりをうるおす。この寒々とした風景は旅人の心を重くし、故郷を思い出させる。

一人ぼっちの夜、おちおちとねむれず、ねむれぬままに着物を整えて起ち上がり、琴をかき鳴らす。

琴は私の心をかきたてるし、私のために悲しい音を出してくれる。

ああ、私の旅住いには終わりはない。思えば憂いの思いはますますつのり、任《た》えがたいものがある。「壮難任」、余冠英『漢魏六朝詩選』には「壮難任」は方言であって、「草木が人を刺《さ》すことを、北燕、朝鮮では壮という」。したがって、ここでは「刺痛《つらさ》堪え難し」ことだという。

荊州（江陵）に着いていても、必ずしも満足の生活ではなかった。劉表に頼って十六年ばかり生活するが、劉表は彼を厚遇しなかった。この間、故郷を思う情がつのる。故郷とは長安であろう。その故郷を思う望郷の念を詠う。

飲馬長城窟行　　陳　琳

陳琳《ちんりん》（?～二一七）、字《あざな》は孔璋《こうしょう》。建安七子の一人。はじめ袁紹《えんしょう》に仕えて書記を務め、後、曹操《そうそう》に仕える。阮瑀《げんう》とともに公文書や檄文を作り、名文といわれる。文帝の『典論』「論文」にも「琳瑀の章表・書記は、今の雋《しゅん》なり」という。『文選』に「袁紹の為《ため》に予州《よしゅう》（劉備）に檄《げき》す」一首があり、劉備にふれたものであるが、この中に曹操の祖父（騰《とう》）は「貧婪《どんらん》放縦で人民を痛めつける」、父（崇《すう》）は「賄賂《わいろ》によって官位を得たもの」、「操も宦官出身で悪いヤツ」と悪口をいうが、後、操に捕らえられて、操は「自分の悪口を言ってもよいが、祖父、父に及ぶのはひどい」といっただけで、咎《とが》めはしなかった。

彼の詩は多く残らず、四篇ほどである。そのうち「飲馬長城窟行《いんばちょうじょうくつこう》」が名高い。これには古い楽府《がふ》題があり、二首ばかり残っている。この篇は、永年長城の労役に従事し、妻と別れた悲しみを歌う。対話形式を採用し、民謡的である。

飲馬長城窟行

飲馬長城窟　　馬に長城の窟《いわや》に飲ませば
水寒傷馬骨　　水寒くして馬の骨を傷つく
往謂長城吏　　往《ゆ》きて長城の吏《り》に謂《い》う
慎莫稽留太原卒　　慎《つつ》しんで太原《たいげん》の卒《そつ》を稽留《けいりゅう》する莫《な》かれ
官作自有程　　官作《かんさく》には自《おのずか》ら程《てい》有り
挙築諧汝声　　築《ちく》を挙《あ》げて汝の声を諧《かな》えよ
男児寧当格闘死　　男児《だんじ》は寧《むし》ろ当《まさ》に格闘して死すべし
何能怫鬱築長城　　何《なん》ぞ能《よ》く怫鬱《ふつうつ》として長城を築《きず》かんや
長城何連連　　長城何《なん》ぞ連連《れんれん》たる

連連三千里
辺城多健少
内舎多寡婦
作書与内舎
便嫁莫留住
善侍新姑嫜
時時念我故夫子
報書往辺地
君今出語一何鄙
身在禍難中
何為稽留他家子
生男慎莫挙
生女哺用脯
君独不見長城下
死人骸骨相撐拄
結髪行事君
慊慊心意関
明知辺地苦

連連として三千里
辺城《へんじょう》には健少《けんしょう》多く
内舎《ないしゃ》には寡婦《かふ》多し
書を作って内舎に与《あた》う
便《すなわ》ち嫁《か》して留住《りゅうじゅう》する莫《な》かれ
善《よ》く新しき姑嫜《こしょう》に侍《じ》し
時時《ときどき》我が故《もと》の夫子《ふうし》を念《おも》え
報書《ほうしょ》　辺地《へんち》に往《ゆ》く
君《きみ》　今《いま》語《ご》を出《い》だすこと一《いっ》に何《なん》ぞ鄙《ひ》なる
身は禍難《かなん》の中《うち》に在り
何為《なんす》れぞ他家《たけ》の子《こ》を稽留《けいりゅう》せんや
男を生まば慎しんで挙《あ》ぐる莫《な》かれ
女を生まば哺《はぐく》むに脯《ほしにく》を用《もち》いよ
君独《ひと》り見ずや長城の下《もと》
死人の骸骨《がいこつ》相《あ》い撐拄《とうしゅ》するを
結髪《けっぱつ》して行きて君に事《つか》え
慊慊《けんけん》として心意《しんい》関《かか》る
明らかに辺地《へんち》の苦しきを知り

賤妾何能久自全　賤妾《せんしょう》何《なん》ぞ能《よ》く久しく自《みずか》ら完《まっと》うせんや

〔長城吏〕長城の修築工事を監督する役人。〔稽留〕引き止める。〔太原卒〕太原地方（山西省）出身の兵士。〔官作〕お上の仕事。〔築〕地面をかためる道具。どうつき。〔諧〕かけ声をあわせさせること。〔寡婦〕出征兵士の妻。いにしえは、ひとりで住んでいる婦人のことをすべて寡婦と言った。〔姑嫜〕しゅうと・しゅうとめ。〔故夫子〕もとの夫。〔君今……何鄙〕この句は妻の語。〔他家子〕妻のことをさす。〔脯〕乾肉。ほじし。〔撐拄〕重なってささえあう。〔結髪〕成人のしるしとして、男は二十歳、女は十五歳で髪を結いあげ、男は冠をつけ、女は笄《こうがい》をさす。これ以下は妻の語。

〔韻字〕窟・骨・卒」程・声・城」婦・住」子・鄙・子」脯・拄」関・全。

長城の泉で馬に水を飲ませていると、泉窟で行役の人々が馬に飲ませている。水は冷たくて馬の骨まで傷つける。そんな北方の寒いところである。

兵卒が長城修築の監督の役人に頼みこむ。「どうか太原から徴発されてきた兵卒をいつまでも留めておかれないように」と。「慎」は、丁寧に頼のむ語気。

役人がいう、「役所の工程にはちゃんと期限があるものだ。どろつきをしてお前たちのどろつきの声を一斉にしろ」と厳しくいわれる。

聞いて兵卒は憤慨して、「男児たるもの敵と格闘して死んだ方がよい。なんで面白くもなく気も進まずにこんな長城を築く仕事に従事するのか」という。

思えば長城は長く連なっている。続いて三千里もある。役人は「自ら程あり」などというが、いつ完成するともわからないし、ばかばかしいことである。いつ帰れるかもわからない。

国境の城には若者の兵卒が多く働いており、兵卒の家庭には一人暮らしの嫁が多くいる。

兵卒は手紙を書いてその家庭に送って、「ところで一人で留守を守るより、他家に嫁にいって我が家に留まることのないように。

ちゃんと新しいしゅうとしゅうとめにつかえ、時々もとの夫のことを思い出しておくれ」と書いた。

夫に対する妻の返事が国境の地に届いた。「あなたが今仰ることはなんて不人情なんでしょう」と。「鄙」は人情の薄いこと。

夫は再び手紙をやり、「私は長城修築、災難の最中にあり、いつ帰れるかわからない。なんで他家に行っている妻を引きとどめることなどできようか。

『男を生めばどうかとりあげないように。女を生んだならば乾肉で大切に育ててやるように』と昔からいわれているではないか。

知っているだろう。長城の下に、死人骸骨が重なりささえあっている悲惨な状態を」と手紙をやる。「君不見」は、古くから使われている言葉。

妻はまた返事を出して、「成人してからあなたの家に行ってつかえていましたが、今遠く離別して、恨めしくもいつも私の心はあなたのことを思っています。

今あなたが国境で苦しんでいるのがはっきりとわかり、私もなんでいつまでも生き永らえようと思いましょうか」。

これも長城の現地の苦しみを体験したかの如く現実を見つめて書いてある。机上の作ではあるが後世の机上の作よりも力強い。これから机上の作が多くなり、陶淵明《とうえんめい》が体験文学を書くが、六朝は机上の作が多い。唐に入って真実体験を文学にするのは杜甫《とほ》である。

贈従弟詩　劉楨

劉楨《りゅうてい》（?～二一七）、字《あざな》は公幹《こうかん》。曹操に任用されて丞相掾属《じょうしょうえんぞく》となる。建安七子の一人。曹丕《そうひ》（文帝）が呉質《ごしつ》に与えた書には、五言詩の優れたものは時人に絶妙であるといいうし、鍾嶸《しょうこう》の『詩品《しひん》』では陳思王《ちんしおう》曹植《そうしょく》に次ぐものとされる。彼の詩には強さがあり、気勢を重んじ修飾を重んじない。今は十五首だけが残っている。その性格は権力に屈しないものであり、かつて文帝の下で諸文学を語り、宴会をしていた時、太子夫人甄氏《しん》があいさつに出た。座中みな平伏するのに楨は「平視」したという。太祖はそれを聞いて逮捕し、死を減じて吏におとした（『三国志』王粲《おうさん》伝裴松之《はいしょうし》注引『典略《てんりゃく》』）という。

「従弟に贈る」詩は三首あって『文選』に見える。三首とも比喩を用い、第一は蘋藻《ひんそう》、第二は松、第三は鳳凰《ほうおう》をもって従弟に喩え、従弟を賛美し、且《か》つ励ます意味を持たせる。従弟が志を堅く守り、外部の圧迫で本性を変えぬよう希望している。これは作者自身の気持ちでもある。従弟（一族の弟）が誰かはわからない。ここでは第二首をあげる。従弟を松柏に喩え、その本性が貞堅であり、屈しないことをいう。

贈従弟詩　　従弟《じゅうてい》に贈《おく》る詩《し》

亭亭山上松　　亭亭《ていてい》たり山上《さんじょう》の松

瑟瑟谷中風　　瑟瑟《しつしつ》たり谷中《こくちゅう》の風

風声一何盛　　風声一《いっ》に何《なん》ぞ盛《さか》んなる

松枝一何勁　　松枝《しょうし》一に何《なん》ぞ勁《つよ》き

冰霜正惨悽　　冰霜《ひょうそう》正《まさ》に惨悽《さんせい》たるも

終歳常端正　　終歳《しゅうさい》 常に端正《たんせい》たり
豈不罹凝寒　　豈《あ》に凝寒《ぎょうかん》に罹《かか》らざらんや
松柏有本性　　松柏《しょうはく》には本性《ほんせい》有り

〔亭亭〕高く聳えるさま。〔瑟瑟〕風がさびしく吹くさま。〔惨悽〕いたわしく厳しい。〔凝寒〕厳寒と同じ。

〔韻字〕松・風・盛・勁・悽・正・性。


山上の松が聳えており、谷間の風はさわさわと吹いている。

風の吹く声はなんと盛んに音をたてていることよ。松の枝はなんと強くたえていることよ。

氷がはり霜がおちて全く厳しい寒さが訪れても、その松の生えている姿は、一年の終わりまで、いつも変わらず正しく美しい。


これは厳寒に遭《あ》わないからであろうか。いいや、そうではない。厳寒に遭ってもそれを恐れず、松柏には堅貞の本性があるから、毅然として生きていられるのである。これは、古代から松柏は寒さにも屈しない堅貞の性格がある、という考え方をもとにしている。『論語』子罕《しかん》篇に「子《し》曰わく、歳《とし》寒くして、然《しか》る後 松柏の彫《しぼ》むに後《おく》るることを知るなり」とある。これを利用したものには、『史記』伯夷《はくい》伝の「歳寒くして、然《しか》る後 松柏の彫むに後るることを知る、世を挙げて混濁すれば、清士乃《すなわ》ち見《あら》わる」がある。また、『荘子』譲王篇にも「天寒く既《すで》に至り、霜雪既《すで》に降《くだ》る、吾是《ここ》を以《も》って松柏の茂るを知るなり）とある。

贈秀才入軍詩　　嵆康

嵆康《けいこう》（二二三～二六七）、字《あざな》は叔夜《しゅくや》。もとの姓は奚《けい》で、会稽上虞《かいけいじょうぐ》の人。人に怨まれ難を避け、譙《しょう》（安徽省亳州市）に移る。嵆山があったので、それから名づける。魏の武帝曹操の曽孫に当たる娘をめとる。老荘を好み、恬《てん》静無欲、服食を好み、上薬を採御し、文論を著わし、琴を弾じ、詩を詠ず（『三国志』嵆康伝裴松之注）という。

中国では古く「理」をいう。その意味は、主として、「天理」といって固《もと》より然《しか》る状態をいった。嵆康も「養生論」で「性命《せいめい》の理は、輔養《ほよう》に因《よ》りて以《も》って通ず」、また、「導養《どうよう》の理を得て、以《も》って性命を尽《つ》くすに至る」という。「性命之理」とは、「道」「道徳」の最高の境地、それは「輔養」によって全《まっと》うされる。また、「導養」がしかるべく行われると「性命」が全うされる。がんらいこれは易《えき》の思想で、説卦《せっか》伝の「昔者《むかし》聖人の易《えき》を作るや、将《まさ》に以《も》って性命の理に順《したが》わんとす」や「理を窮《きわ》め性を尽して以《も》って命に至る」から来る言葉である。

ところで、その「性命の理」を尽くすことは「導養《どうよう》」によって得られるという。その「導養」について述べたのが「養生論」である。それは喜怒哀楽の過度精神を抑え、適当の薬を飲めば、長生きできる。ただ仙人にはなれないという。

○山巨源《さんきょげん》に与えて絶交する書

山濤《さんとう》が吏部郎（人事院部長）に任ぜられ、嵆康を代わりに推薦したところ、嵆康が断わった手紙。当時、大将軍司馬昭《しばしょう》（子の炎《えん》が魏の禅譲を受け、晋《しん》と称す）が実権を握り、魏を簒奪《さんだつ》しようと考えていた。魏の王室と姻戚関係にある嵆康は害が及ぶかも知れぬと考え、身の保全のため断わる。この書簡中「湯《とう》・武を非《そし》り周・孔を薄《かろ》んず」とあるのが司馬昭の憤りを買い、また続いて呂安《りょあん》の事件で獄に入り、殺されることになる。

○呂安の事件

嵆康の親友に呂兄弟がある。兄は巽《そん》、弟は安。安の妻は美しかった。呂巽は婦人に飲ませ、酔った時に手に入れようとした。それが発覚した。巽は安に訴えられるのを恐れて、逆に安を無実の罪で訴えた。嵆康は証人として安を弁護したが、巽は実力者鍾会《しょうかい》に告げた。鍾会は司馬昭の懐刀《ふところがたな》として世にときめいていたため、今度は逆に嵆康自身もとらえられ、死刑となった。がんらい、鍾会は嵆康を快く思っていなかったのである。かつて、鍾会が嵆康を訪ねたところ、嵆康は大樹の下で鍛錬し向秀《しょうしゅう》が助けていた。康はふりむきもせず、鍛冶をやめず、傍若無人で、時がたっても一言も交《かわ》さない。鍾は帰ろうとした。康は「何《なん》の聞く所ありて来《き》たり、何の見る所ありて去る」と問い、鍾は「聞く所を聞いて来り、見る所を見て去る」と言った（『世説新語《せせつしんご》』簡傲《かんごう》篇）という。このことを怨みに思っていたのである。

○広陵散《こうりょうさん》絶《た》ゆ

嵆康は刑に臨んで顔色一つ変えず、琴を弾じ「広陵散曲」を奏《かな》で、「誰にも教えていなかった広陵散、今に於《お》いて絶えん」と言った。太学生三千人が上書して師と仰ぎたいと助命を請うたが許されなかった（『世説新語』雅量《がりょう》篇）。

「秀才の軍に入《い》るに贈る詩」は、兄の嵆喜《けいき》が軍に従って行くとき贈った詩。兄であるから名指《なざ》さず、秀才と呼んだ。秀才には中央官吏の試験を受験して合格した者、地方官より推薦された者、その他、孝廉により選ばれた者などがいた。嵆喜は呂安が凡鳥というごとく（『世説新語』簡傲篇に、呂安が嵆康を訪ねたとき、康はたまたま不在で、嵆喜が応対した。その際、呂安は門の中へも入ろうとせず、門の上に「鳳」の字を書き記して立ち去った。喜はその意を悟らず喜んだが、その意味するところは、「凡鳥」という意であった。という話が見える）、康と反対に俗人であった。阮籍《げんせき》からも俗物とみられていた。阮籍の親の喪を弔いに行った所、白眼《はくがん》であしらわれたという。

この詩は『文選』に五首あるが、その第四首。珍しく古い詩形の四言詩。隠者的生活に憧《あこが》れつつ、兄のいないさびしさを歌う。

贈秀才入軍詩　秀才《しゅうさい》の軍《ぐん》に入《い》るに贈《おく》る詩《し》

息徒蘭圃　徒《と》を蘭圃《らんぽ》に息《いこ》わせ
秣馬華山　馬を華山《かざん》に秣《まぐさ》かう
流磻平皐　磻《いぐるみ》を平皐《へいこう》に流し
垂綸長川　綸《いと》を長川《ちょうせん》に垂る
目送帰鴻　目は帰鴻《きこう》を送り
手揮五絃　手は五絃《げん》を揮《ふる》う
俯仰自得　俯仰して自得し
遊心泰玄　心を泰玄《たいげん》に遊ばしむ
嘉彼釣叟　彼《か》の釣叟《ちょうそう》を嘉《よ》みし
得魚忘筌　魚《うお》を得《え》て筌《せん》を忘る
郢人逝矣　郢人《えいひと》は逝《ゆ》きぬ
誰与尽言　誰《たれ》と与《とも》にか言《げん》を尽《つ》くさん

〔徒〕歩兵。〔蘭圃〕蘭の花のある庭園。〔磻〕矢に縄をつけて鳥を射る装置を弋《よく》といい、それにさらに石をつけた装置を磻《はん》という。〔郢〕春秋時代の楚の国の都。今の湖北省江陵付近。
〔韻字〕山・川・絃・玄・筌・言。

君は今頃、歩兵を蘭の畑に休ませ、行軍の馬に美しい山でまぐさをやって休ませているであろう。喜の行軍の途中を想《おも》う。「華山」は、美しくつややかな山。また、『書経』武成に「馬を華山の陽《みなみ》に帰し、牛を桃林の野に放つ」とあるのによって、華山は固有名詞だとする説もあるが、今はとらない。「蘭圃」とよき対《つい》をなしている。

また、平らな沼の岸辺でいぐるみをしかけて鳥をとり、長い川で釣糸を垂れて魚を釣っているであろう。陣中余裕ある行動をとっているものと思われる。

さて、自分は古巣に帰る鴻を見送り、手は五絃の琴をかき鳴らす。「手揮五絃」は、隠者の生活。張衡《ちょうこう》「帰田の賦」には、隠者の楽しみを述べて「五絃の妙指を弾ず」と言う。また、『世説新語』巧芸篇では、顧愷之《こがいし》がこの詩の「手に五絃を揮《ふる》うというところは画《か》き易《やす》いが、目は帰る鴻《おおとり》を送るというところを画くのは難しい」と言っている。後世よく知られた詩句である。

俯仰して宇宙の道を体得し、わが心を大道に遊ばせる。ここは老荘思想をもとにして、老荘のいう「道」を体得しようとしていることをいう。

かの釣した老人、すなわち荘子、を賞賛していたら、荘子にあるように、魚を得てしまった後、その手段であるやなを忘れてしまったことに気づいた。真理を体得したら、その手段のことなど忘れてしまった。その心境を自分は心がけている。「釣叟」は、荘子をさす。『荘子』秋水篇に「荘子濮水《ぼくすい》に釣る」とある。また、「得魚忘筌」は、『荘子』外物篇に「筌《せん》は魚を在《とら》うる所以《ゆえん》、魚を得て筌《せん》を忘る。……言は意を在《とら》うる所以、意を得て言を忘る。吾れ安《いず》くにか夫《か》の忘言の人を得て之《こ》れと言わんや」とあり、道を体得してしまえば、その手段である言語を忘れてしまう境地をいう。

郢人はなくなってしまった。いったい、誰とともに語り合うことができよう。この二句は、『荘子』徐無鬼《じょむき》篇の次のような寓話をふまえている。郢の人で、石膏を鼻の先にうすく塗って匠石という者にけずりとらせる者があった。匠石はうなり声とともに斧をふりまわすと、石膏は落ちたが、鼻にはきずがつかない。宋の君が匠石を呼んで、やって見せるように言ったが、匠石は、相手の男が死んでしまったので、もうすることができないと答えたという。これは荘子が、議論相手である恵子を失ったさびしさをあらわしたものであるが、ここでは兄のいないさびしさを言い、あわせて荘子に対する思慕もあらわしている。

この詩の第三聯「目送帰鴻、手揮五絃」から康自身のことを詠っている。とすると、最初の二聯も想像であるが、自分の心境の投影である。獄中で書いた「幽憤詩」とは対照的である。

詠懐詩　阮籍

阮籍《げんせき》(二一〇～二六三)、字《あざな》は嗣宗《しそう》。陳留尉氏《ちんりゅういし》(河南省尉氏県)の人。建安七子の一人である阮瑀《げんう》の子。竹林の七賢の一人。竹林の七賢は、山濤《さんとう》、阮籍、嵆康《けいこう》、王戎《おうじゅう》、劉伶《りゅうれい》、向秀《しょうしゅう》、阮咸《げんかん》をいう。ほとんどの者が魏晋の際に亡くなる。竹林に遊び、酒を飲み清談《せいだん》をする。洛陽を中心に竹林に遊んだ。阮籍、嵆康、山濤が中心人物。

「竹林の七賢」の行動はいずれも放蕩であって、その主張は、漢以来の政治を支えてきた儒教を否定するものであった。阮籍を「宏達不羈《こうたつふき》にして、礼俗に拘《かかわ》らず」(『世説新語《せせつしんご》』徳行篇注引『魏氏春秋』)と評しているが、ものごとにとらわれずに、意の赴くままに自由に行動することを、ここでは「宏達不羈」といったもので、そのことをまた「放達」(『世説新語』任誕《にんたん》篇)ともいっている。また「七人常に竹林の下に集まり、意を肆《ほしいまま》にして酣暢《かんちょう》す」(任誕篇)ともいっているが、心を自由に解放させたことが、行動を「放達」にさせたものである。そして心の自由なる解放は、「礼俗に拘らざる」行動に走らせる。当時の儒教的道徳や制度を「礼」というが、それを「俗」なるものとみなし、価値の低い悪しきものとして、それを無視する態度に出るようになった。

儒教を「礼」あるいは「礼教」というが、それを「俗」とみなしたのは七賢のみならず、当時の知識人にもおおむね蔓延《まんえん》していった考え方である。彼らは人間の生き方を束縛する礼教を無視して、あえて反抗的態度に出て行動するようになった。それは自由なる世界への憧れである。その自由なる世界は、老荘がめざして理想とする世界であった。礼教無視の行動を記録した逸話は、『世説新語』に多く載っていて枚挙にいとまはないが、礼教から積極的に逸脱しようとする行動の多少をあげてみよう。

阮籍の兄嫁が、実家に里帰りしようとしたとき、籍は別れのあいさつを交わした。ある人が、これをみて、その行為を非難した。籍はそれに答えて、「礼 豈《あ》に我が輩《はい》の為《た》めに設くるならんや」（任誕篇）と言ったという。儒教では、男女七歳にして席を同じくせずとして、厳しく教えている。その気風のなかで、兄嫁と親しく会って見送る行為は、当然、非難されるべきである。その非難を承知の上で行動することは、儒教に敢然と抵抗していることになる。つまり今の儒教の道徳制度などは、人間のためにはまったく必要ではないと昂然《こうぜん》といい切っている。反体制思想であり、また自由解放思想である。

王隠《おういん》の『晋書』によると、阮籍は「酒を嗜《たしな》み荒放《ほしいまま》にし、頭を露《あらわ》し髪を散らし、裸袒《はだか》にて箕踞《あぐらか》く」という、形振《なりふ》りかまわず、気の向くままに自由勝手な行動をしている。とはいえ、それは彼なりの自覚をもった行動であった。

阮籍の隣の酒屋に美しい嫁がいて、いつも酒を売っていた。籍は仲間の王戎《おうじゅう》とここで酒を飲み、酔っぱらうと、この嫁のそばで眠りこんでしまうことが多かった。この嫁の主人は怪しいと疑っていたが、よく窺っているうちに、「他意」のないことがわかったという（任誕篇）。男女の仲を厳しく律する礼教には反対するが、その限界は心得ているし、形式的礼教には徹底的に反対はするが、人間本来の情は尊重していた。

母を亡くしたとき、当時の礼教では三年の喪に服し、飲食を制限するのが、子として当然の務めであった。籍はそれをまったく無視して、肥えた豚を蒸して食べ、二斗（約四リットル）の酒を飲み、母との別れをした。そのときは言葉も出ず、ただ一声あげただけで、あげくのはては血を吐いて倒れてしまったという（任誕篇）。

礼教に抵抗する行動をあえて取ったけれども、その真情は、母を失った悲しみに堪えられなかったに違いない。このとき、時の名士裴楷《はいかい》が弔問に行ったところ、籍は酔って髪を乱したままベッドの上にあぐらをかいており、慟哭《どうこく》もしていなかった。楷が行くと、ベッドから降りてきた。楷は弔問して哭して立ち去った。ある人が楷に、弔問の礼というものは、主人が哭しているから訪問客が弔問するものであるのに、籍が哭してもいないのに、楷の方がなぜ哭するのかと尋ねた。楷は答えて、籍は俗外の人であるから礼制は尊ばないが、自分は俗中の人間であるから、規律を守っているのだといった。時の批評家は、二人とも理にかなっていると評したという。

これも形式的礼教を無視することを物語るものである。世俗を超越した態度を取る俗外の人として、当時認められていたが、こうした俗外的態度は、この後しばらく世の風潮になっていく。そしてそれは隠遁者の態度と考えても差しつかえない。

阮籍は、俗外的態度を取るものの、さきにも触れたごとく、人間の本性に根ざす情は尊重し、その情のままに動く行動を取る。好きな人物がくれば「青眼《せいがん》」をし、嫌いな人物がくれば「白眼《はくがん》」をするというのも、その現われである。本性を曲げて人に迎合することをもっとも嫌った人間である。その性格は真面目であったともいえる。晋の司馬昭《しばしょう》が、批評して「阮嗣宗《しそう》（籍の字）は至慎《ししん》なり」というのもうなずける。

阮籍とともに語ると、その言葉は「玄遠《げんえん》」であったという。世俗を超脱した深遠の言葉であり、それは老荘の考え方を踏まえているということでもある。

また籍は「未だ嘗《かつ》て人物を臧否《ぞうひ》せず」といわれている。人物の善《よ》し悪《あ》しを批評することはしなかったというのである。このころは一般に人物批評が流行していた時代で、批評することを「目《もく》する」といい、人物批評の的確さを「鑒識《かんしき》あり」といっていた。

人物批評の風習は、この魏・晋時代からはじまったものではなく、すでに後漢の許劭《きょしょう》が、従兄《じゅうけい》の靖《せい》とともに、毎月ごとに郷党の人物を品評した「月旦《げったん》の評」から起こっている。人物批評は、後漢の人々の間に談論の気風を生み、それは魏・晋の清談の流行にも影響した。阮籍は、当時流行の人物批評を拒否していたとみてよかろう。彼の性格の真面目さにもよるが、別の大きな理由がある。それを明らかにするには、魏の政権の動向を語る必要がある。

籍の父は瑀《う》という。魏の丞相《じょうしょう》の掾《えん》となって、世に知られた人物である。その小役人の家に生まれ、籍は当然官吏をめざして成長していった。『晋書』阮籍伝には、「籍は本《もと》もと済世《せいせい》の志有り」といっているごとく、もともと政治にかかわろうとする意志をもっていたし、彼の生涯をみるに、官僚社会とは縁を切ってはいない。

籍の生まれた時代の環境は、父の瑀の教えは無論のこと、儒学の教養を身につける時代であった。彼も十四、五歳の時「詩書を好んだ」（「詠懐の詩」）という。後年、老荘思想に傾倒して、世俗を超越した隠遁気風に染まったけれども、もともとは必ずしも政治社会を否定していたわけではなかった。

籍は、三十三歳（正始三年、二四二）の時、時の太尉、蒋済《しょうせい》に、俊才なることが認められて召し出された。彼は「奏記」を提出して、はじめは断わったが、親族たちにさとされて、いったん役人になるが、病と称して帰ってしまう。

「奏記」（『文選』巻四〇）によると、辞退の理由は、自分には官吏としての有能な徳がない。「方将《まさ》に東皐《とうこう》の陽《みなみ》に耕し、黍稷《しょしょく》の税を輸《いた》し、以って当塗者《とうとしゃ》の路《みち》を避けんとす」として、官吏になるより農耕に従事した方がよいと言っている。これは正始年間に流行した老荘思想の影響で、官僚社会を低くみる考え方でもある。

とはいえ、彼は官僚社会を全面的に否定はしていない。当時の政治の不穏な動きに不安を感じて、あえて就任しなかったものと考えられる。三十九歳の時には、尚書郎となって、ついで大将軍曹爽《そうそう》の参軍となったが、これも間もなく病と称し辞任して郷里に帰った。この曹爽は、翌年、のちに晋の高祖宣帝となった司馬懿《しばい》に誅されてしまった。この事態を当時の識者はみて、「その遠識《えんしき》に服す」（『晋書』阮籍伝）といって、籍がこの政局の不安材料をつとに見ぬいていた識見に感服したという。

司馬懿《しばい》は、当時魏の太傅《たいふ》であったが、籍はその従事中郎として仕えた。四十歳の時である。司馬懿は、籍の才能とその名士としての名を利用して、自分の権威を重からしめようとしたに違いない。籍が、その招請に応じたのは、司馬懿の権力を恐れたこともあったであろうが、仕えることをすべて否定する決心はついていなかった。「仕」と「隠」の間を揺れ動いていたとみなければならない。東晋末に出た陶淵明《とうえんめい》も「仕」と「隠」の間を揺れ動いた詩人であるが、この時代の知識人は、おそらく大部分がそうであった。

籍は、四十三歳の時、司馬懿の子の大将軍司馬師《しばし》（景帝）の従事中郎となった。当時、魏の明帝《めいてい》以後、政治の実権は司馬懿に移り、懿が亡くなってからは、その子の師《し》、ついでその弟の昭《しょう》（文帝）に移った。この二人は相ついで天子の廃立を行った。やがて昭の子炎《えん》が、魏の禅《ゆずり》を受けて位につく。これが晋の武帝（在位二五六～二九〇）である。

司馬懿は、曹爽らが陰謀を企てたかどで、それを誅したが、その子の師も、大将軍となって実権を握ると、時の名士夏侯玄《かこうげん》、李豊《りほう》らを誅してしまった。二人ともに清談家として談論に優れた人物であった。こうして司馬氏に逆らうものを誅殺するという暴虐をほしいままにし、一方、天子を廃して高貴郷公《こうききょうこう》を立てるという横暴を強行した。このとき籍は四十五歳、関内侯《かんないこう》に封ぜられ、散騎常侍《さんきじょうじ》に移った。一見、脱俗的で官僚社会を無視するかと思われる籍が、しばしば官僚として仕えたのはどうしたことであろうか。

籍のこのころの作に「首陽山《しゅようざん》の賦」「詠懐《えいかい》の詩」がある。この中であからさまではないが、この暗黒の時勢を見つつ、重くのしかかるものがある気持ちを訴えている。それを見ると、仕官することに籍は必ずしも満足しているとは思えない。ただこうした時勢に仕えることができたのは、司馬氏の信任が厚くなければならないし、籍自身も、司馬氏の政略に深く関係していたことがあったようにも思われる。

このころの阮籍の動向を見ていた人がいる。それは竹林の七賢の一人である仲間の嵆康《けいこう》（二二三～二六二）である。嵆康は阮籍より十三歳年下であり、清談の理論派である。魏王朝とは姻戚関係にあった人物で、当時の名士である。時に司馬昭が魏王朝簒奪の陰謀を企んでいることを知り、身の危険を感じながら、我が身の処し方に慎重な気配りをしていた。この嵆康に山濤《さんとう》が任官の誘いをかけた。

山濤（二〇五～二八三）は、竹林の七賢中最年長であり、嵆康より十八歳も年上であった。濤は、役人選抜を担当する選曹郎《せんそうろう》であったが、自分に代わって嵆康を推薦した。康はこれを知り、任官の意などまったく持ち合わせていないことを、山濤が理解してくれないとして、以後、交際を絶つという手紙を山濤に送った。有名な「山巨源（濤の字）に与えて交わりを絶《た》つ書《ふみ》」（『文選』巻四三）である。この中で阮籍のことに触れて、

阮嗣宗は、他人の過失を批判することを致しません。私は彼を手本にしておりますが、なかなかそのようにはなれません。彼の真面目な性格は何人にも勝っており、人の悪口をいうことはありません。ただ欠点と言えば、酒を飲んで過ちを犯すぐらいのものであります。それなのに、彼は礼法を重んずる人々から非難され、まるで仇敵のように憎まれております。が幸いにも大将軍司馬昭のお陰で、身の安全を守っております。

と言っている。親友である嵆康が「大将軍司馬昭のお陰で」というのは、真実を伝えているものであろう。「礼法を重んずる人々から非難され、まるで仇敵のように憎まれている」とは籍の日常行動に対する礼教主義者からの非難である。しかし、その性格はさきにも述べたが、真面目であって、「人の過失を批判することは致しません」という。「過失を批判しない」ことは、真面目な性格からきただけではない。当時の暗黒な政局のもと、いつ自分が危険に晒《さら》されるかを思って、言葉を慎しんでいたに違いない。

これは保身術であると考えてよかろう。山野に隠れることはしないが、心のなかでは政治の社会から遠ざかろうと苦悶していたに相違ない。上述の手紙で、嵆康は反省している。自分は「言いたいことをすぐ口に出す癖がある」「長

らく世間のことに関係しておれば、咎《とが》めを受けるようなことが日々起こってくるであろう」といって、言語を慎しむべきことと、政治に関与することの危険を説いている。

籍は、がんらい、政治に無関心であった訳ではない。ただ魏・晋の際、名士たちの危難を目《ま》の当たりにするにつけ、「世事と交わらず、遂に酣飲《かんいん》を常と為す」(『晋書』阮籍伝)というごとく、酒を飲んで政治に関与しない態度を取らざるを得なかった。この態度は、人から「放誕《ほうたん》にして世に傲《おご》る情あり、仕官を楽しまず」(『世説新語』任誕篇注引「文士伝」)と見られることになった。

司馬昭は、珍しく籍の性格が好きで、いつも談笑し、籍の気の向くままにさせ、職務を強いることはなかった。また我が子・炎と姻戚関係を結ばせようとしたが、籍はそれを断わるために、酒に酔っ払って六十日間に及び、昭はついに言い出す機会がなかったという。これも保身のためであるし、政治社会からの逃避であり、隠遁的態度とみなしてよかろう。籍が政治社会から逃避しようとする心を支えるものがあった。それはやはり当時流行の老荘思想であった。「群籍《ぐんせき》を博覧《はくらん》し、尤《もっと》も荘老を好む」(「阮籍伝」)と言われるごとく、老荘の考え方に引きつけられていった。その結果、その思想を称揚する「道徳論」「通老論」「達荘論」などを著わしている。また『易』を敷衍する「通易論」をも書いている。これを見ると、いわゆる玄学《げんがく》の担い手であったことがわかる。籍は老荘思想に傾倒することによって、その「性に任せて不羈《ふき》」なる性格が、ますます自由奔放なものになっていった。伝統的儒教の道を否定する方向に走り、「礼教に拘わらざる」態度を強くとるようになる。かくて礼教を基盤とする政治を嫌悪し、その官僚社会から逃避しようと考えるようになる。

世俗の礼教を積極的に無視し、性情の赴くままに行動することは、一つの隠遁的行動でもある。この隠遁はむしろ積極的行動であると言えよう。隠遁も仕官から逃避するとみれば消極的であるが、仕官を無視するとみれば積極的と言えよう。

籍の自由奔放の行動は、知識人たちに大きな影響を与えた。後輩たちは見習って、籍の奔放なふるまいこそ「大道の本」を得たものとし、「巾幘《かぶりもの》を去り、衣服を脱ぎ、醜悪を露《あら》わし、禽獣と同じ。甚だしきものを名づけて通《つう》と為し、次なるものを名づけて達《たつ》と為す」（『世説新語』徳行篇注引「晋諸公賛」）という風習さえ生ずるようになった。名士の楽広《がっこう》が笑って、「名教中にも自《おのずか》ら楽地あり、何《なん》ぞ乃《すなわ》ち爾《しか》するや」（『世説新語』徳行篇）と皮肉ったという有名な話がある。儒教の中にも好いところがあると言って、老荘にもとづく過度の行為を冷やかしたものである。

「詠懐詩」は、明の馮惟訥《ふういとつ》の『古詩紀《こしき》』には今八十五首が伝わっている。ある一定の期間に集中して作られたのではなく、折にふれて人生におけるさまざまの感懐を書きとどめていったものである。多くは当時の暗黒の政治と我が身に迫る重苦しい空気を歌っていて、そのため、比喩や屈折した隠微な表現が多くなって、難解な詩になっている。『文選』には十七首を収めるが、ここにとりあげたのはそのうちの第一・三・十一・十五首である。

詠懐《えいかい》の詩

詠懐詩（其一）

夜中不能寐
起坐弾鳴琴
薄帷鑑明月
清風吹我衿
孤鴻号外野
朔鳥鳴北林
徘徊将何見
憂思独傷心

夜中《よるなか》ばなるも寐《い》ぬる能《あた》わず
起《た》ちて坐《ざ》し鳴琴《めいきん》を弾《だん》ず
薄帷《はくい》に明月鑑《て》らし
清風我が衿《えり》を吹く
孤鴻《ここう》は外野《がいや》に号《な》き
朔鳥《さくちょう》は北林に鳴く
徘徊《はいかい》して将《は》た何をか見《み》ん
憂思《ゆうし》して独《ひと》り心を傷《いた》ましむ

〔薄帷鑑明月〕うすい帷に月の光が照っていることをいう。
〔韻字〕琴・衿・林・心。

夜の半ばになっても、何か不安で寝つかれない。床の上に起きあがって琴をかき鳴らして心を静める。外を見ると薄いカーテンを明月が照らし、すがすがしい風が私の衿もとを吹いてくれる。さらに見ていると外では、一羽の大鳥が野原で叫び、北方から来た鳥は北の林で泣き叫んでいる。「孤鴻」は、群れをはなれた鳥。五臣注では中央から追放された孤独な賢人が不遇を訴えているととる。「朔鳥」の「朔」は北方の意で、「朔鳥」は北方から飛んでくる雁をさす。「朔」、一に「翔」に作る。そうすると、権力を縦《ほしいまま》にしている朝臣の意となる。
ただならぬ風景に思え、あちこち歩きまわっても何も見るものはない。憂いに沈んでただ心を傷めるばかり。

詠懐詩（其三）　　詠懐《えいかい》の詩

嘉樹下成蹊　　嘉樹の下　蹊《こみち》を成す
東園桃与李　　東園の桃《もも》と李《すもも》と
秋風吹飛藿　　秋風飛藿《ひかく》を吹き
零落従此始　　零落《れいらく》此《こ》れ従《よ》り始まる
繁華有憔悴　　繁華《はんか》には憔悴《しょうすい》有り
堂上生荊杞　　堂上には荊杞《けいき》を生ず
駆馬舎之去　　馬を駆《か》りて之《こ》れを舎《す》てて去り

去上西山趾　去って西山の趾《し》に上《のぼ》る
一身不自保　一身すら自《みずか》ら保《たも》たず
何況恋妻子　何《なん》ぞ況《いわ》んや妻子を恋いんや
凝霜被野草　凝霜《ぎょうそう》は野草を被《おお》い
歳暮亦云已　歳《とし》暮れて亦《ま》た云《ここ》に已《や》みぬ

〔飛藿〕飛び散る豆の葉。「藿」は豆の葉。〔荊杞〕「荊」はいばら、「杞」はくこ。ここでは雑草をいう。奸臣、すなわち司馬昭にたとえたとする説がある。〔趾〕ふもと。
〔韻字〕李・始・杞・趾・子・已。

花咲く美しい木の下には（それをめぐる人のため）小道ができる。東の園の桃と李がそうである。『漢書』李広賛に「諺《ことわざ》に曰わく、桃李《とうり》もの言わざれども、下自《おのず》ら蹊《こみち》を成す」とあるのによる。秋風が散る豆の葉を吹き飛ばす頃、草木の葉が枯れ落ち始め、桃と李も枯れ落ち、誰も顧みるものがなくなる。茂り花咲いたものも衰えてしまうものだ。それと同じく栄えた御殿も衰えて今はいばらや枸杞《くこ》が生えている。「繁華有憔悴」、班固「賓《ひん》の戯《たわむ》れしに答ふ」に「朝《あした》に栄華を為し、夕《ゆう》べに憔悴を為す」とある。

馬を走らせてこんな所を捨て去って、伯夷・叔斉の跡を慕って西山のふもとに登ろうとした。「之」は、「堂上には荊杞生ず」をさす。伯夷《はくい》・叔斉《しゅくせい》は周の武王が殷を伐とうとしたとき諫《いさ》めたが聞きいれられず、周が天下をとった後は、周の粟《ぞく》を食《は》むことを恥じて首陽山《しゅようざん》に隠れ、薇《わらび》をとりながら生活し、餓死したという。『史記』伯夷列伝に見える。「西山」はその首陽山のこと。

この乱世ではこの身すら全うすることができないのに、なんでわが妻子にまで心を掛けることができようか。「何況」重ねてあることを強調する。

凍った霜が野はらの草を覆い、冬となり今年も終わってしまった。「歳暮亦云已」、『詩経』小雅・小明に「歳聿云莫」（歳聿《つい》に云《ここ》に莫《く》れぬ）とある。絶望の言葉。

桃や李のように人生に盛衰がある。衰世の今は、災いを逃れようとしてもできないかも知れない。不安と絶望をいう。魏朝の衰退と司馬氏の専横による政治の混乱をいう。どうしようもない。絶望のうたである。

詠懐詩（其十一）　　詠懐《えいかい》の詩

昔年十四五　　昔年《むかしとし》十四五
志尚好書詩　　志《こころざし》尚《たか》くして書詩《しょし》を好む
被褐懐珠玉　　褐《かつ》を被《き》て珠玉を懐《いだ》き
顔閔相与期　　顔閔《がんびん》と相《あ》い与《とも》に期《き》す
開軒臨四野　　軒《まど》を開きて四野《しや》に臨《のぞ》み
登高望所思　　高きに登りて思う所を望む
丘墓蔽山岡　　丘墓《きゅうぼ》は山岡《さんこう》を蔽《おお》い
万代同一時　　万代《ばんだい》同じく一時なり
千秋万歳後　　千秋万歳《せんしゅうばんざい》の後《のち》
栄名安所之　　栄名安《いず》くんぞ之《ゆ》く所あらん
乃悞羨門子　　乃《すなわ》ち羨門《せんもん》子《し》に悞《さと》り

嗷嗷今自蚩　嗷嗷《きょうきょう》として今自《みずか》ら蚩《わら》う

〔書詩〕『書経』と『詩経』。聖人の書としての必読書。〔軒〕窓。〔羨門子〕字は子高《しこう》、秦始皇の時の仙人。〔悞〕悟に通ずる。〔嗷嗷〕高い声のさま。

〔韻字〕詩・期・思・時・之・蚩。

むかし年十四五の頃、志は高潔に保ち、書・詩を好んだ。褐衣を着ながら珠玉のようなきれいな心をいだき、顔淵《がんえん》や閔子騫《びんしけん》のような人になろうとした。「褐」は、庶民の服。粗末なもの。『孔子家語《けご》』三恕《じょ》に「子路《しろ》孔子に問いて曰わく、此《ここ》に人有り。褐《かつ》を被《き》て玉を懐けば何如《いかん》、と。子曰わく、国に道無ければ、之《こ》れを隠すも可《か》なり、国に道あらば袞冕《こんべん》して玉を執《と》る、と」とある。顔淵・閔子騫は、孔子の弟子で、徳行のあった人。

入り口を開いて出て行き、四方の野外に近づき、高い所に登って思うところの賢人を心に思う。「登高」は、一つの習慣、節句である。

見れば丘の上の墓は岡の上を蔽《おお》うばかり。万年昔も今も、墓に入ってみな死ぬことを思えば、一時のことにすぎない。

考えてみると千秋万歳の後の死後、栄誉など消えてしまって行くところはないではないか。「千秋万歳後」、『戦国策』楚策に、楚王が「寡人《かじん》万歳千秋の後、誰と与《とも》にか此《これ》を楽しまん」といったとある。死をいう。

空しいものだ。そこで羨門《せんもん》のことが思い出され、その人のことで心に悟った。羨門のような仙人はすべて生死栄誉など超越して仙界に入った人。それを思うと、生死にこだわり、栄誉にこだわるわが身が愧《は》ずかしく、高だかと今自嘲する。

死は免れることはできぬし、栄誉を求めることなど問題にならないということを詠う。

詠懐詩（其十五）　詠懐《えいかい》の詩

独坐空堂上　独《ひと》り空堂《くうどう》の上《うえ》に坐す
誰可与歓者　誰《たれ》か与《とも》に歓《たの》しむ可《べ》き者ぞ
出門臨永路　門を出《い》でて永路《えいろ》に臨《のぞ》むも
不見行車馬　行く車馬を見ず
登高望九州　高きに登りて九州を望めば
悠悠分曠野　悠悠《ゆうゆう》として曠野《こうや》分《わ》かる
孤鳥西北飛　孤鳥《こちょう》は西北に飛び
離獣東南下　離獣《りじゅう》は東南に下《くだ》る
日暮思親友　日暮《にちぼ》親友を思い
晤言用自写　晤言《ごげん》して用《も》って自《みずか》ら写《のぞ》かん

〔九州〕中国全土。いにしえは中国を九つの州に分かった。〔悠悠〕広くはてしないさま。〔用〕以の意。〔写〕除く。ここでは憂いを除くこと。

〔韻字〕者・馬・野・下・写。

ただ一人、人気なき部屋に座っており、一緒に歓《よろこ》び語り合えるものは誰もいない。たえかねて門を出て長く続く道に近づいてみるが、行き交う車馬も見えない。「永路」は、長い路。一説に昔から今まである道。

さびしさのため、高い所に登って遠く果てまで望むと、はるかに広い野原が区切られて見える。眼に入るものは一羽の鳥が西北に飛んで行き、群れから離れた獣が東南に下り走っているさま。日が暮れてくると、さびしさのため親友のことが思われる。会って語り合い、大いにさびしさを除きたいものだ。

「晤言」は、向かい合って語る。『詩経』陳風・東門之池に「彼の美なる淑《しゅく》姫、与《とも》に晤言《ごげん》す可《べ》し」とある。孤独のさびしさに堪えきれず、親しき友人を求める。

晋

晋の文学

魏の明帝（二二六〜二三九在位）以降、司馬氏は権を専《もっぱ》らにし、司馬昭《しばしょう》は蜀を滅ぼし（二六五）、晋王に封ぜられ、子の司馬炎は魏帝の禅譲を受けて自立した（二六五）。すなわちこれが晋の武帝で、晋は十五年の後（二八〇）、呉を滅ぼして天下を統一した。以後、中原はやや小康状態を保ち得たが、文学にもその間、多少見るべきものがあった。文学が最も盛んであったのは太康《たいこう》年間（二八〇〜二九九）である。

司馬氏の諸帝には曹氏父子のような文学愛好はなかったが、五言詩は建安《けんあん》・正始《せいし》の詩人の提唱により、漸《ようや》く成勢の域に達した。作家も建安・正始よりはるかに多く、なかでも有名な代表作家はいわゆる三張二陸両潘一左である。すなわち梁《りょう》の鍾嶸《しょうこう》の『詩品《しひん》』に、

陸　機

太康中、三張二陸両潘一左、勃爾《ぼつじ》として復《ま》た興り、武《あと》を前王に踵《つ》ぐ。風流未《いま》だ沫《ばい》せず、亦《ま》た文章の中興《ちゅうこう》なり。

とあるのがそれである。また梁の劉勰《りゅうきょう》の『文心雕龍《ぶんしんちょうりょう》』時序篇には、太康詩壇の作家を次のように説明している。

晋は文ならずと雖《いえど》も、人才は実《まこと》に盛《さか》んなり。茂先《もせん》（張華《ちょうか》）は筆を揺《うご》かして珠《たま》を散らし、太冲《たいちゅう》（左思《さし》）は墨を動かして錦《にしき》を横たえ、（潘）岳《がく》・（夏侯《かこう》）湛《たん》は聯璧《れんぺき》の華《か》を曜《かがや》かし、（陸《りっ》）機《き》・（陸《りく》）雲《うん》は二俊の采《さい》を標《あらわ》し、応（貞《てい》）・傅《ふ》（玄）・三張（張載《ちょうさい》・張協《ちょうきょう》・張亢《ちょうこう》）の徒、孫《そん》（楚《そ》）・摯《し》（虞《ぐ》）・成公《せいこう》（綏《すい》）の属、並びに藻《そう》を結ぶこと清英にして、韻を流すこと緯靡《いび》なり。

これら太康の作風は建安・正始と比べると、前代は専ら意に重点を置いたのに対して、この時代は暫《しばら》く騈儷《べんれい》の方向に傾き、詞が美しくなってきている。『文心雕龍』明詩篇ではそれを「晋世群才、稍入軽緯」（晋世の群才、稍《ようや》く軽緯《けいい》に入る）と評している。

この他、更に注意すべきは、太康の詩人の共通点が消極的態度を以って世に処することで、当時、老荘を好み、清談を好む気風は、人生に対して無常を感ぜしめ、それは遊仙詩の流行となってあらわれている。

猛虎行　陸機

陸機《りっき》（二六一～三〇三）、字は士衡《しこう》。呉郡の人、祖父は遜《そん》、呉の丞相、父は抗《こう》、大司馬である。名門に生まれた。建安・正始に沈黙していた呉国の詩人が、この時代に一躍名を現わしたのは誠に注目すべきである。

若くして異才があり、呉が滅んだのを歎き、「弁亡論《べんぼうろん》」二篇を著わした。晋の太康（二八〇～二八九）の末、弟雲とともに洛陽に赴き、太常の張華に認められ、「呉を伐つの役、利は二俊を獲《え》たり」と言われた。

かくて張華の推薦により、累進して太子洗馬から著作郎となり、晩年成都王穎《えい》に仕え、平原内史となり、陸平原とも言われた。張華は彼の詩才を評して「人の文を為《つく》るや、常に才少なきを恨む。而《しか》るに子《し》は更に其の多きを患《うれ》う」と言われた天才的作家である。

彼は詩才のみならず、また経世の識見に優れていたことは、その著「弁亡論」、「五等諸侯論」によっても明白である。また将略にも優れていた。若くして父の部下を統率し、晩年には成都王の下に二十四万の大軍を都督した。

しかし、その才は優れていたにも拘《かか》わらず、人格は必ずしも高潔ではなかった。「弁亡論」においては、故国呉が晋に滅ぼされた際、その晋を「王師」、「大邦之衆」とたたえ、呉を乱臣と考える。また洛陽に在っては常に権門の間を游泳し、吾が利益をはかった。終わりに人の讒言により殺害されたのは、その節操の正しからざる故であろう。

彼はその代表作「文賦《ぶんぷ》」（文学論）において作品の理想を論じているが、彼の詩を見ると必ずしもその論の如《ごと》くではない。「詩は情に縁《よ》りて綺靡《いび》」（主観があってきれいに）と言いながら、その作「園葵《えんき》の詩」は陸雲も清工とほめ、当時の人士から賞せられた詩で、きれいな対句を並べたものであるが、情は欠けている。清の沈徳潜《しんとくせん》が「但だ塗沢（つやをつけること）に工《たくみ》なり」と評しているのは、蓋《けだ》し当を得ていると言うべきである。

また「文賦」において、陳腐であってはならぬ、と言う。さらに、昔人と暗合する時は、自分のものを捨てるべきだ、と言う。しかし、その「短歌行《たんかこう》」、「飲酒楽《いんしゅらく》」を見ると、魏の武帝の「短歌行」とほとんど同じ字句がある。このように彼の作はその理論のように行われておらず、その高名さに比べて、その作は必ずしも優れていない。ただし文学史上においては極めて注意すべき位置を占めている。すなわちそれは、

①対句が極めて精巧で、しばしば用いていることである。既に述べたように、魏の曹植以来、意識的に対句を用い、修辞に意を用いるようになったが、当時はまだ精巧とは言えなかった。また用い方も少なかった。しかし陸機に到ると、極めて精巧になり、しばしば用いられるようになった。このような傾向が後に斉梁文学を発展させて行くの

であり、陸機はその魁《さきがけ》である。

②初めて詠物詩を作っている。がんらい、詩は主観を詠うこと（言志）がよしとされてきた。しかし、魏において写景、写実の詩が現われてきた。かくて彼に到り、詠物詩となってきている。これはがんらい詠物的描写は賦において漢代から行われていたものが、詩に影響したものであろう。

③次に注意すべきは、七言体の詩が見られることである。すなわち、彼には「百年歌」十首なる詩があり、人間の一生を百年として十年を一期として十首にまとめたもので、内容は見るべきものではないが、七言体であることには注意すべきである。七言体の詩は曹丕の「燕歌行」に見られたことについては既述したが、以後見られなかったのである。彼の七言体の詩を見るに、あるいは四句、五句、あるいは六句、あるいは七句からなっていて短篇である。これらの短篇が後に斉梁の七言体詩の基礎となるのである。

④更に注意すべきは、「洛に赴く道中の作」に代表されるような写景詩が見られることである。これはやはり後の六朝山水詩の源ともなるのである。

弟の陸雲は（二六二〜三〇三）、字《あざな》を士龍といい、少《わか》くして兄機と名声を同じくする。官は清河《せいか》の内史《ないし》となった故、陸清河と世に称せられたが、兄とともに殺害される。現存の詩は特にみるべきものはないが、ただ現存詩二十四首中、十八首が四言詩であることは注意すべきである。例えば「鄭曼季《ていまんき》に贈る」詩四首は、歌功頌徳の詩であり、当時わずかに余命を残していた復古的傾向を示すものとして注意すべきである。

「猛虎行《もうここう》」には古辞が伝えられており、「飢うるも猛虎に従いて食せず、暮るるも野雀《やじゃく》に従いて棲《す》まず、野雀安《いず》んぞ巣無《な》からんや、遊子　誰《た》が為《ため》にか驕《おご》る」とある。陸機はこの古辞をふまえつつも、内容的にはそれを逆用して発展させている。高志を持つものほど世に重んぜられず、大いに悩むことが多いことを歌う。『文選』に陸機の楽府《がふ》を十七首収めるうちの第一首。

陸　機

猛虎行

渇不飲盗泉水
熱不息悪木陰
悪木豈無枝
志士多苦心
整駕粛時命
杖策将遠尋
飢食猛虎窟
寒棲野雀林
日帰功未建
時往歳載陰
崇雲臨岸駭
鳴条随風吟
静言幽谷底
長嘯高山岑
急絃無懦響
亮節難為音
人生誠未易

渇《かわ》けども盗泉《とうせん》の水を飲まず
熱《あつ》けれども悪木《あくぼく》の陰《かげ》に息《いこ》わず
悪木は豈《あ》に枝無《な》からんや
志士は苦心《くしん》多し
駕《が》を整えて時の命《めい》を粛《つつ》しみ
策《むち》を杖《つえ》つきて将《まさ》に遠く尋ねんとす
飢《う》えては猛虎の窟《あな》に食《く》らい
寒くしては野《の》の雀《すずめ》の林に棲《す》む
日は帰り功《こう》未《いま》だ建《た》たず
時は往《ゆ》きて歳《とし》 載《すなわ》ち陰《いん》なり
崇《たか》き雲は岸に臨《のぞ》んで駭《おこ》り
鳴る条《えだ》は風に随《したが》って吟《な》る
幽谷《ゆうこく》の底に静言《せいげん》し
高山の岑《みね》に長嘯《ちょうしゅう》す
急絃《きゅうげん》に懦《よわ》き響《ひび》き無く
亮節《りょうせつ》は音を為《な》し難《がた》し
人生誠《まこと》に未《いま》だ易《やす》からず

曷云開此衿　　曷《いず》くにか云《ここ》に此《こ》の衿《えり》を開かん
眷我耿介懐　　我が耿介《こうかい》の懐《おも》いを眷《かえり》み
俯仰愧古今　　俯仰《ふぎょう》して古今《ここん》に愧《は》ず

〔整駕〕車の出発の用意をすること。〔時命〕時代の任命。あるいは、その時の君の命。〔日帰〕日がしばしば西に帰ることで、日数がたつことをいう。一説に一年が経つこと。〔崇雲〕高い雲。〔駭〕起の意。〔急絃〕固く張った琴の絃。〔懦響〕低い音。〔耿介〕正義を守って独立するさま。
〔韻字〕陰・心・尋・林・陰・吟・岑・音・衿・今。

のどが渇くけれども、盗人の泉と名づけられたところの水は飲まない。暑くても悪い木と名づけられた木のかげには休息しない。「盗泉」は、泉の名。『尸子《しし》』に「孔子勝母《しょうぼ》に至りて暮れぬ。宿せずして盗泉を過ぎ渇《かっ》す。而《しか》も飲まざるは其の名を悪《にく》めばなり」とある。「悪木」は、木の名。『管子』の逸文に「夫《そ》れ士耿介《こうかい》の心を懐《いだ》きては、悪木の枝に蔭《いん》せず。悪木すら尚《な》お能《よ》く之を恥ず。況《いわ》んや悪人と同じく処《お》ることをや」とある。

悪と名づけられる木は何も枝がないわけではない。志を高く保つ人は、悪に染まらぬよういつも悩むものだ。だから、枝があっても、その木の下には休まない。「志士多苦心」、これは陸機の主旨で、彼は「悪」に染まらぬよう悩んでいたが、染まってゆく。その悪とは当時にあっては政治社会である。前の阮籍《げんせき》・嵆康《けいこう》はそれを脱するべく努力していたが、陸機の時代は政治悪にのめりこんでゆく。

車の準備をして君の命を慎んで受け、杖をついて遠く尋ねてゆこうとする。君命で目的地（都か）に出かけようとする。目的地で何か政治的仕事をしようというのであろう。

途中、飢えてくると猛虎の穴に食をさがして食べ、寒く凍えてくると野雀のすむ林の中に寝ることにする。苦しい旅路である。

太陽はしばしば西に沈んで日数を重ねても、功業はなかなか建てられない。時は経過して歳ははや秋冬の季節となってしまった。「陰」は、秋冬の季節。一説に暮れること。目的地に行っても功業が建てられず一年が暮れる。高い雲は崖のそばに湧き上り、騒ぐ木々は風のまにまに鳴っている。

不安の心を落ち着けるために、深い谷底で静かにものを思い、高い山の峰で長く嘯《うそぶ》いたりする。「静言」は、静かに思うこと。『詩経』邶《はい》風・柏舟に「静かに言《ここ》に之《こ》れを思ふ」とある。「言」は助字。

琴の高い絃の響きには弱い響きがないように、正しい節を持つものは、激しくたかぶるためになごやかな言葉は出しにくい。いつも激越の言葉を吐くものだ。「亮節難為音」、「亮」は信の意。貞信の節のある者は、言えば必ず慷慨するので、音を為し難いのだという。

この人の世はまことに渡りにくいものだ。どこでこの衿を開いてのびのびとすることができようか。「開此衿」は、心の憂さを晴らすことをいう。一説に、休息すること。

自分の高き志を守ろうとする懐いを省みるにつけ、俯仰して古今の賢者たちに恥ずかしい思いがする。なぜ俗世間を超越することができないのだろうか。陸機の現実の政治行動をとることへの反省である。現実の政治社会の中でとにかく高志を守ろうとして努力しているが、それが困難である。陸機の心の悩みの詩である。

赴洛道中作　　陸　機

「洛《らく》に赴く道中の作」は、呉から洛陽に旅立つときの作。二九歳頃の作。二首あるが、第一首は親しい人との別れのさびしさを、第二首は幾山河を越えての道中のさびしさを詠う。ここでは第二首を取り上げる。

赴洛道中作　　洛《らく》に赴《おもむ》く道中《どうちゅう》の作《さく》

遠遊越山川　遠く遊びて山川を越《こ》ゆ
山川修且広　山川修《なが》く且《か》つ広し
振策陟崇丘　策《むち》を振《ふ》って崇《たか》き丘に陟《のぼ》り
案轡遵平莽　轡《たづな》を案《あん》じて平《たい》らかなる莽《くさはら》に遵《したが》う
夕息抱影寐　夕《ゆう》べに息《いこ》いて影を抱《いだ》いて寐《い》ね
朝徂銜思往　朝《あした》に徂《ゆ》きて思いを銜《ふく》んで往《ゆ》く
頓轡倚嵩巌　轡《たずな》を頓《とど》めて嵩《たか》き巌《いわお》に倚《よ》り
側聴悲風響　聴《みみ》を側《そばだ》てば風の響《ひび》き悲し
清露墜素輝　清《きよ》き露は素《しろ》き輝《かがや》きを墜《おと》し
明月一何朗　明月　一《いっ》に何《なん》ぞ朗《あき》らかなる
撫枕不能寐　枕を撫《な》でて寐《い》ぬる能《あた》わず
振衣独長想　衣を振《ふ》って独《ひと》り長く想《おも》う

〔抱影〕『楚辞』哀時命から出る。孤独のさびしさを意味する。〔枕〕李善は「几」に作る。

〔韻字〕広・莽・往・響・朗・想。

遠く旅立って山川を越えてゆく。山川は長く遠く広々としている。
策を振って高い丘の上に陟り、たづなを抑えて平らな草原をゆく。対句。
夕方には映るわが影を抱くようにしてさびしく寝る。朝方には出発して物思いに沈んで出かけてゆく。対句。

たづなを止めて高い巌によりかかり、耳をそばだてると風の響きが悲しく聞こえる。対句。
見れば、清らかな露は白い光を地上におとし、空には明月がなんと美しく輝いていることよ。
枕をなでつつ寝つくことができない。着物をととのえて立ち上がり、ひとりいつまでも故郷を思い続ける。

悼亡詩　　潘　岳

潘岳《はんがく》（二四〇?～三〇〇）、字は安仁《あんじん》、滎陽中牟《けいようちゅうぼう》（河南省中牟県）の人。祖父も父も地方長官を務めた。幼時より奇童と称せられ、若くして秀才に挙げられる。武帝の泰始《たいし》中（二六五～二七四）、「藉田《せきでん》の賦」を作って才名一時に高く、これが人の嫉妬を買い、よって野に棲遅《せいち》すること十年、後、河陽《かよう》の令となり、やがて中央に入る。しかし、官位の進み方は意の如《ごと》くならず、その不平不満の意を述べたものが「閑居《かんきょ》の賦」である。時に五十を過ぎていた。彼は性軽躁《けいそう》であり、孫秀《そんしゅう》の怨みを買う。孫秀が趙王倫《りん》の中書令となるに及び、遂に、彼及び石崇《せきすう》、欧陽建《おうようけん》は、淮南王允《いん》、斉王冏《けい》を奉じて乱を為すと誣《し》いられ、捉えられて処刑され、三族も殺される。時に永康《えいこう》元年（三〇〇）であった。

彼は若くして姿儀美しく、洛陽で道に出れば、婦人たちは彼をとりまき、果物を投げ入れてその車はいっぱいになったという。時の文人張載《ちょうさい》は甚だ醜男で、彼が町を歩くと子供が石を投げこんだという話と対称的存在であった。また、当時夏侯湛《かこうたん》も甚だ好男子であり、潘岳と共に仲よく遊んだため、当時これを連璧《れんぺき》と呼んだ。また、その従子の潘尼《はんじ》と両潘と言われる。

彼は性軽躁にして利に走り易く、時の権力家、賈謐《かひつ》の家に出入りし、その機嫌を伺った。時にこの家に出入するものは、石崇、二陸、摯虞《しぐ》等二十四人、これを二十四友という。なかでも潘岳と石崇が一番賈謐に親愛され、また二人も買のために奔走した。しかし、官位は意外に進まず、不遇であった。かく軽躁であった彼も、今その作品を見ると、案外、意志薄弱、神経質の人となりの如《ごと》く思われる。

彼の作品には、感傷的作品が多く、現存する十八首の中、半数は悲哀の詩である。すなわち、「内顧（顧思）」二首、「悼亡《とうぼう》」三首、「哀詩」一首、「思子詩」等であり、就中《なかんずく》優れているのは悼亡《とうぼう》詩である。これは妻を失って一年たって作ったもので、その悲しみの真情を流露して、聊《いささ》かも虚飾なく、読者をして、作者の真情に触れしめるものがある。

「悼亡」とは、死者をいたみ悲しむ意味。この詩は、元康八年（二九八）頃死んだ妻を悼む詩。『文選』に三首収められている。ここにはその第一・第二首をあげた。五十歳すぎの作。同じく妻を悼む文章に「永逝《えいせい》を哀《かな》しむ文」があり、これも『文選』に収められている。

悼亡詩（其一）

荏苒冬春謝　　荏苒《じんぜん》として冬と春と謝《さ》り
寒暑忽流易　　寒暑忽《たちま》ち流れ易《か》わる
之子帰窮泉　　之《こ》の子窮泉《きゅうせん》に帰り
重壌永幽隔　　重《かさ》なれる壌《つち》は永《とこし》えに幽《ふか》く隔《へだ》つ
私懐誰克従　　私《ひそ》かに懐《おも》うも誰《たれ》か克《よ》く従わん
淹留亦何益　　淹留《えんりゅう》するも亦《ま》た何の益《えき》かあらん
僶俛恭朝令　　僶俛《びんべん》して朝令《ちょうれい》を恭《つつ》しみ
廻心反初役　　心を廻《めぐ》らして初役《しょえき》に反《かえ》る

潘岳

望廬思其人
入室想所歴
帷屏無髣髴
翰墨有余跡
流芳未及歇
遺挂猶在壁
悵怳如或存
周遑忡驚惕
如彼翰林鳥
双棲一朝隻
如彼遊川魚
比目中路析
春風縁隙来
晨霤承檐滴
寝息何時忘
沈憂日盈積
庶幾有時衰
荘缶猶可撃

廬《ろ》を望んで其《そ》の人を思い
室に入って歴《ふ》る所を想《おも》う
帷屏《いへい》には髣髴《ほうふつ》するもの無く
翰墨《かんぼく》には余跡《よせき》有り
流芳未《いま》だ歇《つ》くるに及ばず
遺挂《いかい》は猶《な》お壁に在り
悵怳《ちょうきょう》として存することと或《あ》るが如《ごと》く
周遑《しゅうこう》として忡《うれ》い驚き惕《お》ず
彼の翰林《かんりん》の鳥の
双《なら》び棲《す》むも一朝《いっちょう》にして隻《ひとり》なるが如《ごと》し
彼《か》の川に遊ぶ魚の
目を比《なら》べしも中路《ちゅうろ》に析《わか》るるが如《ごと》し
春風は隙《すきま》に縁《よ》って来《き》たり
晨霤《しんりゅう》は檐《のき》を承《う》けて滴《したた》る
寝息《しんそく》何《いず》れの時にか忘れん
沈憂《ちんゆう》日に盈《み》ち積《つ》む
庶幾《ねがわ》くは時有りて衰《おとろ》えんことを
荘缶《そうふ》　猶《な》お撃《う》つ可《べ》し

〔荏苒〕だんだんと時間が過ぎてゆくさま。〔窮泉〕深い泉の意で、地下をいう。黄泉。〔重壌〕幾重にも重なった土。〔幽隔〕遠く隔てる。〔私懐〕亡き妻を懐かしみ傷む気持ち。〔僶俛〕むりやり努めるさま。〔初役〕以前の官職。〔廬〕家。〔髣髴〕ぼんやりとした面影。〔流芳〕残っている香り。〔遺挂〕妻が生前愛用していたもので、壁などにかかっているものをいう。一説に「流芳」「遺挂」ともに上文の翰墨について言う、とする。〔悵怳〕心がぼんやりするさま。〔周遑〕驚き慌てるさま。〔惕〕おそれる。〔翰林鳥〕林に飛ぶ鳥。〔比目〕『爾雅《じが》』釈地に「東方に比目有り、比《なら》ばざれば行かず」とある。〔析〕分かれる。〔霤〕雨だれ。〔寝息〕ここでは、寝ているときもさめているときも、の意。〔沈憂〕深い憂い。
〔韻字〕易・隔・益・役・歴・有・壁・惕・隻・析・滴・積・撃。

月日はどんどん過ぎて、はや冬と春も去って行く。寒さも暑さも移り易《か》わってしまった。わが妻は黄泉（よみじ）に帰って行き、今は重なった土くれが永久に深く隔てている。ひそかに妻を思い続けていても、だれがいったいこの気持ちをわかってくれるだろうか。宋玉の「神女賦《しんじょふ》」に「情《こころ》に独り私《ひそ》かに懐う、誰者《だれ》にか語る可《べ》き」とある。

思い続けても何の甲斐もないので、心を引き締め朝命をつつしんで受け、思い返してもとの務めに帰ることにした。務めに出るにあたり、わが家を見れば、亡き妻のことが思われるし、部屋に入ると妻の動いたあとが偲ばれる。カーテンや屏風には、思い出させるもの、写る影はないが、筆墨には書きかけた跡が残っている。「余跡」は、字の書きかけ、あるいは、墨のすりかけのことを言う。

着物のよき香りはまだ消えていないし、生前にかけてあったものはまだ壁にかかっている。心うつろとなり妻がここに生きているのではないかと思い、思わずうろたえ、驚き慌てる。

思えば、今の私は、あの林の中を飛ぶ鳥のように、二匹《つがい》で並んで棲んでいたが、にわかに一匹になってしまった、そのような身である。

また、あの川に泳ぐ魚のように連れだって泳いでいたが、今は途中で別れてしまった、そのような身である。見れば、春の風は戸の隙間より吹き込んでき、朝の雨だれは軒端《のきば》より滴り落ちてくる。それにつけても、寝ても息《やす》んでも妻のことは忘れることはない。深い憂いは、日ごとに積も満ちてくるばかり。幸いにもしかるべき時にこの憂いが衰えてもらいたいものだ。もしそうなったならば、荘子の手にしたほとぎを出し、たたいて歌うことができるであろう。「荘缶猶可撃」、「荘」は荘子をさす。「缶」は酒を入れる壺。ほとぎ。『荘子』至楽に、荘子が妻の死んだ時、始めは嘆き悲しんでいたが、やがて、生死は一つの流れの仮の現象であることを悟り、盆を打って歌ったという。「荘子の妻が死んだ。恵子が弔ったところ、荘子は箕踞《ききょ》して、盆を鼓して歌っていた。恵子は『妻と一緒に暮らし、子供も一緒に育てた。死んだのを哭しても足りぬのに盆を打って歌うとはひどいではないか』と。荘子「それは違う。死んだのを悲しまぬことはない。死んだ時、自分は泣いたが、考えてみると、もともと生はないのだ。もともと形もないし、もともと気もないのだ。何かわからぬ間に気ができ、形となり生となるのだ。今、それが変わって死になったのだ。その変化は春夏秋冬の四時の移行と同じだ。妻は安らかに天地の巨室に寝ているのに、私が泣きわめいているのは、自然の「命」に通じないものだ。だからやめたのだ』」。

妻の形見の品をみて、その悲しみを歌う。

潘　岳

悼亡詩（其二）

皎皎窓中月　　皎皎《きょうきょう》たり窓中《そうちゅう》の月
照我室南端　　我が室の南端を照らす
清商応秋至　　清商《せいしょう》は秋に応《おう》じて至り

溽暑随節闌
凜凜涼風升
始覚夏衾単
豈曰無重纊
誰与同歳寒
歳寒無与同
朗月何朧朧
展転眄枕席
長簟竟牀空
牀空委清塵
空虚来悲風
独無李氏霊
髣髴覩爾容
撫衿長歎息
不覚涕沾胸
沾胸安能已
悲懐従中起
寝興目存形

溽暑《じょくしょ》は節に随《したが》って闌《らん》なり
凜凜《りんりん》として涼風升《のぼ》り
始め夏衾《かきん》の単《ひとえ》なるを覚《おぼ》ゆ
豈《あ》に重纊《ちょうこう》無しと曰《い》わんや
誰《たれ》と与《とも》にか歳《とし》の寒さを同じくせん
歳《とし》寒くして与《とも》に同じくする無く
朗月《ろうげつ》何《なん》ぞ朧朧《ろうろう》たる
展転《てんてん》して枕席《ちんせき》を眄《かえりみ》れば
長簟《ちょうてん》は牀《しょう》の空《むな》しきに竟《あまね》し
牀は空《むな》しくして清塵《せいじん》に委《ゆだ》ね
空は虚《むな》しくして悲風《ひふう》来たる
独《ひと》り李氏の霊《れい》無くも
髣髴《ほうふつ》として爾《なんじ》の容《かたち》を覩《み》る
衿《えり》を撫《ぶ》して長く歎息《たんそく》すれば
覚《おぼ》えず涕《なみだ》胸を沾《うるお》す
胸を沾《うるお》すこと安《いず》くんぞ能《よ》く已《や》まん
悲懐《ひかい》中《うち》従《よ》り起こる
寝興《しんこう》にも目に形を存し

遺音猶在耳
上慙東門呉
下愧蒙荘子
賦詩欲言志
此志難具紀
命也可奈何
長戚自令鄙

遺音《いおん》猶《な》お耳に在り
上は東門呉《とうもんご》に慙《は》じ
下は蒙《もう》の荘子《そうじ》に愧《は》ず
詩を賦《ふ》して志《こころざし》を言わんと欲《ほっ》す
此《こ》の志《こころざし》具《つぶ》さに紀《しる》し難《がた》し
命《めい》なるかな奈何《いかん》す可《べ》き
長く戚《うれ》へて自《みずか》ら鄙《いや》しから令《し》む

〔皎皎〕白く光るさま。〔南端〕室の南の入り口。〔溽暑〕湿気の多い暑さ。〔闌〕少し盛りを過ぎて衰えかかること。〔重纊〕厚い綿入れ。〔展転〕展転反側。ごろごろと寝返りをうつこと。〔眄〕横目で見る。〔長簟〕「簟」は竹であんだむしろ。たかむしろ。〔竟〕尽くす。ここではいっぱいに敷かれていることをいう。〔委〕まかせる。一説に、積もる。〔髣髴〕前の詩を参照。〔寝興〕ねてもさめても。〔蒙荘子〕蒙県出身の荘子。前の詩を参照。〔言志〕『書経』舜典に「詩は志を言う」とある。

〔韻字〕端・闌・単・寒」仲・朧・空・風・容・胸」起・耳・子・紀・鄙。

窓から見る月は白く輝いて、この私の部屋の南の入り口を照らしている。冷たい秋風は秋と共に吹いて来、蒸し暑さは時節のままに盛りを過ぎてしまった。対句。「清商」、「商」は五音「宮（土）、商（金）、角（木）、徴（火）、羽（水）」の一つで、つめたい秋の音である。寒々として冷たい風が吹き上がり、そこで夏の夜着のひとえであったことが感ぜられる。今、厚い綿入れがないわけではないが、それを共に着てこの歳の寒さをしのぐ人がいない。思えばさびしさでいっぱいである。

年の暮れの寒さに、一緒にしのぐ人もいない。ただ明月だけが白々と輝いている。それを見るにつれ、さびしくなる。

ねむれぬままに寝返りをうち、寝床を横目で見ると、長く敷いたむしろは、ベッドの人気の無いところに広くしいたまま。

ベッドは人のいないまま塵の積もるにまかせ、部屋は人気なく悲しい風が吹いてくるばかり。対句。

今、李夫人の霊のように、目《ま》のあたりに見える訳ではないが、ほのかにお前の姿が見える気がする。「独無李氏霊」は、君にあの李婦人のような霊がないわけではなく、の意。「李氏霊」とは『桓子新論《かんし》』などに見える故事にもとづく。漢の武帝が寵愛していた李婦人が死んだとき、方士の李少君《りしょうくん》がその霊をよびよせましょうといって、武帝をとばりの中に座らせると、別のとばりの中に李婦人の姿があらわれたという。

襟元をなでつつ長く歎息すれば、覚えず涙は胸元に落ちる。

胸をぬらすのをどうしてやめられようか、悲しい思いは胸の中より起こってくる。

寝ても起きても、目にはその姿が浮かんでくるし、妻の口にした言葉は、まだ耳に残っている。対句。

妻を偲《しの》び、やりきれぬ悲しみの気持ちでいっぱいであるが、それは、東門呉が子供の死を憂えなかった気持ちに比べて恥ずかしいし、蒙の荘子が妻の死を悲しまなった気持ちに比べて恥ずかしい。対句。「東門呉」とは、『列子』力命《りきめい》篇に見える人の名。魏の東門呉は自分の子供を亡くしたが悲しまなかった。宰相がそのわけを尋ねると、自分は子供ができるまえには悲しいことはなかった、いま以前の状態に戻っただけなので、何も悲しいことはない、と答えた。

詩を歌って自分の気持ちを述べようと思ったが、この自分の気持ちを十分に述べ尽くすことは難しい。

これも運命なんだ、どうしようもない、とあきらめようとするが、あきらめかねる。やはりいつまでも悲しみ、我とわが身を凡人にさせている。

涼しさにつのる思い、夜長につのるわびしさを歌う。

詠史詩　左思

左思（二五〇?～三〇五?）、字は太冲《たいちゅう》。斉国臨淄《りんし》（山東省臨博市）の人。寒門《かんもん》出身。彼は容貌は醜く訥弁で、交遊を善くしなかったが、博学能文であり、その辞藻は極めて壮麗であった。初め「斉都《せいと》の賦」を一年かかって作り、のち妹の芬《ふん》の宮中入りに従い、家を都（洛陽）に移す。このころ彼は「三都の賦」を作らんと志し、著作郎張載《ちょうさい》に岷邛《びんきょう》のことを尋ね、また、見聞広からざるをもって秘書郎を求めた。かくて門庭の藩溷《はんこん》（便所）に紙筆を備え、一句を得るごとに書きつけたと言う。かくて十年を費やして、「三都の賦」が完成する。太子中庶子皇甫謐《こうほひつ》は、ために序を書き、張載と劉逵《りゅうき》が、ために注を作り、衛瓘《えいかん》がまた略解を作る。張華《ちょうか》は見て「班（固）張（衡）の流」と嘆じたという。こうして名士が宣揚したため、豪貴の家は競って伝写し、洛陽はこのために紙の値が貴《たか》くなった。彼は賈謐《かひつ》と交っていたが、謐が誅せられた後、宜春里《ぎしゅんり》に退隠し、書を読んで暮らしていたが、泰安中（三〇二～三〇三）、張方《ちょうほう》が洛中を掠奪したため、家を冀《き》州に遷し、数年して疾で卒《しゅっ》す。

彼の詩で現存するものは十四首。「詠史」八首、「招隠」二首をもって最も優れているものと考える。その詩は、雄健駿邁《しゅんまい》にして、太康詩壇中、最も骨力あるものである。このほか彼には、「河陽《かよう》県の作」、「懐県に在りて作る」という紀遊詩がある。

「詠史詩《えいしし》」は「詠史」と題するが、阮籍の「詠懐」と同じく、歴史上の人物を借りて、自己の感懐を歌ったもので、歴史上の人物、事蹟を述べるものではない。「詠史」は後漢以来あるが、このような述べ方は左思に始まるといえる。

この詩を通じて言えることは、①自己の不遇を憤ることと、②富貴の世界を超脱することである。富貴を超脱する心を一方に持ちながら、彼は一方に経綸の才があり、それが達せられず不遇の憤懣となる。それはまたあくまで富貴の境界を超脱して、自らの心をその境遇に満足させる。この気力が表われたのが彼の詩である。「詠史詩」は、『文選』に八首収められているが、これはその第六首。

詠史詩

荊軻飲燕市
酒酣気益震
哀歌和漸離
謂傍若無人
雖無壮士節
与世亦殊倫
高眄邈四海
豪右何足陳
貴者雖自貴
視之若埃塵
賤者雖自賤
重之若千鈞

荊軻《けいか》は燕市《えんし》に飲み
酒酣《たけなわ》にして気は益《ま》すます震《ふ》るう
哀歌《あいか》 漸離《ぜんり》に和《わ》し
謂《おも》い傍《かたわ》らに人《ひと》無きが若《ごと》し
壮士の節《せつ》無しと雖《いえど》も
世《よ》と亦《ま》た倫《りん》を殊《こと》にす
高く眄《かえり》みて四海に邈《はる》かなり
豪右《ごうう》何《なん》ぞ陳《の》ぶるに足《た》らん
貴者《きしゃ》は自《みずか》ら貴《たっと》しというと雖《いえど》も
之《こ》れを視《み》ること埃塵《あいじん》の若《ごと》し
賤者《せんじゃ》は自《みずか》ら賤《いや》しというと雖《いえど》も
之《こ》れを重《おも》んずること千鈞《せんきん》の若《ごと》し

〔豪右〕豪族。いにしえは右を上位としたのでこういう。

荊軻は燕の盛り場で酒を飲み、酔いが回ってくると、気勢がいよいよ揚《あ》がっていた。「荊軻」は、戦国時代の衛の国の人。燕の太子丹《たん》のために、秦始皇帝を刺そうと試みたが、果たせず、殺される。『史記』刺客列伝に「荊軻酒を嗜《たしな》み、日《ひ》び狗屠《こうと》（犬殺し）及び高漸離《こうぜんり》と燕の市《いち》に飲む。酒酣《たけなわ》なる以往《いおう》、高漸離筑《ちく》を撃ち、荊軻和して、市中に歌い、相《あ》い楽しむ。已にして相《あ》い泣き、傍《かたわ》らに人無きが如《ごと》し」。とある。

荊軻の悲壮な歌は高漸離の琴に併《あ》わせてうたわれ、傍らに人がいないような気持でうたわれていた。「漸離」は、荊軻の友人。筑という琴に似た楽器を演奏するのが上手であった。

荊軻は壮士としての節操は果たすことはできなかったが、世の人々とは、比べものにならない存在であった。「雖無壮士節」、『史記』によると、荊軻は秦王を刺すために旅立つとき「風蕭蕭《しょうしょう》として易水《えきすい》（川の名）寒し、壮士一《ひと》たび去りて復《ま》た還《かえ》らず」と歌ったという。ここで「無壮士節」というのは、暗殺が失敗したからであろうか。あるいは、荊軻は左思の考えている壮士とは異なるのであろうか。

荊軻は世とはなれ高い立場で考え、それは世界の果てまで広く及んでいる。狭い世の中でいばっている強者なぞ問題にならない。

上流階級の貴族たちは、自分を貴いものと考えているが、荊軻からみるとそんなもの塵あくたのようなものだ。この二句は、荊軻の考え方を推して、自分の考え方をのべる。左思の人間観が出ている。

位の低いものは、自分を卑《いや》しいと思っているが、荊軻は、これを千鈞の重みのように重んじたのである。実に立派な人間だ。三千斤を一鈞という。近世では一斤は約六百グラム。南北朝前期ではその半分の重さ。

「詠史詩」八首は、全首、自らの不遇を説き、隠遁して運命に満足すべきだと説く。各首の内容は次のようである。

第一首は、中心人物はなく、自分の考え方をのべる。自分は文人であり、武人ではない。しかし兵法を修めたときもあり、国のために働きたいと思ったこともある。しかし、大功を収めても爵位を断わり、故郷の旧居に帰りたいと思っている。

第二首は、漢代の詩の言葉を使って、貴族の子弟は高位に昇るが、身分の低いものは英才でも登用されないと嘆く。

第三首、戦国の魯仲連《ろちゅうれん》が功をとげたが、官位の賞など問題にしなかったことをたたえる。

第四首は、漢の文学者、揚雄《ようゆう》が、都のくらしの中で、一人静かな住まいで大道を説き、文学を書いて、後世に伝えたことをたたえる。

第五首は、官位を求めるために滞在していた都から去り、世の中を捨てた許由《きょゆう》の行いにならいたいと説く。

第七首、賢才に登用の期がくるよう願う。

第八首、自分の与えられた運命に満足すべきだという。李斯《りし》、蘇秦《そしん》を引く。

招隠詩　　左思

『楚辞』に漢の淮南小山の作といわれる「招隠士《しょういんし》」なる作品があり、その内容は山沢に苦悩する隠士を招き出すというものであったが、四百年後の晋代における「招隠詩」は、隠士を仙境に訪ね、自分も隠士になろうと憧《あこが》れ、また、隠遁生活を歌う詩に変化している。左思の「招隠詩」は『文選』に二首収められており、これはその第一首である。

招隠詩

杖策招隠士　　策《つえ》を杖《つ》いて隠士《いんし》を招《まね》かんとす

荒塗横古今
巌穴無結構
丘中有鳴琴
白雪停陰岡
丹葩曜陽林
石泉漱瓊瑤
纖鱗亦浮沈
非必絲与竹
山水有清音
何事待嘯歌
灌木自悲吟
秋菊兼糇糧
幽蘭間重衿
躊躇足力煩
聊欲投吾簪

荒塗《こうと》は古今《ここん》に横たわる
巌穴《がんけつ》には結構《けっこう》無く
丘中《きゅうちゅう》には鳴琴《めいきん》有り
白雪は陰岡《いんこう》に停《とど》まり
丹葩《たんば》は陽林《ようりん》に曜《かがや》く
石泉《せきせん》は瓊瑤《けいよう》を漱《あら》い
纖鱗《せんりん》も亦《ま》た浮沈す
必ずしも絲《こと》と竹《ふえ》とに非《あら》ざるも
山水には清音《せいいん》有り
何《なん》ぞ嘯歌《しょうか》を待つを事《こと》とせん
灌木《かんぼく》自《みずか》ら悲吟《ひぎん》す
秋菊《しゅうきく》は糇糧《こうりょう》を兼《か》ね
幽蘭《ゆうらん》は重衿《ちょうきん》に間《まじ》わる
躊躇《ちゅうちょ》して足力《そくりょく》煩《つか》れ
聊《いささ》か吾《わ》が簪《しん》を投《とう》ぜんと欲《ほっ》す

〔策〕木の細い枝。〔結構〕家屋を建築すること。〔陰岡〕山の北側。〔丹葩〕赤い花。〔陽林〕山の南側の林。〔漱瓊瑤〕「瓊瑤」は宝石のことで、宝石のような小石を洗って流すこと。〔絲与竹〕絃楽器と管楽器。〔糇糧〕乾飯《ほしいい》。食糧。〔間重衿〕重ね合わせた衿に飾りとしてさす。〔躊躇〕世俗でぐずぐずしていたことをさすともいう。〔煩〕疲れる。〔簪〕冠をとめるためのかんざし。

〔韻字〕今・琴・林・枕・音・吟・衿・簪。

杖をついて隠者をこの世に招こうとした。「招隠士」は、『楚辞』の篇名となっている文字をそのまま用いているが、「招」の意味は変化して、「招隠」は「尋隠」の意味に近くなってきている。

途中の荒れた路は、古から今に至るまで変わらず横たわっている。「荒塗」とは、荒れた道をいう。世の中が乱れていることにたとえるともいう。「横古今」は、昔から今に至るまで、誰も通ったことはないようである、の意。「横」はふさがる、の意。

住まいの巌の穴の中には柱ぐみは無いが、丘のほとりでは鳴琴がかき鳴らされている。

白い雪は日かげの岡に積っており、赤い花は日なたの林に明るく咲いている。

巌を流れる川は玉の石を洗って流れ、細かい小さな魚も浮き沈み泳いでいる。

琴や笛が必ずしもあるわけではないが、山水には清音がある。美しい風景、自然の音楽がある。

この山中では、歌など歌わなくても、茂った木々はちゃんと悲しい調べを立ててくれる。

秋の菊は見るだけではなく、食糧がわりになるし、奥深いところの蘭は重なった衿にはさんで、アクセサリーとなる。誠に結構な所である。

今まで俗の世にぐずぐずしていて足の力が疲れてしまった。先ずは私の冠のかんざしを投げ捨てて、この山中に住みたいものだ。

美しい山中に隠遁したいと願う。隠遁賛美、その山中の美しさを賛美する詩。当時の隠遁観と自然観がみられる。

がんらい、この「招隠詩」は、漢の劉安《りゅうあん》の「招隠士」から起こる。それは、隠士をこの世に招いて仕えさせようとするものだが、いつのまにか、隠遁賛美が起こり、「招隠詩」は、隠者を招こうとして、自分もしたくなるという詩となり、それが晋代に流行する。張華《ちょうか》、張載《ちょうさい》、陸機《りっき》などにあり、さらにこれに反抗して、王康琚《おうこうきょ》の「反招隠詩」が出て、山中隠遁より人間本性のままに暮らせ、この世に反《かえ》れという。

答盧諶　劉琨

劉琨《りゅうこん》（二七一～三一八）、字《あざな》は越石《かっせき》。若い頃、石崇《せきすう》に認められ、やがてまた賈謐《かひつ》にも認められ、時の文人陸機《りっき》・潘岳《はんがく》とも交わった。二十四友の中の一人で、老荘を好む風流人でもあった。西晋の末の懐帝の時、并《へい》州刺史となり、北方の劉淵《りゅうえん》、その子の劉聡《りゅうそう》らと戦ったが、しだいに形勢が不利になり、并州を維持することができなくなって、幽州（河北省）の段匹磾《だんひってい》のもとに逃れる。段匹磾とともに晋室再興をはかったが、のち匹磾に憎まれて殺される。残っている詩文は多くはないが、どの作品にも強烈な愛国思想が貫かれている。

盧諶《ろじん》、字《あざな》は子諒《しりょう》。父の志《し》が劉琨《りゅうこん》と親しかったため、琨が并州の刺史となった時、その従事中郎となり、五年仕えた。段匹磾が幽州を支配した時、琨がそこに逃れ、磾も別駕として仕えることになる。この時、琨に手紙と詩を送る（『文選』巻二五）。その手紙は、自分が匹磾に仕えることをもと仕えていた琨に了解を求めたもので、詩（四言）も、劉琨に仕え、恩恵を蒙ったが、それに報いないうちに、匹磾に仕えなければならなくなった心の苦しさを訴え、琨の成功を祈っている。この書及び詩に答えて、劉琨は書と詩を送る（『文選』巻二五）。その書では、「人材がこの世に生まれたのは、世が必要とするからである。段匹磾という明主に出会ったのだから、力の限り尽くすべきだ」と激励する。

その詩は、世が乱れた際、力のない自分を頼ってきた盧諶の才をたたえ、ともに暮らした日々を懐かしみ、盧諶を愛《いと》おしむ気持ちがあふれている。『文選』は一首とするが、全体で八篇からなる。その第二篇がこれである。

答盧諶

天地無心
万物同塗
禍淫莫験
福善則虚
逆有全邑
義無完都
英蘂夏落
毒卉冬敷
如彼亀玉
韞櫝毀諸
芻狗之談
其最得乎

盧諶《ろじん》に答う

天地は心《しん》無く
万物は塗《みち》を同じくす
淫《いん》に禍《わざわ》いするは験《しるし》莫《な》く
善《ぜん》に福《ふく》するは則《すなわ》ち虚《むな》し
逆《ぎゃく》は邑《むら》を全《まっと》うする有り
義は都《みやこ》を完《まっと》うする無し
英蘂《えいずい》は夏に落ち
毒卉《どくき》は冬に敷《し》く
彼の亀玉《ききぎょく》の
櫝《ひつ》に韞《おさ》めて諸《これ》を毀《やぶ》るが如《ごと》し
芻狗《すうく》の談《だん》
其《そ》れ最《もっと》も得《え》たるかな

〔同塗〕差別がなく平等であること。〔逆・義〕逆賊と正義の人。ここでは劉聡と晋室をそれぞれさす。〔英蘂・毒卉〕美しい花びらと毒草。〔芻狗之談〕『老子』第五章の「万物を以って芻狗《すうく》と為す」をさす。「芻狗」は祭祀に用いる乾草で作った犬。

〔韻字〕塗・虚・都・敷・諸・乎。

天地は恵み深い心、人々を慈しむ心を失ってしまい、すべてのものは差別がなく、平等になって、乱れてしまった。

「天地無心」、天地は非情であることをいう。『老子』第五章に「天地は不仁にして、万物を以って芻狗《すうく》と為す。聖人は不仁にして、百姓《ひゃくせい》を以って芻狗と為す」とある。

罪悪に禍するということは明らかな印《しるし》はなく、逆賊劉聡が勝ち、善行に福が与えられることは嘘《うそ》となってしまい、善行の晋朝が敗れた。「禍淫」「福善」は、悪にわざわいすることと、善にさいわいすること。『書経』湯誥《とうこう》に「天道は善に福《さいわい》し、淫に禍《わざわい》す」とあるのをふまえる。

逆《そむ》くもの劉聡がその村里を全うすることができ、正しい道を踏むもの晋朝はその都を全うすることができない。

美しい花びらは夏にもかかわらず散るし、毒ある草は冬でも伸びている。

今は、あの亀の甲や宝の玉が、箱に収められたままこれを傷つけるようなものである。誰も助けるものがいない世の中だ。この二句は、『論語』季氏篇に見られる冉有《ぜんゆう》と孔子の問答の内容をふまえる。。季氏が顓臾《せんゆ》の国を攻めようとしていた。冉有と季路が孔子の前で、季氏が事を起こそうとしているというと、孔子は「顓臾の国は魯の中にある属国である。攻めるはずがない」という。冉有は「私たちは事を起こしたくないのに、あの方は望んでいる」という。孔子は「危ういときは補佐役がいるものだ。虎や野牛がおりから逃げ出し、亀の甲や玉が箱の中で壊れたら、誰の過《あやま》ちか、それは見張るもの（助けるもの）の責任ではないか」といった。

『老子』に言う「人々すべてを草で作った犬のごとく見る」の言葉こそ、最もよく当たっているものだ。

遊仙詩　　郭　璞

郭璞《かくはく》（二七六～三二四）、字《あざな》は景純《けいじゅん》。河東聞喜《かとうぶんき》の人。神秘主義的な面が強く、予言者としても有名であったが、博学の人で『爾雅《じが》』、『方言』、『山海経《せんがいきょう》』、『楚辞』などの注を作った。西晋滅亡後、江南に渡り、王導《おうどう》に仕えた。

占を好み、南に渡って王導《おうどう》の参軍となった時、卦をたてて、「公には震厄《しんやく》がある。西の方数十里に出ると、一柏樹があるから、身長くらいに截断して、常に寝るところに置いておけば、災難は消すことができる」と占った。王導はその言葉通りにすると、果たして数日後、地震があり、柏樹が粉砕されたという。

東晋の元帝の時、王敦《おうとん》の記室参軍であった彼は、その謀反に反対して殺される。四十九歳。詩賦ともに有名である。詩は三十二首伝わり、「遊仙詩《ゆうせんし》」十四首が代表作。王敦の乱が平定されて後、弘農《こうのう》太守を追贈される。『郭弘農集輯本』二巻がある。

「遊仙詩」は、仙界に遊ぶ詩である。『文選』では「遊仙」の項目があり、郭璞に先立つ詩人としては、晋の何邵《かしょう》（字《あざな》は敬祖《けいそ》）に同名の詩がある。すべて心を仙界に遊ばせ、世俗を超越する心情をうたう。これは漢代の神仙を慕う傾向の詩があり、やがて魏に入り、晋代に隠遁思想の流行、自然を楽しむ流行とともによく歌われるようになった。唐代になると「遊仙窟《ゆうせんくつ》」のように、婦女との恋情をつづる方向に変化する。郭璞の詩、『文選』には十四首中七首を収める。

「遊仙詩」は、仙界に遊んで仙人を慕い、世俗を超脱する心境を歌うものであるが、郭璞は己の不遇感情をうたい、時世を嘆くことが多い。阮籍《げんせき》の「詠懐詩《えいかいし》」と似ている。この第一首は乱れた官僚社会を去り、仙界のような山林で暮らすのがよいという感懐を歌う。

郭　璞

遊仙詩（其一）

京華游俠窟　　京華《けいか》は游俠《ゆうきょう》の窟《すみか》
山林隠遯棲　　山林は隠遯《いんとん》の棲《すまい》
朱門何足栄　　朱門《しゅもん》何《なん》ぞ栄《えい》とするに足《た》らん
未若託蓬莱　　未《いま》だ蓬莱《ほうらい》に託《つ》くに若《し》かず
臨源挹清波　　源《みなもと》に臨《のぞ》んで清波《せいは》を挹《く》み
陵崗掇丹荑　　崗《おか》に陵《のぼ》りて丹荑《たんてい》を掇《と》る
霊谿可潜盤　　霊谿《れいけい》にては潜《ひそ》かに盤《たの》しむ可《べ》し
安事登雲梯　　安《いず》くんぞ雲梯《うんてい》を登るを事《こと》とせん
漆園有傲吏　　漆園《しつえん》には傲吏《ごうり》有り
萊氏有逸妻　　萊氏《らいし》には逸妻《いっさい》有り
進則保龍見　　進めば則《すなわ》ち龍見《りゅうけん》を保ち
退為触藩羝　　退《しりぞ》けば藩《まがき》に触《ふ》るる羝《ひつじ》と為《な》る
高蹈風塵外　　風塵《ふうじん》の外《そと》に高蹈《こうとう》し
長揖謝夷斉　　長揖《ちょうゆう》して夷斉《いせい》に謝《しゃ》せん

〔京華〕花の都。〔窟〕がんらいは、洞窟のことであるが、ここでは遊俠者の出入りするところという意味。〔朱門〕富貴の者の家。〔蓬莱〕東海中にあるといわれている神山。〔挹〕くむ。〔潜盤〕ひそかに楽しむこと。〔登雲梯〕升天して仙人になることをいう。一説には高位高官にのぼることという。〔漆園有傲吏〕「傲吏」は傲慢な小役人。荘子のことをいう。

『史記』老荘伝に「荘子は蒙の漆園の小役人であったとき、楚の威王が引き立てようと迎えに来たが、使者に向かって『すみやかに立ち去れ、我を汚すな』と退けた」とある。〔萊氏有逸妻〕「萊氏」は老萊子《ろうらいし》のこと。「逸」は優れるの意。劉向《りゅうきょう》『列女伝』によれば「農夫となって世をのがれていた老萊子のところへ楚王が来て出仕を求めた。老萊子はすぐに承諾したが、妻は『乱世に世に出ると、人からおさえられるだけです』と言って、モッコを投げ捨てて去っていった。老萊子もあとからついて行った」とある。〔風塵〕世俗。〔謝〕あいさつをおくる。〔夷斉〕伯夷・叔斉のこと。伯夷《はくい》・叔斉《しゅくせい》は周の武王が殷を伐とうとしたとき諫《いさ》めたが聞きいれられず、周が天下をとった後は、周の粟《ぞく》を食《は》むことを恥じて首陽山に隠れ、薇《わらび》をとりながら生活し、餓死したという。『史記』伯夷列伝に見える。

〔韻字〕棲・萊・荑・梯・妻・羝・斉。

都は遊侠（男だて、勇み肌の人）の巣窟であり、山林は隠遁者（宮仕えを逃れた人）のすみかである。この二句は、彼の時世に対する感慨を述べる。

高官の家、高貴の位はなにもありがたいものではない。それよりも、蓬萊の島（仙山。東海中にある三神山の一つ）に身を託した方がよい。ここでは、彼の神仙家としての考えが出ている。

さて、その仙山にも等しい山水を尋ね、川の上流に近づいて、清らかな波立った水をくんで飲み、山の岡に登って丹芝の若葉をとって食用にする。命長らえる思いである。神仙家として不老長寿を心がける。深い山水の美しい景色を想像させる。従来の詩人にはこのような表現は見られない。こうした隠遁者が現われ、その住む山水を描写したために現われたもの。「丹荑」は、丹芝という霊草の若芽をいう。これを服用すると寿命が延びるという。「芝」はキノコの類。

また、霊谿のごとき谷川に行けば、そこは自分ひとりでひそかに楽しむことができる。まるで仙境のような気がする。何で雲梯で天に昇り、仙人のすみかに行く必要があろう。「霊谿」は、谷川の名。庾仲雍《ゆちゅうよう》の『荊州記《けいしゅうき》』によると、「大域の西九里に霊谿水・雲梯有り。仙人天に昇る。雲に因《よ》って昇る。故に雲梯と曰《い》う」とある。「安事登雲梯」は、高位につく必要はないと暗に言う。

仙境のような山水で暮らすことこそ大切で、官職など問題にならない。その昔、官職を無視した例がある。漆園には傲慢な小役人（荘子のこと）がいて、よい官位にも見向きもしなかったし、老萊子には優れた妻がいた。いずれも世俗を無視し、我が道をゆく人たちである。

進んで仙界を求めると、大人の徳を守って安穏に暮らせるが、退いて俗界にいると、垣根に触れて進退窮まる事になる。「進」は仙を求めることで、「退」は俗にいること。「龍見」は、『易』乾《けん》卦の「見龍 田に在り、大人を見るに利あり」による言葉。また、「触藩羝」は、『易』大壮卦の「羝羊 藩に触れ、退く能《あた》わず、遂《すす》む能《あた》わず」による言葉。

世俗の外に超越して遊び、小節にこだわる伯夷・叔斉のような世俗的な人々にもあいさつして別れよう。伯夷・叔斉も世俗に拘わる人として否定する。これは、老荘の影響であり、従来の隠遁には見られない、全く世俗（官界）を否定した考え方。

遊仙詩（其二）

青谿千余仞　　青谿《せいけい》は千《せん》余《よ》仞《じん》
中有一道士　　中に一道士《どうし》有り
雲生梁棟間　　雲は梁棟《りょうとう》の間《かん》に生じ
風出窗戸裏　　風は窗戸《そうこ》の裏《うち》に出《い》ず
借問此何誰　　借問《しゃもん》す此《こ》れ何誰《なんびと》ぞやと
云是鬼谷子　　云《い》う是《こ》れ鬼谷子《きこくし》なりと

翹跡企潁陽
臨河思洗耳
閶闔西南来
潜波渙鱗起
霊妃顧我笑
粲然啓玉歯
蹇修時不存
要之将誰使

跡《あと》を翹《あ》げて潁陽《えいよう》に企《た》ち
河《か》に臨《のぞ》んで耳を洗わんことを思う
閶闔《こうりょ》は西南より来《き》たり
潜波《せんぱ》は渙《かん》として鱗《うろこ》のごとく起こる
霊妃《れいひ》は我を顧みて笑い
粲然《さんぜん》として玉歯《ぎょくし》を啓《ひら》く
蹇修《けんしゅう》は時に存せず
之《こ》れを要《むか》えんとし将《は》た誰《たれ》をか使わん

〔青谿〕荊州臨沮《りんしょ》県にある山。そのそばに道士の精舎があったという。〔仞〕一仞は八尺。また七尺あるいは四尺ともいう。〔翹跡〕足をあげる。かかとをあげる。〔企〕つまだって遠くを見ること。〔閶闔〕天上界の紫微《しび》宮の門の名であるが、ここでは、その方向すなわち西から吹いてくる風の意味に使ってある。〔潜波〕さざ波。〔渙〕『易』渙卦に「風、水上を行くは渙なり」とある。〔鱗起〕魚の鱗のように起こること。

〔韻字〕士・裏・子・耳・起・歯・使。


青谿の山は高く千余仞もあり、その中に一道士が住んでいる。「道士」とは、古くは有道の士という意味であったが、後には道教の僧の意になった。ただし、ここでは仙道を求める人というぐらいの意味。

梁棟のほとりから雲がわき起こり、窓の間には風が吹いている。

ここに住んでいる人は誰かと聞けば、鬼谷子であるという。「鬼谷子」は、戦国時代、青渓の鬼谷に住んだ隠者。縦横家の蘇秦《そしん》の師であったと言われる。

この人は足をあげて潁川《えいせん》の北につまだって遠く眺め、その川辺《かわべ》で許由《きょゆう》のように俗事で汚れた耳を洗い、世俗を超越しようとする。「潁陽」は、潁川の北側、許由の住んでいたところ。「洗耳」は、堯が許由に天下を譲ろうとしたところ、許由は耳が汚れたとして潁川の水で洗ったということをいう。

天上からの風は西南より吹き、さざ波はきらきらと鱗のように起こってくる。

洛水の女神《めがみ》は私を顧みて笑い、きらきらと玉の歯を開いてみせる。仙境を想像していう幻想的世界。「霊妃」とは、伏妃《ふくひ》のこと。伝説上の帝王である伏羲《ふくぎ》氏の娘で、洛水に落ちておぼれ死に、女神になったという。いわゆる洛神。

残念ながら、蹇修のような立派な仲人《なこうど》は今いない。この霊妃を迎えるのに誰を使ったらよいのだろうか。「蹇修」は、伏羲氏の臣下であるが、古く仲人の意で用いられる。『楚辞』離騒《りそう》に「吾《われ》 蹇修をして以《も》って理を為《な》さしめん」とある。

帰園田居　陶淵明

陶淵明《とうえんめい》（三六五～四二七）、字《あざな》は元亮《げんりょう》。一説に、名が潜《せん》で字が淵明であるという。諡《おくりな》を靖節《せいせつ》先生という。

彼の一生は大体三つの時期に分かれる。生まれてから二十九歳までは、農耕に従事して、読書に専念している時期である。ついで四十一歳までは、下級官吏に従事して、宮仕えした時代である。ついで六十三歳でなくなるまでは仕官をやめて、郷里で農耕をして田園生活をした時代である。

生まれ故郷は、潯陽《じんよう》柴桑《さいそう》（江西省九江市の西南）。北に長江《ちょうこう》、東に廬山《ろざん》の名岳を望み、鄱陽湖《はようこ》を控え、風光明媚の地で、長江を下ると、首都建康《けんこう》（南京）も近い。

曾祖父は晋の大司馬《だいしば》陶侃《とうかん》である。祖父も父も太守のような官についたことがあり、母は征西大将軍孟嘉《もうか》の娘である。

門閥をとうとぶ当時としては、家柄もよかったが、淵明の頃には家は貧乏で、没落貴族の子として育つ。

青年時代には功業を立てる志もあり、また生活上の理由もあって、いく度か出仕し地方官や参謀などを歴任した。しかし、若い頃抱いていた抱負も裏切られ、士族社会の汚濁にたえきれず、四十一歳のとき、故郷に近い彭沢《ほうたく》県の令（長官）を最後に官界を去った。帰隠して後はみずから耕作をしながら、田園生活を歌い、社会の矛盾をするどく指摘する詩を書いた。田園詩人・隠逸詩人といわれる。魯迅《ろじん》は「魏晋の風度および文章と薬および酒との関係」の中で、「陶淵明は世俗を超越することはできなかった。そればかりか政治にいつも関心を持っていた。また死を忘れることはできなかった」という。

陶淵明の生きた時代は、北から五胡の侵入を受け、内は軍閥が跋扈《ばっこ》し、東晋の勢力は日に日に衰えていった。淵明三十一歳の頃、軍閥の桓玄《かんげん》が台頭し、時の政治の実権を握る。会稽《かいけい》王司馬道子《しばどうし》を殺し、天子の位を譲られ、安帝を潯陽に移した（元興二年・四〇三）。これに対して軍閥の雄、劉裕《りゅうゆう》は兵を起こして桓玄を滅ぼし、晋室を回復した。しかし、政治の実権は劉裕の手に帰し、劉裕はやがて晋の禅譲を受けて宋王朝を建てる（淵明五十六歳の時）。淵明は、桓玄にも劉裕にも生活のため仕えたことがあったが本意ではなく、四十一歳の頃、彭沢の令を最後に、官をやめて故郷に帰った。

この時代は政局不安定の時代であり、老荘の学が歓迎され、清静、恬淡《てんたん》、無為自然《むいしぜん》、死生一如《しせいいちじょ》の考え方が喜ばれた。これに仏教、神仙の思想が加わり、それらの融合したものが、当時の人々の考え方でもあった。

淵明の前後には文化人が輩出している。書家の王羲之《おうぎし》は、彼が十五歳の時に死に、画家の顧愷之《こがいし》は彼が二十二歳の時生まれた。山水画家の宗炳《そうへい》は十一歳の時に生まれている。詩人郭璞《かくはく》は彼の生まれる四十年前に死に、玄言《げんげん》詩人孫綽《そんしゃく》、許詢《きょじゅん》は、彼の幼年時代には生きていた。同時代の詩人に謝霊運《しゃれいうん》、謝恵連《しゃけいれん》、顔延之《がんえんし》、鮑照《ほうしょう》がいる。僧支遁《しとん》、鳩摩羅什《くまらじゅう》、慧遠《えおん》がいる。歴史家裴松之《はいしょうし》、『世説新語《せせつしんご》』の編者劉義慶《りゅうぎけい》がいる。

後世の文人は、陶淵明を慕い、故郷である栗里《りつり》（廬山南西の星子県の西）を訪れている。例えば、唐・白楽天《はくらくてん》は、江州司馬（副知事）の時に訪れ、「籬《まがき》の下の菊を見ず、但だ墟中《むらなか》の烟を余すのみ。子孫　聞く無しと雖《いえど》も、族氏　猶お未《いま》だ遷《うつ》らず。姓陶なる人に逢《あ》う毎《ごと》に、我が心をして依然《いぜん》たらしむ。」（「陶公の旧宅を訪う」）と言い、南宋・朱子《しゅし》も南康《なんこう》軍（星子県）知事の時、古里を訪れて「谷中に巨石有り。是《こ》れ陶公の酔うて眠りし処《ところ》なりと相《あ》い伝う。予　嘗《つね》に往《ゆ》き遊びて之《こ》れを悲しむ」（「顔魯公が栗里の詩に跋す」）と言っている。

「帰園田居」は、陶淵明が東晋の安帝の義熙《ぎき》元年（四〇一）八月に、故郷に近い彭沢県（江西省湖口県の東）の令を八十余日で辞任し、故郷柴桑での田園生活に帰った、その翌年に書かれたとされている。この時の心境を辞職して間もなく書いたのが、退官宣言文とも言うべき「帰去来《ききょらい》の辞《じ》」である。五首連作のうち、ここでは、第一、三首を取り上げる。

帰園田居（其一）　園田《えんでん》の居《きょ》に帰る

少無適俗韻　少《わか》くして俗に適《かな》うの韻《さが》無く
性本愛邱山　性　本《もと》もと邱山《きゅうざん》を愛す
誤落塵網中　誤って塵網《じんもう》の中《うち》に落ち
一去三十年　一《ひと》たび去って三十年
羈鳥恋旧林　羈鳥《きちょう》は旧林《きゅうりん》を恋い
池魚思故淵　池魚《ちぎょ》は故淵《こえん》を思う
開荒南野際　荒れたるを南野《なんや》の際《きわ》に開かんと
守拙帰園田　拙《せつ》を守って園田に帰る

方宅十余畝
草屋八九間
楡柳蔭後簷
桃李羅堂前
曖曖遠人村
依依墟里煙
狗吠深巷中
鶏鳴桑樹顚
戸庭無塵雑
虚室有余間
久在樊籠裏
復得返自然

方宅《ほうたく》は十余畝《ほ》
草屋《そうおく》は八九間《けん》
楡柳《ゆりゅう》は後簷《こうえん》を蔭《おお》い
桃李《とうり》は堂前《どうぜん》に羅《つら》なる
曖曖《あいあい》たり遠人《えんじん》の村
依依《いい》たり墟里《きょり》の煙
狗《いぬ》は深巷《しんこう》の中《うち》に吠え
鶏は桑樹《そうじゅ》の顚《いただき》に鳴く
戸庭《こてい》に塵雑《じんざつ》無く
虚室《きょしつ》に余間《よかん》有り
久しく樊籠《はんろう》の裏《うち》に在《あ》りしが
復《ま》た自然に返るを得《え》たり

〔適俗〕世俗に適応する。〔韻〕もちまえ。性格。六朝の頃は性質の意で使われる。〔邱山〕おかや山。ここでは自然というほどの意味。〔塵網〕よごれた束縛。世俗のわずらわしさ。〔羈鳥〕「羈」は羈旅《きりょ》の意で、旅の鳥。〔守拙〕世わたりの下手なことを大切に守りとおす。〔十余畝〕「畝」は面積の単位。六尺の長さを歩といい、百歩四方を畝という。近世では約六アール。陶淵明の時代はそれより少しせまかった。〔八九間〕八九室。「間」は家の柱と柱の間を数える単位。〔曖曖〕暗くて、ぼんやりとかすんで見えるさま。〔依依〕懐かしげなさま。〔墟里〕村落。〔深巷〕奥まった路地。〔樊籠〕鳥かご。

〔韻字〕山・年・淵・田・間・前・煙・顚・間・然。

若い頃から世俗にふさわしい性格を持っておらず、本性はもともと山々が好きであった。ここは、自分の性格の反省である。

世俗の塵のかかった網の中に、誤って落ちこんで、落ちこんでから十三年になる。「誤」は、自分の意志でなくの意。「塵網」は、仕官したことをさす。漢・東方朔《とうぼうさく》「友人に与《あた》うる書」にある。「三十」は「十三」の誤り。最初に仕官してから（二十九歳）、彭沢県の令をやめるまで（四十一歳）ちょうど十三年。この間に四、五回官に就いたりやめたりしている。「一」は、〜すると、してからの意。「去」は、仕官に出かけて行ってからの意。

旅にある鳥は古巣の林が慕わしく、池に泳ぐ魚はもとの川の淵が思い出される。そのように、自分は故郷が懐《なつ》かしく思い出された。この表現は、陸機《りっき》「従兄《じゅうけい》車騎《しゃき》に贈る」詩の「孤獣《こじゅう》は故藪《こそう》を思い、離鳥《りちょう》は旧林《きゅうりん》を悲しむ」に基づく。同じ考えに「古詩十九首」其一の「胡馬《こば》は北風に依《よ》り、越鳥《えっちょう》は南枝に巣《す》くう」（本書「古詩十九首」其一）がある。

廬山の南の野原を開墾すべく、世渡り下手な性格を守りとおし続けて田園に帰ってきた。ここは懐かしい故郷に帰ってきたことを言う。「荒」は草に荒らされていること。「南野」は廬山の南。「守拙」の「拙」は彼のしばしばいうところで、世渡り下手、要領の悪いことをさす。

四角の家は、広さは十畝余り、草葺《くさぶ》きの家は八、九間ある。広くなく狭くなく普通の住家である。

楡《にれ》と柳が後ろの軒を覆っている。桃や李《すもも》が家の前に立ち並んでいる。ここは周囲の環境、家の前後の植物について言う。これは当時植えられていたもので、特別なものではない。ただ彼の眼はこうした何でもない自然に及び、自然を慈しむ眼で見ている。こんな風景に関心のない詩人が普通である。

ぼんやりと遠くに住む人の村が見え、なよなよと慕わしげに村里のかまどの煙がたっている。のんびりとした農村風景を言う。「煙」は、もやとする解もある。

犬は村の奥の小路で吠えているし、鶏は桑の木のてっぺんで鳴いている。まことにのどかな農村風景である。この二句は、古楽府《こがふ》「鶏鳴」の「鶏は鳴く　高樹の巓《いただき》、狗《いぬ》は吠ゆ　深宮の中《うち》」をもとにする。この句を意識して、まことにあの通りだというのかも知れぬ。

門戸の中の庭には塵のような汚れたもの雑然としたものもなく、人気なき部屋には、十分なゆとりがある。役人生活の時代と異なって、雑多なものも人の出入りもなく、ひまなものである。

鳥かごの中に久しく暮らしていたが、また自然の、作為のない状態に返ることができた。これは、現在の心境である。前には「塵網」と言い、ここでは「樊籠」と言うが、いずれも役人時代の束縛された生活をさしている。桓玄《かんげん》、劉裕《りゅうゆう》の参謀として仕えた、強制された生活から解き放たれた、自由な生活を「自然」と言っている。「自然」とは、『老子』第二十五章に「人は地に法《のっと》り、地は天に法《のっと》り、天は道に法《のっと》り、道は自然に法《のっと》る」とあるように、万物の究極のものであり、人為を加えない「自《おのずか》ら然《しか》る」ものである。「返」はもとへ返る、本来の所に帰ること。

官吏生活に比して新鮮な味を感じ、田園の静かな住まいと、自由な生活の喜びを歌う。束縛された生活から脱し、自由の身になった時、眺めた故郷の田園風景である。今までもあったものであるが、この時の淵明の目に新鮮に映ったのであろう。

フランスのジャン・ジャック・ルソー（一七一二〜一七七八）が、不自然な社会を嫌って、美しい自然に親しみ「自然に還れ」と叫んだのも、ほぼ淵明と同じ意味である。ただヨーロッパでは十八世紀となって、こうした主張が現れ、東洋よりはなはだ遅い感がする。

帰園田居（其三）　園田の居に帰る

種豆南山下　豆を南山の下《もと》に種《う》う

草盛豆苗稀
晨興理荒穢
帯月荷鋤帰
道狭草木長
夕露霑我衣
衣霑不足惜
但使願無違

草は盛んにして豆苗《とうびょう》　稀《まれ》なり
晨《あした》に興《お》き荒穢《こうあい》を理《おさ》め
月を帯《お》び鋤《すき》を荷《にな》いて帰る
道は狭《せま》くして 草木 長《ちょう》じ
夕露《せきろ》は我が衣《ころも》を霑《うるお》す
衣は霑《うるお》うも惜《お》しむに足《た》らず
但《た》だ願いをして違《たが》うこと無からしめよ

〔南山〕陶淵明の住んでいた柴桑の南にある廬山のこと。〔荒穢〕雑草で荒れた畑。〔願〕豆の生育を願う気持ち。裏には帰耕の生活に対する願いが含まれているともいう。

〔韻字〕稀・帰・衣・違。

豆を廬山の麓に蒔《ま》いたところ、草が盛んに生えて豆の苗があまり芽を出さない。『漢書』楊惲《よううん》伝によると、楊惲は上司とけんかして故郷に帰り、百姓をしていたが、酒を飲んで「南山を耕したが草が生えてだめ、一頃《いっけい》（約四六〇アール）の豆をまいたが、みな落ちて実らぬ、人生は楽しむことが必要、富貴を待つもいつのことやら」と憤懣をぶちまけている。曹植《そうしょく》「種葛《しゅかつ》篇」に「葛を南山の下に種《う》う」といって、女性の身に託して不遇を詠う。このことから、淵明自身仕官して思うようにいかぬことを詠ったものか。

朝早く起き、荒れた畑の雑草を刈り取る。一日働いて月の出とともに鋤《すき》を背負って家に帰る。「帯月」は実景で、唐詩を思わせる新鮮さがある。

帰る道中の道は狭く、両側の草木は生い茂り、通ると夕べの露が私の着物を濡らす。

着物が濡れるのは惜しくはないが、豆や農作物が成長してくれという願いにはずれぬようにしてもらいたいものだ。この詩は、何か思うように行かぬ事態があり、そこで年来の願いである、自由の生活を続けさせてもらいたいと言っているように感じられる。願いを妨げるものは、心の問題か、役人になれという勧誘かは、わからない。

飲酒　陶淵明

がんらい二十首の連作である。陶淵明の四十歳からあまり遠くない時期の作とも、五十三歳頃の作ともされる。これには序文がついていて、「自分は宮仕えをやめて、必ずしも満足している生活ではない。しかもこの頃は夜長である。自分の心をいやしてくれるものは名酒であり、毎晩飲んでいる。我が影を顧みて飲み干して、酔ってしまう。酔ってから数句の詩を作り、楽しんでいるが、それがだんだんたまった。別に順序はない。友人に頼んで写してもらい、慰みにしようと思っただけである」という。「飲酒」と題しているが、すべてに酒が詠じられているのではない。軍閥、農民、知識人たちの交錯する社会における感想と思想を述べる。ここには第五・七首を取り上げた。この二首は『文選』に「雑詩」として載せられている。

飲酒（其五）

結廬在人境　廬《いおり》を結んで人境《じんきょう》に在り
而無車馬喧　而《しか》も車馬の喧《かまびす》しき無し
問君何能爾　君に問う　何《なん》ぞ能《よ》く爾《しか》るやと
心遠地自偏　心遠ければ　地　自《おのず》ら偏《へん》なりと

采菊東籬下
悠然見南山
山気日夕佳
飛鳥相与還
此中有真意
欲辨已忘言

菊を采《と》る東籬《とうり》の下《もと》
悠然《ゆうぜん》として南山を見る
山気《さんき》　日夕《にっせき》に佳《よ》く
飛鳥は相《あ》い与《とも》に還《かえ》る
此《こ》の中《うち》に真の意有り
辨《べん》ぜんと欲《ほっ》して已《すで》に言を忘る

〔結廬〕家をかまえる。〔車馬〕官吏が車馬で訪問することをいう。〔君〕陶淵明自身をさす。〔見〕『文選』では「望」の字になっている。菊をとってふと南山が目に入ったのであって、わざわざ「望む」のではないから「見」の方がよい、というのが宋の蘇軾《そしょく》の意見である（『東坡志林《とうばしりん》』）。〔南山〕前の詩を参照。〔日夕〕ここはあさなゆうなという意味ではなく、夕方。〔真意〕「真意」は、吉川幸次郎博士の説では、真実へのきざしの意で、William Acker 翁の英訳では A hint of truth とするという（『陶淵明伝』）。〔辨〕分析して言う。「辯」の字になっているテキストもあるが、どちらも通用する。

〔韻字〕喧・偏・山・還・言。

家を作って村里の中に住んでいるが、しかし役人の車の出入りもなく静かだ。「人境」は人の住んでいる所。淵明の住居は山中にあったのではない。

君にお聞きするが、何でそうなっているのか。我が心が世俗を超越すると住む土地もそれなりにへんぴな所になるものだ。第三句は、自問である。

東の籬《まがき》の所で菊を採って生活に用いる。その時見るとはるかに南山なる廬山が見える。世俗を忘れる美しい風景である。この句は、夏目漱石『草枕《くさまくら》』の冒頭にも引かれる。

山の気配は、この夕方になると美しく、飛ぶ鳥が連れだってねぐらに帰って行く。「佳」とは、六朝の用語で、非常にいいという場合によくこの字を使う。夕方の何気ないのどかな風景である。このような毎日見慣れている何気ない農村風景に注目するのは、淵明が初めてである。

此の美しい景色の中に真実がこめられている。はっきりさせようとしたが、もう言葉を忘れてしまった。真実を会得してしまえばそれでよいのだ。何気ない自然に「真」があると宣言する。「真」は、真実、道、法則の意味で、当時流行の老荘思想に基づく。淵明は詩中にしばしば用いる。「真意」は真実の気持ち。最後の句は、『荘子』にもとづく。外物《がいぶつ》篇に「筌《せん》は魚を在《とら》うる所以《ゆえん》、魚を得て筌を忘る。蹄《てい》は兎を在《とら》うる所以《ゆえん》、兎を得て蹄を忘る。言《げん》は意を在《とら》うる所以《ゆえん》、意を得て言を忘る。吾れ安《いず》くにか夫《か》の忘言の人を得て之《こ》れと言わんや。」とあり、言語は方便のもので、心に会得すれば必要でなくなることをいう。また知北遊《ちほくゆう》篇にも「狂屈《きょうくつ》曰わく、唉《ああ》、予《われ》之《こ》れを知れり、将《まさ》に若《なんじ》に語らんとす、と。言わんと欲するに中《なかば》に、而《しか》も其の言わんと欲する所を忘る」とある。

夕方の美しく輝く景色、あるいは鳥がねぐらに連れだって帰って行く風景、その中にこそ真理があると考え、それをどういうことか言葉にしようと思ったけれども、言葉、表現を忘れてしまったというのは、実は裏を返せば、そうした美しい景色、飛ぶ鳥の姿というものの中に真理とか法則というものが含まれているけれども、それを概念規定して表現してはいけないということである。つまり、彼が言いたいのは、この中にある「真」の会得こそ大事なのだ、ということである。この句は、彼の人生観の一つの宣言のようなものになっていると考えられる。また当時の人々の自然観、自然に対する感じ方を示す重大な言葉として受け取ることができる。こういう考え方が後世ずっと伝わって、後々の中国人の重要な自然観ともなってゆくのである。

飲酒（其七）

秋菊有佳色　秋菊《しゅうぎく》　佳色《かしょく》有り
裛露掇其英　露を裛《まと》う　其の英《はなぶさ》を掇《と》る
汎此忘憂物　此《こ》の忘憂《ぼうゆう》の物に汎《うか》べ
遠我遺世情　我が世を遺《わす》るるの情を遠《とお》くす
一觴雖独進　一觴《いっしょう》　独《ひと》り進むと雖《いえど》も
杯尽壷自傾　杯《はい》は尽《つ》き　壷　自《おのずか》ら傾く
日入群動息　日は入りて　群動《ぐんどう》　息《や》み
帰鳥趨林鳴　帰鳥《きちょう》は林に趨《おもむ》きて鳴く
嘯傲東軒下　東軒《とうけん》の下に嘯傲《しゅうごう》して
聊復得此生　聊《いささ》か復《ま》た此《こ》の生《せい》を得《え》たり

〔裛〕まとう。ぬれる。〔英〕はな。〔掇〕拾うこと。〔忘憂物〕酒をいう。〔遠〕いっそう深める。〔得此生〕生命のよろこびを得る。

〔韻字〕英・情・傾・鳴・生。

秋の菊は美しく色づいて来て、露に濡《ぬ》れて、またその花びらを採る。秋の菊の花の美しさに惹かれている。あの、うさばらしになるという酒に浮かべ、世俗を忘れる私の気持ちをさらに深めていく。酒を「忘憂《ぼうゆう》の物」というのは、『詩経』邶風《はいふう》・柏舟《はくしゅう》に「我 酒無きに非《あら》ず、以って遨《ごう》し以って遊ばん」とあり、その毛伝に「我 酒無きに非ず、以って憂いを忘るべし」とあるによる。菊花を酒に浮かべる習慣は、漢代頃からある。長生を願い邪気を払うのである。「遺」は、忘れる。世俗を忘れ超越すること。『文選』では「達」になっており、「達世」ならば世俗を悟り切ること。

一杯ごとに自分で酌し、酒杯は空になり、酒壷も傾いて残り少なくなる。

夕方になるとすべての動きあるものが休み、ねぐらに帰る鳥は林に向かって鳴いている。夕方の静かな風景である。

東の窓のそばで気ままにしていると、先《ま》ずは今日も生きていたという感じがある。「嘯傲」の「嘯」は、うそぶく。口を細めて口ずさむこと。「傲」は気を楽にして思うようにすること。「帰去来《ききょらい》の辞《じ》」に「南窓《なんそう》に倚《よ》りて以って傲《ごう》を寄《よ》す」（南の窓に寄りかかり、伸び伸びとくつろぐ）とあるのと同じ気持ちである。

「其五」の「菊を采る東籬の下、悠然として南山を見る」と「其七」の「東軒の下に嘯傲して、聊か復た此の生を得たり」は、蘇東坡《そとうば》が「知道《ちどう》の言《げん》」としたと伝えられる（明・都穆《とぼく》『南濠詩話《なんごうしわ》』）。

責子　　陶淵明

「責子」とは、子供を叱るという意味だが、これは冗談にからかっている詩。子供を目の前に置いて、一杯やりつつ冷やかして酒の肴《さかな》としている。四十四歳頃の作だとされる。

責子　　子を責《しか》る

白髪被両鬢　　白髪　両鬢《りょうびん》を被《おお》い

肌膚不復実　　肌膚《きふ》　復《ま》た実《じつ》ならず

雖有五男児　五男児《だんじ》有りと雖《いえど》も
総不好紙筆　総《す》べて紙筆《しひつ》を好まず
阿舒已二八　阿舒《あじょ》は已《すで》に二八《にはち》
懶惰故無匹　懶惰《らんだ》にして故《もと》より匹《たぐい》無し
阿宣行志学　阿宣《あせん》は行《ゆ》くゆく志学《しがく》
而不愛文術　而《しか》れども文術を愛せず
雍端年十三　雍《よう》と端《たん》は年十三
不識六与七　六と七とを識《し》らず
通子垂九齢　通子《つうし》は九齢に垂《な》んなんとす
但覓梨与栗　但《た》だ梨と栗とを覓《もと》む
天運苟如此　天運　苟《いやし》くも此《か》くの如《ごと》くんば
且進杯中物　且《しば》らく杯中《はいちゅう》の物を進めん

〔不復実〕色つやを失う。〔阿舒〕「阿」は名前の上につけて親しみをあらわす接頭語。〔懶惰〕なまけること。〔行〕～になろうとするの意。

〔韻字〕実・筆・匹・術・七・栗・物。

白髪は両方の鬢《びん》をおおい、肌は生気がない。「実」は、充実しない、たるんでいること。
五人の男の子があるが、みんな勉強嫌いだ。
舒《じょ》くんはもはや十六歳、なまけ者でがんらいかなう者がない。「舒」は長男である。

宣《せん》くんはこれから十五歳になるというのに、学問が好きでない。「宣」は次男である。「志学」は十五歳。『論語』為政《いせい》篇に「吾 十有五にして学に志す」による。「文術」は学術。

雍《よう》くん、端《たん》くんは十三歳、六と七の数え方もわからない。「雍端」は三男と四男である。六と七で年齢の十三になる。数の遊び。

通《つう》くんは九歳になろうとするのに、梨と栗ばかり欲しがっている。「通子」は五男。「子」は愛称か。「九」は「六」とする本もある。

めぐりあわせがこんなことであるならば、まあまあ杯中の酒でも飲むとしよう。淵明の感慨である。

淵明「子の儼等《げんら》に与《あた》うる疏《ふみ》」によれば、五人の子の名は、儼《げん》・俟《し》・份《ふん》・佚《いつ》・佟《とう》という。本詩に出てくる名は幼名で、それぞれ舒が儼、宣が俟、雍が份、端が佚、通が佟である。佟(通)は、後妻の翟《てき》氏の子で他は先妻の子、また份（雍）と佚(端)は双子と考えられている。

長男儼が生まれたときの命名の詩がある。「子に命《な》づく」という詩で、淵明二十八歳頃の作である。

……卜《ぼく》すれば云《ここ》に嘉《よ》き日、占《うらな》えば亦《ま》た良き時。汝《なんじ》に名づけて儼《げん》と曰《い》い、汝に字《あざな》して求思《きゅうし》。朝夕《ちょうせき》に温恭《おんきょう》なれ、茲《こ》れを念《おも》えば茲《ここ》に在り。尚《な》お孔伋《こうきゅう》を想《おも》い、庶《こいねが》わくは其《そ》れ企《およ》ばんことを。

厲《れい》夜 子を生み、遽《にわか》にして火を求む。凡百《ぼんびゃく》 心有り、奚《なん》ぞ特《ただ》に我においてのみならんや。既に其の生まるるを見れば、実《まこと》に其の可《よ》からんことを欲す。人も亦《ま》た言える有り、斯《こ》の情 假《いつわり》無しと。

日や月や、漸《ようや》く孩《がい》より免《まぬが》れん。福は虚《むな》しくは至らず、禍も亦《ま》た来《き》たり易《やす》し。夙《つと》に興《お》き夜《よわ》に寐《い》ねよ。願わくは爾《なんじ》に斯《こ》の才あらんことを。爾に才あらずんば、亦《ま》た已《や》んぬるかな。

また、子供たちを戒めた「子の儼等に与うる疏」に次のようにいう。

儼・俟・份・佚・佟に告ぐ。天地 命を賦《ふ》し、生には必ず死有り。古《いにしえ》より賢聖《けんせい》、誰《たれ》か能《よ》く独り免《まぬ》がれん。子夏《しか》言える有り、「死生 命有り、富貴《ふうき》は天に在り」と。四友の人 親しく音旨《おんし》を受く。斯《こ》の談を発するは、将《は》た窮達《きゅうたつ》は妄《みだ》りに求む可《べ》からず、寿夭《じゅよう》は永く外に請《こ》う無きの故《ゆえ》に非ずや。吾が年 五十を過ぐ。少《わか》くして窮苦《きゅうく》、毎《つね》に家の弊《へい》するを以って、東西に游走《ゆうそう》す。性は剛 才は拙、物と忤《さから》うこと多し。自ら量《はか》りて己の為《ため》にせば、必ず、俗の患を貽《のこ》す。僶俛《びんべん》として世を辞し、汝等をして幼にして飢え寒《こご》えしむ。……

汝が輩 稚小《ちしょう》にして家貧しく、毎《つね》に柴水《さいすい》の労に役《えき》せらる。何《いず》れの時にか免《まぬ》がる可《べ》き。之《こ》れを念うて心に在り、若何《いかん》ぞ言う可《べ》けん。然《しか》れども汝等同生ならずと雖《いえど》も、当《まさ》に四海は皆な兄弟《けいてい》なりの義を思うべし。……他人すら尚《な》お爾《しか》り、況《いわ》んや父を同じくする人をや。……詩に曰う「高き山は仰がれ、景《おお》いなる行《おこな》いは行《おこな》わる」と。爾《しか》る能《あた》わずと雖《いえど》も、至心もて之《こ》れを尚《とうと》べ。汝 其《そ》れ慎《つつし》めよ。吾 復《ま》た何をか言わん。

擬古詩　陶淵明

「擬古《ぎこ》詩」とは漢代の古詩になぞらえた詩という意味であるが、陶淵明の場合、もとの詩はわからない。いずれも寓意があり、詠懐《えいかい》詩的な要素が強い。作った年代は不明であるが、退休後の作かと言われる。九首の連作である。ここでは第七・九首を取り上げた。

擬古詩（其七）　擬古の詩

日暮天無雲　日暮《く》れて　天に雲無く
春風扇微和　春風　微和《びわ》を扇《あお》ぐ

佳人美清夜
達曙酣且歌
歌竟長歎息
持此感人多
皎皎雲間月
灼灼葉中華
豈無一時好
不久当如何

佳人《かじん》は清夜《せいや》を美《よみ》し
曙《あかつき》に達するまで酣《よ》い且《か》つ歌う
歌　竟《お》わりて長く歎息《たんそく》す
此《こ》れを持って人を感ぜしむること多し
皎皎《きょうきょう》たり　雲間《うんかん》の月
灼灼《しゃくしゃく》たり　葉中の華《はな》
豈《あ》に一時の好《よろ》しき無《な》からんや
久しからざるは当《は》た如何《いかん》せん

〔持此〕「持」は「以」の意。「此」は長歎息をさす。〔灼灼〕燃えるようにあでやかなさま。
〔韻字〕和・歌・多・華・何。

日は暮れて空には雲もなく晴れていて、春の風はかすかな穏やかさをもって吹いている。

美人たちはこのすがすがしい清らかな夜を好み、明け方まで飲みつつ歌っている。

歌い終わって長く歎息している。このことで見る人を考えさせることが多い。

雲間の月は白々と照っている。あの茂る葉の中に花はきらきら美しく咲いている。

一時の美しさがないわけではないが、いつまでも続かぬのはどうしたものだろう。永久に続かぬことに対する感慨である。「当《は》た如何《いかん》せん」は淵明の絶望の言葉である。

元・劉履《りゅうり》は、この詩は東晋末恭帝の元熙《げんき》初（四一九）頃の作かとする。とすれば、恭帝を滅ぼして、劉裕《りゅうゆう》が天子となった、その前夜を詠ったということになる。さらに劉履は、「日暮」は晋朝が滅びようとしていることを言い、「天無雲」「春風」「微和」は、恭帝がしばらくは平穏を保っていることを言うとする。そして「その平穏も曙《あかつき》まで永く続かない。この時、劉裕が弑逆《しぎゃく》しようと恭帝に迫っていた。月にはやがて雲がかかるし、花はやがて散る。どうしたものか、どうしようもない。」と解釈している（『選詩補注』）。

擬古詩（其九）　擬古の詩

種桑長江辺　桑を種《う》えたり　長江の辺《へん》
三年望当採　三年にして当《まさ》に採《と》るべきを望む
枝条始欲茂　枝条《しじょう》　始《はじ》めて茂らんと欲《ほっ》し
忽値山河改　忽《たちま》ち山河の改まるに値《あ》う
柯葉自摧折　柯葉《かよう》　自《おのずか》ら摧折《さいせつ》し
根株浮滄海　根株《こんしゅ》は滄海《そうかい》に浮かぶ
春蚕既無食　春蚕《しゅんさん》は既《すで》に食らうもの無く
寒衣欲誰待　寒衣《かんい》は誰《たれ》に待《よ》らんと欲《ほっ》する
本不植高原　本《もと》もと高原に植《う》えず
今日復何悔　今日　復《ま》た何をか悔《く》いん

〔柯葉〕「柯」は大きな枝。〔待〕あてにする。
〔韻字〕採・改・海・待・悔。

桑を長江のほとりに植えて、三年経ったら採ろうと待っていた。

枝が茂ろうとする時になって、急に山河の様子が変わってしまった。

枝や葉はくだかれてしまい、根株は大海に流れて浮かんでいる。

春の蚕は食うものがないし、冬の服は誰を頼ったらよいのか。着るものがない。

もともと高い野原に植えなかったのだから、今になって悔いても始まらぬ。

この詩は晋朝が劉裕によって簒奪されたことを言う詩だとされている（明・黄文煥《こうぶんかん》『陶詩析義』、民国・古直《こちょく》『陶靖節詩箋』）。

詠貧士　　陶淵明

自分の貧乏生活に耐える心やそれを支える古《いにしえ》の貧士に対する思慕の情を詠う。「貧士」とは『列子』天瑞《てんずい》篇の「貧は士の常なり、死は人の終わりなり」に基づく語である。ここには七首連作中の第一首を取り上げる。この詩は『文選』の雑詩の項に収められている。淵明晩年の作である。

詠貧士（其一）　　貧士《ひんし》を詠ず
万族各有託　　万族《ばんぞく》　各《おの》おの託《たく》する有り
孤雲独無依　　孤雲《こうん》　独《ひと》り依《よ》る無し
曖曖空中滅　　曖曖《あいあい》として空中に滅《き》え
何時見余暉　　何《いず》れの時にか余暉《よき》に見《あ》わん
朝霞開宿霧　　朝霞《ちょうか》は宿霧《しゅくむ》を開き

衆鳥相与飛
遅遅出林翮
未夕復来帰
量力守故轍
豈不寒与飢
知音苟不存
已矣何所悲

衆鳥は相《あ》い与《とも》に飛ぶ
遅遅《ちち》として林より出《い》でて翮《か》け
未《いま》だ夕《ゆう》べならざるに復《ま》た来《き》たり帰る
力を量《はか》り故轍《こてつ》を守る
豈《あ》に寒《かん》と飢《き》とあらざらんや
知音《ちいん》　苟《いやし》くも存《そん》せず
已《や》んぬるかな　何の悲しむ所ぞ

〔万族〕万物。〔託〕身を寄せる。〔曖曖〕うす暗い形容。ここでは、ぼんやりかすんでの意。〔余暉〕「暉」は輝き。〔朝霞〕朝やけ。〔宿霧〕夜来の霧。〔守故轍〕「故轍」は本来のやり方。貧賤に甘んじて己の道を守り抜くこと。〔知音〕自分のことを本当に理解してくれる人。春秋時代の伯牙《はくが》は琴の名手で、友人鍾子期《しょうしき》は伯牙の演奏する曲をよく理解した。鍾子期の死後、伯牙は琴を壊して、二度と弾くことがなかったという（『淮南子《えなんじ》』などに見える）。この故事から「知音《ちいん》」という言葉が生まれた。

〔韻字〕依・暉・飛・帰・飢・悲。


万物にはそれぞれ身を託する所があるのに、ぽっつりひとり浮かぶ雲だけには身を寄せる所がない。「孤雲」は貧士をさすが、淵明自身のことでもある。

ぼんやりかすんで中空に消えてしまい、いつになったら太陽の余光（夕日）に会うことがあるであろうか。太陽の光の恵みを受けたこともない、孤独の存在である。

朝やけがして前の夜からの霧をおし開くと、多くの鳥が一緒に飛び立ってゆく。

たゆたいながら群れに遅れた一羽の鳥は林を出かけて行き、夕方にならぬのに帰ってきてしまった。群れと離れた一羽の鳥を詠う。「遅遅」は、斯波六郎博士は「たゆたう」と訳す(『陶淵明詩訳注』)。

こんな孤独の鳥を見ていると、我が力を考えて昔からの道を守るより仕方がない。こごえと飢えが身にまつわらぬわけではないが我が道を行くよりしかたがない。帰田して「固窮《こきゅう》の節《せつ》」を抱くことを言う。「固窮」とは、『論語』衛霊公篇の「君子 固《もと》より窮《きゅう》す。小人 窮すれば則《すなわ》ち斯《ここ》に濫《みだ》る」に基づき、淵明がしばしばいう語である。

自分には自分を理解してくれる者がいないとしたら、どうしようもない、悲しんだって仕方がない。

第二首の終わりに「何を以って吾が懐《おも》いを慰《なぐさ》めん、頼《さいわ》いに此《こ》の賢多し」と言って、第三首から貧窮に堪えた人物をあげてたたえている。すなわち、栄啓期《えいけいき》(九十になって縄を帯とし、琴を弾いて楽しむ)、原憲《げんけん》(破れたくつを履き、商の歌をのびのびと歌っていた)、黔婁《けんろう》(魯《ろ》の隠者で、清貧に甘んじて一生を終える)、袁安《えんあん》(後漢の人、大雪の日に飢えて家の中に倒れていた)、阮公《げんこう》(持参金付きの婚礼を拒否して官を辞した)、張仲蔚《ちょうちゅううつ》(後漢の人、官を辞して田舎に帰った)、黄子廉《こうしれん》(未詳)である。

読山海経　　陶淵明

『山海経《せんがいきょう》』は最古の地理書で、山川の様子のみならず、奇怪な鳥獣草木を記し、また仙人の様子も記している。いずれも空想の産物である。晋の郭璞《かくはく》が注をつけている。神仙に憧れる当時によく読まれた書物である。「読山海経」は、全部で十三首あり、第一首が序、第二首から第十二首が『山海経』や『穆天子伝《ぼくてんしでん》』を読んで感ずる所を詩にしたもの、第十三首は結論という構成になっているようである。王朝が宋に改まって後の作とされる。ここではその第一・十首を取り上げる。

読山海経（其一）　山海経《せんがいきょう》を読む

孟夏草木長
繞屋樹扶疏
衆鳥欣有託
吾亦愛吾廬
既耕亦已種
時還読我書
窮巷隔深轍
頗回故人車
歓言酌春酒
摘我園中蔬
微雨従東来
好風与之倶
汎覧周王伝
流観山海図
俯仰終宇宙
不楽復何如

孟夏《もうか》に草木長く
屋《おく》を繞《めぐ》りて樹　扶疏《ふそ》たり
衆鳥は託《たく》する有るを欣《よろこ》ぶ
吾《われ》も亦《ま》た吾《わ》が廬《ろ》を愛す
既《すで》に耕し亦《ま》た已《すで》に種《う》う
時に還《ま》た我が書を読む
窮巷《きゅうこう》は深轍《しんてつ》を隔《へだ》つるも
頗《や》や故人《こじん》の車を回《めぐ》らす
歓言《かんげん》して春の酒を酌《く》み
我が園中の蔬《そ》を摘《つ》む
微雨《びう》　東従《よ》り来《き》たり
好風《こうふう》　之《こ》れと倶《とも》にす
周王の伝を汎覧《はんらん》し
山海《さんかい》の図を流観《りゅうかん》す
俯仰《ふぎょう》のまに宇宙を終わり
楽しまずして復《ま》た何如《いかん》せん

〔孟夏〕初夏、四月をいう。〔扶疏〕よく茂ったさま。〔深轍〕深い車のわだち。表通り。〔頗〕わずかの意。〔周王伝〕『穆天子伝』のこと。周の穆王が名馬に駕して諸国を歴遊したことを記す。神怪小説である。〔流観〕あちこち見ていく。〔山海図〕『山海経図』。『山海経』の記事をもとにして作った図絵。

〔韻字〕疏・廬・書・車・蔬・倶・図・如。

初夏には草木が長く伸び、樹木は家屋を取り巻いて茂っている。鳥たちは止まる木があるのを喜んでいるし、自分も自分の住む家が好きである。耕し終わると植え付けも終わって、しかるべき時にまた書物も読む。狭い小路には立派な車は入らなくなったが、それでも古なじみの人の車は入ってくる。前の句は拒否、後の句は受け入れを言う。役人との交流はないが、故人との行き来はあるということを言う。『韓詩外伝《かんしがいでん》』巻二に「楚の隠者狂接輿《きょうせつよ》の家に、楚王の使者が大金を積んで仕官をすすめに来たが、狂接輿はそれを拒否した。帰った後、門前には轍《わだち》の跡が深く残されていた」という話が記されている。

喜んで春できた酒を酌み、肴《さかな》に園田の野菜を摘《つ》んで出す。「歓言」はよろこぶ様で、「言」に意味はない。

小雨が東から降ってくると、心地よい風も吹いてくる。

（こんな気持ちのよい雨降りの時は）周の穆天子の伝を広く見たり、山海経の図を眺め回る。ここは神仙世界への憧れと異質な世界に対する興味があらわれているところである。

読んでいると瞬《またた》く間《ま》に宇宙を駆けめぐる、楽しくなくてどうしよう、全く楽しい。

淵明の日常生活や読書の姿がわかる詩である。

読山海経（其十）　山海経《せんがいきょう》を読む

精衛銜微木　精衛《せいえい》は微木《びぼく》を銜《ふく》み
将以塡滄海　将《まさ》に以《も》って滄海《そうかい》を塡《うず》めんとす
刑天舞干戚　刑天《けいてん》は干戚《かんせき》を舞い
猛志故常在　猛志　故《もと》より常《つね》に在り
同物既無慮　物に同じきも既《すで》に慮《おもんぱか》ること無く
化去不復悔　化し去るも復《ま》た悔《く》いず
徒設在昔心　徒《いたず》らに在昔《ざいせき》の心を設《もう》け
良晨詎可待　良晨《りょうしん》　詎《いず》くんぞ待《ま》つ可《べ》けん

〔精衛〕『山海経』北山経に見える鳥の名。発鳩《はっきゅう》の山に住み、鳥のような形で、模様のある頭に白いくちばしをし、足は赤い。古代の帝王、炎帝の娘女娃《じょあ》が東海で溺れて死に、化身したもので、いつも西山の木や石をくわえて、東海をうずめようとしているという。〔刑天〕『山海経』海外西経に見える神。天帝と神あらそいをして敗れ、首を斬られて、常羊の山に葬られたが、乳を目に変え、臍《へそ》を口に変えて、干《たて》と戚《おの》を持って舞ったという。〔刑天舞干戚〕集の古いテキストは「形夭無千歳」となっているが、北宋の曾紘《そうこう》により改められた。南宋・湯漢本は「刑天舞干戚」とする。〔同物〕他の物と同じくなること。ここでは鳥に変わることをいう。〔化去〕変化すること。〔在昔心〕かつての強い意志。〔良晨〕よい日。精衛が東海をうずめつくし、刑天が天帝に復讐を遂げる日をいう。

〔韻字〕海・在・悔・待。

精衛の鳥が木ぎれをくわえて、青海原をうずめようとしている。
刑天の神は、干《たて》と戚《おの》を持って死んでからも舞い続け、その猛々しい志は絶えず持ち続けた。

かつて炎帝の娘女娃《じょあ》が死んで鳥に化したことは、なんと心にかけることもないし、刑天は殺されて消えても悔いはしない。

ただひたすら昔の猛志を持ち続けているが、よい時はどうして期待できよう。精衛が大海をうずめたり、刑天が天帝に復讐することなど期待できない、ということ。

淵明が「猛志」だけは持ち続けていたことがわかる。魯迅《ろじん》は、淵明が一面激しい志を持っている人物であると言う（『且介亭雑文二集』「題未定草・六」）。

挽歌　　陶淵明

「擬挽歌辞《ぎばんかじ》」ともいう。もともとは柩車《きゅうしゃ》をひくときの歌。古楽府《こがふ》の「薤露《かいろ》」「蒿里《こうり》」にはじまるとされる。葬送の歌である。陶淵明のこの作品は自分の死を想定して書いたものである。挽歌はつねに三首連作であったようであり、陶淵明も三首ある。ここでは最後の一首を取り上げた。『文選』もこの一首を採る。

挽歌

荒草何茫茫　　荒草《こうそう》　何《なん》ぞ茫茫《ぼうぼう》たる

白楊亦蕭蕭　　白楊《はくよう》も亦《ま》た蕭蕭《しょうしょう》たり

厳霜九月中　　厳霜《げんそう》の九月中

送我出遠郊　　我を送りて遠郊《えんこう》に出《い》ず

四面無人居　　四面に人居《じんきょ》無く

高墳正嶕嶢
馬為仰天鳴
風為自蕭条
幽室一已閉
千年不復朝
千年不復朝
賢達無奈何
向来相送人
各自還其家
親戚或余悲
他人亦已歌
死去何所道
託体同山阿

高墳《こうふん》は正《まさ》に嶕嶢《しょうぎょう》たり
馬は為《ため》に天を仰《あお》いで鳴き
風は為《ため》に自《おのずか》ら蕭条《しょうじょう》たり
幽室　一《ひと》たび已《すで》に閉《と》ずれば
千年　復《ま》た朝《あした》ならず
千年　復た朝ならず
賢達も奈何《いかん》ともする無し
向来《きょうらい》　相《あ》い送りし人
各自　其の家に還《かえ》る
親戚　或《ある》いは余悲《よひ》するも
他人も亦《ま》た已《すで》に歌う
死去すれば何の道《い》う所ぞ
体を託して山阿《さんあ》に同じ

〔茫茫〕はてしなく広いさま。〔白楊亦蕭蕭〕「古詩十九首」其十三に「白楊 何ぞ蕭蕭たる」とある。また、同其十四に「白楊に悲風多く、蕭蕭として人を愁殺《しゅうさい》す」とある（本書「古詩十九首」参照）。〔嶕嶢〕高いさま。〔幽室〕奥深い部屋ということで、墓の中をさす。〔向来〕さきほどまで。〔余悲〕悲しみがおさまらずに、いつまでも悲しむこと。〔同山阿〕山の土と一緒になってしまうこと。「山阿」は山のいりくんだところ。くま。ほとり。

〔韻字〕蕭・郊・嶢・条・朝」何・家・歌・阿。

墓場には荒れた草がぼうぼうと果てしなく生い茂り、白楊もさわさわと風に揺れる。

冷たい霜の降りる九月中ごろ、私の野辺《のべ》の送りをして遠い郊外に出る。

辺りは人の住まいもなく、高い塚はただ高く聳えている。

ひつぎを引く馬は私のために天を仰いで悲しく鳴き、風は私のために自らさびしく吹きつける。

深い墓の中は、閉じてしまえば、千年たっても日のめを見ない。

千年たっても日のめを見ないことは、賢人達人もどうしようもない。

先ほどまで見送ってくれた人は、それぞれ家に帰る。

身内の者はまだ悲しみが残っているが、他人はもはや歌をうたって騒いでいる。

死んでしまえば、もう何も言うことはない。体をあずけて山の土と同じことになる。


淵明には「自《みずか》ら祭《まつ》る文」がある。彼はいう、今や秋九月、わが生涯の仮りの住まいを辞して、本来の住まいの墳墓に入ることにしたと。かくて生前の孤高の人生を追懐し、死後のさびしい旅路を述べて、終わりに「人生　実《まこと》に難《かた》し、死　之《こ》れを如何《いかん》せん」という。「人生　実に難し」とは、我々が生きて行くことは、いかなるめぐりあわせになるか、またいつ死が訪れるかわからない、その世わたりの難しさをいったものである。抗《こう》し難《がた》き運命、殊《こと》に死というものは、人の手で左右できるものではないという、彼の悲痛の叫びである。

淵明は、眼を閉じる最後まで、死の問題を考えながら、達観悟入《たっかんごにゅう》の境地に到達することはなかった。声高らかに死を説くでもなく、ひとり「中心《むねのうち》焦《こが》る」（「己酉《きゆう》の歳《とし》、九月九日」詩）死の問題をみつめ、ひとりで噛みしめて味わいながら一生を終わった人である。

実は、淵明の時代は伝統的な儒教は、やはり教養の中心であり、淵明もその学問を身につけていたこと無論であるが、死の問題についても、淵明は、儒教的教養の上に立ち、『論語』にある孔子の弟子、子夏《しか》の「死生　命あり」という言葉をもとに、死生に関しては、天命に関係するもので、人間が左右できるものではない、と最愛の子供たちを戒めている（「責子」の項参照）。淵明は、子夏の言葉を教養として理解してはいるものの、現実に死んで行く事態には、心の「焦る」る思いであったろう。

一方また、当時は老荘思想の流行した時代である。淵明もその思想に染まり、かの有名な「帰去来の辞」の終わりに、故郷の田園生活を楽しみ「聊《いささ》か化に乗《じょう》じて以って尽《つ》くるに帰し、夫《か》の天命を楽しみて復《ま》た奚《なん》ぞ疑わん」と達観したごとく述べているのは、まさしく老荘思想の影響である。しかし生も死も一体であるという荘子の考えかたに触れる所はない。

また当時、印度から齎《もた》らされた仏典の翻訳が盛んであったし、また神仙思想が流行していたが、それらの影響をほとんど被らぬごとくである。

つまり誠実に深く、死の問題を、人間本来の情にもとづいて考えて、「死　之《こ》れを如何せん」と悲痛な叫びを遺《のこ》したのが陶淵明であった。

宋

登池上楼　　謝霊運

宋・謝霊運《しゃれいうん》（三八五〜四三三）は、晋代の門閥、謝氏の御曹司として生まれる。その祖父は、謝玄《しゃげん》であり、淝水《ひすい》の戦いで、東晋を異民族の侵入から救った大忠臣である。玄の叔父には、東晋第一の風流人、謝安《しゃあん》がいる。謝家の荘園は、会稽《かいけい》一帯であり、玄は康楽県公《こうらくけんこう》に封ぜられる。謝家は建康《けんこう》の烏衣巷《ういこう》に住み、一族で集まり、詩を作り、宴を開いていた。いわゆる「烏衣《うい》の遊び」である。その指導者は、謝安の孫、謝混《しゃこん》である。

霊運が十五歳の頃、孫恩《そんおん》の乱が起き、会稽から建康に移る。時に劉牢之《りゅうろうし》が討伐軍の大将で、その一武将が後の宋の劉裕《りゅうゆう》であった。この頃、一方では桓玄《かんげん》が天下を狙っており、その幕下にあったのが、陶淵明《とうえんめい》である。

霊運は二十歳頃はじめて行参軍《こうさんぐん》として出仕する。豪奢の生活をして、車服鮮麗で、衣裳器物、多く旧制を改め、世の中では、それをまねて謝康楽風《しゃこうらくふう》といった。やがて軍閥劉毅《りゅうき》の記室参軍となる。桓玄が打倒されると、次に劉裕と劉毅の存在が浮上する。結局、二人は対決し、毅は縊死《いし》する。劉裕は霊運をとがめることなく、裕に仕えることになる。このころ、霊運は慧遠《えおん》とも交遊していた。

やがて、霊運は家庭内の不始末で、王弘之《おうこうし》に弾劾され、官を免ぜられる。劉裕は謝家をつぶすことを考えていたようであり、これも劉裕の指図であろう。

かくて、劉裕は即位し、晋朝の功臣、五家を降爵した。霊運も康楽県公から康楽県侯となる。新王朝を快く思わぬ霊運は、裕の子廬陵《ろりょう》王義真《ぎしん》と結ぶ。やがて武帝が死んで、義真は時到れると準備する。同志は霊運・顔延之《がんえんし》・慧琳《えりん》であった。時に権力は徐羨之《じょせんし》が握っており、徐羨之は、霊運を永嘉《えいか》太守に左遷する。この時、霊運は始寧《しねい》の墅《しょ》に立ち寄る。永嘉には一年在任、始寧に隠棲する。

その後、秘書監、侍中として出仕。永嘉の時と同じく政務を十分とらず、再び始寧に帰る。会稽の太守孟顗《もうき》と衝突し、臨川《りんせん》の内史《ないし》に遷される。更に反逆の志ありとされて、広州に流され、一盗賊の証言で棄市《きし》の刑に処される。元嘉一〇年、四十九歳のことである。

彼の詩の特徴は山水詩を開拓したことにある。従来は玄言《げんげん》詩といわれ、老荘思想を謳歌《おうか》したもの。それを変えて山水の美を歌い、叙景詩をはじめて作る。

「登池上楼」は、謝霊運が永嘉太守であったときの作品で、三十八歳の春に作ったとされる。役所の池のほとりの楼に登って、孤独の心をうたう。都の友人たちを思っての詩であろう。

登池上楼

潜虯媚幽姿
飛鴻響遠音
薄霄愧雲浮
棲川怍淵沈
進徳智所拙
退耕力不任
徇禄及窮海
臥痾対空林
傾耳聆波瀾
挙目眺嶇嶔
初景革緒風
新陽改故陰
池塘生春草
園柳双鳴禽

池上《ちじょう》の楼に登る

潜《ひそ》める虯《みずち》は幽《かく》れたる姿媚《うつく》しく
飛ぶ鴻《おおとり》は遠《はる》かなる音を響かす
霄《おおぞら》に薄《いた》りて雲の浮かべるに愧《は》じ
川に棲《す》んで淵《ふち》の沈《ふか》きに怍《は》ず
徳に進むは智の拙《つたな》き所
耕に退くは力は任《た》えず
禄《ろく》に徇《したが》いて窮《はるか》なる海べに及び
痾《やまい》に臥《ふ》して空《むな》しき林に対す
耳を傾けて波瀾《なみのおと》を聆《き》き
目を挙げて嶇嶔《やまなみ》を眺む
初景《はつはる》は緒《のこ》りの風を革《あらた》め
新陽《はつはる》は故《ふる》き陰《ふゆ》を改む
池塘《ちとう》には春草生じ
園柳《えんりゅう》には鳴《めい》禽《きん》双《なら》ぶ

祁祁傷豳歌　祁祁《きき》たる　豳歌《ひんか》を傷《かな》しみ
萋萋感楚吟　萋萋《せいせい》たる　楚吟《そぎん》に感ず
索居易永久　索居《ひとりずま》いは永《なが》く久しくなり易《やす》く
離群難処心　群《むれ》を離れては心を処難《おちつけがた》し
持操豈独古　操《みさお》を持《と》すること豈《あ》に独《ひと》り古《いにしえ》のみならんと
無悶徴在今　悶《うれい》無きは徴《しるし》は今に在り

〔薄〕とどまる。〔霄〕空。〔進徳〕官吏として世に役立つために、徳を修めること。〔徇禄〕「徇」は従・求の意。官吏になることをいう。〔及〕『文選』は「反」に作る。今は『三謝詩』に拠る。〔臥痾対空林〕「痾」は病。「空林」は葉の落ちてしまった林。〔聆〕聴く。〔嶇嶔〕山の高く険しいさま。〔初景〕春のはじめの日光。〔緒風〕「緒」は余の意。冬のなごりの風。〔新陽・故陰〕春と冬とをさす。〔池塘〕「塘」はつつみ。〔双〕『文選』は「変」に作る。今は『三謝詩』に拠る。〔楚吟〕『楚辞』招隠士をさす。「招隠士」は王孫の帰らぬことを思う歌。〔索居〕仲間と離れてひとりいること。独居。『礼記《らいき》』檀弓《だんぐう》上に「吾　群れを離れて索居すること亦《ま》た已《すで》に久し」とある。〔処心〕心を落ち着ける。〔持操〕節操を堅持する。

〔韻字〕音・沈・任・林・嶔・陰・禽・吟・心・今。


水深くひそんでいる龍は、そのひそんでいる静かな姿は美しい。大空を飛ぶ鴻《おおとり》ははるか高い所からのはばたきを響かせている。「虯《みずち》」は角のある龍。『易《えき》』の乾《けん》の卦に「初九は潜龍なり。用うる勿《な》し」とある。乾の卦は、龍が水中にひそんでいるが、だんだん高く空に飛び上って行く象徴、水中で身をひそめていることがよい。鴻は、大空高く飛び上がって、世間から遠ざかっている。

大空に飛び上っても雲が高く浮かんでいるのに対して、それにも及ばず愧《は》ずかしい。川の中に棲んでも川の水の深いのに及ばず怍《は》ずかしい。

宮仕えしながら徳をみがこうとしても智が劣っていてだめだ。といってやめて耕作しようとしても力不足である。ふがいない身である。

かくて俸禄をもらいつつ、はるかなる海べの永嘉に来ているが、今や病気となって人気無き林に向かって眺めている身である。「窮海」はへんぴな海辺の地。永嘉郡をさす。

さて外に出ると、耳を傾けて波の音を聞き、目をあげて山なみを眺める。

初春は冬の残りの風もなくしてしまい。初春はなごりの冬の景色を変えてしまった。

池のほとりには春の華が生え、園中の柳には鳴く鳥が双《なら》んでとまっている。霊運は詩友恵連《けいれん》と対していると良い詩文が浮かぶ。「池塘」の二句は、夢の中で恵連を思っていて浮かんできたと、『詩品』の謝恵連の条に有る。

初春の風景をみていると心なごみ、昔の春の歌を思い出す。春の華を摘む人が多く、それを見るにつけ、『詩経』豳風《ひんぷう》・七月の「春日遅遅《ちち》たり、蘩《はん》を采《と》ること祁祁《きき》たり」と歌う女の悲しみがわかる。「祁祁」は、多いさま。「豳歌」は「七月」の詩をさす。また草が茂っている。それをみると、『楚辞』招隠士の「王孫遊んで帰らず、春草生じて萋萋《せいせい》たり」と歌う作者の気持ちに感ずる。「萋萋」は草の盛んに茂るさま。

とはいえ孤独はさびしい。一人暮らしはいつまでも続き易いし、大勢と離れると心が落ち着かない。

我が志を守っていることは、何も古《いにしえ》の人ばかりではない。志を守って憂えない。その証拠は今ここにあり、自分もそうだ。世俗からのがれたい志である。「無悶」の句は、『易』の乾の卦・文言伝に「龍徳にして隠るる者なり。世を易《か》えず、名を成さず。世を遯《のが》れて悶《うれ》うる無し」とあるのに基づく。偉大な徳を持ちながらまだ隠れている。隠れているから世の弊風《へいふう》を革《あらた》めることはできない。名声は人に知られず、一生用いられなくても苦しむことが無いのである。

遊南亭　謝霊運

前の詩と同じく永嘉郡での作。「南亭《なんてい》」は浙江省温州市の南にある。「池上の楼に登る」の詩の後、間もなく作られた。

遊南亭　　南亭《なんてい》に遊ぶ
時竟夕澄霽　　時竟《おわ》りて夕《ゆう》べは澄《す》み霽《は》れ
雲帰日西馳　　雲は帰り日は西に馳《は》す
密林含余清　　密《しげ》れる林は余《のこ》りの清らかさを含み
遠峰隠半規　　遠き峰は半規《いりひ》を隠す
久痗昏墊苦　　久しく昏墊《こんてん》の苦しみに痗《や》み
旅館眺郊岐　　旅館にて郊岐《こうき》を眺む
沢蘭漸被逕　　沢蘭《たくらん》は漸《ようや》く逕《こみち》を被《おお》い
芙蓉始発池　　芙蓉《ふよう》は始《はじ》めて池に発《ひら》く
未厭青春好　　未《いま》だ青春《はる》の好《よ》きに厭《あ》かざるに
已覩朱明移　　已《すで》に朱明《なつ》の移れるを覩《み》る
慼慼感物歎　　慼慼《せきせき》として物に感じて歎じ
星星白髪垂　　星星《せいせい》として白髪垂《た》る

薬餌情所止
衰疾忽在斯
逝将候秋水
息景偃旧崖
我志誰与亮
賞心惟良知

薬餌《やくじ》は情《こころ》の止《とど》むる所にして
衰疾《すいしつ》は忽《たちま》ち斯《ここ》に在り
逝将《まさ》に秋水を候《ま》ちて
景《み》を息《やす》めんとして旧崖《きゅうがい》に偃《ふ》さん
我が志《こころざし》は誰《たれ》と与《とも》にか亮《あきら》かにせん
賞心《しょうしん》のひとのみ惟《こ》れ良《よ》く知るひと

〔時竟〕四時のうちの一つが終わる。ここでは春が終わること。〔雲帰〕雲が山に帰ること。〔余清〕雨の後のすがすがしさ。〔半規〕「規」は円形。太陽のまんまるい形をさす。ここは山に入りかけた夕日。〔痗〕病む。〔昏墊苦〕水害の苦しみ。ここでは長雨による苦しみ。「昏墊」は水害のこと、ここは長雨。〔郊岐〕郊外の別れ道。〔朱明〕夏。〔慼慼〕憂えるさま。〔星星〕黒い髪の中に白髪のまじるさま。〔薬餌情所止〕薬など止めてしまったので、の意。〔秋水〕秋になって増水すること。〔息景〕休息すること。「景」は影と同じ。李善《りぜん》注に引く『荘子』寓言篇の司馬彪《しばひょう》注に、夜になって影がたちのくのは、影に休息をさせているからだ、とある。〔旧崖〕昔住んでいた山のがけ。〔亮〕信じてもらうこと。理解してもらうこと。〔賞心〕心を賞《し》るもの、知己の人の意。また、自然の山水を眺めて楽しむ心、の意にもとれる。〔良知〕よき友。

〔韻字〕馳・規・岐・池・移・垂・斯・崖・知。

春の時節も終わり、この夕方は晴れわたっている。雲は山に帰って太陽は西の山に馳せていく。ここは夕方のさわやかな風景、また初夏の雨の後の風景。

茂れる林はあふれるすがすがしさを含んでいるし、遠き峯は半丹の夕日を隠している。

久しく長雨の苦しみに悩んでいたが、やっと晴れて宿舎で郊外を眺めている。

水辺の蘭はしだいに小道をおおうようになり、芙蓉の花もはじめて池の中に開いた。初夏の風物。実景であり、従来にはない。

まだ春のよさを十分に味わっていないうちに、もはや夏になってゆくのを見た。風物は既に夏となっている。そんな辺りの風物をみて、移り変わりにしみじみと心を痛めていると、しらじらのわが白髪がたれていることが気になる。

薬などは心で控えているので、体の衰えと病気は忽《たちま》ちぶり返してきた。「薬餌」は、ここでは薬などをさす。

今や秋の増水の頃を待って、我が身を休めようとふるさとに休みに帰ろうと思う。

我が志を誰に理解してもらえるのか、自分の気持ちを知ってくれるのは、賞心の友のみである。「賞心」は彼のしばしば言う、自然を味わう心をもった人のことであり、それは誰かわからぬが、彼の都の友であろう。

石壁精舎還湖中作　　謝霊運

石壁精舎《せきへきしょうじゃ》から巫湖《ふこ》をへて自分の住まいに帰る時の作。「石壁精舎」とは石壁という名の仏寺。ただし李善《りぜん》は「読書斎」の意とする。「湖」とは巫湖のこと。永嘉《えいか》を一年で退隠し、希望がかなって、始寧《しねい》の生まれ故郷に帰る。山水を楽しみ、自由な生活を楽しむ。

石壁精舎還湖中作　　石壁精舎《せきへきしょうじゃ》より湖中《こちゅう》に還《かえ》るとき作る
昏旦変気候　　昏《くれ》に旦《あした》に気候変わり
山水含清暉　　山水は清き暉《ひかり》を含む
清暉能娯人　　清き暉《ひかり》は能《よ》く人を娯《たの》しましめ

遊子憺忘帰
出谷日尚早
入舟陽已微
林壑斂瞑色
雲霞収夕霏
芰荷迭映蔚
蒲稗相因依
披拂趨南逕
愉悦偃東扉
慮澹物自軽
意愜理無違
寄言攝生客
試用此道推

遊子《ゆうし》は憺《やわら》ぎて帰ることを忘る
谷を出《い》でて日は尚《な》お早く
舟に入り陽《ひ》は已《すで》に微《かす》かなる
林や壑《たに》は瞑《くら》き色を斂《おさ》め
雲や霞《かすみ》は夕《ゆう》べの霏《もや》を収《おさ》む
芰《ひし》と荷《はす》は迭《たが》いに映《かがや》き蔚《しげ》り
蒲《がま》と稗《ひえ》とは相《あ》い因《よ》り依《よ》る
披拂《はら》って南の逕《みち》に趨《はし》り
愉悦《たの》しみて東の扉《とびら》に偃《ふ》す
慮《おもい》は澹《やすら》かにして物は自《おのずか》ら軽く
意《こころ》は愜《かな》いて理に違《たが》うこと無し
言《げん》を寄す攝生《せっせい》の客
試みに此《こ》の道を用《も》って推《お》せ

〔陽〕日の光。〔微〕暗くなること。〔夕霏〕夕もや。〔芰荷〕菱と蓮。〔映蔚〕生い茂って、互いにうつりあう。〔蒲稗〕「蒲」は菖蒲。「稗」は水草の名。ひえ。〔因依〕よりそう。なお「映蔚」「因依」はともに双声の語である。〔披拂〕かきわける。

〔愜〕満足する。〔理〕自然の理。一説に、自分の本性。〔此道〕「慮澹」以下二句の内容をさす。

〔韻字〕暉・帰・微・霏・依・扉・違・推。


朝夕に天気が変わり、山も水も清らかな光を帯びている。初二句は山水の風景、新しい表現である。

清らかな光は人を楽しませ、わたしは安らかな気持ちになり帰ることを忘れてしまう。この二句は、『楚辞』九歌・東君の「羌声色《ああ》人を娯《たの》しましめ、観る者憺《たん》として帰るを忘る」に拠る。「清暉」は清らかな光。「憺」は安らかに落ち着くさま。「遊人」は作者自身をさす。

谷を出発した時は朝早くであったのに、帰りの舟に乗ったときは夕方近くである。辺りは夕景色となり、林や谷はうす暗くなり、一面の夕焼け雲も収束されてゆく。その夕暮れの中、芰《ひし》や荷《はす》が生い茂って互いに映りあい、蒲《がま》や稗《ひえ》が互いに寄り添っている。船から降りて、草など払いのけて南の小道に走って行く。そして楽しい気持ちで東の入り口のところで休んだ。

わが心が安らぐと外物は軽く見え、煩わされることもない。心が満足すると道に違うこともない。「慮澹物自軽」は、心があっさりとしていて、外物に対しては自然に軽視するようになる、の意。「慮澹」は『淮南子《えなんじ》』原道訓に「澹然《たんぜん》として慮《おもい》無し」とあり、「物自軽」は『荀子』修身篇にみえる。いずれも老荘の精神。「慮澹」「意愜」は無心の境地を言う。

長生きしようとするものに云っておこう。この方法（「慮澹」「意愜」）で推しすすめたらどうであろうかと。つまり、ここは世俗に関する心を持たずに、自然の風物を楽しんでいることを強調している。「攝生」も『老子』に見える言葉で、生命を大事にすること。

従斤竹澗越嶺渓行　　謝霊運

「斤竹澗《きんちくかん》」は、今の浙江省楽清《らくせい》県の東南にある谷川。「嶺」は斤竹嶺。紹興《しょうこう》の東南に斤竹嶺があり、そこの谷川。

それを渡り、斤竹嶺を越えて谷川沿いに歩く。ハイキングの詩。全二十二句中、前の十四句が叙景。

従斤竹澗越嶺渓行　斤竹澗《きんちくかん》従《よ》り嶺《みね》を越えて渓行《けいこう》す

猨鳴誠知曙　猨《さる》鳴いて誠《たしか》に曙《あ》けたるを知るも
谷幽光未顕　谷幽《くら》くして光未《いま》だ顕《あきら》かならず
巌下雲方合　巌下《がんか》には雲方《まさ》に合《あつ》まり
花上露猶泫　花上《かじょう》には露猶《な》お泫《しげ》し
逶迤傍隈隩　逶迤《まが》りつつ隈隩《くま》に傍《そ》い
苕遞陟陘峴　苕遞《はるか》に陘峴《みね》に陟《のぼ》る
過澗既厲急　澗《たに》を過《す》ぐるに既《すで》に厲《わた》ること急にして
登桟亦陵緬　桟《かけはし》を登るに亦《ま》た陵《のぼ》ること緬《はる》かなり
川渚屢逕復　川の渚《なぎさ》は屢《しば》しば逕《ゆ》きつ復《もど》りつし
乗流翫廻転　流れに乗《そ》って廻転《うつりかわ》りを翫《たの》しむ
蘋萍泛沈深　蘋萍《うきくさ》は沈深《ふかみ》に泛《うか》び
菰蒲冒清浅　菰蒲《みずくさ》は清浅《あさせ》を冒《おお》う
企石挹飛泉　石に企《つまだ》ちて飛泉《たきつせ》を挹《く》み
攀林擿葉巻　林を攀《ひ》きて葉巻《わかば》を擿《と》る
想見山阿人　山阿《やまずまい》の人を想《お》見《も》い
薜蘿若在眼　薜《まさきのかずら》と蘿《ひかげのかずら》は眼《め》に在るが若《ごと》し

握蘭勤徒結　蘭を握《と》っても勤《むねのうち》は徒《いたず》らに結び
折麻心莫展　麻を折るも心は展《の》ぶること莫《な》し
情用賞為美　情は賞することを用《も》って美と為《な》すも
事昧竟誰弁　事は昧《くら》くして竟《つい》に誰《たれ》か弁ぜん
観此遺物慮　此《こ》れを観《み》て物慮《よのわずらい》を遺《わす》れ
一悟得所遣　一たび悟《さと》って遣《こころや》る所を得《え》たり

〔泫〕露のしたたるさま。〔逶迤〕曲がりくねったさま。〔限隩〕「限」は山の入りくんだところ。「隩」は川の曲がりくねったところ。〔苕遞〕はるかに遠いさま。〔陘峴〕「陘」は連なった山の途中で切れているところ。「峴」は山の小さい峰。〔厲〕着物をかかげて川をわたる。〔急〕せわしく。〔桟〕桟道。かけはし。〔陵緬〕はるか長い路を行く。〔逕復〕行きつもどりつする。〔蘋萍〕「蘋」はよつばうきくさ。「萍」はうきくき。あわせて浮き草の類をいう。〔菰蒲〕真菰《まこも》と蒲《がま》。〔冒〕おおう。〔企〕つまだつ。〔挹〕手にすくう。〔飛泉〕滝の水。〔葉巻〕若葉。〔山阿人〕山鬼のことをいう。『楚辞』九歌・山鬼に「人有るが若《ごと》し　山の阿《くま》に、薜茘《へいれい》を被《き》て女蘿《じょら》を帯とす」とある。〔薜蘿〕前注「山鬼」を参照。〔握蘭勤徒結〕その人はいないので、香りよい蘭の花をとって贈り、胸のうちを伝えたいと思うことも空しい願いだ、の意。〔麻〕香草の名。神麻。『楚辞』九歌・大司命に「疏麻《そま》の瑤華《ようか》たるを折り、将《まさ》に以って離居に遺《おく》らんとす」とある。〔情用賞為美〕味わうところに自然美を感得できる、の意。〔遺物慮〕世俗的な考えを捨てる。『淮南子《えなんじ》』原道訓に「物を遺《わす》れて道と同《とも》に出《い》ず」とある。〔得所遣〕世俗的な是非の判断を捨て去って、絶対者の境地に至ること。『荘子』斉物論の郭象《かくしょう》注に「既に是非を遣《や》り、又《ま》た其の遣《こころや》る所を遣《や》る」とある。

〔韻字〕顕・泫・峴・緬・転・浅・巻・眼・展・弁・遣。

谷川を歩くと、猿が鳴いているから今や夜が明けたのがわかる。それだけ平素、谷間は遅くまでうす暗く日の光は差しこんでこない。

巌《いわお》のもとには今雲が集まっている。花の上には露がまだしとどぬれている。

くねくねと山のくまに沿って進み、はるか高く山々を登っていく。

谷川をわたる時は、急いでわたった上に、かけはしを登る時は長い道を登って行く。

川の中をしばしば行きつ戻りつし、川の流れに沿って舟のまわるのも楽しい。

蘋萍《うきくさ》は深みに浮かび、菰《まこも》と蒲《がま》は浅瀬に繋っている。この二句は新しい表現。

石につま立ってたきつせをくみ、林の枝を引っぱってわかばを摘む。こうした動作もハイキングに伴う遊びである。

山のふもとにすむ山鬼（山神、ここではそこに住む隠者）をみる思いがして、薜蘿《へいら》を着たその人が、眼の前にいるようだ。

香草の蘭をとって贈ろうとするが、その人はいないので、ただねんごろに結んでいます。香草の神麻を折って贈ろうとしても、その人はいないので、心は晴れない。『楚辞』九歌・山鬼、大司命に香草を親しい人に贈る習慣が見える。その風習を詠っているのであり、今の花を贈るのと同じである。

こうした美しい景色を眺めていても、美しいと賞《あじわ》う人が出てはじめてそれを美しいと感じるのであって、このことは心の問題でわかりにくいことであるからいったい誰が明らかにすることができるであろうか。ここに彼の哲学がある。山水にはがんらい美的価値の高下はないが、それを味わうに人によって高下ができる。「情は賞することを用《も》って美と為す」は、さまざまな解釈が可能であろうが、わたくしは、山水はそれを味わう人自身によって、その美的価値が決まるというふうに考える。「賞」とは、がんらい褒美を与える意味であるが、このころには、意味が拡大されて「味わう」「識る」の意味に用いられた。すなわち今日いう鑑賞である。殊に、謝霊運はしばしば山水の美を味わう意味に用いて、鑑賞する心を「賞心」と表現した。これは彼による新しい造語である。

こうした風景を見ていると世俗における憂いなど忘れてしまう。物我一体の境地になってみると、追求に追求を重ねて、そして対立もなくなり、無心の境地になってきた。最後に『荘子』斉物論の郭象の注にもとづいて『遣《こころや》る所』を悟る」という。郭象のいう「遣る所」とは、「排除すべきこと」であり、それは『荘子』では、「是」であり「非」であるなどという対立の論をさしている。

『荘子』斉物論に、元来この宇宙には、「未《いま》だ始《はじ》めより物あらず、到《いた》れり尽《つ》くせり、以って加うる可《べ》からず」という。この論は前に彼是、是非の対立、区別は超越して包和させるところに道があると論じ、ここでも「始め」を論じ、「始め」と認めたところに、始めは無く、更に奥が有るとする。それをつき進めると「有」の根源には「無」があり、「無」の根源をつき進めると、高次元の「無」が有る。無限の「無」である。それは「有」と言うべきか、「無」と言うべきか。郭象はこれに注をして言う。今「是非」は無いというが、「有」りというのと、類しているのか、不類なのかわからない。「類」していると言えば、私は「無」を是とする。「彼」の方は「無」を非とする。かくすると、「不類」ということになる。こうすると「是非」は同じでは無いというが、「是非」が有るのと同じだ。是非をどこまでも追究して、更に追求してもはや是非の対立についていうことがなくなる。こうなると追求するもしないもなくなる。これが無心の境地である。謝霊運は、この郭象の注から示唆を得て、かくて外物との対立のない無心になれる道を悟ったというのである。

この詩では、外物とは「猨《さる》鳴いて誠《たしか》に曙《あ》けたるを知るも」以下の風景である。こうした風景にみとれて、それと一体の融合した境地になってくると、対象の風景は美しく感ぜられるものである。かかる美と感ずる境地を、多くの人々は、全く知らない。そもそも眼前の美しい景色を見ていると、世の中の煩わしいことなど忘れて、あの『荘子』がめざす無心の状態になりうるものだというのである。

「賞」は、更に言えば、外の景色にみとれることである。外物とそれを見ている我とが一体の境地になることであ自然の風景を眺めていると、世俗のことなど忘れ、外物と我とが一体となる「賞」の境地になってくる。これがすなわち無心の状態である。かくてはじめて対象の風景が、真に美しく感ぜられる。この美の哲学は、謝霊運がはじめて言い出したものであり、彼の叙景詩の背後には、すべて、この美の哲学がある。

擬行路難　　鮑　照

鮑照《ほうしょう》（四一四？〜四六〇）、字《あざな》は明遠《めいえん》。東海（江蘇省漣水《れんすい》県の北。一説に山東省郯城《たんじょう》県の北）の出身。身分の低い家に生まれたので、九品官人法の社会ではうまく出世できなかった。臨海王子頊《しぎょく》の前軍参軍であったとき、子頊が反乱を起こし、乱兵のために殺される。

彼の詩は、当時の社会現実を反映して、気骨有るものが多く、民間歌謡の影響を受け、楽府《がふ》を得意とした。七言詩に関係のある特異の人。ロマンチックの風は李白に影響を与え、杜甫は「清新なる庾開府《ゆかいふ》、俊逸なる鮑参軍《ほうさんぐん》」（「春日李白を憶《おも》う」）とたたえる。

「行路難《こうろなん》」というのは古い楽府題で、人生の苦しみや別離の悲しみを歌ったものであると言われている。ただ、漢代から有ったといわれる古辞は残っておらず、古辞をまねした鮑照の「行路難に擬す」が最古の作品である。「行路難に擬す」は全部で十八首（一説に十九首）あり、士族社会に対する不満を歌うものが多い。ここには第四首と第六首を取り上げる。

擬行路難（其四）　　行路難《こうろなん》に擬《ぎ》す

瀉水置平地　　水を瀉《そそ》いで平地に置《お》けば
各自東西南北流　　各自　東西南北に流る

人生亦有命
安能行歎復坐愁
酌酒以自寛
挙杯断絶歌路難
心非木石豈無感
呑声躑躅不敢言

人生亦《ま》た命《さだめ》有り
安《いず》くんぞ能《よ》く行《ゆ》くゆく歎《たん》じ復《ま》た坐《ざ》して愁えんや
酒を酌《く》んで以って自ら寛《ゆる》うし
杯《さかずき》を挙げて路《みち》の難《かた》きを歌うことを断絶《だんぜつ》せよ
心は木石《ぼくせき》に非ず　豈《あ》に感ずること無《な》からんや
声を呑《の》んで躑躅《てきちょく》して敢《あ》えて言わず

〔行歎復坐愁〕歩いては嘆き、座っては愁う。〔寛〕気分をほぐす。〔断絶〕「行路難」の歌を歌うのを断ち切ってしまうこと。あるいは、酒を飲むために一時歌うことを中断すること。また一説に、悲しみや愁いを断ち切ってしまうこと。〔路難〕「行路難」の歌。〔心非木石〕司馬遷《しばせん》「任少卿《じんしょうけい》に報ずる書」の「身は木石に非《あら》ず」に基づく。〔呑声〕声に出そうと思って、またひっこめること。〔躑躅〕行きつもどりつして進まないさま。ここでは口に出して言うのをためらうさま。

〔韻字〕流・愁」寛・難・言。

水を平らな地にそそぐと、それぞれ東西南北に流れていき、どこへ流れるか、方向は定まらない。この二句は、『世説新語《せせつしんご》』文学篇の次の逸話を踏まえる。清談家殷浩《いんこう》が「天は人間に与えるに無心であるのに、何故善人、悪人ができるのか」と問うた。それに対して、同じく清談家の劉惔《りゅうたん》が「水を地にそそいでも、正方形にも円にもならないと同じだ」と答えたと言う。ただ、内容的には、斉梁の無神論者范縝《はんしん》(四五〇～五一五?)が、仏教論者竟陵王蕭子良《きょうりょうしょうしりょう》の「因果がなければ、富貴と貧賤になるのは何故か」という問いに答えて、「木の花が風に吹かれて、しとねの上に落ちるものもあれば、こえだめの上に落ちるものもある。しとねの上におちたのは殿下で、こえだめにおちたのは拙者です」とたとえたのに、より近い。

水と同じく我々の人生もさだめあって、どうあがいてもだめ。歩きながら嘆いたり、座って愁えたり、いつまでも歎き愁え続ける必要があろうか。

そんなことをくよくよせずに、酒を飲んで心をゆるめ、一杯飲んで行路難などのつまらぬ歌を歌うのはやめてしまえ。

とはいえ、わが心は木石ではないから、人生のさだめに対して感じないわけではない。悲しいさだめに対して口に出そうとしても思わずひっこめて、思いつつ、結局口に出そうと思わない。

人生は達命によって左右されるのだから、くよくよするなと言いながらも、やはりそれが気になる。人生の言い難い悲しみを詠む。

擬行路難（其六）　行路《こうろ》難《なん》に擬《ぎ》す

対案不能食　案《つくえ》に対《たい》して食《しょく》する能《あた》わず
抜剣撃柱長歎息　剣を抜いて柱を撃《う》ち長く歎息《たんそく》す
丈夫生世能幾時　丈夫《じょうぶ》　世《よ》に生まれて能《よ》く幾時《いくとき》ぞ
安能畳燮垂羽翼　安《いず》くんぞ能く畳燮《じょうしょう》として羽翼《うよく》を垂《た》れん
棄檄罷官去　檄《げき》を棄てて官を罷《や》めて去り
還家自休息　家に還《かえ》って自《みずか》ら休息す
朝出与親辞　朝に出《い》でて親と辞《じ》し
暮還在親側　暮に還《かえ》って親の側《そば》に在り
弄児牀前戯　児《こ》の牀前《しょうぜん》に戯《たわむ》るるを弄《たの》しみ

看婦機中織　　婦《つま》の機中に織《お》るを看《み》る
自古聖賢尽貧賤　　古《いにしえ》自《よ》り聖賢は尽《ことごと》く貧賤なり
何況我輩孤且直　　何《なん》ぞ況《いわ》んや我が輩は孤《こ》にして且《か》つ直《ちょく》なるをや

〔案〕一人用の小さい膳。一説に、盌《わん》と通じ、わん・はちの類。〔畳燮〕小走りに歩くさま。蹀躞《ちょうしょう》・躞蹀と同じ。〔檄〕徴召などに用いる公文書。〔孤〕孤独ともとれるし、家柄の低いことにもとれる。

〔韻字〕食・息・翼・息・側・織・直。

テーブルに向かっても食べる気にならぬ、面白くない。剣を抜いて柱に打ちつけて長く歎息する。この二句は自己の恵まれぬ環境を言う。

男児たるもの、この世に生まれて何年生きられるか。とすれば、何もちょこちょこ歩きまわって羽をたれて小さくなっていることがあろうか。小さくなって宮仕えすることもあるまい。

御召しの公文書を捨てて官をやめて去り、我が家に帰って休息することになった。

わが家では出かける時は親に別れて、帰ってくると親のそばに侍《はべ》り、寝台のそばで戯れる子供と遊んだり、妻が機織《はたお》りしているのを眺めたりする。ここは日々生活を家族と共に楽しく過ごすことを詠む。

考えてみると、自分のような下級官吏の不遇は当然のこと。聖人、賢人だってみな貧賤であった。ましてや自分のような孤（寒門《かんもん》出身）であり、正直な者が不遇であるのは当然であり、この境遇に満足すべきである。恵まれぬ環境に対する不満を述べ、我と我が身の不遇を慰めんとする作品。

斉

宋の時代、斉に封ぜられた蕭道成《しょうどうせい》（斉・高帝）が、宋の順帝を弑《しい》し、位を奪って即位して、国を斉と号した（四七九）。以後、和帝が梁の武帝（同族蕭衍《しょうえん》）に廃されるまで（五〇一）、凡そ二十二年の短命の王朝であった。

文学は甚だ盛んで、梁と並んで斉梁文学と称せられる。特に斉の武帝の永明年間（四八三～四九三）は、文学盛んで、その詩を永明体と呼び、梁・武帝の天監時代の文学と並び称される。このころの文学者は、宋代に活躍した者であり、また次の梁代も引き継いで活躍している。永明時代だけに活躍した人は、王融《おうゆう》、謝朓《しゃちょう》である。

永明文学はサロン中心で、武帝の子の皇族たちの文学集団が活躍した。文恵太子のもとには沈約《しんやく》らが集まり、随郡王子隆《しりゅう》のもとには謝朓らが集まった。中でも、武帝の第二子竟陵王蕭子良《きょうりょうおうしょうしりょう》の文学集団が盛んで、この下に王融、謝朓、沈約、任昉《じんぼう》、范雲《はんうん》、蕭衍（梁・武帝）、蕭琛《しょうちん》、陸倕《りくすい》らが集まり、「竟陵の八友」と言われる。その他、名のある文人すべてが集まった。

宋頃から文学の中心は賦から詩へとうつりかわり、当時は五言詩が中心であった。彼ら文人たちは音律、調子を重んじ、またその詩は遊びの要素が濃い。それまでの詩は、性情をのべ、志を言ったものであったが、このころから遊びに変わり、ある一つの自然物、器物を題材にして歌うことが盛んになる。また詩の題を中心に詠んだり、分けあって歌ったりしていた。詩は遊戯的で、社交的なものとなり、それは権力者の下に集まり、栄達を願うためのものであった。集まる者は、従って権力者の好みに合わせ、その詩は情緒の細やかさ、音律の制約を特色とする艶麗《えんれい》の詩が多くなる。この艶麗の風は梁代に入り、太子蕭綱《しょうこう》（簡文帝）の東宮時代に流行し、それを「宮体《きゅうたい》」の詩と呼ぶ。

玉階怨

謝朓

謝朓《しゃちょう》（四六四〜四九九）、字《あざな》は玄暉《げんき》。宣城郡（安徽省宣州市）の太守となったことがあるので、謝宣城とも呼ばれる。竟陵王八友の第一で、沈約は彼の五言詩を、二百年来、此《か》くの如《ごと》き詩はなかったと賞賛する。梁の武帝も、三日間、彼の詩を読まぬと、口が臭くなるとたたえた。

謝氏の出で、謝霊運《しゃれいうん》を大謝、彼を小謝、謝恵連《しゃけいれん》を入れて、三謝という。五言詩の大家で、沈約らとともに「永明体」の詩を創始し、韻律美を重んじた繊細優美な詩を多く作った。斉の東昏侯《とうこんこう》の時代、始安《しあん》王蕭瑤光《しょうようこう》が謀反を企てたとき、それに従うのを拒み、三十六歳の若さで獄死する。

名門の出身で生活の憂いはない。当時流行の隠遁思想を抱き、山水を好み、「賞心」を抱く。叙景のある山水詩が特色で、清く明るい山水が歌われている。唐詩に及ぼした影響も大きく、特に李白が彼の詩風を重んじ学んでいる。先ず山水詩と異なった短篇「玉階《ぎょくかい》の怨《うらみ》」を紹介する。この作品は楽府題《がふだい》であり、帝の寵愛を失った宮女の怨みを歌う、いわゆる閨怨詩に属する。「玉階」は玉で飾った階段のことで、宮殿のきざはしをいう。五言絶句で、唐詩の趣がある。唐の李白にも同題の作品があり、そこにはさびしい思いの背景が詠まれている。

玉階怨
夕殿下珠簾
流蛍飛復息
長夜縫羅衣
思君此何極

玉階《ぎょくかい》の怨《うらみ》
夕《ゆう》べの殿に珠簾《しゅれん》を下《おろ》し
流るる蛍　飛び復《ま》た息《いこ》う
長夜　羅衣《らい》を縫う
君を思う　此《こ》れ何《なん》ぞ極《きわ》まらん

〔珠簾〕真珠をちりばめたすだれ。実際に真珠を用いて作ったものでなくても、美しく言うために、このように言う。〔何極〕限りないこと。

〔韻字〕息・極。

夕方の御殿では真珠を飾ったすだれをおろしている。飛びかう蛍がそこに飛んで来たり、またとまったりする。蛍を題材にすることは少なく、眼のつけ所が新しい。これまで蛍は『礼記《らいき》』月令《がつりょう》にも見え、晋の車胤《しゃいん》の蛍火の故事は有名。また「長恨歌」には「夕殿に蛍飛んで思いは悄然《しょうぜん》たり」と玄宗上皇のさびしさを歌う。物思う秋の夜、さびしいままに羅《うすぎぬ》の着物を縫っている。思われるのは君。君を思うことは果てしなく続く、君は全く私の所に御出《おい》でにならぬ。

遊東田　　謝　朓

「東田」は今の南京の北にある鍾山《しょうざん》の東にあった謝朓の別荘。今でも南京市の東郊に美しく聳《そび》えている。ここに孫文《そんぶん》の中山廟《びょう》もあり、紫金山ともいう。明《みん》の初めの都であったため、洪武帝の孝陵もある。今は天文台もあり、古くは三国呉の孫権《そんけん》の墓もある。

遊東田　　東田《とうでん》に遊ぶ
慼慼苦無悰　　慼慼《せきせき》として悰《たのしみ》無きことを苦《うれ》え
携手共行楽　　手を携《たずさ》えて共に行楽《こうらく》す
尋雲陟累榭　　雲を尋《たず》ねんとして累《かさ》なれる榭《うてな》に陟《のぼ》る

随山望菌閣　山に随《したが》って菌《うつく》しき閣を望む
遠樹曖仟仟　遠《とお》き樹は曖《くら》く仟仟《せんせん》たり
生煙紛漠漠　生《のぼ》る煙は紛《みだ》れて漠漠《ばくばく》たり
魚戯新荷動　魚は戯《たわむ》れて新しき荷《はす》動き
鳥散余花落　鳥は散《と》びたって余《のこ》りの花落《お》つ
不対芳春酒　芳春の酒に対《むか》わずして
還望青山郭　還《かえ》って青山の郭を望む

〔慼慼〕憂えるさま。〔悰〕楽しみ。〔累榭〕何層もある高いうてな。『楚辞』招魂に「層台と累榭《るいしゃ》と」とある。〔菌閣〕「菌」は香草の名で、菌《きのこ》のようにりっぱなたかどの。あるいは菌のような形をしたたかどの。「累榭」と同じく『楚辞』に見える語。『楚辞』九懐・匡機《きょうき》に「菌閣《きんかく》　蕙楼《けいろう》」とある。〔遠樹……漠漠〕陶淵明《とうえんめい》「園田の居に帰る」に「曖曖《あいあい》たり遠人の村、依依《いい》たり墟里《きょり》の煙」とある。「仟仟」は芊芊と同じ。こんもりと茂るさま。「生煙」はわき立つもや。「漠漠」は四方に広がるさま。〔魚戯新荷動〕古楽府《こがふ》「江南」による句。〔青山郭〕青々とした山の近くにある村。

〔韻字〕楽・閣・漠・落・郭。

心結ぼれて楽しみのないのにやりきれず、友だちと共に手をとって一緒に遊びに出かけた。ここに「楽しみがない」と云う具体的な原因はわからない。

雲の所まで高くと思って、何層かのうてなに登り、眺めると山なみにしたがって立派な建物が見える。遠くの木々はぼんやりと茂っており、近くにはわき立つ霞が四方に乱れて広がっている。ここは遠景と近景の実景を描いており、静と動が対比されている。

魚が泳ぎ廻《まわ》るので、春の生えたばかりの荷《はす》が揺れ動き、鳥が飛び立ったので、一面に咲いた花がこぼれ落ちる。「魚戯」の句は民間歌謡のまね。この二句は動的であり、「新」「余」が新しく、唐詩の境地に近い。但し、ここでは対句で一つの方向しか示していない。唐になると対句で別の意を示すようになる。

このよき春に酒を酌みかわすこともなく、かえって青々とした美しい山の近くの村を飽かずに眺めている。結びの二句には、美しい風景に見とれる作者の姿がみられる。

この作品の山水描写は、謝霊運のそれと逕庭《けいてい》はない。客観的に山水美を追究する態度は同じである。これを絵に比較するならば、北画と南画の相違がある。謝霊運の詩は北画であり、黒白の線が鮮明である。謝朓の詩は南画であり、黒白の線が不鮮明である。だが清く明るいことは、共通している。

晩登三山還望京邑　　謝　朓

この詩はながく都と離れて旅にあり、たまたま三山に登った時の作。「三山」は今の南京市の西南、長江《ちょうこう》の南岸にある山。周囲が四里あり、三つの峰がある。「還望《せんぼう》」はふりかえって見ること。春の暮、景色を眺め郷愁に誘われる思いを詠んだ作品。

晩登三山還望京邑　　晩《くれ》に三山《さんざん》に登って京邑《けいゆう》を還望《せんぼう》す

灞涘望長安　　灞《は》の涘《ほとり》にて長安を望み
河陽視京県　　河《か》の陽《きた》にて京県《けいけん》を視《み》る
白日麗飛甍　　白日に飛《そ》びえる甍麗《いらかかがや》き
参差皆可見　　参差《しんし》として皆な見る可《べ》し

余霞散成綺　余《のこ》りの霞《かすみ》は散って綺《あやぎぬ》と成り
澄江静如練　澄《す》める江は静かにして練《ねりぎぬ》の如《ごと》し
喧鳥覆春洲　喧《さえず》る鳥は春の洲《なかす》を覆《おお》い
雑英満芳甸　雑《みだ》るる英《はな》は芳《にお》う甸《とち》に満つ
去矣方滞淫　去らん　方《まさ》に滞《とどま》ること淫《ひさ》し
懐哉罷歓宴　懐《おも》うかな　歓《よろこ》びの宴を罷《や》めしこと
佳期悵何許　佳期《かき》　何許《いつ》なるかを悵《うら》み
涙下如流霰　涙下《くだ》りて流るる霰《あられ》の如《ごと》し
有情知望郷　情有り　郷《ふるさと》を望むを知り
誰能縝不変　誰《たれ》か能《よ》く縝《くろかみ》変わらざらん

〔麗〕美しく照らす。〔飛甍〕高くそびえたつ屋根。〔参差〕高低ふぞろいのさま。〔綺〕あやぎぬ。〔錬〕ねりぎぬ。〔芳甸〕香りよい草でいっぱいの郊外。〔去矣〕さあ、帰ろう、の意。〔滞淫〕王粲《おうさん》「七哀の詩」「荊蛮《けいばん》は我が郷《ふるさと》に非ず、何為《なんす》れぞ久しく滞淫《たいいん》せん」に基づく。〔懐哉〕『詩経』王風・揚之水《ようしすい》「懐《おも》うかな　懐うかな、曷《いず》れの日か予旋帰《せんき》せんかな」に基づく。〔何許〕いつ。〔縝〕鬒と同じ。黒髪。

〔韻字〕県・見・練・甸・宴・霰・変。

王粲が覇水《はすい》の岸で長安を望み、潘岳《はんがく》が河陽《かよう》で京県《けいけん》（洛陽《らくよう》）を望んだように、自分は三山で都建康《けんこう》の方を見ている。「覇の涘にて長安を望み」は、王粲の「七哀の詩」「南のかた覇陵《はりょう》の岸に登り、首《こうべ》を回《めぐ》らして長安を望む」をふまえる。「覇」は覇水。長安の町を流れて渭水《いすい》に注ぐ。「涘」は川の岸。また「河《か》の陽《きた》にて京県を視る」は潘岳の「河陽県の作」に「領《うなじ》を引《の》して京室を望めば、南の路《みち》は伐柯《ばっか》に在り」を踏まえる。「河陽」は県名。今の河南省孟県の西。

「京県」は洛陽をさす。

日の下に高い棟の瓦は美しく輝き、棟々高く低くそれぞれ輝いている。残りの霞《かすみ》は散り広がって綺《あやぎぬ》のようにみえ、近くの澄んだ長江は静かに流れてねり絹のように見える。この二句を、明清《みんしん》の批評家は妙趣《みょうしゅ》なりと採り上げ、『詩藪《しそう》』は唐詩のはじめとする。李白、白楽天もこの二句をたたえている。

さえずる鳥は春の洲《なかす》いっぱいに鳴き、さまざまの花が芳しき草の茂る野原にいっぱいである。

立ち去りたいものの、今や永く居り続けた。あの都がしのばれる。都の楽しいうたげも久しくやめてしまった。故郷が思い出されることを言う。彼のいう故郷とは都南京のこと。

故郷に帰れる好き日は何時のことやらと恨まれる。思うと涙は、流れる霰《あられ》の如《ごと》く落ちる。

私には人の情が有り、故郷なる南京を望む気持ちがいっぱいであることがわかる。誰とて黒髪を変えないではおられまい。望郷の念の厚いことを述べる。

謝霊運と同じく、清く明るく、山水を描写している。ただし、謝朓の方には、山水の描写全体に湿《うるお》いがある。つまり作者の感情の陰影が、薄く影をさしている。しかるべき気分を叙景が醸し出しているのである。

梁

斉の時、梁王であった同族蕭衍《しょうえん》が斉の天子を廃し、自立して帝と称し梁を立てる（天監元年・五〇二）。これが武帝である。梁の武帝は若い時から学問を修め、文学に長じ、斉の内乱に乗じて政権を執った。彼の時代は北魏の南侵が衰え、比較的平和な時代であり、そのため首都建康《けんこう》は人口も増え、大都市となる。彼は厚く仏教を信じ、自ら「三宝《さんぼう》の奴《ど》」と称し、父母や皇后のために建康に仏寺を建てた。諸王、貴族もこれに倣《なら》い、斉梁の間には、建康及びその付近には仏寺が多かった。晩唐の詩人杜牧《とぼく》は「南朝四百八十寺、多少の楼台　煙雨の中《うち》」（「江南の春」詩」）と建康周辺の様子を歌う。

梁は南朝において、宋についで長命の王朝であり、比較的安定した国家であった。文化は大いに発達し、文学は六朝における爛熟《らんじゅく》期に当たり、唐代文学のつぼみの時代である。この力になったのは天子武帝をはじめ、諸帝の文才と文学奨励による。ところが、武帝が侯景《こうけい》を採用したことにより、梁王朝は傾き始める。

侯景は北の匈奴の流れをくむ異民族出身であり、梁に降ってきたのを武帝が採用して、河間《かかん》に封じた。この男が後に謀反を起こし、建康を囲んで、武帝を監禁する。武帝は餓死同然で死んでしまい、侯景は簡文帝を擁立し、実権を握った。この頃、武帝の末子、湘東《しょうとう》王繹《えき》は江陵に居り、王僧弁《おうそうべん》と陳覇先《ちんはせん》に侯景を伐たせた。侯景は簡文帝を殺して対抗するが、戦いに破れ、湘東王は江陵《こうりょう》で位につき、元帝という。

この元帝は西魏の宇文泰《うぶんたい》の攻略に破れ、殺される。この時、古今の図書四万巻が焼かれたという。時に建康にいた陳覇先は王僧弁を殺し、後遂《つい》に梁をも滅ぼして、陳を立てる（永定元年・五五七）。

陳は武帝、文帝、臨海王、宣帝、後主の五帝三十二年、禎明《ていめい》二年（五八八）に隋に滅ぼされる。宣帝の子後主は、歌舞音曲に日数を費やし、美女千余人を侍《はべ》らして、政治を省みず、民は重税に苦しめられていた。隋軍が北方から攻めてきて、長江を渡っても、飲酒して詩を作っていたという。

このころの隠遁思想は、実は厭世《えんせい》思想でもある。この厭世思想は、一方ではこの世にあって享楽を求めようという方向にもあり、放縦《ほうじゅう》の享楽思想を助長するものであった。梁の諸天子は、富と権力にまかせて隠遁を唱えながら酒色にふける享楽にはしり、陳の後主を以って頂点に達するのである。

この享楽主義は詩に影響を与え、艶麗《えんれい》文学が花咲くことになる。当時、こうした作品を書かぬ詩人はいない。梁陳の諸天子をはじめ、沈約《しんやく》、任昉《じんぼう》、庾肩吾《ゆけんご》、呉均《ごきん》、何遜《かそん》、徐陵《じょりょう》、庾信《ゆしん》、江総《こうそう》、陰鏗《いんこう》ら、みなそうである。いったい文学が道徳の支配下から脱しようとする気運は魏にあったが、この気運は梁に急激に成長する。自由な空気の下に、南方の明媚《めいび》な山水に囲まれ、審美眼の発達によって助長され、文学批評の傾向が生まれる。劉勰《りゅうきょう》の『文心雕龍《ぶんしんちょうりょう》』、鍾嶸《しょうこう》の『詩品《しひん》』がそれであり、昭明太子の『文選』、徐陵の『玉台新詠』の編纂がある。

詠湖中雁　沈約

沈約《しんやく》（四四一～五一三）、字《あざな》は休文《きゅうぶん》。呉興武康《ごこうぶこう》（浙江省徳清県の西）の人。元嘉《げんか》の末、父は誅《ちゅう》され、家は貧しかったが、勉強家で才能に恵まれていた。博学で、儒道仏に通じ、宋・斉・梁三代に仕えた。斉に記室として仕え、沈記室と呼ばれる。また東陽の太守であったことから、沈東陽とも呼ばれる。梁の建国に尽くし、その功により、尚書僕射《しょうしょぼくや》、建昌《けんしょう》県侯に封ぜられる。天監一二年（五一三）、七十三歳の高齢で亡くなる。時に中軍将軍であった。

斉代では彼は文壇の領袖《りょうしゅう》であり、「竟陵《きょうりょう》の八友《はちゆう》」の一人として活躍した。音韻に通じ、平上去入《ひょうじょうきょにゅう》の四声を考え、それを五言詩にあてはめ、また『四声譜』を作る。これによって文壇で重んぜられた。

いったい中国の文字は、字形、字義、字音の三つからなる。字形、字義は古くから考えられていたが、字音は古い時代では、ほとんど注意が払われなかった。ただ、『詩経』に於いても、押韻《おういん》、双声《そうせい》、畳韻《じょういん》は考えられていた。それが漢代になると、訓詁注釈が盛んとなり、古典を解釈するに、字音が注目された。それには譬況《ひきょう》と仮借《かしゃ》の二つあり、譬況は、「某字若（如）某字」と類似の音を持ってくる。また他の字音を説明するのに用いる。仮借は「某字音某字」「某字読某字」と、同音の字で説明する。魏になると、孫炎《そんえん》が反切法《はんせつ》を発明し、李登《りとう》が『声類《せいるい》』を著わし、音階の宮商角徴羽《きゅうしょうかくちう》の五声で文字を分類する。斉になると周顒《しゅうぎょう》が『四声切韻《せついん》』を考え、平上去入の四つに字を分類する。そして沈約はそれを発展させ、『四声譜』を著わした。これは『四声切韻』を図示したものらしい。当時の四声は実は明らかでない。唐の釈神珙《しゃくしんこう》の引く『元和韻譜《げんないんぷ》』によると「平声は、哀にして安《やす》く、上声は、厲にして挙がり、去声は清にして遠く、入声は直にして促《せま》る」という。その後の四声に似たところもある。

　これを文学作品に応用したのが、王融《おうゆう》、沈約、謝朓《しゃちょう》らであり、沈約は五言詩にとり入れて四声八病《はっぺい》説を唱えた。唐以前にこの四声八病を説明したものについては、これを持ち帰った空海《くうかい》の『文鏡秘府論《ぶんきょうひふろん》』「文筆眼心抄《ぶんひつがんしんしょう》」に詳しい。なおこれについては大分の学者三浦梅園《みうらばいえん》の『詩轍《してつ》』に詳しい。また、我が国には空海の『文鏡秘府論』を先立つこと三十年前に、藤原浜成《ふじわらのはまなり》に『歌経標式《かきょうひょうしき》』があり、歌の歌病《かへい》に七種ありと八病に似た名をいくつか挙げており、内容も似た所がある。浜成が何を参照したのかはわからない。

　この時代、内容的には艶情を歌ったものが多い。これらが発達して後に艶体詩、宮体の詩と呼ばれる。これは貴族社会の遊戯趣味が原因であるが、一つは民間の抒情詩が上流文人に影響したものである。これらは主として『玉台新詠』に収められている。

　「湖中《こちゅう》の雁《がん》を詠ず」は、斉・梁時代、貴族社会に発達したいわゆる詠物詩に属するもの。雁の池に浮かび飛び立って行く様子を歌う叙景詩で、近体詩の趣がある。

詠湖中雁　　湖中《こちゅう》の雁《がん》を詠《えい》ず

白水満春塘　　白水《はくすい》　春の塘《つつみ》に満ち

旅雁毎迴翔
唼流牽弱藻
斂翮帯余霜
群浮動軽浪
単汎逐孤光
懸飛竟不下
乱起未成行
刷羽同揺漾
一挙還故郷

旅雁《りょがん》　毎《つね》に迴《めぐ》り翔《はばた》く
流れに唼《ついば》み弱き藻を牽《ひ》き
翮《つばさ》を斂《おさ》めて余《のこ》りの霜を帯ぶ
群《む》れ浮かぶものは軽浪を動かし
単《ひと》り汎《う》かぶものは孤光を逐《お》う
懸《はる》かに飛んで竟《つい》に下《くだ》らず
乱れ起《た》ちて未だ行《れつ》を成さず
羽を刷《す》って同じく揺《ゆ》れ漾《ただよ》い
一挙に故郷に還《かえ》る

〔旅雁〕北へ帰って行こうとする雁。〔唼〕ついばむ。〔弱藻〕若い水草。〔翮〕羽の茎。翼。〔孤光〕一すじ差しこむ光。

〔懸〕はるかに。〔成行〕李善《りぜん》注に引く『白虎通《びゃっこつう》』に「雁飛べば乃《すなわ》ち行《れつ》を成す」とある。〔刷羽〕互いに羽をすりあうこと。あるいは、羽をこすって汚れを落とすことか。〔揺漾〕揺れてただようさま。一説に、飛ぶさま。

〔韻字〕塘・翔・霜・光・行・郷。


白く光った水は、春のつつみに満ちている。北に帰る旅の雁はたえず翔《か》けめぐっている。

流れの中でついばみながら若い藻を引っぱっている。また羽根を収めておそ霜をかぶっている。

さて、飛びたつ時群れで浮かんでいるものは、軽い浪《なみ》を立てて飛び立ち、ひとりで浮かんでいたものは、差しこむ光の中の仲間を逐う。

はるか空高く飛んで降りてこない。乱れ飛び立って行列を作っていない。

羽根を刷りあわせてともにただようように飛んで行き、一挙に故郷に還ろうとしている。

陳倩父《ちんせんほ》が「物を写し、其の生動を写す。群浮の二句、湖を兼《か》ね、並《なら》びに神至の筆を出す」と評す（『采菽堂古詩選《さいしゅくどう》』）通り、眼前の事物を写生した作品。作者の感情も意図も感じられない叙景詩。

別范安成　　沈約

「范安成」は范岫《はんしゅう》のこと。「安成」は今の広西省賓陽《ひんよう》県の近くの地名。范岫が安成の内史《ないし》になったことがあるので范安成と呼ぶ。この詩は范岫が安成の内史となって行くのを送った詩であり、近体詩的発想が窺える。

別范安成
生平少年日
分手易前期
及爾同衰暮
非復別離時
勿言一樽酒
明日難重持
夢中不識路
何以慰相思

范安成《はんあんせい》に別る
生平《せいへい》少年の日
手を分かつも前期《ぜんき》になり易《やす》し
爾《なんじ》と同《とも》に衰暮《すいぼ》す
復《ま》た別離の時に非《あら》ず
言う勿《な》かれ　一樽の酒
明日　重《かさ》ねて持《じ》し難《がた》しと
夢中　路《みち》を識《し》らず
何を以って相思を慰《なぐさ》めん

〔分手〕別れる。〔前期〕将来の再会を約束した日。〔衰暮〕年をとって衰える。〔夢中不識路〕李善《りぜん》注に引く『韓非子』によると、戦国時代の張敏《ちょうびん》は親友の高恵《こうけい》に会いたく思って夢の中で訪ねて行ったが、途中で道がわからなくなってひきかえしてくることが数回あったとある。

〔韻字〕期・時・持・思。

これまで若き時には、先に約束した日に会えたものだった。お前とともに年を取ってしまい、あの若いときの別離して再会を期するのと、今回の別れとは違い、もう別れると会えぬかも知れぬ。ここまでの四句の表現には無理がある。

今は別れるが、この一樽のわずかな酒を、明日再び持って飲むことはできないなどと言ってくれるな。会える時もあるかも知れぬ。

会いたくて夢の中で思って、夢の中では路がわからない。どのようにしてこの君を思う情をなだめたらよいかわからない。

擬陶徵君潛田居　　江　淹

江淹《こうえん》（四四四～五〇五）、字《あざな》は文通《ぶんつう》。済陽考城《さいようこうじょう》（河南省民権県の北。一説に江蘇省鎮江市附近）の人。宋・文帝の時、低い身分の家に生まれ、梁・武帝の天監年間に卒《しゅっ》す。年六十二歳。宋・斉に仕え、梁では出世して醴陵《れいりょう》侯に封ぜられる。若い頃は文名を馳せたが、晩年は才能が衰え、「江郎　才尽《つ》く」と言われた。消極的な性格で、道教、仏教を信ずる。

彼の作品には、時代の風潮であった艶麗《えんれい》の風がなく、賦などには悲哀の情が満ちている。「別れの賦」は別れの悲しみを述べ、別れを分析しており、「恨みの賦」は恨みをもって死んだ人々の気持ちを述べる。人の死、人生無常は従来からも言われていたが、死の恨みを分析したのは江淹に始まる。これは晋宋に哲学的分析が盛んであったことの影響であろう。
「陶《とう》徴《ちょう》君《くん》潜《せん》の田居《でんきょ》に擬《ぎ》す」は、「雑体詩」三十首の中の一篇。「雑体詩」は、漢以来の詩人三十人を選び、各詩人の風体を模擬したもので、彼の代表作。三十首のうち、嵆康《けいこう》、阮籍《げんせき》、陶淵明《とうえんめい》にまねたのは、その風が似ている。これは彼の性格と一致しているせいであろう。彼には古《いにしえ》にまねた擬古の詩が多いが、復古ではなく、古人の長所をつかんだ新しい古詩である。なかなか優れた対句を使うが躍動するものがない。「陶徴君潜」は陶淵明（陶潜）のこと。「徴君」は「徴士」と同じで、学問徳行があって、徴《め》されても出仕しない人のことをいう。陶淵明が宋の武帝の求めに応じなかったのでこのようにいう。「田居」は「園田の居に帰る」をさすのであろうが、それを直接模擬したというわけではない。

擬陶徴君潜田居　　陶《とう》徴《ちょう》君《くん》潜《せん》の田居《でんきょ》に擬《ぎ》す

種苗在東皐　　苗を種《う》えて東皐《とうこう》に在り
苗生満阡陌　　苗生《しょう》じて阡陌《せんぱく》に満《み》つ
雖有荷鋤倦　　鋤《すき》を荷《にな》いて倦《う》むこと有りと雖《いえど》も
濁酒聊自適　　濁酒　聊《いささ》か自《みずか》ら適《たの》しむ
日暮巾柴車　　日暮には柴車《さいしゃ》に巾《おおい》し
路闇光已夕　　路《みち》闇《くら》くして光已《すで》に夕《ゆう》べなり
帰人望煙火　　帰る人は煙火を望み
稚子候檐隙　　稚子《おさなご》は檐隙《えんげき》に候《ま》つ

問君亦何為　君に問う亦《ま》た何の為《ため》にと
百年会有役　百年会《かなら》ず役《えき》有りと
但願桑麻成　但《た》だ願う　桑麻《そうま》　成り
蠶月得紡績　蠶月《さんげつ》に紡績するを得んことを
素心正如此　素心《そしん》は正《まさ》に此《か》くの如《ごと》し
開逕望三益　逕《みち》を開いて三益を望まん

〔東皐〕陶淵明の「帰去来《ききょらい》の辞《じ》」に「東皐《とうこう》に登りて以って舒《おもむろ》に嘯《うそぶ》く」とある。ただし、「皐」は本来、さわ、水田の意味なので、江淹はその意味で用いたのかも知れない。〔阡陌〕田のあぜ道。南北に走るのを「阡」、東西に走るのを「陌」という。〔荷鋤〕「園田の居に帰る」に「晨《あした》に興《お》きて荒穢《こうわい》を理《おさ》め、月を帯び鋤《すき》を荷《にな》いて帰る」とある。〔濁酒聊自適〕陶淵明の「己酉《きゆう》の歳《とし》九月九日」に「何を以って我が情に称《かな》えん、濁酒　且《しばら》く自《みずか》ら陶《たの》しまん」とある。〔巾柴車〕「巾」は車にほろをかけること。「柴車」は粗末な車。陶淵明「帰去来の辞」に「或いは巾車に命ず」とあるが、李善《りぜん》注に引くものには「或いは柴車に巾す」とある。〔稚子候檐隙〕「檐隙」はのき下のすきま。「帰去来の辞」に「僮僕《どうぼく》は歓《よろこ》び迎え、稚子《ちし》は門に候《ま》つ」とある。〔役〕仕事。〔但願桑麻成〕「園田の居に帰る」に「相《あ》い見て雑言無く、但《た》だ道《い》う桑麻長《の》びたり」とある。〔蚕月〕養蚕をする月。〔素心〕飾らない心。本心。顔延之《がんえんし》の「陶徴士《とうちょうし》の誄《るい》」に「長じて実《じつ》に素心なり」とある。〔開逕〕漢の将詡《しょうく》が庭の三逕を用いて、求仲、羊仲を迎え入れ、仲よく遊んだ故事に基づく（『三輔決録《さんぽけつろく》』）。陶淵明「帰去来の辞」に「三逕は荒に就《つ》けども、松菊は猶《な》お存す。」とある。〔三益〕『論語』季氏篇に「孔子曰わく、益者三友……直《なお》きを友とし、諒《りょう》を友とし、多聞《たぶん》を友とするは益なり」とあり、良友のことをいう。

〔韻字〕陌・適・夕・隙・役・績・益。


東の丘の畑に苗を植えた。苗はあちこちのあぜ道までいっぱいに生えてきた。

一日働いて鋤《すき》を荷《にな》って疲れて一休みすることはあるが、その時はどぶろくでまずは楽しむことができる。

農業を終えて日暮れて柴の車（粗末な車）にほろをかけて帰る。途中の道は暗く、日の光はもはや夕方である。帰宅を急ぐ自分は家の方のかまどの煙や火《ほ》かげをみる。家にいる幼な子はのき下の間で私を待っている。君に聞くがなんのためにそんなに働くのかと。生きている百年間は必ず仕事があるものだと答える。ここには江淹の考えが入っている。

今はただ桑や麻が成長することと、蚕《かいこ》の月には紡《つむ》ぐことができるようにと願うばかりだ。生まれながらの心は全くこれだけだ。ただ山道の門を開けて、三益の友を迎え入れたい。「三益を望まん」は江淹の考えに拠る。

ところどころに陶淵明の詩句を使い、陶淵明になったつもりで作った作品。陶淵明の考え方を踏まえて作られているが、時に江淹自身の考えを交えている。

相送　　何遜

何遜《かそん》（?～五一八）、字《あざな》は仲言《ちゅうげん》。東海郯《たん》（山東省郯城県）の人。宋の数学者何承天《かしょうてん》の子孫。八歳の時に既に詩を作り、若年にして范雲《はんうん》に認められ、忘年の交わりを結んだ。沈約《しんやく》も「一日三復するも、已《や》む能わず」と、その詩をほめ、梁・元帝も重んじる。世に劉孝綽《りゅうこうしゃく》と併称し、何劉《かりゅう》といわれる。若くして死んだため、詩の数は多くないが、山水の美を歌い、清らかな格調の詩は謝朓《しゃちょう》の詩に相い似るものがある。感情を詩に入れ、憂愁と山水の美とを融合させた感情移入の詩がある。その清麗な自然表現は杜甫に好まれ、模倣される。

「相《あ》い送る」は、旅立つ人を送る詩ではなく、自分が旅立つとき、見送ってくれた人に贈った詩である。いわゆる留別《りゅうべつ》の詩。

相送　　相《あ》い送る
客心已百念　　客心《かくしん》　已《すで》に百念
孤遊重千里　　孤遊《こゆう》　重《かさ》ねて千里
江暗雨欲来　　江は暗く雨来《き》たらんと欲《ほっ》し
浪白風初起　　浪《なみ》は白く風は初《はじ》めて起こる

〔客心〕旅人の心。作者みずから言う。〔百念〕心中にわき起こるさまざまの思い。〔重〕「已百念」である上に「千里」を重ねる。

〔韻字〕里・起。

わが旅の心は出立の時に、はや千々に乱れている。一人旅は、その上千里の旅である。長江は暗く雨は今にも降り出そうとしている。浪《なみ》は白く波立ち、風は今や吹き出した。心を愁えさせる風景であり、唐詩五言絶句の趣がある。風景の中に憂いの感情を移入している。晋宋の頃、自然に親しんで得た体験、その気分が詩に歌われるようになるのである。

詔問山中何所有、賦詩以答　陶弘景

陶弘景《とうこうけい》（四五二～五三六）、字《あざな》は通明《つうめい》。丹陽秣陵《たんようまつりょう》（江蘇《こうそ》省江寧県）の人。道術を好み、山水を愛する。斉の時代には仕官したが、梁になって句曲《こうきょく》山に隠棲し華陽真人《かようしんじん》と号した。梁・武帝は朝廷に大事があると必ず彼に諮問をしたので、時人は彼のことを「山中宰相《さいしょう》」と呼んだ。山水を詠ずるのが特色。この詩は、斉の高帝蕭道成《しょうどうせい》が書信を送って、「山の中には何があるか」と尋ねたのに対する答えの詩。五言絶句で唐の風有り。

詔問山中何所有、賦詩以答

詔《みことのり》して山中に何《なん》の有る所ぞと問《と》わる、詩を賦《ふ》して以《も》って答う

山中何所有　　山中　何《なん》の有る所《ところ》ぞ

嶺上多白雲　　嶺上《れいじょう》　白雲多し

只可自怡悦　　只《た》だ自《みずか》ら怡悦《よろこ》ぶ可《べ》し

不堪持寄君　　持《も》ちて君に寄するに堪《た》えずと

〔怡悦〕よろこぶ。

〔韻字〕雲・君。

山中には何があるかと問われ、答える。嶺の上には白雲が多い。ただひとり喜んでいることができるばかりで、君の所に持っていくわけには行かない、それが残念だと。

陳

玉樹後庭花　　陳叔宝

陳叔宝《ちんしゅくほう》（五五二〜六〇四）、陳の後主、字《あざな》は元秀《げんしゅう》、小字は黄奴《こうど》。呉興《ごこう》長城（浙江省長興県の東）の人。陳・宣帝の長子。陳の最後の天子、そこで後主といわれる。隋・文帝の仁寿四年（六〇四）に卒《しゅっ》し、年五十二歳。

国政には全く関与せず、一生を飲酒と詩作に過ごした。天才的詩人。『南史』本紀に政治を省みず、酒色に耽《ふけ》ったことが詳しい。禎明《ていめい》の初《はじめ》（五八七）に隋軍が入城し、隋軍に捉《とら》えられ、長安に送られる。隋の文帝は彼を厚遇し、彼は長安でも日夜酒色に耽ったと言う。

宮中には美貌で選んだ宮女千余人が居り、そばには張貴妃《ちょうきひ》、孔貴人《こうきじん》が常に従っていた。後主と張貴妃とは、玄宗《げんそう》と楊貴妃《ようきひ》との関係のようであった。江総《こうそう》、孔範《こうはん》ら十人が宴に預かり、狎客《こうかく》と言われる。五言詩を作らせ、遅ければ罰酒す。後主は常に新声を作し、千百の宮女に歌わせていた。その中に「玉樹後庭花」があった。

「玉樹後庭《ぎょくじゅこうてい》の花」は陳の後主が創《つく》った楽曲の名。甚だ悲しいメロディーであったという。後主の直接作った「玉樹後庭花」は、今五言二句（「玉樹後庭花、花開不復久」）しか残っておらず、右の七言体の作品は、他の人の作ではないかとも云われている。後主は、亡国の君主といわれ、この歌は亡国の歌と言われる。

　　玉樹後庭花　　　　玉樹《ぎょくじゅ》後庭《こうてい》の花

麗宇芳林対高閣　　麗《うつく》しき宇《いえ》　芳《かんば》しき林　高閣《こうかく》に対し

新妝艶質本傾城　新しき妝《よそおい》　艶《あで》やかな質《からだ》　本《もと》もと城を傾く
映戸凝嬌乍不進　戸に映じ嬌《なま》めかしさを凝《こ》らし乍《たちま》ち進まず
出帷含態笑相迎　帷《とばり》より出《い》でて態《しな》を含み笑って相《あ》い迎う
妖姫瞼似花含露　妖《よう》姫《き》の瞼《かお》は花　露を含むに似たり
玉樹流光照後庭　玉樹より流るる光は後庭を照らす

〔麗宇〕壮麗な宮殿。〔新妝〕化粧をしたばかりの。〔艶質〕あでやかな体つき。〔傾城〕城を傾けるほどの美人。漢の李延年《りえんねん》の歌に「北方に佳人有り、絶世にして独立す。一たび顧みれば人の城を傾け、再び顧みれば人の国を傾く」とある。〔凝嬌〕思いきりなまめかしくする。〔含態〕しなを作る。〔瞼〕かお。〔玉樹〕仙木の名。五色の文のある玉の木。ここでは庭園に生えている珍しい木をいう。

〔韻字〕城・迎・庭。

美しき家、香る林は高殿と向かいあい、ここに美しい女がいる。化粧したてであでやかな体つき、もともと城を傾けるほどの美人。入り口の所で輝くばかりなまめかしさをこらし進まない。とばりの所から出て来て、しなを作り笑って出迎えてくれる。媚《こ》びる女のその顔は露を含む花のように美しい。玉樹から流れる光は奥の庭を照らしている。

宮女の美しい姿を歌った艶体《えんたい》の詩である。彼は進んで艶体の詩を作り、民間歌謡のまねをし、人生の哀愁を歌うものが多い。ただその詩は軽薄なそしりを免れない。

別毛永嘉　　徐陵

徐陵《じょりょう》（五〇七～五八二）、字《あざな》は孝穆《こうぼく》。東海郯《たん》（山東省郯城県）の人。若くして文章巧みで、老荘の学を好み、長じて史籍に博《ひろ》く渉《わた》り、また口弁に長ずる。性格は豪放。父の徐摛《じょち》と共に梁に仕える（梁・簡文帝の東宮時代）。後、陳《ちん》に仕え、宣帝の時、尚書左僕射《しょうしょさぼくや》となる。後主の時、太子少傅《しょうふ》となる。公の公文書は、ほとんど彼の手になり、その「陳公九錫文《ちんこうきゅうしゃくぶん》」は美麗で、一代の文宗と言われる。一文が出ると、好事者は伝写して、これを論じ内外に伝わったという。詩は庾信と並称され、徐庾体といわれ、宮体詩の担い手であった。漢から梁に至るその風を集めた『玉台新詠』を編纂《へんさん》する。その序は当時流行の駢儷《べんれい》文の模範といわれるもので、その詩には唐律を思わせるものがある。

「毛永嘉《もうえいか》と別る」は、徐陵が、永嘉に旅立つ「毛永嘉」を送ったときに作ったもので、徐陵はその年に死んでいる。「毛永嘉」は徐陵の後輩の毛喜《もうき》のこと。永嘉内史《ないし》になったことがあるので、こう呼ばれる。毛喜は陳の重臣であったが、後主に退けられ、永嘉内史に左遷させられた。

別毛永嘉

願子厲風規
帰来振羽儀
嗟余今老病
此別空長離
白馬君来哭
黄泉我詎知

毛永嘉《もうえいか》と別る

子《し》が風規《ふうき》に厲《はげ》み
帰来《きらい》して羽儀《うぎ》を振《ふる》わんことを願う
嗟《ああ》　余《われ》今老いて病む
此《ここ》に別れなば空《むな》しく長《とこし》えに離れん
白馬の君　来《き》たり哭《こく》すとも
黄泉の我　詎《なん》ぞ知らん

徒労脱宝剣　徒《いたず》らに労《ろう》す　宝剣を脱《ぬ》ぎ

空掛隴頭枝　空《むな》しく隴頭《ろうとう》の枝に掛《か》く

〔風規〕風諫箴規。諷諭し諫《いさ》めただすこと。〔振羽儀〕威儀を正し、堂々たる風采《ふうさい》で朝廷に仕える。

〔韻字〕規・儀・離・知・枝。

あなたは太守として職務に励み、任終えて帰ってきたら、威儀を正して立派に朝廷に仕えてもらいたい。考えてみると私は今や年をとって病気であり、今別れたらこのまま空しく永久の別れとなるでしょう。あの後漢の范式《はんしき》の夢の中で、死んだ張劭《ちょうしょう》が別れにやって来たので、范式が白馬で葬式に駆けつけたという如《ごと》く、君が白馬に乗って私の死んだのを哭《こく》しにやって来ても黄泉の我が身はなんでそれがわかりましょう。こんなことも無駄のこと、私が死んでしまったら、あの昔の呉の季札《きさつ》が宝剣を脱いで、徐の君の墓の木に空しく掛けたようなことをしても。

「白馬の君　来たり哭すとも」は、後漢の范式と張劭の故事による。張劭と范式は親友であった。張劭が死ぬと、范式は夢を見た。夢の中で張劭が別れにやってきて、葬式の日どりを告げるのである。范式は白馬に白木の車をつけてすぐに葬式に駆けつけたが、柩《ひつぎ》はすでに出発していた。ところが、柩は墓穴のところまで来ると、それ以上動こうとしない。范式が来て、別れの言葉をのべて引き綱を引くと、やっと柩車《きゅうしゃ》は動いた（『後漢書』范式伝）。また「徒《いたず》らに労《ろう》す　宝剣を脱ぎ、空しく隴頭《ろうとう》の枝に掛《か》く」は、春秋時代の呉の季札の故事による。呉の季札が晋国に使いする途中、徐国に立ち寄った。季札は、徐の君が自分の持っている宝剣を欲しがっているのを察して、帰りにまた立ち寄って贈ろうとしたが、徐の君はすでに死んでいた。そこで季札は剣を墓辺の木の上にかけて去っていった（『新序』節士篇）。「隴頭」は墓のほとり。この時代は、この作品の後半のように故事を用いることが流行する。

北朝

木蘭詩

余冠英《よかんえい》の『楽府《がふ》詩選』によると、これは女の英雄が父にかわって従軍した故事をうたった詩である。時代については諸説あるが、五胡乱立より前に作られたものではない。それは歴史地理的条件から判定できる。また陳以後のものでもない。なぜなら陳・釈智匠《しゃくちしょう》の『古今楽録《ここんがくろく》』には、すでにこの詩の題目があげられているからである。おそらくこの事件と詩は、ともに北魏（三八六～五三一）におこったものであろう。なぜなら、北魏と蠕蠕《ぜんぜん》（柔然《じゅうぜん》）との戦争が詩中の地名とよく合うからである。（羅根沢《らこんたく》の説ではこの詩の成立年代を五三五～五五六年とする。）

詩中の地名などからも、木蘭《もくらん》は北魏の人で、この詩もその頃の作とされているが、詳しいことはわからない。

木蘭詩　　木蘭《もくらん》の詩

喞喞復喞喞　　喞喞《そくそく》 復《ま》た 喞喞《そくそく》
木蘭当戸織　　木蘭《もくらん》は戸に当《あ》たりて織る
不聞機杼声　　聞かず 機杼《きちょ》の声
唯聞女歎息　　唯《た》だ聞く女の歎息《たんそく》するを
問女何所思　　女に問う 何《なん》の思う所《ところ》ぞ

問女何所憶
女亦無所思
女亦無所憶
昨夜見軍帖
可汗大点兵
軍書十二巻
巻巻有爺名
阿爺無大児
木蘭無長兄
願為市鞍馬
従此替爺征
東市買駿馬
西市買鞍韉
南市買轡頭
北市買長鞭
旦辞爺嬢去
暮宿黄河辺
不聞爺嬢喚女声

女に問う　何《なん》の憶《おも》う所ぞ
女も亦《ま》た思う所無からんや
女も亦《ま》た憶《おも》う所無からんや
昨夜　軍帖《ぐんちょう》を見るに
可汗《かかん》　大いに兵を点《てん》ず
軍書　十二巻
巻巻《かんかん》に爺《ちち》の名有り
阿爺《あや》には大児無し
木蘭《もくらん》には長兄無し
願《ねが》わくは為《ため》に鞍馬を市《か》い
此《こ》れ従《よ》り爺《ちち》に替《か》わりて征《ゆ》かん
東市に駿馬《しゅんめ》を買い
西市に鞍韉《あんせん》を買う
南市に轡頭《ひとう》を買い
北市に長鞭《ちょうべん》を買う
旦《あさ》に爺嬢《ちちはは》に辞し去り
暮《ゆうべ》に黄河の辺《ほとり》に宿る
聞かず　爺嬢《ちちはは》の女《むすめ》を喚《よ》ぶ声

木蘭詩

但聞黄河流水鳴濺濺
旦辞黄河去
暮至黒山頭
不聞爺嬢喚女声
但聞燕山胡騎鳴啾啾
万里赴戎機
関山度若飛
朔気伝金柝
寒光照鉄衣
将軍百戦死
壮士十年帰
帰来見天子
天子坐明堂
策勲十二転
賞賜百千彊
可汗問所欲
木蘭不用尚書郎
願馳千里足

但《た》だ聞く　黄河の流水　鳴ること濺濺《せんせん》たるを
旦《あさ》に黄河を辞して去り
暮《ゆうべ》に黒山《こくざん》の頭《ほとり》に至る
聞かず　爺嬢《ちちはは》の女を喚《よ》ぶ声
但《た》だ聞く　燕山《えんざん》の胡騎《こき》　鳴くこと啾啾《しゅうしゅう》たるを
万里のかた戎機《じゅうき》に赴《おもむ》く
関山《かんざん》　度《わた》ること飛ぶが若《ごと》し
朔気《さくき》は金柝《きんたく》を伝へ
寒光《かんこう》は鉄衣を照らす
将軍は百戦して死し
壮士は十年にして帰る
帰り来《き》たって天子に見《まみ》ゆれば
天子は明堂《めいどう》に坐す
策勲《さくくん》は十二転し
賞賜《しょうし》は百千彊《あまり》
可汗《かかん》は欲する所を問う
木蘭《もくらん》は用《ほっ》せず　尚書郎《しょうしょろう》を
願《ねが》わくは千里の足を馳せ

送児還故郷
爺嬢聞女来
出郭相扶将
阿姉聞妹来
当戸理紅妝
小弟聞姉来
磨刀霍霍向猪羊
開我東閣門
坐我西閣牀
脱我戦時袍
著我旧時裳
当窓理雲鬢
挂鏡帖花黄
出門看火伴
火伴皆驚忙
同行十二年
不知木蘭是女郎
雄兎脚撲朔

児《われ》を送って故郷へ還《かえ》らしめんことを
爺嬢《ちちはは》は女《むすめ》の来《き》たるを聞き
郭《しろ》より出《い》でて相《あ》い扶将《たす》く
阿姉《あね》は妹の来《き》たるを聞き
戸に当《あ》たって紅妝《こうしょう》を理《おさ》む
小弟《おとうと》は姉の来《き》たるを聞き
刀を磨《みが》きて霍霍《かくかく》として猪羊《ちょよう》に向かう
我が東閣の門を開き
我が西閣の牀《しょう》に坐し
我が戦時の袍《ほう》を脱ぎ
我が旧時の裳を著《き》る
窓に当《あ》たって雲鬢を理《おさ》め
鏡を挂《か》けて花黄《かこう》を帖《つ》け
門より出《い》でて火伴《とも》を看《み》れば
火伴《とも》は皆な驚《おどろ》忙く
同行すること十二年
知らず木蘭は是《こ》れ女郎なりしを
雄兎は脚《あし》撲朔《ぼくさく》たり

雌兎眼迷離
両兎傍地走
安能弁我是雄雌

雌兎は眼《め》 迷離《めいり》す
両兎 地に傍《そ》って走らば
安《いず》くんぞ能《よ》く弁ぜん 我は是《こ》れ雄雌なるかを

〔唧唧〕歎息の声、一説に、機《はた》を織る音。この冒頭の六句はもと「折楊柳枝歌《せつようりゅうしか》」より来たもの。「敕敕」「唧唧」「力力」「側側」は、すべて歎きの声。擬声語。『楽府詩集』は「唧」をすべて「蝍」に誤る。楽府詩集校語に、首句を、一に「促織何唧唧」に作ると。〔木蘭〕女子の名、姓氏も住所もわからない。後世いろいろ説が出たけれども信ずるに足るものはない。〔当〕向かい合う。〔機杼〕機のひ。〔軍帖〕徴兵の名簿。〔可汗〕西域や北方の異民族の君主に対する呼称。〔点〕徴兵。兵籍簿の人名の上に点をうって、えらびだすこと。〔軍書〕軍帖と同じ。〔爺・阿爺〕父。〔市〕買う。〔鞍韉〕「韉」は馬の鞍の下にかけるおおい。〔轡頭〕くつわ。〔嬢〕母。一本「娘」に作る。〔濺濺〕川のはやく流れる音。〔黒山〕殺虎《さっこ》山のこと。蒙古語では、阿巴漢喀喇《アハカンコラ》山という。呼和法特《フフホト》の東南百里にあるという。一説に天寿山のこと。河北省昌平県の北にある。〔燕山〕燕然《えんぜん》山をいう。いま蒙古人民共和国領土内にある杭愛山のこと。一説に薊《けい》北から遼《りょう》西へ連なる燕山山脈のこと。〔啾啾〕馬の鳴き声。〔戎機〕戦争。「戎」はいくさ、「機」は重要な所。〔朔気〕北方の寒気。〔金柝〕刁斗《ちょうと》のこと。銅で作った銅鑼《どら》の一種。軍中において、日中は鍋として使用し、夜間は打ちならして時刻を知らせた。一斗の容量がある。〔鉄衣〕よろい。〔天子〕上文では可汗と言い、ここでは天子と言い、下文ではまた可汗と言って、二つの呼称が混用されている。〔明堂〕天子が祖先の祀《まつ》りを行ったり、諸侯を集めて会議を行ったりする所。ここでは朝廷の意。〔策勲〕勲功を記録すること。〔十二転〕軍功が一つ加わるごとに爵位が一級あがり、それを一転という。十二転とは、非常に高い位に昇ることをいう。〔賞賜〕楽府詩集校語に、一に「賜物」に作ると。〔彊〕余り。強に通ずる。〔木蘭不用尚書郎〕楽府詩集校語に、一に「欲与木蘭賞、不願尚書郎」に作ると。〔尚書郎〕尚書省の次官。宮中で文書を発することをつかさどる官。極めて高い位である。ただし、ここでは実際に木蘭に尚書郎の官が与えられたというのではない。〔千里足〕一日に千里走る馬。〔児〕木蘭の自称。〔郭〕町の外側をとりめぐった塁壁。〔扶将〕ささえあう。〔紅妝〕「妝」は粧と同じ。〔霍霍〕刀などが光るさま。別に、はやいさまとする説もある。〔東閣門〕東側の小門。〔西閣〕西側の部屋。「閣」は一本「間」に作る。〔袍〕上衣。〔雲鬢〕雲のように美しい鬢。「鬢」は顔の横、耳のあたりの髪。〔帖花黄〕「帖」

は塗る。「花黄」はおしろいの一種。六朝から女子のあいだに黄額粧というのがあって、額の間を黄色に化粧していた。〔火伴〕戦友。仲間。十人一組を「火」という。〔女郎〕娘。〔雄兎……〕これ以下は、作者が木蘭の行動を賛える言葉。〔撲朔〕足のすすまぬさま。一説に散乱するさま。〔迷離〕はっきり見えないさま。〔両〕一本「双」に作る。

〔韻字〕唧・織・息・憶・憶」兵・名・兄・征」韉・鞭・辺・濺」頭・啾」機・飛・衣・帰」堂・彊・郎・郷・将・妝・羊・牀・裳・黄・忙・郎」離・雌。


しくしくと、しくしくと、木蘭は、入り口のところではたを織っている。

はたの音は聞こえず、女のため息だけが聞こえてくる。

むすめさん、「何を思っていらっしゃるか」「何を思い出していらっしゃるのか」

「女のわたしにも思うことはあります、思い出すことはありますとも。

昨夜、徴兵書類を見ていると、殿様は大いに軍兵を点検なされている。

その軍隊帳簿十二巻には、どの巻にもみな父の名が載っている。

ところが父には長男がおりませぬ。この木蘭には長兄がありません。

ですから鞍と馬を買って、これから父にかわって戦いに行かせてください。」

(そこで木蘭は)東の市で駿馬を買い、西市で鞍を買い、
南の市で馬のくつわを買い、北の市で長いむちを買い、軍装を備えた。

朝に父母に別れを告げて、日暮れには黄河の辺に宿った。

父母のむすめを呼ぶ声は聞こえず、ただ黄河の水が、とうとうと鳴っているのが聞こえるだけ。

次の朝もう黄河に別れを告げて、日暮れには黒山のほとりに到着した。

父母のむすめを呼ぶ声は聞こえず、ただ燕山のえびすの馬が、ものがなしく鳴いているのが聞こえるのみ。

万里を越えて戦いの決戦場へとむかう。関所の山々を飛ぶがごとくわたってゆく。

北方の冷気は、金柝《きんたく》の響きを伝えてくる、寒い月光は兵士のよろいを照らしている。

将軍は百戦してのち戦死したけれども、わが壮士は十年ぶりに帰ってきた。

帰ってきて天子にお目どおりすると、天子は明堂に坐して謁見になる。

勲功を記して十二階級の特進となった。賜わり物の数は百千余。

殿様は何が欲しいかと問われたが、木蘭は尚書郎となることさえ欲しない。

「どうか、千里を走る馬をはしらせて、わたしを故郷へ送りかえしてください。」

父母はむすめが帰って来たと聞いて、手をとりあって城外に出る。

姉さんは妹が帰って来たと聞いて入り口のところでべにをつける。

弟は姉さんが帰って来たと聞いて、刀をといで大急ぎでぶたや羊の料理にとりかかった。

あの東御殿の門を開き、あの西御殿の椅子にこしかけ、この戦時のうわぎを脱ぎ、この昔のスカートを着る。

窓のところでゆたかな鬢をなでつけ、鏡をかけて見ながら花黄をひたいにつけた。

門を出て仲間を見ると、仲間たちはみんなびっくりして言う、

「十二年もいっしょに行動しながら、木蘭が女であるとは、知らなかった。」

おすの兎は足がつまずく、めすの兎は目がちらつく。

二つ並んで地上を走れば、おすかめすかがわからない。


余冠英『楽府詩選』に、次のように言う。この詩は民間で作られ、後世の文人の修飾を経たものらしいが（「万里赴戎機」以下六句など）、民歌の調べを保存しているところもはなはだ多い。例えば、発端と結尾および中間の「東市に駿馬《しゅんめ》を買い」「爺嬢《ちちはは》は女《むすめ》の来《き》たるを聞き」の二節はとくに顕著である。「策勲《さくくん》は十二転し」は唐代の制度である

から、おそらく唐の人が当時の制度を用いて原文を改めたのであろう。しかし、こういうところは必ずしも拘泥しなくともよい。なぜなら本詩の数字はそれほど根拠のあるものではない。詩中ではしばしば「十二」をつかう。軍書が「十二巻」、同行したのが「十二年」、策勲もまた「十二転」で、あまり巧《うま》く作りすぎている。なぜ十二巻の軍書の「巻巻《かんかん》に爺《ちち》の名が有る」のか、不合理であるし、「同行すること十二年」と「壮士は十年にして帰る」とは矛盾する。「策勲《さくくん》は十二転し」に至っては、高すぎて事実とは信じられぬ。「十二」はその多いことを言い、「十年」もその多数を挙げたにすぎぬ、どちらも確かな数字ではないという。

勅勒歌

「勅勒《ちょくろく》」は種族の名。トルコ族の一部族で、北朝のとき、今の山西省の北部一帯に分布していた遊牧民族である。この歌は、北斉の将軍斛律金《こくりつきん》（四八八～五六七）が高歓《こうかん》の命令によって作ったと伝えられ、もとトルコ語で書かれていたものを、漢語に翻訳したものであるという。

勅勒歌　　勅勒《ちょくろく》の歌

勅勒川　　勅勒《ちょくろく》の川
陰山下　　陰山《いんざん》の下《ふもと》
天似穹廬　　天は穹廬《きゅうろ》に似て
籠蓋四野　　四野を籠《おお》い蓋《おお》う
天蒼蒼　　天は蒼蒼《そうそう》

野茫茫

風吹草低見牛羊

野は茫茫《ぼうぼう》

風は吹き草は低《た》れて牛羊を見る

〔勅勒川〕勅勒族の居住する地域を流れる川とその流域の平原。〔陰山〕陰山山脈。内蒙古自治区にある。〔穹廬〕まるい天幕。北方民族の住居、いわゆる包《ぱお》のこと。〔籠蓋〕おおいかぶさる。〔茫茫〕広々としたさま。

〔韻字〕下・野」蒼・茫・羊。

勅勒族の住んでいる所を流れる川、その川の平原、陰山山脈のほとり。天はまるい天幕のように、四方の草原をおおっている。天はどこまでも蒼く、野は広くぼんやりと霞《かす》んでいる。風が吹いて草がなびくたびに、放牧の牛や羊が目に入る。

北方民族の放牧生活が素朴に歌われる。南方の詩には見られない、率直で素朴で力強い作品。

企喩歌辞

北方少数民族の歌。「企喩《きゆ》」の意味は不明。『楽府詩集』に四首収めるうちの一首である。兵士たちの反戦の感情を歌ったものである。『古今楽録《ここんがくろく》』によれば、前秦の苻堅《ふけん》の弟、苻融《ふゆう》の作だという。五言四句にしたのは南方の影響であろう。

企喩歌辞

企《き》喩《ゆ》歌《か》辞《じ》

男児可憐虫

男児は憐《あわれ》む可《べ》きの虫

出門懐死憂　　門を出《い》ずれば死の憂《うれ》いを懐《いだ》く
尸喪狭谷中　　尸《しかばね》は狭き谷の中に喪《す》てられ
白骨無人収　　白骨は人の収《おさ》むる無し

〔喪〕捨てられる。
〔韻字〕憂・収。

男は本当にあわれな虫けら。一旦我が家を出ればもうどこで死ぬかわからない。その屍《しかばね》は狭い谷の中に捨てられて、やがて白骨になっても誰も拾ってはくれない。

擬詠懐　　庾信

庾信《ゆしん》（五一三～五八一）、字《あざな》は子山《しざん》。南陽新野《しんや》（河南省新野県）の人。梁の詩人庾肩吾《ゆけんご》の子。梁・武帝の天監一二年（五一三）に生まれた。この年には、一代の文人沈約《しんやく》が亡くなっている。隋の開皇元年（五八一）に長安で、六十九歳で亡くなっている。乱世に生を受けた人としては長命である。『北周書』『北史』に伝が有り、簡単で補うものに「江南《こうなん》を哀《かな》しむの賦《ふ》」がある。

梁の簡文帝が晋安王時代に、東宮に父子ともに出入し、徐摛《じょち》、徐陵《じょりょう》父子と共に抄撰学士となる。当時艶麗《えんれい》な詩をもって徐陵と名を均《ひと》しくし、徐庾《じょゆ》体とよばれる。簡文帝が皇太子になった時、二十八歳、徐陵は二十五歳、庾信は十九歳。この頃の信は梁の宮中で華やかな快楽の生活を送る。

庾信三十六歳（太清《たいせい》二年・五四八）、侯景《こうけい》が謀反を起こす。彼はがんらい北魏の一武将であったのが、梁に帰属していた。侯景が建康《けんこう》に迫った時、建康防備の責任者は庾信であった。皇太子綱《こう》（元帝）も、庾信に文武官千余人で防備に当たらせたが、侯景が迫ると江陵《こうりょう》に逃げ出す。文弱ぶり、部下の弱体、無気力がそうさせたのであろう。庾信は後に侯景を「大盗」とののしっている。梁の武帝は侯景に建康を囲まれている中に死に、その子の簡文帝は侯景に殺され、元帝が江陵で即位する。庾信は武康県侯に封ぜられ、散騎常侍《さんきじょうじ》となる。時に四十歳（五五二）。

四十二歳の時（承聖三年・五五四）、西魏に使いする。この年江陵は西魏に滅ぼされ、庾信は長安に抑留され、一生をここで終えることとなる。このころの心境を歌ったものが「詠懐《えいかい》に擬《ぎ》す」詩で、魏晋王朝交代時に身を置いた阮籍《げんせき》の詩をまねる。

江陵が滅び、元帝は殺され、老若男女は俘虜《ふりょ》として長安に送られる。『梁書』元帝紀には「男女数万口を選び、分けて奴婢とし、駆《か》りて長安に入らしむ。小弱なるものは、皆な之《こ》れを殺せり」とある。庾信の老母も長安に送られ、同時に王褒《おうほう》も送られてくる。

庾信は長安では厚遇され、王族のパトロンを作り、官位高官に上る。北周になってからも開府儀同三司《かいふぎどうさんし》、司憲中大夫《しけんちゅうだいふ》、義城県侯に封ぜられ、最後は司宗中大夫を拝した。北周でのパトロンは滕王逌《とうおうゆう》と出会った。宮廷生活にとけこんで順応しているが、一方、郷関の思いがつのる。絶望的口吻で詩賦を作る。「江南を哀しむの賦」はその一つ。

陳の太建七年（五七五）、王褒、庾信を帰すように求めたが、許されなかった。周弘正《しゅうこうせい》、殷不害《いんふがい》は帰った。晩年はあきらめの心境で一生を終える。

「詠懐に擬す」は、全部で二十七首あり、いずれも祖国、梁の滅亡と北方に流浪する悲しみを歌ったものである。「詠懐」と題するテキストもある。次はその第十一首であり、故事を用いて、全編流麗に歌いあげている。

擬詠懐

揺落秋為気
凄涼多怨情
啼枯湘水竹
哭壊杞梁城
天亡遭憤戦
日蹙値愁兵
直虹朝映塁
長星夜落営
楚歌饒恨曲
南風多死声
眼前一杯酒
誰論身後名

詠懐《えいかい》に擬《ぎ》す

揺落《ようらく》す　秋は気と為す
凄涼《せいりょう》として怨情多し
啼《な》きて湘水《しょうすい》の竹を枯らし
哭《な》きて杞梁《きりょう》の城を壊《こわ》す
天は亡《ほろ》ぼして憤《いきどお》る戦いに遭《あ》い
日は蹙《せま》りて愁《うれ》うる兵に値《あ》う
直虹《ちょくこう》は朝に塁《るい》に映《かがや》き
長星は夜に営に落《お》つ
楚歌《そか》は恨《うら》みの曲饒《おお》く
南風《なんぷう》は死の声《こえ》多し
眼前に一杯の酒あらば
誰《たれ》か身後《しんご》の名を論《ろん》ぜん

〔揺落秋為気〕「揺落」は木の葉が揺れ落ちること。『楚辞《そじ》』九弁《きゅうべん》に「悲しいかな秋の気為《た》るや、蕭瑟《しょうしつ》として草木揺落して変衰《へんすい》す」とある。〔凄涼〕寒々としたさま。〔啼枯湘水竹〕「湘水《しょうすい》」は川の名。湖南省を北上して洞庭湖に注ぐ。湘水の竹は伝説にもとづく。堯《ぎょう》帝の二人の娘は舜帝の妃である。舜帝が南方に行幸して崩ずると、二人の妃は湘水のほとりでそれを聞いて、湘水に身を投げて死んだ。そのときの涙が辺りの竹にかかって、竹はまだらになったという（張華《ちょうか》『博物志』）。〔哭壊杞梁城〕春秋時代の伝説にもとづく。杞梁《きりょう》が戦死したとき、妻は泣いて「上には父無く、中には夫なく、下には子無し。人生の苦しみ至れり」といって大ごえをあげて泣いた。十日間泣きつづけると城壁がくずれ落ちたという（蔡邕《さいよう》『琴操《きんそう》』）。〔天亡遭憤戦〕楚の項羽の故事にもとづく。項羽が劉邦《りゅうほう》にやぶれて烏江《うこう》まできたとき、烏江の宿場役人が舟を用意してくれて、川を渡って逃げることをすすめた。項羽は「此《こ》れ天の我を亡《ほろ》ぼすなり、戦いの罪に非ず」といった。〔日蹙〕日没がせまること。「蹙」は迫の意。この語については他にさまざまの解釈があるが、前の句の「天亡」に対するものとすれば、日が暮れて道遠く、戦いに利のないことをいうのであろう。〔長虹〕地上に直立する虹。不吉なものとされる。『晋書』天文志に「虹の頭と尾と地に至るは流血の象《きざし》なり」とある。〔塁〕営塁。〔長星〕流れ星。これも凶兆である。三国時代、蜀の諸葛亮《しょかつりょう》（孔明《こうめい》）が死ぬ前に、赤い流れ星がその陣営に落ちたという。〔楚歌〕項羽が垓下《がいか》で漢軍に囲まれたとき、周囲から楚の国の歌が聞こえてきたという四面楚歌の故事、あるいは項羽の「垓下の歌」をふまえているのであろう。〔南風多死声〕「南風」は南方の歌。春秋時代、楚が晋の国を攻めようとしたとき、晋の楽師、師曠《しこう》が「吾れ驟《しばし》ば北風を歌い、又《ま》た南風を歌う。南風競わず、死声多し。楚必ず功無からん」と言って、楚に勝ち目のないことを予言した（『春秋』襄公十八年の「左氏伝」）。梁の元帝の首都は江陵で、いにしえの楚の都郢《えい》のあったところなので、この詩には楚国に因《ちな》んだ故事を多く用いてある。

〔韻字〕情・城・兵・営・声・名。

木の葉が揺れ落ちる。これが秋の気である。秋は寒々として怨みの情が多く込められている。

同じく自分にも怨み心がみなぎっている。舜の二妃が湘水に投身して、その涙が竹にかかり、まだらになったという。また杞梁《きりょう》の妻が、夫が死んで大声で泣いて、ために城がくずれたという。

項羽が戦い破れて最期に「天は我を滅ぼせり」といったが、その憤り怨みの戦いであった。日は迫りくれて戦い利あらず、愁いに沈む兵に出会う。

直立する虹は朝に塁に輝き、不吉な様子をみせ、孔明が死ぬ前に流れ星が夜兵営に落ちたという不吉な様子をあらわす。囲まれた時の項羽の楚の歌は恨みの曲が多く、昔から南風競わず、死声多しと云われている。

眼前に一杯の酒でもあれば、死後の名など欲しくない。今の幸福が欲しい。『世説新語《せせつしんご》』任誕篇《にんたん》に、晋・張翰《ちょうかん》の言った言葉として「我をして身後の名有らしむるも、即時一杯の酒に如《し》かず」とある。祖国が滅亡した後の作者の心情が、この張翰の言葉をかりた表現で吐露されたのであるが、他に、梁の君臣たちが眼前の悦楽をむさぼって、国の危機をかえりみなかったことをさすとする説もある。

隋

北周の実力者、楊堅《ようけん》（隋の建国者文帝）は、北周（宇文氏《うぶんし》）と姻戚関係にある。宇文氏は鮮卑《せんぴ》族である。楊氏自らは漢民族と称するが、疑わしい。北周の位を受け、隋と号し（五八一）、そして南朝討伐の準備をする。

当時、陳の後主は張麗華《ちょうれいか》を愛し、連日連夜宴にあけくれていた。やがて隋軍が金陵に突入し無抵抗で陳は降伏する。文帝が即位して九年目、開皇九年（五八五）のことである。これで南北分裂した中国が二世紀半ぶりに統一される。

文帝の第二子広《こう》が後主煬帝《ようだい》である。父母の意を捉え、兄を謀反のかどで廃し、皇太子となる。学問ができ、文章もうまく頭がよかった。後主が即位するには妙な話がある。父文帝は独孤《どくこ》皇后の死後、陳後主の妹、陳夫人を愛していた。この夫人に横恋慕したのが、皇太子広である。文帝は長安の西北の離宮で病にかかり、この隙に広は陳夫人に迫った。陳夫人は拒絶して、これを病床の文帝に告げた。文帝は広の人物を見誤ったことに気づき、廃した太子勇《ゆう》を呼ばせたが既に遅かった。広と通ずる重臣が、文帝に侍る後宮の女官を退けたところ、にわかに文帝は息をひきとった。その後広は手紙をもたせ、陳夫人に遣《や》り、その後目的を遂げた。文帝の死は数日発表されず、発表と同時に広は即位した。

文帝は長安を大興城《だいこう》と名づけ、新都を造る。これは唐代に完成し、長安城といわれる。この長安に物資を運ぶため、長安から潼関《どうかん》まで運河を掘り、広通渠《こうつうきょ》と名づける。煬帝になると、洛陽を東京《とうけい》として別都とし、また北京から杭州に至る東部を縦貫する千五百キロの大運河の開鑿《さく》が始まる。

日本はこのころ朝鮮半島に任那《みまな》日本府を置いていたが、これを新羅《しらぎ》に奪われる。当時朝鮮半島には北には高句麗《こうくり》があり、南には百済《くだら》、新羅があった。高句麗は隋と敵対するが、百済は隋と友好関係を結んでいた。日本は南朝と友好関係があり、北朝とは無関係であった。日本は任那を回復するために百済と結び、南朝と連係し、北朝を背後にする高句麗、新羅と対抗する。このような時に日本の聖徳太子は隋に使者を派遣したのである。開皇二〇年（六〇〇）のことである。煬帝が即位する大業三年（六〇七）、聖徳太子は小野妹子《おののいもこ》を隋に遣わし、「日出《い》ずる処《ところ》の天子…」の国書をもたらす。

煬帝は高句麗に遠征して失敗し、三回も遠征を行う。これがきっかけで連年の遠征、土木事業、巡遊で、民怨たまり、反乱軍が蜂起し、天下の大乱となる。煬帝は揚州に逃れ、酒と女の遊びに耽《ふけ》る。六一八年、近衛兵の隊長宇文科及《うぶんかきゅう》が宮中に乱入し、煬帝を絞殺し、楊州に随行した一族ほとんどが殺される。宇文化及は長安に向かったが、既に長安に入っていた李淵《りえん》（唐高祖）が帝位について、唐と名づけていた。

飲馬長城窟行　示従征群臣　　煬　広（隋の煬帝）

楊広《ようこう》（五六九～六一八）、隋の煬帝。隋の第二代の天子で、暴君として有名である。大運河を通じたり、宮室を築いたりして人民の負担を多くし、奢侈《しゃし》な生活にふけったため、部下に殺され、国を滅ぼした。煬帝の荒淫な生活ぶりは陳の後主によく似ているが、詩風の驕傲《きょうごう》なところは彼と異なる。

この詩は、煬帝が突厥《とっけつ》に遠征した時に作ったもの。煬帝が遠征し、成功して帰った時の得意の詩。「飲馬長城窟行」は楽府《がふ》題であり、本書ではすでに、蔡邕《さいよう》と陳琳《ちんりん》の作を取り上げている。

飲馬長城窟行　示従征群臣　　飲馬《いんば》長城窟《ちょうじょうくつ》行《こう》　征に従う群臣に示す

粛粛秋風起　　粛粛《しゅくしゅく》として秋風起《お》こり
悠悠行万里　　悠悠《ゆうゆう》として万里に行く
万里何所行　　万里　何《いず》くにか行く所ぞ
横漠築長城　　漠を横ぎりて長城を築《きず》かんとす
豈台小子智　　豈《あ》に台《わ》が小子《しょうし》の智ならんや
先聖之所営　　先聖《せんせい》の営《いとな》む所なり
樹茲万世策　　茲《こ》の万世の策《さく》を樹《た》て
安此億兆生　　此《こ》の億兆《おくちょう》の生を安《やす》んず
詎敢憚焦思　　詎《なん》ぞ敢《あ》えて思いを焦《こ》がすを憚《はばか》り
高枕於上京　　枕を上京《じょうけい》に高くせんや
北河秉武節　　北河に武節《ぶせつ》を秉《と》り
千里巻戎旗　　千里に戎旗《じゅうせい》を巻く
山川互出没　　山川は互《たが》いに出没し

原野窮超忽
揔金止行陣
鳴鼓興士卒
千乗万騎動
飲馬長城窟
秋昏塞外雲
霧暗関山月
縁巌駅馬上
乗空烽火発
借問長安候
単于入朝謁
濁気静天山
晨光照高闕
釈兵仍振旅
要荒事方挙
飲至告言旋
功帰清廟前

原野は窮《きわ》まり超忽《ちょうこつ》なり
金《かね》を揔《う》ち行陣《こうじん》を止《や》め
鼓《つづみ》を鳴らして士卒を興《お》こし
千乗《せんじょう》　万騎動き
馬を長城の窟に飲ます
秋昏《くら》く塞外《さいがい》の雲
霧暗《くら》く関山《かんざん》の月
巌《いわお》に縁《よ》って駅馬《えきば》上《のぼ》り
空に乗《のぼ》って烽火《ほうか》発《お》こる
借問《しゃもん》す　長安の候《ものみ》に
単于《ぜんう》は朝《ちょう》に入って謁《えっ》せしやと
濁気《だくき》は天山《てんざん》に静まり
晨光は高闕《こうけつ》を照らす
兵を釈《と》きて仍《よ》って振旅《しんりょ》し
要荒《ようこう》　事方《まさ》に挙がる
飲至《いんし》して言《ここ》に旋《かえ》るを告げ
功を清廟《せいびょう》の前に帰《き》す

〔肅肅〕さわさわとさびしく。〔悠悠〕はるかに長いさま。〔漠〕砂漠。〔築長城〕遠征のことをこのように言ったのかも知れない。〔台小子〕「台」はわれの意。予に通ずる。「小子」は子供という意味。「台小子」というのは天子がみずから謙遜していう言い方で、『書経』説命《えつめい》上に見える。〔先聖〕先帝である父の文帝をさす。あるいは長城を築いた秦の始皇帝をさすのかも知れない。〔億兆生〕万民の生活。〔上京〕帝京。都。〔北河秉武節〕「北河秉」は一本「両河執」に作る。「武節」は将軍が天子からしるしとして賜る旗。はたじるし。〔戎旌〕軍旗。〔超忽〕はるかに遠いさま。〔摐〕打ち鳴らす。〔金〕どら、かねの類。〔候〕斥候。ものみ。〔濁気〕えびすの地に充満するけがれた気。〔高闕〕「闕」は宮殿の門。「闕」は一本「関」に作る。〔釈兵〕兵を引きあげる。〔振旅〕兵をととのえて凱旋する。「振」は隊列をととのえる。つまり凱旋閲兵すること。「旅」は兵士五百人。〔要荒〕「要」は要服、「荒」は荒服。いずれも『書経』益稷《えきしょく》に見える。要服は帝都より二千里以上離れた地。荒服は二千五百里以上離れた地。〔挙〕やりとげる。〔飲至〕凱旋したとき、宗廟で酒を飲む儀式。〔帰〕戦功を宗廟に報告すること。〔清廟〕清明の徳のある者を祭る廟。『詩経』周頌に「清廟」篇がある。ここでは隋・文帝の廟をさす。

〔韻字〕起・里」行・城・営・生・京・旌」没・忽・卒・窟・月・発・謁・闕」旅・挙」旋・前。

厳しく秋風が起こる、その中をはるか万里のかなたに遠征する。

万里のかなた、どこへ行こうとするのか。はるかかなたである砂漠を横ぎって長城を築こうとするため。あるいは補修のためか。

この長城は私の考えで作ったものではない。先聖（父か、始皇帝か）が造営したものである。

長城はこの万世にわたる政策を打ち立て、この億兆の生民を安んずるものである。

先聖のやってくれたこととはいえ、何も心配することを遠慮して、都で安心して寝ておられようか。

北の黄河にて軍隊を指揮し、千里のかなたで軍旗を巻いて進出した。「北河」はよくわからぬが、北方の黄河でおそらく長城を越えた辺りか。『漢書』武帝紀に見える武帝が大軍を率いて、オルドスの砂漠まで行き、匈奴《きょうど》に大示威運動をしたことを意識する。

この辺りは山や川が見えかくれして、原野はあくまではるかに広がっている。草原の風景。

かねをうって行軍を止めたり、太鼓を鳴らして士卒を進めたりする。

車千台一万の馬は行軍し、馬に長城の窟に水を飲ませ休息する。

秋はくらぐらして塞外に雲がかかっている。霧は暗くかかり関山の月をおおっている。

巌《いわお》に沿って駅馬は登って行き、天空の中に烽火があがる。戦場の様子。

都長安からの斥候《ものみ》に尋ねるが、単于《ぜんう》は朝廷に入って謁見したかどうか。「単于」は匈奴の王。当時は突厥《とっけつ》の可汗《かかん》。

これは我が遠征の威力を恐れて、単于が入朝したかどうかと尋ねる。

さて、遠征は成功して匈奴（突厥）の濁気は天山山脈に静まって匈奴は平穏となり、朝日は我が高楼を照らす。平和になったことを言う。

軍隊を引き上げてそこで閲兵する。国境地方は紛争が今やしまいがついた。

宗廟の前に酒を飲み、祖先に凱旋を報告し、今度の成功を宗廟の祖先のお陰であると感謝する。

薛道衡

人日思帰

薛道衡《せつどうこう》（五三九～六〇九）、字《あざな》は玄卿《げんけい》。河東汾陰《かとうふんいん》（山西省万栄県の西南）の人。幼い頃から学問に勉め、北斉、北周に仕え、隋に入って司隷《しれい》大夫になった。北方を代表する詩人として詩名を馳せたが、「文皇帝《ぶんこうてい》の頌《しょう》」を上《たてまつ》り、煬帝《ようだい》の不興を買い、ついで時政を論じたために、殺される。

「人日《じんじつ》　帰るを思う」は、作者が陳《ちん》に使いして、江南にいたときの作であるといわれている。「人日」は正月七日。

この日の天気によって、一年間の人事の吉凶を占うので人日という。唐・劉餗《りゅうそ》の『隋唐嘉話《ずいとうかわ》』によると、薛道衡がはじめの二句を言ったとき、南朝の文人は、北方のえびすに詩が作れるとは、と言って笑ったが、後の二句を見て、そのできばえに感嘆したという。

人日思帰　　人日《じんじつ》　帰るを思う

入春纔七日　　春に入りて纔《わず》かに七日
離家已二年　　家を離れて已《すで》に二年
人帰落雁後　　人の帰るは雁の後に落ち
思発在花前　　思いの発《はっ》するは花の前に在り

〔落雁後〕雁が北へ帰るのよりも後になる。
〔韻字〕年・前。

春正月に入ってわずかに七日たったが、我が家を離れてはや二年になる。
私の家に帰るのは雁の北に帰る後になろう。しかし帰りたい思いは春の花の咲く以前からつのっている。

三　唐代

初唐

初唐詩は、六朝の詩から盛唐の詩の盛行を来たすまでの過渡期に当たる。その詩風は、六朝の余勢があり、多くの詩人は、六朝の宮体の詩風を受けついでいる。

述懐　　魏徴

魏徴《ぎちょう》（五八〇～六四三）、字《あざな》は玄成《げんせい》。魏州曲城（山東省萊《らい》州市）の人。若くして父を失い、おちぶれたが、大志を懐き、学問に励んだ。はじめ河南の李密《りみつ》に仕えたが、唐に帰順する。後太子李建成《りけんせい》に仕えて太子洗馬となり、建成の弟李世民《りせいみん》（のちの太宗）が李建成を破ると、太宗に仕えて諫議大夫となり、鄭国公に封ぜられた。彼の詩は、梁・陳の艶麗な作風から脱却した豪健なものであるが、惜しいことに、残っている作品が少ない。そのなかに祭時に歌う「楽府《がふ》」が多く残る。

「述懐《じゅっかい》」は、思いを述べるという意で、この詩は『唐詩選』の冒頭を飾っている。開国創業の意気を示したもので、唐代三百年の詩業の源であるともてはやされるが、とりたてていうほどの詩ではない。ただ、六朝艶体《えんたい》の詩風を脱して、ますらおの歌になっているのが取りあげられる。隋の煬帝《ようだい》の暗愚な政治により天下は乱れ、群雄が割拠する事態になった。魏徴はこの時、従軍して策略を用いるが、うまくいかない。ただ慷慨《こうがい》の気持ちはいつも持ち続けていた。この詩は、潼関《どうかん》を出て従軍に当たって感慨を述べたもの。

述懐

中原初逐鹿　　中原に初めて鹿を逐い
投筆事戎軒　　筆を投げて戎軒《じゅうけん》を事《こと》とす
縦横計不就　　縦横　計は就《な》らざるも
慷慨志猶存　　慷慨《こうがい》　志《こころざし》は猶《な》お存す
杖策謁天子　　策《むち》を杖《つえ》にして天子に謁《えっ》し
駆馬出関門　　馬を駆《か》りて関門より出《い》ず
請纓繋南粤　　纓《えい》を請《こ》いて南粤《なんえつ》を繋《つな》ぎ
憑軾下東藩　　軾《しょく》に憑《よ》りて東藩《とうはん》を下《くだ》さん
鬱紆陟高岫　　鬱紆《うつう》として高岫《こうしゅう》に陟《のぼ》り
出没望平原　　出没して平原を望む
古木鳴寒鳥　　古木に寒鳥　鳴き
空山啼夜猿　　空山に夜猿　啼《な》く
既傷千里目　　既《すで》に千里の目を傷《いた》ましめ

還驚九逝魂
豈不憚艱険
深懐国士恩
季布無二諾
侯嬴重一言
人生感意気
功名誰復論

還《ま》た九逝《きゅうせい》の魂を驚かす
豈《あ》に艱険《かんけん》を憚《はばか》らざらんや
深く国士の恩を懐《おも》う
季布《きふ》は二諾《にだく》無く
侯嬴《こうえい》は一言《いちごん》を重んず
人生　意気に感ず
功名　誰《たれ》か復《ま》た論ぜん

〔中原〕黄河流域の平原地帯。古くから政治の中心であった。〔初逐鹿〕「初」は一本「還」に作る。「還」は「また」の意。「逐鹿」は帝位を得ようとして群雄たちが争うことを、狩猟にたとえて言ったもの。『史記』淮陰侯《わいいんこう》列伝に、蒯通《かいとう》の言葉として、「秦　其の鹿を失い、天下共に之《こ》れを逐う」とある。〔投筆〕『後漢書』班超《はんちょう》伝に「家貧しくして常に官の為《ため》に傭書して以って供養し、久しく労苦す。嘗《かっ》て業を輟《や》めて筆を投じて歎じて曰わく、大丈夫　它《た》の志略無し、猶お当《まさ》に傅《ふ》介子・張騫《けん》に効《なら》いて功を異域に立て、以って封侯を取るべし、と」とある。〔戎軒〕兵車。ここでは軍事のことをいう。〔縦横計〕合縦《がっしょう》・連衡《れんこう》の策略。戦国時代、七つの大国が争ったとき、西方の秦がとくに強大であった。燕《えん》・斉《せい》・趙《ちょう》・韓・魏・楚《そ》の六国が縦（南北）に連合して、秦に対抗しようとするのが合縦策で、六国がそれぞれ秦の国と横（東西）に同盟を結ぶのが連衡策である。前者は蘇秦《そしん》、後者は張儀《ちょうぎ》によって説かれた。〔慷慨〕天下を統一しようという、おおしい感情のたかぶり。〔杖策謁天子〕後漢の鄧禹《とうう》は、光武帝が天下を取ろうとしたとき、馬の策《むち》を杖にして拝謁し、己《おのれ》の志を述べた。『後漢書』鄧禹伝に見える。「杖」は一本「仗」に作る。「仗」はたよりとすること。〔請纓繫南粤〕「纓」は冠のひも。『漢書』終軍《しゅうぐん》伝に「軍　自《みずか》ら請えらく、願わくは長纓を受け、必ず南越王を羈《つな》ぎて之《こ》れを闕下に致さん、と」とある。越は粤と同じ。〔憑軾下東藩〕「憑」はよりかかること。「軾」は車の前の横木。「東藩」は東方の藩国、斉をいう。漢の酈食其《れきいき》は高祖の命を受けて斉の国に使いし、武力を用いずに斉の七十二の城を説き落とした。そのことが『漢書』酈食其伝に「食其　軾に馮《よ》って斉の七十余城を下す」と記されている。〔鬱紆〕道の曲がりくねったさま。〔高岫」「岫」は山頂。〔出没〕見えかくれする。平原が起伏していることをいう。〔寒鳥〕冬の鳥。〔空山〕ひとけのない山。〔傷千里目〕『楚辞』招魂に「目は千里を極め春心を傷ましむ、魂よ帰り来《き》たれ　江南哀《こうなんかな》し」とある。〔九逝魂〕故郷へ何度も思いをはせるわが魂。『楚辞』九章・抽思《ちゅうし》に「惟《こ》れ郢《えい》路の遼遠なるも、魂は一夕にして九逝す」とある。〔国士恩〕国中で最もすぐれた人物として待遇してくれた君主の恩。戦国時代の刺客、予譲《よじょう》の故事にもとづく。晋の予譲は、はじめ范氏・中行氏に仕えたが、認めてもらえなかった。そこで范氏・中行氏を滅ぼした智伯に仕えて、厚い待遇を受けた。やがて趙襄子《ちょうじょうし》が智伯を殺すと、予譲は智伯の仇を討とうとさんざん苦心するが、ついに趙襄子に捕らえられる。趙襄子が、おまえは范・中行の仇を忘れて智伯に仕えたくせに、智伯を殺したわしに対して、なぜそんなに必死になって仇を報いようとするのかと責めると、予譲は「臣　范・中行氏に事《つか》うるに、范・中行氏、皆な衆人もて我を遇せり。我　故に衆人もて之《こ》れに報ず。智伯に至りては、国士もて我を遇せり。我　故に国士もて之《こ》れに報ぜんとす」と答えた。『史記』刺客列伝に見える。〔季布無二諾〕季布は、はじめ楚の項羽に仕えた武将であったが、項羽の死後は高祖に認められて重用された。季布は若いころから任侠として聞こえ、一度「諾」（よろしい）と答えたら、必ず約束を果たしたので、楚人の諺に「黄金百斤を得るも、季布の一諾を得るに如《し》かず」と言われた。『史記』季布列伝に見える。〔侯嬴重一言〕『史記』魏公子列伝に見える侯嬴《こうえい》の故事にもとづく。戦国時代、魏の隠士、侯嬴は七十歳で大梁の町の門番をしていた。魏の公子信陵君が彼を厚い待遇で迎えようとしたが、応じなかった。のち隣国の趙が秦に包囲されると、魏に救いを求めた。魏王は晋鄙《しんぴ》に軍隊をさずけたが、晋鄙は秦の強いのを恐れて、軍をとどめてしまった。信陵君は、自分の姉が趙王の弟（平原君）に嫁いでいるので、見すてることができず困っていた。すると侯嬴が信陵君に策をさずけ、晋鄙の軍隊を奪うことを教え、そして、自分も従って行くべきところ、老齢のためできないから、せめてあなたが晋鄙の軍に到着する日には、北に向かって自《みずか》ら首をはねましょう、と言って見送った。はたしてその日が来ると、侯嬴はさきの一言を重んじて、自ら首をはねた。〔人生感意気〕梁の荀済《じゅんせい》の「陰梁州に贈る」詩に「人生　意気に感ず、相知《そうち》　富貴無し」とある。

〔韻字〕軒・存・門・藩・原・猿・魂・恩・言・論。

中原に群雄たちは、天子の位を目指して争うことになった。私は筆を捨てて書斎から立ち上がり、戦争に従事することになった。

戦国の蘇秦・張儀のごとく、合縦連衡の策を説いて天下平定の策を立てたが、成功しなかった。しかし、たかぶる志はなお残っている。河南の豪族李密の幕下に入り、軍隊生活を始めたことを歌う。

馬のむちを杖にして軍装のまま天子に拝謁し、馬を駆って関所の潼関《どうかん》の地より出陣した。

漢の終軍が、冠の纓を請い受けてたやすく南越王をしばりあげたように、功を立てて帰りましょう。漢の酈食其が車の前の横木によりかかり、斉王を武力を用いず説き伏せて、東方の斉国の七十余城を下したように、功を立てて帰りましょう。高祖の命で出陣し、南越や東藩を下すつもりであることを歌う。

途中の行く道は険しい。くねくねとした道を高い峰に登り、見えかくれして平原が望まれる。

古木には、寒々としている冬鳥が鳴いているし、人気なき山には、夜の猿が鳴いてわびしい風景である。道中の困難さを歌う。実景。

はるか千里のかなたをみやると心はいたむし、故郷を思い一夜に九たびも飛んで行くほど心を痛める。「驚」は物の刺激を受けて、はっと心がしまる。

苦労は恐れないことはないが、深く国士として遇してくれる天子の恩が思われる。自分は、天子の知遇に報いなくてはなるまい。都を離れ出征し、困難はあるが、国士の恩を思う心情を歌う。

楚の季布は任侠の男で、一諾で引き受け裏切ることはなかったという。魏の侯嬴は、一言約束したらそれを重んじたという。自分もそうありたい。天子の知遇にこたえよう。

人間というものは、男と男との間に通ずる意気に感ずるものだ。功名など今更問題ではない。かくて出かけて行くのである。

この詩は全篇ほとんど対句になっている。詩型は五言古詩の体裁である。当時の天下乱れている世の中を背景にもち、宮廷で遊楽する六朝の詩風を脱却している。典故を用い形式美のあるのは六朝風であるが、やはり創業の功臣らしい天下統一、天子への忠誠を誓う武人の、ますらおの詩である。

於易水送人　駱賓王

駱賓王《らくひんのう》（六四〇？～六八四）は、初唐の四傑《しけつ》（王勃《おうぼつ》・楊炯《ようけい》・盧照隣《ろしょうりん》・駱賓王）の一人。彼だけ婺《ぶ》州義烏《ぎう》（浙江省義烏市）の人で南方出身。七歳で詩を作る早熟の才子であった。則天武后が実権を握るなか、長安の主簿であった時、しばしば上疏して意見を言ったため、臨海（浙江省）の丞に左遷される。鞅々として志を得ず、官を捨て去る。徐敬業が反乱を起こした時、敬業のため天下に檄を伝え、武后の罪を指摘する。「一抔《ほう》の土　未だ乾《かわ》かざるに、六尺の孤《こ》安《いず》くに在りや」とあるのを読み、武后が驚いて「誰が作ったか」と、その檄文に感心する。駱賓王が作ったと言ったら、「宰相　安《いず》くんぞ此《こ》の人を失うを得ん」と言った。敬業敗れし後、駱賓王は亡命して、行方が分からなかった。以上は『新唐書』文芸伝上にあり、『旧唐書』では、敗れて誅に伏したという。

「易水《えきすい》」は、河北、天津に流れ出る大清河に注ぐ川。この詩は『史記』刺客列伝にある故事にもとづく。荊軻《けいか》が秦王を殺すために出発する時、燕の太子丹《たん》らが見送った。易水のほとりで、「高漸離《こうぜんり》　筑《ちく》を撃ち、荊軻　和して歌う。変徴《へんち》の声を為す。士皆な涙を垂れて涕泣《ていきゅう》す。又た前《すす》んで歌を為して曰わく、『風蕭蕭として易水寒し、壮士　一たび去りて復《ま》た還らず』と。復《ま》た羽声忼慨《うせいこうがい》を為す。士皆な目を瞋《いか》らし、髪尽《ことごと》く上りて冠を指す」。荊軻は秦王を刺そうとして秦に行くが、失敗して殺される。やがて丹も殺され、燕が滅びる。「送人」は、誰を送ったか分からないが、或いは荊軻の故事をふまえて言っただけかも知れぬ。なお、詩題を「易水」とするテキストもある。

於易水送人
此地別燕丹
壮士髪衝冠
昔時人已没
今日水猶寒

易水《えきすい》に於《お》いて人を送る
此《こ》の地にて燕丹《えんたん》に別る
壮士《そうし》　髪　冠を衝《つ》く
昔時　人　已《すで》に没し
今日　水　猶《な》お寒し

〔壮士髪衝冠〕「壮士」は荊軻を指す。先に引いた『史記』のなかに、「髪 尽《ことごと》く上りて冠を指す」とある。〔昔時人已没〕「人」は荊軻を指す。陶淵明の「荊軻を詠ず」詩に、「其の人　已《すで》に歿《ぼっ》すと雖《いえど》も、千載　余情有り」という。

〔韻字〕丹・冠・寒。


この易水の地で、昔、あの荊軻が燕の太子丹に別れた。その時壮士たる荊軻の髪の毛は、怒りのため冠を衝きあげる勢いであった。

昔の人はもはやいなくなって、今日は易水の水のみ寒々として流れている。

芭蕉の「易水にねぶか流るる寒《さむ》さかな」という句は、この詩にもとづく。

在獄詠蟬　駱賓王

駱賓王が臨海の丞に左遷される前、獄に囚われていたときの作である。この詩には長い序文がついていて、それによると、駱賓王は、自分を蟬に比し、蟬は脱皮すると霊姿があり、時節が来ると鳴き、目は昏くてもよく視るし、羽は薄くても真の姿を保つ。高い木で鳴いて、自由であり、秋の露を飲んで清らかである。自分は今獄につながれ、不安の日々を過ごしているが、どうか蟬の羽の衰えて行くのを悲しみ、声の寂しい姿を哀れんでもらいたい。蟬を見て、感じて詩を作り、知人に残すという。詩は自分の無実を訴えている。蟬は高潔な生きものであり、自分をその蟬に託して、思いを述べたとある。

詩に詠われる蟬は、古くは寒蟬と表現され、悲しく鳴くものとされる。蟬を「清」とするのは、梁の范雲《はんうん》の「早蟬を詠ず」詩であり、この詩は蟬の性格を捉えている。また賦では、魏の曹植《そうしょく》に「蟬の賦」があり、晋の郭璞《かくはく》は賛を書いているが、駱賓王のように、蟬を高潔な人に喩えることは、あまり見られないようだ。

在獄詠蟬　　獄《ごく》に在りて蟬《せみ》を詠《えい》ず

西陸蟬声唱　　西陸《せいりく》に　蟬の声唱《うた》い
南冠客思侵　　南の冠をして　客の思い侵《おか》さる
那堪玄鬢影　　那《な》んぞ　玄鬢《げんびん》の影
来対白頭吟　　来《き》たりて白頭の吟に対するに堪《た》えんや
露重飛難進　　露は重く　飛ぶも進み難《がた》く
風多響易沈　　風は多く　響くも沈み易《やす》し
無人信高潔　　人の高潔を信ずるもの無し
誰為表予心　　誰《た》が為《ため》に　予《よ》が心を表わさん

〔西陸〕二十八宿の一つで、星座を四つに分けたものの一つ。西の方、秋に当たる。高潔の身を訴えている。〔玄鬢〕晋の崔豹《さいひょう》の『古今注』雑注篇に、魏の文帝の愛した女、莫瓊樹《ばくけいじゅ》が「蟬鬢《せんびん》」をしており、遠くからみると透いてみえ、蟬の翼（羽）のようであったという。

〔韻字〕侵・吟・沈・心。

秋には蟬の声が鳴いており、南方出身の私は旅の思いにしめつけられる。「南冠」は、南方出身の、冠をかぶった囚われ人という意味。『春秋』成公九年「左氏伝」に、「晋侯　軍府を観て、鍾儀《しょうぎ》を見る。之《こ》れを問うて曰わく、南冠して縶《とらわ》れたる者は誰《たれ》ぞや、と。有司対えて曰わく、鄭人の献ぜし所の楚囚なり、と。之《こ》れを税《と》かしむ」とある。南方の囚人が、故郷を忘れずに冠をしている。駱賓王は、婺《ぶ》州義烏（浙江省義烏市）出身であったから、この故事を用いた。後に囚人を南冠という。

あの蟬がやって来て、白頭の私に向かって鳴くのにはやり切れない。漢の卓文君《たくぶんくん》に「白頭吟《はくとうぎん》」があり、白頭になるまで夫婦離れない歌であるが、ここはむしろ「しらが頭のうた」の意である。それをもつ私であるということである。若々しい黒髪のイメージを持っている「玄鬢《げんびん》」に、年を取ったことを意味する「白頭」を対している。

蟬は露にかかり飛んで進めない。風が強く吹いてその声は消されがちである。こんな姿にも私は似ています。私の高潔を信じてくれる人はいない。誰が私のために私の心を明かしてくれるものがあろうか。それを考えると寂しい。

和晋陵陸丞早春遊望　杜審言

杜審言《としんげん》（六四八?～七〇八）は、出身は元来京兆の南、杜陵《とりょう》とされるが、晋宋革命の際、乱を避け、南の襄陽《じょうよう》（湖北省襄陽県）に移り住む。晋の名臣杜預《どよ》の子孫であり、大詩人杜甫《とほ》の祖父に当たる。傲慢で人に疾《にく》まれる。蘇味道《そみどう》が試験官の時、答案を出して帰る時に人に、「試験官は、私の答案を見て羞死するだろう」と言った。また人に「わが文章は、屈原《くつげん》、宋玉《そうぎょく》に勝《まさ》り、王羲之《おうぎし》にも勝り、彼らは弟子みたいなもの」と言った。則天武后が召して任用しようとした時、「嬉しいか」というと、敬意を示して感謝した。それなら歓喜の詩を作れといって作らせ、それにより大変気に入られた。このことで著作佐郎を授けられた。中宗の時、峰州（今のベトナムの北部の地）に流されたが、後赦《ゆる》されて帰り、国子監主簿、修文館学士となる。李嶠《きょう》、崔融《さいゆう》、蘇味道と共に「文章四友」と呼ばれ、世に「崔・李・蘇・杜」と称された。五言律詩に巧みである。

「晋陵」は、県名で今の大運河沿いの江蘇省武進市である。この詩は、その県の次官の陸某《なにがし》の「早春遊望」詩に和したものだが、どこで会ったか分からない。杜審言がこの地方に住んでいた記録はない。「和」といえば、後には相手の韻と同じにするが、この頃はまだ自由である。

和晋陵陸丞早春遊望　　晋陵《しんりょう》の陸丞《りくじょう》の「早春遊望《ゆうぼう》」に和《わ》す

独有宦遊人　　独《ひと》り宦遊《かんゆう》の人有り
偏驚物候新　　偏《ひと》えに　物候《ぶっこう》　新《あら》たまるに驚く
雲霞出海曙　　雲霞《うんか》　海より出《い》でて曙《あ》け
梅柳渡江春　　梅柳《ばいりゅう》　江を渡りて春なり
淑気催黄鳥　　淑気《しゅくき》は黄鳥《こうちょう》を催《うなが》し
晴光転緑蘋　　晴光《せいこう》は緑蘋《りょくひん》に転《めぐ》る
忽聞歌古調　　忽《たちま》ち古き調《しら》べを歌うを聞き
帰思欲霑巾　　帰思《きし》に巾《きん》を霑《うるお》さんと欲《ほっ》す

〔独〕ただ、ここに。〔宦遊人〕故郷を離れ、各地をわたり役人をしている人。〔偏〕そればっかりに集中する。〔物候〕景物、気候。〔出海・渡江〕「江」は長江。「海」も長江。〔曙・春〕いずれも動詞的に解釈する。〔淑気〕春のおだやかな気。〔緑蘋〕緑の水草。〔古調〕古雅な調べ。
〔韻字〕人・新・春・蘋・巾。

旅で役人ぐらしをして、気節が変わって新しくなったことにひどく驚いた人がいる。自分のことをやや客観的にいう。

雲や霞は海より涌き出て朝やけとなり夜があけ、梅や柳の春は南の江を渡って来てここも春になってきた。「渡」るのは「梅柳」である。梅や柳は南の方からしだいに芽吹いて来る。

気持ちのよい気候は、黄鳥のさえずるのをうながし、晴れた日の光は、緑の水草の上に移り照らしている。

こんなよい春の日に、友人陸丞は「古い調べ」(「早春遊望」詩)を作って示され、私は故郷を思い出し、帰りたくなって涙はハンケチをぬらすばかりにあふれ出ようとした。「古雅」は、陸丞の詩をほめて言うことば。

この詩、望郷をもよおす詩であろう。気節の移り春になったのを知り、旅にある身が故郷を思う情にかられる。

送杜少府之任蜀州　　王勃

王勃《おうぼつ》(六四八~六七六。一説に、六四九~六七六)、字《あざな》は子安《しあん》。絳《こう》州龍門(山西省河津の西)の人。王績《おうせき》の兄の儒学者王通《おうつう》の孫。若くして文名があり、兄弟ともに優れる。父の友人杜易簡《といかん》は「王氏の三珠樹」とほめる。龍朔元年(六六一)、高宗の第六子李賢《りけん》、後に章懐《しょうかい》太子と言われる沛《はい》王に封ぜられ、修撰(国史編纂係)となった。諸王が鶏を闘わして勝負を競い、勃は戯れて「英王の鶏に檄《げき》する文」を作った。英王は、母は則天武后で、高宗の第七子李顕のこと。檄文は戦争などの時の布告文で、相手を非難し味方をはげます文で、闘鶏を戦争にみたてたものである。高宗はこれを見て怒り、「兄弟たちが争いあうもとになるであろう」と、直ちに勃を退けた。のち虢《かく》州で官についたが、死罪を犯した奴隷（官奴）をかくまい、その発覚を恐れて殺したことが露見して除名された。この事件に座して、父の福時《ふくじ》が交趾（ベトナム）へ流されると、王勃は父のところにたずねて行こうとし、途中、海でおぼれて死んだ。『旧唐書』は二十八歳とし、『新唐書』は二十九歳とする。

王勃は若くして不遇の詩人。初唐の四傑といわれるほどの大詩人で五言律詩が巧みであった。正倉院に文武天皇の慶雲四年（七〇七）に書写された残巻がある。『日本国見在書目』にも「王勃集三十巻」と記録される。

この詩は、少府の杜某が、蜀州に赴任するのを送る送別詩。「送」の字は、『文苑英華』巻二六六によって補った。「少府」は県尉。県尉の杜某については不明である。「之任」は赴任して行くこと。王勃が田舎に赴任している二十歳を越したばかりの時の作で、杜も県尉であることから若い友人と思われる。今なら大学を卒業した頃の交際であろう。

送杜少府之任蜀州　　杜《と》少府《しょうふ》の任に蜀州《しょくしゅう》に之《ゆ》くを送る

城闕輔三秦　　城闕《じょうけつ》は三秦《さんしん》に輔《たす》けられ
風煙望五津　　風煙《ふうえん》に五津《ごしん》を望む
与君離別意　　君と離別の意
同是宦遊人　　同じく是《こ》れ宦遊《かんゆう》の人
海内存知己　　海内に知己《ちき》存し
天涯若比隣　　天涯　比隣《ひりん》の若《ごと》し
無為在岐路　　為《な》す無かれ　岐路《きろ》に在りて

児女共霑巾　児女のごと共《とも》に巾《きん》を霑《うるお》すことを

〔城闕〕長安城。〔三秦〕秦の地をいう。『史記』秦始皇本紀に、「(項羽)秦を滅ぼしし後、各《おの》おの其の地を分かちて三と為し、雍王《ようおう》、塞王《さいおう》、翟王《てきおう》と曰い、号して三秦と曰う」とある。〔風煙〕風とかすみ。はるかなことを表わす。〔五津〕五つの渡し場。蜀には、有名な渡し場が五つある。ここは蜀の地を指す。〔宦遊〕ここでは宮仕えである。又た、宮仕えとして旅にある意。〔知己〕本当に分かってくれる人。〔比隣〕となり。〔岐路〕わかれ道。『淮南子《えなんじ》』説林訓《ぜいりんくん》に「楊子《ようし》　逵路《きろ》を見て之《こ》れを哭す」とある。「逵路」は「岐路」に同じ。

〔韻字〕秦・津・人・隣・巾。

宮城は三秦地方に助けられ、見れば風吹くかすみの中に、君の行く五津が望まれる。君に対して私は別れの寂しい気持ちは持っているが、考えてみると私も君とともに宮仕えの身、いつどうなるか分からぬ。

とはいえ、天下には知己はいるものだ。天のかなたの遠い地方でも隣のようなもの、蜀に行っても大したことはない。「知己」とあるので、王勃と杜少府とが、互いに親友どうしであることがわかる。別れに際して、女子供のようにハンケチをぬらすようなことはするな。

青年の歌であり、五言律詩として形式も整っている。

滕王閣　　王　勃

滕王閣《とうおうかく》は、太宗の弟の滕王李元嬰《りげんえい》が洪州（江西省南昌市）に建てたもの。一時荒廃していたが、閻伯嶼《えんはくしょ》が修復し、上元二年（六七五）の重陽《ちょうよう》の日の祝いの宴会を催した。たまたま父をたずねて南へ行く途中の王勃が拝謁したので、その才名を聞いて「記」を請うた。勃は客と歓談、酒杯を傾け、またたく間に作りあげ、添削もしなかった。みな驚いたという。別れに際し、縑《きぬ》百匹を贈られた。詩は、律詩の形をとっているが、古体詩である。

滕王閣

滕王高閣臨江渚
珮玉鳴鸞罷歌舞
画棟朝飛南浦雲
珠簾暮捲西山雨
閑雲潭影日悠悠
物換星移幾度秋
閣中帝子今何在
檻外長江空自流

滕王《とうおう》の高閣　江渚《こうしょ》に臨み
珮玉《はいぎょく》　鳴鸞《めいらん》するも　歌舞罷《や》む
画棟《がとう》　朝《あした》に飛ぶ　南浦《なんぽ》の雲
珠簾《しゅれん》　暮れに捲《ま》く　西山の雨
閑《のど》かなる雲　潭《ふち》の影　日に悠悠たり
物換《か》わり星移り　幾《いく》たびか秋を度《わた》る
閣中の帝子《ていし》　今何《いず》くにか在る
檻外《かんがい》の長江　空《むな》しく自《みずか》ら流る

〔江渚〕鄱陽湖《はようこ》に注ぐ贛江《かんこう》のなぎさをさす。〔珮玉鳴鸞〕「珮玉」は腰につける玉飾り。「鳴鸞」は車につける鸞鳥《らんちょう》の形をした鈴。『礼記《らいき》』玉藻《ぎょくそう》に「君子　車に在れば則《すなわ》ち鸞和《らんか》の声を聞き、行けば則ち佩玉《はいぎょく》を鳴らす」とある。〔画棟〕美しい彩色のある棟。〔南浦〕南昌の西南にある入り江の名。〔珠簾〕真珠をちりばめたすだれ。実際に真珠を用いて作ったものでなくても、美しく言うために、このように言う。〔捲〕雨をながめるためにまきあげる。〔西山〕南昌の西にある山の名。〔潭影〕淵のたたえる光。〔日〕日ごとに。〔物換〕万物が変化する。〔星移〕歳月がながれる。〔帝子〕みかどの子。〔檻〕手すり。

〔韻字〕渚・舞・雨」悠・秋・流。

昔、滕王の建てた高どのは贛江《かんこう》のなぎさ近く建ち、当時滕王は、珮玉・鳴鸞を鳴らす役人たちをつれてここに集まり、歌い女《め》の歌舞を楽しんだが、それも昔のこととなった。

かつての滕王閣は、美しい棟木《むなぎ》が、朝には南浦の雲の中に飛ぶがごとく聳え、玉のすだれは、暮れには西山の雨を眺めるために捲きあげたこともあったであろう。

たなびくのどかな雲、ふちに指す日の光、毎日毎日変わらずにいるのに、人は変わり、歳月は移り、いくたびの秋をへたのだろうか。九月九日の節句の日だからこのようにいう。『唐詩選』には「度幾秋」（幾秋《いくしゅう》をか度《わた》る）とある。閣中にあった帝の皇子は、今はどこにいったか、もはやこの世にいない。欄干の外の長江は、それなりにただ空しく流れているばかり。「帝子」は、ここでは、太宗の弟李元嬰を指す。

自然と人事の対比は、唐詩にしばしばある。宴会の即席にはふさわしい美しい詩。六朝風の綺麗な描写である。

従軍行　楊　炯

楊炯《ようけい》（六五〇?～六九三?）は、華陰（陝西省華陰市）の人。幼くして博学で文才があり、十一歳のとき、神童科に及第した。二十七歳で崇文館学士となり、のち詹事《せんじ》司直に遷った。武后のとき、梓《し》州（四川省三台県）の司法参軍に左遷され、のちには盈川《えいせん》（浙江省金華市）の令となって、そこで死んだ。才を恃んで傲慢なところは、四傑の他の三人と共通するが、比較的起伏の少ない生涯を送った点では他の三人と異なる。辺塞を歌った五言律詩に特色がある。『唐才子伝』では、世に四才四傑（王、楊、盧、駱）と称しているが、彼は「盧の前に在ることを愧《は》じ、王の後にあることを恥ず」といっている。また『旧唐書』には、盈川の令の時、為政は苛酷で人民、下役人に気にくわぬことがあれば、鞭打って殺した酷吏といわれる。

「従軍行《じゅうぐんこう》」は楽府《がふ》題でもある。もともと出征兵士の苦しみを歌うものであるが、この作品は、進んで戦地に赴き、軍功を立てようとする気持ちを歌っている。

従軍行

烽火照西京　烽火《ほうか》は西京《せいけい》を照らし
心中自不平　心中　自《おのずか》ら平《たい》らかならず
牙璋辞鳳闕　牙璋《がしょう》もて鳳闕《ほうけつ》を辞《じ》し
鉄騎繞龍城　鉄騎《てっき》にて龍城《りゅうじょう》を繞《めぐ》る
雪暗凋旗画　雪は暗く　旗画《きが》凋《しぼ》み
風多雑鼓声　風は多く　鼓声《こせい》雑《まじ》う
寧為百夫長　寧《むし》ろ百夫《ひゃっぷ》の長《ちょう》と為《な》るも
勝作一書生　一書生《しょせい》と作《な》るに勝《まさ》れり

〔烽火〕敵の動静を伝える通報のためののろし。〔西京〕長安。〔牙璋〕象牙を二つに割ったわりふ。一方は、天子が持ち、一方は、出陣する将軍が持つ。これがなければ兵を起こすことはできない。『周礼《しゅらい》』春官・典瑞に「牙璋《がしょう》は以って軍旅を起こし、以って兵守を治む」とある。〔鳳闕〕天子の宮殿。漢の建章宮の東門に、門上に鳳凰の飾りをつけたのでこう呼んだ。〔鉄騎〕よろいかぶとをつけた騎兵。〔龍城〕匈奴の本拠地。『漢書』匈奴伝によると、単于《ぜんう》が部族の民を集め、先祖、天地の神を祀ったというが、この場所は不明。土地に龍の形があるという。〔百夫長〕百人の兵の隊長。位の低い武官。

〔韻字〕京・平・城・声・生。

のろし火が西の都を照らしている。私の心中は穏やかでない。国境警備の様子を歌う。

天子から象牙のわりふをもらって宮殿を辞し、武装して軍馬にのり、匈奴の本陣を囲む。北の雪は暗く旗の画も凋んでしまう寒さ、風は強く吹き進撃の太鼓の音も入り交じっている。百人の部隊長となる方が、一書生で終わるよりましである。最後は、自分の一生がうだつの上がらぬ官吏で終わるより、戦場で長となり一働きした方がましだという。

「従軍行」は、六朝時代からあり、従軍の苦しみ嘆き、留守を守る家族の悲しみを述べたが、この詩のように戦地に出る青年の心意気を示したものは少ない。楊炯には従軍の経験はなく、想像で書いている。西京、鳳闕、龍城などと漢代のことばを使い、時代を漢代に設定しているが、唐代では、今の世を指す時、よく漢代のこととする。この詩は、五言律詩であり、律詩としてよくできている。

代悲白頭翁　　劉希夷

劉希夷《りゅうきい》(六五一～六八〇?)、字《あざな》は庭芝《ていし》。一説に、名が庭芝で、字が希夷であるとも言う。出身も、汝州《じょしゅう》(河南省汝州市、洛陽の南)、穎川《えいせん》(河南省許昌市、汝州市の東)の二説あり、はっきりしない。いずれにしろ洛陽に近い。上元二年(六七五)の進士。容姿が美しく、談笑を好み、琵琶が巧みであった。また、酒豪で、行いが収まらなかった。従軍・閨情《けいじょう》の詩に優れている。

『唐才子伝』に拠れば、舅(母の兄弟)の宋之問《そうしもん》が、「年年歳歳花相似、歳歳年年人不同」の一聯を気に入り、自分にくれるよう懇願したが与えなかったので、宋之問は怒り、下男に命じて別むねに土嚢で閉じこめて殺してしまったという。時に年三十にもなっていなかった。肉親に殺されるとは不幸なことだと、『唐才子伝』は憐れんでいる。

元来「代」は「擬」と同じく、先行する詩があって模倣する意味。「悲白頭翁」という詩が前にあったと考えられるが、今は残らぬ。ただ『楽府詩集』には、この詩の題を「代白頭吟《だいはくとうぎん》」とする。そうであれば、漢の卓文君《たくぶんくん》の「白頭吟」という詩の模倣となる。司馬相如《しばしょうじょ》の妻の卓文君が、相如が茂陵《もりょう》の女を迎えようとした時、この詩を作り離婚を決意した。司馬相如はそれを読んで茂陵の女を迎えるのを止めた。『楽府詩集』『玉台新詠』『古詩源』に見える。とすると、この詩は「代白頭吟」であったのが、いつのまにか「代悲白頭翁」になった可能性がある。ただこの詩題の意味は、わが国では「白頭を悲しむ翁に代わる」とよみ、翁の気持ちを代わって述べたと解釈する。なお、『古文真宝』では、宋之問の作として「有所思《ゆうしょし》」（思う所《ひと》有り）と題す。

代悲白頭翁　　白頭《はくとう》を悲しむ翁《おきな》に代わりて
洛陽城東桃李花　　洛陽の城東　桃李の花
飛来飛去落誰家　　飛び来たり　飛び去って　誰《た》が家にか落つ
洛陽女児好顔色　　洛陽の女児《じょじ》　顔色《がんしょく》を好む
坐見落花長嘆息　　坐《い》ながらにして落花を見て長く嘆息《たんそく》す
今年花落顔色改　　今年　花落ちて顔色改まり
明年花開復誰在　　明年　花開いて復《ま》た誰《たれ》か在る
已見松柏摧為薪　　已《すで》に見る　松柏《しょうはく》摧《くだ》かれて薪《まき》と為《な》るを
更聞桑田変成海　　更に聞く　桑田《そうでん》変じて海と成《な》るを
古人無復洛城東　　古人　復《ま》た洛城の東に無く
今人還対落花風　　今人《きんじん》　還《ま》た落花の風に対す

年年歳歳花相似
歳歳年年人不同
寄言全盛紅顔子
応憐半死白頭翁
此翁白頭真可憐
伊昔紅顔美少年
公子王孫芳樹下
清歌妙舞落花前
光禄池台開錦繡
将軍楼閣画神仙
一朝臥病無相識
三春行楽在誰辺
宛転蛾眉能幾時
須臾鶴髪乱如糸
但看古来歌舞地
惟有黄昏鳥雀悲

年年歳歳　花相《あ》い似たり
歳歳年年　人同じからず
言《げん》を寄す　全盛《ぜんせい》の紅顔子《こうがんし》
応《まさ》に憐《あわ》れむべし　半死《はんし》の白頭翁《はくとうおう》
此《こ》の翁《おう》　白頭　真《まこと》に憐れむ可《べ》し
伊《こ》れ昔　紅顔の美少年
公子《こうし》王孫《おうそん》　芳樹《ほうじゅ》の下
清歌《せいか》妙舞《みょうぶ》　落花の前
光禄《こうろく》の池台《ちだい》に錦繡《きんしゅう》を開き
将軍の楼閣に神仙を画《えが》く
一朝　病《やまい》に臥《ふ》せば相《あ》い識《し》るもの無く
三春の行楽　誰《たれ》の辺《へん》にか在る
宛転《えんてん》たる蛾眉《がび》　能《よ》く幾時《いくとき》ぞ
須臾《しゅゆ》にして鶴髪《かくはつ》　乱れて糸の如《ごと》し
但《た》だ看《み》る　古来　歌舞の地
惟《た》だ有り　黄昏に鳥雀《ちょうじゃく》悲しむ

〔誰家〕誰のところ、誰。〔好顔色〕「好」は一本「惜」に作る。〔坐見〕「坐」は故なくして。一本に「行」（行くゆく。歩きながら）に作る。〔松柏摧為薪〕「古詩十九首」其十四に「古墓は犂《す》かれて田となり、松柏は摧《くだ》かれて薪と為る」とある（「古詩十九首（六）参照）。〔桑田変成海〕『神仙伝』巻七に、仙女麻姑《まこ》のことばとして、「接待して以来、已《すで》に東海の三たび桑田と為るを見る」とある。〔寄言〕呼びかけの語。〔公子王孫〕王侯貴族の子弟。〔光禄池台〕漢の光禄大夫であった王根《おうこん》（元帝の后の腹違いの弟）は、邸内に天子の宮殿をまねた豪奢な建物をつくり、その中には、漸台と言って、池の中に台を築いた（『漢書』元后伝）。〔錦繍〕にしきやぬいとりをした絹の帳《とばり》。〔将軍楼閣画神仙〕後漢の梁冀《りょうき》将軍は壮麗な邸宅をつくり、壁には雲や仙人の画をかいた（『後漢書』梁冀伝）。〔相識〕知り合い。〔一朝〕ひとたび。〔三春〕正月・二月・三月の春三か月。ここでは単に春をさす。〔宛転〕なだらかなさま。〔蛾眉〕蛾の触覚のような、細く伸びた美しい眉。〔須臾〕たちまち。〔鶴髪〕鶴のように白い髪。

〔韻字〕花・家」改・在・海」東・風・同・翁」憐・年・前」仙・辺」時・糸・悲。

洛陽の城の東に桃李の花が咲いている。あちこちに飛び散って、誰の所に散り落ちて行くのだろうか。冒頭に洛陽の都の咲きほこる春の花を出し、後の栄えるものはやがて衰えるという人生の無常の伏線とする。場所は洛陽の古都である。「城東」には特に意味はない。桃李の桃の花といえば、『詩経』周南・桃夭《とうよう》の詩を意識させる。桃の花のようにあでやかな花嫁、娘さん。それが下の洛陽の女児を引き出す。

洛陽の女子は容色を大切にするが、この散りゆく落花になんとなく出逢って、ただ落花を惜しみ嘆息する。作者は、外から女児を見ている。

今年花は散り、女性の容色も衰える。明年花が咲いた時、誰が生きているだろうか。ここの「顔色」は、一般の人の容色である。今年と明年を対比し、女児にかけて人一般をもいう。また、花の時節の移り変わりと、人間の盛衰とを対比させる。そしてさらには、人間のみならず自然の風物も変わり永久に続かないことを歌う。ここから人生の変転、人間の無常を説く。

かの墓場などに植えてある松柏は、時がたつと摧かれて薪とされてしまうということを目にしているし、かの桑畑は、ある時には海となってしまうと聞いている。時間がたつとすべて物は変化する。「已見」と「更聞」を対比し、永久と思われるものも永久でないことをいう。

あの花を見た古人はもはや城の東にはいなくなり、今の人がまた落花の風に向かって吹かれている。「古人」と「今人」を対し、再び落花を見る人を出す。ここでの人は、女児から一般の人までも含める。

年々歳々花は同じように咲くが、歳々年々みる人はちがっている。表現の妙。花と人とを対比する。宋之問の所望した一聯で、『和漢朗詠集』に宋之問の句として収められる。阿川弘之に「歳々年々人同じからず」と題する小説がある。

今は全盛の紅顔の若人に言いたいことがある、聴きたまえ。死にかけている白頭の翁こそ憐れまねばならぬ。「紅顔子」と「白頭翁」は対比の表現。ここではじめて白頭翁が出てくる。以下、白頭翁の憐れむべき状態をのべ、全盛の紅顔子に聞かせる。

この翁の白頭はまことになんと可哀そうなこと。それこそ昔は紅顔の美少年であったのだ。「可憐」は、美しい、可愛い、すばらしい、悲しいなど、感動するときに用いることば。一般に言う「紅顔美少年」の表現は、ここから来る。ただし元来貴族の子弟に用いる語である。

かつては公子王孫の貴族たちと、花咲く木の下で、落花を眺めつつ美しく歌い、巧みに舞った。この二句は、きちんとした対句で構成されている。

また漢の光禄大夫王根の豪奢な池のほとりの台で、錦のしとねを布いて遊び、後漢の梁冀大将軍の神仙を画いた美しい楼閣で遊んだものであった。二句は対句になっている。

この老人が一たび病に倒れ寝込むと、誰も知るものなく訪ねる人もいない。三春（一、二、三月）の遊楽は、今や誰の所へ行ったやら、この老人とは関係なくなった。

この洛陽の女児のなだらの蛾眉も、いつまでも美しくいられることやら。いずれたちまちの間に鶴のような白い髪の毛と変わって、乱れて糸のようになってしまうであろう。ここで再び冒頭の女児を出し、全盛はいつまでも続けられず、年をとってしまうものだということをいう。

あの若人たちが楽しんだ歌舞の賑やかな土地も、今は荒れはて、たそがれには鳥雀が鳴き悲しんでいるばかり。人も物も時間がたてば変わってしまう。人生はこんなものという、人生のはかなさを歌い、一篇の主旨となっている。

全篇二十四句の長篇七言古詩で、楽府「白頭吟」の模倣であろう。冒頭に洛陽の桃李の花盛りを出し、女児を出し華やかさのイメージを読者に与え、ついでその華やかさもやがて衰えてゆくことを歌う。そして、その代表に白頭翁を出す。元来これが主題であろう。この白頭翁も昔は華やかな美少年であった。今は病で看る人もない。女児もそうなるであろう。かの若人たちも今はなく、彼らが遊んだ歓楽の地も今はさびれ、鳥雀がとぶばかり。すべては変化して衰えゆくものであるとし、人生のはかなさを歌っている。

人も物も時間がたつにつれて変わり、かつての栄華もやがては衰えるというのは、人生無常の観であり、栄華必衰の理をいうが、これは古くから中国にある考えで新しくはない。仏教の考えに影響されたものでもない。

『唐詩紀事』巻一三に、「今年花落顔色改、明年花開復誰在」の二句について、劉希夷は、「不吉な予言だ。石崇《せきすう》の『白首まで帰《き》する所を同じくせん』(「ともに白髪になるまで、気心の合った仲間でいたい」の意。実際は、晋の潘岳《はんがく》の「金谷集作詩」の最後の一句)と同じだ」といい、また「年年歳歳花相似、歳歳年年人不同」も不吉な予言であると言い嘆いたが、結局破棄せずにいた。詩ができて一年たらずで悪人に殺された、とある。

古意　呈補闕喬知之　　沈佺期

沈佺期《しんせんき》（六五六?～七一三）、字《あざな》は雲卿《うんけい》。相州内黄県《ないこう》（河南省内黄県）の人で、上元二年（六七五）の進士。二、三の任官の後、賄賂をとって弾劾され、とり入っていた張易之《えきし》が失脚したため、驩州《かん》（ベトナム）に流罪となる。後復帰し、中宗に召し出され、起居郎兼修文館直学士（従六品上）となる。中宗の宴席の時、回波《かいは》の舞を舞い、また言葉巧みに天子の機嫌をとったため、牙笏《がこつ》（象牙の笏《しゃく》）と緋衣《ひい》（赤い絹の服）を賜る。後昇進し、中書舎人（正五品上）、太子少詹事《せんじ》（正四品上）を歴任し、開元初年に没した。七言律詩に長じ、宋之問と並んで律詩の完成者とされる。張説《ちょうえつ》に詩を送り、張公は「詩は清麗で、当代第一の名は彼に譲るべし」といった。それより詩名は振るった。

詩題は、『唐詩選』では単に「古意」となっており、『楽府詩集』巻七五では「独不見」となっている。「古意」とはむかし風の歌という意味。「補闕」は官名。天子に意見をし、その闕を補うことを掌る。左右の別があって、左補闕は門下省、右補闕は中書省に属す。「喬知之《きょうちし》」は右補闕であった。喬知之は武后のときの詩人。喬知之には碧玉という寵婢があったが、武承嗣《ぶしょうし》に奪われた。そこで「緑珠篇」という詩を書いて碧玉に寄せたが、碧玉は井戸に身を投げて死んだ。承嗣はその詩を見つけて怒り、知之をおとしいれて殺させたという。『唐詩紀事』巻六には以上のような話が記されていて、そのあとに沈佺期のこの詩が掲げられているが、喬知之の事件が事実であったかどうかは疑わしい。

古意　呈補闕喬知之　　古意《こい》　補闕《ほけつ》の喬知之《きょうちし》に呈《てい》す

盧家少婦鬱金堂　　盧家《ろか》の少婦《しょうふ》　鬱金《うっこん》の堂《どう》

海燕双棲玳瑁梁　　海燕《かいえん》　双《なら》び棲む　玳瑁《たいまい》の梁《りょう》

九月寒砧催木葉
十年征戍憶遼陽
白狼河北音書断
丹鳳城南秋夜長
誰謂含愁独不見
更教明月照流黄

九月寒砧《かんちん》 木葉《もくよう》を催《うなが》し
十年征戍《せいじゅ》 遼陽《りょうよう》を憶《おも》う
白狼《はくろう》河北《かほく》 音書《いんしょ》断ち
丹鳳城南《たんほうじょうなん》 秋夜長し
誰《た》が謂《ため》に愁《うれ》いを含む 独不見《どくふけん》
更に明月をして流黄《りゅうこう》を照らさしむ

〔盧家少夫鬱金堂〕「鬱金堂」は鬱金香という西域産の香をたきこめた部屋。〔海燕〕つばめ。〔寒砧〕冬着の準備のために打つきぬたの音。〔催木葉〕木の葉が落ちるのをせきたてる、という意味。〔征戍〕出征して国境警備にあたること。〔遼陽〕今の遼寧省中央部。〔白狼河〕現在は大凌河という。遼東湾に注ぐ。〔音書〕手紙。〔丹鳳城〕長安の町をいう。〔独不見〕楽曲の名。『楽府詩集』に引く『楽府解題』に「独不見は、思うて見るを得ざるを傷むなり」とある。〔流黄〕もえぎ色の絹。古楽府「相逢行」に「大婦は綺羅《きら》を織り、中婦は流黄《りゅうこう》を織る」とある。

〔韻字〕堂・梁・陽・長・黄。

盧の家の若いよめは鬱金の部屋に住んでいる。燕はつがいで仲よくその部屋の玳瑁のはりに巣を作っている。しかし嫁は一人ぐらし。上句は、梁の武帝の作といわれる「河中の水の歌」に「河中の水 東に向かって流る、洛陽の女児 名は莫愁《ばくしゅう》。莫愁十三 能《よ》く綺《き》を織り、十四 桑を採る 南陌《なんぱく》の頭《ほとり》。十五 嫁《か》して盧家の婦と為り、十六 児を生み字《あざな》は阿侯《あこう》。盧家蘭室《ろからんしつ》 桂を梁《りょう》と為し、中に鬱金蘇合《うっこんそごう》の香有り……」とあるのにもとづく。

秋九月になると、冬着を作るため打つきぬたの音が木の葉の散るのをうながしている。夫は十年もの間、辺境の守りに出ていった。私はその遼陽のあたりを思っている。

白狼河の北からの音信は断ち、都の南の方では秋の夜は長い。長安の宮門の上には赤い鳳凰の飾りがあったので「丹鳳城」という。

今「独不見」の曲が聞こえるが、誰のために愁いを含んでいるのか。寂しい曲の上に更に明月が部屋に指し込んで、はたおりの流黄の上を照らしている。なおさらあの人が思い出される。

律詩として型を調え、主に流麗の語句を使って美しい詩にしている。しかし内容は単純で、空想上の詩である。宋之問と並んで七言律詩の完成者といわれるだけあって、この詩はリズムが調っている。

薊丘覧古　贈盧居士蔵用（燕昭王）　陳子昂

陳子昂《ちんすごう》（六六一～七〇二）、字《あざな》は伯玉《はくぎょく》。梓州射洪《しゃこう》（今の四川省射洪県）の人。少年時代は読書を好まず、任侠の生活を送ったが、ある時、博徒について村の郷学に行って無学を悟り、志を立てた。以後門客を謝絶し、経書に専念し、数年の間に経書百家で見ないものなく、文を作れば、司馬相如《しばしょうじょ》、楊雄《ようゆう》の風骨があるし、詩は、幽州の人王適《おうせき》が、「必ず文宗たらん」とほめた。高宗の開耀二年（六八二）、進士に及第した。麟台正字から右拾遺となり、三十八歳ころ、父に孝養を尽くすため辞任して帰った。彼の財産をねらう県令段簡に罪におとしいれられ、獄中に死んだ。初唐の華麗な詩風から脱却し、盛唐への道を開いた復古主義の詩人である。

「薊丘《けいきゅう》」は戦国時代に燕《えん》の都のあったところで、今の北京市の西北にあたる。「覧古」とは懐古と同じく、旧跡を覧て古を懐うこと。「盧居士蔵用」は処士の盧蔵用《ろぞうよう》のこと。字《あざな》は子潜《しせん》。終南山に隠棲し、召されて仕えたが、のちに驩《かん》州に流された。この詩は七首連作中の第二首。「燕昭王」という小題がついている。最初に序があり、それにいう。「丁酉《ていゆう》の歳（則天武后の神功元年、六九七）、吾北征し、薊門より出で、燕の旧都を歴観するに、其《そ》の城池覇業、迹已《すで》に蕪没《ぶぼつ》せり。乃《すなわ》ち慨然《がいぜん》として仰歎《ぎょうたん》し、昔の楽生《がくせい》・鄒子《すうし》・群賢の遊《ゆう》の盛んなるを憶《おも》う。因って薊丘に登り、七詩を作りて以って之《こ》れを志《しる》し、終南の盧居士に寄す。亦《ま》た軒轅《けんえん》の遺跡有るなり」。

薊《けい》丘《きゅう》覧《らん》古《こ》　盧《ろ》居《こ》士《じ》蔵用《ぞうよう》に贈る（燕《えん》の昭王《しょうおう》）

薊丘覧古　贈盧居士蔵用（燕昭王）
南登碣石館　南のかた碣石《けっせき》の館《やかた》に登り
遥望黄金台　遥《はる》かに望む　黄金の台
丘陵尽喬木　丘陵《きゅうりょう》　尽《ことごと》く喬木《きょうぼく》あり
昭王安在哉　昭王　安《いず》くに在りや
霸図悵已矣　霸図《はと》は悵《ちょう》として已《や》みぬ
駆馬復帰来　馬を駆《か》りて復《ま》た帰り来《き》たる

〔碣石館〕燕の昭王が碣石館という建物を造って、鄒衍などの学者を住まわせたところ。〔黄金台〕燕の昭王が築いた台。薊丘の東南にあった。昭王が千金を積んで天下の賢士を募集したところ。〔丘陵〕陵墓。〔霸図〕霸業の計。〔悵〕なげくさま。

〔韻字〕台・哉・来。

古の燕の国の南、昭王の築いた碣石の館の跡に登り、東南の黄金台の跡を望む。これは昭王が千金を積んで天下の賢士を招いたところである。

昭王の陵墓はみな高い木が生えていて、年をへていたことが感じられる。かの昭王は今どこにいるであろうか。そのあとは空しい。

当時の昭王の覇業の計も悲しく滅びてしまった。思えば人間のわざは空しいもの。感慨に耽り馬を駆りてもとの方に帰って来た。
六朝の浮華の風を一掃して漢魏の古風の詩に復したと言われるが、この飾らぬ質素の詩は、その特色を現わす。昭王は賢士を得て名をなし、賢士も亦た昭王によって現われる。こうした昭王の如き人を望む気持ちがあったのだろう。盧蔵用の「陳氏別伝」によると、契丹が営州（河北省東北部）で叛乱を起こした時、建安王の武攸宜《ぶゆうぎ》が総指揮をとり、陳子昂は幕僚となり、参謀として漁陽（天津市薊《けい》県）に駐屯した。前軍の王孝傑らみな陥没し、三軍はふるえおののいた。陳子昂は、短期決戦すべしと長い諫めの文を書いた。ところが、王は勇士を求めていたので、子昂が元来学者であることから諫めを聞き入れない。しかし子昂は体は弱く病気がちでも、忠義に燃えていたので、参謀である以上、どこまでもやらねばと考え、また諫めた。建安王はこれを断わり、子昂を参謀から属官（軍曹）に配置がえした。子昂は王と合わぬとわかり、黙々と列に加わり、書記の仕事をしていた。そこで薊北の楼に登り、楽毅《がっき》・燕《えん》の昭王の故事に感じて、詩数首を賦して、「泫然《げんぜん》（はらはらと）として涕《なみだ》を流して」歌ったのが、次の「登幽州台歌」である。

登幽州台歌　陳子昂

「幽州」は燕《えん》の地。「幽州台」は、今の北京市西北の徳勝《とくしょう》門の外にあった高台。薊《けい》丘ともいう。

登幽州台歌　幽州《ゆうしゅう》の台に登る歌
前不見古人　前に古人を見ず
後不見来者　後《うしろ》に来者《らいしゃ》を見ず
念天地之悠悠　天地の悠悠たるを念《おも》い

独愴然而涕下　独《ひと》り愴然《そうぜん》として涕下《なみだくだ》る

〔悠悠〕はるかに長いさま。〔愴然〕いたみ悲しむさま。

〔韻字〕者・下。

自分より前に生まれた古人を見ることはできない、自分より後に生まれてくる来者も見ることはできない。それに比べて天地の限りなく続くことを思うて、ただ悲しんで涙がこぼれる。限りなき天地からみれば、吾々人間は有限のもので、前人も来者もみることはできぬ。それを思うと悲しくなり、涙が自然に出てくる。昔の昭王や楽毅のことなどを考え、あの偉大な昭王はみることができないし、未来に出てきても、それを知ることはできぬ。今のこの時には、その様な人はいない。それを考えると身の不遇が哀れである。不遇孤独の詩である。

盛唐

盛唐概観

玄宗《げんそう》の開元《かいげん》、天宝《てんぽう》の盛世を中心とした時代で、政治経済が充実し、内政よく治まり、外敵の侵入もよく退けた時代である。この当時、長安は世界第一の大都会となった。

詩も最もよく熟した時代であり、後世に影響を与えた、李白《りはく》、杜甫《とほ》の出た時代である。詩の内容も多種多様であるが、それを大別すると三つある。一つは隠遁生活や田園山水を歌う、王維《おうい》、孟浩然《もうこうねん》を代表する一派である。一つは辺塞《へんさい》の風景や戦争を歌う、岑参《しんじん》、高適《こうせき》を代表とする一派である。一つは情熱を傾ける特異な詩人たちで、李白、杜甫であり、この二人は唐詩を代表し、また中国を代表する詩人である。

一、隠遁生活や山水田園を歌う詩人 —— 孟浩然、王維、李頎《りき》、儲光羲《ちょこうぎ》、祖詠《そえい》

その範とする所は、陶淵明《とうえんめい》である。当時、官界に活躍するのが人生の目的であった。それには二つの方法があり、一つは科挙《かきょ》の試験に合格すること、もう一つは、隠遁することであった。隠遁して、やがて世に知られることになる。これは、仕官の早道でもあった。むろん、ほんとうの隠遁者もあったが、官界に心がありながら隠遁する詩人たちがあった。

二、辺塞詩人 —— 岑参、高適、王昌齢《おうしょうれい》、王之渙《おうしかん》、王翰《おうかん》

唐は、太宗《たいそう》以来、武力を用いて外敵と戦い、勢力を発展させた。玄宗の盛世は、四方の外敵を平定し、また十節度使を置いて戎狄《じゅうてき》に備えた。当時の詩人たちは、実際従軍して、辺塞の風物に接したものもあり、想像して辺塞の風物、従軍兵士の悲しみを歌ったものもある。そして、それらの詩人には、従来なかった表現が出てくる。例えば、辺塞地方の地名（受降城《じゅこうじょう》、陰山《いんざん》、青海《せいかい》、吐谷渾《とこくこん》）、砂漠の風景（黄沙《こうさ》、白草《はくそう》、雪山《せつざん》、関月《かんげつ》、大漠《だいばく》、磧中《せきちゅう》、沙場《さじょう》）、戎狄の器物（胡笳《こか》、琵琶《びわ》、羌笛《きょうてき》、穹廬《きゅうろ》）、胡人《こじん》の名（胡姫《こき》、単于《ぜんう》、月支《げっし》）である。

三、情熱詩人 —— 李白、杜甫

二人とも放浪の詩人であり、心に熱情を持っていた。李白は絶えず政治の舞台に活躍しようと夢みて、詩をもって天下に知られることに情熱を傾けた詩人で、政治の不合理は語らない。杜甫も政治に参画することを希望したけれども、必ずしも報いられぬ。彼の情熱は、政治の不合理、人々の生活の苦しみをみつめることに注がれ、それを歌うことを自分の使命と考えていた。かくて人々は、彼を沈鬱詩人と呼ぶ。なお彼は、律詩を完成させた人であり、詩のリズムに厳格であり、詩に新しい表現を入れることに苦心した作家である。定められた字数と厳しい平仄のリズムの中

で、作者の思想、感情を十分に出すために、対句はむろんのこと、一字一句の表現に最大の注意を払った。

照鏡見白髪　聯句　張九齢

張九齢《ちょうきゅうれい》（六七三～七四〇）、字《あざな》は子寿《しじゅ》。韶《しょう》州曲江（広東省曲江県）の人。若くして秀才である。司勲員外郎に転任した時、宰相の張説《ちょうえつ》が彼を大切にして、同姓であることで同族扱いをし、「わが家の若いやつは、文学者の中で第一人者だ」といった。張説が集賢院の長の時、張九齢を帝の顧問として推薦した。張説がなくなってから、帝はそのことを思いだし、九齢を召して秘書少監・集賢院学士・知院事に任命した。

九齢は、学問を背景にいつも正論を吐いていた。ために、学問のない李林甫《りりんぽ》とは合わない。范陽《はんよう》の節度使張守珪《ちょうしゅけい》は、可突干《かとつかん》を斬るに功あったが、帝が彼を侍中としようとした時、九齢は、宰相は人物で選ぶべきで、手柄で選ぶべきでないと進言する。涼州《りょうしゅう》の都督牛仙客《ぎゅうせんかく》を尚書にしようとした時も、九齢は、高官は徳義・人望のある人物がなるべきで、一地方官がなるべきでないと上奏する。これに対して、李林甫が、九齢の古くさい道理など問題ないと進言し、牛仙客の起用が決まる。そして九齢は、李林甫に陥れられることになる。やがて九齢は尚書右丞相の資格のまま政権から退けられる。以後朝廷では、俸禄を大切にし、天子のご機嫌をそこなわぬ風潮になった。

晩年は、不遇であった。かつて周子諒《しゅうしりょう》を監察御史として推薦したが、周は牛仙客を弾劾し、帝の怒りに触れ、瀼《じょう》州（広西省）に流され死んだ。張九齢は、不届きのものを推薦したかどで荊州《けいしゅう》（湖北省）の長史に降等された。ここでは、詩文をもって娯しんだ。朝廷は、その名声を認めて、しばらくして始興《しこう》県伯にとりたてた。やがて病気で亡くなる。六十八歳。荊州の大都督を追贈される。諡《おくりな》して文献という。

彼は善悪を正しく指摘する正義漢であり、硬骨漢であった。また、彼の推挙する人物は、正しい人物であった。玄宗の武恵妃《ぶけいひ》が皇太子李瑛《りえい》を陥れようとした。張九齢は、「女の言を聴いて天下を滅ぼすな」と忠言した。また、安禄山《あんろくざん》がまだ下級官吏の時、都に参内した時のおごりの態度をみて、「幽州を乱すものは、このえびすの子である」といって、将来を見越す。安禄山が契丹等の討伐で破れたため、張守珪が禄山を逮捕して都に行った時、九齢は「安禄山は死刑にすべき」と上書するが、帝は聞き入れなかった。九齢は、「安禄山は狼の子で荒々しく、反逆の相がある。処刑して禍根を断つべし」と言ったが、帝は聞かなかった。後年、帝が四川に行ったとき、彼の忠義を思いだし、涙を流して、使者を遣わし、贈り物をして、家族をなぐさめた。

開元以来、天下の人は、彼を曲江公と呼び、名をいわなかった。彼は、体質弱く、おくゆかしい性格であった。高級官吏は馬に乗る時、笏《しゃく》を帯に挿んで馬に乗ったが、九齢は、人に持たせ馬に乗り、そのため「笏嚢《こつのう》」を作った。これは彼から始まる。以後、帝が人物起用する時、「九齢のようになれるか」と尋ねたという。その詩は、陳子昂に似て古雅である。

「聯句《れんく》」は、他の詩人と一句ずつ、または二句ずつ、四句ずつ担当して作る合作の詩である。これは張九齢の作った四句である。

照鏡見白髪　聯句　　鏡に照らして白髪《はくはつ》を見る　聯句《れんく》

宿昔青雲志　　宿昔《しゅくせき》　青雲の志
蹉跎白髪年　　蹉跎《さた》たり　白髪の年
誰知明鏡裏　　誰《たれ》か知らん　明鏡の裏《うち》
形影自相憐　　形影《けいえい》　自《みずか》ら相《あ》い憐れまんとは

〔宿昔〕むかし。〔青雲志〕立身出世しようとする意気。〔蹉跎〕志を得ないまま、年をとってしまうこと。
〔韻字〕年・憐。

むかし立身出世しようとする気持ちを持っていたが、つまずいて白髪の老年になってしまった。輝く鏡に照らして、写るわが姿を憐れもうとは思いも寄らなかった。

若いときの大きな夢が果たせず、年を取り、そのわびしい感慨を歌ったもので、晩年の作であろう。こうした感慨があるのは、或いは荊州に流されている時の作か。この詩、李白「秋浦歌」其十五と似ている。

涼州詞　　王翰

王翰《おうかん》（六八七?～七二六）、字《あざな》は子羽《しう》。晋陽《しんよう》（山西省太原市《たいげん》）の人。豪放な性格で、若いときから任侠の士と交わった。進士に挙げられてから、宰相張説《ちょうえつ》に認められ、官は駕部《がぶ》員外郎まで至った。張説が失脚すると、仙州《せんしゅう》（河南省葉県）に左遷されたが、毎日、任侠の士を集めて遊宴や狩猟にふけったため、道州（湖南省道県）の司馬《しば》に流された。

「涼州詞《りょうしゅうし》」は楽府《がふ》題。「涼州」は今の甘粛《かんしゅく》省武威《ぶい》市で、その地で流行していた歌曲を、玄宗の開元年間、西涼府都督の郭知運《かくちうん》（六六七～七二一）が朝廷に献納したものという。後にそれに合わせて歌い、他にも王之渙《おうしかん》等の作がある。涼州は当時、辺塞の地であったので、歌詞は出征兵士の感慨を歌うものが多い。王翰のこの作は、二首連作中の第一首である。王翰の伝記は、『旧唐書』文苑伝・『新唐書』文芸伝に数行載るだけで、さして当時は有名な詩人ではないが、この詩で後世有名になった。

涼州詞

葡萄美酒夜光杯
欲飲琵琶馬上催
酔臥沙場君莫笑
古来征戦幾人回

葡萄《ぶどう》の美酒　夜光の杯《はい》
飲まんと欲《ほっ》して、琵琶《びわ》　馬上に催《もよお》す
酔うて沙場《さじょう》に臥《ふ》す　君　笑うこと莫《なか》れ
古来　征戦《せいせん》　幾人《いくにん》か回《かえ》る

〔葡萄美酒〕葡萄酒。〔夜光杯〕白玉で作ったコップ。グラスのことをいうのかもしれない。〔琵琶〕琵琶。晋の石崇《せきすう》「王明君詞」の序文にも「昔　公主《こうしゅ》の烏孫《うそん》に嫁ぎしとき、琵琶をして馬上に楽《がく》を作《な》し、以って其の道路の思いを慰めしむ」とある（烏孫公主「悲愁歌」注参照）。〔催〕酒宴に興をそえること。一説に、出発することをせきたてる、または酒を飲むことをせきたてる。〔沙場〕塞外の砂漠。戦場の意味ともなる。〔征戦〕出征すること。

〔韻字〕杯・催・回。

ぶどう酒、それは恐らくシルクロードを通じて、はるか西域からもたらされた酒であろう。葡萄は漢の武帝の頃、移植された。その酒は、色といい味といい、中国の酒とは違う、甘美な酒である。見るだけで、味わうだけで、見たことのない異国を思わせる。しかもそれを夜光の杯になみなみとつぐ。「夜光杯」は、がんらい白玉で作ったものであるが、ここは西域から伝わったギヤマンのことであろう。中国にはない透明の色をしている。それにつぐとぶどう酒は、ますますふしぎな異国情緒をただよわせる。

さてそのぶどう酒を飲もうとすれば、誰がかなでるか、琵琶を馬上でかきならしている。早く飲めとうながすごとくに。「琵琶」、これもがんらい異国西域伝来のものであり、後漢の劉熙《りゅうき》の『釈名《しゃくみょう》』釈楽器に「枇把《びわ》（琵琶）は本《もと》胡中に出《い》ず。馬上に鼓する所なり」とあるのによると、琵琶は西域より来たり、馬上にてかきならすものである。飲むものと聞くもの、いずれも異国情緒を思わせる。その情緒を感ずれば感ずるほど、作者には故郷のことが思われる。

故郷を思ってどうにもならぬ。

酔いつぶれて砂漠にねころんでしまっても、君よ、笑いたもうな。古から戦争に行って何人故郷に帰ったものがあるか。ここは都を遠く離れた戦場。砂漠である。思えば出征兵士としてこの地に来て何年、いつ懐かしい故郷に帰れることやら。せめてその憂いを酒でも飲んではらし、しばし故郷のことを忘れたいもの。

異国の風物を出して、故郷を思う思いを背後にひそめているが、出征兵士のやるせない思いが満ちている。明の譚《たん》元春《げんしゅん》は、「又た壮にして又た悲し」と評するが、そうであろう。明の王世貞《おうせいてい》も「無瑕《むか》の璧」と絶賛している。

この詩は、作者の酒を好み、放蕩的生活から生まれたもの。彼は塞外には行ったことがなく、想像の文学である。

宿建徳江　孟浩然

孟浩然《もうこうねん》（六八九～七四〇）、字《あざな》も浩然。あるいは名が浩で、字が浩然であるともいう。襄陽《じょうよう》（湖北省襄陽県）の人。若いころ、科挙に何度か失敗し、諸国を放浪したすえ、鹿門《ろくもん》山に隠棲した。四十歳にして都に出て、王維《おうい》と交わった。王維が役所に招いて文学を論じ合っていると玄宗のおなりである。玄宗は召しだして、詩はあるかと尋ねると、ないという。近作を尋ねると、「不才にして　明主棄て、多病にして　故人疎《うと》んず」という。玄宗は、お前が仕えようとしなかっただけで、朕《ちん》は棄てた覚えはない。どうして私をそしるかと言った。このことがあって南山に放還された。その後、張九齢《ちょうきゅうれい》が荊州長史に左遷されたとき、召されて従事となったが、まもなく辞任した。

詩は五言詩が特にすぐれている。また、王維《おうい》・韋応物《いおうぶつ》・柳宗元《りゅうそうげん》と並んで、唐代の自然詩人の代表とされる。

宿建徳江　　建徳江《けんとくこう》に宿《やど》る

移舟泊烟渚　　舟を移して烟渚《えんしょ》に泊《と》まり
日暮客愁新　　日暮《にちぼ》　客愁《きゃくしゅう》　新《あら》たなり
野曠天低樹　　野　曠《ひろ》くして　天　樹《き》より低し
江清月近人　　江《こう》　清くして　月　人に近づく

〔建徳江〕浙江省建徳の銭塘《せんとう》江をさす。新安江ともいう。〔烟渚〕もやのたちこめたなぎさ。〔客愁〕旅愁。
〔韻字〕新・人。

建徳江を舟を進めて、もやにけぶる渚に泊まることになった。旅にあっては夕方は寂しいもの。改めて旅愁におそわれる。「移舟」は江を遡るのであろう。

みれば人気のない野原は広がり、それを覆う天ははるかかなたまで、すみからすみまで覆って、樹よりも低い感じである。ふと江をみると、江は澄んで清く流れ、うつる月影は私に近づいてくる。月だけは近づいて、なぐさめてくれるようである。夕暮れのうすぐらい天の覆った風景を歌う。三句と四句は対句になっている。

放浪の旅に出て、江南を訪れた時の作。孤独の旅愁を歌う。孟浩然は、風景の描写が巧みであり、都に出たとき、詩会で「微雲《びうん》は河漢に淡《あわ》く、疎雨《そう》は梧桐《ごどう》に滴る」と表現し、いならぶ詩人を驚嘆させる。この詩の三、四句も名句とされ、その他にも、「気は蒸す　雲夢《うんぼう》の沢《たく》に、波は撼《ゆる》がす　岳陽《がくよう》城を」（「望洞庭」）、「荷風《かふう》　香気を送り、竹露《ちくろ》　清響滴る」（「夏日南亭懐辛大」）の名句がある。

臨洞庭　　孟浩然

洞庭湖に臨んで感慨を述べた詩である。『文苑英華』巻二五〇では「望洞庭湖上張丞相」（洞庭湖を望み張丞相に上《たてまつ》る）となっている。『全唐詩』巻一六〇も同じであるが、ただ、「上」が「贈」になっている。「張丞相」は、孟浩然が仕えた張九齢《ちょうきゅうれい》のことをさすとされているが、宰相であった張説《ちょうえつ》のことだとする説もあり、定かでない。いずれにしろ宰相に上ったもので、詩の後にあるように、官職につきたい希望を述べている。このことから、孟浩然が徹底した隠者ではないことがわかる。都に出る前の詩であろう。

臨洞庭　　洞庭《どうてい》に臨《のぞ》む

八月湖水平　　八月　湖水　平《たい》らかなり
涵虚混太清　　虚《きょ》を涵《ひた》して太清《たいせい》に混《こん》ず
気蒸雲夢沢　　気は蒸《む》す　雲夢《うんぼう》の沢《たく》に
波撼岳陽城　　波は撼《ゆる》がす　岳陽《がくよう》城を
欲済無舟檝　　済《わた》らんと欲《ほっ》して　舟檝《しゅうしゅう》無く
端居恥聖明　　端居《たんきょ》して聖明に恥《は》ず
坐観垂釣者　　坐《そぞ》ろに釣《つり》を垂《た》るる者を観《み》
徒有羨魚情　　徒《いたず》らに魚を羨《うらや》む情有り

〔八月〕中秋の月である。増水期にあたる。〔涵虚〕「涵」はひたすこと。「虚」は虚空。湖水が大空をひたし、空と水との区別がつかなくなることをいう。〔太清〕天をいう。道家の語。〔気蒸〕水蒸気がたちのぼること。〔雲夢沢〕洞庭湖の北に広がっていた大沼沢地。〔撼〕揺り動かす。〔岳陽城〕洞庭湖の東北端、長江の入り口にあたるところにある町の名。〔舟楫〕舟とかい。『書経』説命《えつめい》上に「若《も》し巨川を済《わた》らば、汝《なんじ》を以って舟楫《しゅうしゅう》と作《な》さん」とあり、古来官吏となるための手づるにたとえる。〔端居〕閑居。〔聖明〕聖明なる天子の意。〔羨魚情〕魚を得たいと思う気持ち。『漢書』董仲舒《とうちゅうじょ》伝に「淵に臨んで魚を羨むは、退きて網を結ぶに如《し》かず」とある。

〔韻字〕平・清・城・明・情。

秋八月といえば洞庭湖は増水期、水はみちみちて、湖面はみわたす限り平らかである。その果ては虚空、すなわち大空をひたし込んで、水と空とが混ざり合い、その区別がつかない。道教では、天を玉清《ぎょくせい》・上清《じょうせい》・太清《たいせい》に分け、太清は仙人の登るところ。

かなた湖の北にある雲夢の沢からは水蒸気がたちのぼり、近く岳陽楼のあたりでは波立っている。前半四句は洞庭湖の壮大な風景を歌う。後半は急転して、張丞相に取り立ててもらいたい気持ちをいう。

この壮大な洞庭湖をわたって向こう岸につきたいものだが、今は舟とかいもなく渡れない。官吏となりたいが、そのつてがない。といって宮仕えもせず、ただなすすべもなく居るのは、聖天子に対して恥ずる思いである。

釣り糸を垂れている人を、何となく、見るともなく見ていると、ただ魚を欲しがる気持ちがわいてくる。官吏になりたい。後半は洞庭湖をみて感慨をもよおす。昔の「興」という表現法である。

この詩は洞庭湖の壮大さを歌った詩として名高く、杜甫の「岳陽楼に登る」詩と並んで人口に膾炙される。なお、この詩の最後の聯を「徒らに垂釣《すいちょう》の叟《おきな》を憐れみ、……」に作るテキストがあり、それだと官職を求める人をあわれんでいることになる。

登鸛雀楼　　王之渙

王《おう》之《し》渙《かん》（六九五?〜?）、字《あざな》は季陵《きりょう》。并《へい》州（山西省太原《たいげん》市）の人。出身地については他にも説がある。若いころは酒を飲み、剣術を学んで、任侠の士と交わったが、やがて文学を志し、読書に専念して文名をはせた。現在詩六首が伝わる。その詩は情緒があり、情熱的、進取的、享楽的である。

「鸛雀楼《かんじゃくろう》」は、山西省永済《えいせい》市にある三層の楼。はじめは黄河の中洲にあって、コウノトリが巣をかけたことから鸛雀楼と名づけた。のちに水流がかわって沈んだので、城壁の楼を鸛雀楼と呼ぶようになったという。鸛鵲楼と書くこともある。

登鸛雀楼　　鸛雀楼《かんじゃくろう》に登る

白日依山尽　　白日　山に依《よ》って尽《つ》き
黄河入海流　　黄河　海に入《い》って流る
欲窮千里目　　千里の目を窮《きわ》めんと欲《ほっ》し
更上一層楼　　更《さら》に上《のぼ》る一層の楼《ろう》

〔白日〕真っ白に輝く太陽。〔依山〕「山」は中条《ちゅうじょう》山に続くやまなみ。中条山は東南にある。山に依りよりそうかのように。〔入海〕鸛雀楼からは、黄河が海に流れ込むさまを見ることができない。やがては海に流れ込まんとする勢いで、の意。〔千里目〕千里さきまでの眺望。〔更上一層楼〕作者は二階にいて、もう一階うえ、すなわち三階へ上っていこうとすることをいう。

〔韻字〕流・楼。

時は夕暮れ時、黄河に面した高い楼に登ってまず目に入るのは夕日。山によりそうように落ちかけている。「依」

という捉え方がおもしろいし、「尽」も単に「落」というより、なくなりかけている感じが出る。ここの「山」は、東南にある中条山のことであり、それに続く山並みであろう。むろん西にあたる。また、山なみにもたれかかるようにして、白日の支配する領域は、尽ききわまっている、とも解される。

黄河をみると、海の方向に入るように流れ続けている。白く光りつつ海のかなたまで流れ続けている。夕日の輝くなかに黄河は光り、山は暗く、陰影がついてみえるのであろう。「入」とは、作者にはそう見えたというのであろう。ただここは対句であり、技巧的で、「白」に対し「黄」という。作者は、「黄」に対して、落日でなく「白」を持ってきて、「bori」「ハクジツ」と冒頭に強く印象づけている。ついで作者は一転して別のことを言う。

大胆にも、はるか千里先の、恐らく黄河の流れゆく先であろう。はるかなるながめをみきわめようとして、さらにもう一階高い楼に登る。ここも「千里」に対して「一層」と対する。三句、四句は意味が通っている流水対である。

鸛雀楼は、ここを訪れた唐の詩人がよく歌う。耿湋《こうい》、李益《りえき》、暢当《ちょうとう》、張喬《ちょうきょう》、殷尭藩《いんぎょうはん》らに詩がある。

涼州詞　　王之渙

王翰《おうかん》の「涼州詞《りょうしゅうし》」とともに有名である。「涼州詞」は、多く辺塞守備の苦辛を述べる。この詩の題は「出塞《しゅっさい》」となっているテキストもある。

涼州詞

黄河遠上白雲間　　黄河　遠く上《のぼ》れば白雲の間

一片孤城万仞山　　一片《いっぺん》の孤城　万仞《ばんじん》の山

羌笛何須怨楊柳
春光不度玉門関

羌笛《きょうてき》　何《なん》ぞ須《もち》いん　楊柳を怨むを
春光《しゅんこう》度《わた》らず　玉門関《ぎょくもんかん》

〔万仞〕「仞」は長さの単位。一仞は八尺。また七尺あるいは四尺ともいう。〔羌笛〕「羌」は西北の異民族の名。チベット系の遊牧民族。「羌笛」は羌族の吹く笛。かなしげな音色をもっている。〔楊柳〕「折楊柳」の曲。中国では、古くから別れに際して、柳の枝を折って旅立つ人にはなむけとする風習があった。「折楊柳」の曲は送別の曲である。〔春光不度玉門関〕春のあたたかい光は、玉門関をこえて、このえびすの地にやってくることはないので、柳は芽ぶくはずはないのに、ということになる。「玉門関」は甘粛省敦《とん》煌《こう》市の西にあった関所。西域に通ずる交通の要所。

〔韻字〕間・山・関。

都からはるか黄河にそって上って、白雲のたちこめるあたり。そこに一つぽつんとした城塞がある。そこは万仞の高い山の上である。「白雲」といえば、仙人の住むところを思わせる。人間界をはなれた所を思わせる。ここは、「黄」と「白」、「一」と「万」とを対している。作者はまず、国境守備兵の駐屯する土地のことをいう。たいへん辺鄙の所で、都を離れた所であることをいう。

都を遠く離れた人も住まぬ寂しい孤城で、誰かが吹く羌族《きょうぞく》（タングート）の笛の音が聞こえてくる。ただでさえ悲しい音色であるのに、「折楊柳」の曲である。なおさら故郷を思い、寂しくなる。そんな悲しい別れの曲など必要もあるまい。なぜなら、ここは玉門関より更に西の、春の光も及ばぬ寒い土地。楊柳もないところである。「折楊柳」は、別離の時、柳を手折って、旅人にはなむけとして贈る。ここは「折楊柳」曲を怨《かな》しく吹くことで、「怨楊柳」は楊柳曲を悲しく吹く意と、楊柳がめばえぬのを怨む意をかけている。「楊柳」によって、別れを思い、故郷の春景色を思い出させる。故郷にある「春光」は、ここまでこない。「玉門関」は、シルクロードの西方、新疆《しんきょう》の敦煌の西にある西域との交通の関所。唐代、これより更に西に安西都護府《あんせいとごふ》が置かれる。この関所、長安を去ること約二四〇〇キロである。

前の王翰の作は、出仕兵士を思わせる表現があるが、この詩では出征兵士については一言もふれていない。そこが巧みであろう。

唐・薛用弱《せつようじゃく》『集異記』に、一つの有名な話が伝えられる。王昌齢《おうしょうれい》、高適《こうせき》、王之渙が酒を飲んでいる所へ、梨園《りえん》（玄宗が子弟に楽器や音楽を学ばせた所）の楽士たちが来て、名妓をあげて大宴会。三人はかけをする。名妓の中、三人の誰の詩を唱うかと。まず唱ったのは王昌齢の詩、ついで高適である。王之渙はおもしろくなく、あいつらつまらぬ歌ばかり唱う。その中の一番の美人を指して、あれがもし自分の歌を唱わぬと、自分は君らの下に立とう。しかし自分のを唱ったら、わしを先生と仰げと。美人の妓は果たして王之渙の「涼州詞」を唱ったという。この詩が当時評判がよかったことを伝える。また絶句が唱われていたことを裏づける資料でもある。

出塞　王昌齢

王昌齢《おうしょうれい》（七〇〇?～七三五?）、字《あざな》は少伯《しょうはく》。京兆長安《けいちょうちょうあん》（陝西《せんせい》省西安市）の人。一説には江寧《こうねい》（江蘇《こうそ》省南京市）の人と言われる。開元一五年（七二六）の進士。校書郎から汜水《しすい》（河南省鞏義《きょうぎ》市）の尉となったが、素行をつつしまなかったということで、江寧の丞に左遷され、さらに龍標（湖南省洪江《こうこう》市）の尉に流された。安禄山《あんろくざん》の乱が起こったとき、郷里に逃げ帰ったが、刺史の閭丘暁《りょきゅうぎょう》に殺された。

李白《りはく》、高適《こうせき》、王維《おうい》、岑参《しんじん》らとともに交わる。七言絶句に長じ、李白とともに名手とされる。彼は辺塞詩人として有名であるが、その他閨怨《けいえん》詩、送別詩にも優れたものが多い。

詩題は「従軍行《じゅうぐんこう》」に作るテキストもある。いずれにしても、出征兵士の苦しみを歌う楽府題である。明の李樊龍《はんりょう》、王世貞《おうせいてい》が絶賛した詩であり、唐の七絶の最高傑作と称されている。

出塞

秦時明月漢時関
万里長征人未還
但使龍城飛将在
不教胡馬度陰山

秦時《しんじ》の名月　漢時《かんじ》の関《かん》
万里　長征して　人未《いま》だ還《かえ》らず
但《た》だ龍城《りゅうじょう》の飛将《ひしょう》をして在《あ》らしめば
胡馬《こば》をして　陰山《いんざん》を度《わた》らしめず

〔人〕妻の立場から、夫のことをさすともとれる。〔龍城〕匈奴《きょうど》の本拠地。『漢書』匈奴伝によると、単于《ぜんう》が部族の民を集め、先祖、天地の神を祀ったというが、この場所は不明。土地に龍の形があるという。〔飛将〕漢の李広《りこう》将軍のこと。しばしば匈奴と戦って破り、匈奴から飛将軍と呼ばれて恐れられた。もっとも龍城で戦ったのは衛青《えいせい》将軍であって、李広ではない。〔度〕こえる。〔陰山〕内蒙古《もうこ》自治区の北部にある山脈で、漢と匈奴との国境線になっていた。
〔韻字〕関・在・山。

秦代に照っていた明月、漢代におかれた関所は、昔から今も変わりはない。この万里かなたの遠い関所に出征した夫はまだ還ってこない。長征した兵士はまだ匈奴が屈服しないので帰れないの意にもとれる。もし匈奴の根拠地の龍城に飛将軍と恐れられた李広将軍のような名将がいたならば、敵匈奴の馬をこの陰山山脈をこえて侵入させることはあるまいに。

出征兵士の宿命をうたい、匈奴侵入の患は、今もって絶えず、良将のいないのを嘆いている。良将のいないこと、よき政治家のいないことは、いつの世でも嘆きのたねである。王昌齢は出征の経験はない。想像して作った詩である。

かく自由に伸び伸びと虚構の文学が発展したのが、盛唐である。この詩のような作風は、高適・岑参の影響を受けたものであるが、彼には別に、女のもの思いをうたった閨怨詩の佳作も多い。

鹿　柴　　王　維

王維《おうい》（七〇一～七六一）、字《あざな》は摩詰《まきつ》。太原（山西省太原市《たいげん》）の人。生年は六九九年とする説もある。少年のときから天才ぶりを発揮して、十代後半には、すでに「九月九日憶山東兄弟」（九月九日　山東の兄弟を憶《おも》う）などの有名な作品を書いている。二十一歳で進士に及第し、太楽丞《たいがく》となり、天宝一一載（七五二）に給事中となった。安禄山が反したとき、王維は捕らえられて捕虜となった。乱後、王維は賊軍に仕えたかどで罪に問われたが、幸いに、捕らえられていた間に作った詩が、唐朝への忠節をあらわしていることがわかり、また、弟の王縉が高官にあって奔走したこともあって、罪を軽減されることができた。四十歳頃からのちは順調に官が進み、尚書右丞まで至った。晩年は長安東南の郊外、輞川《もうせん》に別荘をかまえ、自然に親しむ生活を送った。熱心な仏教信者であった彼は、三十歳で妻を亡くしてからは、再婚しなかった。彼は六朝時代の陶淵明《とうえんめい》・謝霊運《しゃれいうん》のあとをつぐ自然詩人であり、唐代の自然詩人の代表とされる。また、音楽・書・画にもすぐれ、とりわけ水墨画における功績は大きく、南画《なんが》の祖とされている。

「鹿柴《ろくさい》」は、鹿を飼うためのさく。一説に、鹿に作物を荒らされないために設けたさく。この詩は「輞川集」の中の一首である。「輞川集」とは、王維と、近くの山荘に住んでいた親友の裴迪《はいてき》とが、輞川の別荘の各所で題詠唱和した五言絶句各二十首を収めるもの。その序につぎのようにある。「余が別業（別荘）は輞川の山谷に在り。其の遊止に、孟城坳《おう》・華子岡・文杏館・斤竹嶺・鹿柴・木蘭柴・茱萸沜《しゅゆはん》・宮槐陌・臨湖亭・南垞《なんだ》・欹湖《いこ》・柳浪・欒家瀬《らんからい》・

金屑泉《きんせつせん》・白石灘《たん》・北垞・竹里館・辛夷塢《しんいお》・漆園・椒園等有り。裴迪と間暇に、各《おのおの》絶句を賦《ふ》すと云う」。

　輞川の別荘は、もともと宋之問《そうしもん》（?～七一二?）の所有であった。宋之問は、則天武后《そくてんぶこう》に仕えた宮廷詩人で、五言詩をよくした。睿宗《えいそう》の時、武三思《ぶさんし》に付いたかどで流され、玄宗の先天元年（七一二）に配所で死を賜る。その翌年開元と改元。その後、十四、五年たって、王維が三十八歳頃にこの別荘を購入した。この不幸に終わった大詩人の住んだ別荘を、王維が何故購入したか、王維自身は語らないが、五言詩をよくする大詩人の住んでいた別荘ということと、当時不遇にあった王維が、終生を静かに暮らしたい気持ち――六朝以来、世俗を避けて隠遁したいという気持ちは上流社会に伝統として伝わり、王維自身、静寂の境地を好んだものと思われる。山水の美しい静寂な地は、王維の性格として好むところである。都に近く求めるとして、この地が便利であり、また諸名士の別荘もあった。経済的にも、市中に豪邸を求める余裕などなかったのであろう。

　この輞川の地を愛したのは、実は母の影響もあった。母も静寂を愛する熱烈なる仏教信者である。三十余年間、大照禅師に師事した敬虔なる仏教信者であった。王維が母の隠居所として定めたこの別業で、母は禅の修業に励み、質素の生活をして、その一生を終えた。亡くなってから、その山荘を寺にしようと上表した。

　自分の安住の地、あるいは母が好み、母の孝養のために選んだこの輞川の別業に、その後王維はむろん手を加えていった。彼が中央にもどり、官が郎中となった天宝六載（七四七）四十九歳頃は、多少の余裕もでき、母のために、我がために、増築が行われたに違いない。そして母が亡くなって寺にしようと願い出た頃は、かなり立派な別荘となっていた。以後、附近の景勝の地に名前を付けたり、手を加えたり、屋宇を営んだりした。安禄山《あんろくざん》の乱までに一応完成していたであろう。そして心の友裴迪と遊んで、一帙の詩集ができたのも、造営の完成した頃であろう。

　この時王維は吏部郎中であろうか、満ち足りた気持ちで、「輞川集」の序を書いている。そのなかにある「遊止」の語は、「遊ぶ」と同じであるが、しばしば使われることばではない。彼のいう「遊」は、何を意味するか。単に遊覧の意味ではないかもしれない。唐の前の六朝では、「山水に遊ぶ」というのは、世俗を超越して、山水に身をまかせて、何かを求めることであり、一つの隠遁であった。ここも、世俗を離れて山水に遊び、何かを求めていて、一つの隠遁を意味するか。『旧唐書』では、「道友裴迪と舟を浮かべ往来す」、『新唐書』では「裴迪と其の中に遊ぶ」とあり、かなり軽い意味になっている。

裴迪についての正確な資料は、王維の集にしかない。『新唐書』宰相世系表には、任城の尉、裴回《はいかい》の長子として載る。とすると、貴族の末裔である。科挙に及第できず、一生官僚の取りまきで、不遇の人であった。王維がなぐさめた詩「酒を酌んで裴迪に与う」がある。裴迪に与えた詩、唱和したものが多いが、肉親にも等しい親しく暖かい気持ちで接している。弟の王縉にも見られぬ暖かいまなざしで見つめている。裴迪も年長の王維を心からしたっていた。小林太一郎博士（『王維の生涯と芸術』）が、裴迪を王維の隠し子とみたのは、それほど二人の仲が親密であったということであろう。友人の少ない王維をなぐさめ、また信頼のおける友人は裴迪一人であったかもしれない。

「輞川集」の詩が絶句であることについて、六朝の宋、梁の時、断句とか絶句とかの呼び方はあったが、詩の体としては唐に入ってからである。ただ唐人は、絶句を律詩と呼ぶ人もあった。なぜ絶句と呼ぶかは、諸説ある。

鹿柴

空山不見人
但聞人語響
返景入深林
復照青苔上

空山《くうざん》　人を見ず
但《た》だ人語《じんご》の響きを聞くのみ
返景《へんけい》　深林に入り
復《ま》た青苔《せいたい》の上を照らす

〔空山〕人気《ひとけ》のないひっそりとした山。〔返景〕夕日の照り返し。〔復〕ふたたびというほどの強い意味はない。

〔韻字〕響・上。

人気なきひっそりとした山には、人の姿が見えない。ただ誰か人の声の音がするだけで、そのことばははっきりしない。響きだけである。まことに静寂な所である。「空山」は、中国の詩にしばしば出る人気なき山。俗塵を離れた山、清浄な所という意識がある。「空」は、仏教でよく見られる語で、すべてを超越した境地であるが、ここはそこまでは考えない。静寂を表現するのに音を出すのは、古くは『毛詩』小雅・伐木《ばつぼく》に、「伐木丁丁《とうとう》、山更《さら》に幽なり」とあるが、表現技巧として意識的に示したものでは、六朝では、梁の王籍《おうせき》「若邪渓《じゃくやけい》に入る」詩に、「蟬噪《さわ》ぎて林逾《いよいよ》静かに、鳥鳴きて山更《さら》に幽なり」とある。また、後になるが、杜甫「張氏の隠居に題す」（其二）に、「春山伴《とも》無くして独《ひと》り相《あ》い求め、伐木丁丁　山更《さら》に幽なり」とあるのも表現として同じである。作者は静寂境を歌い、ついで視覚的美をとらえる。

　夕日の照り返しは深い林の中に入りこんで、林の中の青苔の上を照らしている。赤い夕日が青いこけを照らし、一層こけは青くみえる。赤と青の色彩感を出している。「返景」は、夕日の照り返し。『初学記』に、「日西に落ちて、光《ひかり》東に返照、之《こ》れを反（返）景と謂う」と説明される。梁の劉孝綽《りゅうこうしゃく》「宴に集賢堂に侍す　応令」詩に、「返景　池林に入り、余光　泉石に映ず」と、夕方に行われる宴会の様子を歌うなかに見える。王維は劉孝綽の詩を意識しつつ歌うが、その返景は、やや異なる意識を持つ。劉孝綽の詩は、美だけを追究したもので、宴会のムードを盛り上げるために「返景」を出しており、そうした自然の景を好んだというわけではない。それに対し王維は、西方なる夕日に特別の関心があった。その証拠に王維の詩には、「落日」に関する表現が多く見える。それは、「日暮」「日落」などであり、これは仏教徒として、特別に西方の楽土浄土への関心があったのであろう。これに対して「朝日」などは、一、二あるだけである。ちなみに夕日に関する表現は、唐代から見えるもので、六朝ではほとんどない。「返景」の語は、王維の「瓜園」詩にも、「回風　城西の雨、返景　原上の村」と見える。「照青苔」の表現も、前代にほとんど見えない。梁の沈約《しんやく》の「王中丞思遠の月を詠ずるに応ず」詩に、「網軒《もうけん》　朱綴《しゅてい》に映じ、応門《おうもん》　緑苔《りょくたい》を照らす」とあるのが数少ない例のひとつ。

王維は、夕日の照り返しが、青い苔の上を照らし、斜めに入りこんで照らしている、そこに美を感ずると同時に、ふしぎな静寂の世界、幻想の世界、神秘の世界を感じている。六朝人は、細かいところに眼が行って、そこに美を感ずるが、神秘は感じない。そのムードを好んだ。別にその山水が好きでも自然が好きでもなかった。それに対し、王維は、自然には静寂境があり、その静寂境には、美しさ、美があり、かつ神秘を含んでいる。それは人間社会、俗社会にはないものである。王維は仏教信者であるから、西方楽土、仏の世界を考えていたのであろう。西から指す夕日、夕日の入る所は西方であり、そこは楽土であり、仏の世界で光り輝く所である。この王維の心境の背後には一抹の寂しさ、孤独を感ずる。これは哀愁、ペーソスといってよいか。

酌酒与裴迪　　王　維

「裴迪《はいてき》」は、王維と最も親密な友人であるが、事跡がはっきりしない（「鹿柴」の解題参照）。安禄山の乱で捕らえられて、同じく捕らえられていた王維を訪ねた詩もある。孟浩然の詩にもその名が見え、杜甫の詩にも登場する。李頎とも交わりがあった。科挙にも及第できず、「生涯を官僚の取り巻きで終わった（中略）貧しい知識人の一人」（入谷仙介『王維研究』という。その不遇にあったことを示す詩がこれである。

酌酒与裴迪　酒を酌《く》んで裴迪《はいてき》に与《あた》う
酌酒与君君自寛　酒を酌んで君に与う　君自《みずか》ら寛《ゆる》うせよ
人情翻覆似波瀾　人情　翻覆《はんぷく》　波瀾に似《に》たり
白首相知猶按剣　白首の相知《そうち》　猶《な》お剣を按《あん》じ
朱門先達笑弾冠　朱門の先達《せんだつ》　弾冠《だんかん》を笑う
草色全経細雨湿　草色は全く細雨《さいう》を経《へ》て湿《うるお》う
花枝欲動春風寒　花枝は動かんと欲《ほっ》して　春風寒し
世事浮雲何足問　世事《せじ》は浮雲　何《なん》ぞ問うに足《た》らん
不如高臥且加餐　如《し》かず　高臥《こうが》して且《しばら》く餐《さん》を加えんには

〔酌酒与君君自寛〕鮑照《ほうしょう》の「行路難に擬す」詩に、「酒を酌んで自ら寛うす」とある。〔人情翻覆似波瀾〕陸機《りくき》の「君子行」に、「休咎（吉と凶と）相い乗《の》り躡《ふ》み、翻覆すること波瀾の若《ごと》し」とある。〔白首相知〕白髪頭になるまで親しくつきあってきた友人。〔按剣〕剣のつかに手をかける。〔朱門〕朱塗りの門。貴顕の家をいう。〔先達〕さきに出世して栄達した者。〔弾冠〕冠のほこりをはらって友人の引き立てによって官途に就く準備をする。〔高臥〕俗世を離れて悠々と生活する。『晋書』謝安《しゃあん》伝に「東山に高臥《こうが》す」とある。〔加餐〕「古詩十九首」其一の末句に「努力して餐飯《さんはん》を加えよ」とある。

〔韻字〕寛・瀾・冠・寒・餐。

二人で酒を飲んでいた。元気のない裴迪に対して、酒を君に酌んでやるが、君は気持ちをのんびりさせたらよかろう。世の中の人の情などは、ひっくりかえることは、波のようなものである。

白髪まで親しくつきあっていた友人も、やっぱり剣のつかに手をかけていさかいをすることもある。また朱門の高貴になった、先に出世したものが、冠のほこりを払って友人の引き立てを待っていることをあざ笑う冷たい仲もある。『史記』鄒陽《すうよう》伝に「白頭も新しきが如《ごと》く、傾蓋《けいがい》も故《ふる》きが如《ごと》き有り」とあり、白頭になるまで交際しても、初対面のように浅いのもあれば、車の蓋を傾けて、車を止めて立ち話をしても、古から交わっているごとく親しいのもある。下句は、『漢書』王吉伝に「(王)吉　貢禹《こうう》と友為《た》り、世に『王陽　位に在り、貢公　弾冠《だんかん》す』と称す」とあるのを踏まえ、こうした厚い友情があるが、そんな仲を冷笑するものもいると歌う。

あの自然をみても同じではないか。つまらぬ草の色は、めぐみの細雨にぬれて元気になるのに、あの美しい花は、咲きたくとも春風はまだ寒い。つまらぬ小人は成功するが、役立つ君子は伸びなやんでいる。「草」は成功した小人に、「花」は不遇の君子にたとえている。

こんなことをみてくよくよするな。世事は浮雲のようなものであてにならぬもの。それよりそんなことを超越してゆっくり休み、うまいものでも食べる方がよいではないか。

全体裴迪をなぐさめる詩である。裴迪をいたわるように親しみをこめて歌う。この詩は酒を詠じた詩であるが、王維は酒に関心の少ない詩人である。李白、杜甫と比べてみれば、至って酒に関する詩は少ない。酒の喜び、酒に酔いしれる詩はない。

送元二使安西　　王　維

「元二」とは元という姓で、排行《はいこう》二番目の者をいう。「安西」は安西都護府《とごふ》。今の新疆《しんきょう》ウイグル自治区クチャあたり。この詩は「渭城《いじょう》曲」「陽関曲」「陽関《ようかん》三畳」の別名がある。

送元二使安西

渭城朝雨浥軽塵
客舎青青柳色新
勧君更尽一杯酒
西出陽関無故人

元二《げんじ》の安西《あんせい》に使《つか》いするを送る

渭城《いじょう》の朝雨　軽塵を浥《うるお》し
客舎《かくしゃ》　青青　柳色新《あら》たなり
君に勧《すす》む　更に尽《つ》くせ一杯の酒を
西のかた陽関《ようかん》を出《い》づれば　故人無《な》からん

〔渭城〕咸陽《かんよう》の別名。〔客舎〕旅館。〔陽関〕甘粛《かんしゅく》省敦煌《とんこう》市の西南にあった関所。〔故人〕古なじみの友。
〔韻字〕塵・新・人。

渭水の北にある古の咸陽の都、ここ渭城まで来て君を送ろうとする。朝方の雨は、舞い立つほこりをうるおし静めてくれた。その朝方の宿舎の前の柳は、青々として色あざやかである。当時、西方に旅立つ人を見送るとき、都を出て渭橋を渡り、この渭城で別れの酒を酌みかわして送るという習慣があった。二人は前夜来てここで一泊したのであろう。「青青」は柳にかかる。一本には「依依」に作る。中国では別れに、柳の枝を折って、旅の平安を祈る風習があるが、それを意識して柳が眼に入る。

これから君は遠くかなたへ出発だ。さあ一杯飲もう。もう一杯の酒を飲めと勧めるが、客は胸がつまって飲めないのであろう。さあ飲め、とすすめる。考えてみると、あのかなた陽関を出ると西域で異国の地、知っている人は誰もいないから。「陽関」は、玉門関《ぎょくもんかん》の陽《みなみ》にあたるからこのようにいう。

送られる人も寂しいし、送る人も寂しい。二人の友情がしみじみ感ぜられる、唐代送別詩の中で出色の作である。第一、二句は、朝の雨がすがすがしく、柳が色あざやかである。作者の自然詩人としての特色があらわれており、抒情をうまくからませている。

この詩は『唐詩選』にはなく、『三体詩』『唐詩三百首』にある。『楽府詩集』巻八〇では、近代曲辞として「渭城曲」に作り、注によると、一に「陽関曲」ともいう。もともと安西に使する人を送ったものだが、後に歌われるようになった。唐の劉禹錫《りゅううしゃく》が「歌者何戡《かかん》に与う」詩に、「旧人　唯《た》だ何戡の在る有り、更《さら》に与《ため》に殷勤《いんぎん》に渭城を唱え」、また白居易「酒に対す」（其四）にも、「相い逢《あ》う　且《か》つ酔いを推辞する莫《な》かれ、陽関第四声を唱うを聴け」といい、これらの詩から、唐代に歌われていたことがわかる。歌い方は、陽関三畳といわれ、第二句以下の三句を畳唱したとも、全詩を三回くり返したとも、第四句だけを再唱（三唱）したともいわれ、一定しない。なおこの詩は平仄があっていない拗体の詩である。

田家即事　　儲光羲

儲光羲《ちょこうぎ》（七〇七?～七五九?）の伝記については、『新唐書』芸文志に簡単に見える。最も古いものは、顧況《こきょう》の「監察御史儲公集序」で、かつ最も詳しい。兗《えん》州（山東省滋陽《じよう》県）の人。開元一四年（七二六）の進士。監察御史（正八品上）にまで至ったが、安禄山の乱のとき捕らえられて仕えたため、乱後、広東に流され、そこで死んだ。自然を詠じた詩に巧みである。「即事《そくじ》」とは、その場の景物について詠じた詩という意味。

田家即事

蒲葉日已長　　蒲葉《ほよう》　日ごとに已《すで》に長く
杏花日已滋　　杏花《きょうか》　日ごとに已に滋《しげ》し
老農要看此　　老農　要《かなら》ず此《こ》れを看《み》て

貴不違天時　天時に違《たが》わざるを貴ぶ
迎晨起飯牛　晨《あした》を迎えて起《た》ちて牛に飯《くわ》し
双駕耕東菑　駕《が》を双《なら》べて東菑《とうし》に耕す
蚯蚓土中出　蚯蚓《きゅういん》は土中より出《い》で
田烏随我飛　田烏《でんう》は我に随《したが》って飛ぶ
群合乱啄噪　群合《ぐんごう》は　乱れて啄《ついば》み噪《さわ》ぎ
嗷嗷如道飢　嗷嗷《ごうごう》として飢えたるを道《い》うが如《ごと》し
我心多惻隠　我が心は　多《た》だ惻隠《そくいん》し
顧此両傷悲　此《こ》れを顧みて両《ふた》つながら傷悲《しょうひ》す
撥食与田烏　食を撥《ま》いて田烏に与え
日暮空筐帰　日暮《く》れて筐《かご》を空《むな》しくして帰る
親戚更相誚　親戚　更《こも》ごも相《あ》い誚《せ》むるも
我心終不移　我が心は終《つい》に移らず

〔晨〕朝。〔飯〕餌をやる。〔双駕〕二頭立て。〔東菑〕「菑」は未開拓地、荒れ地。〔蚯蚓〕みみず。〔乱啄噪〕みだれついばみさわがしい。〔嗷嗷〕鳥の鳴き声の形容。〔道〕訴える。〔惻隠〕あわれみの気持ち。〔両〕蚯蚓と烏の両方をさす。〔撥〕まき捨てる。〔筐〕かご。〔更〕かわるがわる。〔誚〕せめる。
〔韻字〕滋・時・菑・飛・飢・悲・帰・移。

蒲の葉は日ましに伸び、杏の花は日ましに盛んに咲いてくる。春の田園風景を歌う。

老いたる農夫はいつもこの様子を見て、時がくれば葉も茂り花が咲く、この天のめぐりあわせが、違わぬようにと守っている。「要」は、必要の要で、ある事態の必ずなってくる、違いない、の意である。毎日朝になると起き上がって牛に餌をやり、二頭立ての車で東の荒れ地を耕しに出かける。これが日課である。畑に出ると、地中からみみずが顔を出し、田烏が私について飛びまわる。いつもみるなんでもない現象に眼を向ける。

田烏は群を作り、乱れ飛んでみみずをついばんでさわぎ立てる。そしてぎゃあぎゃあと鳴いて、飢えていることを訴えているようである。

老農の心はただ同情の心が湧いて、この様子をみて、烏とみみずとに悲しみの心を抱いた。「我心」は、老農のことを客観的に歌いながら、その気持ちになり代わり、自分のことのように歌っている。「両」は、みみずと烏であるが、みみずと烏が悲しんだととる説もある。

そこで食べ物をまき散らして田烏にくれてやり、夕方にはえさのかごを空にして帰った。するとご親戚は代わる代わる私のやり方をそしるけれども、私の心は結局変わらなかった。

老農の烏に対する同情心、農夫の生活に対する愛情を歌う。『唐詩選』には四首収められ、その詩は日本人に知られているが、あまりとるべきものでもないので、ここでは他にあまり見られない農業を歌う詩を取り上げた。

独坐敬亭山　李　白

李白《りはく》（七〇一～七六二）、字《あざな》は太白《たいはく》。母が太白星（金星）を夢みて生んだといわれている。漢の李広《りこう》（王昌齢《おうしょうれい》「出塞」注参照）の子孫で、祖先は隴西《ろうせい》の成紀《せいき》（甘粛省天水市）に住んでいて、李白が五歳のとき移り住んだ。二十五歳のとき蜀を離れ、長江沿岸を遍歴し、雲夢《うんぼう》（孟浩然「臨洞庭」注参照）で許圉師《きょぎょし》の孫娘と結婚した。その後、山東省に行き任城（済寧市）にとどまって、孔巣父《こうそうほ》らと徂徠《そらい》山の竹渓に隠居した。天宝初年、また剡渓《せんけい》（浙江省嵊州《じょうしゅう》市）に行き、呉筠《ごいん》と交わった。まもなく呉筠が都に行くと、李白もついて行った。彼は玄宗に仕え翰林供奉《かんりんくぶ》となったが、安禄山が反すると、廬《ろ》山に乱を避けた。永王李璘《りりん》が兵を挙げたとき、李白はその幕下に入った。のちに璘が粛宗と帝位を争って失敗すると、李白も夜郎《やろう》（貴州省桐梓《どうし》県）に流されることになったが、途中で恩赦にあい、罪をゆるされた。晩年は当塗《とうと》（安徽《あんき》省当塗県）の令であった李陽冰《りようひょう》をたよって身を寄せ、そこで病没した。

浪漫性に富んだ詩を多く作り、詩仙・酒仙と呼ばれる。杜甫と並ぶ大詩人である。絶句・楽府が得意である。

「敬亭山《けいていさん》」は宣城《せんじょう》（安徽省宣州《せんしゅう》市）の北にあった山。天宝三載（七四四）四十四歳の時、長安を追放されて、これから四方遍歴の生活が始まる。主として長江の中流以東の地、黄河下流の地であり、五十四歳の時に宣城に遊ぶ。宣城は、南京の南にあたり、李白の敬慕する六朝・斉の謝朓《しゃちょう》が太守をしたところ。ここに遊び、多くの詩を残している。謝朓は宋の謝霊運と並んで、山水詩の担い手であり、大謝・小謝といわれる。江南の風景を歌った叙景詩人であるが、事件に座して獄中で死亡している。三十六歳の若さである。謝朓は敬亭山の風景を愛し、しばしば登っている。李白も謝朓の愛する敬亭山が好きで、この山をみると謝朓が思い出されるのである。

独坐敬亭山　　独《ひと》り敬亭山《けいていざん》に坐す

衆鳥高飛尽　　衆鳥は　高く飛んで尽《つ》き
孤雲独去閑　　孤雲は　独《ひと》り去って閑《のど》かなり
相看両不厭　　相《あ》い看《み》て両《ふた》つながら厭《いと》わず

只有敬亭山　　只《た》だ敬亭山有るのみ

〔両〕山と李白とをいう。

〔韻字〕閑・山。

敬亭山にこしかけて、頂上を見る。鳥のむれは高く飛んで見えなくなる。ぽつり浮かぶ雲は、ただ静かに動いて去って行く。

山の頂をみているとあくことがない。それは敬亭山を愛するからである。山が我を友とし、我も山を友として、意気投合している境地。

黄鶴楼送孟浩然之広陵　　李白

「黄鶴楼」は湖北省武昌《ぶしょう》（武漢市《ぶかん》）にあった楼閣の名。「広陵」は今の江蘇省揚州市。開元一八年（七三〇）三十歳の時、李白は孟浩然と出会っている。この詩はその頃の作である。孟浩然は李白より十一歳年長である。この頃、孟浩然は襄陽《じょうよう》の郊外に隠遁している。ここで会って、孟浩然の飲酒、生活態度に敬服し、以後交情を厚くした。李白の有名詩人との交友はあまりなく、李白の称賛した詩人は孟浩然が第一である。李白の集には、この他にも孟浩然に関する詩はいくつかあるが、この詩が一番有名。

黄鶴楼送孟浩然之広陵　　黄鶴楼《こうかくろう》にて孟浩然《もうこうねん》の広陵《こうりょう》に之《ゆ》くを送る

故人西辞黄鶴楼　　故人　西のかた黄鶴楼を辞《じ》し

煙花三月下揚州　　煙花　三月《さんがつ》　揚州に下《くだ》る

孤帆遠影碧空尽　孤帆《こはん》　遠影《えんえい》　碧空《へきくう》に尽《つ》き
唯見長江天際流　唯《た》だ見る　長江　天際《てんさい》に流るるを

〔故人〕古なじみの友。〔煙花〕春がすみと花。〔天際〕空のはて。
〔韻字〕楼・州・流。

友人は、この西の方で黄鶴楼に別れて、かすみがかかり花咲く三月に、揚州（広陵）に下って行く。「煙花」は唐代の詩人がよく用いるが、かすみと花のこと。

一そうの舟の去って遠くに行く影が青空に消えて行く。あとには長江が天のはてまで流れているばかり。この二句、行く舟をいつまでも見送る寂しさ。厚い友情の詩である。黄鶴楼についての伝説はいろいろあるが、『武昌志』に南宋・陸游《りくゆう》の『入蜀記』には、「孤帆遠映碧山尽、唯見長江天際流」とあるという（王琦注）。

載るのが一般的である。江夏郡に辛氏の酒屋あり。ここに一先生やってきた。ただで酒を飲ませること半年、先生は辛氏に、酒代が払えぬから橘の皮で鶴を壁に書いてやるといい、書いて立ち去った。この鶴、坐して手を拍てば舞い、衆人は銭を出して見に来る。十年にして辛氏は巨万に富んだ。ある日、先生がやって来て、笛を吹けば白雲下り、鶴も壁から出てきた。先生は、鶴に跨って去った。後に辛氏は楼を建て、黄鶴楼と名づけた、と。

山中与幽人対酌　李白

「幽人」は世を避けて住んでいる人。隠者。「対酌」は向かいあって酒をくみかわすこと。

山中与幽人対酌　山中にて幽人《ゆうじん》と対酌《たいしゃく》す

両人対酌山花開　　両人　対酌すれば　山花開く
一杯一杯復一杯　　一杯　一杯　復《ま》た一杯
我酔欲眠卿且去　　我酔うて眠らんと欲《ほっ》す　卿《きみ》　且《しばら》く去れ
明朝有意抱琴来　　明朝　意《い》有らば　琴を抱《いだ》いて来《き》たれ

〔我酔欲眠卿且去〕『宋書』陶淵明伝に「貴賤の之《こ》れに造《いた》る者、酒有らば輒《すなわ》ち設く。（陶）潜　若《も》し先に酔わば、便《すなわ》ち客に語《つ》ぐ、『我酔いて眠らんと欲す。卿　去る可《べ》し』と」とある。「卿」はきみ。「且」はひとまずの意。

〔韻字〕開・杯・来。

二人が向かいあって飲んでいると、みると山の花が咲いている。花の下、いい気分になって、一杯一杯また一杯と飲んでいる。

私は酔って眠くなった。君よりまず帰ってくれたまえ。明朝、李白を思う気持ちがあったら、琴を抱いて来てくれ。

「卿」は、自分より下のものにいう。『世説新語』惑溺《わくでき》篇に、王安豊《おうあんぽう》の妻がいつも主人である自分を卿《あんた》とよぶので、安豊は失礼だ、言うなというと、婦は「卿を親しみ卿を愛す、是《ここ》を以って卿を卿とす。我　卿を卿とせずんば、誰《たれ》か当《まさ》に卿を卿とすべき」と言ったという話がある。下句は、陶淵明を意識している。陶淵明は、音楽はよく分からぬが、いつも飾り気のない琴で、絃の張ってないのを持っていた。酒を飲むごとにそれをなでて、よい気分になっていた。

李白は、長安を追放され、金陵を中心に江南の名勝を訪ねているとき、山西の王屋《おうおく》山に隠遁している王屋山人と称する魏万《ぎまん》と広陵であっている。天宝一三載（七五四）五十四歳の頃である。この魏万が、北の王屋山に還るを送る詩があり、「身には日本の裘《きもの》を著《き》て、昂蔵《たかぶ》りて風塵より出《い》ず」と、魏万を形容している。この裘は、阿倍仲麻呂から贈られたもの。この魏万に生前中に文集を編集させたが、今は残らず、万の序文だけ残る。「幽人」とは、この魏万のことかも知れぬ。

清平調詞三首　　李白

李白は詩人として玄宗の遊びには絶えずしたがっており、興慶宮《こうけいきゅう》などには、しばしば随行している。この時、興慶宮の沈香亭《じんこうてい》で、玄宗と楊貴妃が亭前の牡丹を見ている様子を歌った詩が、「清平調詞」三首である。

牡丹の紅、紫、浅紅、真白色の四本を手に入れた玄宗は、興慶池の東、沈香亭の前に移植した。花の真っ盛りのとき、玄宗は照夜白《しょうやはく》の馬に乗り、楊貴妃は、歩輦《ほれん》（皇帝の乗り物。人力車）に乗って随行した。梨園の弟子のとくに選抜された者に命じ、楽曲十六章を選ばせた。李亀年《りきねん》は、当時歌唱の第一人者である。そこで李亀年に楽団を指揮して歌わせようとした。李亀年が、紫檀の拍子板をもって楽団の前で指揮して歌い出そうとしたところ、玄宗の「名花を賞し、妃子に対す。いずくんぞ旧楽詞を用《も》って為さんや」との言葉があったので、李亀年に命じて、金花箋（金泥にさらした箋紙）を持ってこさせ、李白に詩を作らせた。この時李白は、詔を喜んでうけたものの、二日酔いが醒めやらず、苦しい頭で筆を執って作り上げた。李亀年は天子に献上し、天子は梨園の楽団に命じ、楽器の調子に合わせ、李亀年に歌わせた。

「清平調詞《せいへいちょうし》」は、清平調で作った詩。古楽府中に、清調、平調、側調があり、玄宗は側調を好まぬので、清調と平調を選んで詞を作らせたという説があるが、よくわからない。天宝中に玄宗が作った新曲の一つかもしれない。

清平調詞（其一）

雲想衣裳花想容　　雲には衣裳を想《おも》い　花には容《かたち》を想《おも》う
春風払檻露華濃　　春風　檻《かん》を払って露華濃《こまや》かなり

若非群玉山頭見　若《も》し群玉山頭《ぐんぎょくさんとう》に見るに非《あら》ざれば
会向瑤台月下逢　会《まさ》に瑤台《ようだい》月下向《に》て逢《あ》わん

〔群玉山〕崑崙《こんろん》山の頂上の峰。西王母《せいおうぼ》が住んでいると言われる。〔向〕「於」と同じ。〔瑤台〕美しい玉の台。仙女の住んでいる宮殿。月中にある。

〔韻字〕容・濃・逢。

空に浮かぶ雲をみれば貴妃の軽やかな衣裳を思い出し、この牡丹の花をみれば貴妃の美しい容貌を思い出す。雲、花とを漠然と歌い、貴妃を思い出させる。貴妃を直接美しいと歌ったのでは面白くない。貴妃をどう牡丹と関係づけて歌うかが、腕のみせどころ。

今や心地よい春の風は、欄干を吹きぬけ、牡丹の花をそよがせ、露をおく花は色こまやかである。春の風、露で、牡丹の風情を出す。美しい妃は、仙女の住む群玉山のあたりでみられるか。それとも月に照らされる仙女の住む瑤台で逢うのであろうか。三・四句で仙女に比して歌う。

清平調詞（其二）

一枝紅艶露凝香　一枝《いっし》の紅艶《こうえん》露　香《か》を凝《こ》らす
雲雨巫山枉断腸　雲雨《うんう》の巫山《ふざん》枉《むな》しく断腸
借問漢宮誰得似　借問《しゃもん》す漢宮　誰《たれ》か似るを得《え》たる
可憐飛燕倚新粧　可憐《かれん》の飛燕《ひえん》新粧《しんしょう》に倚《よ》る

〔倚〕よる。たよりとする。〔趙飛燕〕前漢の人。成帝の皇后。歌舞を学び、飛燕と号す。微行中の成帝にみそめられて、妹と共に大いに寵愛される。

［韻字］香・腸・粧。

一枝の紅のあざやかな花は、香りをこめた露がおかれて、美しく咲いている。雲雨のたちこめる巫山の美しい神女。それは会えぬからむなしく悲しい思いがする。牡丹の花、露は貴妃の美しい風情を連想させる。そして、その貴妃の美しさを、宋玉《そうぎょく》「高唐の賦」の巫山の神女と比較する。宋玉「高唐の賦」に「玉曰わく『昔、先王嘗《かつ》て高唐に遊び、怠って昼寝《ひるい》ね、夢に一婦人を見る。曰わく、妾は巫山の女なり。高唐の客為《た》り。君 高唐に遊ぶと聞く。願わくは枕席を薦めん』と。王因って之《こ》れを幸す。去るとき辞して曰わく、『妾は巫山の陽《みなみ》、高丘の阻《そ》に在り。旦《あした》には朝雲と為り、暮れには行雨《こうう》と為り、朝朝暮暮《ちょうちょうぼぼ》 陽台の下《もと》にあり』と。旦朝《たんちょう》に之《こ》れを視れば言の如《ごと》し。故に為《ため》に廟を立て、号して朝雲と曰う」とある。

巫山の神女は、朝には姿が見えなくなってしまったが、今目の前にはこの美女がいる。漢宮で誰が似ているかというならば、なんと化粧したての趙飛燕《ちょうひえん》である。唐のことをいうのに、漢のことをいうのはこの時代の常。唐代の詩人が、漢宮の皇后たちの中で最もとり上げて歌ったのは班婕妤《はんしょうよ》であり、その境遇に甚だ同情的であった。李白も「長信宮」詩で、「月は昭陽殿《しょうようでん》に皎《しろ》く、霜は長信宮《ちょうしんきゅう》に清し。天行《みゆき》は玉輦《ぎょくれん》に乗り、飛燕は君と同じくす。更《さら》に歓娯の処有り、恩を承《う》けて楽しみ未だ窮まらず。誰《たれ》か憐れむ団扇《だんせん》の妾、独り坐して秋風を怨むを」と言う。李白は婕妤の境遇を十分知っていたが、天子の寵愛を独占したといえば、漢代では趙飛燕であるということがすぐ頭に浮かび、そこでこの詩でとり上げたのだろう。

この詩によって、実は李白は追放されることになる。その原因は高力士《こうりきし》に靴を脱がせた件である。高力士は玄宗の皇太子時代からの側近であり、玄宗の信任を得て政務も任されていた。宮中の権力を一手に握っており、高力士のご

きげんをとならくては何もできない。李白と高力士のことについて、宋の楽史《がくし》は、「李翰林別集序」のなかで、

会《たまたま》 高力士　終《つい》に脱靴を以って深き恥と為し、異日　太真《たいしん》重ねて前辞を吟ず。力士曰わく、「始め以《おも》えらく妃子李白を怨むこと深く骨髄に入れりと、何《なん》ぞ翻《かえ》って拳拳《けんけん》として是《か》くの如《ごと》きや」と。太真妃因って驚いて曰わく、「何《なん》ぞ翰林学士の能《よ》く人を辱めんとすること斯《か》くの如きや』と。力士曰わく、『飛燕を以って妃子を指す。之れを賤《いや》しむこと甚だし』と。太真妃頗《すこぶ》る深く之《こ》れを然《しか》りとす。上《しょう》嘗て三たび李白に命じて官せんと欲するも、卒《つい》に宮中の捍《とど》むる所と為りて止む。

と記している。「前辞」とは、この「清平調詞」のことである。『新唐書』文芸伝上の李白の伝では、「(力士は) 其の詩を擿《と》り、以って楊貴妃に激《げき》す」とある。

李白は平素班婕妤に同情的ではあるが、趙飛燕を憎むほどの考えはない。今、玄宗の勅命で詩を作ったのであるから、ひたすら命に従って、牡丹をほめ楊貴妃の美しさをたたえることに専念したにちがいない。楊貴妃の権力と美しさをたたえるならば、漢代では趙飛燕しかいない。うっかりこのことを持ち出したのは、考えてみると李白の失敗であった。李延年《えんねん》の妹の李夫人でも出しておけばよかったかもしれない。高力士につけこまれるすきは十分あった。

清平調詞（其三）

名花傾国両相歓
長得君王帯笑看
解釈春風無限恨
沈香亭北倚闌干

名花《めいか》　傾国《けいこく》　両《ふた》つながら相《あ》い歓《よろこ》ぶ
長く君王の笑《しょう》を帯《お》びて看《み》るを得《え》たり
解釈す　春風無限の恨《うらみ》
沈香亭《じんこうてい》北　闌干《らんかん》に倚《よ》る

〔傾国〕『漢書』外戚伝上武帝李夫人に見える李延年の歌に、「北方に佳人《かじん》有り、絶世にして独り立つ。一顧すれば人の城を傾け、再顧すれば人の国を傾く。寧《なん》ぞ傾城と傾国とを知らざらんや、佳人再びは得難《がた》し」とある。〔沈香亭〕今の亭のあたりであろう。高台にある。〔倚闌干〕欄干に寄り添うしぐさ。ここは楽しく二人で欄干に身をよせることをいう。時には「かなたを眺め悲しみの感情に襲われる」の意味に使われる。

〔韻字〕歓・看・干。

名花牡丹と傾国の美人と、二人とも喜んでいる。いつまでも天子がにこやかに見つめているからだ。「両つながら」は名花と傾国、名花を人とみる。

春風がもたらす無限の恨みも消されてしまって、二人は楽しく沈香亭の北、欄干によりかかって牡丹を眺めている。「春は女怨み、秋は士悲しむ」と漢代からいわれ、春は女が悲しむ、怨むものとされる。よて、春風はうらみを含んでいる。

李白は、玄宗からわざわざ呼び出されたことで光栄に感じ、そのため最大の表現を駆使して作っており、やはり巧みな詩である。李白はこの時、牡丹とそれを見ている楊貴妃の美しさを巧みに配合して歌ったであろうことは間違いない。しかし李白の感情の奥には楊貴妃に対する何かの思いがあったのではないか。

李白が入宮したのは、天宝元年（七四二）であり、追放されたのは天宝三載（七四四）春頃であるから、「清平調詞」が作られたのは、天宝二年（七四三）の春のことになる。楊太真《たいしん》は開元二八年（七四〇）に入宮して、天宝四載（七四五）に貴妃となる。玄宗が、わが子の妃を横取りにした事件は当時評判になっていたはずで、李白が入宮した時、そうした貴妃の事情は十分知っていたに違いない。とすると、李白は楊太真に対して必ずしも好意を寄せていたとは限らない。また李白は文学に熱心とはいえ、政治に無関心の人ではない。当時、北方で勢力を得ている安禄山《あんろくざん》が宮中に出入して、玄宗、楊貴妃のごきげんを伺っていることは知っている。とすると、楊貴妃に対して心から同情を寄せ、その美を賛美できたかは問題である。

人日寄杜二拾遺　　高　適

高適《こうせき》（七〇七?～七六五）、字《あざな》は達夫《たつぶ》。滄州渤海《ぼっかい》（山東省浜《ひん》州市）の人。豪放な性格で、若いころは任侠の徒と交わった。天宝八載（七四九）、有道科に合格し、封丘《ほうきゅう》（河南省封丘県）の尉となり、十一載には河西節度使哥舒翰《かじょかん》の幕僚となった。安史の乱後は、侍御史・諫議大夫となり、一時左遷されて、彭《ほう》州刺史・蜀州刺史・西川節度使となったが、広徳二年（七六四）には都に帰って、刑部侍郎・散騎常侍から渤海《ぼっかい》県侯に封ぜられた。死後は礼部尚書を追贈される。五十歳ごろから詩作をはじめたといわれ、辺塞詩にすぐれ、岑参《しんじん》とならんで「高岑」とよばれる。

「人日《じんじつ》」は正月七日。節句の一つで、『北史』魏収《ぎしゅう》伝によると、正月一日は雞、二日狗《いぬ》、三日豬《ぶた》、四日羊、五日牛、六日馬、七日人で、それぞれの吉凶を占う。人日には、七種の菜を羹《あつもの》にして食べ、布や金箔で人形を作り、切り抜いて屏風を飾ったり、頭鬢に飾ったり、かんざしを作り、人に贈ったりする。親しい者同士で宴会をし、贈り物をする民間の風習があった。また高いところに登り、詩を賦することもした。「杜二拾遺《とじしゅうい》」は杜甫のこと。二は排行で、拾遺は官名。杜甫がかつて左拾遺の官にあったのでこう呼んだ。

人日寄杜二拾遺　　人日《じんじつ》　杜二拾遺《とじしゅうい》に寄《よ》す

人日題詩寄草堂　　人日　詩を題《だい》し　草堂《そうどう》に寄す
遥憐故人思故郷　　遥《はる》かに憐《あわ》れむ　故人　故郷を思うを
柳条弄色不忍見　　柳条《りゅうじょう》　色を弄《ろう》して　見るに忍びず

梅花満枝空断腸
身在南蕃無所預
心懐百憂復千慮
今年人日空相憶
明年人日知何処
一臥東山三十春
豈知書剣老風塵
龍鐘還忝二千石
愧爾東西南北人

梅花　枝に満ちて　空《むな》しく腸を断つ
身は南蕃《なんばん》に在りて　預《あず》かる所無く
心は懐《いだ》く　百憂復《ま》た千慮《せんりょ》
今年　人日　空《むな》しく相《あ》い憶《おも》い
明年　人日　何《いず》れの処《ところ》か知らんや
一たび東山に臥《ふ》して　三十春
豈《あ》に知らんや　書剣　風塵に老いんとは
龍鐘《りゅうしょう》にて　還《ま》た二千石《せき》を忝《かたじけ》なくす
愧《は》ず　爾《なんじ》　東西南北の人に

〔題詩〕詩を作ること。〔草堂〕草ぶきの家。杜甫が成都に建てた浣花《かんか》草堂をさす。〔故人〕古なじみの友。ここでは杜甫をさす。〔柳条〕柳の枝。〔弄色〕柳が新芽の色を見せる。〔南蕃〕南方の異民族。蜀のことを誇張していった。〔無所預〕時世と関与しないことをいう。〔知〕「知」の下に疑問詞がくると、反語となって不知のような意味になる。〔一臥東山〕晋の謝安《しゃあん》の故事を踏まえる（王維「酌酒与裴迪」詩注参照）。〔三十春〕三十年。〔書剣〕書物と剣。知識人がいつも持っているべきもの。文武の道をさすともいう。〔風塵〕世俗の苦労。旅の苦労。〔龍鍾〕老いて衰えたさま。「癃《りゅう》」の字が二字となったもの。〔忝〕身分以上の恩恵に浴すること。〔二千石〕漢代に郡守の禄高が二千石であったことから、地方長官のことをさす。〔東西南北人〕各地を自由に放浪する人。『礼記』檀弓《だんぐう》上に「今、丘《きゅう》（孔子）や東西南北の人なり」とある。

〔韻字〕堂・郷・腸」預・慮・処」春・塵・人。

この正月七日の人日に詩を作り、浣花草堂にいる杜甫に贈ります。友人のあなたが、いつも故郷のことを思っておられたことを、はるかに気の毒に思っています。この詩を作った時、高適も成都にいるとすれば、成都の尹《いん》になった時の詩であろう。杜甫はかつて汴梁にいた時、高適・李白とともに酒を飲み、詩を作った仲間である。高適は、上元元年（七六〇）蜀州刺史となり、宝応元年（七六二）成都の尹《いん》となる。時に高適五十六歳、杜甫五十一歳である。二人が汴梁《べんりょう》で遊んだのは、十八年前（七四四）である。

さて外の初春の風景を見ると、柳の枝は芽をふいて緑に色づいてきたが、見るに忍びない。それは君も同様であろう。梅の花は枝いっぱいにつき、それをみればただ悲しくなるばかり。君も同様であろう。故郷が思い出される。高適も都から出されて蜀にきており、不満を抱いている。杜甫はむろん官を捨てての放浪の旅である。

私の身はこの南方の蜀に左遷されており、中央の政界に関与していない。心はいつも中央を思う憂いに満ちている。君も同じである。中央政権に直接関与していないが、いつも政治のあり方には心配している。杜甫も放浪でありながら、心はいつも政治のことを心配している。

今年の人日には、ただ君を思い出しているばかりだが、明年の人日は、お互いにどこにいることであろうか。

東山に世俗から離れてくらした頃、若き無官の頃から三十年たった。今や知識人たる身が、この旅路に苦労するとは思いもよらなかった。晋の謝安は、当時の大貴族で、中央を離れて会稽の東山に高臥し、出てこなかった。ここはそのことを踏まえる。書物と剣は知識人の持つもの。または文武の道を心得ているもの。風と塵にさらされる旅の苦労、蜀の務めを歌う。

私は今、よぼよぼの身で、また二千石の地方長官をいただいている。君のような東西南北を放浪する人に比べて愧ずかしい思いです。

自分の思いを杜甫の思いと同じであろうとみる。最後は杜甫の自由の身を羨むのか、敬意を表わす。三句以下、八句までが対句。古詩でありながら、排律の形をとっている。

春望　杜甫

杜甫《とほ》（七一二〜七七〇）、字《あざな》は子美《しび》。晋の名臣・学者として有名な杜預《どよ》の子孫で、杜審言《としんげん》の孫にあたる。襄陽《じょうよう》（湖北省襄陽県）の人。天宝のはじめ、長安へ出て進士に受験したが失敗し、都を離れて山東・河北省のあたりを遊歴し、李白・高適らと知り合った。天宝一四載（七五五）、はじめて右衛率府《うえいそっぷ》兵曹参軍の職に就いたが、至徳《しとく》元載（七五六）に安禄山が反すると、反乱軍に捕らえられ、長安に監禁された。しかし、翌年には脱出して、鳳翔にあった粛宗の行在所にかけつけ、左拾遺に拝せられた。乾元元年（七五八）、華州の司功参軍に左遷されたが、翌年、飢饉のために官を捨てて、秦州へおもむいた。その後、蜀に入り厳武《げんぶ》の保護を受けて、浣花《かんか》草堂で比較的平和な日を送った。厳武の死後は、また夔《き》州・岳《がく》州・潭《たん》州・衡《こう》州などの地を放浪し、耒陽《らいよう》で舟中に没した。

その詩は写実的かつ精緻で、政治や社会を憂えて、沈痛なものが多い。特に律詩に巧みである。中国最大の詩人で、詩聖と呼ばれる。

「春望《しゅんぼう》」は、春のながめ。至徳二載（七五七）、長安で捕らえられている時の作。杜甫四十六歳。妻子は鄜《ふ》州の羌《きょう》邑に疎開させていた。荒廃した長安の町をみて、また城外の青々とした山々をみての感慨。

春望

国破山河在
城春草木深
感時花濺涙
恨別鳥驚心

国《くに》破れて　山河在り
城《しろ》春にして　草木深し
時に感じては　花にも涙を濺《そそ》ぎ
別れを恨んでは　鳥にも心を驚かす

烽火連三月　烽火《ほうか》　三月に連《つら》なり
家書抵万金　家書　万金に抵《あた》る
白頭掻更短　白頭　掻《か》けば更《さら》に短く
渾欲不勝簪　渾《すべ》て簪《しん》に勝《た》えざらんと欲《ほっ》す

〔国〕国都長安。〔破〕破壊されること。〔城〕長安の町。城とは城壁に囲まれた町をいう。〔感時〕時世を感じ悲しむ。〔濺涙・驚心〕主語を作者とする説と、花・鳥とする説がある。〔烽火〕敵の来襲を知らせるのろし。〔三月〕春の三月。一説に、三か月間。〔家書〕家族からの手紙。〔抵〕相当する。〔掻〕憂いのあまりかきむしること。〔更短〕かけばかくほどに短くうすくなる。〔渾〕まったく。〔勝〕堪の意。〔簪〕冠を固定するためのかんざし。
〔韻字〕深・心・金・簪。

長安城は破れてしまったが、あたりの山河は昔のまま存在している。時に城は春であり、草木が青々生えている。芭蕉『奥の細道』、平泉の条に、「さても義臣すぐってこの城にこもり、功名一時のくさむらとなる。『国破れて山河あり、城春にして草青みたり』と。笠うちしきて、時の移るまで泪《なみだ》を落しはべりぬ。『夏草やつはものどもが夢のあと』」とある。

乱れた時節に感じて、美しい花をみても涙がはらはら出るし、家族との別れを恨んでは、楽しかるべき鳥の声を聞いても心をいためる。第三、四句は、謡曲「俊寛」に、「時を感じては花も涙を濺ぎ、別を恨んでは鳥も心をうごかせり」とあり、主語を花と鳥にしている。吉川幸次郎氏も、擬人化して読んでいる。いったい杜甫の詩には、擬人的表現は少ない。ただ詩の前半は自然、後半は人事という例が多いところから、擬人化に読んでもよいが、私は杜甫の「涙」の例からこの句を解する。杜甫の涙は、ほとんど「憤激」の涙であり、涙の根底には「悪を嫉《にく》み剛《つよ》き腸《こころ》を懐《いだ》く」（杜甫「壮遊」）という気持ちがある。それからみると、ここは花が主語ではなくて、杜甫が涙を流すとみたい（詳しくは、『著作選』第二巻「杜甫の涙」参照)。

烽火《のろし》はこの三月にまで及んでいる。家からの便りは万金ものねうちがある。家族からの便りが少ないことをいう。

白髪頭を憂いのためにかきむしればむしるほど、落ちて更に短くなるし、冠をとめるためのかんざしをさそうにも、全くさすことはできない。

始めは、人間のいとなみのむなしさに対して自然は変わらずあるといい、こうした人生の移り変わりに胸をいためる。次に自分の置かれた運命をのべ、今はどうしようもない悲痛の心を歌う。中国の文学史は、この詩を愛国詩人の表われとみるし、杜甫研究家もそうみる。

登岳陽楼　杜甫

「岳陽楼《がくようろう》」は洞庭湖《どうていこ》の東北端にある楼。洞庭湖は、琵琶湖の八倍ほどである中国最大の湖で、北は長江、南は瀟《しょう》水・湘《しょう》水があり、遠くに君山が浮かぶ。北宋の画家、宋迪《そうてき》がこの風景を画題として瀟湘《しょうしょう》八景とした。

この詩は大暦《たいれき》三年(七六八)、長江を下り、岳州《がくしゅう》についた時の作。岳陽《がくよう》は、唐・宋の時には岳州と呼ばれ、洞庭湖を含め、北部は古く雲夢《うんぼう》の沢と呼ばれた。湖沼多く、風景よく、湖畔に立つ岳陽楼は、雄大な洞庭湖を一望できる所である。唐の開元四年(七一六)に、宰相張説が岳州刺史となった時、古く呉の水軍閲兵台があったのをもとにして楼をたて、ここに才子らと登り、詩を作った。宋の慶暦五年(一〇四三)、この地に左遷された滕宗諒《とうそうりょう》が、再建し、文章家の范仲淹《はんちゅうえん》が「岳陽楼記」を作って楼名が高まる。今の楼は、清の同治六年(一八六七)に再建したもの。

登岳陽楼

昔聞洞庭水
今上岳陽楼
呉楚東南坼
乾坤日夜浮
親朋無一字
老病有孤舟
戎馬関山北
憑軒涕泗流

岳陽楼《がくようろう》に登る

昔聞く　洞庭《どうてい》の水
今上《のぼ》る　岳陽楼
呉楚《ごそ》　東南に坼《さ》け
乾坤《けんこん》　日夜《にちや》浮かぶ
親朋《しんぼう》より　一字無く
老病　孤舟有り
戎馬《じゅうば》　関山《せきざん》の北
軒《けん》に憑《よ》り　涕泗《ていし》流る

〔呉楚東南坼〕「呉」は長江東南の地、「楚」は湖北省南部と湖南省北部の洞庭湖一帯の地。「東南坼」とは中国の東南部（すなわち呉楚の地）が裂けて、そこに洞庭湖ができたことをいう。〔乾坤日夜浮〕「乾坤」は天地。昼も夜も天地が、この洞庭湖に浮かんでいること。〔親朋〕親族や友人。〔一字〕一字の便り。〔戎馬〕軍馬。戦争をいう。〔関山〕関所のある山。〔憑〕よりかかる。〔軒〕てすり。〔涕泗〕涙。「泗」は元来、はなみずの意。

〔韻字〕楼・浮・舟・流。

昔、洞庭湖のこの壮観は耳にしていた。今、この地に来て、この岳陽楼に登ることができた。洞庭の水に岳陽楼とを対し、固有名詞を出して強調する。

この洞庭湖は、中国の東南部、呉楚地方が裂けてできたもので、天地が日夜、その上に浮かんでいる。「呉楚東南坼」とは、呉と楚が東南にさかれるのではなく、中国の東南部に位置する呉楚の地が裂けて、洞庭湖ができたことをいう。『淮南子《えなんじ》』天文訓によると、共工が神あらそいをしてやぶれ、不周《ふしゅう》山に頭をぶつけると、天地が西北に傾き、地は東南に欠けたとある。昼も夜も、天地がこの湖に浮かんでいるというのは、酈道元《れきどうげん》の『水経注』湘水に、洞庭湖について、「日月も其の中に出没するが若《ごと》し」とあり、また清の仇兆鰲《きゅうちょうごう》氏は、『拾遺記』に、「洞庭山、水上に浮かぶ」とあるを引く。鈴木虎雄先生は、天地の広がりのなかに、日夜、大水がたたえているとし（『杜少陵詩集』、『続国訳漢文大成』）、黒川洋一氏は、古代、渾天《こんてん》説によれば、天が地を包むのは、卵のからが黄身を包むに同じ。天球の外側と内側に水がつまっていて、天は水の中に浮かび、地は水の上に載せられているとする（「『登岳陽楼』の詩について―『呉楚東南坼、乾坤日夜浮』考―」、『杜甫の研究』）。

こうした壮大な洞庭湖をみるにつけ、人間の孤独さが思われてくる。自然と人事の対比で、杜甫のしばしばやる所である。

親戚朋友より一字の便りもなく、自分は老いて病の身、今孤舟があるばかり。たよりとするのは一そうの舟だけである。

思えば山々にへだてられた故郷は戦場となっている。帰ることはできない。国の安定しない状態、わが身の孤独、いつ故郷に帰れるかわからぬ身を思えば、てすりによりかかり、思わず涙が流れてくる。

わが身の不遇と国家の不幸を思う、悲愴の詩である。前半は、洞庭湖の雄大なながめを描き、後半は、孤独を嘆きながら国家の変事を憂える。孟浩然の「洞庭に臨む」詩とともに、洞庭を唱う絶唱とされるが、清の沈徳潜は、孟浩然より一層高いという。

哀江頭

杜　甫

「江頭《こうとう》」は江のほとりの意で、曲江《きょくこう》のほとりをさす。粛宗《しゅくそう》の至徳二載（七五七）、作者四十六歳の時の作。前年賊中に捕らえられ、長安に監禁される。その時の作。四月には賊中を脱し、鳳翔《ほうしょう》の行在所に奔る。時は春、曲江のほとりを歩き、玄宗全盛のころを想い出し、今は、玄宗も楊貴妃もいない、人は変わり、春の風物のみ昔と変わりない。それを悲しむ心を歌う。「哀江頭《あいこうとう》」（江頭を哀しむ）は、北周の庾信《ゆしん》「哀江南賦」に倣った題。

哀江頭

少陵野老呑声哭
春日潜行曲江曲
江頭宮殿鎖千門
細柳新蒲為誰緑
憶昔霓旌下南苑
苑中万物生顔色
昭陽殿裏第一人
同輦随君侍君側
輦前才人帯弓箭
白馬嚼齧黄金勒

少陵《しょうりょう》の野老《やろう》　声を呑んで哭《な》く
春日　潜《ひそ》かに行く　曲江の曲《くま》
江頭《こうとう》の宮殿　千門を鎖《と》ざす
細柳《さいりゅう》　新蒲《しんぽ》　誰《た》が為《ため》に緑なる
憶《おも》う昔　霓旌《げいせい》　南苑に下《くだ》る
苑中の万物　顔色《がんしょく》を生ず
昭陽殿裏《しょうようでんり》　第一人
輦《れん》を同じくし君に随《したが》い　君側《くんそく》に侍《はべ》る
輦前《れんぜん》の才人　弓箭《きゅうせん》を帯《お》び
白馬　嚼齧《しゃくけつ》す　黄金の勒《くつわ》

翻身向天仰射雲　　身を翻《ひるがえ》し天に向かって　仰いで雲を射《い》て
一笑正墜双飛翼　　一笑して正《まさ》に墜《お》つ　双飛翼《そうひよく》
明眸皓歯今何在　　明眸《めいぼう》　皓歯《こうし》　今　何《いず》くにか在る
血汚遊魂帰不得　　血汚《けつお》の遊魂　帰るを得《え》ず
清渭東流剣閣深　　清渭《せいい》は東流して剣閣《けんかく》深し
去住彼此無消息　　去住《きょじゅう》彼此《ひし》　消息無し
人生有情涙沾臆　　人生　情有り　涙　臆《むね》を沾《うるお》す
江水江花豈終極　　江水江花　豈《あ》に終《つい》に極まらんや
黄昏胡騎塵満城　　黄昏　胡騎《こき》　塵《ちり》　城に満《み》つ
欲往城南望城北　　城南に往かんと欲《ほっ》して　城北を望む

〔少陵野老〕少陵の田舎おやじ。「少陵」は長安の南郊、漢の宣帝《せんてい》の許皇后《きょこうごう》の陵《みささぎ》のあるところ。〔呑声哭〕声をたてずに、しのび泣く。〔鎖〕鍵がかけられている。〔千門〕宮殿の多くの門。〔曲江〕長安城の東南隅にあった池。景色がよく、都の人々の行楽の地となっていた。〔新蒲〕芽を出したばかりのがま。〔霓旌〕天子の旗。にじのように美しいからいう。〔南苑〕芙蓉苑《ふようえん》のこと。曲江池の南にあった。〔生顔色〕かがやきや色つやを増すこと。〔同輦〕「輦」は天子の乗る手ぐるま。〔才人〕女官の階級の名。〔弓箭〕弓と矢。〔嚼齧〕かむ。〔勒〕くつわ。〔一笑〕「笑」は一本「箭」に作る。〔双飛翼〕翼をならべてつがいで飛ぶ鳥。〔明眸皓歯〕明るく澄んだひとみと、真っ白にかがやく歯。美人の形容。〔遊魂〕さまよう楊貴妃の魂。〔清渭〕清らかな渭水の流れ。楊貴妃が殺された馬嵬《ばかい》はそのほとりにある。〔剣閣〕要害の名。長安方面から蜀に入る入り口にあたるところにある。〔去住彼此〕蜀へ蒙塵した玄宗（去・彼）と、馬嵬で死んだ楊貴妃（住・此）をさす。〔沾臆〕むねをぬらすほど。〔胡騎〕えびすの騎兵。〔望城北〕長安城の北部を賊軍が荒らしているのをながめやるのであろう。

［韻字］哭・曲・緑」色・側・勒・翼・得・息・臆・極・北。

少陵の田舎おやじが、忍び泣きでないている。この春の日にこの曲江のほとりをしのび歩きをしている。「少陵」は長安の南で、杜甫の先祖がここに住んでいた。杜甫自身も住んだことがある。杜甫を「杜少陵」というのは、ここからくる。「呑声」は忍び泣きで、大声をあげたくても賊中にあるため、遠慮して泣けない。「哭」は大声でなくこと。「潜行」も、賊中であるから大っぴらに歩けない。「曲江」は、当時長安第一の行楽地であった。玄宗の行宮もあり、楊貴妃をつれてしばしば行幸する。一年中、上巳《じょうし》の節句には最も殷賑を極めた。二月には、ここで科挙の試験の合格者発表がある。合格者は、曲江地の天子の招宴に出席し、ついで大慈恩寺《じおんじ》の塔に上り、壁面に名を題した。この時、百官たちが合格者を見に行くため、たいへん混雑した。春の終わりには牡丹の花盛りで、近くの大慈恩寺は、興慶宮《こうけい》と並んでその名所であった。

曲江のほとりの宮殿は、今は行幸もなく千門が閉ざされたまま。ここの芽生えたばかりの細い柳、また新しく生えた蒲は、誰のために緑になっているのか。今はみる人もない。

さて思えば、その昔、天子の御旗がこの南の苑にお下りになった時、園中のすべてのものが喜びの色を現わした。「霓旌」は、五色の色で、にじのように美しい旗で、天子の儀仗のはた。ここは天子が行幸したことをいい、「下」とは、高い宮殿から「下」ることをいう。「万物」は、動物、植物、人間、すべてのもの。

この時、昭陽殿中第一の人なる楊貴妃は、同車して天子に随い、君の側に侍った。「昭陽殿」は、漢の成帝の寵姫・趙飛燕《ひえん》・昭儀《しょうぎ》姉妹の住んでいた宮殿。ここはそれに楊貴妃を比す。また「同輦」は、漢の班婕妤《はんしょうよ》（班婕妤「怨歌行」参照）が成帝から輦に同乗するように言われ、断わったという故事にもとづく。

車の前の才人（宮女）が弓矢をおび、白馬は黄金のくつわをかんでいる。くつわをつけた白馬が、今や立ち止まってそれをかんでいる。

才人は身をひるがえして天に向かい、仰いで雲の方向を射る。にっこり笑うとまさしくつがいの鳥が落ちた。「双飛」は並んで飛んでいる。夫婦の鳥である。これがうちおとされたということは、玄宗と楊貴妃の悲劇を暗示するともいう。

こうしたことを見ていた、きれいなひとみ、白い歯のひと楊貴妃は、いまどこにいるだろうか。血で汚された魂は、この世に帰ることはできない。楊貴妃が馬嵬《ばかい》で縊死されたので、血で魂が汚されたという。こうした魂は、この世にただよって、安住できないものだという。

清らかな渭水《いすい》は東に流れるが、蜀の剣閣《けんかく》は西のかなたの奥にある。蜀のあちらに行ったあの人玄宗、こちらに残っている人楊貴妃の魂、ともに音信がない。渭水のほとりに馬嵬があるので渭水を出し、楊貴妃は死して帰らないし、玄宗ははるか西の蜀に行って帰らないという。剣閣は蜀の入り口にある要害の地。楊貴妃が非業の死をとげ、玄宗が蜀に逃げていることを思っていると、杜甫の感情は高ぶって憤激の涙が出てくる。

人と生まれて情というものがあり、あれこれ思えば涙は胸をぬらすほどで、しとど流れる。この曲江の水、曲江の花は、いつまでも消えることはない。われわれ情ある一生は尽きることがあるのに、情のない自然は尽きることはない。自然は非情なものだ。思えばこんな事態になったのは、あの安禄山の賊軍のためだ。

このたそがれに、賊軍の騎馬が立てる塵は城内にいっぱい立ちこめる。さてこれから城南に行こうと思うが、城北にいる賊軍のことが思われ、そちらの方面を眺めやる。そこには胡騎の塵が立ちこめている。この最後の句、「望城北」を一本に「忘城北」に作り、また「忘南北」に作る。ならば、長安が破壊され、方角がわからなくなったの意。

この詩、「春望」詩と同時期の作。「国破れて山河在り、城春にして草木深し」と似た心境でもある。

胡笳歌　送顔真卿使赴河隴　　岑参

岑参《しんじん》は、詩の最も充実した盛唐の詩人であり、玄宗の開元三年（七一五）に生まれ、代宗の大暦四年（七七〇）、五十六歳で亡くなった。日本でいえば奈良朝時代である。亡くなった年には三歳年上の杜甫《とほ》が亡くなり、十七歳年長の朝衡《ちょうこう》といわれた阿倍仲麻呂が亡くなっている。十四歳年上の李白《りはく》は、早く八年前に亡くなっている。

彼の伝は、中唐の杜確《とかく》撰「岑嘉州集の序」が最も古い。元の辛文房《しんぶんぼう》の『唐才子伝』にも載る。聞一多《ぶんいった》に「岑嘉州繫年考証」（全集）がある。『唐詩紀事』二三にも略伝がある。

聞一多によると、荊《けい》州江陵（湖北省江陵県）の人である。「岑嘉州集の序」・『唐才子伝』によると南陽（河南省南陽市）の人。生まれたのは、父の任地の仙州（河南省葉県）である。天宝三載（七四四）に進士に第二位で及第し、右内率府《ゆうないそっぷ》兵曹参軍（東宮の守衛と武器を司《つかさど》る。属官。正九品下）に任官した。天宝八載（七四九）、三十五歳の時、安西四鎮節度使高仙芝《こうせんし》の掌書記として安西に赴任する。三十六、三十七歳は安西にあり、高仙芝が、武威太守となったため武威に移る。高仙芝は胡軍の連合軍に大敗し、岑参は、天宝一〇年（七五一）、三十七歳の秋、長安に帰る。

天宝一三年（七五四）、四十歳の時、安西・北庭節度使封常清《ほうじょうせい》の節度判官となり、北庭に向かう。天宝一四年（七五五）、四十一歳の時、安禄山《あんろくざん》が反し、封常清は討伐のため東帰する。岑参は、粛宗の至徳元年（七五六）、四十二歳の時、伊西・北庭支度《したく》副使となり、その年に東帰する。

至徳二年（七五七）、四十三歳、粛宗の鳳翔《ほうしょう》の行在所に行き、杜甫らの推薦で右補闕《うほけつ》となる。その後、起居舎人、虢《かく》州長史、太子中允《ちゅういん》、祠部《しぶ》員外郎、考功員外郎、虞部《ぐぶ》郎中、庫部郎中などを歴任する。永泰元年（七六五）、五十一歳の時、嘉州（四川省楽山市）刺史となるが、内乱のため赴任できず引き返す。大暦元年（七六六）、五十二歳の時、剣南西川節度使として内乱平定のため蜀に向かう杜鴻漸《とこうぜん》に従い、職方郎中、兼殿中侍御史として蜀に入る。大暦二年（七六七）、嘉州に着く。翌、大暦三年（七六八）、東帰せんとするも、群盗に阻まれ、成都に向かい、大暦五年（七七〇）、五十六歳で成都に死す。

彼の官僚生活は、「開元の治」といわれた玄宗の盛時の終わった天宝時代から始まり、粛宗・代宗に仕え、中央・地方官を出入りし、最後は嘉州刺史に任ぜられた。集を「岑嘉州集」という。

彼の生涯で最も異常な経験をしたのは、二度の西域守備の務めである。西域地方の経験は、彼の詩になまなましく新しい気風を吹き込んだ。友人杜甫が、岑参の詩を「新詩」と呼んだのは、そのためであろう。杜確の「岑嘉州集の序」に「文は清、意は切」、「一篇終わるごとに、人々が伝写し、戎夷まで伝承する」という。彼は辺塞詩人として名高く、白居易《はくきょい》の詩と同じく、異民族までその詩を口ずさんだという。辺塞詩以外にも、他の詩人と比して特異なものがある。

天宝七載（七四八）、三十四歳の時に、顔真卿《がんしんけい》が使者として河隴《かろう》に赴くのを送って作ったのが、次の有名な「胡笳《こか》の歌」である。

「胡笳」はえびすが用いる芦《あし》ぶえ。木管のものもこう呼ぶ。悲しい音を出す。顔真卿（七〇九～七八五）、字《あざな》は清巨《せいきょ》。玄宗・粛宗・代宗・徳宗の四代に仕えた名臣。書家としても有名である。徳宗の建中四年（七八五）、李希烈《りきれつ》が謀反した時、説得に行き、捉えられて、謀反をすすめられたが、拒否して殺された。「河隴」は、河西・隴右《ろうゆう》のこと。今の甘粛省西部から青海省東部へかけての地。顔真卿が監察御史として河隴へ使いしたのは天宝七載（七四八）だという。岑参がはじめて辺地におもむいたのは天宝八載であるから、この詩は作者の辺境における体験を反映したものではない。西域の風物を想像して、机上で空想して作ったものである。

いったい、唐代には辺塞詩人といわれる詩人が多く現われ、それは盛唐に多く見える。高適《こうせき》・岑参・王昌齢《おうしょうれい》・王之渙《おうしかん》・王翰《おうかん》等である。唐は太宗以来、武力を用いて外敵と戦い、国力を発展させた。玄宗になると、さらに四方の外敵を平定して、領土に十節度使をおいて戎狄《じゅうてき》に備えた。当時の詩人たちも、実際に従軍して風物に接したものもあるし、想像して辺塞の風物や従軍兵士の悲しみを歌っているものもある。中でも岑参は、辺塞に実際に行っている。したがって、従来なかった表現が出てくる。

辺塞詩の特色は、従来見られなかった辺塞の地名（受降城、陰山、青海、吐谷渾《とこくこん》など）が詠まれたり、砂漠の風景として、黄沙、白草、雪山、関月、大漠、磧中《せきちゅう》、沙場などが描写されることである。また戎狄の器物として、胡笳、琵琶《びわ》、羌笛《きょうてき》、穹廬《きゅうろ》など、胡人《こじん》の名として胡姫、単于《ぜんう》、月支《げっし》などが見え、読む人に異国情緒を味わわせてくれる。

胡笳歌　送顔真卿使赴河隴　　胡笳《こか》の歌　顔真卿《がんしんけい》の使いして河隴《かろう》に赴くを送る

君不聞　　君聞かずや
胡笳声最悲　　胡笳の声最も悲しきを
紫髯緑眼胡人吹　　紫髯《しぜん》緑眼の胡人吹く
吹之一曲猶未了　　之《こ》れを吹きて一曲　猶《な》お未《いま》だ了《お》わらざるに
愁殺楼蘭征戍児　　愁殺す　楼蘭《ろうらん》征戍《せいじゅ》の児《じ》
涼秋八月蕭関道　　涼秋八月　蕭関《しょうかん》の道
北風吹断天山草　　北風　吹き断つ天山の草
崑崙山南月欲斜　　崑崙《こんろん》山南　月斜めならんとす

胡人向月吹胡笳
胡笳怨兮将送君
秦山遥望隴山雲
辺城夜夜多愁夢
向月胡笳誰喜聞

胡人　月に向かって胡笳を吹く
胡笳怨みて将《まさ》に君を送らんとす
秦山《しんざん》遥《はる》かに望む隴山《ろうざん》の雲
辺城　夜夜《よよ》　愁夢《しゅうむ》多し
月に向かって胡笳　誰《たれ》か聞くを喜ばん

〔胡人〕西北の異民族。〔愁殺〕ひどく悲しませる。「殺」は悩殺・笑殺などの殺と同じく、意味を強めるためにそえる字。〔楼蘭〕漢代、今の新疆ウイグル自治区のロブノール湖付近にあった国名。井上靖の小説で有名。〔征戍児〕遠征して国境警備にあたる若者たち。〔蕭関〕関所の名。寧夏回族自治区固原県にあった交通の要所。〔吹断〕吹きちぎる。〔天山〕天山山脈。新疆ウイグル自治区の中央を東西に走る。〔崑崙山〕新疆ウイグル自治区とチベット自治区との境をなす山脈。昔は、中国の西のはてにあって、仙人が住む山だと考えられていた想像上の山であった。〔秦山〕秦、すなわち今の陝西省の山。〔隴山〕陝西省から甘粛省へかけての山々。〔辺城〕辺境の町。

〔韻字〕悲・吹・児」道・草」斜・笳」君・雲・聞。


あなたは聞いているでしょう。胡笳の声の最も悲しいことを。紫のひげ緑の眼の胡人が吹いている。「紫髯緑眼」は異人の表現。「胡人」は西域人である。主としてイラン人を胡人と呼ぶ。

吹いて一曲終わらないうちに楼蘭に出征した男たちを愁えさせる。楼蘭はタクラマカン砂漠の東にある国で、ロブノール湖が近くにある。「酒泉太守の席上、酔後の作」詩にも「胡笳一曲人の腸《はらわた》を断ち、坐客《ざかく》相《あ》い看《み》て涙雨の如《ごと》し」という句がある。

涼秋八月蕭関の道中、北風が天山山脈の草を強く吹いているとき、崑崙山の南に月が斜めに傾いているとき、胡人が月に向かって胡笳を吹く。寂しい西域道の秋、しかも月夜に吹かれる胡笳は最も悲しく聞こえる。

胡笳が怨むように吹いているうちに、君を送ろうとしている。秦山から遥かに隴山の西方が望まれる。秦は陝西省、当時西安の西方一帯。隴山は陝西・甘粛にかけての山である。あなたがこれから行く国境の城では、毎夜、守備兵は愁いの夢をみている。月に向かって吹く胡笳は、誰も喜んで聞くものはない。

始めに楼蘭の出征兵のことを出し、ついで顔氏の赴任の道中から赴任地の様子を歌っている。

経隴頭分水　岑　参

岑参が安西都護府掌書記として赴任したのは、天宝八載（七四九）の末である。長安を出発し、渭水《いすい》をわたり、いわゆるシルクロードを通り、隴《ろう》州に入る。恐らく長安から安西まで二か月の旅である。シルクロードについては、ドイツの地理学者リヒトホーヘンに『絹の道』の書がある。「西ローマ（太秦）、東漢」「西ペルシャ（イラン、安息）、東唐」を結ぶ道である。「初めて隴山を過ぎ、途中、宇文《うぶん》判官に呈す」の詩もある。

経隴頭分水　　隴頭《ろうとう》の分水《ぶんすい》を経《す》ぐ

隴水何年有　　隴水《ろうすい》何《いず》れの年よりか有る

潺潺逼路傍　　潺潺《せんせん》として路傍に逼《せま》る

東西流不歇　　東西に流れて歇《や》まず

曽断幾人腸　　曽《か》つて幾人《いくにん》の腸《はらわた》を断つならん

〔隴頭分水〕『太平寰宇記《かんうき》』巻三二に引く「辛氏《しんし》三秦記」にいう。「隴坂を西関と謂うなり。其の坂は九たび迴《めぐ》り、高さ幾許《いくばく》なるかを知らず。上らんと欲する者七日にして乃《すなわ》ち越ゆるを得。山頂に泉有り、清水四注す。東のかた秦川を望めば、四五里なるが如し、人の隴を上る者、故郷に還《かえ》らんことを想《おも》い、悲思して歌い、絶死する者有り。」

［韻字］傍・腸。

隴水は何時頃から流れていたのだろうか。さらさらと流れて路のそばまでせまって流れている。ここは恐らく東に流れる川と西に流れる川があったのであろう。

東と西に分かれていつまでも流れている。隴山の峠から分流するのである。これを見ていると東の長安を思い、これから行くはるか西の任地のことが思われて悲しい思いにかられる。今までここを通る何人の人の心を痛めさせたであろうか。

彼の詩は、杜甫《とほ》のごとく推敲《すいこう》して古典のことばを用いない。見たまま感じたまま平易なことばを用いる。

西過渭州見渭水思秦川　岑参

西過渭州見渭水思秦川　西のかた渭州《いしゅう》を過ぎ、渭水《いすい》を見て秦川《しんせん》を思う

渭水東流去　渭水　東に流れ去る
何時到雍州　何《いず》れの時にか雍州《ようしゅう》に到《いた》らん
憑添両行涙　憑《よ》って両行《ふたすじ》の涙を添え
寄向故園流　寄せて故園に向かって流さん

［雍州］古代、九州に分け、陝西、甘粛一帯をいう。ここでは長安を指す。［向］「於」と同じ。唐詩によく見える。［寄］先方に送ること。今でも「寄信」という。李白の「秋浦の詩」に「言を寄せて江水に向かう、汝の意儂《われ》を憶《おも》うや不《いな》や。遥かに伝う一掬《いっきく》の涙、我が為に揚州に達せよ」という。

西にあたる辺りで渭水を渡って、しばらく遠ざかったが、この辺で再び渭水に沿って道は続く。その渭水を見て秦川（長安地方）を思う。家族のことであろう。

渭水は東に向かって流れて行く。いずれは雍州に着くであろう。この川をたよりとして二筋の涙を添えて、故郷に送って流したい。

〔韻字〕州・流。

過燕支寄杜位

岑　参

燕支《えんし》山のふもとを過ぎ、友人の杜位《とい》に送る。杜位は杜甫《とほ》の一族で、李林甫《りりんぽ》の女婿《むすめむこ》でもあった。李林甫在任中はよかったが、死後は官をおとされた。岑参と同じく杜陵《とりょう》に住む。

過燕支寄杜位　　燕支《えんし》を過ぎて杜位《とい》に寄す

燕支山西酒泉道　　燕支山の西　酒泉《しゅせん》の道

北風吹沙巻白草　　北風　沙《すな》を吹き　白草を巻く

長安遥在日光辺　　長安　遥《はる》かに在り　日光の辺

憶君不見令人老　　君を憶《おも》えども見ず　人をして老いしむ

〔燕支〕祁連《きれん》山脈。別名、焉支《えんし》山。その名は、この山に生える木から臙脂《えんじ》を作ったことに由来する。もとは匈奴の領地、漢に奪われ、匈奴は女の顔に付けるべにがなくなったと嘆いたという。〔酒泉〕漢代から続く一大都市である。漢代ではここを基地にして匈奴と戦った。長城の最西端、嘉峪関《かよくかん》がある。「葡萄《ぶどう》の美酒夜光の杯」（王翰「涼州詞」）で有名で、今も夜光杯を作っている。

［韻字］道・草・老。

燕支山の西は酒泉への道である。ここは北風が沙を吹き、白草を巻きあげる。白草は西域地方に生える牧草で、白くなっている。西域地方の象徴の風物で、岑参の詩にはしばしば歌われる。例えば「白雪歌」にも同じく「北風地を巻きて白草折る」という。

あの長安は遥かに遠く日の照らす辺りにあたる。あなた（杜位）のことを思っても会えないから、私を年とらせます。『世説新語』夙恵《しゅくけい》篇に、晋の明帝の数歳の時、元帝の長安と日とどちらが遠いかとの問いに、「日は近し」、「目を挙げて日を見るも長安を見ず」と答えたという。「古詩十九首」に「君を思えば人をして老いしむ」といい、また、李白《りはく》の「峨眉《がび》山月の歌」に「君を思えども見ず渝《ゆ》州に下る」という。

過酒泉憶杜陵別業　　岑参

岑参は、祁連《きれん》山を西にみて、その山麓を北へ向かって進む。今この辺の道は甘新公路といって、瓦礫《がれき》の原野で、アスファルトの道である。ゴヒタンと呼ぶ。武威が大きな町で、煉瓦《れんが》と土でかためた町である。いわゆる回廊である。延々と道路は、張掖《ちょうえき》に入る。西には長城がみえる。オアシスの町である。マルコポーロの『東方見聞録』（元代）に、彼がしばらく滞在したところである（先に玄奘《げんじょう》の『大唐西域記』がある）。張掖を出て、川砂の川をこえて砂漠である。ついで酒泉で一泊して、岑参は更に北に向かう。これからは砂漠である。ここで杜陵にいる家族のことを思って作る。

過酒泉憶杜陵別業　　酒泉《しゅせん》を過ぎて杜陵《とりょう》の別業《べつぎょう》を憶《おも》う

昨夜宿祁連　　昨夜　祁連《きれん》に宿り
今朝過酒泉　　今朝《こんちょう》　酒泉を過ぐ
黄沙西際海　　黄沙《こうさ》　西のかた海に際《いた》り
白草北連天　　白草　北のかた天に連なる
愁裏難消日　　愁裏　日を消し難《がた》く
帰期尚隔年　　帰期　尚《な》お年を隔つ
陽関万里夢　　陽関　万里の夢
知処杜陵田　　杜陵の田《でん》に処《お》るを知らん

〔杜陵〕長安南部の町。岑参はここに家族を残していたのであろう。〔別業〕別荘。別宅で、かり住まいのような所だったのかもしれない。〔際〕際限。天際などといって、そのはて、それにかぎられること。〔白草〕前詩参照。

〔韻字〕連・泉・天・年・田。


昨夜は祁連山のふもと酒泉に泊まって、今朝はここを通り過ぎる。

黄沙は西は海のはてまで続くし、白草は北は天のはてまで続く。当時は、西の方に砂漠の海があるといわれていた。

故郷を思って愁えていると、なかなか一日をはやく過ごしにくく、永く感ずる。考えてみると故郷に帰る時期はまだ何年か年を越してからだ。魏の曹植《そうしょく》の「感節の賦」に「日を消して以って憂えを忘れんことを冀《ねが》う」とある。

これから先に陽関を通るが、その万里はなれた陽関で夢をみるであろうが、その夢の中に、きっと自分は杜陵の畑におることをみるであろう。彼は故郷を思う「夢」をよく詠う。

逢入京使　　　岑参

いよいよ砂漠地帯に入り、心細い旅をつづける。次の詩は、どこでよんだか分からぬが、しばらくこの辺でよんだことにする。都に帰って行く使者に出逢い、手紙を託する詩である。

逢入京使　　京に入《い》る使《つか》いに逢《あ》う
故園東望路漫漫　　故園　東のかた望めば　路《みち》漫漫たり
双袖龍鍾涙不乾　　双袖《そうしゅう》　龍鍾《りょうしょう》として涙乾《かわ》かず
馬上相逢無紙筆　　馬上相《あ》い逢《あ》うも紙筆《しひつ》無し
憑君伝語報平安　　君に憑《よ》って語を伝う　平安を報ず

〔故園〕故郷。長安をさす。〔漫漫〕長く続くさま。〔龍鍾〕ここでは、涙があふれ出る形容。〔憑君〕君をたよりにお頼みする。

〔韻字〕漫・干・安。

故郷の方、東をはるか見ると路ははるばると続いている。両方の袖はしとど涙にぬれてかわかない。岑参は、東や西を向くことをよくいう。

馬上で出会ったが、紙筆《かくもの》がありません。あなたをたよりにして私のことばを郷里に伝えたい。無事であると言ってくれ。いかにも西域道中、馬上であった様子を髣髴《ほうふつ》させる。「平安を報ず」というしゃべることばを入れているのが特色である。

玉関寄長安李主簿　　岑　参

酒泉を過ぎて砂漠というか小石の道を通り、疎勒河《そろくが》を渡る。左には祁連山脈に続く砂礫《されき》の海。今は道並にポプラ並木があるが、昔はなかった。今世紀初のヘディン・スタイン・大谷探検隊もこの砂漠を通った。「安西」のオアシスを通り、敦煌に着く。ここの南に鳴沙《めいさ》山があり、この辺はいわゆるゴビ砂漠である。今みることのできる莫高窟《ばっこうくつ》の存在は、近代分かったことであり、岑参がどれほど知っていたか分からない。「敦煌太守の後庭の歌」を作っているが、ここを通ったかどうか分からない。

ただ、玉門関を通ったことはまちがいなく、その南の陽関を通った詩もある。今この詩をここにおくが、或いは北庭都護府に行く時か、その帰りかもしれない。

玉関寄長安李主簿　　玉関《ぎょくかん》にて長安の李《り》主簿に寄す

東去長安万里余　　東のかた長安を去って万里の余

故人何惜一行書　　故人　何《なん》ぞ惜しむ一行の書

玉関西望堪腸断　　玉関　西のかた望めば腸《はらわた》断つに堪《た》えたり

況復明朝是歳除　　況《いわ》んや復《ま》た明朝是《こ》れ歳除《さいじょ》なり

〔玉関寄長安李主簿〕「玉関」は玉門関。「李主簿」とは、李という姓で主簿の官にあった者。主簿は文書を司《つかさど》る官。この詩は至徳元載（七五六）の作だとされる。〔故人〕古なじみの友。李主簿をさす。〔堪〕十分である。〔歳除〕旧年がなくなる。大みそか。
〔韻字〕余・書・除。

東の長安から一万里余来た。私の友人、なんで一行の手紙を書き惜しんでいるのか。書いてくれよ、寂しいから。はるか離れている寂しさをなぐさめるのに、手紙ぐらいかいてくれたらよいではないか。万里と一行が対す。ここ玉門関から西を望むと、そこは西域である。そこに行くかと思えばつらい思いでいっぱいである。ましてや明朝は年のくれである。年が変わりまた一年たつ。友人の便りもないし、異郷にあって寂しくてたまらない。

題苜蓿烽寄家人　岑参

玉門関を過ぎてゴビの砂漠を北に進むと、東に苜蓿烽《もくしゅくほう》なるのろし台がある。ここには胡蘆河《ころが》がある。そこで家族に送った詩である。

題苜蓿烽寄家人　　苜蓿烽《もくしゅくほう》に題し、家人に寄す

苜蓿烽辺逢立春　　苜蓿烽の辺《ほとり》　立春に逢《あ》う
胡蘆河上涙霑巾　　胡蘆河の上《ほとり》　涙巾《きん》を霑《うるお》す
閨中只是空思想　　閨中《けいちゅう》　只《た》だ是《こ》れ　空しく思想《おも》う
不見沙場愁殺人　　沙場《さじょう》　人を愁殺するを見ず

〔苜蓿烽〕「苜蓿」はウマゴヤシ。西の大宛国（中央アジア）原産で、漢代に張騫《ちょうけん》が持ち帰った。それが生えている烽台《ほうだい》であろう。〔胡蘆河〕一説によると、はるか西の安西にある河（『新唐書』地理志）というが、ここは疎勒《そろく》河のことであ

ろう（『三蔵法師伝』）。〔思想〕一本「相憶」に作る。

〔韻字〕春・巾・人。


苜蓿烽のほとりで立春に会い、はるばる来たものかと家人（つま）を思い、近くのコロ河のほとりで、涙はハンケチをぬらすほど流れる。

今頃、妻は部屋の中でただ空しく思っているだけで、私がこの砂漠の中にいるとひどく悲しくなることなど思ってもみないでしょう。この砂漠を歩いている苦しみなど想像できないだろう。西域の風物（苜蓿・胡蘆・沙場）を詠み込んでいる。

経火山　岑　参

伊吾《いご》（後に哈密《はみ》）を過ぎて、西州（昔の交河城。後に高昌に都した高昌国）に入る。今のトルファンである。高昌国は、仏教国であり、国王は仏教信者である。唐代には国王が入朝、朝貢した。太宗の貞観三年から一九年、インド旅行をした玄奘法師が、この国を通り、人柄にほれられ、引きとめられる。また旅費を支給され、沿道国王への紹介状ももらったという（『大唐慈恩寺三蔵法師伝』弟子慧立《えりゅう》撰。『大唐西域記』玄奘述、弟子辯機《べんき》撰）。太宗は高昌国を領せんとして、ここに安西都護府を置いた。そこでシルクロードの音楽が唐に入ることになる。また、トルファンは葡萄《ぶどう》酒の産地である。出征兵士たちは大量に持ち帰り、醸造法も伝えられた。

トルファン盆地は灼熱の地、小石まじりの砂漠が続く超乾燥地帯である。盆地の北端にある一〇〇キロにわたる山脈が、火山である。日中の気温は四〇度をこえ、地表は六〇度にも達する。逆に、冬には零下二〇度にもなる。

『大唐西域記』をもとに記した呉承恩《ごしょうおん》『西遊記』第五九～六一回に、火焔《かえん》山で玄奘一行が炎熱と闘うくだりがある。玄奘が旅したのは厳冬二月、岑参も「厳冬」、やはり虚構である。

経火山　　火山を経《す》

火山今始見　　火山　今始めて見たり
突兀蒲昌東　　突兀《とっこつ》たり蒲昌《ほしょう》の東
赤焔焼虜雲　　赤き焔《ほのお》は虜雲を焼き
炎氛蒸寒空　　炎氛《えんぷん》は寒空に蒸《む》す
不知陰陽炭　　知らず　陰陽の炭
何独燃此中　　何《なん》ぞ独《ひと》り此《こ》の中《うち》に燃ゆるとは
我来厳冬時　　我来《き》たる　厳冬の時
山下多炎風　　山下　炎風多し
人馬尽汗流　　人馬　尽《ことごと》く汗流る
孰知造化功　　孰《たれ》か造化の功を知る

〔火山〕トルファンから鄯善《ぜんぜん》県の南に続く山地。火山といっても本当の火山ではなく、赤い砂岩で火が燃えているように見えるところから名づけられた。岑参には別に「火山雪歌、送別」詩があり、「火山」の描写はそれに詳しい。〔突兀〕突き出るように高くそびえるさま。〔蒲昌〕今の鄯善県。唐代の西州交河郡の地。〔虜雲〕夷狄の地にかかる雲。〔陰陽炭〕漢の賈誼《かぎ》の「服鳥の賦」に「且つ夫れ天地を炉と為し、造化を工と為し、陰陽を炭と為し、万物を銅と為す」とある。
〔韻字〕東・空・中・風・功。

火山を今始めて見た。蒲昌の東に突き出ている。

赤い焔は胡虜の雲を焼き、炎気は寒空にむしている。

あの陰陽の炭は、なんでこの中でだけ燃えているのだろうか。

私が来たのは厳冬の時、山下に炎風が吹き付ける。虚構である。

人馬は尽く汗を流す。誰がこんな造化の神の巧みさを知っているだろうか。こんな巧みさは誰も知らない。

送崔子還京　岑参

西州交河《こうか》城で都に帰る崔某《さいなにがし》君を送った送別詩である。

送崔子還京
疋馬西従天外帰
揚鞭只共鳥争飛
送君九月交河北
雪裏題詩涙満衣

崔子《さいし》の京《みやこ》に還《かえ》るを送る
疋馬《ひつば》　西のかた天外従《よ》り帰る
鞭《むち》を揚《あ》げて只《た》だ鳥と共《とも》に飛ぶことを争う
君を送りて九月　交河の北
雪裏《せつり》　詩を題して涙衣《ころも》に満つ

〔交河〕今のトルファン。唐の太宗が高昌国を滅ぼして、最初に安西都護府を置いたところ。

〔韻字〕帰・飛・衣。


馬は西の方の天のはての方から帰って来る。鞭を打ってただ飛ぶ鳥と飛ぶことを争って走ってくる。都に急いで帰るのであろう。

秋九月、交河城の北で君を見送った。雪降る中で詩を作り君を送って涙はしとど流れる。旧暦秋には天山山脈には雪が降る。

銀山磧西館　　岑参

トルファンから天山南路を西に進めば、一面砂漠の起伏地帯である。今はトルファンの北からコルラまで天山をこえて南疆《なんきょう》鉄道がある。トルファンから銀山に行くのが古いシルクロードである。唐代に開かれる銀山道は、百キロにわたり水もなく草木もない。一九三五年、トラックでこの道を通ったイギリス外交官タイクマンの『トルキスタンへの旅』(神近市子訳) がある。

交河 (トルファン) から南西に焉耆《えんき》に行く途中、銀山磧《ぎんざんせき》なる所に、一泊する宿泊所がある。ここの西館で泊まる。ここは峡谷になっていて、天山山脈の吹きおろしの風が強い。

銀山磧西館　　銀山磧《ぎんざんせき》の西館《せいかん》にて
銀山峡口風似箭　　銀山峡の口《ほとり》　風箭《や》に似たり
鉄門関西月如練　　鉄門関の西　月練《しろぎぬ》の如《ごと》し
双双愁涙沾馬毛　　双双《そうそう》たり　愁いの涙　馬の毛を沾《うるお》す
颯颯胡沙迸人面　　颯颯《さっさつ》たり　胡沙《こさ》　人面に迸《ち》る
丈夫三十未富貴　　丈夫《じょうぶ》三十　未《いま》だ富貴ならず
安能終日守筆硯　　安《いず》くんぞ能《よ》く終日　筆硯《ひっけん》を守らんや

〔銀山峡〕「峡」は、一本「磧」に作る。トルファンの西南の庫木什《くむし》にある。〔鉄門関〕銀山磧の西南、焉耆からコルラへの途中にあり、ここから二五〇キロ西にこの当時の安西都護府があった。〔安能終日守筆硯〕『後漢書』班超《はんちょう》伝にある次のような話をふまえる。兄の（班）固《こ》は召されて校書郎に詣《いた》る。超は母に随いて洛陽に至る。家貧しく、常に官のために傭書《ようしょ》して以って供養す。久しく労苦すれば、かつて業を輟《や》め筆を投じて歎じて曰わく、「大丈夫　他の思略無ければ、猶お当に傅介子《ふかいし》・張騫《ちょうけん》に効《なら》いて、功を異域に立てて、以って封侯を取るべし。安くんぞ能《よ》く久しく筆硯の間を事とせんや」と。

〔韻字〕箭・練・面・硯。

銀山峡の入り口は、風は矢のように強く吹く。はるか西南の鉄門関の西に出ている月は白ぎぬのように見える。こちらは風が吹きあちらは月が白く出ている。はるかに来たるものかなと思えば、二筋の愁いの涙が乗っている馬の毛をぬらす。さつさつと吹きつける胡沙は私の面《かお》にとびちる。この表現は新しい。「涙が馬の毛をぬらし、胡沙が人の顔に吹きつける」、これは長安では作れぬ。思うに男子三十になるにまだ富貴になれぬのに、終日筆硯を守って書物ばかり読んでおられようか。こうした辺境地帯に出て功をあげねばなるまい。自らを鼓舞する。

宿鉄関西館　　岑　参

銀山磧を西南に行けば鉄門関である。ここの西館で泊まる。

宿鉄関西館　　鉄関の西館に宿《やど》る

馬汗踏成泥　　馬は汗《あせ》し踏んで泥《どろ》を成す

朝馳幾万蹄
雪中行地角
火処宿天倪
塞迥心常怯
郷遥夢亦迷
那知故園月
也到鉄関西

朝《あした》に馳《は》すること幾万蹄《いくまんてい》
雪中　地の角《はて》を行き
火処《かしょ》　天の倪《はて》に宿る
塞《とりで》迥《はる》かにして心常に怯《おび》え
郷遥《はる》かにして夢も亦《ま》た迷う
那《いず》くんぞ知らん　故園の月
也《ま》た　鉄関の西に到《いた》らんとは

〔地角〕地の果て。〔火処〕火のある所、人家があるところという意。「人煙」と同じである。
〔韻字〕泥・蹄・倪・迷・西。

道中、馬は汗が流れ、汗を踏んで泥となる。朝から幾万里歩いたことか。汗を踏んで泥となるとは、新しい表現である。

雪ふる中、地のはてを行き、火のある所を求め、天のはてに宿る。砂漠地帯の道中の苦しさをいう。新しい風景である。

要塞《とりで》ははるかかなた、行きつくまで心はいつもおびえている。郷里ははるか東、夢も迷ってしまう。この対句は、新表現である。夢は自由に郷里をみることができるのに、遠くて夢も迷う。

こんなに遠いのに、故郷に出た月と同じものが、やはり鉄門関の西の方に出ているとは、どうしたことか。月がこんな遠い所まで照らしてくれて懐かしい。故郷を思い出す。故郷とのつながりをうれしく思う。月が出てくれなかったら、全く孤独で寂しくなる。

題鉄門関楼　　岑　参

鉄門関の楼上に書きつけた詩。

題鉄門関楼　　鉄門関楼に題す
鉄門天西涯　　鉄門は天の西の涯《はて》
極目少行客　　目を極むれば行客少《な》し
関門一小吏　　関門の一小吏
終日対石壁　　終日　石壁に対《たい》す
橋跨千仞危　　橋は千仞《せんじん》の危《たか》きに跨《またが》り
路盤両崖窄　　路《みち》は両崖《りょうがい》の窄《せま》きに盤《めぐ》る
試登西楼望　　試みに西楼に登って望む
一望頭欲白　　一望すれば頭《こうべ》白くならんと欲《す》

〔行客少〕旅人がいない。「少」は、ないこと。
〔韻字〕客・壁・窄・白。

鉄門関は天の西のはてにある。目を見はるかしても、旅人はいない。関門を守る一人の小役人は、終日石の壁と向かいあっている。寂しい所である。みると谷には橋が千仞の高いところにまたがるようにかかっている。路《みち》は両岸のせまい所にまがりくねっている。難所である。

試みに西楼に登って眺めると、頭髪は白くなる思いである。はるかかなたの安西の方は、これから更に遠い所、そこまで行く道中のことを思うと、俄《にわか》に年を取ってしまう思いである。行人はまれで、難所を通って安西に行かなくてはならぬ。不安と寂しい思いを詠う。

磧中作　岑参

この辺一帯は磧中《せきちゅう》である。そこを通って安西に行く。安西に赴任の道中の経験そのままを歌う。

磧中作　磧中《せきちゅう》の作
走馬西来欲到天　馬を走らせ西に来《き》たり天に到《いた》らんと欲《す》
離家見月両回円　家を離れて月を見るに両回《りょうかい》　円《まど》かなり
今夜不知何処宿　今夜知らず　何《いず》れの処《ところ》にか宿る
平沙万里絶人煙　平沙《へいさ》　万里　人煙絶《た》つ

〔磧中作〕「磧」は石の川原。転じて砂漠をいう。〔西来〕西へやって来ること。「来」は助字。〔平沙〕平らな砂漠。
〔韻字〕天・円・煙。

馬を走らせて西の方に行き、天にまで到りそうである。家をはなれて出てから満月になるのを二回みた（二か月）。岑参は「到天」「天低」「連天」など、天のはてを思わせる表現をつかう。この辺まで二か月かかる。まもなく安西である。

今夜はどこに宿をとるか分からない。一面万里もはるかに砂漠が続き人家はない。都を遠く離れ、全く人影のない所に旅を続ける。寂しい極みである。結句が万里の砂漠を思わせる。「平沙」も他の詩に用いている。はてしない砂漠の様子。孤独の旅のようである。権徳輿《けんとくよ》「舟行夜泊」詩に「今夜知らず　何《いず》れの処《ところ》にか宿る」とある。
平凡の表現で気持ちがよく現われている、よい作品である。第一句は空間、第二句・第三句は時間、第四句は空間。

歳暮磧外寄元撝　岑参

漸《ようや》く磧中《せきちゅう》を過ぎて、山なみの見える所に来る。ここで元撝《げんき》に思いを寄せる。元撝は李林甫《りりんぽ》の女壻《むすめむこ》であるが、李林甫の死後官職をおとされた。岑参が頼りとしていた人らしい。

歳暮磧外寄元撝　　歳暮《さいぼ》　磧外《せきがい》にて元撝《げんき》に寄す
西風伝戍鼓　　西風　戍鼓《じゅこ》を伝え
南望見前軍　　南のかた望めば前軍を見る
沙磧人愁月　　沙磧《させき》　人は月を愁《うれ》え
山城犬吠雲　　山城《さんじょう》　犬は雲に吠《ほ》ゆ
別家逢逼歳　　家を別れて逼歳《ひっさい》に逢《あ》い
出塞独離群　　塞《さい》より出《い》でて独《ひと》り群《ぐん》を離る
髪到陽関白　　髪は陽関《ようかん》に到りて白く
書今遠報君　　書は今遠く君に報ず

〔出塞〕出塞は、とりでを出ることであるが、ここでは国境を出て、元撝たちと別れたことをいう。

〔韻字〕軍・雲・群・君。

西からの風は軍鼓を伝えてくる。南を望むと前線の軍隊が見える。いよいよ安西に近くなる。砂漠にあっては人々は月を見て故郷を思い愁え、ここ山城では犬が雲に向かって吠えている。山があり、雲が出ている。犬がほえる。漸く人里に近づく。「蜀犬日に吠ゆ」を思い出す。

家族と別れて今や歳の暮れとなった。国境を出てからただひとり皆さんとはなれてしまった。思えば、髪はあの陽関についた時白くなって年とってしまった。この詩を今遠くから送ります。遠くに来て寂しい。

磧西頭送李判官入京　　岑参

磧西《せきさい》のほとり、判官の李《り》君が都に帰るのを送る。

磧西頭送李判官入京　　磧西《せきさい》の頭《ほとり》にて李《り》判官の京《みやこ》に入《い》るを送る

一身従遠使　　一身　遠使に従い
万里向安西　　万里　安西《あんせい》に向かう
漢月垂郷涙　　漢月《かんげつ》に郷涙垂《た》れ
胡沙費馬蹄　　胡沙《こさ》に馬蹄《ばてい》を費《ついや》す
尋河愁地尽　　河《か》を尋《たず》ねて地尽《つ》きんかと愁《うれ》え
過磧覚天低　　磧《せき》を過ぎて天の低きを覚《おぼ》ゆ

送子軍中飲子《し》を送り軍中に飲み

家書酔裏題　家書《かしょ》　酔裏《すいり》に題す

〔磧西〕場所は不明。ここに駅があり、送別の宴を開いたのであろう。〔李判官〕だれか不明。〔漢月〕「漢」は唐のこと。即ち長安をさす。長安に出ている月。

〔韻字〕西・蹄・低・題。

この身をもってはるか遠い所まで使いして、万里の西、安西に向かって行きます。対句であり、一と万の対を用いている。

長安に出ているであろう月をみては故郷を思う涙を流し、胡沙をふんで馬蹄をすりへらしました。ここも対句である。「馬蹄を費す」は、やはり新表現である。この地でなければ書けぬ。砂漠を馬であるかなくては、出てこない。

黄河の上流を尋ねて行けば、地も尽きはてるかと心配になる。磧をすぎて行けば、いつまでも続き天の低くなるような気がする。ここも対句である。黄河の上流へ進めば地のはて、砂漠を過ぎると一面山がなく、平野で天が低くなる。

君を送るため陣中で飲んで、家族への便りを酔っている中でしたためた。ゆっくり書く余裕もなし。やはり思うは家族である。

安西館中思長安　岑　参

いよいよ安西に到《つ》いた。その館中で長安の故郷を想《おも》う詩。

安西館中思長安　安西《あんせい》の館中に長安を思う

家在日出処　家は日出《い》づる処《ところ》に在り
朝来喜東風　朝来《あしたより》　東風を喜ぶ
風従帝郷来　風は帝郷従《よ》り来《き》たるも
不与家信通　家信と通ぜず
絶域地欲尽　絶域《ぜついき》　地尽《つ》きんと欲《し》
孤城天遂窮　孤城　天は遂《つい》に窮《きわ》まる
弥年但走馬　年を弥《わた》り但《た》だ馬を走らせ
終日随飄蓬　終日　飄蓬《ひょうほう》に随《したが》う
寂寞不得意　寂寞《せきばく》として意を得《え》ず
辛勤方在公　辛《つら》き勤《つとめ》　方《まさ》に公に在り
胡塵浄古塞　胡塵《こじん》　古塞《こさい》浄《きよ》まり
兵気宅辺空　兵気　辺空に宅《あ》り
郷路眇天外　郷路　天外に眇《かす》かなり
帰期如夢中　帰期　夢中の如《ごと》し
遥憑長房術　遥《はる》かに長房《ちょうぼう》の術に憑《よ》り
為縮天山東　為《ため》に天山の東を縮《ちぢ》めよ

〔喜東風〕「喜」は、一本「起」に作る。〔不与家信通〕「与」は、一本「異」に作る。それならば、「家族から便りがやってくるのと同じだ」となる。〔穹〕「窮」と同じ。〔飄蓬〕「蓬」はアザミ科の植物で、砂地に生え、風が吹くと根こそぎ転がり飛ぶ。魏・曹植《そうしょく》の「転蓬」からくる。〔兵気宅辺空〕「兵気」は軍隊。辺境を警備していることを「宅辺空」といった。〔長房術〕後漢の費長房《ひちょうぼう》の術。『後漢書』巻一一二に伝がある。距離を縮める術が得意であった。

〔韻字〕風・通・穹・蓬・公・空・中・東。

故郷の家は日の出る方向にあるので、朝から、東からの風が吹いてくるのが嬉しい。朝から喜んでいる、東風が吹くのを。

風は都の方から吹いてくるが、家族からの便りと一緒になって来ない。

ここは絶域の地で、地は尽きようとし、孤城の天ははてようとしている。

一年中ただ馬を走らせた旅ぐらし、終日転蓬がままにするような旅ぐらし。対句である。

思えばわが人生は、思うにまかせぬわびしい日々。今や公務のつらいつとめである。安西都護府に出された不満であろうか。

とりでをみれば胡塵で汚れた古いとりでもきれいになり、とりでを守る軍隊は国境を占めている。

ふり返ると故郷への道は天外にはるかかすかに見える。さて帰る時期は夢の中のようなものではっきりしない。

はるか昔の費長房の術によって、私のために天山の東の方をちぢめてもらいたい。そうしたらすぐ帰れる。

岑参は、一年あまりの在任で安西を離れ武威に移る。そして長安に帰る。在任中、またその帰りにも詩を作り、またついで北庭都護府幕僚となった時の道中、在任中も詩を作っている。これらの詩を辺塞詩という。岑参は、みごとに現地の風物をみ、経験をよみ、端々とよみながら望郷の思いをいつもうたっている。リアリズムに徹した詩人である。とはいえ詩であり、記録ではないから、文学作品であり、誇張、虚構はまぬがれぬが、その虚構も現地の経験がなければできぬ。

行軍九日、思長安故園　　岑参

『全唐詩』題下に「時に未《いま》だ長安を収めず」とあり、至徳二載（七五七）の秋、九月に長安を奪回する少し前の作。

行軍九日、思長安故園　　行軍の九日、長安の故園を思う

強欲登高去　　強《し》いて高きに登り去らんと欲《ほっ》し
無人送酒来　　人の酒を送って来《き》たる無し
遥憐故園菊　　遥《はる》かに憐れむ　故園の菊
応傍戦場開　　応《まさ》に戦場に傍《そ》って開くなるべし

〔行軍九日〕「行軍」とは、軍隊をすすめること。たびの軍。ここは、鳳翔《ほうしょう》に設けられた粛宗の行在所をさす。「九日」は九月九日の重陽の節句。〔故園〕故郷。〔強〕気が進まないが無理に、の意。〔登高〕重陽の節句の行事。〔去〕助字で強い意味はない。〔送酒来〕陶淵明《とうえんめい》の故事にもとづく。『北堂書鈔《ほくどうしょしょう》』巻一五五に引く『続晋陽秋《ぞくしんようじゅう》』に「陶淵明九月九日に当たりて酒無し。宅辺の菊叢の内に於いて摘み、把（一にぎり）に盈ちて其の側に坐す。久しくして白衣の人（召使い）至るを望見す。乃《すなわ》ち弘《こう》（王弘。江州の刺史）酒を送るなり。即便《すなわ》ち酌み酔いて後帰る」とある。『晋書《しんじょ》』陶潜《とうせん》伝もほぼ同じ。〔傍〕～のそばで。

〔韻字〕来・開。

しいて高いところに登ろうと思うが、酒を送ってくれる人もない。今、天下は賊軍の世で、登高して酒を飲んで節句を祝う気持ちになれぬ。

今頃、故郷長安の菊が、見る人もなく、戦場（長安は賊軍の手にあり）で咲いているであろう。それが憐れに思われる。菊は見る人もなく戦場で空しく咲いている姿が感動的である。

隋《ずい》の江総《こうそう》の「長安に於いて揚州に帰還するとき、九月九日、薇山亭に行く。賦韻」詩の「心は南雲を逐いて逝《ゆ》き、形は北雁に随って来たる、故郷　籬下の菊、今日幾花《いくはな》か開く」に、似たものがある。

中唐

楓橋夜泊　張継

張継《ちょうけい》（生没年未詳）、字《あざな》は懿孫《いそん》。襄《じょう》州（湖北省襄陽県）の人。天宝一二載（七五三）の進士。はじめは節度使の幕僚や塩鉄判官などの職をつとめたが、大暦年間（七六六～七七九）には検校祠部《しぶ》郎中になった。「楓橋夜泊《ふうきょうやはく》」の詩で有名になった詩人である。

「楓橋」は江蘇省蘇州市の西南、楓江《ふうこう》にかけられた橋。寒山寺の前に、鎮江から杭州に向かう大運河が流れ、寺に向かって左の鉄嶺関《てつれいかん》をくぐると楓橋がある。もと封《ふう》橋といわれ、この詩が有名になり楓橋という。今の橋は清の同治年間（一八六二～一八七四）の再建にかかる。この橋の下、川が合流し、行き交う舟が古今激しい。北からの蘇州への入り口である。

作者は会稽に遊び、大運河を通り、途中この町を通り、橋の下、船がかりして、一泊した時の詩。作者は舟中である。夜中まで眠れぬ。前半は舟がかりした時の夜景、後半は夜半の景色で、無聊の旅情をのべる。

楓橋夜泊

月落烏啼霜満天
江楓漁火対愁眠
姑蘇城外寒山寺
夜半鐘声到客船

月落ち烏《からす》啼《な》き　霜《しも》天に満ち
江楓《こうふう》の漁火《ぎょか》　愁眠に対《たい》す
姑蘇《こそ》城外　寒山寺《かんざんじ》
夜半の鐘声《しょうせい》　客船に到《いた》る

〔霜満天〕霜の気はいがあたりに満ちわたること。〔江楓〕岸べの楓。〔漁火〕いさり火。〔愁眠〕愁いのために寝つかれず、まどろんでいること。〔姑蘇城〕蘇州のこと。姑蘇台（蘇台ともいう。春秋時代、呉王のいたところ。江蘇省蘇州市の西南。）のあったところから名づけられた。〔寒山寺〕楓橋の近くにある寺。むかし寒山が拾得《じっとく》とともに天台山の近くの寒山という山にこもっていた。〔客船〕旅人（ここでは作者をさす）の乗っている船。
〔韻字〕天・眠・船。

月は落ち烏が啼き、霜の気は空にみちわたった。同時の現象である。川辺の楓、いさり火は、旅の眠れぬ眼にうつる。楓は江南特有のプラタナス、かえでではない。秋の霜にかれる。今そうであるのが、寂しさをます。「楓」を宋の洪邁《こうまい》の『万首唐人絶句』は「村」に作る。唐の高仲武《こうちゅうぶ》の『中興間気集』は「楓」。清の兪樾《ゆえつ》は碑の裏面にそのことを指摘する。「落」「霜天に満つ」「愁眠に対す」は考えた表現である。

姑蘇城（蘇州城）外の寒山寺。夜半につく鐘の音が、旅の船に聞こえてくる。姑蘇は今の蘇州、近くに姑蘇山があり、呉王夫差の築いた姑蘇台があった。寒山寺は、梁《りょう》の武帝の時建立されたもの。その後焼失、再建をくりかえし、今のものは清の宣統三年（一九一一）の再建。唐代に寒山、拾得が住んでいたため、寺名となる。もと天台山のふもとに住む禅僧である。英Arthur Waleyの『寒山詩』によれば、七～八世紀の人で、兄弟、妻子と別れ、諸方を流浪し、寒山に隠遁し寒山と号し、天台山から二五マイルの所に隠棲したという。今寒山拾得の画像が、大雄宝殿の壁に刻まれている。

この詩は、有名なため、様々に解釈される。「月落ち烏啼く」は明け方とも夜半ともいう。「烏啼《うてい》」は山名とする説もある。ただこれは、昔から楽府《がふ》題に「烏夜啼」があり、烏が夜よく鳴くものとされている。

宋の欧陽脩《おうようしゅう》が『六一詩話』に、夜半に鐘をつくことはないといったことから論争がおこり、宋の陸游《りくゆう》は『老学庵《ろうがくあん》筆記』に、夜中に鐘をつくことがあるという用例をあげて、一応の結論を得ている。

現在、鐘は二つある。一つは鐘楼にある大鐘で、清末に陳夔《ちんき》が寺の再建の時に作ったもの。一つは大雄宝殿の右側にあるもので、日本から贈られ、伊藤博文の銘がある。もと明代のものであったが、日本に持ち去られていたものである。

この詩、もと明の蘇州の書家文徴明《ぶんちょうめい》が書いた碑があったが、摩滅したので、後、清の大学者兪樾が書いて碑にした。

帰雁　銭起

銭起《せんき》（七二二～七八〇?）、字《あざな》は仲文《ちゅうぶん》。『唐才子伝』巻四に伝記がある。呉興（浙江省湖州市）の人。天宝一〇載（七五一）の進士。校書郎（正九品上）から吏部の考功郎中（従五品上）となり、後、大暦中、翰林《かんりん》学士（中書省に属す。天子の顧問役。五品以上）に至った。文学にすぐれている。大暦十才子の一人。王維《おうい》も彼の詩の高格を認める。当時の郎士元《ろうしげん》と名をひとしくし、文学者仲間で「昔、沈《しん》（佺期《せんき》）宋《そう》（之問《しもん》）あり、後に銭（起）郎（士元）あり」と称される。その詩は、作り方が「新奇」で、内容は「清贍《せいせん》」（清らかで豊か）である。『銭仲文集』十巻がある。

「帰雁《きがん》」は、春に北に帰る雁《かり》。雁は「帰る」、「書を運ぶ」ものとされる。

帰雁

瀟湘何事等閑回　　瀟湘《しょうしょう》より何事《なにごと》ぞ　等閑《とうかん》に回《かえ》る
水碧沙明両岸苔　　水は碧《みどり》に沙《すな》は明らかに　両岸苔《こけ》むしたり
二十五絃弾夜月　　二十五絃　夜月《やげつ》に弾《だん》ずれば
不勝清怨却飛来　　清怨に勝《た》えずして　却《かえ》って飛来す

〔瀟湘〕川の名。湖南省を北上して洞庭湖にそそぐ湘水と、零陵で湘水と合流する瀟水。ここでは洞庭湖の南の景勝の地をさしていう。〔何事〕どうして。〔等閑〕なおざりに。心にかけないこと。〔二十五絃〕瑟《しつ》。琴に似た楽器で二十五本の絃がある。おおごと。『史記』封禅書に「太帝（伏羲《ふつぎ》氏）素女をして五十弦の瑟を鼓せしむ。悲し。帝禁ずるも止《や》めず、故に其の瑟を破りて二十五弦と為す」とある。〔勝〕堪の意。〔清怨〕澄んだ哀怨さ。〔却飛来〕しりぞいて飛んで行くこと。「来」は意味のない助字。一説に、北に飛んで行こうとした雁が、逆に南の方に帰って来るであろう、とする。

〔韻字〕回・苔・来。

雁よ。この景色のよい瀟湘地方より何で無視して帰って行くのか。雁に呼びかけている。瀟湘八景といわれる地方である。洞庭湖の南、湘水の流域。水はみどりで砂は白く明るく、両岸は青く苔むしている。絵画的である。こんな時、女神が二十五絃の瑟を月の夜に弾ずるのを聞けば、もの悲しくて、その清怨にたえず、景色が美しいのにもかかわらず、かえって飛んで行く。想像である。二十五絃はおおごと、がんらいもの悲しい音色を出す。この瑟は湘水の女神（舜《しゅん》の妃、娥皇《がこう》・女英《じょえい》とされる）が鼓するものとされる。銭起には科挙の時、「礼部省試『湘霊鼓瑟《しょうれいこしつ》』（試験の解答作品）の詩があり、試験官を感嘆させた。「来」は助字で、意味はない。「怨」は音声によく使われる。深い愁いを含むこと。それが「清」である。すんでいる。

一、二句は、この地方のすばらしい景色。これを見ると二妃が思い出される。そんな所で瑟の音を聞けば、清怨の思いにたえられぬ。それほどこの瀟湘は景色がよい。清の沈徳潜《しんとくせん》は、三、四句は雁の返事とする。

連州吟　　孟　郊

孟郊《もうこう》（七五一～八一四）、字は東野《とうや》。韓愈《かんゆ》に「貞曜先生墓誌銘《ていようせんせいぼしめい》」がある。『旧唐書』巻一六〇・『新唐書』巻一七六の韓愈の伝に附す。『唐才子伝』巻五・『唐詩紀事』巻三五にも見える。華忱之《かしんし》に『孟郊年譜』（人民文学出版『孟東野詩集』附）がある。

湖州武康（浙江省徳清県）の人。わかいころは河南省の嵩山《すうざん》に隠棲していた。狷介《けんかい》な性格で、あまり人と交わらなかったが、韓愈とは親しかった。四十六歳のとき、やっと進士に及第し、五十歳で溧陽《りつよう》（江蘇省溧陽市、太湖の西）の尉となった。しかし、老齢でもあり、性格のゆえもあって、官吏の生活は意に満たず、まもなく辞任して帰った。その後、水陸転運判官などの職についたが、結局は貧窮のうちに生涯を閉じた。貧乏でぼろを着るが、人の憐れみを乞うことはなかった。詩には巧みで、筋が通っており（大いに理致有り）、韓愈はそこをほめる。しかし、中味は不遇を悲しむものが多い。
蘇軾《そしょく》が「柳子玉を祭る文」で「郊寒島痩《こうかんとうそう》」と評した。賈島《かとう》とならぶ苦吟詩人。白居易《はくきょい》とも親交があり、新楽府《しんがふ》も多い。

「連州」は今の広東省連州市。湖南省との境。孟郊を引き立てた韓愈がここに流される。それを思って作った歌がこれである。時に作者は五十四歳、溧陽の尉であった。三首連作中の第三首。「吟」は楽府の題につける曲名。

連州吟

朝亦連州吟　朝《あした》にも亦《ま》た連州の吟
暮亦連州吟　暮《く》れにも亦《ま》た連州の吟
連州果有信　連州　果《は》たして信《しん》有り
一紙万里心　一紙　万里の心
開緘白雲断　緘《かん》を開けば　白雲断《た》たれ
明月堕衣襟　明月　衣襟《いきん》に堕《お》つ
南風嘶舜琯　南風　舜琯《しゅんかん》に嘶《むせ》び
苦竹動猿音　苦竹に　猿音《えんおん》動く
万里愁一色　万里　愁一色
瀟湘雨淫淫　瀟湘《しょうしょう》　雨淫淫《いんいん》たり
両剣忽相触　両剣　忽《たちま》ち相《あ》い触れ
双蛟恣浮沈　双蛟《そうこう》　浮沈を　恣《ほしいまま》にす
闘水正回斡　闘水《とうすい》　正《まさ》に回斡《かいあつ》し
倒流安可禁　倒流《とうりゅう》　安《いず》くんぞ禁ずべけん
空愁江海信　空《むな》しく愁《うれ》う　江海の信
驚浪隔相尋　驚浪《ろう》　相《あ》い尋《たず》ぬることを隔《へだ》つ

〔信〕手紙。〔緘〕手紙の封じめ。〔白雲断〕白雲が分かれ開く。〔南風嘶舜琯〕『礼記《らいき》』楽記に「昔者《むかし》舜《しゅん》五弦の琴を作り、以《も》って南風を歌う」とある。また『大戴礼《だたいれい》』少間に「昔虞《ぐ》舜　天徳を以って堯《ぎょう》に嗣《つ》ぎ、……西王母来たり其の白琯《はくかん》を献ず」とある。「琯」は玉で作った笛。「嘶」はむせぶこと。〔苦竹〕竹の一種。その筍《たけのこ》は苦い。〔猿音〕猿の哀しげな啼き声。〔瀟湘〕川の名。湖南省を北上して洞庭湖にそそぐ湘水と、零陵で湘水と合流する瀟水。ここでは洞庭湖の南の景勝の地をさしていう。連州は瀟湘の上流近くにある。〔淫淫〕なが雨の降りつづくさま。〔両剣……浮沈〕『晋書』張華《ちょうか》伝などに見える宝剣の故事にもとづく。張華は斗牛の間に紫気が立ちのぼるのを見て雷煥《らいかん》に問うと、それは宝剣の気で、予章の豊城（江西省豊城市）からのぼるものだと言う。雷煥は豊城の令に補せられ、その地を掘って、龍泉・太阿の宝剣二ふりを得た。そこで龍泉を張華に送り、太阿を自分が佩《お》びた。のち張華が殺されると、龍泉は所在がわからなくなった。雷煥が死に、その子、華が剣を持って延平津（福建省南平市の東にあった渡し場）を通りかかると、剣がたちまち腰からはなれ、川に落ちた。川の中を見ると、二匹の龍が泳いでいたという。「蛟」は龍の一種。この二句は、作者が韓愈と再会したいという気持ちを表わしたもの。〔闘水〕はげしくさかまく川の流れ。〔回斡〕ぐるぐる回る。〔倒流〕逆流。〔禁〕おしとどめる。〔江海信〕大河や大海を越えて来た手紙。〔驚浪〕あら波。〔相尋〕自分が相手をたずねて行くこと。

〔韻字〕吟・吟・心・襟・音・淫・沈・禁・尋。

朝もまた連州の吟、暮れにもまた連州の吟。

思いが通じて、連州から果たして手紙が来た。一通の手紙がはるか万里の人の心を伝えてくれた。

封を切って開くと、心にかかった白雲が断たれ、明月が着物にさしこんだような安心したきもちだ。

（手紙を読んでいるうちに君のことが思われる。しかし思えば、君のいる南方では）南風が吹くと舜の笛がむせびなくようだし、苦竹に猿の鳴き声がざわめく。以下、南方の想像である。南風は舜が作った歌。舜は南で死に、九疑山に葬られる。苦竹はにがい味の竹。猿は悲しい声で鳴く。

その地方は万里愁い一色であり、瀟湘はなが雨がふり続く。湘水の上流に連州がある。

たちまち二つの剣が触れて、二つの龍となって川の中を自由に浮沈した。南の福建の話であり、ここでは南ということで出した。そして二つの剣が再会したことで、韓愈と会いたい気持ちを出す。

逆まく水はまさにぐるぐる回り、逆流はとめようもない。南方の川の水は怒濤となっている。ただ自分ははるか江海をこえて来た便りをもらったが、さかまく波にへだてられ、君を訪ねて行くことができない。

故事をうまく用いている。また、相手の場所を想像しており、巧みである。

左遷至藍関、示姪孫湘　　韓愈

韓愈《かんゆ》（七六八～八二四）、字《あざな》は退之《たいし》。文と諡《おくりな》され、韓文公といわれる。南陽（河南省南陽市）の人。昌黎《しょうれい》（河北省）の人ともいう。そのためその集も『韓昌黎集』といわれる。『旧唐書』巻一六〇・『新唐書』巻一七六、『唐才子伝』巻五に伝がある。また、朱子の『朱文公校昌黎先生文集四十巻、外集十巻、遺文一巻、付朱子校昌黎先生集伝』がある。また近人銭仲聯《せんちゅうれん》に『韓昌黎詩繫年集釈』（古典文学社刊、一九六五年）がある。

韓愈は、三歳の時に孤児となり、兄嫁に育てられ、十歳のとき兄が韶州《しょう》（広東省韶関市）に流されると、それについて行った。十四歳で兄を失い、やがて都に帰った。貞元八年（七九二）、進士に及第したが、貞元一八年（八〇二）にやっと四門博士の職を得た。しかし、翌年、京兆の尹《いん》の李実《りじつ》を弾劾して、逆に陽山令（広東省陽山県）に流された。

のち許されて、国子博士から刑部侍郎へ進んだが、「仏骨を論ずる表」をたてまつったため潮州（広東省潮州市）に流された。穆宗が即位すると、呼びもどされて兵部侍郎・吏部侍郎を歴任し、死後は礼部尚書を贈られた。古文復興を提唱・実践した彼は、詩にも新奇な語句や表現を用い、その詩風は険怪と評される。その門下からは賈島《かとう》や李賀《りが》らが出た。

「藍関《らんかん》」は藍田関のこと。長安の東南にある。「姪孫《てっそん》」は兄弟の孫。「湘《しょう》」はその名で、韓湘《かんしょう》（七九四〜？）をさす。湘は長慶三年（八二三）の進士。神仙の術を学ぶ。

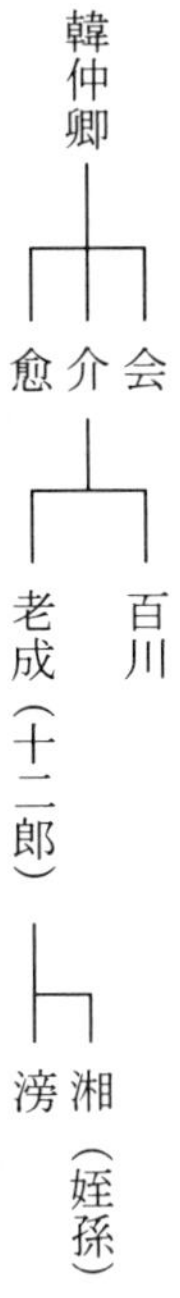

元和一四年（八一九）、時の天子憲宗が仏骨を宮中にまつると、韓愈は「仏骨を論ずる表」を書き、仏教をはげしく批判した。これを読んだ憲宗は激怒し、韓愈を死罪にしようとした。さいわい宰相がとりなしたため、死一等を減ぜられて、韓愈は潮州に左遷されることになった。この詩は藍田関まであとを追って来た韓湘に感激して書いたものである。潮州刺史発令は正月一四日、その日のうちに出発した。寒い冬のさなか、藍関には雪が積もっている。

左遷至藍関、示姪孫湘
一封朝奏九重天
夕貶潮州路八千
欲為聖明除弊事
肯将衰朽惜残年
雲横秦嶺家何在
雪擁藍関馬不前

左遷せられて藍関《らんかん》に至り、姪孫湘《てっそんしょう》に示す
一封《いっぷう》　朝《あした》に奏す　九重天《きゅうちょうてん》
夕《ゆうべ》　潮州に貶《へん》せられ　路《みち》八千
聖明の為《ため》に弊事を除《のぞ》かんと欲《ほっ》し
肯《あ》えて衰朽《すいきゅう》を将《も》って残年を惜しまんや
雲は秦嶺《しんれい》に横たわり　家何《いず》くにか在る
雪は藍関を擁《よう》して　馬前《すす》まず

知汝遠来応有意　知んぬ　汝《なんじ》遠く来《き》たるは応《まさ》に意有るべし

好収吾骨瘴江辺　好《よ》し　吾《わ》が骨を瘴江《しょうこう》の辺《ほとり》に収めよ

〔一封〕一通の上奏文。〔九重天〕宮殿。天は九重であると考えられ、また天子の宮殿にも九つの門があった。〔貶〕官位をおとされること。〔八千〕八千里。〔聖明〕天子をいう。〔弊事〕弊害。〔将〕以の意。〔衰朽〕年をとって衰えた身。〔秦嶺〕長安の南にある秦嶺山脈。終南山をその中心とする。〔擁〕かかえこむように積もる。〔応有意〕きっと何か思うところあってのことであろう。〔好〕どうか〜してもらいたい。〔瘴江〕瘴気《しょうき》の発生する川。瘴気は、瘴癘《れい》。南方高温多湿の地に発生する悪気。これに触れると熱病を起こす。

〔韻字〕天・千・年・前・辺。

一通の上奏文を朝に天子様に奉り、夕には潮州に左遷されて、そこは八千里もかなたにある。「封」は、秘密保持のため袋に封じ込まれている。天子の門は九重であり、それは天が九重であることに似せている。ここでは天子のこと。憲宗は、仏骨を宮中に入れて供養した。王侯貴族もこれを拝し、大騒ぎとなった。韓愈は「仏骨を論ずる表」を上奏し、中国には堯舜以来の儒教の伝統があり、異教を拝すべきでないといった。この左遷は、朝に上奏文を出して怒りにふれ、夕方にはもう左遷という急な旅である。潮州は広東の海辺である。八千は概数で、実際は五千里余。

聖明の天子のために、弊害あることを除こうと思った。身体衰えている身で、おいぼれの年を惜しもうとは思わない。「残」は老残で、おいぼれのこと。残りではない。

雲は秦嶺山脈にたなびき、わが家はどの辺であろうか。雪は藍田関をふさいで、馬はすすまない。終南山を含む山脈を秦嶺という。その入り口に藍田関がある。峡谷にあり、ここを通って南に行く。出発して途中の風景を対句にしている。

お前が遠くからやって来たのは、何か思うところがあってのことだと分かる。私の骨を瘴気たちこめる川のほとりで収めてくれるがよい。姪孫に呼びかける。「応」は推測。「好収」、収めることを喜び、希望する。

この詩、前半は自分の信念を述べる。後半は叙景で、都から離れがたい気持ち、また姪孫の厚意に感謝し、後は頼むという。潮州まで姪孫がついて行ったかどうか分からぬ。「意」を同行の気持ちがあると取るかどうか。

韓愈は、潮州に行き、善政を行い、その年一〇月、大赦にあい、袁州《えんしゅう》（江西省宜春市）に移され、潮州より五年後に死す。

なお、唐の段成式《だんせいしき》の『酉陽雑俎《ゆうようざっそ》』に、韓湘伝説をのせる。わが『太平記』「無礼講の事、玄慧文談の事」にものる。韓湘子は、八仙の一人といわれ、呂洞賓《りょどうひん》から仙術を習う。韓愈が刑部侍郎を拝受した祝宴の席で、愈は湘に、一杯の酒でみなを酔わせられるかなどの難題をふきかける。湘は翌日やって来て、「金の蓮《はす》で長寿を祝う」と云って、火の入った盆に丹砂を投げ入れた。すると蓮の花が咲き、その葉に「雲は秦嶺に横たわり家何くにか在る、雪は藍関を擁して馬前まず」という対句が浮かび上がった。湘は「あなたが誅せられ、流される意味だ」という。湘はさらに「叔父を思い、叔父の災難を救おうと思っている」といったが、愈は聞こうとしない。後果たして左遷される。途中藍関で湘に会い、この対句を思い出して、詩を作ったという。

秋思　　張籍

張籍《ちょうせき》の伝は、『旧唐書』巻一六〇・『新唐書』巻一七六の韓愈《かんゆ》伝に附してある。『唐才子伝』巻五にも伝がある。また宋の張洎《ちょうはく》に「張司業集の序」があり、四部叢刊の『張司業詩集』の巻首に収める。

聞一多《ぶんいった》の『唐詩大系』は、生卒年を「大暦三年（七六八）～大和四年（八三〇）」とするが、羅聯添《られんてん》「張籍年譜」（『唐代詩文六家年譜』。もと『大陸雑誌』一二五巻四・五・六期）は「大暦元年（七六六）～?」とする。『全唐詩』は蘇州呉の人、或いは和州烏江《うこう》の人とする。烏江は安徽省和県（南京の北）の東北。貞元一五年（七九九）に進士に及第し、官は国子司業まで至った。国子監（教育行政の学校）の次官。韓愈と親しくなり、愈の推薦で国子学博士となる。籍はかたぶつであるから、愈を時々批難するが、愈は気にしなかった。王建《おうけん》、賈島《かとう》、于鵠《うこく》ら、当時の名士と交遊し、贈答の詩が多い。楽府《がふ》や諷諭《ふうゆ》詩に優れ、王建とともに一派をなし、後「元和体」と呼ばれる元稹《げんじん》・白楽天《はくらくてん》とともに文壇の大御所となった。

「秋思《しゅうし》」は、秋のもの思い。楽府題である。

秋思

洛陽城裏見秋風　　洛陽城裏《らくようじょうり》　秋風を見る
欲作家書意万重　　家書を作らんと欲《ほっ》し　意万重《ばんちょう》
復恐匆匆説不尽　　復《ま》た恐る　匆匆《そうそう》にして説《と》きて尽《つ》くさざるを
行人臨発又開封　　行人《こうじん》発するに臨んで又た封《ふう》を開く

〔秋風〕晋の張翰《ちょうかん》は洛陽の都で仕官していたが、秋風が立つのを見て、故郷の呉の菰菜《まこも》の羹《スープ》と鱸魚《すずき》の膾《なます》を思い出し、官を捨てて帰った。（『世説新語』識鑑篇）〔家書〕家へ送る手紙。一本「帰書」に作る。〔万重〕つぎからつぎへとわきおこる。〔匆匆〕あわただしいさま。〔行人〕旅人。手紙を届ける人。

〔韻字〕風・重・封。

洛陽の城で秋風の吹くのを見た。秋はもの悲しいもの。故郷を思い出す。家への手紙を書こうとして、思いはいっぱい。

あわただしく書いたので、書き尽くせなかったのではないかと心配し、あずける旅人が出立する際、またもや封を開いてみる。

作者は洛陽に居り、手紙を行人にあずけ、故郷の家に届けさせる。張翰の故事は必ずしも結びつけなくともよい。口語的に、その時の状況をそのまま書く。平易さがかえって人を感動させる。

水夫謡　王　建

王建《おうけん》の伝記は『唐才子伝』巻四以外にまとまったものはない。字《あざな》は仲初《ちゅうしょ》。生卒年は不明。聞一多《ぶんいった》『唐詩大系』には、「大暦三年（七六八）?～大和四年（八三〇）?」とする。穎川《えいせん》（河南省許昌市）の人。張籍《ちょうせき》と同じく、身分の低い家柄に生まれた。大暦一〇年（七七五）に進士に及第したが、官途にはめぐまれず、陝州（河南省陝県）の司馬となった。辺塞の地に従軍し、帰って咸陽《かんよう》（陝西省咸陽市）の地で居を定めて住んだ。生来酒を好み、きままのたちで拘束を好まぬ。韓愈の門に入り、張籍と親しくし、ともに楽府《がふ》に巧みなため「張王の楽府」と呼ばれる。また「宮詞」百首も有名である。

「水夫謡《すいふよう》」は、船乗りのうたである。

水夫謡

苦哉生長当駅辺　　苦しいかな　生長して駅辺に当たる
官家使我牽駅船　　官家　我をして駅船を牽《ひ》かしむ
辛苦日多楽日少　　辛苦　日に多く楽しみ日に少なし

水宿沙行如海鳥
逆風上水万斛重
前駅迢迢後淼淼
半夜縁堤雪和雨
受他駆遣還復去
夜寒衣湿披短蓑
臆穿足裂忍痛何
到明辛苦無処説
斉声騰踏牽船歌
一間茆屋何所直
父母之郷去不得
我願此水作平田
長使水夫不怨天

水に宿《やど》り沙《すな》を行き　海鳥の如《ごと》し
風に逆らって水を上《のぼ》れば万斛《ばんこく》の重み
前駅は迢迢《ちょうちょう》　後は淼淼《びょうびょう》
半夜《はんや》　堤に縁《よ》れば　雪と雨と和《わ》す
他《かれ》の駆遣を受け　還《ま》た復《ま》た去る
夜寒くして衣湿《うるお》い　短蓑《たんさ》を披《き》る
臆《むね》は穿《うが》ち足は裂け　痛みを忍ぶも何《いか》んせん
明に到《いた》り辛苦　説《と》く処《ところ》無し
声を斉《そろ》えて騰踏《とうとう》し　船を牽《ひ》いて歌う
一間の茆屋《ぼうおく》　何《なん》の直《あた》る所ぞ
父母の郷　去ることを得ず
我願《ねが》わくは　此《こ》の水　平田と作《な》り
長《とこし》えに水夫をして天を怨まざらしめんことを

〔駅〕宿場。〔官家〕お上《かみ》。〔水宿〕川べに泊まる。〔沙行〕砂の上を歩く。〔万斛重〕「斛」は石。船が重いことをいう。〔迢迢〕はるか遠いさま。〔淼淼〕水のはてしなく広がるさま。〔他〕お上をさす。〔駆遣〕追いたてること。〔還復去〕さらに進んで行く。〔披〕「被」に通ずる。〔短蓑〕短いみの。〔臆穿〕胸に穴があく。〔何〕どうしたらいいのだろう。〔到明〕夜があける。〔斉〕そろえる。〔騰踏〕足をふみならしながら前に進む。〔牽船歌〕船曳き歌。〔一間〕「間」は家の柱と柱の間をかぞえる単位。

〔韻字〕辺・船」少・鳥・淼」雨・去」蓑・何・歌」直・得」田・天。

苦しいことに、宿場の近くに育った。お上は私に伝馬船を引かせる。

苦労は日ごとに多く、楽しい日は少ない。舟に泊まり砂浜を歩き、海鳥のような生活だ。

風に逆らって水を上って行くと、舟は万斛の重さ。向こうの駅ははるか、後は水が続いている。

夜中には堤によりかかり、雪が雨と交じり降る。役人においたてられて、やっぱりでかけて行く。

夜は寒く着物はぬれ、短いみのを着ているだけ。胸には穴があき足は裂け、痛みをこらえてどうしようもない。

あけがたになって痛くても訴える所がない。声をそろえて足をふんで舟引きうたを歌う。

一まのかやぶきの家ではゆっくりとまれない。父母の古里を去ることはできぬ。

願わくは、此の川が平田となって、永久に船頭に怨みごとをいわないようにしてもらいたい。


「作平田」、「平田を作って」なら、自分が、誰かが作る意。「天を怨む」は、ふつう運命を怨むことだが、ここでは「天」はお上かも知れぬ。

王建の詩、『唐詩選』には、楽府調でなく、盛唐的詩風の詩「十五夜月を望む」一首をとる。ややうまい。張籍も「涼州詞」一首をとられる。大したことなし。

新豊折臂翁　　白居易

白居易《はくきょい》（七七二～八四六）、字《あざな》は楽天《らくてん》。下邽《かけい》（陝西省渭南市）の人。白居易については、花房英樹『白居易研究』・太田次男『白楽天』・太田次男等編集『白居易研究講座』（全七巻）がある。

先祖、白氏は遠く戦国に始まり、楚《そ》の公族であり、秦の白起将軍もいる。『白氏文集』に「故《もと》の鞏《きょう》県の令白府君事状」（祖父白鍠《はくこう》）、「襄《じょう》州別駕府君事状」（父白季庚《はくきこう》）がある。

白徽《はくき》の子が仲《ちゅう》で、秦王より太原に封邑《ほうゆう》を賜った。以後、白氏は太原を本籍とする。白居易自身も太原の白氏という。『旧唐書』には、唐代、「温に至り下邽に徙《うつ》る、今は下邽の人なり」とあり、正確にいえば、下邽の白氏である。

白氏の家系を胡人《こじん》とする説もあるが、定かではない（陳寅恪《ちんいんかく》『元白詩箋証稿』）。但し、親友の元稹《げんじん》は北方鮮卑《せんぴ》族拓跋《たくばつ》氏である。白居易「元公墓誌銘」に「六代の祖巘《げん》、隋《ずい》の兵部尚書、昌平公《しょうへい》に封ぜらる」とある。

苦学して、二十九歳で進士に及第した。『旧唐書』に「幼にして聡慧《そうけい》人に絶《まさ》る」とあり、二十九歳で及第するのは家庭の経済事情による。当時進士科は最難関である。父が襄陽の官舎でなくなったのは六十六歳のこと、この時居易は二十三歳で受験準備中であった。母は父の四十一の時、十五で結婚している。

進士に及第したからといって、それは資格試験である。任用されるには更に吏部の試験を受ける必要がある。玄宗以後改められた新しい方法である。進士は学科試験で、吏部の試験は人物試験で（博学宏辞《はくがくこうじ》科は詩文〔文学〕の試験、書判抜萃《しょはんばっすい》科は政治上の問題の処理）、身（体貌）・言（語）・書（法書）・判（裁決）を試験する。吏部は尚書第一の要職で、韓愈《かんゆ》は三度も試みたが落ちて地方職を求める。

この時、吏部の抜萃科の試験で、及第は六人、白居易は三十二歳で首席であった。第五席に元稹がいる。白居易より八歳若い。二人は官僚詩人として活躍、出世街道を歩む。最初は校書秘書郎（従九品下）となる。

元和元年（八〇六）、制科が行われる。天子徳宗自らの試験である。才識兼茂明於体用《さいしきけんもめいおたいよう》科に応じ、十六名及第、居易は第五席、元稹は首席であった。白居易は盩厔《ちゅうちつ》県（陝西省周至県）の尉（従九品下）となり、元稹は左拾遺（従八品上）となる。以後白居易は憲宗の元和三年（八〇八）に左拾遺、そして翰林《かんりん》学士となる。

元和四年（八〇九）、三十八歳の時、「新楽府《しんがふ》」五十首を作る。これらは「君のため、臣のため、民のため、物のため、事のために作り、文のために作らず」というものである。これらを含め、文集には「秦中吟」十首など「諷諭《ふうゆ》詩」

として政治社会を批判する詩がある。この諷諭詩は若き白居易の理想と情熱をかけたもので、これ以後はあまり書いていない。

彼の諷諭の理論は、「元九に与うる書」にある。これによれば、六朝の詩人においては、詩の六義《りくぎ》の精神が失われた。『詩経』は、風景を歌っても、そこに諷諭するものがあった。六朝の詩は、風景を歌って美しいことは美しいが、ほかに何もない。「風雪に嘲《ちょう》し(たわむれ)花草を弄《ろう》する(たのしむ)のみ」である。唐に入って見るべきものは、陳子昂《ちんすごう》「感遇詩」、鮑防《ほうぼう》の「感興詩」である。李杜《りと》の詩も、六義の詩は十に一もない。……そこで、事によって題を立て、「新楽府」五十首を作り、これを諷諭詩と名付ける。また閑居・情性を歌うのを閑適詩という。また境遇により詠歎するのを感傷詩という。その他を雑律詩という。

「新楽府」は、『詩経』の精神をもとにして、漢代の楽府に続く意味で、「新楽府」という。『詩経』に倣《なら》って「大序」があり、一々の詩には小序がついている。その大序には、

「五十篇、九千二百五十二言である。その辞は質（質朴）にして俚《り》（通俗的）であり、みるものは諭《さと》り易く、その言は直にして切であり、聞くものは深く誡《いまし》めとなる。その事は覈《かく》にして実であり、採るものをして信を伝えさせる。その体は順にして肆《し》であり、楽章歌曲にのせやすい。君のため、臣のため、民のため、物のため、事のために作し、文のために作らず。」という。「元九に与うる書」にも同様のことをいう。

「新楽府」は、かつて李紳《りしん》や友人の元稹が作った。その精神を受け継ぐものである。元来、こうした諷刺的詩は、杜甫《とほ》が作っている。

「新豊」は県名。長安の東にあった。華清宮のあったところ。「臂」はうで。この詩は「新楽府」五十首中の第九首。題下の小序に「辺功を戒しむるなり」とある。

新豊折臂翁

新豊老翁八十八
頭鬢鬚眉皆似雪
玄孫扶向店前行
右臂憑肩左臂折
問翁臂折来幾年
兼問致折何因縁

新豊の臂《うで》を折りし翁
新豊の老翁《ろうおう》　八十八
頭鬢鬚眉《とうびんしゅび》　皆な雪に似たり
玄孫に扶《たす》けられて　店前に向かって行く
右臂《ゆうひ》は肩に憑《よ》り　左臂は折れたり
翁《おう》に問う　臂《うで》折れてよりこのかた幾年《いくとし》ぞ
兼《か》ねて問う　折れるを致《いた》すこと　何《なん》の因縁《いんねん》ぞ

〔鬢〕びんの毛。〔鬚〕ひげ。〔玄孫〕ひまごの子。やしゃご。〔扶〕たすけささえる。〔向〕「於」の意。〔店〕旅館。茶店。〔憑〕すがる。〔来〕以来。〔因縁〕いわれ。理由。
〔韻字〕八・雪・折」年・縁。

新豊の老翁は八十八歳になる。頭の毛、鬢の毛、鬚、眉の毛はみな雪のように白い。八十八といえば長生（米寿）である。先ず老翁の現状実景を歌い出す。

やしゃごに助けられて茶店の前に行く。老翁の右臂はやしゃごの肩によりかかり、左臂は折れている。「扶」は腋の下に肩や手を入れて助けること。

老翁に尋ねるに、臂が折れてから何年たつか。また尋ねる、折れたのはどういう理由か。

翁云貫属新豊県
生逢聖代無征戦

翁云《い》う　貫は新豊県に属し
生まれて聖代に逢《あ》い　征戦無《な》し

唯聴驪宮歌吹声
不識旗槍与弓箭
無何天宝大徴兵
戸有三丁抽一丁
点将駆向何処去
五月万里雲南行
聞道雲南有瀘水
椒花落時瘴煙起
大軍徒渉水如湯
未戦十人二三死
村南村北哭声哀
児別爺嬢夫別妻
皆云前後征蛮者
千万人行無一迴

唯《た》だ聴く　驪《り》宮《きゅう》　歌《か》吹《すい》の声
識《し》らず　旗《き》槍《そう》と弓《きゅう》箭《せん》とを
何《いくば》くも無《な》く天宝大《おお》いに兵を徴《ちょう》し
戸《こ》に三丁《てい》有れば　一丁を抽《ひ》く
点じて将《も》って駆《か》りて何処《いずく》に去《ゆ》く
五月万里　雲南《うんなん》に行く
聞道《きくなら》く　雲南に瀘水《ろすい》有り
椒花《しょうか》落つる時　瘴煙《しょうえん》起こる
大軍徒渉《としょう》するに　水は湯の如《ごと》く
未《いま》だ戦わざるに　十人に二三死すと
村南村北　哭声《こくせい》哀《かな》し
児《こ》は爺嬢《やじょう》に別れ　夫《おっと》は妻に別る
皆な云《い》う前後　蛮《ばん》に征《ゆ》く者
千万人行き　一《いっ》も迴《かえ》るもの無《な》しと

〔貫〕籍貫。本籍。〔聖代〕めでたき御世。ここでは特に玄宗の開元年間（七一三～七四一）をさす。〔征戦〕戦争。〔驪宮歌吹声〕「驪宮」は長安の東の驪《り》山にあった華清宮のこと。「歌吹声」は歌声や笛の音。「驪宮歌吹声」は、一本「梨園歌管音」に作る。「梨園」は玄宗が養成した歌舞団。〔弓箭〕弓と矢。〔無何〕ほどなく。〔天宝大徴兵〕天宝一〇載（七五一）雲南地方の南詔国を討つための、宰相楊国忠《ようこくちゅう》が大規模な徴兵を強行したことをさす。〔丁〕壮丁。唐の制度で、二十三歳から五十九歳までの男子。〔点〕徴兵。兵籍簿の人名の上に点をうって、えらびだすこと。〔将〕以の意。〔駆〕

かりたてる。〔聞道〕聞くところによれば。「道」は助字。〔瀘水〕今の金沙江《きんさこう》。四川省・雲南省を流れる。〔椒花〕山椒の花。〔瘴煙〕瘴気《しょうき》・瘴癘《れい》。南方高温多湿の地に発生する悪気。これに触れると熱病を起こす。〔徒渉〕徒歩で川をわたる。〔戦〕一本「過」に作る。〔爺嬢〕父。

〔韻字〕県・戦・箭」兵・丁・行」水・起・死」哀・妻・迴。

老翁はいう。籍は新豊県に属し、生まれて聖代に逢い、戦争がなかった。毎日驪山の温泉宮の歌声笛の声（音楽の音）を聴くばかり。軍隊の旗や槍《やり》など、弓や矢などとは無関係でした。玄宗開元の太平の宴飲、歌舞音曲の声が聞こえてくるばかりで、戦争など忘れた太平の世であった。

まもなく天宝（一〇年）のころ、大いに徴兵が行われた。一戸に壮丁が三人いれば、必ず一人が引きぬかれた。この徴兵は南詔国を討つために、楊国忠によって行われた。唐代は、農業生産増強のため均田制であり、戸籍を整備した。戸籍は三年に一回整理し、男女を分かつ。生まれると「黄」、四歳になると「小」、十六歳になると「中」、二十一歳になると「丁」、六十歳になると「老」である。これは唐初で、天宝年間には、丁の二十一歳を二十三歳とした。これによって授田し、租庸調《そようちょう》を徴収する。

徴兵されて駆り出されてどこへ行くか。それはこの五月、万里のかなた雲南に行くのである。点は点呼の点、しるしをつけて徴兵すること。五月は真夏で暑い。南のはて雲南に行く。

聞く所によれば、雲南には大きな瀘水があり、また椒の花が散るころには、人を害する気が起こるという。瀘水は長江の上流で、雲南に入って金沙江という。

大軍がかちわたりすると、川の流れは湯のように熱い。まだ戦わないうちに十人に二、三人は戦死するしまつ。南方であるから、川の水は熱い。

村のあちこちに大声で泣く声が哀《かな》しく聞こえる。子供は父母に別れ、夫は妻に別れるひどい状態でした。杜甫の詩と似る。爺嬢は「木蘭詩」・「兵車行」に見える。
人々はみないいます。この頃、南方の地に行くものは、千万人行って、一人も帰らぬありさまでした。

此時翁年二十四
兵部牒中有名字
夜深不敢使人知
自把大石鎚折臂
張弓簸旗倶不堪
従此始免征雲南
且図揀退帰郷土
骨砕筋傷非不苦
臂折来成六十年
一肢雖廃一身全
至今風雨陰寒夜
猶到天明痛不眠
痛不眠
終不悔
所喜老身今独在

此《こ》の時　翁の年二十四
兵部《へいぶ》の牒中《ちょうちゅう》　名字《めいじ》有り
夜深くして敢《あ》えて人をして知らしめず
自《みずか》ら大石を把《と》って　臂を鎚折《ついせき》す
弓を張り旗を簸《あ》ぐるに　倶《とも》に堪えず
此《こ》れ従《よ》り始めて雲南に征《ゆ》くを免《まぬ》がる
且《か》つ揀《えら》び退《しりぞ》けられ郷土に帰るを図るも
骨は砕け筋は傷《いた》み　苦しからざるに非《あら》ず
臂は折れてより六十年と成り
一肢廃《はい》すと雖《いえど》も一身全《まった》し
今に至るも　風雨陰寒《いんかん》の夜
猶《な》お天明《てんめい》に到《いた》るも痛みて眠られず
痛みて眠られざるは
終《つい》に悔《く》いず
喜ぶ所は老身　今独《ひと》り在るを

不然当死瀘水頭　然《しか》らずんば当《まさ》に死すべし瀘水の頭《ほとり》
身没魂孤骨不収　身は没《ぼっ》し魂《たましい》は孤《こ》にして骨は収められず
応作雲南望郷鬼　応《まさ》に雲南望郷の鬼と作《な》り
万人塚上哭呦呦　万人《ばんにん》塚上《ちょうじょう》　哭《こく》すること呦呦《ゆうゆう》たるべしと

〔兵部〕軍事を掌る役所。〔牒〕帳簿。〔鎚〕金づちのようにしてたたく。〔簸〕旗をふり動かす。〔且図〕とにかく〜をくわだてたのだ、の意。〔揀退〕とりのけられる。〔陰寒夜〕暗き寒き夜。〔天明〕夜明け。〔鬼〕亡者。〔万人塚〕雲南省鳳儀県につくられた塚。南詔国と戦って死んだ数多くの死者を葬る。〔呦呦〕泣き声の形容。『詩経』では鹿の鳴く声。「小雅・鹿鳴」に「呦呦として鹿鳴き、野の苹《へい》を食らう」とある。

〔韻字〕四・字・臂」堪・南」土・苦」年・全・眠」悔・在」頭・収・呦。

この時、翁の年は二十四。軍部の帳簿に名字がのっていました。「此時」は他本「是時」に作る。陸軍省の帳簿に名字がのっている。兵籍にある。

深夜、人の知らぬうちに、自ら大石で腕をたたき折りました。「自把」は神田本による。他本は「偸将」。体を不自由にすることで兵役免除となる。これが弱者の唯一の生き残る道である。

これでは弓を引き旗を振るにもたえられません。これからで雲南に行くを免れました。「此」は神田本による。各本「茲」に作る。「簸《は》」は箕《み》でごみをとり去るようにあげること。

とにかく分け退けられて、郷里に帰るようにしたもの、骨は砕け筋肉は痛み、とても苦しい。

骨が折れてから六十年、一本の手がなくなっても、身体は安全です。「一身」はこの身、身全体。この句を神田本は「臂折来、六十年」とする。

今日まで風雨の暗く寒い夜は、夜明けになってもまだ痛くて眠れない。

痛くて眠られないのは、あくまで後悔しません。嬉しいのは、老いの身が今でもただ生きていられることです。こうでなかったら瀘水の辺りで死んでいるはずです。身体はなくなり魂はひとりぼっちになり、骨は片づけられないでしょう。「死」を各本は「時」に作り、敦煌本は「昔」に作る。神田本は「昔」に作り、校して「死」に改める。「没」を各本「死」に作り、「孤」を宋本等は「飛」に作る。

雲南の望郷の鬼《き》（幽霊）となって、万人塚の中でしくしくと泣いているでしょう。死者は生者によって厚く葬られることが必要であり、冠婚葬祭は人間としての義務である。「万人塚」は昆明の西、湖のほとりにあり。「雲南に万人塚有り。即《すなわ》ち鮮于仲通《せんうちゅうとう》、李宓《りふく》の曽《かつ》て軍を覆せし所なり。今塚猶お存す」と自注がある。

老人言　　老人の言
君聴取　　君聴取せよ
君不聞開元宰相宋開府　　君聞かずや　開元の宰相　宋開府《そうかいふ》
不賞辺功防黷武　　辺功を賞《しょう》せず武を黷《けが》すを防ぎしを
又不聞天宝宰相楊国忠　　又《ま》た聞かずや　天宝の宰相　楊国忠《ようこくちゅう》
欲求恩幸立辺功　　恩幸を求めんと欲《ほっ》して辺功《へんこう》を立つるを
辺功未立生人怨　　辺功未《いま》だ立たずして生人《せいじん》怨む
請問新豊折臂翁　　請《こ》い問《と》え　新豊の臂を折りし翁に

〔宋開府〕玄宗の治世初期の名宰相宋璟《そうけい》のこと。開府儀同三司という勲官にあった。〔辺功〕辺地での功績。〔黷武〕武徳をけがす。自注に次のような話がある。開元の初め、突厥がしばしば侵入してきたので、天武軍の牙将郝霊荃《かくれいせん》が突厥の主、黙啜《もくてつ》の首を献上し、自ら「不世の功あり」といった。しかし宋璟は、天子が年少で武を好むので、武功を建てる者が続出するのを恐れ、恩賞をひかえ、翌年やっと郎将とした。霊荃はために慟哭し、血を吐いて死んだ。〔天宝〕玄宗の時の年号。七四二〜七五六。〔楊国忠〕天宝末年の宰相。楊貴妃《ようきひ》の従兄。天宝一〇載（七五一）、南詔国を討ち、鮮于仲通の軍は大敗した。楊国忠は偽って、天子に戦勝を報告し、一三載（七五四）、またしても李宓を派遣して大敗した。前後十余万人の兵が全滅したという。自注に「天宝の末、楊国忠相と為る。構閣羅鳳の役を重んじ、人を募って之《こ》れを討つ。前後二十余万の衆を発し、去って返る者無し。後又た人を捉えて枷を連ねて役に赴かしむ。天下怨哭す。人聊かも生きず。故に禄山人心に乗じ、天下を盗むを得たり。元和初にして折臂翁猶お存す。因って備《つぶさ》に之《こ》れを歌う」という。

〔恩幸〕天子の恩寵。〔生人〕生民。人民のこと。

〔韻字〕取・府・武」忠・功・翁。

この老人のことばを君たちは聞きたまえ。

君たち聞いているであろう。開元時代の宰相の宋開府さまは、国境での戦争のてがらはほうびを与えず、いたずらに武徳を汚すことを防いだことを。宋璟は武功を建てるのを戒めた。

また聞いているであろう。天宝の宰相、楊国忠さまは天子の恩寵をほしがって、国境の戦功を立てたことを。国境の戦功を立てられないうちに、人々は怨むようになった。つまらぬ戦争は人民を苦しめるばかり。これについては新豊の腕を折った翁に聞いてみたまえ。

この詩には、現実の苦しい戦争を否定する精神がある。それは政治の貧困に基づく。むだな戦役を戒める政治批判である。

この詩の構成は、まず白氏が叙事的に客観的に老翁を描写する。ついで翁との会話となる。翁に平和の世を語らせる。ついで戦争の叙述を「何《いく》くも無く」といって述べる。生還のない悲惨の戦争を作者が客観的に語る。ついで翁の身に及ぶ。「此の時」といって翁の悲痛の臂を折る描写から、「独り存」する身の上を描写する。ついで作者は戦争の悲惨の最期を述べ、最後に「老人の言」に耳を傾けよといい、作者の政治批判のことばを述べ、終わりに「請い問え新豊の臂を折りし翁に」で結ぶ。

八月十五日夜、禁中独直、対月憶元九　白居易

三十九歳、翰林《かんりん》学士のときの作。これより先、元稹《げんじん》は、洛陽の御史台の監察御史となった。妻を亡くし失意の状態である。ついで河南の尹房式《いんぼうしき》を不法のことありとして職務停止とさせる。しかし元稹もよくないとして長安に召還される。白居易はこれを弁護した。元稹は召還され長安に向かって、近くまで来て敷水駅に泊まる。あとから来た宦官《かんがん》劉士元《りゅうしげん》（『新唐書』・『唐才子伝』は仇士良《きゅうしりょう》とする）と同宿した。二人は宿を争い、士元は怒って戸を破り、稹は逃げる。士元が追いかけ、むちで稹の面を傷つけた（『旧唐書』）。これで劉士元はおとがめなく、元稹は江陵府士曹参軍（宿場係）に左遷される。宦官の勢力の強さを示す話である。

翰林学士たる白居易は、処分の撤回を求めるが聞き入れられず、元稹は配所に出立する。その日翰林の宿直があり、見送りは弟の白行簡《はくこうかん》がした。元和五年（八一〇）三月に別れ、その年の八月一五日、また翰林院の宿直であった。

「禁中」は宮中のこと。「独直」はひとりで宿直すること。「元九」は元稹のことで、「九」は排行。

八月十五日夜、禁中独直、対月憶元九

八月十五日夜、禁中に独《ひと》り直し、月に対《たい》して元九《げんきゅう》を憶《おも》う

銀台金闕夕沈沈
独宿相思在翰林
三五夜中新月色

銀台金闕《きんけつ》　夕《ゆう》べ沈沈《ちんちん》
独宿相《あ》い思い　翰林《かんりん》に在り
三五夜中　新月の色

二千里外故人心
渚宮東面煙波冷
浴殿西頭鐘漏深
猶恐清光不同見
江陵卑湿足秋陰

二千里外　故人の心
渚宮《しょきゅう》東面　煙波《えんぱ》冷《ひ》ややかに
浴殿の西頭　鐘漏《しょうろう》深し
猶《な》お恐る　清光《せいこう》同じく見ざらんことを
江陵《こうりょう》卑湿《ひしつ》にして　秋陰《しゅういん》足《た》る

〔銀台金闕〕「台」は高殿。「闕」は宮殿の門。「銀・金」は壮大華麗なことをいう。〔沈沈〕夜がふけていくさま。〔相思〕自分が相手を思うこと。〔翰林〕翰林院。天子の秘書室。〔三五夜〕十五夜。〔新月〕のぼったばかりの月。〔故人〕古なじみの友。〔渚宮〕楚の宮殿。水辺にあったのでこのようにいう。この句は元稹のいる江陵を想像していう。〔煙波〕もやのたちこめた水面。〔浴殿〕浴堂殿のこと。翰林院の東にあった。〔鐘漏〕「鐘」は時刻を知らせる鐘。「漏」は漏刻、すなわち水時計。〔深〕夜がふけて、深々と重く響く。〔同見〕元稹が白居易と同じように見ること。〔卑湿〕土地が低く湿気の多いこと。〔足〕多い。〔秋陰〕秋の曇り。
〔韻字〕沈・林・心・深・陰。

銀色にかがやくうてな、金色の門は、この夕に静まりかえっている。この夜ひとり宿直をして君を思って翰林院にいる。翰林は宮中の西方にある。

十五夜の新しく輝く月の色。これをみると二千里のかなたにいる故人の心が偲《しの》ばれる。故人はこの月をなんと思って見ているであろうか。「故人の心」には自分が故人を思う心、故人の心の二つがある。『和漢朗詠集』に引かれ、日本人によく知られる二句である。

君の住むところにある楚の宮殿は東面し、もやのある波は月に照らされ冷ややかに、こちらの浴殿の西のほとりでは、鐘・時計が重々しく時を告げる。渚宮は楚の別宮で、元稹左遷の地、江陵にあった。「冷」はつめたく、楽しいものでない。寂しい。後の句は自分が翰林の宮殿にいることをいう。「深」はふかぶかと重く響く。前の句は元稹の寂しさをいい、後の句はこちらの寂しさをいう。

君も恐らくこの月を見ているであろうか、やっぱりこの清らかな光をともに見ていないのではないかと心配になる。江陵は低く湿ったところで秋のくもりが多い。君よ、体を大切にしてくれ。元稹を思う情を歌う詩である。

香炉峰下、新卜山居、草堂初成、偶題東壁　白居易

元稹《げんじん》が江陵に左遷された翌年、元和六年（八一一）、母陳《ちん》氏が五十七歳で亡くなる。白居易は四十歳、翰林《かんりん》学士であった。居易は、母の喪に服するため、翰林学士をやめ、下邽《かけい》で三年の喪に服することになる。この地に移り、ひとり娘の金鑾《きんらん》が亡くなる。三歳であった。この村にて生活し、陶淵明《とうえんめい》を慕う詩を作り、農村を歌う詩もあるが、必ず隠遁せんと決意したのでなく、彼はやはり官僚が本領である。ウエーリーは隠遁するつもりというが、そうではない。

喪が終わって元和九年（八一四）、太子左賛善大夫（正五品上、皇太子の教育係）となる。当時、淮西《わいせい》節度使が憲宗の意に反したので、これを討つべしとし、宰相の武元衡《ぶげんこう》が引き受ける。彼は藩鎮に対する強硬派である。元和一〇年（八一五）六月三日未明、武元衡が入朝する際、暗殺される。暗中、樹のかげから出て襲撃する。同時に裴度《はいど》も襲われるが、助かる。この事件後、白居易は上書している（今残らず）。しかしこれは諫官のやることで、太子左賛善大夫がやるべきことではないと非難され、江州（江西省九江市）の司馬（州の刺史の属官）に左遷される。

中央官から江州に出される白居易はかなりショックであった。我が国では、「白氏罪なくして江州に流さる」といって同情し、文集の巻一六・一七（江州の作）を愛読する（むろん、「新楽府」・「長恨歌」も愛読する）。

江州にあっては「元九に与うる書」で詩論を書き、詩を整理した。この頃、有名な「琵琶行」を作る。

元和一二年（八一七）、白居易四十六歳のとき、廬《ろ》山の香炉峰下に草堂を築く。この頃、彼は隠遁して自由の身になることを平生の志としていたが、これはあくまで願望であって、居易は官界にやはり固執していた。司馬は閑職で、彼は草堂を作り、淵明の里に遊び、温泉にも入っている。

「香炉峰」は廬山の一峰。北と南の二つあり、これは北のものである。南は李白《りはく》の「廬山の瀑布を望む」詩にいう「日は香炉を照らして紫煙生ず」である。「卜」は家を建てる前に、土地の吉凶を占うこと。「草堂」は草ぶきの粗末な家。『白氏文集』巻四三に「草堂記」があり、山居のことが述べられている。「題」は詩を書きつけること。元和一二年（八一七）、作者四十六歳のとき、九江での作で、連作の中の一首である。

香炉峰下、新卜山居、草堂初成、偶題東壁

香炉峰下《こうろほうか》、新たに山居《さんきょ》を卜《ぼく》す、草堂《そうどう》初めて成《な》り、偶《たま》たま東壁《とうへき》に題《だい》す

日高睡足猶慵起　　日は高くして睡り足《た》りて　猶《な》お起《お》くるに慵《ものう》し
小閣重衾不怕寒　　小閣衾《しとね》を重《かさ》ねて　寒きを怕《おそ》れず
遺愛寺鐘欹枕聴　　遺愛寺《いあいじ》の鐘《かね》は枕《まくら》を欹《そばだ》てて聴き
香炉峰雪撥簾看　　香炉峰の雪は簾《すだれ》を撥《かか》げて看《み》る
匡廬便是逃名地　　匡廬《きょうろ》は便《すなわ》ち是《こ》れ名を逃《のが》るるの地
司馬仍為送老官　　司馬《しば》は仍《な》お老《お》いを送るの官と為《な》る
心泰身寧是帰処　　心は泰《ゆた》かに身は寧《やす》きは是《こ》れ帰する処《ところ》
故郷何独在長安　　故郷何《なん》ぞ独《ひと》り長安に在らん

〔慵〕めんどうである。〔小閣〕小さな住まい。一説に、中二階。〔衾〕やぐ。かけぶとん。〔怕〕心配する〔遺愛寺〕香炉峰の北にあった寺。〔欹枕〕枕を斜めにたてる。寝たままの状態をいう。〔撥簾〕すだれをはねあげる。〔匡廬〕廬山のこと。殷周の際、匡俗先生という仙人が廬《いおり》を作って住んだから、名づけられたという。〔帰処〕落ちつくべきところ。安住の地。〔何独〕どうして～だけにかぎることがあろうか。

〔韻字〕寒・看・官・安。

日は高くなり十分眠ったが、まだ起きるのにめんどうだ。小さな家ではあるが、ふとんを何枚も重ねて寒さも気にならない。ゆっくり休める所だ。第一首に「南簷《なんえん》日を納《い》れて冬天暖かく、北戸風を迎えて夏月涼し」の句がある。「草堂記」にも同じことをいう。

近くの遺愛寺の鐘は枕をなおしてきき、香炉峰の雪は簾をのけて見る。「欹《き》」は「攲《き》」に通じ、また「敧《き》」に通じる。「敧坐」は楽な姿勢、「敧側」はかたむく、「敧帆」は帆をかたむける。「撥簾」は新語である。この二句は、『枕草子』巻一一に引かれ、日本でも親しまれた句である。『和漢朗詠集』巻下・雑・山家、『源氏物語』「総角」にも引かれる。

廬山こそは俗の名誉を逃れる土地である。官僚としての名誉を逃れる隠遁の地。司馬の官はやはり老を送る官であり、いかにも自分にふさわしい。「便」はそれこそ、「仍」は日本では「なお」と訓ずるが、それをたよりにこうなってくるという意。

心がゆったりと身体が落ち着いておれるところが自分の最後の場所。故郷は長安だけとは限らない。

都から九江に流されたのは彼にとってかなりの打撃であり、不平不満があった。元和一二年（八一七）、九江に着いて三年後、香炉峰でしたためた手紙「微之に与うる書」（『白氏文集』巻四五）にいう。「四月十日夜、……又た寄する所の僕が左降せらるるを聞く詩に『残灯焔《ほのお》無く影幢幢《とうとう》となり、此の夕べ君《きみ》九江に謫《たく》せらると聞く、垂死の病中驚きて起きて坐《すわ》る、闇風面《おもて》を吹いて寒窓に入る』と云《い》うを見る。此の句他人すら尚お聞くべからず、況んや僕の心をや。今に至るまで吟ずる毎《ごと》に猶お惻惻《そくそく》たるのみ」という。その一方で、近況を述べて、「家族一族が安泰に暮らす、これが一泰。江州は気候よく、魚あり、酒もよく、食物も多い、司馬の俸給は少ないが倹約すれば足りる、これが二泰。去年の秋廬山に遊び、香炉峰下の絶景を愛して草堂を建てた、老を終えたいと思う、これが三泰」という。

白居易は、元和一三年（八一八）、四十八歳の時、忠州（重慶市忠県）刺史に任ぜられ、翌年着任する。忠州は在任二年足らずで、元和一五年（八二〇）、尚書司門員外に任ぜられたため、長安に帰る。この間、元和一四年には、韓愈《かんゆ》が「仏骨を論ずる表」で天子の激怒にふれ、潮州に流される。長安では、新昌里に住む。

昇進は順調で、長慶元年（八二一）、五十一歳で中書舎人知制誥となった。元稹は工部侍郎（次官）になっており、元稹の昇進はさらに早い。

当時河北の三大藩鎮の勢力が大きくなり、それを崩す努力をして天子穆宗に進言するが、反応がない。彼は自分の立場を「恋うること無く　亦た厭うこと無く、始めて是れ逍遥の人」といっている。

その後、理由は分からぬが、自ら願い出て、杭州刺史となる。杭州の風景が気に入り、この地の灌漑《かんがい》事業に力を注ぎ、西湖に白堤を築く。元稹との唱和の詩も残っている。長慶三年（八二三）、元稹の『元氏長慶集』成り、長慶四年、『白氏長慶集』成る。

杭州より長安に帰り、やがて洛陽で太子左庶子（皇太子教育係）の閑職につき、洛陽に安住したいと思う。ついで宝暦元年（八二五）、敬宗の代となり、蘇州《そしゅう》刺史となる。官界では牛僧孺《ぎゅうそうじゅ》・李徳裕《りとくゆう》の二派が争っていたが、白居易は無関心であった。蘇州は名勝に恵まれており、それを詩に詠っている。病のため辞任して洛陽の履道里《りどうり》に帰る。後、長安に召され、秘書監となって新昌里に入る。やがて刑部侍郎となり、ついで太子賓客《ひんかく》分司となり、洛陽に移る。また河南尹《いん》となって長安に行き、やめて洛陽に帰り、再び太子賓客分司となり、馮翊《ふうよく》県開国侯に封《ほう》ぜらる。七十一歳、太子少傅をもって官を退く。七十五歳で洛陽で没し、尚書左僕射を贈られる。今、墓は洛陽にある。

白居易の集には注釈書がない。古典を平易に我がものとしているからである。典故をふまえぬのではない。彼はつとめて平易な詩を書き、元稹とならび元軽白俗と評される。老婆に自作の詩を聞かせていたという話がある。人に自分を理解してもらおうとするのである。白居易は文学こそ自分の生命と考えていた。永久に残し伝えるものとして、自分の詩集を寺に蔵した。

竹枝詞　劉禹錫

劉禹錫《りゅううしゃく》（七七二～八四二）、字《あざな》は夢得《ぼうとく》。伝は『旧唐書』巻一六〇・『新唐書』巻一六八・『唐才子伝』巻五にある。彭城《ほうじょう》（江蘇省徐州市）の人。貞元九年（七九三）、進士に及第、さらに博学宏辞科に及第すると、柳宗元《りゅうそうげん》と王叔文《おうしゅくぶん》の党に属したが、王叔文の政治改革が失敗すると朗州（湖南省常徳市）の司馬に左遷され、都に召還されたが、その詩に誹謗の意があったので、また流されて地方に出された。連州（広東省連州市）、夔《き》州（重慶市奉節県）、和州（安徽省和県）などに流され、二十年余りを地方で過ごした。都に帰って礼部主客郎中（従五品上）となる。裴度《はいど》が推薦して翰林《かんりん》学士となり、太子賓客《ひんかく》に至った。会昌《かいしょう》年中（八四一～八四六）、検校礼部尚書となり卒《しゅっ》す。才をたのみ放縦で、いつも不満を持ち、世俗とは合わない。詩文の世界に心を託して生きた人である。民謡風の詩に特色がある。白居易《はくきょい》・柳宗元と親交があった。白居易と酬和《しゅうわ》詩文あり、『劉白唱和集』を作る。白氏は夢得を推称して「詩豪」という。

長江上流地方の民謡「竹枝《ちくし》」の曲をもとにし、『楚辞』「九歌」の精神を学んで作ったもの。これは九首あるうちの第二首。

竹枝詞

山桃紅花満上頭
蜀江春水拍山流
花紅易衰似郎意
水流無限似儂愁

山桃《さんとう》の紅花　上頭《じょうとう》に満《み》つ
蜀江《しょくこう》の春水　山を拍《う》ちて流る
花の紅は衰《おとろ》え易《やす》く　郎《ろう》の意に似たり
水の流れは限《かぎ》り無《な》く　儂《わ》が愁《うれ》いに似たり

〔山桃〕やまもも。〔上頭〕木の上の部分。こずえ。〔蜀江〕長江の蜀（四川省）の地を流れる部分。〔郎〕女が夫または恋人を呼ぶ語。〔儂〕一人称代名詞。方言や俗語によく用いられる。

〔韻字〕頭・流・愁。

山桃の紅い花は木ずえにいっぱい、蜀の川の春の水は山にたたきつけて流れている。静かな花と激しい流れを対比し、「紅」と「春」の色を対する。

花の紅の色は衰えやすく、あなたの気持ちのようだ。水の流れははてしなく続き、私の愁いの心に似ている。花と川を気持ちに喩える。この二句、くだけて民謡調。「紅」の字も再出、「水」の字も再出。俗語を入れ、題も民謡調である。

江雪　　柳宗元

柳宗元《りゅうそうげん》（七七三～八一九）、字《あざな》は子厚《しこう》。本伝は『旧唐書』巻一六〇・『新唐書』巻一六八にあり、『唐才子伝』巻五にも伝がある。また韓愈《かんゆ》に「柳子厚墓誌銘」(『韓昌黎集』巻三二)があり、『唐宋八家文』・『文章軌範』にも収める。河東(山西省永済市)の人。貞元九年(七九三)の進士。校書郎・藍田県の尉から監察御史裏行となった。徳宗が貞元二一年(八〇五)正月に死亡、順宗が即位する。順宗は時に中風で失語症であった。この年七月、皇太子が摂政となり、八月帝位に即く。すなわち憲宗である。年号を永貞と改め、順宗はその翌年死亡する。

徳宗の貞元年間(七八五〜八〇五)、失政を救うため、若い役人たちが集まる。時に皇太子(後の順宗)の信任のあった王叔文《おうしゅくぶん》が中心で、一大政治勢力を作る。柳宗元もこれに加わる。順宗が即位すると王叔文も王伾《おうひ》と結び、税金の軽減、悪役人追放など政治改革を行う。柳宗元も引き立てられ尚書礼部員外郎となった。ところが、対抗する実力者・韋執誼《いしつぎ》と仲間割れして、宦官《かんがん》も旧勢力に加担して、病気の順宗を退任させ、憲宗を即位させて実権を握る。改革派は追放される。柳宗元も永貞元年(八〇五)一一月に永州(湖南省永州市)の刺史に左遷され、同時に八人が遠い地方の司馬に左遷される。この八人を世に八司馬といい、この中に劉禹錫《りゅううしゃく》もいた。柳宗元は永州の山水で気をはらした。一旦、都に召還されるが、またすぐに柳州(広西壮族自治区柳州市)に出された。柳州では善政を施したが、四十七歳の若さで亡くなる。

彼の詩の大部分は左遷以後のもので、郷国を思う気持ちや孤独感に満ちたものが多い。自然詩人としても有名。また韓愈の古文の主張に賛同、古文を書いた。永州の山水を書く「永州八記」は有名である。

江雪

千山鳥飛絶　　千山《せんざん》　鳥飛ぶこと絶《た》え
万径人蹤滅　　万径《ばんけい》　人蹤滅《じんしょうめっ》す
孤舟蓑笠翁　　孤舟《こしゅう》　蓑笠《さりゅう》の翁

柳宗元

独釣寒江雪　　独《ひと》り釣る　寒江《かんこう》の雪

〔千山〕多くの山々。〔万径〕多くの小みち。〔人蹤〕人の足あと。〔寒江〕寒ざむとした冬の川。

〔韻字〕絶・滅・雪。


山々に鳥の飛ぶのも絶え、多くのこみち、人の足跡もない。

一そうの小舟にみの笠の翁が、ひとり寒々とした川に釣り糸をたれている。

この詩は永州に流されていた時の詩である。『宋詩話輯佚《しゅういつ》』「洪駒父《こうくふ》詩話」（宋、洪芻《こうすう》撰）の「柳宗元、鄭谷《ていこく》詩の高下」に、蘇東坡《そとうば》がこの詩と比較して鄭谷の詩（雪中偶題）の「江上晩来《ばんらい》　画《えが》くに堪《た》うる処《ところ》、漁人一蓑を披《ひら》き得て帰る」の句を「此《こ》れ村学中の詩なり」と称し、柳宗元の詩は「信に格あるかな、殆《ほとん》ど天の賦する所、為すべからざるなり」といったという。この詩は風景というより、彼の心（孤独）を象徴している。山水画である。

登柳州城楼、寄漳汀封連四州　　柳宗元

元和一〇年（八一五）、柳宗元は一旦永州から都に呼びもどされたが、すぐにまた遠くへ流された。柳宗元は柳州に、韓泰《かんたい》は漳《しょう》州（福建省漳州市）に、韓曄《かんよう》は汀《てい》州（福建省長汀県）に、陳謙《ちんけん》は封《ふう》州（広東省封開県）に、劉禹錫《りゅううしゃく》は連州（広東省連州市）にである。その四人に寄せた詩。

登柳州城楼、寄漳汀封連四州　　柳州《りゅうしゅう》の城楼に登り、漳《しょう》汀《てい》封《ふう》連《れん》四州に寄す
城上高楼接大荒　　城上《じょうじょう》の高楼　大荒《たいこう》に接し
海天愁思正茫茫　　海天《かいてん》の愁思《しゅうし》　正《まさ》に茫茫《ぼうぼう》

驚風乱颭芙蓉水
密雨斜侵薜茘墻
嶺樹重遮千里目
江流曲似九回腸
共来百越文身地
猶自音書滞一郷

驚風《けいふう》　乱れ颭《ゆるが》す　芙蓉《ふよう》の水
密雨《みつう》　斜《なな》めに侵《おか》す　薜茘《へいれい》の墻《かき》
嶺樹《れいじゅ》は重《かさ》なりて千里の目を遮《さえぎ》り
江流は曲がりて九回の腸《はらわた》に似たり
共《とも》に百越文身《ひゃくえつぶんしん》の地に来《き》たり
猶《な》お自《おのずか》ら音書《おんしょ》　一郷に滞《とどこお》る

〔大荒〕地のはて。『山海経《せんがいきょう》』に「大荒経」あり、「日月の入る所を大荒の野と為す」という。〔海天〕世界のはてにいることをいう。〔茫茫〕はてしなく広がるさま。〔颭〕風が物を吹いて動かすこと。〔密雨〕すきまなく降る雨。〔薜茘〕まさきのかずら。『楚辞』に出る香草で、山中の人が着る。〔江流〕柳江の流れ。〔九回腸〕悲しみのために一日に九度もよじれる腸。司馬遷《しばせん》の「任少卿に報ずるの書」に「腸　一日に九廻す」とある。〔百越〕南越の各種族を総称していう。〔文身〕いれずみ。『荘子』逍遥遊篇に「越人は断髪文身す」とある。〔音書〕手紙。

〔韻字〕荒・茫・墻・腸・郷。


柳州城の高い楼は、地のはてなる所と接して連なっている。この辺地にいる愁思は、今やはてしない。

あれ狂う風はハスの池の水を波立たせ、降りしきる雨は、まさきのかずらのかきねに斜めにふきつける。対句である。

山の嶺の木は茂って、千里かなたをながめようとする目をさえぎり、川の流れは屈曲して、悲しみのため九回ねじれる腸に似ている。対句である。府城の南に「柳江」があった。

そろってこの越地方の蛮地に来たが、それでもやはり便りは一地方にとどまって、お互い通じ合うことはできない。

お互い南蛮地方に来たり、頼るのは手紙のやりとり、便りができると思ったが、やはりそれが滞って通じない。それを思うと悲しくなる。
彼は元和一〇年（八一五）六月、柳州に着任、寂しさに堪えず、この詩を作る。「大荒」・「海天」といい「愁思正に茫茫」といって寂しさをあらわす。異国の風物も「驚風」・「密雨」であり、「嶺樹重なり」・「江流曲がる」である。ここは正しく「百越文身の地」・「一郷に滞る」の地である。彼はこの地で都に帰れず死す。彼のことを「柳柳州」という。

漁翁　　柳宗元

魚とりの翁。漁夫。六句の古詩で対句がなく、散文的である。「江雪」と同じく、永州での作。

漁翁

漁翁夜傍西巌宿
暁汲清湘然楚竹
煙銷日出不見人
欸乃一声山水緑
廻看天際下中流
巌上無心雲相逐

漁翁《ぎょおう》　夜西巌《せいがん》に傍《そ》うて宿《しゅく》す
暁《あかつき》に清湘《せいしょう》を汲《く》んで楚竹《そちく》を然《も》やす
煙《けむり》銷《き》え日出《い》でて人を見ず
欸乃《あいだい》一声　山水緑《みどり》なり
天際を廻《めぐ》り看《み》て中流を下《くだ》る
巌上　無心に雲相《あ》い逐《お》う

〔傍〕そばで。〔西巌〕湘水《しょうすい》の西の岸の石。集中に「西山宴遊記」あり。その「西山」である。湘水は湖南省を北上して洞庭湖に注ぐ川。〔宿〕舟中で宿泊する。〔清湘〕清らかな湘水の流れ。〔楚竹〕湖南地方には竹が多い。〔銷〕消と同じ。〔人〕漁翁以外の人影をさす。〔欸乃〕舟をこぐときのかけ声、あるいは櫓《ろ》のきしる音。〔天際〕水平線のかなた。〔中流〕流中の意味で、川の流れの真ん中。〔無心雲相逐〕陶淵明の「帰去来の辞」に「雲は無心にして以って岫《みね》を出《い》ず」とある。「雲相逐」は雲どうしが互いに追いかけあうこと。

〔韻字〕宿・竹・緑・逐。

魚とりのおやじが、夜、西の岩の辺で泊まった。あけ方にきれいな湘水を汲んで来、楚竹をもやしている。作者が湘水を眺めて眼に入った実景である。湘水を洞庭湖より遡ると長沙へ、さらに衡陽を経て永州に至る。「然」は、あさげのしたくのためであろう。

煙は消え、日が登って来ると、人影は見えなくなった。「えいおう」と舟をこぐ声がして、山水は緑一色である。人影、つまり舟中の人が見えない。第三句、二字・二字・三字の連なりが、連続か同時進行かあいまいである。緑の山水の中に舟が一そうある。一幅の絵である。

はるか空のはてをふりかえりみながら、川の中ほどを下ると、岩の上には無心に雲が追いかけあっている。川の中を一そうの舟が下り、一人のっている。その孤独の姿は、自分の孤独の姿でもある。永州に追放された孤独の姿を漁父にみる。「無心に雲相い逐う」は陶淵明《とうえんめい》にもとづき、この詩は陶淵明的世俗を超越した境地に似る。

宋・恵洪《けいこう》『冷斎夜話《れいさいやわ》』に「蘇東坡《そとうば》があとの二句はなくてもよいといった」といっているように、前四句で完結したごとくである。それでよいが、作者は自分の心境を述べたかった。永州に流され、今は山水を友としている。実はそれで気をはらしている。

三遺悲懐　元稹

元稹《げんじん》（七七九～八三一）、字《あざな》は微之《びし》。河南洛陽《らくよう》の人。八歳で父を失う。科挙の明経科の「二経」（五経、三経、二経の別あり）の目に、最低年齢の十五歳で合格し（資格試験）、貞元一八年（八〇二）、書判抜萃《しょはんばっすい》科に合格（任官試験）、秘書省校書郎となる。白居易《はくきょい》も同時に合格する。貞元一九年に任官、京兆尹《いん》の韋夏卿《いかけい》の末娘、韋叢《いそう》と結婚。これより以前、「鶯鶯伝《おうおうでん》」のモデルとなった双文、または崔《さい》鶯鶯と恋愛をしている。「鶯鶯伝」は元稹の自伝で、主人公の張生《ちょうせい》は自分である。鶯鶯は出自は高門でない。倡伎かもしれない。このようなことは唐代に多くある。

元和元年（八〇六）、天子自らの行う制挙、才識兼茂明於体用《さいしきけんもめいおたいよう》科に第一等で及第した。白居易は第四等であった。左拾遺となり、しばしば上書したので、権臣に憎まれ、河南の尉に左遷された。のち監察御史となったが、宦官の劉士元《りゅうしげん》と争って江陵の士曹参軍（交通建設を扱う。正八品下）におとされた。この頃白居易と親しく詩の贈答をして、当時の人は「元白」といい、元稹の詩を「元和体」という。

元和一〇年（八一五）、通州（四川省達県）の司馬に転任。元和一四年、膳部員外郎として長安に帰る。この年元稹四十一歳、柳宗元《りゅうそうげん》は柳州で死し、白居易は忠州に着任した。

宰相の令狐楚《れいこそ》が元稹の詩を高く評価する。穆宗もほめ、そのため昇進する。長慶元年（八二一）、翰林《かんりん》学士となり、翌年二月、四十四歳で宰相（同中書門下平章事）となったが、六月、つまらぬ事件があってわずか四か月で罷免され、陝西の同州刺史となる。長慶三年（八二三）、浙江の越州刺史兼御史大夫、浙東《せっとう》観察使となる。この年、『元氏長慶集』なる。この翌年『白氏長慶集』なり、序を書く。会稽《かいけい》の明媚な山水に幕僚たちと遊び、詩会を催す。観察副使の竇鞏《とうきょう》と酬唱した詩は「蘭亭の絶唱」と後までもてはやされた。

越の地で八年過ごし、大和三年（八二九）、中央に入り尚書左丞となる。宰相の王播《おうは》が死亡したのを機に、宰相の地位をねらう。しかし果たせず、大和四年（八三〇）、検校戸部尚書、兼鄂《がく》州刺史、御史大夫、武昌軍節度使となり、翌年七月二二日、急死する。五十三歳であった。

白居易と科挙の同期生で一生親交があり、盛んに詩を唱和し、『元白唱和集』ができた。白楽天は政権に関心が薄いが、元稹は関心が強かった。詩ではともに新楽府《しんがふ》の担い手で、「元和体」として扱われる。白は「長恨歌」を作り、元は「連昌宮詞《れんしょうきゅうし》」を作った。玄宗、楊貴妃をしのび、その在りし日の連昌宮のあれはてたさまを歌う。それは安禄山《あんろくざん》、貴妃、楊氏一族の悪政であり、兵をやめる政治を願う意を諷諭する。白は「琵琶行」・「長恨歌」のごとき小説的構想を用いながら小説は書かなかったが、元はその構想で「鶯鶯伝」を書いた。

「遣悲懐」とは悲しい思いをはらすこと。「遣」は「やる」とよみ、述べて気持ちをはらすこと。亡妻韋叢を思う悲しい懐《おも》いをのべる詩である。三首あり。それで「三たび悲懐をはらす」という。その第二首をとりあげる。

三遣悲懐
昔日戯言身後意
今朝皆到眼前来
衣裳已施行看尽
針線猶存未忍開
尚想旧情憐婢僕
也曽因夢送銭財
誠知此恨人人有

三たび悲懐《ひかい》を遣《や》る
昔日　戯《たわむ》れに言う　身後の意
今朝　皆な眼前に到《いた》り来《き》たる
衣裳　已《すで》に施《ほどこ》し行《ゆ》くゆく尽《つ》くるを看《み》る
針線　猶《な》お存し未《いま》だ開くに忍びず
尚《な》お　旧情の婢僕《ひぼく》を憐れみしを想《おも》い
也《ま》た　曽《かつ》て夢に因《よ》って銭財を送る
誠《まこと》に知る　此《こ》の恨《うら》み人人《ひとびと》有り

貧賤夫妻百事哀　貧賤の夫妻　百事哀《かな》しきを

〔身後〕死後。〔意〕様子。こと。〔施〕他人に施し与える。〔行〕もう～になろうとしている。〔針線〕針と糸。〔開〕針箱をあけること。〔旧情〕亡妻の気持ち。〔因夢〕妻が生前、他人に対して恵みぶかかったのを、夢の中で想い出して、〔人人〕だれでも。〔百事〕何事につけても。

〔韻字〕来・開・財・哀。

むかし戯れに亡き後のことを述べたことがあるが、今朝はそれが眼《め》の前にやって来た。

衣類はすべて人に施してだんだんと尽きようとしている。針糸の箱はまだあるが、開く気持ちにならない。

まだ下男下女を可愛がった昔の思いが思い出される。またかつて夢の中で、銭を人に送った恵み深さが思い出される。

この無念さは人々全てが持っていることがよく分かった。貧乏の夫婦は何事も悲しいものである。

三首は潘岳《はんがく》の悼亡詩を思い出して、亡妻韋叢のために作ったもの。気持ちを述べるもので風景はない。

この外、彼には艶詩百余首（『才調集《さいちょうしゅう》』に五十七首残る）があり、若き日の情人のために作る。崔鶯鶯のような女性である。韋氏が亡くなり二年、妾《しょう》を入れ、ついで裴《はい》氏を娶る。

渡桑乾　賈島

賈島《かとう》（七七九～八四三）、字《あざな》は閬仙《ろうせん》（浪と書くこともある）。范陽《はんよう》（河北省涿州《たくしゅう》市）の人。わかいころ科挙の試験につづいて失敗し遂《つい》に出家して、法名を無本《むほん》といった。当時元和体が流行したが、彼だけが格調あり、浮艶な詩を作らなかった。

長安にいる時、ある日、秋風が林葉を吹くのをみて、「落葉長安に満つ」と吟じ、あと句が思い浮かばず、「秋風渭水《いすい》に吹く」の句を得た。喜んで大京兆尹《いん》、劉棲楚《りゅうせいそ》の行列に突き当たり、一晩中留めおかれた。

また驢馬に乗り、李餘《り》（凝《ぎょう》）の幽居を訪ねた時、「鳥は宿る池中の樹、僧は推す月下の門」の句を得て、「僧は敲《たた》く」としようかと考え、たまたま京兆尹の韓愈《かんゆ》の行列の第三番に突き当たる。突き出され、「実は推か敲かとを考えて、ほかのことは忘れておりました」というと、韓愈は「敲字佳《よ》し」と言い、そのまま馬を並べて連れて帰ったという。

韓愈に詩才を認められ、出家を捨て、進士の試験を受けた。韓愈は詩を贈り、「天は文章の渾《すべ》て断絶するを恐れ、再び賈島を生じて人間《じんかん》に在らしむ」と称し、これから有名になった。

遂州長江（四川省蓬渓《ほうけい》県の西）の主簿となり、普州（四川省安岳県の北）の司倉参軍に移され、ついで司戸参軍に移されたが、赴任しないうちに死んだ。死んだ時一銭の蓄えもなく、病気の驢馬と古い琴があっただけで、その才と薄命が惜しまれた。

交際する者は塵外の人であり、みずからいう「二句三年にして得、一吟すれば双涙流る。知音　如《も》し賞せずんば、故山の秋に帰臥《きが》せん」と。いつも大晦日になると、一年間の作品を机上に出し、香をたいて酒をそそぎ、「此《こ》れ吾《わ》が終年の苦心なり」といって、痛飲長謡してやむ。苦吟詩人として知られる。孟郊《もうこう》と比して「郊寒島痩《こうかんとうそう》」といわれる。

『賈閬仙詩集』をみると、僧侶と関係した詩が多い。自分が出家したためであろう。

「桑乾《そうかん》」は、川の名。山西省から北京市の南へ流れて渤海湾に注ぐ。唐の令狐楚《れいこそ》の編集した『御覧詩』ではこの詩を劉皁《りゅうそう》の「朔方《さくほう》に旅次《りょじ》す」として収める。聞一多《ぶんいった》の『唐詩大系』も劉皁としている。

渡桑乾

客舎并州已十霜
帰心日夜憶咸陽
無端更渡桑乾水
却望并州是故郷

桑乾《そうかん》を渡る

并州《へいしゅう》に客舎《かくしゃ》して已《すで》に十霜《じっそう》
帰心《きしん》日夜　咸陽《かんよう》を憶《おも》う
端無《はしな》くも更《さら》に渡る　桑乾の水
却《かえ》って并州を望めば是《こ》れ故郷

〔客舎〕旅館。ここでは旅暮らしをすること。〔并州〕今の山西省太原市。〔十霜〕十年。〔咸陽〕秦の都があったところ。長安（陝西省西安市《せんせい》）の西北にある。ここでは長安のことをさす。〔無端〕はからずも。〔却〕ふりかえる。
〔韻字〕霜・陽・郷。

并州に旅ぐらしして、すでに十年たつ。帰りたくて日夜、咸陽を思い出している。はからずもさらに桑乾河を渡ることになった。并州をふりかえって望めば、并州は故郷のように思われる。中唐によくみられる、政治、人生を批判するものでなく、人生の誰にもある感情を歌っている。十年帰れぬ不本意の気持ち、その上さらに北に行かねばならぬ気持ち、背後に何かが隠れている。

神絃曲　　李　賀

李賀《りが》（『唐才子伝』では七九〇～八一六、小川環樹《たまき》『唐代の詩人』では七九一～八一七）、字《あざな》は長吉《ちょうきつ》、唐の高祖の第十三子、鄭王の孫である。福昌《ふくしょう》（河南省宜陽県）の昌谷《しょうこく》の人。杜甫《とほ》の遠縁にあたる。小地主の家に育ったが、みずから皇族の子孫だと称した。七歳で文章詩賦をよくし、名は京師を動かした。韓愈《かんゆ》、皇甫湜《こうほしょく》がその作を見て、これを奇として信ぜず、直《ただ》ちに賀の家を訪ねた。賀は「高軒過《こうけんか》」という詩を作って、二公を驚かせたという。

しかし、父の名が晋粛《しんしゅく》（晋は進と音通）であったので、李賀をねたむ者に、晋粛の子は進士になることができないと反対され、科挙に応ずることができなかった。韓愈は「諱《いみな》の弁」を著わした。結局、二十三歳のとき、太常寺の奉礼郎（従九品上）という小官についた。後、協律郎となり、年わずか二十七で卒《しゅっ》した。

彼は人となり、やせて、通眉《つうび》であり、指爪《しそう》長く、「疾書（いきなり書く）」を能《よ》くした。毎朝日が出ると、馬にのり、下男をつれて古錦《こきん》の袋を負わせ、得る所を書して袋に入れる。初めから題をつけて詩を作るのではない。暮れに帰り、足《た》して完成する。大酔、弔喪の日でなければ、こうした日常であった。母が嚢中《のうちゅう》を見て、「此の児、要《かなら》ず心を嘔出《おうしゅつ》して乃《すなわ》ち已《や》むのみ」といった。

楽府《がふ》数十篇は楽工たちに演奏された。杜牧《とぼく》が「李賀歌詩集」の序を作り、李商隠《りしょういん》に「李賀小伝」がある。怪奇美に満ちた幻想的な詩を多く残して、鬼才とよばれる。宋の『南部新書』に「李白《りはく》は天才絶為《た》り、白居易《はくきょい》は人才絶為《た》り、李賀は鬼才絶為《た》り」という。

「神絃曲《しんげんきょく》」は神をまつるとき絃歌する曲。晋《しん》の時代に起こった。がんらい神を楽しませるもの。

神絃曲

西山日没東山昏
旋風吹馬馬踏雲
画絃素管声浅繁
花裙萃蔡歩秋塵
桂葉刷風桂墜子

西山《せいざん》日没《ぼっ》して東山《とうざん》昏《くら》し
旋風《せんぷう》馬を吹きて馬雲《うまくも》を踏む
画絃《がげん》素管《そかん》　声浅繁《こえせんぱん》たり
花裙《かくん》萃蔡《すいさい》として　秋塵《しゅうじん》を歩む
桂葉《けいよう》風を刷《は》き　桂子《けいみ》を墜《お》とし

青狸哭血寒狐死　青狸《せいり》血に哭《な》き　寒狐《かんこ》死す
古壁彩虯金帖尾　古壁の彩虯《さいきゅう》金尾《きんお》に帖《ちょう》す
雨工騎入秋潭水　雨工《うこう》騎《の》りて入《い》る　秋潭《しゅうたん》の水
百年老鴞成木魅　百年の老鴞《ろうきょう》木魅《ぼくみ》と成り
笑声碧火巣中起　笑声　碧火《へきか》巣中《そうちゅう》に起こる

〔馬〕神馬をいう。〔画絃〕彩色した絃楽器。〔素管〕白い笛。〔花裙〕模様のあるスカート。〔萃蔡〕きぬずれの音の形容。〔刷〕はらうこと。〔青狸〕「青」は黒いこと。「狸」は日本でいうタヌキとは異なる。〔彩虯〕彩色をした龍の絵。「虯」は龍の子で角のあるもの。〔雨工〕雨の神。〔老鴞〕「鴞」はふくろう。不吉な鳥とされている。〔木魅〕木の精。〔碧火〕みどり色の鬼火。

〔韻字〕昏・雲・塵」子・死」尾・水・起。

西山に日はかくれ、東山は暗くなる。つむじ風は馬に吹き付けて、馬は雲をふんで行く。神が降ってくる。『楚辞』に似る。

みこたちが迎えて、色どりした絃楽器、白い管の声はあさくしげく吹かれる。みこの女の美しいスカートは、さらさらとして秋の塵の中を歩む。

桂葉は風を刷くように、桂は実をおとす。神殿の風景である。神が出現したので、青狸は血を吐いて泣き、寒狐はこごえ死ぬ。いけにえである。

神殿の古い壁画の色どった虯《みずち》は金色を尾の所にはりつけたように輝く。そしてそれに神が乗り入る、秋の水たまりに。想像幻想の世界である。

百年も生きた老ふくろうは、木の精となる。笑声、みどり色の火（鬼火）は、ふくろうの巣の中からおきる。神殿の雰囲気を歌う。

李賀は現実を越えた想像の世界、幻想的華麗の世界を歌い、言語も華麗で、新語を作る。奇怪、超現実的な、今までにない独自の詩風を作っている。一方で政治社会も批判している。

晩唐

普通、文宗の大和元年（八二七）から哀帝の天祐三年（九〇六）唐の滅亡までの七十年間をいう。

晩唐の詩壇には、盛唐中唐の如き、すぐれた詩人はもはや出現せず、群小の詩人が輩出するのみであった。中唐まで、天宝の乱を経験し、悲惨の実感を味わった作家が多かったが、それがいなくなった。また、詩を以って仕えることがふさがれた。文宗の大和七年、進士の試験に、詩賦をやめる。したがって詩文は、自分を慰めるものになる。その詩は唯美的傾向があり、耽美派の詩人が多い。その代表は杜牧《とぼく》、温庭筠《おんていいん》、李商隠《りしょういん》、韓偓《かんあく》である。

咸陽城東楼　　許渾

許渾《きょこん》（七九一～八五四）、字《あざな》は用晦《ようかい》（『唐才子伝』は仲晦《ちゅうかい》）。潤州丹陽（江蘇省丹陽市）の人。大和六年（八三二）の進士。潤州（鎮江市）の司馬・監察御史（正八品上）となり、それから睦《ぼく》（浙江省建徳県）、郢《えい》（湖北省鍾祥県）、湖（浙江省湖州市）三州の刺史を歴任した。のち病を得て、潤州丁卯橋《ていぼう》（江蘇省丹徒県の城南）の家に退去し、所作を綴録《ていろく》した。この地に因《ちな》んで『丁卯集』と名付けた。

彼は山水を楽しみとし、高きに登り古《いにしえ》を懐《おも》い、慷慨《こうがい》悲憤する人でもあった。格調高い詩を作り、後まで慕われて、丁卯体という。『三体詩《さんたいし》』に数首収められる。『丁卯集』三巻が伝えられる。

「咸陽《かんよう》城東楼」は、一に「咸陽城西楼晩眺」に作る。こちらがよい。「咸陽」は長安（陝西省西安市）の西北。古の秦の都である。

咸陽城東楼
一上高城万里愁
蒹葭楊柳似汀洲
渓雲初起日沈閣
山雨欲来風満楼
鳥下緑蕪秦苑夕
蟬鳴黄葉漢宮秋
行人莫問当年事
故国東来渭水流

咸陽城《かんようじょう》の東楼《とうろう》
一たび高城に上れば　万里の愁《うれ》い
蒹葭《けんか》楊柳《ようりゅう》　汀洲《ていしゅう》に似たり
渓雲《けいうん》初めて起こり　日《ひ》閣《かく》に沈む
山雨《さんう》来《き》たらんと欲《ほっ》して　風楼《かぜろう》に満《み》つ
鳥　緑蕪《りょくぶ》に下《くだ》り　秦苑《しんえん》の夕《ゆう》べ
蟬《せみ》　黄葉に鳴き　漢宮の秋
行人《こうじん》　問う莫《な》かれ　当年《とうねん》の事
故国東来《とうらい》　渭水《いすい》流る

〔蒹葭〕あしとおぎ。『詩経』秦風に「蒹葭」の詩がある。〔汀洲〕水中の砂洲《さす》。『楚辞』九歌・湘夫人に「汀洲に杜若《とじゃく》を搴《と》り、将に以って遠者に遺《おく》らんとす」とあり、ここではそれをふまえて江南の水辺をさす。〔緑蕪〕緑色の草で荒れた野原。〔漢宮〕漢の宮殿。長安にあった。〔行人〕道ゆく人。旅人。〔当年〕その当時。〔故国〕秦の国都、咸陽をいう。〔渭水〕黄河の支流。甘粛省渭源県に発し、西安付近を経て、潼関《どうかん》の東で黄河に注ぐ。

［韻字］愁・洲・楼・秋・流。

高城に登ると万里のかなたまで眺められて、愁いがおこる。あしおぎ楊柳は江南の水中の砂洲のようだ。汀洲は洞庭湖あるいは江南を指すが、ここでは自分の故郷、潤州丹陽を指す。

谷川の雲が始めて起こって、さえぎられて日が楼閣を照らさなくなった。山の雨が降ってこようとして、風は楼に満ちてくる。この二句は美的表現をしている。

鳥は緑の草に舞いおり、秦の苑は暮れてゆく。蟬は黄色の葉の中で鳴き、漢宮は秋である。秦の地は、また古の漢宮のあった所。この二句も自然の美しい風景で、哀愁は薄い。

旅人よ聞くな、その昔の興亡の事を。故国この咸陽は、東の方に相い変わらず渭水が昔のままに流れているばかり。咸陽の故国は、昔の姿はなく、ただ渭水が流れているばかり。「黄鶴楼」・「岳陽楼に登る」と比べて壮大さはなく、憂愁の情が薄い。

江南春　　杜牧

杜牧《とぼく》（八〇三～八五三）、字《あざな》は牧之《ぼくし》。号は樊川《はんせん》。伝記は『旧唐書』巻一四七・『新唐書』巻一六六の杜佑《とゆう》伝に附されている。京兆万年（陝西省西安市）の人。大和二年（八二八）の進士。ついで賢良方正科に挙げられた。牛僧孺《ぎゅうそうじゅ》の下で淮南《わいなん》節度使の掌書記となり、まもなく監察御史となる。病のため東都に分司した。宰相の李徳裕《りとくゆう》に、兵略に優れているのをみとめられ、匈奴を打つ策をさずけ、また劉稹《りゅうしん》の反乱を打つ策をすすめる。兵法にすぐれていた。

のち黄州（湖北省新洲県）・池州（安徽省貴池市）・睦州（浙江省建徳県）の刺史を経て、司勲員外郎（歴史編纂係）

となる。その後吏部員外郎となり、また湖州（浙江省湖州市）の刺史となった。最後は中書舎人（正五品上）に至った。五十で亡くなる。死に際して自ら墓誌をしたため、今まで作った多くの文を焼き捨てた。

彼は剛直な性格で風流を好み、細行を顧みなかった。生活態度は小事に拘らず、自由放任主義である。その詩は豪邁《ごうまい》にして気概があり、感傷的である。杜甫《とほ》に対して小杜と呼ばれる。後世の人は、彼の詩を「銅丸の坂を走り、駿馬の坡《どて》を注る《くだ》（かけ下る）が如《ごと》し」といった。

彼は容姿が美しく、歌舞を好み、風流（色好み）であった。時に淮南は京華に劣らぬ賑やかさであり、絶色の名姫が多かった。杜牧は牛僧孺の淮南節度使の掌書記であった若い時、十分楽しんだ。牛僧孺が街吏に報告させ、「杜書記がどこそこで宴会、平安なり」との書類が箱いっぱいになったという。その他、女性に対する風流の話をいくつも『唐才子伝』は伝えている。杜牧の婦人に関する話は、『唐闕史』にも多く引かれる。

「江南」は長江下流の南側一帯の地。杜牧は江南地方の刺史に出ることしばしばであり、この詩はいつ作ったか分からぬ。

江南春

千里鶯啼緑映紅
水村山郭酒旗風
南朝四百八十寺
多少楼台煙雨中

江南の春

千里　鶯《うぐいす》啼《な》いて　緑　紅《くれない》に映ず
水村《すいそん》山郭《さんかく》　酒旗の風
南朝四百八十《しん》寺
多少の楼台　煙《えん》雨《う》の中《うち》

〔水村〕水ぎわの村。〔山郭〕山の近くの町。「郭」は塁壁で囲まれた町をいう。〔酒旗〕酒屋のしるしの旗。〔南朝〕南北朝時代の南朝。建康（南京）に都した宋・斉・梁・陳の四王朝。ここでは三国時代の呉と東晋を加えた六朝のことに解してもよい。〔四百八十寺〕南朝では仏教がさかえ、多くの寺院が建てられた。〔多少〕多くの。〔煙雨〕けむるような雨。

〔韻字〕紅・風・中。

千里の彼方まで鶯の声が聞こえ、緑の色は紅の花に交じってはえている。川辺の村、山村の酒屋の旗が風に揺らいでいる。第一句上四字は音、下三字は色、第二句下三字は動き。

南朝の四百八十の寺の、多くの楼台はもやの雨の中にそびえている。その南朝も亡び、憂愁の情はある。絵画的である。「十」は前後仄声が続くため「しん」（平）と読む。『歴代詩話考索』に、明の楊升庵《ようしょうあん》（慎《しん》）の説を引いて次のようにいう。

升庵がいうには、「千」を「十」にすべし、千里は聴くことも看《み》ることもできないと。むろん必ずしも見ることも聞くこともできない。しかし題に「江南の春」とあり、江南は広さ千里。千里の中で鶯は鳴いているし、緑が紅に映じている。水村山郭、酒旗のない所はないし、四百八十寺の楼台は、多く煙雨の中にある。これが詩意で、意が広いのである。一処だけを指しているのではない。それらを引っくるめて「江南の春」という。詩人の善く題を立てたものである。

この詩は有名であり、代表作である。江南ののどかな春の風景である。作者はその美に感動している。前代のように政治を批判し社会を批判することはない。盛唐のように憂鬱《ゆううつ》を歌うこともない。この詩は『唐詩三百首』に所収。

杜　牧

山行　　杜牧

山あるき。作者は斜めの小道を上ってゆく。

山行

遠上寒山石径斜　遠く寒山《かんざん》に上《のぼ》れば石径《せきけい》斜《なな》めなり
白雲生処有人家　白雲生《しょう》ずる処《ところ》　人家《じんか》有り
停車坐愛楓林晩　車を停《とど》めて坐《そぞ》ろに愛す　楓林《ふうりん》の晩《くれ》
霜葉紅於二月花　霜葉《そうよう》は二月の花より紅《くれない》なり

〔寒山〕ひと気のないひっそりとした山。〔石径〕石のごろごろした山道。〔坐〕何とはなしに。〔楓林〕かえでの林。〔霜葉〕霜のために紅葉した葉。〔二月花〕桃の花などをさす。
〔韻字〕斜・家・花。

はるかに寒々とした山に上ると、石の小道は斜めに続いている。白雲の湧き上がる高い処には、人家がある。ここで車をとめて楓林の夕暮れの景色をじっとめでていると、霜おく葉の紅葉は、二月の春咲く花より紅である。絵画的な詩である。作者は自然美に牽《ひ》かれている。

泊秦淮　　杜牧

「秦淮《しんわい》」は川の名。江蘇省溧水《りつすい》県に発し、南京市内を流れて長江に注ぐ。この一帯には妓楼が多く、繁華な場所であった。

泊秦淮　秦淮《しんわい》に泊《と》まる

煙籠寒水月籠沙
夜泊秦淮近酒家
商女不知亡国恨
隔江猶唱後庭花

煙は寒水《かんすい》を籠《こ》め　月は沙《すな》を籠む
夜　秦淮に泊まり　酒《しゅ》家《か》に近し
商女《しょうじょ》は知らず　亡国の恨《うら》み
江を隔《へだ》て猶《な》お唱す　後庭花《こうていか》

〔煙〕川もや。〔寒水〕寒ざむとした川。〔月〕月の光。〔商女〕妓女《ぎじょ》。〔亡国〕南朝最後の王朝、陳がこの地で滅んだこと。〔後庭歌〕「玉樹後庭花」のこと（本書、陳叔宝「玉樹後庭花」参照）。

〔韻字〕沙・家・花。


もやは寒々とした川の水を包みこみ、月の光は岸の沙原をいっぱいに照らしている。私は夜秦淮河に泊まり、ここは酒屋に近く、商女の歌が聞こえる。

商女は亡国の恨みのこもった歌とも知らず、川向こうの家でやっぱり「玉樹後庭歌」を歌っている。昔のことも知らずに歌っている。昔と今の対比である。杜牧の感慨をいう。

陳の後主陳叔宝《ちんしゅくほう》は、即位後、宮中に壮麗な宮殿を建て、窓、らんま、手すりなどには、梅檀《せんだん》の香木を用い、金銀珠玉、翡翠《ひすい》をちりばめた。香りはあたりに漂い、宮殿は朝日に輝いた。宮殿の宴会には寵愛する張貴妃《ちょうきひ》、孔貴人《こうきじん》ら八人を始め、美女千余人を侍らせる。列席するもの、江総《こうそう》、孔範《こうはん》ら十人の狎客《こうかく》といわれる人々。八人の寵妃に采箋《さいせん》を用意させ、後主が五言詩を作ると、十人の狎客が唱和する。遅いものは罰杯である。できた詩には早速艶麗の曲をつけ、美女たちが合唱する。宴会は朝まで続いた。

かくして作られた一つが「玉樹後庭花」である。「後庭」は後宮の庭。そこに咲く花、すなわち宮女たちである。

この歌は悲しいメロディーであったといわれ、後世、亡国の歌といわれる。

貴妃張麗華《ちょうれいか》は、黒い髪の毛、白い肌、艶然として笑えば人の魂もとろかす美しさ、最も愛されいつも帝の膝に抱かれ、上奏もそのまま聞くというしまつであった。

禎明《ていめい》三年（五八九）、隋軍が建康城を攻め、文武百官が逃げ出した。後主は井戸の中に隠れる。隋軍が後主、張貴妃、孔貴人を引き上げ、隋軍の大将晋王広《こう》（後の煬帝《ようだい》）は、張貴妃が美人だと聞いて助けようとするが、部下に戒められ、斬ってしまう。後主一行は捕らえられて、隋都長安に送られる。文帝は一旦厚く待遇する。その後、冷遇され洛陽《らくよう》で五十二歳の一生を終える。

劉禹錫《りゅううしゃく》の「台城（金陵五題）」にも後庭花をいう。

台城六代　豪華を競い　結綺《けっき》臨春　事最も奢《おご》れり　万戸千門　野草と成る　只《た》だ一曲の後庭花に縁《よ》る

崔顥《さいこう》の「長干曲」もまた秦淮をうたう。

君が家は　何処《いずく》に住む　妾《しょう》は住みて横塘《おうとう》に在り　船を停めて暫《しばら》く借問《しゃもん》す　或《あ》いは恐らく是《こ》れ同郷ならん

「横塘」は、三国呉の時築いた秦淮河畔に築いた堤。当時から家が立ち並んでいた繁華街。晋の左思《さし》「呉都の賦」にすで見られる。

清明　　杜牧

清明《せいめい》は二十四節気の一。春分から十五日目で、陽暦の四月五、六日頃。寒食の翌日で墓参りの日である。花咲く時節。

清明

清明時節雨紛紛　　清明の時節　雨紛紛《ふんぷん》

路上行人欲断魂
借問酒家何処在
牧童遥指杏花村

路上の行人　魂《たましい》を断《た》たんと欲《ほっ》す
借問《しゃもん》す　酒家《しゅか》は何処《いずく》にか在る
牧童遥《はる》かに指さす　杏花村《きょうかそん》

〔紛紛〕細かい雨が降るさま。
〔韻字〕紛・魂・村。

清明の時節だというのにあいにく雨がはらはら。道中の旅人たる私の魂も消えんばかりに寂しい。春愁である。春愁をはらさんと、通りがかりの牛飼いの子に、酒屋はどこかと尋ねると、はるかかなたの杏《あんず》の花咲く村を指す。江南の花咲く地方であろう。画題になる詩である。

彼の最も得意とするのは、「清婉《せいえん》」の趣を出すことである。それらは七言絶句の短篇抒情詩である。「江南の春」・「山行」・「清明」など、色彩画の中に清爽《せいそう》の気分をかもし出している。また、「秦淮に泊まる」は色彩画の中に哀愁、ペーソスを出している。素朴な平易な明朗の表現を持っており、一幅の絵ともなる。これが後世評価される所以である。

彼は「詩を献ずるの啓」に「某《それがし》は苦心して詩を為《つく》り、本《もと》高絶を求む。奇麗に務《つと》めず、習俗に渉《わた》らず、今ならず古《いにしえ》ならず、中間に処《お》る」といい、通俗的なものを作らないことをいう。また「荘充《そうじゅう》に答うるの書」では、「凡《およ》そ文を為《つく》るに、意を以って主と為し、気を輔《ほ》と為し、辞彩章句を以って之《こ》れが兵衛と為す」といい、内容を主とする詩文を作ることをいう。彼は、韓愈《かんゆ》、杜甫《とほ》の影響を受けている。詩では、復古派といえる。しかし、彼の考えは必ずしも詩に現われぬ。頽廃生活の賛美や唯美的なものが多い。

商山早行　温庭筠

温庭筠《おんていいん》（八一二～八七二）、字《あざな》は飛卿《ひけい》。『旧唐書』巻一九〇文苑伝・『新唐書』巻九一温大雅《おんたいが》伝附は簡単で、『唐才子伝』巻八がやや整うが、それでも不備である。太原（山西省太原市）の人。宰相温彦博《おんげんぱく》の孫。若くして天才であり、万言の文を書く。また琴、笛を善くする。彼は律賦に巧みであった。唐代では賦の試験がある。音律の調和と対偶が大切で、押韻の制限がある。韻数は八韻と決められる。試験のたびに官で決めた押韻（官韻）をふみ、燭火の下、起草することがなかった。袖に手を入れ、机によりかかって作り、一韻できると一吟するだけであったので、「温八吟」といわれ、また、八たび両手を組み合せると、八韻ができるので「温八叉《はっさ》」といわれる。しばしば「隣鋪《りんぽ》」（となりの席）の受験生に手をかしてやる（代作する）。

行いは軽薄でしまりがなく貴公子裴誠《はいせい》や令狐滈《れいここう》と飲み続け、色町で酔っぱらい、けんかして巡査に歯を折られてしまった。訴えたがとりあげられなかった。進士の受験資格は得たが、及第しなかった。宰相令狐綯《れいことう》の書館に出入りし、優遇される。しかし、令狐綯の無学をそしったので、やがて疎んぜられた。のち襄陽《じょうよう》節度使徐商《じょしょう》にとりたてられて巡官となったが満足できず、江東に帰った。

山北の沈侍郎（沈詢《しんじゅん》）が試験官の時、特に庭筠を簾下に呼び寄せて試験をした。彼が人に教えるのを恐れたからである。彼はこの日面白くなく、夕暮れに先ず出してくれと願い、よって千余言を献上した。たずねると、すでに八人に教えたという。綯はその行為をいやしみ、長安で任命待ちにした。宣宗が市内を微行中、庭筠は知らずに、傲然となじり、「公は司馬か長史のたぐいか」、「それとも文参簿尉（県の職員、長史より下）のたぐいではないか」といった。帝は平然と「非なり」といった。

方城（河南省方城県）の尉に貶《へん》せられた時、中書舎人の裴坦《はいたん》は、左遷の制の起草をためらって、しかし「まだ機会がある。がんばれ」となぐさめた。家柄のせいか、大事にされる。本伝では再び隋《ずい》県の尉に左遷されるとある。庭筠は国子助教授に終わり、ついで流落して死んだ。李商隠《りしょういん》とともに温李と併称され、その詩は艶麗なものが多い。また詞の作家としても一流である。

「商山」は陝西省商州市の東南にある山。「早行」は朝早く出発すること。

商山早行

晨起動征鐸
客行悲故郷
鶏声茅店月
人迹板橋霜
槲葉落山路
枳花明駅牆
因思杜陵夢
鳧雁満回塘

晨《あした》に起き　征鐸《せいたく》動き
客行《かくこう》　故郷を悲しむ
鶏声《けいせい》　茅店《ぼうてん》の月
人迹《じんせき》　板橋《はんきょう》の霜
槲葉《こくよう》　山路《さんろ》に落ち
枳花《きか》　駅牆《えきしょう》に明らかなり
因《よ》って思う　杜陵《とりょう》の夢
鳧雁《ふがん》　回塘《かいとう》に満つるを

〔晨〕朝。〔征鐸〕車の鈴。〔客行〕旅行。〔茅店〕かやぶきの旅館。〔人跡〕人の足あと。〔板橋〕板の橋。石橋に対していう。〔槲葉〕「槲」はかしわ。〔枳花〕「枳」はからたち。〔駅牆〕宿場のかきね。〔因〕上のことによって。〔杜陵〕楽遊原のこと。長安の東南郊外にある。長安の名所で、市民の行楽地であった。〔鳧雁〕のがもとがん。〔回塘〕湾曲した池。「塘」は池のつつみ。ここでは池のこと。

〔韻字〕郷・霜・牆・塘。

朝早く起き上り、車の鈴が鳴り出発する。旅行は故郷を悲しく思い出す。進んで行くと茅ぶきのはたごで鶏の声がし、月がまだかかっている。田舎の板の橋の霜には、人の足あとが見える。あさまだきを歌ったよい対句である。

さらに進むと、かしわの葉は山路に落ち、からたちの花は駅のかきねに明るく咲いている。眼《め》についた草木の様子を歌う。春の風景である。

これらの風景をみていると、昔杜陵に遊んだ夢に、かもやがんが池にいっぱい泳いでいたことを思い出す。

三、四、五、六句には旅愁が出る。欧陽修《おうようしゅう》の『六一詩話』に、

温庭筠の「鶏声　茅店の月、人迹　板橋の霜」、賈島《かとう》の「怪禽《かいきん》　曠野《こうや》に啼《な》き、落日　行人恐る」は、則《すなわ》ち道路の辛苦、羈旅《きりょ》の愁思、豈《あ》に言外に見《あら》われざらんや」

という。

明・朱承爵《しゅしょうしゃく》の『存余堂詩話』には、

温庭筠「商山早行」詩に「鶏声　茅店の月、人迹　板橋の霜」有り。欧陽公甚《はなは》だ其《そ》の語を嘉《よみ》し、故《ゆえ》に自《みずか》ら「鳥声　茅店の雨、野色　板橋の春」を作り、以って之《こ》れに擬す。終《つい》に其の範囲の内に在るを覚《おぼ》ゆ

という。

嫦娥　　李商隠

李商隠《りしょういん》（八一二～八五八）、字《あざな》は義山《ぎざん》。号は谿生《けいせい》。集は『李義山詩集』、『玉谿生詩』、『樊南《はんなん》文集』（甲集・乙集）

と呼ばれる。懐州河内（河南省沁陽市）の人。伝記は『旧唐書』巻一九〇下（文苑伝）・『新唐書』巻二〇三（文芸伝）・『唐才子伝』巻七に収める。

十七歳で牛党の令狐楚《れいこそ》に文才を認められ、その巡官となった。開成二年（八三七）、令狐楚の子、令狐綯《れいことう》の推薦で進士となった。翌年、李党の涇原《けいげん》節度使王茂元《おうもげん》がその才を愛し、書記となし、自分の娘を彼に嫁がせた。当時は牛僧孺《ぎゅうそうじゅ》・李徳裕《りとくゆう》両派の政争が激しかったときであり、彼は牛党と李党の両派に関係を持ったため、牛党の者に裏切り者としてひどく非難された。のち李徳裕が牛党に迫放されると、政権は令狐綯の手にうつり、李商隠はしばしば、令狐綯に上書したり献詩したりして、とり立ててもらおうとしたが、諒解を得ることができず、結局、低い官に終始し、不遇のうちに死んだ。

『旧唐書』によると、彼は令狐綯に上書して職を求めたが、無視された。やっと太常博士となったが、たまたま河南尹柳仲郢《いんりゅうちゅうえい》が東蜀《とうしょく》の節度使となったので、招かれて節度使判官検校工部中郎となる。しかし柳仲郢が左遷されたので、やめて鄭州に帰り、病気で亡くなったという。また『唐才子伝』によれば、白居易《はくきょい》が老退してから、商隠の文章を極めて喜び、「我死するの後、爾《なんじ》の児と為るを得れば足れり」といった。白が死んで商隠に子が生まれ、「白老」と名付ける。長じて「鄙鈍《ひどん》」たり。温庭筠《おんていいん》が戯れて、「爾《なんじ》が侍郎（白氏）の後身とは、かたじけないかな」といった。更に子が生まれ、「衮師《こんし》」という。これは聡明であったという。

彼は令狐楚の影響で四六駢儷《べんれい》の文を作るようになる。その詩は哀怨にして華麗で、七言律詩にすぐれる。彼には牡丹、柳、李花など、詠物の詩が多い。また、詩を作るとき、多くの書物を左右において参照したということから、獺祭魚《だっさいぎょ》（かわうその魚祭り）と呼ばれる。

華麗なる語句、表現、その艶情の美は、杜牧《とぼく》、温庭筠とともに当時から好まれ、五代の蜀の韋縠《いこく》編『才調集』に多く採られる。北宋の真宗の時、宰相の楊億《ようおく》は李商隠を愛し、その詩を模倣して唱酬した集を『西昆《せいこん》唱酬集』という。

その詩は一世を風靡する。よって「西昆体」ともいわれる。これらはその形のみ愛されたが、宋の王安石《おうあんせき》が、彼の詩の内容に、杜甫《とほ》と同じような誠実さがあるといってから、見直された。清の朱鶴齢《しゅかくれい》の『箋註』が最古の注釈書。森槐南《もりかいなん》博士に『李義山詩講義』がある。

「嫦娥《じょうが》」は女神の名。弓の名人である羿《げい》の妻で、夫が仙女西王母からもらった不死の薬を盗んで飲み、月に逃げて月の女神となった。詠史詩である。

嫦娥

雲母屛風燭影深　　雲母《うんも》の屛風《びょうぶ》　燭影《しょくえい》深し
長河漸落暁星沈　　長河《ちょうか》　漸《ようや》く落ち　暁星《ぎょうせい》沈む
嫦娥応悔偸霊薬　　嫦娥《じょうが》　応《まさ》に霊薬を偸《ぬす》むを悔《く》ゆるなるべし
碧海青天夜夜心　　碧海《へきかい》の青天　夜夜《よよ》の心

〔雲母屛風〕雲母を張ったびょうぶ。〔燭影〕「影」は光。〔長河〕銀河。〔霊薬〕不死の薬をさす。
〔韻字〕深・沈・心。

雲母を張りつめた屛風に燭の光が深く写っている。（一人ここに寝ていると外は）銀河がだんだんと傾き暁の星も沈み明け方になる。一夜眠れずにいる。

思えばあの嫦娥は霊薬を盗んで月に逃げたのを悔やんでいるであろう。回りには青海原の青き天ばかりで毎夜毎夜人を思って寂しくしているであろう。傷心の心を抱いているであろう。

恋人を思う。裏切った恋人である。彼には愛の世界や亡き妻を思う詩（悼亡《とうぼう》詩）があり、哀愁の世界を歌っている。

錦瑟　李商隠

「錦瑟《きんしつ》」は、胴に錦《にしき》のような美しい模様のある瑟《おおごと》。「瑟」は琴に似た楽器で、琴より少し大きい。ふつう二十五絃《げん》。この詩は冒頭の二字をとって題名とする。

錦瑟

錦瑟無端五十絃
一絃一柱思華年
荘生暁夢迷蝴蝶
望帝春心託杜鵑
滄海月明珠有涙
藍田日暖玉生煙
此情可待成追憶
只是当時已惘然

錦瑟《きんしつ》　端《はし》無《な》くも五十絃《げん》
一絃一柱　華年《かねん》を思う
荘生《そうせい》暁《あかつき》に夢み　蝴蝶《こちょう》迷う
望帝《ぼうてい》春心　杜鵑《とけん》に託《たく》す
滄海《そうかい》月明らかにして　珠《たま》に涙有り
藍田《らんでん》日暖《あたた》かにして　玉煙を生ず
此《こ》の情　追憶と成《な》るを待つべけんや
只《た》だ是《こ》れ当時　已《すで》に惘然《もうぜん》たり

〔無端〕はからずも。どうしたことか。〔五十絃〕『史記』封禅書に「太帝（伏羲氏《ふつぎ》）素女をして五十弦の瑟を鼓せしむ。悲し。帝禁ずるも止《や》めず、故に其の瑟を破りて二十五弦と為す」とある。〔柱〕琴柱《ことじ》。〔華年〕はなやかな青春の日々。〔荘生〕戦国時代の思想家荘子のこと。〔迷蝴蝶〕『荘子』斉物論篇に「昔、荘周《そうしゅう》夢に蝴蝶と為る。栩栩然《くくぜん》として蝴蝶なり。自《みずか》ら喩《たの》しみて志に適《かな》えるかな。周たるを知らざるなり。俄然《がぜん》として覚《さ》むれば、則《すなわ》ち蘧蘧然《きょきょぜん》として周なり。知らず、周の夢に蝴蝶と為りしか、蝴蝶の夢に荘周と為るかを」とある。〔望帝〕神話に見える蜀の王。杜宇《とう》のこと。〔春心〕春情。〔託杜鵑〕望帝は治水に功績のあった臣下鼈霊《べつれい》の妻と通じ、みずから恥じて、鼈霊に位を譲って隠棲した。望帝が去った二月、杜鵑《ほととぎす》が悲しく鳴いたので、蜀の民は杜鵑の声を聞いては望帝を偲《しの》んだという。また、望帝が死んで、その魂が杜宇《ほととぎす》になったとも、もともと望帝は杜宇であったのが蜀の地に降《くだ》って王となったのだともいう。(『太平御覧』に引く揚雄《ようゆう》の『蜀王本紀』、『華陽国志』など)〔滄海〕あお海原。東方朔《とうほうさく》の著といわれる『海内《かいだい》十洲記』に「滄海島は北海の中《うち》に在り。海の四面に島を繞《めぐ》ること各《おのおの》広さ五千里、水は皆な蒼色にして、仙人之《こ》れを滄海と謂う」とある。〔月明珠有涙〕「珠」は真珠。『呂氏春秋』季秋紀 精通に「月望《つきぼう》なれば則《すなわ》ち蚌蛤《ほうごう》(真珠貝)実《み》ち、群陰盈《み》つ。月晦《かい》なれば則《すなわ》ち蚌蛤虚しく、群陰虧《か》く」とあり、左思《さし》の『呉都の賦』には「蚌蛤珠胎《しゅたい》し、月と与《とも》に虧全《きぜん》す」とある。また『博物志』巻九に「南海の外に鮫人《こうじん》有り、水居して魚の如し。織績を廃せず、其の眼能《よ》く泣珠《きゅうしゅ》す」とある。〔藍田〕山の名。美玉を産出する山として有名。また、仙女西王母の住む玉山への連想を持つともいう。〔玉生煙〕唐の戴叔倫《たいしゅくりん》(七三二〜七八九)の文に「詩家の景は、藍田日《ひ》暖かにして、良玉烟《けむり》を生ずるが如し」とあるのにもとづくとする説がある。また『太平広記』に引く『録異伝』に見える呉王夫差の娘、紫玉の話にもとづくともいう。紫玉はめし使いの韓重《かんじゅう》を愛し、結婚しようとしたが、王に反対され、気がむすぼれて死んでしまった。のち紫玉の亡霊が宮殿に現われ、妃が抱きしめようとすると、紫玉は煙となって消えてしまった。〔可待〕〜を期待することができようか。「可」は反語を表わす。〔惘然〕ぼんやりとして、はっきりしないさま。

〔韻字〕絃・年・鵑・煙・然。

ここにかつての恋人(あるいは妻か)が残した錦瑟がある。それは、昔太帝(伏羲氏)が素女に五十絃の瑟を鳴らさせ、その音が悲しかったので、帝が止めさせたが、やめなかったため、その瑟を破って二十五絃としたという(『史記』封禅書)。はからずもその五十絃の瑟である。その一絃一柱ごとに、華やかなその昔、青春時代のことが思い出される。

昔、荘周は明け方の夢に胡蝶となって自由に楽しく迷い続けたが、その昔は、二人の愛も胡蝶のように楽しかった。しかし今となれば、それは夢のようなものであった。昔、蜀の望帝は臣下の妻と通じ、恥じて位を譲ったが、その望帝の春情は杜鵑に託した。私の彼女を思う恋心も、杜鵑に託するようなもの。今はむなしい。

青海原、月明らかに照る時に、鮫人は真珠のような涙を流すというが、思えば彼女の流す涙は真珠のようであった。あの玉の出る藍田は日が暖かになり、玉は煙を生ずるように見える。あの紫玉は怨みをのんで煙のように消え去った。今は彼女も去って、姿は見えない。

この彼女を思う気持ちは、追憶となってありありと残ることを期待できようか。実は当時からもはやはっきりしなかったもので、何もかも分からなくなっていた状態であったのだ。

この詩、李義山の代表的な恋愛詩。彼はよく恋愛詩を作るが、冒頭の字をとり題にしたり、無題の詩もある。冒頭、現実から夢幻の世界、象徴の世界へ引きずりこまれる。自分の恋心、妻か恋人か分からぬが、まともな書物でない僻典《へきてん》の世界をもってあえて表現している。伝説の世界に託して美的表現をし、その美の世界に自分が酔っている。何を語るかよく分からぬが、読者はなんとなくイメージを作る。これが文学である。最後は我に返り、当時も夢の世界であったという。三、四句、五、六句は有名である。

無題　　李商隠

「無題」詩の題として、李商隠自身がつけたもの。難解の詩といわれている。この詩は風刺的考えを愛の詩に託したとも、また事実的恋愛詩ともいわれる。愛の問題も風刺も、内容を示す題をはばかる。夥《おびただ》しい故事をふんだんに用いている。

無題

颯颯東風細雨来　　颯颯《さつさつ》たる東風　細雨《さいう》来《き》たり

芙蓉塘外有軽雷
金蟾齧鎖焼香入
玉虎牽糸汲井迴
賈氏窺簾韓掾少
宓妃留枕魏王才
春心莫共花争発
一寸相思一寸灰

芙蓉塘《ふようとう》外　軽雷《けいらい》有り
金蟾《きんせん》　鎖《くさり》を齧《か》んで　香を焼いて入れ
玉虎《ぎょくこ》　糸を牽《ひ》いて　井を汲《く》んで迴《めぐ》る
賈氏《かし》　簾《すだれ》を窺《うかが》って　韓掾《かんえん》少《わか》く
宓妃《ふくひ》　枕《まくら》を留めて　魏王《ぎおう》才あり
春心　花と共《とも》に発《ひら》くを争う莫《な》かれ
一寸の相思《そうし》　一寸の灰

〔颯颯〕さわさわと。〔東風〕春風。〔芙蓉〕蓮の花。〔金蟾〕金で作ったひきがえるの形の香炉。〔玉虎〕玉で作った虎を彫ったロクロ（轆轤）。〔賈氏窺簾韓掾少〕「賈氏」は西晋の宰相賈充《かじゅう》の娘。「韓掾」は韓寿《かんじゅ》のこと。掾は太府掾で、大臣付の書記。『世説新語』惑溺篇によると、賈充の娘は父の宴会の時、青簾の中から韓寿をみそめ、二人は以後仲良くなった。後に娘の香が韓寿に移り、この香は賈充と大臣の陳騫《ちんけん》だけが天子から賜ったものであったため、事は発覚するが、この事を秘めて韓寿を婿《むこ》養子とした。〔宓妃〕伏羲《ふっき》氏の娘。『文選《もんぜん》』李善《りぜん》注によると、魏の陳思王曹植《そうしょく》は、甄逸《しんいつ》の娘を慕っていたが、父操《そう》は、それを兄丕《ひ》に与える。甄后《しんこう》である。后は後、讒言で早く死んだ。黄初年間に曹植は兄丕のところに行って、甄后の遺品の枕を見せられ、涙を流す。その帰途、洛水のほとりで甄后の霊が現われ、「私は貴方を慕っている。この枕をあげたい」といって消えた。植は「洛神の賦」を作った。これは古帝伏羲氏の娘宓妃が入水して川の精となった伝説を賦にしているが、実は甄后を偲《しの》んで作られたという。

〔韻字〕来・雷・迴・才・灰。

さわさわとして春風が吹いて、細かい春さめが降っている。蓮花の花咲く池のほとりで軽い雷がする。冒頭に叙景をするは、詩のおおむねの形。あるムードを出す。「細雨」・「軽雷」はあまり使わない。詞の世界であって、詩を軽いタッチにさせる。こうした池を持つ人は、貴人、高官である。

その家では、金で作った美しく飾ったひきがえるのかっこうの香炉は錠前のくさりをかんで口を閉じている。中には香がたかれて入っている。それは娘の部屋である。玉で作ったきれいな虎の形を彫ったロクロは、綱を引きながら井戸水を汲んでまわっている。娘の化粧水である。貴人の娘が香をたいて誰を待つのか、化粧水を汲んで誰のために化粧するのか、おそらく誰か若い人を待つのであろう。

それは西晋の賈充の娘が、青簾の中から若い韓寿をみそめたように。しかし若い人を恋いしたっても、悲恋に終わるであろう。それはあたかも甄后が曹植を慕いながら、かなわず兄丕の所に嫁にゆき、死後かたみの枕を残したような悲恋に終わるであろう。

春の心を持つ娘よ、花の咲くとともに咲くことを争ってはいけない。恋の花を咲かせてはいけません。一寸の心の恋の思いは、燃えて一寸の灰となって尽きる。娘よ、あだな恋に身をこがすな。

従来にみられぬ、恋愛至上主義を謳歌する。六朝詩とは違い、清らかさがある。軽薄さがなく、実感があり、切実の体験である。晩唐詩は、繊細の感情を歌い、柔らかさがある。

湖中　李群玉

李群玉《りぐんぎょく》（八一三〜八六〇?）、字《あざな》は文山《ぶんざん》。『唐才子伝』巻七に伝がある。澧《れい》州（湖南省澧県）の人。科挙に応じたが失敗し、隠棲した。のち裴休《はいきゅう》の推薦で弘文館校書郎となったが、まもなく帰隠した。その詩は温庭筠《おんていいん》・李商隠《りしょういん》と似ているが、かれらの詩よりもやや明快である。杜牧《とぼく》に「李群玉の挙に赴くを送る」、方干《ほうかん》に「李群玉の故居を過ぐ」がある。李群玉は方干と詩友であった。

「湖」とは洞庭湖のこと。三首連作中の第三首。主として娥皇《がこう》、女英《じょえい》を歌う。

湖中

南雲哭重華　南雲　重華《ちょうか》を哭《こく》し
水死悲二女　水死　二女を悲しむ
天辺九点黛　天辺　九点の黛《まゆずみ》
白骨迷処所　白骨　処《お》る所に迷う
朦朧波上瑟　朦朧《もうろう》たり　波上の瑟《しつ》
清夜降北渚　清夜　北渚《ほくしょ》に降《くだ》る
万古一双魂　万古　一たび双魂
飄飄在煙雨　飄飄《ひょうひょう》として煙雨に在り

〔重華〕舜帝の名。〔二女〕舜の二人の妃のこと。堯の二人の娘。娥皇・女英は舜の妃となった。舜が南巡して蒼梧の野で崩ずると、二妃は湘水に身を投げて死に、湘君・湘夫人という女神になったという。〔処所〕いどころ。〔朦朧〕おぼろなさま。〔波上瑟〕『楚辞』「遠遊」に「湘霊をして瑟を鼓せしむ」とある。〔降北渚〕『楚辞』「湘夫人」の冒頭に「帝子北渚に降り、目眇眇《びょうびょう》として予《われ》を愁えしむ」とある。〔万古〕大昔。〔飄飄〕さまようさま。

〔韻字〕女・所・渚・雨。

南にかかる雲で重華のことを思い泣き、水に投じて死んだ二人の娘を悲しむ。天のあたりには九点のまゆずみのような色が見える。水に投じた白骨はおる場所に迷っている。波にただよう瑟の音はぼんやりしている。清き夜には北渚に下ってくる。

万古の昔から双魂となって、煙雨の中にさまよっている。

『唐才子伝』に、「湘中に帰り、詩を二妃《にひ》の廟《びょう》に題す。是《こ》の暮れに山舎に宿り、夢に二女の来たるを見る。曰わく、『児は娥皇、女英なり。君の佳句の徽珮《きはい》を承《う》け、将《まさ》に汗漫《かんまん》に遊ばんとす。願わくは相《あ》い従わんことを』と。俄《にわ》かにして影滅す。群玉是《こ》れより鬱鬱《うつうつ》として、歳余にして卒《しゅっ》す」という。

趙嘏

長安秋望

趙嘏《ちょうか》（八一五～?）、字《あざな》は承祐《しょうゆう》。山陽（江蘇省淮安市）の人。伝記は少なく、正史に伝がない。『唐才子伝』巻七・『唐詩紀事』巻五六・『唐摭言《とうせきげん》』巻四・『韻語陽秋』巻四などに見える。会昌四年（八四四）の進士。大中年間（八四七～八五九）に渭南の尉となった。「長笛一声人楼に倚《よ》る」の句が杜枚《とぼく》に激賞され、趙倚楼《ちょういろう》と呼ばれた。

かつて浙西に家した時、美姫を愛す。科挙のため上京して留守中、浙江節度使が奪ってつれて帰る。やがて科挙に合格し、傷んで詩を作る。節度使は痛ましく思い、長安に送り返した。趙嘏は潼関をへて横水駅（河南省孟津の西）で、馬上で二人が会う。姫は嘏をいだいて痛哭《つうこく》し、二晩で卒《しゅっ》した。嘏は姫を横水の南に葬ったが、思慕してやまず、臨終の時に目に見えたという。その詩は優美で、七言律詩に巧みである。

「長安秋望」、『全唐詩』は「長安晩秋」とする。

長安秋望

雲物凄涼払曙流
漢家宮闕動高秋

雲物《うんぶつ》　凄涼《せいりょう》として払曙《ふっしょ》に流れ
漢家《かんか》の宮闕《きゅうけつ》　高秋《こうしゅう》動く

残星幾点雁横塞
長笛一声人倚楼
紫艶半開籬菊静
紅衣落尽渚蓮愁
鱸魚正美不帰去
空戴南冠学楚囚

残星《ざんせい》幾点《いくてん》か　雁《かり》塞《とりで》に横たわり
長笛《ちょうてき》一声　人《ひと》楼に倚《よ》る
紫艶《しえん》半《なか》ば開き　籬菊《りきく》静かなり
紅衣《こうい》落ち尽《つ》くし　渚蓮《しょれん》愁《うれ》う
鱸魚《ろぎょ》正《まさ》に美《うま》く帰去《ききょ》せず
空《むな》しく南冠《なんかん》を戴《いただ》き楚囚《そしゅう》を学ぶ

〔雲物〕景色。景物。〔凄涼〕ものさびしいさま。〔払曙〕あけがた。払暁と同じ。〔流〕流れるのは雲物とも払曙ともとれる。〔漢家〕唐の皇室のことをいう。唐代ではよく唐のことを漢代に託する。〔宮闕〕宮殿の門。〔動〕動くのは秋の気とも宮闕ともとれる。〔塞〕とりで。〔長笛〕横笛の長いもの。〔倚〕もたれる。〔楼〕たかどの。ここでは楼上の欄干《らんかん》をさす。〔紫艶〕つややかな紫色の花。〔籬菊〕「籬」はまがき。〔紅衣〕赤い着物。蓮の花をいう。〔渚蓮〕なぎさのはす。〔鱸魚〕晋の張翰《ちょうかん》の故事をふまえる。『世説新語』識鑑篇によると、張翰は洛陽の都で仕官していたが、秋風が立つのを見て、故郷の呉の菰菜《まこも》の羹《スープ》と鱸魚《すずき》の膾《なます》を思い出し、官を捨てて帰った。作者も張翰と同じく江蘇省の出身。〔南冠〕「南冠」は、南方出身の、冠をかぶった囚われ人という意味。本書、駱賓王「在獄詠蟬」の注参照。〔学楚囚〕楚の国の囚人のまねをする。

〔韻字〕流・秋・楼・愁・囚。

風物はものさびしく、払暁を流れ動いている。漢家の宮殿には、すがすがしい秋の気配が移っていく。長安からの眺めである。

明け方であるから、残星何点かがあり、雁は塞《とりで》を横切ってとんで行く。長く続く笛の音が一声して、上っている人は楼の手すりによりかかって聞く。対句である。明け方の静かな風景を歌う。

あでやかな紫の花は半ば開いて、まがきの菊は静かに咲いている。陶淵明《とうえんめい》を思わせる。紅の衣のような花びらが落ちてしまって、渚の蓮は愁わしく残っている。花が散ってしおれている姿である。これも対句である。

すずきは今やおいしいが、故郷に帰らない。ただ南の冠をつけて、楚の囚人のまねをしています。都におりながら、故郷を忘れずにおります。

唯美主義の詩である。

築城詞　陸亀蒙

陸亀蒙《りくきもう》（?～八八一）、字《あざな》は魯望《ろぼう》。蘇州（江蘇省蘇州市）の人。『新唐書』巻一九六隠逸に伝がある。『唐才子伝』巻八はこれに基づく。陸亀蒙自身に自伝「甫里《ほり》先生伝」がある。号は天随子《てんずいし》。また江湖散人、甫里先生と号す。科挙に及第することができず、湖州・蘇州の従事となり、のちに松江の甫里に隠棲した。風流人で、飲茶を好み、俗と交わることを好まなかった。よって隠逸伝に入る。

詩は風雅な生活を反映したものが多いが、一方では鋭い諷刺性をそなえたものもある。集をみると、茶に関する詩が目につく。また漁具の詩があり、珍しい。皮日休《ひじつきゅう》と親交があり、皮陸と併称される。唱和集を『松陵集』という。「築城詞《ちくじょうし》」は城壁を築くうた。楽府《がふ》題である。『全唐詩』では分かって二首とする。僖宗《きそう》の乾符《けんぷ》二年（八七五）、黄巣《こうそう》の乱が東に起こっている。黄巣の乱のための築城をいうのかもしれぬ。

築城詞

城上一掊土　　城上《じょうじょう》　一掊《いっぽう》の土

手中千万杵　　手中　千万の杵《しょ》

築城畏不堅　築城　堅《かた》からざるを畏《おそ》る
堅城在何処　堅城　何処《いずく》に在りや
莫歎築城労　歎《なげ》く莫《な》かれ　築城の労
将軍要却敵　将軍は敵を却《しりぞ》くるを要《よう》す
城高功亦高　城《しろ》高くして功も亦《ま》た高し
爾命何足惜　爾《なんじ》の命《いのち》　何《なん》ぞ惜しむに足らん

〔一掊〕ひとすくい。〔杵〕きね。つち。土を固めるつち。〔却〕しりぞける。

〔韻字〕土・杵・処」敵・惜。


城の上の一すくいの土は、人々の手に持つ千万の杵でつき固める。城を築くには、堅くないと困ると心配する。しかし、そんな堅く固めた城はどこにあるのか。あまりないのではないか。いつも敵に攻め込まれているではないか。

築城の苦労を嘆くな。将軍たるものは敵を退却させることが務めだ。

城は高く、その将軍の功も高い。お前たち兵士の命は惜しむに足りないものだ。

兵の命など大したことはない。こんな政治は困る。平易の表現で、諷刺性がある。後の曹松《そうしょう》「己亥《きがい》の歳《とし》」詩の「一将功成って万骨枯《か》る」と同じ主旨である。陸亀蒙にはこのような諷刺詩が多い。

橡媼歎　皮日休

皮日休《ひじつきゅう》（八三四?～八八三）、字《あざな》は逸少《いっしょう》。のちに襲美《しゅうび》と改めた。皮姓は珍しい。『唐才子伝』巻八に伝がある。襄陽《じょうよう》（湖北省襄陽市）の人。傲誕で、みずから間気布衣《かんきほい》と号した。間気は天地の間の気のことで、天地間の自由人の意である。また酒が好きで酔吟《すいぎん》先生とも号した。鹿門《ろくもん》山（襄陽県にある山）に隠棲していた。かつて孟浩然《もうこうねん》の隠棲した所である。咸通《かんつう》八年（八六七）、このころの詩人としては珍しく進士に及第し、蘇州刺史を経て太常博士となった。黄巣《こうそう》の乱の際、反乱軍に捕らえられ、黄巣が長安に入り帝を称すると、その政府の翰林《かんりん》学士となった。王維《おうい》と同じ運命である。のち疑われて殺された。

白居易《はくきょい》の「新楽府《しんがふ》」にならって「正楽府」十首を作り、社会を批判した。閑適の詩もある。集中には「酒中十詠」等、酒の詩が多い。また「茶中雑詠」といった茶の詩もある。陸亀蒙《りくきもう》と親しく、詩の酬和をした。詩の唱和は、かつて『元白唱和集』があったが、皮陸に及んで盛んとなる。

「橡媼歎《しょうおうたん》」は、とちの実を拾う老女の嘆き。「橡」はとちの木。この詩は「正楽府」の中の一首である。

橡媼歎

秋深橡子熟
散落榛蕪岡
傴傴黄髪媼
拾之践晨霜
移時始盈掬

秋深く　橡子《しょうし》熟《じゅく》す
散じ落つ　榛蕪《しんぶ》の岡《おか》
傴傴《うう》たる黄髪の媼《おう》
之《こ》れを拾わんとして晨霜《しんそう》を践《ふ》む
時を移し　始めて掬《すく》うに盈《み》ち

尽日方満筐
幾曝復幾蒸
用作三冬糧
山前有熟稲
紫穂襲人香
細獲又精舂
粒粒如玉璫
持之納於官
私室無倉箱
如何一石余
只作五斗量
狡吏不畏刑
貪官不避贓
農時作私債
農畢帰官倉
自冬及於春
橡実誑飢腸
吾聞田成子

日を尽《つ》くして　方《まさ》に筐《きょう》に満《み》つ
幾《いく》たびか曝《さら》し復《ま》た幾《いく》たびか蒸《む》し
用《も》って三冬《さんとう》の糧《かて》と作《な》す
山前には熟稲《じゅくとう》有り
紫穂《しすい》　人を襲《おそ》って香《かんば》し
細かく獲《と》り又《ま》た精《くわ》しく舂《うすづ》く
粒粒《りゅうりゅう》　玉璫《ぎょくとう》の如《ごと》し
之《こ》れを持ちて　官に納《い》れ
私室　倉箱《そうそう》無《な》し
如何《いかん》ぞ　一石《いっこく》余《よ》
只《た》だ五斗と作《な》して量《はか》る
狡吏《こうり》　刑を畏《おそ》れず
貪官《たんかん》　贓《ぞう》を避《さ》けず
農時には　私債《しさい》を作《な》し
農畢《お》われば　官倉《かんそう》に帰《き》す
冬より春に及ぶ
橡実《しょうじつ》　飢《う》えたる腸《はらわた》を誑《たぶら》かす
吾《われ》聞く　田成子《でんせいし》

詐仁猶自王　仁を詐《いつわ》り　猶《な》お自《おのずか》ら王たり
吁嗟逢橡媼　吁嗟《ああ》　橡媼に逢《あ》い
不覚涙霑裳　覚《おぼ》えず　涙裳《しょう》を霑《うるお》す

〔橡子〕とちの実。〔榛蕪〕雑木林。〔傴傴〕腰の曲がったさま。〔黄髪〕白髪。〔晨霜〕朝の霜。〔移時〕しばらくたってから。〔掬〕両方のてのひらですくう。〔方〕はじめて。〔筐〕かたみ。かご。〔幾〕何回も。〔曝〕日にさらす。〔用〕以の意。〔三冬〕冬の三か月。〔細・精〕こまかく。ていねいに。〔舂〕臼でつくこと。〔玉璫〕宝石。「璫」はみみだま。〔如何〕どうして～だろう。〔石〕十斗。唐代では約六〇リットル。〔狡吏〕ずるがしこい役人。「吏」は下級官吏。〔刑〕法律。〔貪官〕欲の深い役人。「官」は高級官吏。〔贓〕まいないを受け取ること。収賄。〔私債〕私の負債。借金。〔誑〕たぶらかす。ごまかす。〔飢腸〕飢えた腹。〔田成子〕春秋時代、斉の国の宰相。田常《でんじょう》。大きなますで貸し出し、小さなますで年貢米を徴収するなど、私恩を施して民心を収攬し、斉の実権を得た。のちに曽孫の田和《でんか》が斉の国を奪い、斉侯となった。〔吁嗟〕ああ。嘆辞。〔霑〕しめらせる。〔裳〕衣裳。着物。

〔韻字〕岡・霜・筐・糧・香・璫・箱・量・贓・倉・腸・王・裳。


秋も深まり、とちの実がみのった。雑木林の岡にばらばらと落ちた。

腰の曲がった白髪の老婆、朝方の霜をふんで拾いに出かける。

時がたって、始めて両手にみち、一日中で、やっと箱いっぱいとなった。

何度か日にさらし、何度か蒸して、それで冬中の糧食とする。

山前に熟した稲が生えている。紫色の穂の香りは人の鼻をつく。

一本一本ていねいに穫り、また一粒一粒ていねいにつく。その一粒一粒は宝石のようだ。

これを持ってお上に納入する。自分の部屋には入れる箱もない。なんの蓄えもない。

どうしたことか、一石の米を、ただ五斗にしてはかる。

悪い役人は刑罰をこわがらないし、むさぼる役人はわいろを断わらない。農時には勝手に貸し付け、農時が終わると、お上の倉に入れる。冬から春に及ぶまで、橡の実が飢えた腹をごまかす。「飢えたる腸を誑かす」の表現はおもしろい。私は聞いている。昔の田成子（常）は、めぐみと私恩を施して民心を得、斉侯となった。ああ、橡ひろいの老婆に逢って、おぼえず涙が着物をぬらした。白居易の諷諭詩の精神をついだ、社会批判の詩である。

曲江春感　羅隠

羅隠《らいん》（八三三〜九〇九）、字《あざな》は昭諫《しょうかん》。新登（浙江省富陽県）の人。咸通《かんつう》元年（八六〇）、都に行き進士に応じたが及第せず、節度判官副使などを経て給事中に至った。最後は銭塘《せんとう》令であった。十回も進士に応じたが、及第しなかった。彼の文章が政治批判をしたためである。才をたのんで人をないがしろにし、人々は大いに憎んでいた。大いに用いられるであろうと思っていたが落第、諸侯の間を寄食していた。かくて唐室を憎むようになった。不平分子である。従って作品には批判的の詩が多い。また詠物詩も多い。

「曲江春感」は、曲江にて春に感じたこと。「曲江」は本書、杜甫「哀江頭」の注参照。長安一の行楽地である。作者がたびたび科挙に失敗していた頃の作か。あるいは作者が南から長安に入った時、官僚として仕えていた頃の作か。

曲江感春

江頭日暖花又開
江東行客心悠哉
高陽酒徒半凋落
終南山色空崔嵬
聖代也知無棄物
侯門未必用非才
一船明月一竿竹
家住五湖帰去来

曲江《きょくこう》 春に感ず
江頭《こうとう》 日《ひ》暖かにして 花又《ま》た開く
江東《こうとう》の行客《こうかく》 心悠《ゆう》なるかな
高陽《こうよう》の酒徒《しゅと》 半《なか》ば凋落《ちょうらく》す
終南《しゅうなん》の山色 空《むな》しく崔嵬《さいかい》たり
聖代《せいだい》 也《ま》た知る 棄物《きぶつ》無《な》しと
侯門《こうもん》 未《いま》だ必《かなら》ずしも非才《ひさい》を用いず
一船の明月 一竿《いっかん》の竹
家は五湖《ごこ》に住む 帰りなんいざ

〔江東行客〕江南地方からの旅人。作者をさす。〔悠哉〕愁いのつきないさま。〔高陽酒徒〕「高陽」は今の河南省杞《き》県の西。漢の酈食其《れきいき》が高祖に会いに行くと、儒者とは面会せぬことにしていると、使者にことわられた。そこで「吾は高陽の酒徒なり、儒生に非ざるなり」と、剣に手をかけてどなり、会うことができた（『史記』酈食其伝）。〔凋落〕しぼみ落ちる。落ちぶれること。〔終南〕長安の南にある山。〔崔嵬〕高くそびえるさま。〔也〕また。〔侯門〕王侯の門。〔明月〕明るい月の光をいう。〔五湖〕作者の郷里に近い太湖をさす。〔帰去来〕陶淵明の「帰去来の辞」に「帰去来兮（帰《かえ》りなんいざ）」とある。

〔韻字〕開・哉・嵬・才・来。

曲江のほとりは日が暖かく、その上花が咲いている。のどかだ。江南地方から来た旅人の心は憂に閉ざされている。「悠なる哉」はなぜか分からぬ。がんらい不満の多い人間である。

高陽の酒徒にも等しい自分は、殆ど気持ちは落ちぶれてしまった。見れば終南山の様子も、ただそびえているだけである。酒飲みの勇壮な心も落ち込んでしまった。進士にも及第しない、官吏も出世しない気持ちである。この聖代には、見捨てる人はないということも知っています。しかし、五侯（権力者、貴族）は、必ずしも無能のものは用いません。やはり才能がなければだめ。ここにも不平がある。

今この一つの船を照らす名月に、一竿の竹さおがある。我が家は五湖に住んでいる。いざ帰ろう。陶淵明の「帰去来」を意識する。「一船の名月一竿の竹」は俗語的で平易である。これが彼の詩の特色でもある。

詠田家　聶夷中

聶夷中《じょういちゅう》（八三七？～？）、字《あざな》は坦之《たんし》。河東（山西省永済市）の人。『唐才子伝』巻九に伝がある。懿宗《いそう》の咸通《かんつう》一二年（八七一）、進士に及第したが、官は得られず、長安で衣食に奔走する生活を送った。のち華陰県の尉となって赴任するときには、琴と書物しかなかったという。辛酸をなめた結果、農民の苦しみを描いた詩や、貴族を諷刺する詩が多い。楽府《がふ》詩は特に諷刺的である。『唐才子伝』によると、彼の詩が警告、反省的なのは、政治を助けるためであるという。

詠田家　　田家《でんか》を詠《えい》ず

二月売新糸　　二月　新糸《しんし》を売り

五月糶新穀　　五月　新穀《しんこく》を糶《う》る

医得眼前瘡　　医《いや》し得《え》たり　眼前の瘡《そう》を

剜却心頭肉　　剜却《わんきゃく》す　心頭の肉を

我願君王心
化作光明燭
不照綺羅筵
只照逃亡屋

我願《ねが》う　君王の心
化《か》して光明の燭《しょく》と作《な》り
綺羅《きら》の筵《えん》を照らさず
只《た》だ逃亡の屋《おく》を照らさんことを

〔糶〕米を売り出す。〔医〕いやす。〔瘡〕できもの。〔剜却〕「剜」はえぐる。なおこの詩から「剜肉医瘡《わんにくいそう》」という成語が生まれた。〔心頭〕むねのあたり。〔綺羅筵〕あやぎぬやうすぎぬで飾った宴席。〔逃亡屋〕夜逃げをしたあとの家。

〔韻字〕穀・肉・燭・屋。


二月に新しい糸を売り、五月に新しい穀物を売った。時期が早い。まだその時期に到らぬのに、糸や米を売る。とりあえず困った生活を救う。

目の前の傷をなおすために、大事な胸の肉をけずりとった。とりあえずの手当をした。

私は願う、天子の心が明るいともし火となり、美しく飾った宴席を照らさずに、夜逃げをした後の家を照らさんことを。

送別　　魚玄機

魚玄機《ぎょげんき》（八四三?～八六八?）、字《あざな》は幼微《ようび》または蕙蘭《けいらん》。『唐才子伝』巻八・『唐詩紀事』巻七八・『北夢瑣言《ほくぼうさげん》』巻九に伝がある。『北夢瑣言』は二十巻、宋の孫光憲《そんこうけん》の著。唐末五代の軼事《いつじ》をのせ、校訂の資となる。長安（陝西省西安市）平康坊の娼家に生まれる。唐代になると妓女が男子と接すること多く、男性詩人の影響で女性がすぐれた詩を作る。その代表が薛濤《せっとう》である。魚玄機も読書を好み文才があった。懿宗《いそう》の咸通《かんつう》中（八六〇～八七三）、李億《りおく》の妾《しょう》になったが、本妻に嫉妬され、愛衰えて山を下り、女道士となり、咸宜観《かんぎかん》に住んだ。李公を怨む詩ありて云う、「無価の宝を求むるは易《やす》く、有心の郎を得るは難《かた》し」と。この詩、『全唐詩』には「隣女に贈る」とし、『唐詩紀事』では獄中で作ったとする。

のち小間使いの緑翹《りょくぎょう》を笞殺《ちさつ》したため、処刑された。『太平広記』報応篇に、緑翹を殺すことが詳しくある。出典は『三水小牘《さんすいしょうとく》』で、唐の皇甫枚《こうほばい》の著、伝記として最も古い。道観にいるとき、当時の名士が多く訪れ、温庭筠《おんていいん》とも親交があった。唐代女流詩人の代表。『唐女郎魚玄機詩』一巻がある。森鷗外《もりおうがい》に「魚玄機」という歴史小説がある。

送別

秦楼幾夜愜心期　　秦楼《しんろう》　幾夜《いくよ》か　心期《しんき》に愜《かな》い
不料仙郎有別離　　料《はか》らずも　仙郎《せんろう》別離有り
睡覚莫言雲去処　　睡《ねむ》り覚《さ》め言う莫《な》かれ　雲《くも》去る処《ところ》
残灯一盞野蛾飛　　残灯一盞《いっさん》　野蛾《やが》飛ぶ

〔秦楼〕『列仙伝』に、簫《しょう》の名手蕭史《しょうし》が、秦の穆公の娘弄玉《ろうぎょく》と結婚して鳳台に住んだという記事が見え、その鳳台のことをさすともいい、また「陌上桑《はくじょうそう》」（本書所収）の「秦氏の楼」をふまえるともいう。〔愜〕十分に満足する。〔心期〕心の願い。〔不料〕思いもよらなかった。〔仙郎〕蕭史のことをふまえる。〔雲去処〕宋玉《そうぎょく》の「高唐の賦」をふまえる。昔、楚の懐王は高唐に遊び、夢の中で美女と会った。美女は去るとき、自分は巫山《ふざん》の神女で、朝は雲になり、暮れには雨となりますと言った。翌朝、王が巫山の方を見ると、朝雲が立ちのぼっていた。〔盞〕小皿。ともしびの皿。

〔韻字〕期・離・飛。

秦楼でいく夜か心ゆくまで一緒にいた。ところが思いがけず、あなたに別れようとは。

ねむりから覚め、雲が去った行方のことなどいうな。あなたの行方などいうまい。今は残灯の一皿がともっていて、野蛾が飛んでいるだけ。そんな野蛾のはかない身である。

隴西行　陳　陶

陳陶《ちんとう》（生没年未詳）、字《あざな》は嵩伯《すうはく》。剣浦《けんぽ》（福建省南平市）の人。『唐才子伝』巻八・『唐詩紀事』巻六〇に伝がある。自ら「三教布衣」と称した。宣宗の大中年間（八四七～八五九）に上京し、しばしば科挙に応じたが及第できなかった。のち乱を避けて洪州の西山に隠棲して神仙を学んだ。厳宇《げんう》尚書が予章（洪州）の牧となった時、陶の清操を慕った。陶は仙人となる修業をして、ついに終わる所を知らずという。陶の詩は一点の「塵気」なく、晩唐詩中、最も「平淡」といわれる。
「隴西行《ろうせいこう》」は楽府《がふ》題である。「隴西」は甘粛省の隴山以西の地をいう。

隴西行

誓掃匈奴不顧身　　誓って匈奴《きょうど》を掃《はら》わんとして身を顧みず
五千貂錦喪胡塵　　五千の貂錦《ちょうきん》　胡塵《こじん》に喪《うしな》う
可憐無定河辺骨　　憐れむべし　無定河辺《むていかへん》の骨
猶是春閨夢裏人　　猶《な》お是《こ》れ春閨《しゅんけい》夢裏《むり》の人

〔掃〕おいはらう。〔貂錦〕貂《てん》の皮で作った帽子と錦で作った戦衣。〔胡塵〕えびすの軍隊のまき起こす砂塵。〔無定河〕内蒙古自治区の烏審《ウージン》旗に発し東流して陝西省に入り、東南流して黄河に注ぐ。〔春閨〕「閨」は婦人の部屋。春の女性の部屋。

［韻字］身・塵・人。

匈奴を一掃しようと誓って、一身を顧みない。五千の兵隊たちは、匈奴の戦場で失われた。匈奴とするのは古い時代の表現である。

なんと無定河のほとりの戦死者の骨は、やはり郷里の女性（妻）たちが夢にみた人である。春は女性が男を思う季節とされている。この二句の発想がよい。

戦争は空しいことをいう。想像の文学である。彼には従軍の経験はない。ただ当時各地で乱があり、それを思って歌ったのである。

自沙県抵尤渓県、値泉州軍過後、村落皆空、因有一絶　韓　偓

韓偓《かんあく》（八四四～九二三）、字《あざな》は致尭《ちぎょう》。万年（陝西省西安市）の人。『新唐書』巻一八三・『唐才子伝』巻九に伝がある。龍紀元年（八八九）の進士。翰林《かんりん》学士・中書舎人を経て兵部侍郎になったが、偓は喜んで有位のものを侵侮したので、朱全忠《しゅぜんちゅう》に憎まれ、濮《ぼく》州（山東省鄄《けん》城県）の司馬に流された。昭宗は「わが左右に人はない」と惜しんだという。のち都に召還されたが拒絶し、閩《びん》（福建省）に割拠していた王審知《おうしんち》のもとに身を寄せた。偓は「玉山樵人《ぎょくざんしょうじん》」と自号した。艶体詩を好んで作り、それらを集めたものに『香奩《こうれん》集』がある。しかし、一方では深刻な詩も多く残している。また『金鑾密記《きんらんみっき》』一巻を作っている。

「沙《さ》県」は福建省沙県、「尤渓《ゆうけい》県」は福建省尤渓県。「泉州」もやはり福建省にある。「軍過」とは軍隊がとおり過

ぎることをいう。自注に「此《こ》の後庚午《のちこうご》の年」とある。庚午の年は、朱全忠の後梁《こうりょう》の開平四年（九一〇）である。唐は哀帝の天祐四年（九〇七）に滅亡している。韓偓が閩の王審知に身を寄せていた時の詩。

自沙県抵尤渓県、値泉州軍過後、村落皆空、因有一絶

沙県《さけん》より尤渓県《ゆうけい》に抵《いた》り、泉州軍の過《す》ぐる後《のち》に値《あ》う、村落皆な空《むな》し、因《よ》りて一絶《いちぜつ》有り

水自潺湲日自斜　　水自《おのずか》ら潺湲《せんかん》たり　日自《おのずか》ら斜《なな》めなり

尽無鶏犬有鳴鴉　　尽《ことごと》く鶏犬無《な》く　鳴鴉《めいあ》有り

千村万落如寒食　　千村万落《せんそんばんらく》　寒食《かんしょく》の如《ごと》く

不見人煙空見花　　人煙《じんえん》を見ず　空《むな》しく花を見る

〔潺湲〕水の流れる音。〔千村万落〕多くの村落。〔寒食〕冬至から百五日めを清明節といい、その前二日間を寒食といって、火を断って煮たきをしない風習があった。

〔韻字〕斜・鴉・花。

水はさらさら流れ、日は斜めに傾いている。寂しい。全く鶏犬の鳴き声もなく、鴉《からす》だけが鳴いている。静かである。それは戦乱の後であるから。

あらゆる村中、みな寒食のようで、火の気もない。この句は有名である。人家の煙も見えない。ただ花だけが咲いている。戦乱のあとのさびれた空しい風景。

山中寡婦　杜荀鶴

杜荀鶴《とじゅんかく》（八四六～九〇七）、字《あざな》は彦之《げんし》。『旧五代史』巻二四梁書・『唐才子伝』巻九・『唐詩紀事』巻六五に伝がある。九華山人と号す。池州石埭《せきたい》（安徽省石台県）の人。杜牧《とぼく》の微子（他家で養われる子）だといわれる。杜牧が黄州から池州刺史として秋浦に移った時、その妾《しょう》がみごもった。離縁して長林の郷士杜筠《といん》に嫁した。生まれたのが杜荀鶴であるという。

寒門の出身で進士の試験にも苦労した。当時は貴権の推薦がなければ合格しなかった。昭宗の大順二年（八九一）、四十六歳で進士に及第し、宣州の田頵《でんいん》の従事となった。のち朱全忠《しゅぜんちゅう》に認められ翰林《かんりん》学士となったが数日にして死んだ。性格は傲慢であったという。

詩は『唐風集』に三百余首を収める。七言律詩が多く、古体詩や楽府《がふ》題によるものはないが、創作精神は新楽府運動と一致する。盛年期に黄巣《こうそう》の乱に会い、唐末の軍閥の混乱期を経験し、寒門出身であるから、時代の混乱、苦しみを反映した詩が多い。詩題に「乱後」のことばが多い。言語は平易でわかりやすい。

山中寡婦
夫因兵死守蓬茅
麻苧衣衫鬢髪焦
桑柘廃来猶納税
田園荒後尚徴苗
時挑野菜和根煮

山中の寡婦《かふ》
夫《おっと》は兵死《へいし》するに因《よ》って蓬茅《ほうぼう》を守り
麻苧《まちょ》の衣衫《いさん》　鬢髪《びんぱつ》焦《こ》がる
桑柘《そうしゃ》廃来《はいらい》すれど　猶《な》お税を納《い》れ
田園荒《あ》れし後も　尚《な》お苗を徴《ちょう》す
時に野菜を挑《と》り　根と和《とも》に煮《に》

旋折生柴帯葉焼　旋《ま》た生柴《せいさい》を折り　葉を帯びて焼く
任是深山更深処　任《たと》い是《こ》れ　深山更《さら》に深き処《ところ》なりとも
也応無計避征徭　也《ま》た応《まさ》に　征徭《せいよう》を避《さ》くるに計無《な》かるべし

〔蓬茅〕草やかやでふいた粗末な家。〔麻苧〕麻の布。〔衣衫〕上着。〔鬢髪〕髪の毛。〔焦〕かわく。〔桑柘〕「柘」はやまぐわ。養蚕をいう。〔廃来〕やめる。「来」は助字。〔挑〕とる。えらびとる。〔和〕～と。与の意。〔旋〕また。〔帯葉〕葉のついたままで。〔任是〕かりに～であったとしても。詩に多い。「任」は「まかす」意より「まかすとも」となり、「たとい」・「もし」となる。〔也〕また。〔無計〕～するてだてがない。〔征徭〕租税と夫役。

〔韻字〕茅・焦・苗・焼・徭。


夫は戦死したため、粗末な家を守る。生活が苦しい。粗末な麻の上着を着て、髪も黒こげになって働いている。貧乏のためである。「兵死」の語は珍しい。

働く人がいないため、桑をとって蚕をかうことはやめてしまったが、それでも税をとられる。糸を納入する。田畑は草が生えて収穫はないが、苗に税をかけられる。

食うに困ってしばしば野原の草をえらんでとって、根とともに煮てたべる。また、生のしばを折って葉と一緒に焼いて煮炊きをする。

たとえ深山の中のさらに深い処であっても、租税や人夫役をさける方法はないでありましょう。これらも戦乱のため、統治者の悪政のためである。

小尾郊一博士　年譜・著述目録

小尾郊一博士　年譜・著述目録

大正二年二月二日　**長野県茅野市豊平八二六二番地に生まる。**
昭和　十三　年　四　月　**広島文理科大学文学科漢文学専攻入学。十六年三月同校卒業。**
十　月　「奉送闇然老夫子帰隠詩」
昭和　十六　年　四　月　**東方文化研究所助手。**
十一月　『全唐詩作者索引』（長尾伴七共編）　広島文理科大学漢文学研究室
昭和　十八　年　三　月　「諸橋博士『大漢和辞典』書評」（新刊是是非非）　『学芸』三（大東亜学術協会）
昭和　二十　年　一　月　「毛詩正義の論証に就いての一考察」　『東方学報（京都）』十五―一（東方文化研究所）
昭和二十一年　一　月　「白氏文集の伝本に就いて」　『東方学報（京都）』十五―二（東方文化研究所）
六　月　**広島文理科大学講師（二十四年四月まで）。中国語担当。**
昭和二十二年　二　月　**広島高等師範学校教授。漢文学担当。**
十　月　「乃美尾随筆」　『あしかび』一（広島高師文科一部二年クラス会誌）
昭和二十三年　六　月　「斯波博士『陶淵明詩訳注』書評」　『漢文学紀要』三（広島文理科大学漢文学会）
九　月　「漢字制限について」　『青年の国』七（青年の国社）
昭和二十五年　六　月　「謝霊運と自然」　『漢文学紀要』五（広島文理科大学漢文学会）
十二月　**新制大学発足にともない、広島大学文学部助教授となる。中国文学専攻第一講座（古文学）を担当。**

昭和二十八年 四月 **新制大学大学院発足にともない、文学研究科五年課程中国文学専攻の演習を指導。**

十月 〃中国の古い詩〃 広島大学開放講座。

十一月 「六朝に於ける賞といふ字の用例」『支那学研究』十（広島支那学会）

昭和二十九年 四月 **広島大学皆実分校助教授に併任（三十四年四月まで）。**

十月 「招隠詩について」『東方学』九（東方学会）

昭和 三十 年 九月 「花落つること知んぬ多少ぞ」『支那学研究』十三付録「彙報」（広島支那学会）

三月 「蘭亭詩攷」『広島大学文学部紀要』七

昭和三十一年 三月 「山水遊記としての水経注—及び宜都山川記について—」『広島大学文学部紀要』九

「建安七子」『大百科事典』 平凡社

五月 「現代仮名づかいを使わざりし弁」『学校教育』四六三（学校教育研究会）

昭利三十二年 一月 **「中国文学に現われた自然と自然観—中世文学を中心として—」により文学博士（広島文理科大学）を授与される。**

二月 「六朝に於ける遊記」『支那学研究』十六（広島支那学会）

昭和三十三年 二月 「魏晋文学に現われた悲秋とその発生」『支那学研究』十九（広島支那学会）

四月 「六朝文学に現われた山水観」『中国文学報』八（京都大学文学部中国語学中国文学研究室）

昭和三十四年 三月 「左思の賦観—魏晋の賦における写実精神—」『広島大学文学部紀要』十五

四月 **広島大学文学部教授、あわせて文学研究科五年課程における中国文学専攻中国古文学を担当。**

広島大学皆実分校助教授に併任（三十六年三月まで）。

五月　「文選索引のできるまで」　斯波六郎編『文選索引』三（京都大学人文科学研究所）

十二月　「故斯波博士と文選」　『書報』十二（極東書店）

昭和三十五年　十月　「書評・網裕次氏『中国中世文学研究—南斉永明時代を中心として』」　『中国文学報』十三（京都大学文学部中国語学中国文学研究室）

「叢書堂鈔本嵆康集について」　『支那学研究』二十三・二十四（広島支那学会）

十一月　〃漢字の虫〃　ＮＨＫ放送

十二月　〃中国を語る〃（内山完造氏との対談）　ラジオ中国放送

昭和三十六年　一月　「随想」　『長師卒業三十周年記念文集』

五月　「長田新博士の死」　『信濃毎日新聞』五月八日

十二月　「沈休文集考証（其一、賦）」　『中国中世文学研究』一（中国中世文学研究会）

「発刊の辞」　『中国中世文学研究』一（中国中世文学研究会）

昭和三十七年　一月　「楚辞王逸注の興」　『広島大学文学部紀要』二十

三月　「柳冕の文論」　『支那学研究』二十七（広島支那学会）

中華民国中央研究院の客員研究員、および香港大学東方研究所の客員研究員、新亜書院の客員教授として、九月まで台湾、香港に出張。

五月　「台湾の結婚式」　『中国新聞』五月四日

「故胡適博士のこと」　『中国新聞』五月二十三日

「台湾の国語教育」　『中国新聞』五月二十三日

八月　〃索引編纂の意義について〃　台湾文献委員会講演

九月　「索引編纂的意義」　『台湾文献』十三―三
十月　「台湾の食生活」　『中国新聞』九月十四日
〃「最近の台湾」〃　帰朝講演会
〃「台湾の学会」〃　東洋史学アスー会講演
十一月　『中国文学に現われた自然と自然観―中世文学を中心として―』　岩波書店
十二月　「世説新語札記（文学篇一）」（森野繁夫共著）　『中国中世文学研究』二（中国中世文学研究会）
「台北の日々」　『支那学研究』二十八附録「彙報」（広島支那学会）
「逃げた妻に警告する」　『不死鳥』四（広島大学職員Rの会）
昭和三十八年　四月　**日本中国学会評議員（五十一年三月まで）。**
「中国語とは」　『広大教養』九
八月　「司馬相如」「楊雄」「鮑照」「謝霊運」「蕭統」　『世界文学百科辞典』　スペイン・サルバット社
十月　「中国学界展望」　『日本中国学会報』二十五（日本中国学会）
十一月　「寛文版文選について」　『文選』（世界文学大系）「月報」（筑摩書房）
十二月　「馨字について」　『中国中世文学研究』三（中国中世文学研究会）
「中国文学に現われた自然と自然観」（抄録）　『文化系学会連合編集研究論文集』十三・十四
昭和三十九年　一月　「懇切ていねいな編集―斯波六郎・花房英樹訳注『文選』・書評―」　『中国新聞』一月

十二日

二月　「立春のうた」　『中国新聞』二月五日

三月　「純粋の日本語は新高山脈に残る」　『かんつばき』七（広島大学教育学部附属高校）

〃涙の詩人杜甫〃　広島県立図書館中国文学教養講座

〃詩経〃　広島県立図書館中国文学教養講座

「赤彦の童謡」　『中国新聞』三月二十七日

四月　**広島大学補導協議会協議員。広島大学学生懲戒委員会委員。**

七月　「企画のうまさ—斎藤晌著『唐詩選』上巻・書評—」　『中国新聞』七月十二日

八月　「庾信の人と文学—江南を哀しむ賦を中心として—」　『広島大学文学部紀要』二十三

〃唐代の詩〃　広島大学公開講座

十月　「竹治貞夫『楚辞索引』・序」　徳島大学漢文学研究室

十一月　**九州大学大学院文学研究科中国文学担当。**

昭和四十年

三月　「謝霊運の「初めて郡を去る」詩」　『中国中世文学研究』四（中国中世文学研究会）

〃わが王朝文学に影響を与えた文選〃　広島県立図書館中国文学教養講座

『国語整理（漢文篇）』　西日本書房

七月　「随想」　『長師卒業三十五周年記念文集』

八月　『中国散文選（雑文篇）』（吉川幸次郎他共訳）　筑摩書房

十月　「蘭亭序は偽作か」　『県立図書館だより』十五（広島県立図書館）

「王羲之の蘭亭の序は偽作か—郭沫若氏の論文に対する疑問—」　『中国新聞』十月十

十二月　八日
「艶歌と艶」　『広島大学文学部紀要』二十五
昭和四十一年　三　月　『漢文の読解』　西日本書房
五　月　「蕭統」　『世界文学小事典』　新潮社
〃中国文学と書物〃　広島県立図書館講演
十二月　「文選李善注引書攷証」　『広島大学文学部紀要』二十六
昭和四十二年　一　月　「李善の注」　『紫匂う』（広島高師二十六年卒業記念文集）
四　月　**文教女子短期大学講師（四十四年三月まで）。**
九　月　「辞賦」　『文学概論』（中国文化叢書4）　大修館書店
十一月　「未知の分野を開拓―小林芳規著『平安鎌倉時代に於ける漢籍訓読の国語史的研究』・書評」　『中国新聞』十一月二十八日
十二月　「昭明太子の文学論―文選序を中心として―」　『広島大学文学部紀要』二十七
昭和四十三年　一　月　「文選李善注引書攷証稿Ⅱ」（横田輝俊共著）　『支那学研究』三十三
五　月　「金子金治郎さん―実証主義に徹する―」　『日本の屋根』五（信越放送）
七　月　**広島大学厚生委員会委員長。広島大学補導会議委員。**
八　月　「東方文化研究所時代の先生」　『吉川幸次郎全集』第十一巻「月報」（筑摩書房）
十　月　「謝霊運の山水詩」　『日本中国学会報』二十（日本中国学会）
「陸機の文賦の意図するもの」　『広島大学文学部紀要』二十八
十二月　「金子金治郎先生との出会い」　『信州の人』

昭和四十四年　二　月　「文選の注釈家李善のメモ帳」　『朝日新聞』二月二十四日
三　月　「帰去来の辞」「陶淵明」「蘭亭の序」「文心雕龍」「陸機」　『万有百科事典』　小学館
五　月　「杜甫の涙」　『熊本県国語部会報』創刊号（熊本県国語部会）
六　月　**岡山大学法文学部講師。**
八　月　〃杜甫の詩〃　熊本県国語教育研究大会講演
十　月　**昭和四十五年度広島大学入学試験問題作成委員長。広島大学改革委員会委員。**
十一月　**広島大学学生部改組に関する専門委員。**
「潘岳」「文選」「駢文」「劉勰」　『万有百科事典』　小学館
昭和四十五年　三　月　**文部省学術審議会専門委員（五十七年まで通算四期）。愛媛大学文理学部講師。**
四　月　**日本中国学会専門委員会委員（任期二年）。**
五　月　**広島大学改革委員会副委員長。**
六　月　**広島大学問題調査室運営委員。**
九　月　「自然と隠遁と文学―自然を安住の地として―」　『中国新聞』九月七日
十　月　「世説新語札記（文学篇二）」（森野繁夫共著）　『支那学研究』三十五
「文選索引再版序」　『文選索引』　中文出版社
十二月　「五経索引について―四角番号をつけて便利になる―」　『五経索引』「予告」　臨川書店
昭和四十六年　三　月　「謝霊運伝Ｉ」　『広島大学文学部紀要』三十
「事は沈思より出で、義は翰藻に帰す」　『近世散文選』（中国文明選）「月報」　筑摩

書房

四　月　「学者に対する箴言」　『四経索引』「予告」　臨川書店

七　月　**武庫川女子大学大学院講師（四十六、四十七年度）。**

九　月　〃理想と現実―中国古典の伝統―〃　山口県教育研修所国語教育会講演

「宣徳皇后令会読記録(一)」（斉梁文学研究会―吉川博士外二十六名による共同研究―）

『中国中世文学研究』八（中国中世文学研究会）

〃中国文学における真と美〃　宮崎県国語研究会講演

十　月　**広島大学評議員。広島大学長選考規定検討委員会委員長。**

十一年　〃杜甫について〃　宮崎県立大宮高校講演

昭和四十七年　一　月　「謝霊運伝Ⅱ」　『広島大学文学部紀要』三十一―一

四　月　**日本中国学会専門委員会委員（任期二年）。**

「漢文上・下（古典Ⅰ乙）」（真下三郎・森野繁夫共編）　第一学習社

五　月　**広島大学大学教育研究センター運営委員会運営委員。**

六　月　『小尾喜作日記抄』・序　小尾郊一編

九　月　「王羲之」「左思」「摯虞」「張載」「陸雲」　『万有百科事典』　小学館

十　月　「胸につかえていたこと―原爆慰霊祭行事について―」　『広島大学学内通信』四―十五

十二月　〃この中にこそ真の意あり―陶淵明―〃　広島女学院大学公開講演会

昭和四十八年　一　月　「瀬戸の花嫁」　『中国新聞』一月三十日

「斉梁の文学と自然」　『中国中世文学研究』九（中国中世文学研究会）

「宣徳皇后令会読記録㈡」（斉梁文学研究会―吉川博士外二十六名による共同研究―）

『中国中世文学研究』九（中国中世文学研究会）

「謝霊運伝Ⅲ」　『広島大学文学部紀要』三十二―一

三　月

四　月　**日本中国学会理事（五十一年三月まで）。**

五　月　**広島大学基本計画委員会、教育系、教員養成問題専門委員。**

「班固」「賦」「文心雕龍」　『国際大百科辞典』　ブリタニカ

七　月　**パリ・コレジ・ド・フランス、およびソルボンヌ大学にて、七月十六日より二十二日まで、東方学会創設百年祭を記念して、第二十九回国際東洋学者会議が開かれる。この会議に参加し、後、連合王国、ドイツ、イタリア、スイスの各地を視察する。**

八　月　〃　隠遁から真と美との発見へ―中世文学を中心として―　〃　広島大学開放講座「東洋の文化と社会」

〃　第二十九回国際東洋学者会議（パリ）に出席して　〃　広島支那学会講演

十　月　**広島大学統合移転、改革に関する基本計画委員会委員長。広島大学評議員。**

「厳鉄橋全斉梁文補遺」　『日本中国学会報』二十五（日本中国学会）

〃　諏訪の思い出と中国文化　〃　長野県立富士見高校講演

昭和四十九年　二　月　**文部省学術審議会専門委員（二年）。**

四　月　**日本中国学会専門委員会委員（任期二年）。**

『史記と唐詩（古典Ⅱ）』（森野繁夫共編）　第一学習社

六月　〃杜甫の涙〃　広島大学教育学部附属中・高校国語研究大会講演

七月　「この中にこそ真の意あり―陶淵明―」『中国中世文学研究』十（中国中世文学研究会）

八月　『文選・一』（全釈漢文大系）　集英社

〃王維の文学〃　広島漢文教育研究会講演

九月　〃中国中世における詩歌の流れ〃　山口県立教育研修所国語研究会講演

『文選・二』（全釈漢文大系）　集英社

十一月　「文心雕龍が世に出るまで」『文心雕龍』（新釈漢文大系）「季報」　明治書院

〃一巻の書の行方〃　広島大学文学部懇話会講演

昭和五十年一月　**名古屋大学文学部講師。**

二月　「落第　旧制と新制教育」『若い芽』四十

三月　「漢賦の娯楽性―問答体と架空人物―」『広島大学文学部紀要』三十四

「杜甫の涙」『広島大学教育学部附属中・高校国語科研究紀要』七

四月　**広島大学文学部長、文学研究科長。大学院委員会委員等、その他多くの委員を兼ねる。**

五月　『文選・五』（全釈漢文大系）　集英社

七月　**平和科学研究センター管理委員会委員。**

九月　**東方学会評議員（任期二年）。**

十月　「「真」と「美」―山水の中に」『信濃毎日新聞』十月二十一日

十一月　「こんにゃく問答」『中国新聞』十一月一日

十二月　〝日本文学における中国古典の受容〟　広島漢文教育研究会講演

昭和五十一年一月　「岩佐正校注『神皇正統記』書評」　『中国新聞』十二月（日未詳）

「落歯もまたよし」（「詞の華」）　『中国新聞』一月五日

「阿倍仲麻呂と李白の出会い」　『高校教育通信　国語』（第一学習社）

二月　「謝霊運伝論」　『広島大学文学部紀要』三十五特輯号

『文選・六』（全釈漢文大系）　集英社

〝中国文学に現われた自然と人生〟　広島大学文学部最終講義（講演要旨は、『中国新聞』三月五日に掲載）

三月　**広島大学文学部教授を定年退官。**

『玉台新詠索引』（高志眞夫共編）　山本書店

「創刊のことば」　『漢文教育』創刊号（広大付高国語教室）

＊『小尾博士退休記念中国文学論集』（小尾博士退休記念論文集編集委員会）　第一学習社

「草を褥《しとね》に木の根を枕」　『広島大学学内通信』七―十四（広島大学）

四月　『謝霊運伝論』　退官記念事業会刊

武庫川女子大学、同短期大学教授。広島大学名誉教授。日本中国学会専門委員会委員（任期二年）。

五月　「信州に帰って」　『信濃毎日新聞』五月十四日、十五日

六月　「端午の節句」　『高校教育通信　国語』三（第一学習社）

七月　〃中国文学あれこれ〃　チノン株式会社文化講演会

〃中国文学について〃　岳風会（諏訪詩吟会）総会講演（於片倉会館）

八月　「新任自己紹介」　『武庫川女子大学学園通信』十八

〃国破れて山河在り〃　駒ヶ根夏期大学講義（於駒ヶ根市民会館）

〃自然と人生〃　駒ヶ根老人クラブ大会講演（於駒ヶ根市民会館）

九月　「中国文学に現われた自然と人生」　『中国中世文学研究』十一（中国中世文学研究会）

十月　『文選・七』（全釈漢文大系）　集英社

十一月　『ことばの花』　第一学習社

「森野繁夫著『六朝詩の研究』・序」　第一学習社

〃日本文学における中国の古典の受容（赤彦の写生論と中国画論）〃　広島漢文教育研究会総会学術講演（於広大附属中・高等学校）

〃島木赤彦と中国画論〃　諏訪高校教育研究会学術講演（於諏訪教育会館）

十二月　「中国画論と赤彦の写生論」　『信濃毎日新聞』十二月二十二日

「酒中の趣」　『オール諏訪』八（諏訪文化研究会）

「長き恨みの歌（学問の周辺）」　『広島大学学内通信』八—十一

昭和五十二年　一月　「花房教授の思い出」　『花房英樹先生定年退休記念』

文部省学術審議会専門委員（任期二年）。

二月　「雪のこころ—中国文学にみる—」　『信濃毎日新聞』二月八日

〃中国の古典と現代〃　上伊那ＰＴＡ母親大会講演（於伊那市図書館）

四月　**岡山大学教育学部非常勤講師。**
「全釈文選を終えて」　『文選』七冊セット販売パンフレット案内　集英社
「森野繁夫氏著『六朝詩の研究』に寄せて」　『中国新聞』二月二十五日
「森野繁夫氏著『六朝詩の研究』を推薦する」　第一学習社パンフレット

七月　**東方学会評議員（任期二年）。**
『古詩と唐詩』（豊福健二共著）　第一学習社
「科挙」　『信濃毎日新聞』七月八日、九日

十月　「島木赤彦の写生論と中国画論との関係」　『漢文教育』二（広島漢文教育研究会）
「書評・森野繁夫『六朝詩の研究』」　『漢文教育』二（広島漢文教育研究会）
「雨にけぶる上海」（未発表）

昭和五十三年二月　〃自然と人生〃　諏訪市公民館母親学級講演

四月　**日本中国学会専門委員（任期二年）。**

六月　〃自然と人生〃　武庫川女子大学国文学会総会講演

九月　**広島大学訪中学術友好団として、研修旅行（九月二十九日～十月九日）。上海・洛陽・西安・北京を視察する。**

十月　「古都西安の秋」　『南信日日新聞』十月二十日
「中国の大学の現状」　『信濃毎日新聞』十一日二日
「岩波茂夫を偲ぶ」　諏訪市教育委員会座談会・『南信日日新聞』総会

十一月　「上海洛陽の朝」　『中国新聞』十一月八日

『新総合国語便覧』（三好行雄・稲賀敬二共著）　第一学習社

昭和五十四年　一　月　**武庫川女子大学婦人生活大学講師。**

〃自然と人生〃　武庫川女子大学婦人生活大学講義

諏訪市公民館高齢者学校講師。

〃若さを保つために〃　諏訪市公民館高齢者学級講義

二　月　**兵庫教育大学基本問題検討委員会専門部会委員（人事）（三月まで）。**

「福田襄之介著『中国字書史の研究』・はしがき」　明治書院

三　月　「南唐の詞と自然」　『武庫川国文』十四・十五（武庫川女子大学国文学会）

六　月　**諏訪市公民館成人講座講師（七月まで）。**

〃文学における人間の生き方―杜甫の詩を中心に、その生きざまを探る―〃　諏訪市公民館成人講座講義

七　月　**東方学会評議員（任期二年）。**

九　月　**関西学術友好訪中団として、研修旅行（九月二十日〜十月二日）。北京・西安・成都・昆明を視察する。**

十　月　「長谷川滋成著『漢文教育序説』・序」　第一学習社

昭和五十五年　一　月　「諏訪に大学を」　『南信日日新聞』一月一日

二　月　**文部省学術審議会専門委員（任期二年）。**

『古楽府』（岡村貞雄共著）　東海大学出版会

「北京大学を訪ねて」　『訪中記』（中国研究者訪中団）

三月　「新田次郎君を悼む」　『南信日日新聞』二月十九日
「文選李善注引書攷証稿Ⅲ」　『武庫川国文』十七（武庫川女子大学国文学会）
四月　**日本中国学会専門委員（任期二年）。朝日カルチャーセンター講師（五十八年三月まで）。諏訪市公民館運営審議会委員、諏訪市社会教育委員（任期二年）。兵庫教育大学非常勤講師（杜甫講義・八月まで）。**
五月　〃中国文学に現れた自然と人生〃　朝日カルチャーセンター講義（六月まで）
「先学を語る―斯波六郎博士」座談会（於京都プリンスホテル）
七月　「詩経を読む」　『らうんじ』八〇五（朝日カルチャーセンター）
「ああ博浪の槌とりて」　『諏訪清陵高校同窓会報』六
「天と地と、そして人」　古田敬一・沖原豊共編『中国の文化と教育』　第一法規
「天下の奇祭」　『高校教育通信　国語』十二（第一学習社）
『漢文』（ＪＩＳオリジナル学習）監修　日本教育学会
七月　〃詩経を読む〃　朝日カルチャーセンター講義（九月まで）
八月　**台湾国立中央研究院主催の国際漢学会議に招聘され、「真与美的発現―関于陶淵明与謝霊運」の題目で発表。**
「中国中世文学と日本文学」　『らうんじ』八〇八（朝日カルチャーセンター）
九月　〃中国についてのあれこれ〃　八十二銀行文化講演
十月　〃中国中世文学と日本文学〃　朝日カルチャーセンター講義（十二月まで）
十二月　「国際漢学会議に出席して」　『武庫川女子大学学園通信』二十七

昭和五十六年 一月 「大諏訪市への志向」 『南信日日新聞』一月一日
〃中国中世文学と日本文学―文選を中心に〃 朝日カルチャーセンター講義(三月まで)
二月 「先学を語る―斯波六郎博士」座談会 『東方学』六十一(東方学会)
四月 「長谷川滋成著『漢文の指導法』・序」 第一学習社
〃中国中世文学と日本文学〃 朝日カルチャーセンター講義(六月まで)
「昔と今」 『紫匂う』(広島高師卒三十周年記念クラス文集)
五月 **諏訪市小和田公民館婦人学級講師。**
〃西安の町かどに立てば〃 諏訪市小和田公民館婦人学級講義
〃人間の運命〃 諏訪大学問題懇話会講演
六月 **諏訪市公民館婦人学級講師。**
〃女の生きる道〃 諏訪市公民館婦人学級講義
諏訪市公民館高齢者学級講師。
〃老後をいかに生きるべきか〃 諏訪市公民館高齢者学級講義
七月 **東方学会評議員(任期二年)。**
〃中国中世文学と日本文学〃 朝日カルチャーセンター講義(九月まで)
八月 **兵庫教育大学大学院教育研究科担当(陶淵明講義・十一月まで)。**
〃人間の運命〃 武庫川女子大学国文学科夏季講座
〃陶淵明〃 朝日カルチャーセンター講義(十二月まで)
十月 「若き人々の求めるもの」 『武庫川女子大学国文学科 会員の広場』二

十一月　「森野繁夫著『文選雑識』一・序」　第一学習社
〃人間の運命〃　第九回広島漢文教育研究会講演
諏訪市公民館成人学級講師。
〃陶淵明詩五講〃　諏訪市公民館成人学級講義
十二月　『佐久間象山』（叢書　日本の思想家38）　明徳出版社
昭和五十七年　一月　〃陶淵明〃　朝日カルチャーセンター講義（三月まで）
〃中国古都の秋〃　諏訪ライオネーズ例会講演
三月　「佐久間象山―桜の賦」　『武庫川国文』二十（武庫川女子大学国文学会）
四月　**諏訪市社会教育委員、公民館運営審議委員（二年）。日本中国学会専門委員（任期二年）。**
〃中国の古い庶民の歌―古楽府を読む〃　朝日カルチャーセンター講義（六月まで）
「師であり兄のごとく」　『洗耳子』（佐藤清太博士追悼文集）
五月　「一冊の書」　『朝日新聞』六月十三日
諏訪市小和田公民館婦人学級講師。
〃女性の幸せ〃　諏訪市小和田公民館婦人学級講義
六月　**諏訪市公民館成人学級講師。**
〃中国文学散歩〃　諏訪市公民館成人学級講義
七月　**兵庫教育大学大学院教育研究科非常勤講師（李白講義）。**
『上諏訪商人と育英』を読んで」　『南信日日新聞』九月五日
九月　「斯波六郎著『文選李善注所引尚書攷証』・解説」　汲古書院

十月　「真与美的発現―関于陶淵明与謝霊運」『中華民国建国七十周年記念、台北中央研究院国際漢学会議論文集』中央研究院

『李白』（中国の詩人6）集英社

〃　自然と人生―中国人のものの考え方―〃　諏訪市連合婦人会講演（於諏訪市公民館）

「長谷川滋成著『漢詩解釈試論』・序文」渓水社

十一月　「乃美尾の夕日」『追懐』（広島高等師範学校創立八十周年記念）

「中国法家の思想」木雞会主催講演（於成田屋）

「人間の運命」『漢文教育』七（広島漢文教育研究会）

十二月　「父の思いで」「感謝のことば」『教育者小尾喜作』富士見高校同窓会刊行会

「異様な悪臭」『高島町公民館分館だより』三・『小和田公民館だより』十四

昭和五十八年　二月　「父を語る　自序」『教育者小尾喜作』富士見高校同窓会刊行会

三月　**武庫川女子大学国文科教員一行とともに、台湾へ研修旅行。台北・花蓮・台南・高雄を視察する。**

武庫川女子大学教授を定年退職。

＊『武庫川国文』二十一（小尾教授古稀記念号）（武庫川女子大学国文学会）

四月　**武庫川女子大学委嘱教授（六十一年三月退職）。**

五月　「諏訪に大学を―一試案―」『だいこん通信』六（諏訪地方大学問題懇話会）

六月　〃　法について〃　東海大学ＰＴＡ諏訪市部会講演会（於橋場会館）

七月　**東方学会評議員（任期二年）。**

九　月　『謝霊運―孤独の山水詩人―』　汲古書院
信州大学教養講座講師。
〃「漂泊の詩人　杜甫と李白」〃　信州大学教養講座
十　月　＊『小尾博士古稀記念中国学論集』　小尾博士古稀記念事業会編　汲古書院
十一月　「矍鑠たる野上弥生子さん　岩波茂雄を語る」『南信日日新聞』十一月三十日
昭和五十九年　二　月　〃「わが人生」〃　清陵高校同窓会諏訪支部総会講演（於湖泉荘）
「わが人生」『諏訪清陵高校同窓会報』十
四　月　**諏訪市社会教育委員、公民館運営審議委員（二年）。日本中国学会名誉会員（現在に至る）。**
〃「自然と人生」〃　こぶし会講演（於正願寺）
五　月　「来し方の記」（全15回連載）『信濃毎日新聞』五月四日～二十六日
六　月　**諏訪市アメニティタウン計画策定専門委員長。**
〃「法と情」〃　警察友の会講演（諏訪警察署）
〃「中国名詩の旅―詩経」〃　諏訪市立図書館
七　月　〃「あいさつ」〃　諏訪市アメニティタウン市民大会（於諏訪市文化センター）
九　月　「斯波先生の著述」『斯波先生を偲んで』（広島大学文学部中国文学研究室）
十　月　「中国最古の詩集『詩経』」『南信日日新聞』十月三十日
十一月　**上海復旦大学主催「文心雕龍学術討論会」に招聘さる。**
「文選論類李善注引書攷証稿」『大東文化大学創立六十周年記念中国学論集』
十二月　「上海の一大学生」『南信日日新聞』十二月二十四日

昭和六十年一月　「中国の学会とある大学生」　『だいこん通信』（諏訪地方大学問題懇話会）
四月　**叙勲三等旭日中綬賞。**
「計画策定の報告を終わって」　『広報　諏訪』四二四（諏訪市役所）
六月　『新撰墨場必携』　中央公論社
「目加田先生と文心雕龍」　『文心雕龍』（目加田誠著作集5）「月報」　龍渓書舎
七月　**東方学会評議員（任期二年）。**
十月　「陶淵明と死」　『信濃毎日新聞』十月十九日
十一月　〃「帰りなんいざ」〃　兵庫教育大学学校教育学部講演
十二月　〃「心に残る中国の人たち」〃　日赤教養講座
昭和六十一年五月　「新宿御苑・散策」　『南信日日新聞』五月一日
〃「杜甫の涙」〃　長野県カルチャーセンター講義
六月　「斉梁文学中所表現的自然与自然観」　『中華文史論叢』第二輯　上海古籍刊行社
「大学の入試」　『南信振興研究会だより』
八月　「故赤塚教授を偲びつつ」　『赤塚忠全集』六「月報」　旺文社
「楊貴妃の嫉妬」　『信濃毎日新聞』八月二十八日～三十日
十一月　〃「東洋と西洋の自然観」〃　中野市教育会臨時総会講演
十二月　『掌中新墨場必携』　中央公論社
「劉峻の辨命論」　『神田喜一郎博士追悼中国学論集』　二玄社
昭和六十二年一月　『楊貴妃―傾国の名花香る』（中国の英傑8）　集英社

三月　「私と書」　『信濃路』五一　信濃路出版

六月　「帰去来の辞の意図するもの」　『東方学会創立四十周年記念東方学論集』　東方学会

七月　**東方学会評議員（任期二年）**。

十月　〃楊貴妃〃　松本新毎女性セミナー

十一月　「唐　華清宮へ」　『信濃毎日新聞』十一月二十七日、二十八日

十二月　「阿倍仲麻呂」　『信濃毎日新聞』十二月十五日

昭和六十三年三月　「新しい人生へ出発する若人に」　『信濃毎日新聞』三月二十三日

五月　「新田次郎君（作家委、旧友）の若き日」　『諏訪清陵高校同窓会報』十四

六月　「昭明太子的文学観―以文選序為中心―」　『昭明文選研究論文集』　吉林文史出版社

「句集『年暮れぬ』・はしがき」　後町ひろ編　中央印刷株式会社

十一月　「南京下町歩き」　『南信日日新聞』十一月三日

十二月　『中国の隠遁思想』（中公新書）　中央公論社

「文選の面白さ」　『文選』（鑑賞中国の古典12）　角川書店

平成　元　年八月　**東方学会名誉会員（現在に至る）**。

十月　「「まけずぎらい」岩波茂雄」　『南信日日新聞』十月十五日

十一月　『中国文学中所表現的自然観』（邵毅平訳）　上海古籍出版社

平成　二　年二月　『研暇漫録―中国文学の道―』　信濃毎日新聞社

『文選李善注引書攷證・上巻』（富永一登・衣川賢次共著）　研文出版

十月　「楊貴妃の墓」　『信濃毎日新聞』十月六日

「杜甫の生家」　『信濃毎日新聞』十月八日

平成三年二月　＊『中国中世文学研究』二十（小尾郊一博士喜寿記念論集）（中国中世文学研究会）

「直江版『文選』—学問を愛する兼続《かねつぐ》の銅活字印刷—」　『朝日新聞』二月二十日

「橋川時雄著『陶集版本源流攷』・解説」　汲古書院

三月　「飯島宗一著『学窓雑記Ⅱ』・書評」　『信濃毎日新聞』三月

四月　「新田次郎君の業績を記念して展観」　『週間読書人』四月十五日

六月　「岳陽楼—杜甫の涙」　『信濃毎日新聞』六月十日

〃中国文学における諸問題〃　第一回中国文学研究室研究会講演（於広島大学）

「黄鶴楼と楽器、編鐘」　『信濃毎日新聞』六月二十四日、二十九日

九月　「長恨歌—長き恨みの歌」　『オール諏訪』（諏訪文化研究会）

平成四年一月　「日本文学と『文選』」　『信濃毎日新聞』一月二十九日

二月　『文選李善注引書攷證・下巻』（富永一登・衣川賢次共著）　研文出版

四月　「御柱と自然」（全12回連載）　『長野日報』（五月まで）

「古典注釈の態度」　『中国中世文学研究』二十二（中国中世文学研究会）

五月　「故林百郎君を弔う詞」　『不屈の生涯』（林百郎追悼集）

六月　「成都行」（全5回連載）　『長野日報』六月十八日～七月十六日

「成都古蹟雑感」　『信濃毎日新聞』六月二十五日

十月　〃王維の詩と仏教〃　中国中世文学会平成四年度研究大会講演（於広島大学）

平成五年四月　「山に登り海に遊んだ詩人—謝霊運」　『日中文化研究』四（勉誠出版）

五月　「好き友関本先生」　『追悼関本至』
六月　〃王維の詩と仏教〃　貞松院仏教講座第三回講演会講演
「王維の詩と仏教」　『仏法味』特別号（貞松院）
「陶淵明のふるさと」　『信濃毎日新聞』六月十七、十九日
七月　「廬山行」（全11回連載）　『長野日報』七月～十月
十月　〃一研究者の思い出〃　中国中世文学会平成五年度研究大会講演（於広島大学）
平成六年三月　〃岩波茂雄先生と郷土〃　信州風樹文庫「ふうじゅの会」創立総会
七月　「長谷川滋成著『東晋詩訳注』・序」　汲古書院
『真実と虚構―六朝文学』（汲古選書）　汲古書院
十月　「純情と思いやり―自治と民主主義―」　『長野日報』十月十九日
〃中国文学研究室の思い出〃　中国中世文学会平成六年度研究大会講演（於広島大学）
平成七年二月　「わが友藤森伝衛君を弔う詞」　『長野日報』二月八日
三月　〃竹林の七賢〃　ＮＨＫ松本文化センター講演
八月　〃胸につかえていたこと〃　八十二銀行諏訪支店講演
九月　「久保天随博士のこと」（未発表）
平成八年二月　「富永一登著『文選李善注引書索引』・序」　研文出版
三月　〃わが師わが道〃　ＮＨＫ松本文化センター講演
〃秦始皇帝と法家思想〃　諏訪清陵高校同窓会講演
四月　「岩波茂雄と郭沫若」　『信濃毎日新聞』四月十二日

七月　「諏訪市立図書館蔵水滸伝関係（中間報告）」（未発表）
八月　〃広島に始めて赴任―原爆の跡の惨状―〃　高島町公民館老人クラブ総会講演
九月　「陽明文庫展に寄せて」　『長野日報』八月一日、七日、二十日、二十九日
十月　〃一巻の書の行方を追って台湾へ〃　信州風樹文庫講演
十二月　〃「養生」ということ〃　中国中世文学会平成八年度研究大会講演（於広島大学）
平成九年一月　「島田喜仁君を悼む」　『長野日報』十二月二十六日
五月　「「養生」について」　『中国中世文学研究』三十一（中国中世文学会）
十月　「李康の「運命論」」　『東方学会創立五十周年記念東方学論集』　東方学会
十一月　「原爆の地広島から風樹文庫を望む」　『信州風樹文庫五十年』
平成十年三月　〃吾が師　吾が道〃　中国中世文学会平成九年度研究大会講演（於広島大学）
五月　「惜別」　『長野日報』三月二日
八月　「杜甫の涙に思う」（全8回連載）　『長野日報』五月二十八～七月十六日
「「白氏文集伝本に就いて」を書いたころ」　『白居易研究講座』第七巻「月報」（勉誠社）
十月　「嵆康の「養生論」」　『日本中国学会創立五十周年記念論文集』　汲古書院
「慧遠始祖の東林寺を訪ねて」　『長野県仏教徒諏訪大会報』
平成十一年五月　〃廬山をめぐる詩人たち〃　NHK松本文化センター講演
八月　「『岡村貞雄博士古稀記念中国学論集』・賀寿のことば」　白帝社
九月　「富永一登著『文選李善注の研究』・序」　研文出版

十月　「李白―月の下に独り酌む」　『長野日報』十月七日、十四日、二十一日
十二月　「陶淵明―影を顧みて独り尽す」　『長野日報』十二月十六日、二十三日
　「長谷川滋成著『孫綽の研究』・序」　汲古書院
平成十二年一月　「杜甫―毎日江頭酔いを尽くして帰る」　『長野日報』一月二十日、二十七日
三月　「『山本昭教授退休記念中国学論集』・序」　白帝社
十二月　「東方文化研究所時代の入谷義高氏の思い出」　『入谷義高先生追悼文集』　汲古書院
平成十三年二月　『小尾郊一著作選』第二巻「杜甫の涙」　研文出版
※『小尾郊一著作選』は全三巻。第一巻「沈思と翰藻」は九月刊行予定。第三巻「陶淵明の故郷」は平成十四年一月刊行予定。）
三月　『古詩唐詩講義』　渓水社

後記

本書は、小尾郊一先生の米寿を記念して刊行したものである。昨年三月、先生のご薫陶を受けた有志が相談し、米寿祝賀事業会を設け、先生が長年講義されてきた「古詩・唐詩」のノートを拝借して、これを一冊の本にまとめて刊行し、米寿のお祝いとすることを計画した。

そして、受業生に呼びかけたところ、旧制広島文理科大学の卒業生を含めて数多くの方々の賛同を得、先生の学問の広がりを改めて実感した。

先生ご自身が「まえがき」にお書きになっておられるように、このノートは、大学の講義に使用されたものではなく、一般教養としてより広範な方々に漢詩を理解してもらうために、親しみやすくお話しされたことが中心になっている。しかし、その中には、先生の長年にわたるご研究の成果が十分に盛り込まれていて、先生の大学でのご授業を彷彿とさせるものがあり、受業生として、米寿のお祝いに刊行するのに最もふさわしいものである。

刊行に当たっては、まず、富永が項羽から李陵までのノートを活字に起こし、その様式に従って、以下のように分担を決めて、原稿整理と活字入力を行った。

○古詩十九首、古楽府……高西成介　○魏、晋（曹操～郭璞）……鷹橋明久
○陶淵明……武井満幹　○宋、斉、梁、陳、北朝、隋……佐藤大志
○初唐、盛唐……畑村　学　○岑参、中唐、晩唐……橘　英範

その後、先生のご教示を仰ぎながら、富永が全体を整え、武井が書式を統一、目次を作成し、小川恒男が校正、森野繁夫が全体に目を通して完成した。先生の講義ノートの内、古詩については、ほぼ全部を採録したが、唐詩は、残念ながら紙数の関係で半分程度しか収めることができなかった。なお、岑参の十八首は、先生が連続して

講義されたものなので、省略せずにそのまま採録した。

先生は現在、「著作選」（全三冊、研文出版）を刊行中であり、先日、第一冊目として著作選Ⅱ『杜甫の涙』が刊行された。本書『古詩唐詩講義』はその別冊に相当する。『中国文学に現われた自然と自然観―中世文学を中心として』、『文選』訳注、『謝霊運―孤独の山水詩人』、『真実と虚構―六朝文学』等々の数多くの先生の著書の中に、本書が加わることは、先生から中国文学を学んできた我々にとって大いなる喜びである。

また、先生のご業績を記録にとどめたいと考え、「小尾郊一博士年譜・著述目録」を武井が作成し、本書に付載させていただいた。

なお、出版については、溪水社の木村逸司社長に格別のご配慮をいただいた。厚く感謝申し上げる。

二〇〇一年二月二〇日

小尾郊一先生米寿祝賀事業会

岡村　繁	大西研一	菅谷省吾	中山　進	兒玉六郎
岡村貞雄	小松英生	楊　啓樵	谷本勝信	藤原　尚
森野繁夫	高志眞夫	山本　昭	藤井　守	長谷川滋成
安東　諒	西　紀昭	豊福健二	狩野充徳	久保卓哉
神鷹徳治	谷口明夫	富永一登	小川泰生	衣川賢次
中村春作	福井佳夫	岡本恵子	佐藤利行	朝倉孝之
李　国棟	小川恒男	橘　英範	畑村　学	鷹橋明久
高西成介	佐藤大志	武井満幹		

（富永一登記）

古詩唐詩講義

平成13年3月31日　発行

著　者　小尾郊一

発行所　㈱溪水社
広島市中区小町1－4（〒730－0041）
電　話　(082) 246－7909
ＦＡＸ　(082) 246－7876
E-mail: info@keisui.co.jp

ISBN4-87440-645-9　C3098